# 騒土《そうど》

文革初期、黄色い大地の農民群像

老村＝著
多田狷介＝訳

中国書店

# 中国人の体裁 ── 日本の読者に対して記す

老村

貴国──日本の読者に対してこのような題名の一文を草するのは甚だ恥ずかしい。

ずいぶん以前に亡くなったわたしの父親は中国北部の田舎町の大工だった。子供たちの誰かが間違いを仕出かした際の彼の最も厳しい叱責の言葉は「何て体裁の悪い！」だった。父親は生涯身を持すること清廉公正、口数は少なく、子供たちはみな彼を怖がった。わたしたちは小さいときから、人として生まれてこの世にある限り、体裁の如何が甚だ重大な問題であることを知っていた。

ところが今日、わたしたちはみな知っているが──全世界もまた知っているようだが、今日の中国人はまさしくかつてない最低に体裁の悪い時代に処している。貴国の大作家芥川龍之介は、以前は中国人なら誰でもみな諸葛亮・李白・杜甫・蘇軾・文天祥のような飄逸《ひょういつ》な体裁を備えていると想像していた。彼が現実に中国人に会ってみると、『金瓶梅』に描かれた西門慶や陳経済同様で、みなそれぞれに朝起きたら飯を食い、夜になったら寝、日々の暮らしに恋々とする──市井の輩の体裁である。芥川龍之介の感覚が真っ当なのであり、現実世界の中の中国人のほとんど大部分はそういうことである。──ただし、それがまた完全にそうだとばかりは言い切れない。つまり『金瓶梅』が描いたような時代においても中国のいささかの片隅、例えば書斎・寺院・山林・郷間などにはやはり書生・僧徒・隠者・紳士など先ずは少数の稀なる類の人物もおり、なおそこそこの体裁を保っていた。

わたしたちの哲学が早熟だったおかげで、中国人は先秦の頃に立派な人物の一団を生み出した。つまり、諸子百家の孔子・老子・荘子・墨子の類である。孔子の『論語』の中の大部分はどのように世に処し、どのように事を行ったら人としての体裁がつくのかを述べている。魏晋代になると、文明の発達――それはつまり芥川が想像したような時代のせいで、様になった人物の一大群が雨後の筍のように生え出で、それぞれがみな芥川が想像したみたいなあの半神半人の体裁を備えていた。

　中国の作家莫言・閻連科・余華等の人たちの小説が貴国において翻訳されていると聞く。みなさんは恐らくまた彼らの作品中に描かれた中国人の体裁を目にするわけだ。ただし、申し訳ないが、言わせてもらうなら、まるまるああいうふうだというわけにはゆかない！――それがまたわたしが『騒土』を書いた原因でもある。つまり、わたしは底辺の中国人がどのように生活しているかというその体裁を世の人びとに示したいのだ！　少し前に貴国の映画「万引き家族」を見た。大いに感慨を催した。この映画からわたしは貴国の芸術の透徹度・到達度を知覚した。チェコの劇作家ヴァーツラフ・ハヴェルは〝生活は真実の中にある〟と言った。わたしはこの一句を――〝文学は真実の中にある〟と言い直してもよいような気もする。もしも『騒土』を映画に撮るとしたら、このような演出によってのみ可能であろう。だが、中国のこのような体制では、あと三十年か五十年の時間が必要だろう。これはつまり、一個の民族の体裁を描写し了解するのはそうそう簡単ではないということだ。

　貴国の多田狷介教授に感謝する！　ここでわたしは厳粛に言う――間違いなくただわたしだけが知るのだが、彼は強靭な気力をもってようやく『騒土』の翻訳を成し遂げた。『騒土』の言葉の偏屈さやひねくれ加減のせいで、自分でも著述中、これを別系統の言語にちゃんと翻訳するのはまずは無理だろうと予感していた。だが、多田老先生は八十を超える高齢をもって、神通力によってしか成し得ないような事業を成し遂げた。

　数年前、わたしは友人とともに貴国に赴いたことがある。飛行機の窓辺から海に浮かぶ一面玲瓏の陸地を目にした時、胸中に言いようのない感懐を催した。ここは芥川先生が想像した半神半人のような人びとが生活している地域のようだ！

多田老先生はそんな強靱な風格を備えている！
以上、序とする。

二〇一九年一月一八日

# 自序：わたしの小説への目覚め

わたしが小説を書いた当初の目的は間違いなく現実に対する不満に由来した。十七歳の秋、陝西省渭北〔渭河の北方地域〕の農村の片流れ式の屋根の下の一間で、わたしは机の抽き出しを腰掛けにし、幾晩もそこに座って最初の小説を書き上げた。その小説では専制的な父親に反抗する一人の農村の女子を描いた。わたしは三十余枚の小説を入れてぱんぱんに膨らんだ封筒に八分銭の切手を買って貼り、『陝西日報』宛て投函した。結果は言うまでもない。石は大海に沈んだ。まるきり陝報には届かなかったのではないかと思う。あの封筒は余りに厚すぎたから、どこかの段階で検査に引っかかって足止めされてしまったかも知れない。それはともかく、わたしはあの時から文字をもって訴える事を学び始めたのだ。以後この訴えはもう決して止まることはない。当時わたしは農村に住んでおり、その絶対的苦痛の中にあったのだから。例えば、十八歳になると、当地の理屈ではもう婚約の年頃ということになる。ただし、母親の虐待下、わたしはなお何も知らない子供同然で、普段、中庭や小さな町の通りでまるで芝居の歌を唱うみたいにしょっちゅうめそめそしていた。そんな日々、小さな町で、例えば下校する午後、わたしの泣き声を聴く者はいなかった。それがわたしには幸いした。そういう訳で、昼間は叩かれ、夜には小説を読む、これがわたしの毎日の定めとなった。

後に、溜池の傍に住んでいた義理の父がわたしに一匹の小羊をくれた。翌年の冬には子を孕んだ。身ごもった綿羊は群れについて行けず、堀や溝を上り下りできないこの時期には普通持ち主が家に連れ帰って自分で飼育する。毎年綿羊が身ごもるころになると、わたしはまるまるずらかることができた。放課後は綿羊を連れて村の北のダムのほとりに行ってこれを草の土手に放し、上衣の襟を掻き合わせて日なたを向いて寝そべり、脇目もふらずに小説を読んだ。その当時、ただ読書のみがわたしに存在の意義と生命の温もりを与えてくれるような気がした。嘘と偽りで子供を教育する学校と暴力を家庭教育だと思っている生活環境に在って、弱年のわたしには読書にまさる何物も存在しなかった。だから、わたしの人生に対する悲観は当世流行の理論によって学んだものではなく、人びとの氷のように冷たい表情や物質上の極度の窮乏を通して、それら無形のナイフによってわが心の上に一画一画刻まれたものなのだ。この人の世の生活上の残酷さときたら、それはかつてわたしを欺いたことがない。味わうべき一切をつぶさに感受した。だから、わたしの著作に関しては、初期に少しばかりの模倣のせいで描写対象の本質を見逃したことがあり得るのを例外として、現実に対する見方においてはさほど曖昧さを残してはいないであろう。作家によっては最初の作品でいい仕事をしなくてはとか、ちゃんと職業としてやって行かなくてはと思うだろうし、わたしもまたそう思った。ただし、それはわたしが著述する事の主たる原因ではない。そうしている時、わたしにとって著述はむせび泣きに似たようなものであり、どちらも訴えや慰めの必要性に根ざしていた。これが大体わたしの著述の初歩段階であった。

当然、ここでは先ずは人類社会の進歩に感謝しなくてはならない。例えば、ゴーリキーのような苦しみに注目した作家がいた。あの頃、彼の『幼年時代』や『世の中へ出て』は深く深くわたしを感動させ、わたしに自分が暮らしている小さな町のほかにまだ別な世界が有ることを教えてくれた。その世界には別種の人間がおり、彼らは文明人であり、愛を知り、尊厳を知っている。その時わたしはとりわけて逃げ出せたらなぁ、社会を流浪できたらなぁと夢想した。もしも、小説の中のアリョーシャのように、ボルガ河の汽船の上で大皿を捧げ持ち、その後であのハンサムで頭脳明敏な進歩青年に出会えたとしたら、何て素晴らしい体験だろう。その青年に出会ったアリョーシャは孤児がエホバの天国を探し当てたようなものだ。

わたしが逃亡しなかったのは、一度三兄の虐待に耐えかねて彼の頭を叩き割ったことによる。その時、わたしはとても遠くまで、十里〔五キロメートル〕以上も逃げた。だが、結局は逃げおおせなかった。その原因は母親がずーっとわたしの後をつけて来るのだ。彼女はあの封建の世の名残の歩きにくい小さな纏足《てんそく》で、絶対あきらめることなくわたしについて来るのだ。彼女は本当にわたしがそのまま逃げたきりになってしまうと恐れたのだ。こういう過去の出来事があって以来、わたしは急に母親や自分の家庭の、さらには氷のように冷たい、もっと言えば麻痺したような面貌の下に隠されている小さな町の庶民たちのわたしに対する深い愛情をも感ずるに至った。例えこの愛がわたしをこれほどに苦しめ、これほどに耐え難くさせようとも。

　随分遠回りしたが、その実やはりわたしの著述について述べているのだ。幾らか円熟してからは、このような意識はもうそれほど激烈且つ強引に極端に走るようなことはなくなった。思うに、良い著述の為にはある種の負担に耐える、引き受けるといった精神が必要だ。そうして、それがすでに見たような落後した文明にがんじがらめになっている以上、一種死なばもろともといった精神的自覚が必要だ。こう言ったからとて、この新様式の時代にあっては大して旗幟《きし》鮮明《せんめい》になるわけでもないのは明らかだ。しかし、こうすることによってまた確かに人として文を作る事の心誠を出す事になる。勿論これには意識明瞭であるだけでなく、また勇気もなくてはならない。世界において、当事者がその長所のみを受容できて、その短所は継承しなくて済むなどというそんな文明は存在しない。民族自主の意識を有する知識人として、自分たち民族の欠陥を耐え忍べないようでは、この民族と一体になって存する欠陥に対して効果的で且つ自覚的な認識と改造を本気になって進められるはずはない。西方の宗教は原罪と懺悔を重視する。中国にはそのような宗教はないけれども、しかし我々は〝仁愛〟〔『史記』「袁盎伝」ほか〕を重んじ、〝其の心志を苦しめ、其の筋骨を労す〟〔『孟子』「告子章句下」〕の忍耐を重んじ、〝吾れ日に三たび吾が身を省みる〟〔『論語』「学而」〕の自省自覚を重んずる。だから思うのだが、もしも我々の文明がその成熟の兆しを露わにしたばかりの時に王権の暗黒の長廊の中に取り込まれることがなかったならば、我々は当然の事としてより見事な文明を持ち得たであろう。王権の誕生には複雑な多面性があり、その文明自体に責任があると単純に言いきる事はできない。例えば多くの民族が同じ地域に同居している問題、人口の周期的膨張、血縁共同体の強固な存続等々……、これらすべてが我々この多民族大国が王道治国の方向に進むほかになかった必然性——あるいは、言い換えれば、選択の余地なき選択を形成した。自然界において、ある生物が生存してゆくためには一定の毒素を帯びなくてはならない。人類の歩みについてもまたそうである。だが、世界は発展している。いったん出来上がったら改めないというのでは人類自体への反動だ。とりわけ、アヘン戦争以後は国内にもはっきりと声を上げる者も出、この王道国家の仕組みは日ましにその欠陥を露呈した。我々は世界と向き合い、普遍的な価値観を受容しない限り、必然的に捨て去られてしまう。若いころ、郷里で「周仁回府」という芝居を聴いたことがある。「聴いた」と言ったのはそのころはちょうど文革の時期にあたり、このような古い芝居の上演は許可されていなかった。わずかに村内の老人の口頭での説明に頼ってこの痛く人を感動させる物語を知った。この芝居が民間で上演されるたびにいつだって大いにみなを沸かせ、巨大な感動を巻き起こした。舞台の下の大衆は感激に打ち震え、熱い涙を流した。物語の主人公周仁は正義を主張したために耐え難い苦しみに遭う。村の人びとは周仁の事を泣いているのではなく、実は彼ら本人たちの事を泣いているのだ。中国の小説や戯曲中に描かれた周仁のような英雄たちや賢者と認定された人、聖者と崇拝された人、これらはすべて最後は王者の宝座に登ることになっている。つまり、個人の発展の究極は立派な仁愛の「人」ではなくて、一切の上に君臨する王者なのだ。よしんば教育者孔子であろうとも、帝王にたびたび加封されて至聖先師となる。つまり、専制王権が派生させた「内聖外王」である。内聖の核心は自己修練を通して先ず聖人となるように求められるところにあり、そこから他人の上に統治し君臨する「王」に至る。これが中国の知識人が人生に成功するためにたどるほとんどただ一条の道である。

近百年の中国文学は見掛けだけは堂々とした様々な旗幟の下に二筋の大暗流を隠して来た。一つは奴隷根性式の塗りたくりであり、もう一つは汚物ばらまき型の書きなぐりである。前者の著述には基本的には何らの思索的認識もなく、新しいものならすべて良く、古いものは一切だめ。保守は万事間違いで、破壊なら何でも結構。要するに世界の大潮を追いかけて何か新しいものを確立しようとし、知識人としての基本的常識的判断を振り捨て、堕落して暴力の共犯者となる事に自ら甘んじている。後者もまた極端に走る。つまり人間の、民族の歴史に対する基本的な尊重がまるでない。如何に醜悪で、如何に汚穢かをどう書くか、如何に凶悪で、如何に奇怪かをどう述べるか。著作は民族の醜悪を展示し拡大する競技大会だ。そういう訳だから、この人たちの作品では、華夏の大地における教化かくの如く深遠、心性かくの如く優雅なこの民族が野蛮人とほとんど何らの区別もない。こういうやり方はやはり暴力を振るっているようなものだし、そこに引き継がれているのはやはり奴隷根性式の思考である。その目的はただ一つ、媚びを含んだ目つきを西方に向け、その代償として西方の評価を得ようというのだ。だから、百年の中国文学史は文化の自虐史と言うに値する。つまり、自分で自分の歴史を虐待する、自分の文明を虐待する。また、自分の現在と過去を虐待する。そうして、東西の文明が交流し衝突し続ける近現代において、これこそが奇形的に発展した中国文学の間違いのない現状なのだ。言うまでもなく、わたしの著述する小説も同様にこの種の奇形的発展の深刻な影響を被っている。

真実の親愛の文学はどこに在るのか？　ない事はない。それらはあらがい難い暗流の中に巻き込まれてはいるものの、歴史の一隅に存在する。人びとに見過ごされがちな片隅ではあるが、それでも少数の誠実な人が著作し、自己の信念を持ち続け、文明のかがり火を守っている。そう、あなたが辺鄙な片田舎の村落に行ってみれば、換えのズボンも持たないような貧しい農民が却って自分の家の中庭を塵一つなくきれいに掃き清めたり、自分の小さな女の子の髪に花を飾ってあげたりしているのを眼にするだろう。あなたは文明が文学の根元のところでは断絶していないことを知るはずだ。自由博愛は西方の特産ではないし、光輝もまた同様に我々の一般民衆の心の中にある。そこには捨て去られるべきもの、糾弾されるべきものは存在しない。捨て去られるべき、糾弾されるべきは知識人自身の心中の暴力、及びそれと一卵双生の奴隷式根性である。それらは既に我々の血液中に深く深く浸透してしまっている。我々は己自身の血液を己を害する文明の魔王に捧げているのだ。

自分の事に戻る。以前わたしは沢山の苦難、沢山の残虐を書いた。だが、都の若干の優れた有識者と接触するようになったここ数年、ようやく少しずつ目覚め始めた。思うに、これより以後のわたしの小説は当然第三の段階に入るはずである。即ち、農民の掃き清めた中庭や彼らの小さな女の子の髪に飾られた花から書き起こし、冷たく無表情な表面の内側に隠された温かさと愛を沢山沢山書かねばならず、同じように冷たく無表情な文学に文明の温かさと愛の陽光とをたっぷりと注ぎ込まなければならない。ここ数年、わたしは以前の自分の小説を真剣に書き直し修訂して来たが、今回それらが中国工人出版社からあわせて出版されることになった。そういう次第で、わたしはこれらの小説を安心して読者に読んでもらえる。

わたしはある智者の〝専制は悪魔の呪法だ〟という見解に大いに賛成だ。この悪魔の呪法を認識した以上、先ずは己の心中から、己の作品中からそれを駆逐しよう。

老　村

二〇一四年五月

# 目次

## 主な登場人物（五十音順に配列）

**啞啞**《ああ》……王朝奉の娘。啞者。

**王朝奉**《おうちようほう》……鄢崮《えんこ》村民。大害の叔父。

**賀根斗**《がこんと》……鄢崮村民。博徒。賀振光の叔父。女乞食陳鳳霞《ちんほうか》と結婚。

**賀振光**《がしんこう》……賀根斗の甥。生産隊の会計係兼労働点数の記入員。

**季工作組**《きこうさくそ》……一九六七年、県から鄢崮村にやって来て文化大革命運動を発動、指導する。姓名は季世虎《きせいこ》。幼名虎娃《こあ》。朝鮮戦争に従軍して片脚を負傷。帰国後、県の農業機械站《たん》の站長になる。

**龔勤花**《きようきんか》……有柱の範家荘の叔母が有柱の後妻にするために連れて来たが、呂中隊長の指図で民兵栓娃の妻となる。

**猴子**《こうし》……鄢崮村民。村外で泥棒を働く。

**黒女**《こくじよ》……鄢崮村民劉武成《りゆうぶせい》の娘。武成は生産隊の役畜の飼育に熱心。黒女には兄黒蛋《こくたん》がいる。

**黒爛**《こくらん》……鄢崮村民。姓は劉。男児山山有り。ダム工事の発破の事故で両脚を失う。

**崔後家**《さいごけ》……猫児溝《びようじこう》の住民。黒女を陵辱した後に逃げて来た龐二臭《ほうじしゆう》をかくまう。

**二犟**《じきよう》……崔後家の知恵遅れの弟。龐二臭に連れられて楊済元《ようさいげん》先生の情人、柳泉河《りゆうせんが》の後家をかどわかして妻とする。

**針針**《しんしん》……富堂の妻。季工作組のいとこ。季工作組と私通。

**水花**《すいか》……黒爛の妻。張法師と私通。男児山山の実の父は張法師。

**栓娃**《せんあ》……鄢崮村の民兵。姓は劉。母は後家で、龐二臭の私通相手の一人。

**大害**《だいがい》……姓は郭。元炭鉱労働者。鄢崮村に戻って来た。父郭良斌《かくりようひん》は延安居住の高級幹部。

**大義**《だいぎ》……鄢崮村の青年。姓は容。一時張鉄腿について武芸を習う。大害等十三人の義兄弟の一人。母は馬翠花。

**丢　児**《ちゆうじ》……鄢崮村民。事があると現れて一家言を垂れる。

**趙　黒臉**《ちようこくれん》……鄢崮村小学校の校長。本名は文忠《ぶんちゆう》。

**張　鉄腿**《ちようてつたい》……鄢崮村小学校の用務員。山東出身の武芸家。葉支書の妻鳳媛《ほうえん》の兄。

**張　法師**《ちようほうし》……名は銀柄《ぎんへい》。東溝《とうこう》の人。

**鄭栓**《ていせん》……鄢崮村民。生産隊のために役畜の売買をする。妻淑貞《しゆくてい》との間には女児ばかりを授かる。二女改改は賀振光に嫁す。妻が村塾教師（後に鄢崮村小学校教師）の張進興の子種を借りて男児劉黒臉《りゆうこくれん》を生む。

**鄧連山**《とうれんざん》……鄢崮村民。元地主。

**馬翠花**《ばすいか》……山東から鄢崮村に流れて来た。有柱を食い物にする。張鉄腿と私通。

**富堂**《ふどう》……鄢崮村民。老人。姓は張。妻は針針。男児扁扁《へんへん》、女児姜姜《きようきよう》有り。

**芙能**《ふのう》……鄧連山の息子有柱《ゆうちゆう》に嫁す。姓は鄭。後、鄧家を出、元屠畜業者だった現購買所所長の法堂《ほうどう》の後妻となる。

**龐二臭**《ほうじしゆう》……鄢崮村民。村外れに床屋の荷台を出す。元遊撃隊員。

**有柱**《ゆうちゆう》……鄧連山の息子。芙能を妻とするが、去られる。

**楊済元**《ようさいげん》……鄢崮村の医者。柳泉河在住の後家を情人とする。

**葉支書**《ようししよ》……中国共産党鄢崮村支部書記。姓名は葉金発《ようきんはつ》。妻は鳳媛。

**楊文彰**《ようぶんしよう》……鄢崮村小学校の教師。一旦失脚するが、造反派として復活。

**雷娃**《らいあ》……有柱の息子。実は鄧連山と芙能の間に出来た子供。

**呂中隊長**《ろちゆうたいちよう》…鄢崮村の民兵中隊長。姓名は呂青山《ろせいざん》。

**歪鶏**《わいけい》……鄢崮村の青年。姓は仇《きゆう》。本名は外済。大害ら十三人の義兄弟の一人。父は乞食をする。

【凡例】

一、翻訳に際しては、『騒土〈全新修訂挿図本〉』（中国工人出版社　二〇一四年六月第一版）を底本とした。他に、『騒土』（中国文学出版社　一九九三年一〇月第一版）・『騒土〈足本〉』（書海出版社　二〇〇四年一月第一版）・『騒土〈最終版〉』（貴州人民出版社　二〇一一年四月第一版）を参照した。

二、本文は、1、2、……54までの章に区分される。各章には番号（数字）が頭置されるのみだが、翻訳に際しては訳者がさらに見出しの語句を案出して付置した。「主な登場人物」も訳者が作成した。

三、原則として、原書にはなく、訳者が補った注・説明のような語句には〔　〕を付した。また原則として、〔　〕とその中の語句は原書からのものである。

四、原書名『騒土』では日本語版読者には理解されまい。日本語版では副題を付して『騒土――文革初期、黄色い大地の農民群像――』とする。なお「騒」の字義については本文二〇頁上段を参照のこと。

# 1　僻村に奇跡が現れる。やがて鮮やかな彩色土が一帯を荒蕪地と化す

腹がへったら碁盤を叩き、腹がふくれりゃお勘定。酔っ払ったら女郎買い。ひとたびこの世に出てからは何繋がれる所なく、ありがたや、俺たちはのんびりゆったり旦那様。

昼間は犂《すき》杖を手に持って、夜には貴重な書を読んで、暇があったらあれこれ御託。かねて人の世に愛有れば、敢えて誰にか問わん、心は俗界の外の天涯に在るや？　と。

開巻劈頭《へきとう》、とにかくある不思議な出来事について触れなくてはならない。話というのは、あの渭北〔陝西省渭河の北方地域〕の乾いた塬《げん》〔中国西北部の黄土高原地域の流水の浸食によって形成された高地。四辺は切り立っていて、頂上部は平らである〕の黄竜山〔『騒土』の著者老村の故郷澄城県の北、黄竜県の東南部に位置する〕下の鄢崮《えんこ》村という一小村落でのことである。〝鄢〟がどういう意味かは凡人にはわからないが、〝崮〟の字の意味ははっきりしていて、四方が高く険しく切り立っていて、頂上部が平坦な山のことである。地相を見ると、鄢崮の北には黄竜山脈の高い峰々が走り、西には長寧河の河道の深濠が通り、東には畬窩子《しゃかし》の大渓谷がえぐれ、南には葦塬《いげん》瓷溝《こう》の長い窪地が陥没している。こういう次第でもともと久しく世間とは隔絶していた。何年何月のことかわからず、何朝のことかもぼんやりして考証のすべもない。仕方がないからある年の秋としておこう。羊飼いの子供二人が用水路の傍でサネブトナツメを摘んでいた。大きいほうが何としたことか足を滑らせて転げ落ちてしまった。小さいほうのもう一人はあわてて大声をあげ、叫びながら茨の茂みを避けつつ探しに下りた。溝の底に下り立ったけれども連れの姿は見えない。怖くなって泣きだした。おまえ、こんなさびれた窪地の溝で誰を呼んでいるんだ？　大泣きに泣いている小さい子は突然スロープの中ほどから声のするのを聴いた。声のする方へ行ってみると、一面刺だらけのナツメの木で、そのあたりから声がするのだ。ナツメの茂みを鞭でかきわけると、目の前に篩《ふるい》ぐらいの大きさの穴の口が現れた。穴の中の子供はくぐもった声で叫んでいる。「おれはこの穴の中だ。何でもない。怖がらなくていい。おまえ、おれの言っている

こと聞こえるか？」穴の口の子供は答えて言う。「聞こえるよ。おまえ、どうして上がってこないんだ？」穴の中から言う。「せかすなよ。この穴の中はとってもいいぞ。鍋でも竈《かまど》でも、鉢でも壺でも、何でもあるぞ！」穴の口の子供は言う。「おれが鏡で中を照らしてやる」言いながらガラス片を取り出して、太陽の光を中へ反射させた。中の子供がまたわめく。「あれれ、これはびっくり。丸裸の若い者たちが喧嘩している絵が壁一面に描いてあるぞ！」

二人の羊飼いの子供たちのこの発見は近郷近在をおどろかせた。人びとは続々と一家総出で先を争って洞穴にやって来て見物した。見終わっては皆々頭を振ってただただ言うばかり。「これのどこが喧嘩だ？ これはこの世では最もおおっぴらにしてはならない男女野合の絵だ！ こいつ等がどんな人間だというのか。飯を食っても、まだアレをしなくちゃ、という訳で、こんな所で天知る地知る、デタラメのゴッチャゴチャ。まったく風俗壊乱の図だ」

どれほどの年月を経てかは不明だが、後にまた県の役所から二人の知識人がやって来て、松明《たいまつ》を持って穴の中に入って視察した。二人はずっと穴にこもること三日三晩、やっと出て来たときには、顔色は全くの土色で、ガタガタ震えて何を言っているのかもよく聴きとれない。だが世間の人も次第におおよその所はわかってきた。何とまあその壁画はとんでもない。信じられないかも知れないが、それは滅多にない世にも稀なる名画『黄帝御女図』だった。黄帝〔古代伝説上の帝王。三皇の一〕の時の部族融和の事が描かれている。一つの部族を征服するたびに、征服された部族の中から妻妾を娶る。究極の中華統一の時にはあらゆる部族に出自する妻妾たちと遊戯悦楽している。まあ、黄帝ご本人は何と戦場におけると同様、百戦百勝、結局は女性を御する事三千、そのまま天上に昇って仙人となる。各場面の壮大光輝、その光明燦爛たる事甚だもって素晴らしい！ これを見ては男も女もみな驚き恐れ入り、しきりにほめそやして感服する。

ともかく、このような珍しい絵は経典には記載がなく、伝来していない。それで後世の皇帝たちや軽薄放蕩の子弟どもは何世紀もの間、あの黄帝様はどんな御方法で？ また昇天はどう言うふうにして？ といろいろ勘ぐり頭を悩ませた。そうしたところで、何の手がかりもなくてわかるはずはなく、伝わったのは風聞だけであった。後世の皇帝はみな三宮六院七十二嬪妃を置いたけれども、結局のところは適当なもので、所詮本来どうだったのかはわからないと嘆くばかり！　この度この絵が鄢崮村で発現したのは、当代の大事件と言うべきであり、また鄢崮村民の眼福である。そういう次第で、老若男女とうとうこれを奉じて天神の霊験と為し、豊作の時や祭礼の日には一同連れ立って絵の所にやって来ては集い楽しむ。ところが、喜びの日は幾らもなく、ある日突然、喚きながら村に駆け込んでくる者がいる。言うところでは、どこの誰だかわからないけれども、めちゃくちゃに切り削って、あの壁の絵をさらい取ってしまったとのこと。ちょうど折も折、二人の知識人が絵師を連れて来て、模写させ記録に採ろうとしていた。話を聴くやすっ飛んで行った。穴に入って見ると、赤橙黄緑さまざまな色のごちゃ混ぜの土の一山だけが地べたに残っていた。恨めしや、情けなや。切歯扼腕。何とも言いようがない。

事ここに至っては万事休す。しかし、鄢崮村の人たちはどうしてもおしまいにはしたくない。『紅楼夢』中に、了《おわ》れば便《すなわ》ち是れ好し、好ければ便ち是れ了ると言うのは、天神地祇の間に浸透した道理である。鄢崮村の人たちは違う。了ってしまっては好くない、好ければ了らないのである。ただただ生きている事と楽しむ事だけが人生第一の喫緊事なのである。江河日に下り、世風ますます浅薄、それはもう逆転不可能である。男は自分の女房を守らず、ひたすら他人の女房を盗むことばかり考えている。女は婦道を守らず、いつだって良家の子弟を誘惑する。その上、野良仕事につとめようとせず、そんなことは先人を汚す恥ずかしいことだと見なして、ペラペラと口先達者で技巧を弄して悪事を為せば高尚の堂に上り、十二分に人に敬仰・羨慕され、持ち上げられる。という次第で、一つ家内でも銭金《ぜにかね》や食い物のために老人は子供を認めず、子供は老人を敬わず、あれこれと体裁を作ったりごまかしを言ったりする。君臣・父子・長幼の序とやらもまるであの化けの皮やら仮面やらに覆い隠されてしまう。こういう訳で、世間から後ろ指を指される類のいろいろな人物、例えば、負けん気が強くて激しく争う奴、愚鈍頑固で腹黒い輩、権勢におもねって利を見ては義を忘れる人等々が、秋のイナゴのように上の方にはブンブン飛び回り、下の方ではピョンピョン跳ね回り、至る所こういう次第。さらに恐るべき事に、人びとは何とあの洞窟のごちゃまぜ色の土を取ってきて、水はけの悪い低湿畑にぶち込んだ。一時は大禹が治水のためにまいた隆起する良い土みたいに見えたが、乾くと暴れだし、生臭くて手がつけられなくなって辺り一面に飛び散った。こういう訳で実にどうも、一面錦繍繁華の地、富貴温柔の郷はあたら荒廃に帰した。花草樹木がちゃんと成長しないのは勿論、水も土もまったく風味が変わってしまった。残ったのは禿山と乾河で、耕地は荒れ果て、人里には雑草がはびこった。著者が『騒土』という題名をつけた由来はこういう次第による〔「騒」の字には「騒ぎ乱れる」「かき乱す」「浮ついている」「軽はずみである」「(男女の間について)淫らである・浮気である」「(臭いが)むっとする」等々の意味がある〕。

さて、かく言う本人は数年間でわずかばかりの基礎を学び、難しい字も少しは覚えたので、これを書き出し、明理の人に鑑定し、達観の士に見極めて頂きたいと思うに至った。ところが、筆を執るたびに、進退窮まってしまう。おまえは何故何のためにしゃべるのだ？　第一に、今の時代、人びとはみな共産に向かっており、指導者もまた聖明無比、民の暮らしもこれ以上はないと言うほどに結構至極、ことさらに余計なことを言って人の耳目をそばだたせる必要がどこにある。第二に、ここ鄙崮は小さな村であり、僻遠の地に処し、愚昧にして時代遅れ、要するに現代の世界とは思えない。書こうか書くまいか、どうすれば好いんだ？　之を言っては不恭、之を吐いては不快。嗟乎《ああ》、遂に朝は早くに起きて夜は遅くに寝、あれこれ思案したが、どうしても答えは出ない！

そんな時の夏のある日の昼間、俺は芭蕉の団扇《うちわ》を手にして、槐《えんじゅ》の大木の下にぐったり横になって、うつらうつらしていた。たまたま蝉が殻を脱ぐのを目にして驚き、突然はっと悟るところがあった。なーんだ、俺は蝉にも劣るわ！　蝉は古い殻を脱ぎ捨てて金色の羽を得る。俺だって精一杯の馬鹿話をぶちまけて玉のようなお言葉を引き寄せてかまわないのだ。且つはかの古来今往の事をもって混然一体と為し、文となり得ない文を作り、理に説けない理を言えばいいのだ。それでは不敬の嫌いが有るように思われるかも知れないが、有るのはただ惻隠の情なのだ。当てこするつもりはなく、ましていわんや人の誤りを指摘し、批判しようなどという意図があるはずはない。さらに言えば、口からでまかせ立て板に水の長広舌は『紅楼夢』や『鏡花縁』を師と仰いで承けたものである。あちこちから手当たり次第にかき集めて演ずるのは、街頭や路地裏のへぼ芝居。法廷の事に及んでも風雅を妨げず、隠乱を司っても上の方を損なうことはない。男女情交の事を語っても一切は野暮ったい田舎談義である。皿や碗に関わる記載は細かに見ると民間通俗の話ではない。雨の耕地に歩む鶴、その足跡はどこに有る？散りゆく花の影、風はどこに消えた？その形を捨ててこそ縁《よ》りて学に上がるを得。軽快安楽、自由自在にしてあに妙ならざる哉！　依って件の如し。西暦一九六六年冬至起稿。

## 2 季工作組の登場。県長の三号夫人は床屋野郎に貞操を奪われた

この日の早朝、床屋の龐二臭《ほうじしゅう》はきらきらと輝く太陽に真向かい、道具一式を吊した天秤棒を担いで、村の西から飄然《ひょうぜん》と歩み来る。村の東の目隠し塀の根方に着くと、道具を広げ、塀に打ち付けてある鉄釘に床屋の看板を掛けた。この鉄釘と看板は父親の時にはもう有った。ひょっとしたらさらに二、三代前までさかのぼれるかも知れない。いずれにしろ大変古いものではある。その看板の書き方は奇っ怪で、左聯に剃頭興運〔理髪すれば幸運興り〕とあって、右聯は修面賜福〔顔を当たれば福が来る〕とある。間に挟まった横書きは一個がスッポン大の四文字で龐家手芸〔龐家の腕前〕とある。看板を掛け終えたら焜炉《こんろ》にコークス炭を足して盥《たらい》を上に置く。しばらくどたばたした後、折りたたみ式の椅子を出し、腰を下ろして塀に寄りかかり、開いているような、いないような両の目を遠く南の方に向ける。この時、おかしなことに、村中の人が隠れてしまったみたいに、通り一帯静まりかえり、まるで人影が見えない。いぶかしむうちに、何と溜池の南岸の槐《えんじゅ》の木の所にちらっと人影が見えた。この人は瘠せた背高のっぽで、古い黄色の外套をはおり、一見して傷痍《しょうい》軍人である。ひょこたんひょこたん、歩き方は十分気合いが入っている。二臭はあれこれ気を配り抜かりのない男だが、こんな歩き方こんな体裁の人には見覚えがない。近づいて来るのを待って、子細に観察したが、やっぱりまるで知らない。冬瓜《とうがん》みたいな形の頭、幾束かの大根の葉みたいな頭髪、その下に馬面がぶら下がって何とも珍奇な様相である。これを見た二臭はたちまち順口溜《シュンコウリウ》〔民間に行われる一種の口頭韻文。はやし言葉〕の文句を思い出す。

馬の頭とすっぽんの甲羅と瓢箪炒め、炒めた料理の美味《おい》しさよ、
馬の頭があってこそ、メチャ美味《うま》いよ。

馬の頭から馬面を連想し、すっぽんの甲羅から髪型を連想する。この二つがそろっているので何ともおかしい。それで二臭は笑いたくなったが、笑いをこらえ、手を上げて声をかける。そいつは二臭を相手にせず、一本足で立って、はなから浴びせかけてきた。「生産大隊の本

部はどこだ？」「あっちだ」二臭は村の西を指さして言う。「今は誰もいない。みんな家で飯を食っている。少し待っていればすぐに出て来てこの目隠し塀の所で顔を合わせるから慌てることはない。先ずは座って一息つきな。あんたどこから来たんだね？」龐二臭は問いかけながら急いで長椅子を起こしてこの馬面の客人を座らせる。そいつは遠慮なく黄色い軍外套の裾をからげ、脚を引いて座る。そうすると背骨がしゃんと伸びる。

「同志」、二臭はますます奇に覚え、声を張り上げて言う。「頭を刈ってやろうか、解放軍なら銭は要らないよ」そいつはすぐには答えず、長い首をかしげてじっと柳の木の梢を見つめる。まるで門番の鵞鳥そっくりだ。しばらくして、そいつは良いほうの脚の上に置いた悪いほうの脚をぶらぶら揺すった後にまたピンと硬直させて言う。「落後している！　あまりに落後している！　村中見回しても標語も貼ってない！　今のこの時代にこんなにも落後しているとは？」

相手の言うことの言外の意味を知らなければならない。この人の経歴は大したものに違いない。二臭は逆らわず、おとなしく追随して言う。「あんたの言うとおりだ。こんなど田舎で、だから落後しちゃうよ」その人はまた言う。「ど田舎？　ど田舎は言い訳にならん。現在、中央は要点をしっかりつかんでいる。北京では毛主席の身辺に反革命が出て、形勢は相当に緊迫している！　この度の中央の決心は甚だ重大だ。全国上下、どこの牛鬼蛇神だって決して見逃しはしない！　必ずや一網打尽、徹底的に掃滅、完全殲滅《せんめつ》だ！」これを聴いた二臭は大いに驚き恐れる。この後村内にどのような騒動が持ち上がるのか、想像を絶する。次いで、使者はぐいと頭を塀の方に向けて、言う。「おまえのあの看板を今すぐ取りはずせ！」二臭はびっくりして、座ったばかりの所からまた立ち上がって問う。「どうして？」「俺がおまえに取れと言ったらすぐに取るんだ。どうしても糞もあるもんか！剃頭興運だなんて。頭を剃ったらどんな運が来るんだ？こんなのは封建の迷信だろうが？」

二臭は茫然となる。この看板は何代にもわたって掛けて来た。はずせと言われてすぐはいそうですかと言えようか？　躊躇していると、葉支書《ようししょ》（中国共産党鄢崮《えんこ》村支部書記）が朝飯を終えて、胸を反らせ、腹を突き出して、歯をほじりながらこっちに向かってやって来るのが目に入る。二臭は使者に指で示しながら「ほら、俺の言ったとおりだろう？　俺らの村の葉支書がやって来るよ」と言う。使者はそっちを向くが、嬉しそうな様子はまるで表さず、相変わらず体は動かさないで、慌てず騒がずポケットから一通の公用書簡を取り出し、パラッと一振りして開いて手に持ち、ブラブラやって来る葉支書を鶻《はいたか》みたいな両の目でグッとにらみつける。やはり葉支書はよく頭が働く。歩いているうちに形勢の不利を悟り、二十歩も過ぎた辺りで、これまでのいい加減な歩き方を改めて急ぎ足で駆けつける。そうして、多くを問う事なく、ニコニコ顔で公用書簡を受領し、読み終えないうちにたて続けに大声を上げる。「あなたは――わが県の農業機械站《たん》の季站長！　季站長、よく来てくれました！　本当にようこそ！　このところずっとおいでを待ってました！」喚きながら季站長を抱きかかえ、まるで御神体を奉ずるみたいにして一同生産大隊の本部へと向かう。

　村人は地下から湧き出たみたいに現れて、あっと言う間に目隠し塀の周りを取り囲む。みんなは県から使者が来たとは聞いたもののさっぱり訳がわからない。そこで、龐二臭を取り囲んで探りを入れる。龐二臭というこのいかさま野郎は地べたにしゃがみ込んでカミソリを研ぎ、ムニャムニャ訳のわからぬことを言う。ただ放って置かれたみんながぼーっとなって目は虚ろ、もうこれ以上耐えられないとなったころ、こいつは立ち上がり、気がふれたみたいに言う。「貧農及び下層中農の社員同志諸君、俺龐二臭はでたらめは言わない。現在全国の情勢は非常に緊迫している。北京では毛主席の身辺に反革命が現れた。この度は県の農業機械站の季站長が毛主席ご自身が彼に書き与えた公用書簡一通を持って自分で俺たちの鄢崮村にやって来て、村の反革命を捕まえようとしている。少し前、俺が県城へ行って鋏み研ぎをしていた時、どうも様子が変だと思ったんだ。城隍廟《じょうこうびょう》の神像を県城の中学生が表通りに担ぎ出して、めちゃくちゃに打ち壊したんだ。後には県長が命令を出して制止した。生徒たちは制止されなければ廟の建物だってぶち壊したはずだ。鍛冶屋店《たな》の黒狗《こくく》は何日も徹夜続きで残業し、杪子《びょうし》（赤い房をつけた槍）を鍛《う》たされ、何でも働き手一人に一挺ずつ要ると言われたそうな。県城の大通りを歩いている若い人はみんな短髪だ。俺の叔父の家の二番目の娘の淑貞《しゅくてい》もお下げを切っちゃった。声をかけて呼び止めないでただ後ろ姿だけ見ていたら男の子だと思っちゃうよ！　日が暮れて、俺は厠に入って用を足そうとした。先に短髪の人が入って行くのを見て、その後にくっついて行き、一物を引っ張り出してジャーとやろうとしたら、先の短髪が糞壺にしゃがみ込んでシャーシャーシャーと鳴らしかけ、ぶちまけるのが目に入ったんだよ。俺はビックリして慌てて飛び出したよ。まったく泡を食らった。男厠と女厠の門口を間違えた！　えい、どうすりゃいいんだ？　この頃ときたら、男と女の見分けもつかねぇ！　まったくむちゃくちゃだ！　世間の様子がこんな有様じゃ俺たちの村にだって反革命の一人や二人は隠れていて、悪巧みをしているに違いない！」鄭栓《ていせん》は頭を振ってまるで信じられずに言う。「何だって？　俺らの村に？　反革命が俺らの村にも来ているって？　俺らの村に来たって食う物もないだろうが！」二臭が言う。「おまえは信じないのか？　馬鹿野郎の鄭栓が、おまえは信じないのだろうがな！」言いながら二臭は鄭栓の耳をつかんで人混みの中から引っ張り出す。鄭栓は口を歪めて痛い痛いと喚き、二臭に早く手を緩めてくれと泣き付く。この様子を見てみんなはドッと笑ったが、たちまちその目玉はピカリと光る。人びとは自分たちが即座に反革命の一人二人を摘み出せず、ただただ野次馬見物するだけになったことを悔しがるが、これまでのような平平凡凡の日々を過ごすことがこの先甚だ困難になるとまでは思い及ばない。ちょうどこの時、銃を背負った民兵の栓娃《せんあ》が人の群れを押し分けて二臭の後ろに歩み寄り、あっと言う間に手を伸ばして目隠し塀に掛けてあった看板を取り外した。二臭は慌てて防ごうとするが、やはり間に合わず、看板は地べたに投げ捨てられ、足でめちゃくちゃに踏みつぶされる。事はまったく突然だった。栓娃はみなの眼の前を大手を振って去って行く。二臭は数歩後を追ったが、屋台を人に踏みつぶされないかとおそれて元の場所へ戻り、三尺ほども飛び上がって、お袋の腹を出て以来学び覚えたあらゆる汚い言葉を総動員して栓娃の背中へ浴びせかける。みんなはもう嬉しくてたまらず、ワッハッハと大笑いし、お日様が赤らみ、体も暖まるような気がする。

二臭の罵詈讒謗《ばりざんぼう》はどんどん酷《ひど》くなって、思いっきりの言いたい放題。自分が栓娃のおっかさんと麦畑でうまいことやったんだとぶちまけ、さらには何と栓娃は俺の種だとまで言う。みんなはそれはないだろうと言ったが、二臭はそうだと言い張る。その上、栓娃の喋り方や歩き方が俺にいささか似ていないかどうか、よくよく考えてみろとみんなに要求する。うん、確かに少し似ている。ちょうど笑い出そうとしたところ、何と思いがけなくも、向かいの槐の木の背後から突然女が一人暴れ出て来る。みなが振り向いて見ると栓娃のおっかさんだ。手には鞋底刺し用のスチール針を持ち、こっちを向いて怒鳴りまくる。「おまえが誰をやったって――おまえのチンポコがどんな格好かなんて見たこともねぇ――誰をやったって、誰がおまえにやらせたって――おまえのチンコの毛が人に比べてどのくらい長いかだって――家の子がおまえの看板を踏みつぶしたのはどうしたって訳があるんだ――大隊じゃ指示してないさ――家の子が何の訳もなくおまえの看板を踏みつぶすか――たとえ瘋癲《ふうてん》だって――おまえの黒いチンポに白粉でも擦り込んどけ――人も知らねぇ自分も知らねぇ――ごろつきがどじ踏んで、ざまぁ見ろ――それで、麦畑でやったって、どうやって――まったく、尻もちついて尻こけて――閑人の穀潰しが――溜池で石炭洗って――小便垂れて自分の世話焼け――自分を見てみろ――どんな男だ――……。

女はひとしきり唾の飛沫をまき散らす。二臭はうつむいてただこらえるほかなく、ヘッヘッと笑って小さな声で一言、「トットと失せろ！」しゃがみ込んで、つるつる頭を掻くばかり。もう何も言わない。理屈からすれば、彼の心中はまた明白なのだ。県からの人はたった今俺に指示したばかりなのに、その県からの使者の指示もない村の田舎っぺが、誰も何にもしない先に、俺の看板を外すとは？　彼のこの持っていきどころのない鬱憤が栓娃に向かって発散されただけなのだ。

この二臭は言ってみればまた並の輩ではない。目下の彼をただの食いつめた与太者流と見なすわけにはゆかない。人と生まれて世に処してきた経歴は長くて豊富である。新中国の成立前、渭北遊撃隊に参加し、支隊長牛三保の警護役を勤め、雨あられと降りそそぐ弾丸の中を駆け回った。もしも教育を受けてなく、女郎買いが好きという二つの欠点がなかったら、今ごろは最低でも人民公社の一級幹部だろう。二つの欠点中のどっちか一つだけだったら、どう見たって、お上の禄にありつけたはずで、黒い汗水たらして、天秤棒で床屋の道具を担いで、広い世間をグルグル回らなくてもよかったのだ。ある年の正月のこと、二臭は一組の対聯を用意した。上聯は「此の頭を剃り、彼の面を修む、家伝の手芸《わざ》」、下聯は「東窪に鉗《もぐ》り西川に行き、市に逢えば開業す」、横書きは「四海を家と為す」。二臭本人は語呂よく出来ていると甚だ気に入り、嬉々として人にも講釈する。正月元旦、村中の老若が門外に立って対聯を鑑賞するのが習わしである。二臭の対聯に対して、どこかの誰かが何と別な解釈をする。「四海を家と為すとはどういうことだ？」ちょっと考えてからみなは口を掩って笑う。これ以上は言わぬが花、つまり、二臭の品行を暗にそしっているのだ。

さて、解放を控えた年の秋、県長の三号夫人は子授け祈願のために尼寺詣でに出た。ところが、大雨に阻まれてやむなく鄢崮村の瓦葺き家の一軒を借りて夜を過ごすことになった。護衛とかごかきは村の保長の根娃に連れ出されて村役場で酒を飲んでいる。一人残された三号夫人は二臭の家の隣の屋敷で休んだ。かの三号夫人には当然何事かが起こらねばならない。夜中ぐっすり寝入っているちょうどその時、藪から棒とにわかに起こる奇怪な物音。夢から覚めた三号夫人はビックリし、恐ろしくて胸がどきどき。一人で過ごしている女でなければ、この時の恐怖はわからない。起き上がると音声はそれにつれて消える。だが横になるとまた音声がする。こんな事が再三再四。三号夫人は甚だ鬼神を信奉するほうである。窓外風声雨音激しく、加えてなじみのない物寂しい郊外の農村である。十二分に恐怖を覚える。正しく万般如何とも為しがたいその時、窓の外で誰かが咳をするのが聞こえる。三号夫人にとってはまったくの救いの神、声を限りに叫んで助けを求める。窓の外の人は言う。「奥さん、どうしました、お水が必要ですか？」三号夫人にとっては渡りに船。急いで返事をし、衣服をはおってオンドルを下り、ドアの閂《かんぬき》を外して、声の主が水を捧げ持って部屋に入って来るのを待つ。

すぐに碗を捧げてドアを入ってくる者がいる。それは凄腕のかたまりの龐二臭、どんぐり眼《まなこ》に尖り口、如何にも狡猾頑固の容貌。こちら三号夫人としては、たとえそっちが凶神悪鬼であろうともかまうところではない。ただ息をしている生身の人間の気配さえあれば、それはすなわち至愛の親戚知人である。そのうえ、この二臭が現れてからはあの怪しい物音はピタリと止んだ。思うに、この人の身には厄払いの力が備わっているに違いない。龐二臭はこれまた極めてずるがしこい男である。三号夫人のようなこの種の女がどんなにお高くとまったところで、その実小鳥のような肝っ玉なのを知っている。それで、水碗を置く暇もあらばこそ、大声で呼びかける。「まー、どうされました？　ここのところずっとわたしどものこの村は物騒で、人の話では、毎晩邪物が現れて住民に迷惑を及ぼすとか！　しかし、奥様の場合、福運旺盛、邪物もあえて侵すようなことは……」これを聴いた女は一層恐ろしくなり、ぐっと胸元を掻き寄せ、慌てて問う。「邪物って、どんな?」ちらと眼を遣った二臭は頃は良しと辞去する振りを装って、ドアの方へ歩を進める。三号夫人はこれで十分パニックに陥り、精一杯の媚びを含んで追いすがる。二臭はわざと後ずさりしつつ、口ではしきりに夫人に落ち着いてと言いながら、手のほうは逆に夫人の胸のあたりをまさぐっている。夫人は初手こそ抵抗したが、悪漢の美辞麗句や脅しすかしに何条堪るべき、結局は一糸まとわぬ丸裸、オンドルの上に公明正大、ごろんと横にされてしまう。可哀想に、抜けるように白く艶やかでたおやかな玉体はあのろくでもない床屋がかき抱いて遊び戯れ、拝見し、研究の妙を極めるままとなる。この事は言っても信じてもらえないかも知れない。あの龐二臭がどうやってそんな事を? 邪物だなんてでっち上げただけで、三号夫人が奴に身を委せるなんて、そんな事があるだろうか? 聞いてしまえばお笑い種だが、つまりこう言う次第。もともとあの二臭の奴の部屋と三号夫人の泊まった部屋とは天井がずーっと一つながりになっている。奴は洗濯用の木槌を捜し出し、片端に縄を結びつけて三号夫人の泊まった部屋の梁にひっかけ、縄尻をずーっと自分の部屋の手元に引っ張って来た。夜が更けて人が寝静まるのを待って、そいつを引っ張り動かすと、ガランガッチャン、怪しい物音が響く。柔弱な女一人、どうしてこの驚きに耐えられる? 結局は奴の意のままに弄ばれるほかにないだろう。とは言え、三号夫人にとっても大いに得るところがあった。すなわち、

　枉《ま》げて神仙を三山の外に求むれば、四更《まよなか》の郷《さと》に魂の断《た》えるを如何にせん。

さて、栓娃のおっかさんがあの槐の木の根方で顔を真っ赤にして二臭を罵ると、傍にいた何人かの女たちもいっしょになって喚きちらすが、鬱憤を晴らすと間もなく静かになってしまう。実を言うと、女たちと二臭とは所詮は枕を交わした憎い者同士で、心底は口ほどの事はない。みなも興ざめしてきたちょうどその頃、民兵中隊長の呂青山《ろせいざん》が青い顔をし、ただならぬ気配で、民兵を招集して大隊本部に集合させる。それと同時に文書係の根盈《こんえい》もザックを背負ってあたふたと県城へ出発する構え。明日の昼飯前に必ず『老三篇』〔毛沢東の三篇の著作、「人民に服務する」「ベチューンを記念する」「愚公、山を移す」を指す〕五百冊を買って戻って来なくてはならない。県側

の季工作組はこう説明する。「主要な労力人力をこの一冊に傾注する。今後は誰でも耕作に全力を注ぐのではなく、集まって学習するのが主となる」これを聞いたみなは大いに喜び、その『老三篇』が早く届くことをひたすら待ち望む。

## 3　楊文彰が雨上がりの夜美女と野合する

季工作組《きこうさくそ》は大隊本部において、その日のうちに幹部民兵動員大会を召集し、甚だ厳密に手筈を整える。その後また、混沌として毒気みなぎり、真っ暗闇のような様相下、三日三晩の会議が開かれ、最後にはまた英明なる指導者毛主席の指示に従い、先ずは資産階級に占領された学校の中から候補者を選び出すことになる。それは誰か？　言ってみれば変哲もない話で、鄢崮《えんこ》村小学校中全部併せても三百人足らずの範囲で、反革命の牛鬼蛇神に最もあてはまりそうなのはずばり楊文彰《ようぶんしょう》である。

楊文彰、名前の意味を考えたって、文によって彰《あきら》かなのである。さらに言えば、どうやら太史公司馬遷と同郷の芝川鎮黒水潭人なのだ。この人は二枚のお焼き（眼鏡）を顔にかけ、あれこれ是非を論じ、如何にも深い学識が有りそうだ。生来の良く言い良く弁ずる尺八みたいなそのお口、授業の時には頭を揺り動かして甚だ悦に入り、飛び散る唾は最後列の生徒の顔にまでふりかかる。オルガンを弾くのも格好良く、歌を唱ってもまた上手。毎週水曜日のレクレーション活動の時間には、大きな口を開けて唱いまくるその声が校庭に響きわたる。彼が文によって彰かだと言うのは嘘ではないし、元来また詩文を弄することを甚だ好む。以前、三面紅旗を誉め讃え、詩稿を学校の黒板壁新聞に書き出した。その後、反右派闘争の時にはあやうく右派にされそうになった。あれは大群衆がぎっしりと集まり、赤旗が風にはためく民謡大集会だった。楊文彰は自らの非凡の才を恃《たの》んで献詩台にぱっと跳び上がり、あっという間に詩一首を作った。詩に曰く。

合作化はこれ満天の星、人民公社は一盞の灯火。
星星の路を照らすこと看不清《くらく》、明灯に指引《みちび》かれては前程《ゆくて》を奔《はし》る。

吟じ終わるや台上台下わき起こる拍手。名声これによって大なる事雷鳴の耳を貫くが如く、風流洒脱の日々は流れた。突然ある人が論評した。あいつのあの詩歌中には太陽もなければ月もない。これは社会主義は暗黒の社会だとあてこすっているのではないか？　実に反動の極みだ。楊文彰は思案の末に、慌てふためき、大急ぎで県役所にいる同窓に頼み込んで、反右弁公室へ行って取りなしてもらった。これで右派のレッテルは免れた。これよりもう詩文を作るのは止めにして、しばらくおとなしくしていた。

ある日の夕方、楊文彰は月明かりを借りてオルガンを弾いた。オルガンを弾きながらいささか気心の知れた王啓才先生と話をした。王啓才は強度の近視で、王盲の綽名がある。名月は水の如く、楊文彰の心情はかき乱されて安らかならず。そこで、感慨を催して言った。「天我が才を生ず。まさにこの三願を足らすこと有るべし。一を名分といい、一を金銭といい、一を美人という。嘆くべし。我が生は時に逢わず、命途の舛《たが》うこと多く、この三願の一も備わるなし！」

話せばまたこの嬶《かかあ》は普段学校に出入りしてマントウを持って来るが、たまたま文彰が不在の時は、みなの前でよく手前味噌を並べる。その大きくて四角なあばた面をぐっと突き出し、みなに対して自分がどう言うふうに豚を飼うか、どう言うふうに着物を縫うかを語る。文彰がひとたび現れるやスッポンが頭を縮めるみたいにして押し黙ってしまう。ある人が文彰に冗談を言う。「俺たちのあの姐さんはとても器量良しだな。見れば見るほどうっとりするよ！」文彰は面の皮を厚くして言う。「世の女人とはおおむねそういう事よ。男をたぶらかして寝ればそれでいいんだ」

みなはそこで文彰その人の月明の下での話をよくよく考える。心情凶暴粗野の悪人でもないのに、世間は知識人をどんなにか粗末に扱っていないだろうか？　俗に「書中自ずから玉の顔《かんばせ》あり、書中自ずから黄金の屋あり」と言う。かの楊文彰は生涯学問しているのに、今に至っても貧窮の独り者、頼るべき何物もない。心中鬱屈して安らかならず。時にでたらめを言ったり、嘘をついたりするのもまぁもっともだ。然るにある一件が学校中に風聞として広まる。……

ある日の夕方、雨が止んだところで、学校の中庭に人影はなく、一人居残った楊文彰が留守番していたそうな。彼は先ずはオルガンを弾きつつ大声で一曲歌った。それからひとしきり教案を書いた後、しばらくストーブにあたった。あたっているうちに意識朦朧となり、うつらうつらと舟をこぎだした。そうして何時間か経過し、オンドルに上がってちゃんと寝ようとしたとき、急に尿意を覚えた。起き上がってドアを出て便所に向かう。便所はキャンパスの北側の古い塀の際にある。ここはヨモギグサが生い茂り、一面レンガや石ころが散らばっている。

夜風が吹き来たってさわさわと音をたてる。不案内の人だったら、まったくいささか怖じ気《おけ》づくところだ。だが、楊文彰先生にとっては、勝手の知れた通い路、勿論何の問題もない。便所へ行き、小便をして、きびすを返して立ち去ろうとする。ところが、まさにその時、古い槐《えんじゅ》の木の根方で誰かが号泣した。よく聴いてみると女である。楊文彰は心中疑念を生じて自問する。こんな夜更け、こんな所で泣いているのは何者だ？　頭をかしげてよく見ると白い喪服を着た若い女で、槐の木に寄りかかり、身を震わせて泣いている。楊文彰は迷信などにはまるで反対の人で、これは妖怪だなどと言ったところでさらさら信用しない。彼はつかつかと歩み寄って、女に問う。「おい、こんな夜更けに家に帰らずに、一人こんな所で何を泣いているんだ？」

その女がビクッとしてふり返って見ると、楊先生である。そこで次第に泣き止み、落ち着いてきて、か細い声でどうしてここで泣いているのかの顛末をつぶさに訴えた。その女は、言う。「わたしはあの楊家峁《ようかぼう》の者で、名前は慧芳《けいほう》と言います。この春わたしの母親が老衰で死んだので、その後父親はわたしを葛家荘《かつかそう》の足の不自由な男の嫁に出そうとしたのです。わたしは嫌で、叔父の家に逃げてきたのです。ところが何と叔父も同情してくれず、繰り返しわたしを家に追い返してその足の不自由な男と縁組みさせようとするのです。天に叫んでも地に呼ばわっても甲斐がなく、どうにもなりません。失望の余り、叔父の家の塀を這い出して、この裏庭に隠れて思いっきり泣こうと考えたのですが、それがあなたを驚かせてしまいました」

楊文彰とていささかの気概を備えた男一匹、聞かないうちならともかく、こう聞いた以上は心中ふつふつと熱いものがこみ上げ、むくむくと正義の心が沸き上がり、この女に対して哀れみを覚え、感慨を催した。だが恨むらくは、どうしたものだろう。その女は言う。「体が冷えきってしまったの。あなたの部屋でしばらく暖まりたいわ」楊文彰は勿論二つ返事で引き受け、女を連れて自分の部屋に戻る。ストーブの傍らの席を勧めると、女はさっそくそこに座る。双方無言で向かいあう。ストーブの火の明るさで楊文彰はしばらく女をしげしげと見る。生得の紅い唇と白い歯、何と十二分に美しく垢抜けた若い娘であることを悟る。まことに言うべし。

おちょぼ口の両辺、しっとりと紅く、白い顔《かんばせ》の眉尖《まゆね》に愁いあり。玉のお指を炉端にかざす。ああ冷た、おお冷た。もそっとこっちへ寄りな。慌てて弁解一句。可愛い娘よ、炭を足すんだよ。怒らないで！

楊文彰はストーブに炭を足すふりをしながらこの娘を子細に観察する。恥じらって顔を赤らめた女は口を開いて言う。「楊先生、わたしはとっくに先生のことを知っているわ！」楊文彰は甚だ奇異に覚え、続けて問う。「そうか？　おまえはわたしを知っていると言うが、どうして知っているんだね？」女はちょっと笑ってから言う。「あなたはわたしたちこのあたり数十里の大秀才よ。誰でも名前を知っている。どうしてわたしが知らないはずがあるの？　あなたが何年か前に書いた詩、わたし今でも覚えているわ！」この一言の話しぶりで、楊文彰は心中大いに愉快を覚えたが、頭はくらくらボーッとして何やら訳がわからず、大口を開けて、女に向かって馬鹿笑いする。女は言う。「わたし、あなたの詩の一首を覚えているわ。こういう詩だったわ。〝今年の畝産は十八石、来年はもっともっと増えるはず。再来年はアメリカ野郎を追いこすぞ。中国農民男伊達〟」

楊文彰は聞くなりわっはっはと大笑いし、頭を振り振り言う。「お恥ずかしい。あの数句はデタラメのヘボ詩だ。あんたがいまだにそんなにしっかり覚えているとはね」女は厳しい顔つきで言う。「あなたは簡単に言うけど、この詩はとてもいいわ。あなたが気にかけなくても、他人が気に入るのは勝手でしょう！」言いながらさらに艶めかしいまなざしを向ける。楊文彰はドキッとして、たちまちフラフラとなる。これを見破られまいとして、心にもないことを言う。「こんなに遅くなってしまった。あんたはやはり急いで帰らなくちゃ。叔父さんを心配させちゃいけない」女は言う。「あんな人、姪のわたしのことなんて、何とも思っちゃいないわ！」どうしようもなく、どうでもいい天気の話などをまた少しする。この時はもう四時ごろになっていた。

楊文彰は女を椅子から立たせた。目からドッと涙があふれ、袖で顔の半分を隠した女は言う。「楊先生、わたしを嫌いでなかったら、今晩、わたし決心したんです。わたしの体を先生にあげます」びっくり楊文彰は肝をつぶして立て続けに頭を振って言う。「とんでもない、滅相もない。あんたは急いで帰らなくてはいけない」女は楊文彰が受けつけないのを見ると、しばらくますます激しく、胸を掻きむしられるように泣き、且つ言う。「わたしが嫌なの？　あなたと一度だけでも過ごせたら、そうしてから葛家荘の足の不自由な男の所に嫁入りするなら、もう悔やまないわ」
　楊文彰はフーッと長いため息をつき、全身グニャーンとしてしまった。胸の中でつぶやく。お天道様にはやっぱり目があるのだ。わたしの長年来の泣き所を知っていたのだ！　どうしても拾う気になれなかったあの籠の中の尼っ子、女の気持ちに添えなかった。ご面相は確かにゾッとしなかったが。今出会っているのは上玉だ。幸運中の最幸運。天の神様がわたしに恵んでくれるのだ。こう考えると、サッと手が伸びて、この可愛い子ちゃんをグッと引き寄せる。この一夜、情交纏綿として深紅の火花が飛び散り、部屋中に気勢みなぎる。言うなればすなわち、

　一個はこれ百戦を経ると雖も只いまだ開懐《こころゆく》までは施《ふ》展《る》われざる老槍属《た》り、一個はこれ甚だしくは顛簸《ゆれ》る無きも却って恣意《ほしいまま》に客人に奉承《おも》ねる新窟算《な》り。一個はこれ他《そ》の炕頭尽くさざるの意を尽くし、一個はこれ她《そ》の心頭了《おわ》らざるの情を了らす。

　奇怪といえば奇怪な話だが、明けて早朝、目覚めた楊文彰は自分一人がオンドルの上に横たわっていることに気づいてすぐに手探りしたが、まるきりの空っぽ。あの芳香の今何処《いずこ》。試しにズボンのまちのあたりを触ってみると、一面べたついている。この時彼は人びとが学校の古い塀の際にはしょっちゅう狐の精が出ると語り伝えているのをようやく思い出した。学校の東の塀の外側はもとは墓地で人家は一軒もなかった。あの女は叔父の家はそこにあると言ったが、何と根も葉もない話ではないか？　あの時、自分はぼーっとしていてそのまま信用したが、何とも奇怪千万な事ではないか？　こう思い至ると、しばらくの間、意気阻喪した。「孔子は怪力乱心を口にされなかった」由だが、そうとも限らない！

# 4　張鉄腿老人は月明の下寡婦《やもめ》を謝絶する

一つ出来事があれば対があるものだ。もしも楊文彰《ようぶんしょう》一人だけに右のような出来事があったというなら、人びとは奴《やつ》が勝手に話をでっち上げていると疑うだろう。変と言えば変なのだが、こんな話の有る人はとても多い。だから、あの楊文彰がうぬぼれて自分のもてた話をでっち上げたのだと責めるわけにもいかない。これは後の事だが、楊文彰が反革命と認定される数日前の夜、何とまあ、学校の塀の上に狐が出たのを見た人がいるのだ。一匹の狐が立って、人が歩くみたいな格好をし、そうして前足を伸ばして校内の明かりを数えた。学者の語りて言う。「一盞の灯り、二盞の灯り、三盞の灯り。三盞の灯りの下、災禍生ず」楊文彰の事が起こって後、人びとははっと悟った。つまり、どう言う事？　もともと楊文彰の住まっていた部屋は西から東に数えてちょうど三番目で、灯りがともれば自ずと三番目の灯りとなる。かの畜生さえも楊文彰が大難に遭わんとするのを知るのに、俺たちちゃんとした人間にわからないとは、変だと思わないか？

張鉄腿《ちょうてったい》、原籍は山東省沂水《ぎすい》県石頭城の人。若いときに武芸を習い、これを稼業として世渡りする七尺豊かな好漢であった。老境近くに及び、流浪して陝西境内に至る。鄢崮《えんこ》村にて意外にも長年消息を絶っていた実の妹鳳《ほう》媛《えん》と出会う。老いてあい会うは何たる喜び。何と、鳳媛は今や中国共産党鄢崮村支部書記葉金発《ようきんはつ》の夫人であり、高い身分とは言えないが、葉支書の考えの半分は彼女の意見を聞きいれたものである。そういう訳で、張鉄腿はしばらくこの地に留まって、学校の鐘撞きや飯炊きなどをする用務員の職にありついた。

さらに言うと、この謹直な大男が単なる鐘撞きや飯炊きにどうして甘んじていられようか？　そこで、星がまばらに見え始め、月が明らんでくるころになると、一人学校の東南の隅へ行って、ひとしきり手脚を振り回す。後にはまた体育の張先生のソフトボールのバットが甚だ役に立つことに気づくと、その一本を借り受けて、何事がなくても常にこれを携える。これを持って学校の正門の脇に立つと、まるで旧社会の役所に徴発されて徭役に従事する人そっくりである。ある夜、鉄腿老はバットを振り回しながら自分で編み出した一連の武術の技を繰りひろげて悦に入っていたが、ちょうどこの辺で座って一休みと思ったところ、塀際の井戸端で誰かが泣いている声が耳に入った。楊文彰が遭遇した情況とまるきり同様である。鉄腿老は大仙大仏にも出会ったことのある人物であり、この種の狐鬼の類などまるで眼中にない。バットを引っ提げて傍に行き、じっと目をこらすと、農作業用の石のローラーの上に哀れっぽい女が座っている。その女の容姿風貌を言ってみれば、

一双《いつつい》の幺巧鳳錐《きやしやなうで》、一身に貼体《はりつ》いた衣服。
只涙に痩せて楼頭に坐し、徨徨惚惚簌簌《おどおどぼうぜんなみだする》。
一対の丹鳥珠《ほうおう》に戯れ、一陣の繊手摩触す。
今日の落架《くきよう》は慢説《もちろん》、凄凄楚楚哭哭《かなしくてなみだながる》。

女はすでに人の近づく気配を悟っていたらしく、驚き慌てながらも鉄腿老を注意深く見つめる。立ち居振る舞いの堂々として、まるでおずおずした凡俗の相がないのを見ただけで、頼りにし、身を託すことのできる人物と知る。見つめながらまた泣きだして、泣きながらも言う。「義侠心をお持ちの旦那様、大慈大悲の菩薩のあなた様、わたしに一碗の飯を恵んでください。もう三日も何も食べていないのです。お腹が空いてどうにもなりません」

鉄腿老は女のこのような物言い聞くと、その中の企みを悟って問う。「おまえはどこの者だ？　どうしてこんな所で声をあげて泣いているのだ？」女は面を上げて言う。「わたしは王家荘の者です。夫は去年の春、鉄鋼の精錬に出たのですが、うっかりしてとんでもないことになりました。溶鉱炉の中に転げ落ちてしまったのです。残されたわたしは、三人の幼子を抱えて衣食に窮し、仕方なく家を出て物乞いしているのです。数日来、足を引きずって幾つかの村々を回って、真っ黒な代用マントウを幾つかもらったのですが、こんな分量ではまるであの子供たちのお腹を満たせないのはわかりきった話です。わたしは辛くて辛くて……」言いながらまたむせび泣く。鉄腿老はまた問う。「おまえのその子供たちはどこにいるのだ？」女は言う。「みんな廟の後ろで寝ています。わたしもまたお腹が空いてどうにもこらえきれず、何か食い物にありつけるかと期待して出て来たのですが、村中まるで人影がなく、もう死ぬか生きるかと苦しんでいたところで、ここであなた様に出会ったのです」

鉄腿老はちょっと思案した末に言う。「わかった。ちょっとここに立っていろ。おまえに何か食べる物を持ってきてやる」言い終えると、きびすを返して台所から冷

えて硬くなったマントウを幾つか持って来てその女に手渡し、彼女がどうするかを見ることにした。普通の人はあまり知らないが、狐の化け物は元来精進物は食べない。鉄腿老がマントウを渡したのは女に惑わされたのではなく、これを試そうと思ったからである。マントウを受け取った女はちょっと口のあたりにつけてはみたもののそれ以上口に入れてかむことはない。これでほぼ了解した鉄腿老はバットを手にしてさっさと食べるように強く女に迫る。女はマントウを懐にしまって、言う。「食べるのはもったいない。子供たちが目を覚ましたらまたお腹が空いていると騒ぐから」鉄腿老は言う。「おまえはおまえの分を食え。それを食べ終えたらまた持ってきてやるから」女は感動したようなふりをして言う。「旦那様はなんとよい方なのでしょう。もうこれ以上は旦那様に面倒をおかけできません。今生はすべが無くても、来世では牛となり馬となってあなた様の恩情に報います」鉄腿老は厳しい顔つきで言う。「俺は単身たった一人で世渡りしてきた。運命として俺に後世はない。だが俺は足るを知っている。そんなごちゃごちゃ事などどうでもよい」女は言う。「わたしはまた人に疎んじられる独りぼっちの寡婦《やもめ》です。子供たちに食べさせるためなら何でもやる覚悟です。もしもお嫌でなかったら、今晩旦那様にご相伴して一夜の妻となれましたらわたしの気持ちも落ち着くのですが」鉄腿老はこの話を聞かなければともかく、聞いたからには我慢がならず、怒りを発して単刀直入に言う。「この妖怪め！　よくもまあこの世に魔性の物として生まれてきたものよ！　俗にも言う。人には人の道があり、獣には獣の途がある。だが、生き物である限りはみな恩を受けたら必ずこれに報いようとする考えがある。それなのにおまえは俺を悪の道に誘い込もうとするとは、どういう事だ？　落ちぶれ果てても七尺の男一匹、おまえ如きと取り引きするものか！　おまえがもう以後人に害しなければ、俺の気持ちを理解し、俺の恩に報いたものとみなしてやる」

女は鉄腿老を見つめ、なお未練の様子であったが、どうしようもなく、うなずいてのろのろぐずぐずと立ち去る。鉄腿老はバットを提げて彼女を校門から追い出してから、ローラーの上に腰をかがめて臭いをかいだ。果して生臭い狐の臭いがした。……

次の日、鉄腿は大いに病んだ。ただただくたびれ果てて頭はくらくら、眠くてしかたがない。自分がもはや体力の落ちた老人であり、陽気衰弱してあの妖怪にあてられた事を知る。

オンドルの上で呻吟しつつつらつら考えた。もしもあの狐の化け物が真の霊物ならば、条理を知るはずであり、もうこれ以上は事を起こして罪作りをなし、村人を害することもなかろう。そうだとすれば老いぼれのこの俺の働き甲斐もあったわけだ。鉄腿老の徳行と楊文彰の振る舞いと、両者を比較してみれば、どちらが悪を懲らし善を称揚したか、言わずして明らかである。

## 5　楊文彰は批判闘争大会にかけられる。季工作組姓名季世虎出世の由来

楊文彰《ようぶんしょう》の逮捕騒ぎはある日の早朝だった。兄ちゃん姉ちゃんの学童たちが家から出て来て、まだ薄暗い通りの両側にたくさんのポスターを貼りだした。これまでの早朝の体操訓練に出る時とは感じが違う。まず第一に、黒《こく》瞼《れん》校長〔校長は姓は趙《ちょう》、名は文忠《ぶんちゅう》。黒瞼は色の黒い顔の意味。綽名《あだな》だろう〕が出て来て指揮をとっていない。体育の先生もちゃんと号令せず、たまに一声物言っても、石の割れ目から漏れ出たような声で、ぶすっと不貞腐ったような表情をし、生徒たちがわいわいごちゃごちゃしゃべるのにまかせている。何周かランニングし、さてこれから散開してラジオ体操を始めようとする時、生徒たちがいっせいに大声を上げて騒ぎ出す。ふり返って見ると、民兵中隊長の呂青山《ろせいざん》が数人の鉄砲を持った虎狼のように凶悪な壮漢を率いて校門に突進して来る。言うなれば、何年何月いずれの王朝とは知れず、如何なる糞ったれの興亡にあれ、規則として、事があればすなわち読書人を捕まえて槍玉に挙げるのだ。楊文彰先生は初めはそこで勿体ぶって腰を捻ったり股を開いたり準備運動みたいなことをしている。人の群がむちゃくちゃになってきたので、さらに首を伸ばして騒ぎを見定めようとする。どうも様子が変だと思ったら、呂青山が彼を指さしているのが眼に入る。どうしていいかわからず、面を上げてちょっと笑う。何人かの壮漢が歩み寄って、パンパンパンとびんた数発。楊文彰は口と鼻から血を噴いて地べたに伸びてしまう。幾度か頑張って起き上がろうとするが、その度に民兵が抑えつける。真にこれ、英雄にして意気阻喪だ。ただこれ哀れむべし、一個の風流才子、知識人の気概を演ずる間もあらばこそ、奴らに押されたり引っぱられたりして校門を後にする。この一騒ぎの間、ほんの一時間足らず、生徒たちは静かにしていない。ようやく黒瞼校長がますます顔を黒くして校長室から出て来て、生徒たちを集合させ、県からの授業を停止して革命をやるという指示を発表する。

続いてやってきたのは麗しくも幻想に満ちた一時期というほかない。生徒たちはもう亀みたいに頭を机の縁にくっつけていなくていいのだ。そうしたいかどうかに関わりなしに、みなが両眼を見開いてあのくだらない授業を聴く、もうそんなことはしなくていいのだ。鳥撃ちに

行ってもいい、河へ行って蟹を捕まえてもいい、サヤエンドウをかっぱらってきてもいい、学校へ行かなくたっていいのだ。学校以上にもっと大事なものはどこにもないなどと敢えて言う人なんかいない。おもしろい事が沢山あって、とてもいちいち語りきれない。要するに、毛主席が自ら発動した全国的な〝文化大革命〟、季工作組《きこうさくそ》自らが発動した鄢崮《えんこ》村の〝文化大革命〟は子供たちに恩恵をもたらした。風穏やかで日がうららかならば必ず一本足を操る季工作組を見ることができる。一団の民兵に取り囲まれ、支えられながら、水に浮いているスッポンそっくりで、本人が力を使う使わないにかかわらず、沈みはしないのだ。これこそ人びとの誉め讃える〝水魚の情〟というべきである。ずっと後年、季工作組のあの頃をふり返ると、ただ沈黙して感慨深く承認せざるを得ない。つまり、彼は十二分にちゃんと村の隅々まで走り回って、貧農及び下層中農の訴えに耳を傾け、運動の進展情況を視察した。人びとの暮らしは日一日と苦しくなって行ったけれども、それでもなお後の時代の沢山の新しいスタイルはあの頃から始まったような気がする。

　楊文彰が捕まったあの日の朝、鄢崮村ではまたある不思議な出来事があった。つまり、とっくに食肉処理場に送られて、屠畜業者の法堂にばっさりやられるはずの老いぼれの斑馬《まだらうま》が何と最後の頑張りの末に仔馬を産み落としたのだ。村の人たちは大いに喜び、我先にと飼育室に駆けつけて、血まみれで四肢を突っ張っているこいつがどういうふうにして胎衣《えな》の中から抜け出してくるのかを見つめ、またこいつの体を保護するためのあれこれの補助帯だの補助マットだのの準備に駆けまわる。ところが、あたりに大量の青草の準備がない。次いで、黒女《こくじょ》のおとっつぁんがてんてこまいの大忙し、その女房もまたいっしょになって重湯を炊くやら大豆粉を碾《ひ》くやら、まるで自分の子供が生まれたみたいである。

　晩に社員大会が開かれた。会議は甚だ重要であるから黒女のおとっつぁんも参加しないわけにはゆかない。老いぼれは一日の奮闘でくたびれ果てているものだから、壁に寄りかかって寝てしまう。いびきがあまりに大きくて会議の正常な進展に影響する。季工作組は甚だ驚き、立ち上がって灯りを透かして老人をしげしげと見て、心の中で思う。この世の中には何とこのような党中央毛主席の指示を屁とも思わない輩がいるのだ。そこで、手を挙げて、大隊の文書係の根盈《こんえい》に合図し、文書の読み上げを一時中止させて、黒女のおとっつぁんの眠りを覚まさせて言う。「爺さん、立つんだ」黒女のおとっつぁんは立ち上がったものの、ゆらゆら揺れていて、何が何だか訳がわからない。季工作組は言う。「気をつけ」黒女のおとっつぁんはやはりふらふらしていて、「気をつけ」とはどうする事なのかわからない。季工作組は突然ありったけの声を張り上げて「気をつけ――」と喚く。これは完全に軍隊の正式号令で、老人には通じない。まるで意味がわからず、ペタンと尻もちをついてしまう。

　季工作組は黒女のおとっつぁんを指さしながら、顔を葉支書《ようししょ》の方に向けて問いかける。「この爺さんをどうしたものか？」葉支書は言う。「爺さんは餌をやって家畜を飼う以外のことは何も知らない」季工作組は言う。「そーなのか？　ずーっとこんな状態のままでは話にならないだろが？　爺さんを主席台に引っ張り上げて教育を受けさせろ！　わたしがこの度みなさんのこの地に来たのは主としてこのまるで何もわかっちゃいないという状態を打開するためなのだ！」民兵が命令を受け、老人の袖をつかもうと思ったところ、黒女のおとっつぁんは両足を踏ん張って、思いっきり天にも届けとばかり、喚きだす。「俺は餓鬼のころから物乞いしてきた。捕まえるなら捕まえろ！　餓鬼のころから物乞いしてきた俺を捕まえろ！　物乞いさえも取っ捕まえるとは何とまた恐ろしや……」

　会議の雰囲気はその瞬間俄然沸騰した。黒女のおとっつぁんがどんなに暴れもがこうと、一団の年若い民兵たちの制圧に抗し得よう？　たちまちてきぱきと主席台上に担ぎ上げられてしまう。季工作組が叱責して言う。「おまえはちゃんとおとなしく会議の文書を聞け。俺たちはおまえみたいな貧農・下層中農を決して闘争にかけようなんて思いはしない。ただし、おまえは耳を澄ませてよくよく聞き、教育を受けなくちゃだめだ。誰がおまえを闘争にかけようなんて思うか？　ちょっとおどかしただけだ！」

　季工作組が話している間に葉支書がちょっと立ち上がるが、その直後にどたばたの騒ぎがあり、数人の民兵が乱れ放題の髪の毛をした人物を引っ張り込んで来る。主席台の後ろにいた社員たちはつぎつぎに立ち上がって誰だろうと見る。この時の楊文彰は眼鏡はなくて、顔は土気色、背丈も普段より幾寸か縮んでしまい、一見して汚れ放題、正しく所謂斯文掃地《しぶんちをはらう》〔文化や文化人が尊重されない〕の態である。根盈は慌てて率先してスローガンを叫び出す。場内唱和するのはわずかに幾声かですぐに終わる。これを見た季工作組はいらだって根盈をどやしつける。「馬鹿者が、何をしてるんだ！」どやしつけながら、手を振り回して社員たちに座るように指示する。

　社員たちはどうやら座ったが、黒女のおとっつぁんはもう立っていられないから帰るつもりでいる。季工作組は早速怒鳴りつける。「この老いぼれが。ぐずぐずしやがって。今日は先ずおまえから告発するんだ。おまえの目の前に立っているこいつは誰だと思う？」黒女のおとっつぁんは言う。「知っていますとも。楊先生だ」季工作組は言う。「何だと。だからおまえは学習が足りないと言うんだ。まだ強情を張って。あんな奴、どうしてまだ楊先生なんて呼ぶんだ！　あいつは反党分子で、おまえは貧農・下層中農なんだぞ。おまえの階級的立場はどこへ行ってしまったんだ？」黒女のおとっつぁんはただもうぐうの音もない。季工作組は言う。「いいか、おまえが先ず話すんだ。うまく話せたらそのまま下がっていい」黒女のおとっつぁんが言う。「何を話せばいいのか、俺にはわからねぇ」季工作組は言う。「よーく考えるんだ。これまでにおまえはあいつが何か悪い事をするのを見なかったか？」黒女のおとっつぁんは頭を垂れて、しばらく考えた末に言う。「見たことがない。ただ一度、俺が畑のあぜで草を刈っていたら、先生が柿の木の根方の俺の尻の後ろの方で大きな口を開けて本を読んだんだ。とてもでかい声でうるさかった。楊先生はどうしたのかなと思ったけれども、先生は夢中なものだから、どんどん俺に近づいて来たんだ」季工作組は慌てて問いただす。「何を読んでいたか、はっきり聞き取れたか？」黒女のおとっつぁんは言う。「聞き取れた。暴風雨がまさにやって来る、と言った。暴風雨がやって来るってな。その時俺はおかしいなと思った。お日様はかんかん照っているのに、何で暴風雨が来るなんて言うのかと思った。ほかにも何か言っていたけれども、もう覚えていない」

　楊文彰は振り向いて咳き込みながら弁解して言う。「あれはゴーリキーの文句だ」季工作組はそれを遮って言う。「嘘をつくんじゃない。おまえは明らかに爺さんの後ろにくっついて喚いたんだろう。何で赤の他人の高《ゴー》二斤《ルジン》のせいにするんだ！　高二斤っていうのはどこの村の者だ？」黒女のおとっつぁんは言う。「知らねぇ。喋っていたのはあの人で、高二斤じゃない。俺は幾十歳という年寄りで、何で嘘をついて人を騙《だま》したりできるかね？」季工作組は言う。「おまえの報告内容は大変いい。この件はとりあえず根盈が記録しておくから、おまえは下がっていい。さっき家畜の世話の事を気にしていたが、おまえの今夜の態度についてはもう追及しない。以後しっかり学習するんだぞ」黒女のおとっつぁんはこう言われて退去する。

根盈は大声で劉社宝《りゆうしやほう》を呼ぶ。劉社宝は五年クラスの級長だが、人好きのするまるい卵形の顔立ちで、以前は毎日楊文彰の尻にくっついてとても可愛がられていた。楊文彰はかつては嬉しくて堪らぬという様子で、その頭をなでながら、他の学童たちに向かって「劉社宝という鄢崮村のこのずば抜けた人材は、将来は大作家になるかも知れない」と言った。劉社宝本人はもう作家になったようなつもりになり、周りの学友たちは大いにこれを羨望した。劉社宝は主席台の前に駆け寄り、とっくに書き上げてあった原稿を取り出して、非常に口調のいい標準語で読み出す。原稿はとてもよく書けていて、普通の人には思いつかないような沢山の語彙が使われている。台下の社員たちは聴きながら盛んに褒めそやす。社宝のおつかさんはとっくに息子の今晩の出番を承知していたらしく、わざわざ照明の明るい所に座って面を上げて四方を見回し、息子の挙動の一切を視聴する。

次いで発言したのは猪娃《ちよあ》である。猪娃の様子は劉社宝と比べると明らかに見劣りする。自分でもおびえてしまってブルブル震え、蚊の鳴くような小さな声は本人だけにしか聞こえない。原稿も練れていなくて全篇ただモグモグ言うだけで、皆の爆笑を誘う。季工作組も匙を投げたような顔つきになる。ちょうどうまい具合にその時、呂中隊長が部下の一隊を率いて勢いよく走り込んで来る。彼は主席台上に鎮座するや、季工作組の耳元に口を寄せて言う。「問題の調べはついた。会が終わったら、あんたと葉支書に詳細を報告する」言い終わるとまた立ち上がって台の前の方に歩み出、彼を見てぶるぶる震えている楊文彰を無造作に何回か懲らしめ、頭を下げてちゃんと立っているように促す。話によると、楊文彰はすでに一人で幾度か呂中隊長の懲らしめを受けているので、それですぐにおとなしく屈服する由。会議は継続進行する。引き続き、皆から大法螺吹きとの尊称を奉られている賀《が》根斗《こんと》が発言する。

こいつは確かにその名にたがわない。原稿も持たずに主席台上に立ったこいつを見るに、腰に麻縄を結び、両手を袖に入れ、落ち着き払って先ず四句の詩文を唱える。「社会主義は実に宜しく、労働人民は腹いっぱい食べられる。社会主義の道路は広く、人民の力量は無限だ。社会主義の灯火は明るく、貧農の子女が学校に行ける。社会主義を発展させるには、楊先生との闘争を緩めてはならない」葉支書が口を挟む。「もう楊先生と言ってはならぬ。楊文彰だ」根斗は慌てて言い直す。「そう、そう、楊文彰です」そうして、手を上げ、口調を変えて言う。「今日はぁ、俺はここで楊文彰が貧農・下層中農の子女から無理矢理学費を強奪した問題を暴露し、批判したい。家の馬鹿息子の事だが、去年の秋だった、学校が始まって三日も経たないある日、泣きながら戻って来た。どうしたんだと尋ねると、息子が言うには、あの楊先生が戻って銭を持って来い、銭を持って来ないなら学校へ来てはだめだと言ったとの事。息子を見ると、その泣き方は哀れきわまりない。それで、俺もいっしょに涙を流してしまった。心に思ったよ。これはどういう事だ？　旧社会の地主や大金持ちは俺ら貧農・下層中農を圧迫したが、現在は新社会になったんだ。地主や大金持ちは打倒されたのに、まだ俺ら貧農・下層中農を圧迫する奴がいる。俺は聞きたい。ああいう奴をどうすればいいんだ？楊文彰、そう楊文彰、おまえは地主・大金持ちよりももっとひどい。地主や大金持ちだってたまには幾日か勘弁して期限を延ばしてくれたのに、おまえときたら、少しの手加減もなく脅しつけ、可哀想な家の馬鹿息子を何が何でも学校から追っ払いやがった。息子はぴーぴー泣き、気がふさいで顔は提灯みたいにふくれてしまった。楊文彰、おまえという奴は、そのやり方があまりに悪辣ではないか？」言いながら賀大法螺吹きはまた涙を流す。

根盈は慌ただしく皆を率いてスローガンを叫ばせる。闘争会は盛り上がり、楊文彰の頭はこの時ますます低くなる。季工作組の顔についに喜びの色が浮かぶ。スローガンの声が収まるのを待って、季工作組は立ち上がり、数回咳払いをして、言う。「広大なる貧農及び下層中農の社員同志諸君、貧農社員賀根斗の発言、何というすばらしい内容だ！　皆さん、彼の発言の内容を真剣に考えよくよく会得してくれ。彼のこの発言は皆さんに対して一つの道理を説いているんだ。地主階級は我々に打倒されたけれども、それでもなお現在、地主階級がやれなかった事をやり、引き続いて貧農・下層中農を抑圧する一群の連中がいる。我々の目の前に立っているこの反動分子楊文彰こそこの手の代物で……」

かくかくしかじか、ひとしきりの発言は金玉を地に擲《なげう》つ如く、まったく音吐朗々。季工作組本人は自ずと鄒崮村人の心中においてますます重要な、ますます格好いい存在となる。甚だしきに至っては、その馬面や不自由な脚までもが人びとを羨ましがらせる。それらが彼をして凡俗と異ならしめ、意気軒昂たらしめるという事らしい。

　話がここまで来れば、季工作組とは如何なる人かという事になるだろう？　季工作組、本名季世虎《きせいこ》、幼名は虎《こ》娃《あ》、隣の葛家荘の人。幼時、西溝峁上で羊を飼っていた。ある日の真昼、一人の褡連《ダーリエン》〔長方形の袋で、二つ折りにした中央に口があり、その両端が金銭や物品を入れる袋になっている〕を背に掛けた男が溝底からゆっくりと上がって来るのが見えた。近くの崖の下まで来るとふらふらとよろめいたと思ったらばったりと倒れてしまった。この時、手脚のよく働く敏捷な子供だった季工作組が駆け下りて傍らに立って様子を見ると、この人の目は閉じられ、呼吸も乱れている。餓えのせいでとうとうここで倒れてしまったのだとすぐにわかった。あるいは季工作組には神様が助けてくれる運命が備わっていたのか、何と彼は奇特にも自分の半欠けの玉蜀黍《とうもろこし》マントウを取り出して、男の手中に押し込んだ。男はそれが食い物だと知るや、即座にぐっとつかんで二口三口でのみ込んだ。次いで彼は持っていた水の入った瓢箪《ひょうたん》を手渡した。受け取った男は栓を抜いて幾口か飲んで彼に返した。ようやく人心地のついた男は、彼を上から下まで注意深く見わたした後、生辰八字〔出生の年月日と時刻を表す干支《えと》を組み合わせた八字。運勢を占う際に用いられる〕を問うた。彼はいちいち復命した。その人は指を突き出して、順番に数えながらいかにもそつがなく筋が通っているように話し出した。

「いい子だな。おまえの天門には魁星〔北斗七星の第一星から第四星までの星、または、その第一星〕が一個あって、地坎には禍溝が一本ある。生涯おまえは禍によって福を得、また福によって禍に転ぶという事だ。ただし、福は縁がなければ賜れないし、禍は故なくして降るはずがない。おまえの今の年齢から推算して、十八年後、おまえの禍溝は充満し、魁星は覆い隠される。まさに瀕死の災難を被るだろう。今日俺に会ったのは当然おまえに福があったわけだ。俺がおまえの禍溝の通りをよくし、天門を正しく位置づけてやるから、成年の後には七品の官に至り、時の朝廷の百石の俸禄を受けられるはずだ。生涯たとえ大難に遇ったとしても、死にまでは至らぬだろう」言いながら、彼に呼びかけて地べたに長々と寝そべらせ、何やら手つき足つきしつつその体や顔をしばらく撫で回した。それが終わると男ははっはっはと一笑し、

「いい子だ。俺とおまえは今日本当に結縁したんだ。俺

たちは数年後また会うはずだ」と言い、言い終わると振り返りもせずに、東側の土の道の方へ飄然《ひょうぜん》と立ち去った。

この男の言った事には果たしていささかの霊験があった。十八年の後、季工作組は抗米援朝の戦場において、一機の米軍機の爆撃に遭遇した。同じ濠にいた三人の同志はそろってあの世に行ったが、彼は一本の足に傷害を負っただけで、その他は無事だった。帰国後、初め農業機械站の站長になったが、その後、鄒崮村において一年の運動をやった。県に戻って幾日も経ないうちに県の革命委員会主任に選出された。これは七品の官になるという事そのものだろう？　そうだろう。半欠けの玉蜀黍マントウが七品の県官に換わった。これこそ特大の怪事と誰でも思うだろう？

## 6　季工作組は富堂の家で晩飯を呼ばれる。富堂の妻針針は季工作組のいとこ

季工作組《きこうさくそ》は夜は大隊本部のオンドルの上で眠り、根盈《こんえい》のような青年たちの世話を受け、オンドル焚きやら水汲みやらをしてもらい、まずまずどうにか暮らしてきた。つまりは一介の武人であり、多年外地にあってこのような孤独な異郷暮らしにもなれている。ある日の午後、外には雪が降り始め、季工作組は窑洞《ヤオトン》の中に独り座って頭をかしげてぼーっとしている。ちょうどその時、窑洞の外で突然変な物音がする。振り向いて見ると、色白の垢抜けした顔の女がこっちの様子をうかがっている。季工作組はいぶかって何者だと問う。女はおずおずしながら入って来て、オンドルの縁に腰を掛ける。季工作組は頭をかしげてちらっと女を見る。一目見て声をのみ、みずみずしい良い女だなと思う。ここに彼女を詠んだ詩がある。

　バディはほっそりなよなよと、お手々は白く柔らかい。
　柳が風に耐えないような、あんたの豊かな黒髪よ。
　きれいなべべ着て、あでやかに美しいその姿。
　身を任された男はメンロメロ、魂抜けてフーニャフニャ。

様子を見てとった季工作組は優しく女に問いかける。「あんたはどこの家の者だ？　俺はどうもあんたを見かけたことがないが？」女はにっこりほほえんで言う。「家は村の西にあります。家の人の姓は張《ちょう》で、名前は富《ふ》堂《どう》といいます。一昨昨日《さきおととい》の晩飯時分、わたしはあなたと一団の人たちが話をしながら家の門の前を通り過ぎるのを見ました。その前の日、わたしは羊甫河《ようほが》の実家に戻って、わたしの母の姉妹の女婿《むこ》さんと話をしました。いろいろ話しているうちに、何とあなたはわたしのおばさんの息子さんなんです」季工作組は問う。「あんたのおばさんの家はどこだね？」富堂の細君は言う。「斉家河《せいかが》にあります。話を聞くと、わたしたちはやはりいとこ同士なの。あの女婿さんはあなたの良いところをいろいろ語ったわ。あなたは小さいころから群を抜いていたって言ったわ。あなたが小さい子供たちを引き連れて、廟の中でどんな難しい話をしたか、どういう風に説明したか、

生まれつきすでにお役人になる相があった事などを話してくれたわ」

季工作組はちょっと思案してから顔を上げて、窰洞の天井を見る。それからまた頭を下げて、白い柔らかな片方の手の指でオンドルの端の竹のござをむしっている女の甚だ所在なさそうな様子を見る。薬支書《ようししょ》が工作報告をした際に、この村の幾人かの嬶《かかあ》たちが従来正規の野良仕事に従事した事がないと聴いた事を思い出す。女の容貌、年格好などからすると、その類の一人のように見える。とうとう女にかまをかけて言う。「大衆からの報告を聴くと、あんたは一年四季あまり集団労働には参加しないそうだな」これを聞いた女はすぐに頭を上げ、目を赤くして憤然と言う。「みんなでたらめを言って。わたしが何故一年四季労働に参加しないのか、あの人たちにどうしてわかるの？　もしもこんな難病に取り付かれなかったら、わたしだって労働に参加して点数をもらいたいわ。労働点数が安いから嫌がっているだなんて、そんな！」季工作組は穏やかに問う。「何の病気だ？」女は顔を背けて壁に掛かった毛主席の像を見ながら言う。「リューマチみたいな。あちこちの医者に診てもらって漢方薬を幾箱か飲んだのですが、よくなりません」季工作組は言う。「毛主席は病気というものについて大変正確に述べておられる。病気というものはすべては気持ちによると言われた。気持ちが散ったら薬用人参を服用したところでよくなりっこない。毛主席の処方は運動をする事だ。運動すると血脈の通じがよくなって、病気は自然と消えてゆく」女はうなずきながら言う。「お話はもっともだわ。だけど、わたしの場合はそう行かないのよ。ここ半年ほど、ゆっくり休む暇もないの。畑仕事の鋤の柄を放り出したら竈《かまど》の前で杓子を振り回す。朝起きてから夜になっても忙しい」季工作組は言う。「あんたは何しに来たんだね？」すると女はこう言う。「昨日の夜、家の人はあなたがとても頭が切れ、凄い力量があり、弁も立つと言ったわ。わたしはあなたが実家の親戚続きだと言ったの。だけど、家の人はまるで信じないで、家の祖先のお墓にはそんな風水はないし、あんな大官の親戚になるはずがないと言うの。わたしが例などあげて細々説明したら、どうやら信じた様子だけど、まだ確かには信じていないのよ。あなた、試しに家に来て欲しいんです。あなたが来れば信ずるわ。家の人は言うの。家の親戚であるからには身内同然のつながりだ。忙しいところだろうが、ちょっと時間をやりくりして、家に来てご飯を食べてもらえ。それが俺たちの気持ちというもんだって。わたしは言ったの。季工作組様は国家幹部よ。家のようなこんなぼろ家の台所に来るのは嫌がるかも知れないわよって。家の人は言うの。そんな心配は要らない。季工作組は貧乏のことはよくよくわかっているお方だって。それで、わたしが明日行ってお願いするって言ったら、だめだ、今日行って来てもらえって言うの。是非来ていただきたいんです」季工作組は言う。「嫌がるなんて、そんな事はあるはずがない。貧農・下層中農の家ならばどこでも行けるし、こっちへ行ってあっちは行かないなんて依怙贔屓はしない。ただし、党の政策として、どこに居ようと一切私情は挟まない。だが、あんたが話したような事情でちょっと飯を食い、世間話をするのは自ずとこれ人情の常というものだろう」富堂の女房は面を上げてにっこり笑い、言う。「有り難う。今晩わたしが取り片付けて準備をし、頃合いを見て家の人をあなたの所へ迎えに来させるわ」季工作組は深く考える事もなくうなずいて承諾し、両の目でこの人妻を注視する。女が立ち上がって門を出るのを見ると、声を張り上げて一言喚く。「見送りもせんで」女は外から返して言う。「どうぞお構いなく」季工作組は心中思う。諺に〝貧乏していると繁華な町に住んでいても誰も訪ねて来ないが、富貴でありさえすれば山奥に住んでいても遠縁の者まで訪ねて来る〟と言うが、実にその通りだなぁと。

果たして日暮れ時になると、キセルを携えた老人が大隊本部の中庭に入って来る。治安保衛に責任をもつ民兵がこれを遮って尋問する。答えは季工作組に晩飯を食べてもらうように呼びに来た、との事。季工作組はちょうど葉支書等一団の人びとと会議中であった。民兵の報告を受けると、葉支書に言う。「今晩の割り当て飯〔一時的に農村に滞在する幹部や学生などが割り当てられた農家でする食事〕はいらない。飯を食う所ができた。今朝初めて知ったんだが、この村の西端に住む富堂は俺のいとこの亭主なんだ。幾度も呼ばれているんで断りきれない。今晩はそこで飯を食う」これを聞いた葉支書はびっくりして慌てて言う。「何と、そう言う事ですか。急いで老人をお呼びしろ」民兵は直ちに門外に到って呼ばわる。老人がドアを入ると、葉支書ら一団の人びとは大急ぎでオンドルから下りて出迎え、口々に富堂兄と声をかけ、手をかしてオンドルの上に引き上げて座ってもらう。富堂老人の家は代々こんな待遇を受けたことがないから一時てんてこまい、キセルに火もつけられない。とうとう根盈がランプを持って来てつけて差し上げた。

季工作組は県側が下したばかりの小さな紅い本を持って富堂の家に来て飯を食う。暖かいオンドルの上に腰を据えると、富堂の家の男の子一人と女の子一人とがとても珍しがり、争って引っ張りあってその小さな紅い本を見る。季工作組は太っ腹なところを示すように「破いちゃだめだぞ」と言って、二人が取りあうのに任せる。富堂もまたちょっかいを出して争いに加わりながら、いぶかしげに「これは何だい？」と問う。季工作組は重々しげに言う。「『毛主席語録』だ。今後は何をするにしても、万事これに由るのだ。中に書いてあることはまったく行き届いており、天上地下の一切、何でもとりまとめて説明してある。一句一句が真理であり、一句が一万句に相当する」富堂は悟ったらしく、男の子に言う。「扁《へん》扁《へん》、手を放して叔父さんに渡すんだ。それはおまえたち小さい子のおもちゃじゃない。汚したりしたらどうするんだ？」富堂の嫂はそこにいて、竈の火の熱気を我慢しながら話を聴いていたが、慌ててやって来て、扁扁がランプの下で手にしている『語録』を見ながら言う。「本当に珍しい。とっても貴重だわ。独り占めはだめよ。姜《きょう》姜《きょう》にどこか読んでもらって」姜姜と呼ばれた女の子もどうにか『語録』を手にする。最後これを収めた季工作組が頁を開いて大声で読み出す。「みんな聴け。毛主席は俺たちに教えてこう言っているぞ。〝鐘は叩かなければ響かず、テーブルは運ばなければやって来ない。箒で掃かなければ、ちりやほこりはそのままで、ひとりでに消えはしない〟って」読み終わると、教え諭すみたいに、富堂に言う。「ほら、毛主席の話はまったく理にかなっているだろう。俺たちこの人間社会の大勢の男女の滑った転んだなどという些細な事柄の道理を含め、一切万事が見通されている。偉大だとは思わないか？」富堂はまるで訳がわからないけれどもしきりにうなずく。

ちょうど話しているところへ、富堂の嫂が四角な盆を捧げ持って来る。載っているのは四種類の小品で、唐辛子・塩・つまみ菜・塩漬け白菜。赤いのも有り白いのも有り、見た目もさっぱりと取りそろえられている。季工作組は尻を後ろにずらし、明るい場所を空けて盆を置けるようにする。次いでうどんが運ばれて来る。彼は富堂と顔を突き合わせて座り、箸を取り上げるや、富堂の嫂に言う。「あんたも来いよ」しかし、竈の前の彼女の「あなたは自分の分を食べて下さい。わたしと子供たちは竈の所で食べますから」との返事を聞くばかり。

この晩飯はとても美味《うま》かった！　葉支書が言うとおり、富堂の嬶は体が弱く、病気持ちで、骨折り仕事はだめだが、細くて長い良いうどんを打つ。季工作組は口を尖らせてシュルシュルシュルとすすり込み、大した時間もかけずに、何と大碗二杯を腹に収める。食べ終わると汗を拭った。富堂の嬶は言う。「もう少し盛りましょう」

季工作組は急いで言う。「もう結構、もう結構。とても美味かった！」言い終わると、フーッと長い息を吐いた。富堂は碗を置いて言う。「満腹かね」季工作組は言う。「満腹、満腹。身内の家に来て体裁をつくろいはしないよ」富堂の嬶は言う。「まったくそうよ。ここへ来たら、自分の家だと思って、何でも自由にして下さいよ。これからはいっそ家で食事して下さいよ。割り当て飯は便利だけど大体あまり美味《おい》しくないんじゃないの？」季工作組は言う。「それもそうだな」季工作組は言いながら、突然灯りの下の嬶が紅い唇と白い歯を顕わにし、人を寄せて世話したがっていることに気づく。富堂の方はと見ると、ずーっとおしだまり、楡の木の幹みたいに顔中しわだらけにし、門の土台石みたいにどてっと座って甚だ釣り合わない。それを見ながら紙巻きタバコを取り出して、富堂に一本を勧める。富堂はキセルを取り上げて言う。「俺は紙巻きタバコはやらない」季工作組は退かずに言う。「一本やってみて」富堂は手を震わせて受け取る。二人は灯火で火をつけて吸いだす。季工作組は見たところあまり沢山は吸わない。一口吸っては一口吐く。一本のタバコを吸い終えてようやく親戚の間柄の事情が話題になる。季工作組が話をする。「俺は子供のころに軍に入ってしまったものだから、誰が同郷で、誰が親戚だとか、まるでわからないんだ！」

ひとしきり世間話をしていたが、季工作組は袖口を捲り上げて腕時計を見て言う。「もう十時だ。帰らなくちゃならん。根盈はオンドルを焚いてくれているかな」富堂の嬶は言う。「それならここに泊まれば。東側の窑洞のオンドルはホカホカ暖かいわよ。大隊本部のより十倍も暖かいわ」季工作組は言う。「それはだめだ。明朝早くいろいろ手配しなくてはいけない仕事があるんだ」そう言うとオンドルから下りる。富堂と嬶に付き添われて窑洞の門口を出る。

中庭に来ると、富堂の嬶はまた言う。「あなた、家の東側の窑洞をちょっと見て。よかったらいつでもいいから引っ越して来れば」季工作組はこれに応じて、女について東側の窑洞に行く。富堂は慌てて油ランプを点す。

季工作組が一目見ると果たしてとてもいい場所だ。オンドルの上面には大きなござが敷かれてぴかぴか光っている。暖められてあるのは勿論、周囲みな新聞紙が貼ってあり、置かれている小卓の上も清潔できちんと整えられている。重ねられた一組の真っ赤な布団は彼のためにとっくに準備したもののようである。季工作組はまるで感心してしまって言う。「これはいい。これはいい。明日また来て、その時にあんたと話をしよう」富堂の嬶が嬉しくて顔をほころばせて笑う様を見ては、早速問う。「普段この窑洞には誰も住んでいないのか？」富堂の嬶はちょっと口をゆがめて笑いながら言う。「わたしは子供たちが騒ぐのがうっとうしいので、普段一人でここで休むの。あなたが来るならここで寝るといいわ。ここに来さえすれば、あなたの身の回りの面倒も見てあげられるわ」季工作組は何も言わずに窑洞の門口を出たが、屋根付きの表門の下での富堂との別れの挨拶は欠かさない。

　季工作組は星空を見上げ、何回か大きな咳をし、それから、足をぐっと踏み出して、ガクンガクンと揺れながら大隊本部へと歩いて行く。夜もこの時分になるとことのほか静かである。通りの両側の樹木や豚小屋の類はみな変化して沢山の奇怪不可解な黒い影となっている。季工作組は兵隊の出身ではあるが、こんな片田舎では心中総じていささか臆病である。現在、階級闘争の形勢は複雑であり、どんな場所に悪人が潜んでいつ彼に飛びかかって報復するか、知れたものではない。百歩ほど歩いた所で、突然微かに人の声のするのを聴く。その声はとても小さく、自分が憶測する幽霊や妖怪の声にそっくりである。季工作組は立ち止まり、じっと耳を凝らす。人が小さな声でむせび泣いているようだ。季工作組は警戒心を高め、自分の障害に打ち勝ち、足音をひそめて身をかわす。果たして、ある家の大門の通路の所に黒い人影が蹲《うずくま》っている。その影はひたすらむせび泣いている。季工作組は大きな声で言う。「あんたは誰だ？」その黒い影はぶつぶつ言っている。季工作組は言う。「大きな声で言え。さっぱり聞こえない」黒い影は大声で言う。「有柱《ゆうちゅう》」季工作組は人びとが常々言っている村のあのうすのろだと思い当たり、うなずいて言う。「わかった。だけど、どうしてこんなに遅くまで寝ないで、泣いているんだ？」有柱は言う。「家の子が門の閂《かんぬき》をかけてしまって俺を入れてくれないんだ」季工作組は言う。「わかった。だけど、あんたみたいな立派な大人が何で屁みたいな餓鬼のするままになるんだ？」有柱は言う。「家のあの子はとっても悪いんだ。あんたは知らないだろうけど」季工作組は手を貸して、ドンドンと門を叩き、さらに門を押す。ガシャと音がして、門がひとりでに開く。季工作組は言う。「根性無しの豆腐売り——人はぐずぐずず、豆腐はぐちゃぐちゃ！　門は開いたぞ。何故まだ蹲ったままで中に入らない。誰が怖いんだ？」有柱は慌てて立ち上がり、緊張しきって転がるようにして身を進ませる。子供がまた門をかけて入れなくなるのを恐れているみたいだ。季工作組はひそかにおかしがり、田舎はやはり田舎で、それぞれに各種各様の不可思議な事があるものだと、心に思う。

## 7　父有柱は息子雷娃を泣かせる。祖父鄧連山は侠気の人だった

息子がその父親を閉め出したのは寒い冬の旧暦の十二月である。父親は門の外で凍えて泣いていた。あんたはこれをどう思う？　打ち倒された王朝はあるが、打ち殺された親父はいないと言わないか？　息子がこんな仕打ちをするには彼には彼なりの理由があろう。理由もなくてこんな虐待をするはずはなかろう。

どういう訳か、季工作組《きこうさくそ》がやって来てからというもの、村内はにぎやかになってきた。乾ききって風の冷たい黄土斜面が以前に比べて随分ホットになった様子だ。ここのところ、人びとは誰ももう暇にはしていない。畑から戻って晩飯を済ませた男たちは一人また一人と目隠し塀の前に寄ってきて、情報を交換し、朝廷の政治を論議する。女たちも家での糸を紡いだり布を織ったりの仕事を放り出して、遅れては大変と大きな槐《えんじゅ》の木の根方に駆けつけ、耳をそばだて、目を凝らして向かいの目隠し塀の所での男たちの話に探りを入れる。論は毛主席は俺たちの中国の歴史上の一大有能人だということから始まり、その間違いない原因は、民衆の気持ちを最もよく理解しているからだということになる。彼はおおよそ人民が日が昇れば野良に出て働き、日が沈めばしまいにし、甚だ所在なくしていることを見通し、そこで、みなが気晴らしができ、退屈しないようにと考えた。そこで彼は断固として言った。「みなは国家の大事に関心をもたなくてはならない。無産階級の文化大革命を徹底的に遂行しなければならない」

この日の昼、有柱《ゆうちゅう》の息子の雷娃《らいあ》は元気溌剌として勉強を終え家路についた。村外れまで来ると、目隠し塀の所でわいわいがやがや熱気大いに高まっているのが耳に入る。社員たちがグルッと環になって猿回しを見ているみたいだ。雷娃が環に入って見ると、自分の父親が衆人の熱狂下、もんどり打って全身土まみれに転がされ、醜態をさらしているではないか。雷娃は憤慨に堪えず、父親に跳びかかって、打つやら蹴るやら。みなはこの様子を見て、慌てて引き離す。鳳堂《ほうどう》が言う。「雷娃、おまえ父ちゃんのチンポコ見たことあっか？」雷娃は振り向いてそいつを罵る。「おまえこそ自分の父ちゃんのチンポコ見たんだ」その場にいた者みな大爆笑。鳳堂は顔を赤らめ、懐からマントウを取り出して有柱に呼びかける。

「もう一回とんぼがえりをしろ。そしたら俺は今度は本当にマントウを捨てておまえにくれてやる」みなも脇から勧める。「もう一回とんぼ返りすれば、鳳堂は本当にあの白いマントウをおまえにやるって。やったほうがいいぞ。やれよ」有柱は紅くなった目を見開いて呆然とマントウを見つめ、息子がその場にいることには気を遣わずに言う。「おまえたち人を騙そうって。嘘ばっかり言って！」みなは言う。「もしも鳳堂が本当にくれなかったら、俺たちみんなでおまえのために奪い取ってやるよ」雷娃は泣きだして、父親の上着を引っ張りながら言う。「父さん、帰ろうよ。あんな奴の腐れマントウなんか」有柱は息子の手を払いのけ、その刹那に頭を逆さまにしてドタンともんどり打って地べたに仰向けに横たわる。鳳堂は有柱がやはりまたとんぼ返りしたのを見るや、ハッハッハと笑いながら人混みを抜け出し、曲がり角を曲がって麦畑へと逃げる。立ち上がった有柱は土埃も払わずに鳳堂の尻を追う。それを見た雷娃もまた父親の後を追う。

みなは笑いながら三人が居なくなるのを見た末にようやくまた議論を始める。この時、甚だ弁が立ち、よくホラを吹く丟児《ちゆうじ》が如何にももっともらしく、感慨深げに「人を笑いものにしてはならん！　親父がだめだからといって、息子もだめとは限らない。古人も言った。一に天下を統べたる諸葛亮、二に天下を統べたる劉伯温〔伯温は字、諱は基。明朝開国の元勲〕、とな。自分の子孫が何者に為るか、誰にもわからない。雷娃が子供だからといって見くびってはならない。間違いなく大した根性だ。みなは今こそ彼を馬鹿にしているが、二十年の後にはあいつの面前で尻尾を垂れるだろう。俺たちのここを辺鄙な片田舎と思っちゃいけない。賢い子供が輩出して、一代一代と栄えることもある」

話し声の終わらぬうちに、雷娃が涙の目をこすりつつ、父親の袖を引きながら戻って来る。どうも鳳堂はさっさと逃げおおせてしまったらしい。それでかの有柱はギャーギャーと喚きちらす。顔を仰向けて口を大きく開け、罵りまくる。「鳳堂、俺はおまえの母親を……おまえはマントウを持っていて、俺は持ってないが、俺はおまえの母親が××を売って手に入れたマントウなんか食うものか――鳳堂、俺はおまえの母親を……おまえの母親が××を売って手に入れた腐れマントウなんか食うものか――」雷娃が言う。「喚くのは止せ。人を喚いて何になる。あんたは人に虚仮《こけ》にされるままだったんだ。誰のせいだと言うのだ？」と、言いながらみなの前を離れる。

雷娃は父親を引っ張って家に帰り、表門を入るとガシャンと閂《かんぬき》をかけた。昼飯を食うどころか、父と子とが門の内側に蹲《うずくま》り、鬱憤を抑えている。この時、前庭の粉ひき小屋の旋回路に繋がれている痩せロバが鳴きだす。これを聴いた雷娃ははたと思いつく。さっそくロバを窑洞《ヤオトン》の門口のズミの木の所に連れて来て、手に持った一本の柳の枝でその尻を打ちながら父親に向かって言う。「父さん、聞いている？　あんたはもうまるで根性がない。あんたは物の道理のわからないこのロバそっくりだと思うよ。何度言っても言うことを聴かない。強情さはこのロバそっくりだ。人前に出てはだめだと繰り返し繰り返し言っているのに、人垣に潜り込む。みなにおもちゃにされているのに、平気の平左でまるで気にしない。我が国の皇帝陛下にでもなって、みながあんたを囲んで万歳を唱えてくれている様な気分でいる。人間は面子《メンツ》によって生きてゆき、樹木は樹皮によって生きてゆくものだ。あんたは何度言ってもわからない。あんたはこのロバと同じだ。人にどんなにひっぱたかれたって、俺はもう知らないからな。父さん、父さん。あんたにせめてお祖父さんの気力の半分でも有ったらな。あんたに窑洞を閉めて、土地を買って大邸宅を建ててくれなんて事は期待しないよ。せめて人と張りあう気力の一口も有るといいのだが……」

雷娃はしゃべればしゃべるほど腹が立ってきて、それにつれてむち打ちもますます激しくなる。我慢しきれなくなったロバは尻を一振りするや蹴りつける。もう少しで雷娃にあたるところ。びっくりした雷娃は柳の枝を放り出して地べたに蹲り、どうしようもなくて泣きだす。その傍らに蹲った有柱は蓖麻《ひま》の茎を採って耳を掻いている。如何にも気持ちよさそうな顔をして息子の言うことなどはまるで聴いていない。

雷娃はひとしきり泣くと、登校の時間が迫ったことに気づく。窑洞の中に入って菜疙瘩《ツァイゴーダー》〔水菜類の野菜を刻み、適量の水を加えて小麦粉を混ぜ込み、これを鶏卵ほどの大きさに手で握ったものを蒸した食品。飯の代わりになる〕を一個取り出し、父親に数言懇ろに言い聞かせた後、食いながら登校する。午後下校すると、何と父親がまたまた目隠し塀の所で一塊の連中にそそのかされてとんぼ返りをしている。怒った子供は連中に向かって言う。「おまえらみんなやる事がないからといって、家の親父《おやじ》をからかって何になる？　暇にまかせていたぶるなんて！　親父が病人なのを百も承知のうえで、念入りに虐待する。もしもこれがおまえ等の家の年長者だったら、よくもこんな仕打ちができるか？」言い終わるや、自分は家の中に駆け込み、表門に閂をかけて父親を門外に閉め出した。

　有柱は門外に三、四時間蹲っていた後にようやく季工作組に出会ったという訳だ。季工作組が一押しすると門は開いた。元来この雷娃は甚だ聡明だ！　この子はとっくにソーッと閂を引き抜いていたのに、有柱は気づかずに、息子がやって来て入れてくれるのを漫然と待った。息子は窑洞の中で宿題をしながら眠りもせず、ひたすら今か今かと待っていた。この一家では、大人が大人になっておらず、子供が子供にとどまっておらず、凄惨の極みである。

　二十年以前、この家は鄢崮《えんこ》村中の立派な堂々とした一家であった。雷娃の祖父鄧連山《とうれんざん》の手元には百余畝の田土といざという時の壮丁《そうてい》の食料と馬匹《ばひつ》の飼料とを蓄えた数個の土甕《どがめ》があった。鄧連山自身もがっしりした体格の大男で、地主ではあったが、実直で人情深い人柄で、極めて誠実、困窮している人を助け、また人からの見返りを求めなかった。すべてを数十年の苦しい労働と節約とに頼って一財産を稼ぎだした。さらに言うならば、それは黄竜山の匪賊《ひぞく》がしょっちゅう下りてきては村民を騒がす歳月であった。穀物を奪い、妻女を犯し、悪事の限りを尽くす。かの鄧連山は長いライフル銃を抱えて自ら先頭に立ち、一頭の大きな雄犬のように村の安寧を守護し、人を感動させる麗しい沢山の伝説を留めた。それはまた彼ら一族の威名赫々たる時節でもあった。だが、解放以後は時に利あらず、政府より刑罰を科された。その上有柱という不肖の息子に巡り合わせ、その妻をもよく抑えられなくて、家内がゴタゴタして悪事が露見し、こうして一家は日に日に落ちぶれた。

　人の噂では、ある年の秋、村一番の器量良しの娘秋《しゅう》菱《りょう》は東側の土手の所の畑で収穫している最中に、黄竜山の土匪に襲われ、山寨に連れ込まれた。可哀想に十八歳の生娘は賊人どもに輪姦されてしまった。その後、山上の土匪どもは密かに話を持って来た。銀貨で二百元を持って来れば娘を渡す、との事。秋菱の父母は焦りに焦ってキリキリ舞いするがどうしてよいかわからない。この時、鄧連山は買って出て、鋤先一個の入った包みを手に提げ、ライフル銃を背負って一人黄竜寨に向かう。山門を叩いてから、そっちが人質を渡したらこっちが銭を渡れば此れこそ一世の英豪たり。

人家の建てこんでいるあたりに近くなると、土匪はもう敢えて追いすがらず、ようやく手を引いて、連山が秋菱を抱えて去って行くのをただ目を見張って眺めるのであった。土匪はそれでも憤懣《ふんまん》やるかたなく、夜に到って村内に人を遣わして、必ず報復し、連山のライフル銃を奪取する、と宣言した。とはいえ、後に到っても彼らはついに目的を遂げることはできなかった。

す、と宣言する。塀の上の土匪の頭目は鄧連山が並の輩でないことを知っているし、ハメられることを恐れてまるで受けつけない。先ず銭を投げ入れろ、それを数えて確認してから人質を渡す、と言う。両方角突き合わせて一日一夜言い争う。鄧連山はその間一睡もせず、動きもせず、ライフル銃を抱えて山門の下に立って待っている。最後とうとう土匪の側が譲歩し、秋菱を担いで山門を退くことになる。鄧連山は先ず秋菱を小脇に抱えてから包みを投げ込む。土匪の頭目がこれを開いてみると、何と銑鉄《ずくてつ》の一塊ではないか。騙されたと気づくや、一味を集めて追いかけて来る。鄧連山は片手で秋菱を抱きかかえ、片手でライフル銃を振り回す。二、三十人の土匪は気が狂ったみたいに猛追してくる。だが、ついに接近できなかった。且つ打ち且つ払い、その英武を極めた。ここにそれを証す詩がある。

ジャジャーン、刀は躍り、斧は飛ぶ。バッタバタバタ人は倒れて馬ひっくり返る。
刀光一閃すれば日月色を損じ、叫喚の中にまた風鳴雷動を聴く。
聞くならく、刀客《どひ》はみな命知らずの輩、連山を論ず

# 8　季工作組の夢。生産隊で産まれた子馬は女たちにたたるのか

この夜、季工作組《きこうさくそ》は富堂《ふどう》の家を出、有柱《ゆうちゆう》に代わって門を開けてやった後はそのまままっすぐ大隊本部に戻った。自分が住まっている窑洞《ヤオトン》の表で幾声か怒鳴ったが応答がない。文書係の根盈《こんえい》はぐっすり寝込んでしまったなと思った。ちょっと門を押してみてから、楣《まぐさ》〔門の上方にある横木〕に鉄の鎖が掛けてあるのに気づく。これはまずいなと思った。あいつは家に帰って寝てしまったな。たぶん今夜はオンドルも焚いてないな。慌てて鍵を取り出して門を開けて中に入り、手探りで灯りを点ける。手を伸ばしてオンドルの上の敷物に触れてみると果たして氷のように冷たくて、ゾクッとした。

この一夜、季工作組は酷《ひど》い目に遭った。敷き布団も掛け布団も冷たくて、体は一晩中暖まらない。明け方近くになって、やっと落ち着いて寝つけた。夢の冒頭は会議であった。仕事の次の段階の重点を論議している。彼は悲憤慷慨しつつ発言する。何をしているのかはわからないが、朝鮮の戦場に戻っているらしい。彼は手に自動小銃をひっさげて任務を遂行する。一面のコーリャン畑で、隙間なく植わっている。彼はこっちへ行き、あっちへ行きするが、道を見つけだせない。焦りまくって必死になっていると、突然一人の朝鮮のおばさんが目に入る。ほんの数歩の所で草を刈っている。彼は大急ぎで傍に行って問いかけると、そのおばさんは言う。「同志、わたしについて来なさい」彼を連れて少し行くと、何と道路に出たではないか。おばさんにお礼を言おうとしたその時、突然、おばさんと思ったのは実は富堂の嬶《かかあ》らしいことに気づく。どうして彼女がこんな所に来ているのか、心中甚だ奇異に覚える。そう思っているうちに、何と、富堂の嬶はズボンを脱ぎながらこう言うではないか「早く来て。ここなら誰も見てないわ」彼は言う。「だめだ。三大規律八項注意はあんたも知っているだろう。そこではいろいろな方面において俺たちに注意を与えているが、中でも一番大事なのは第七条〔婦女をからかうな〕で、誰も違反してはいけない。もっと言うなら、俺にはなお身に帯びた任務があり、あんたの相手をしてはいられないんだ」地べたに横たわった女は眉を顰《しか》めながら言う。「あんたがしないならしなくてもいいけど、そんならわたしがやってやる！　さあ来なよ。手間取らさ

ないで」彼は言う。「絶対にだめだ。俺たちは部隊なんだ。部隊の情況はひょっとしてあんたもわかっているんじゃないか。そんな事には融通をつけられないんだ」こう言いながら、映画の中の義勇軍の兵士と同じようにさっと手を振り、田のあぜに踏み出すや、振り向きもせずに、雄々しく勇ましく、意気揚々と前へ前へと進んで行く。歩いて歩いて、彼は自分が県の農業機械站《たん》の東の塀の外側の麦畑に着いたことに気づく。誰かが麦畑の奥の方で話をしているのが聞こえる。彼はそろそろと近づき、耳をそばだてて聴く。何と、楊文彰《ようぶんしょう》が農業機械站の技術員の老黄とぐるになり、站を爆破して、この夏の収穫・植え付け・耕作の仕事をだめにしようと密談しているのだ。爆薬包の導火線はすでに点火され、シュルシュルと火花を噴いている。と、見る間に、かの老黄が爆薬包を抱えてこれを塀の辺りに投げつけようとする。彼には国家財産が損失を受けるのをみすみす見過ごすことはできない。ぱっと跳びかかり、老黄を押さえつけて爆薬包を奪い取り、黄継光〔一九三一～一九五二　中国人民志願軍の兵士、朝鮮で戦死。民族英雄〕や董存瑞〔一九二九～一九四八　八路軍兵士、一九歳未満で戦死。抗日小英雄〕と同じように勇猛果敢に、数十メートル以上も離れた空き地へ突進する。しばらくして、爆薬包がまさに破裂しようとするその瞬間、一声高く叫んだ。「共産党万歳！」痩せた胸部でもって爆薬包の激しい炎と爆風を遮ったから、人民の生命と国家の財産は重大な損害を被ることを免れた。

奇妙な話だが、彼は自分が死んでゆくのを夢に見た。身は農業機械站の議事堂の長いテーブルの上に横たわり、沢山の人びとが涙を流している。彼本人さえもひそかに涙を流している。誰かが傍らで言う。「季世虎《きせいこ》同志は栄光のうちに犠牲となられた。彼はわたしたちの心中に永遠に生きている」続いてまた、毛主席が会議用のテーブルの向かい側に座られ、厳然たる面持ちでみなに向かってスピーチする。毛主席は言う。「我々の無数の烈士たちはこういうふうに栄光のうちに犠牲となった。彼らのために我々は数えきれないほどのこのような会を開催してきた。だが君たちの県でこのような会を開くのは初めてである。君たちの県は全国においてもほとんど無名である。だが、季世虎というこの英雄によって、わたしは諸君を知った。人民は諸君を知った」

毛主席のスピーチは一言一句彼の胸を打つ。彼はいつの間にか立ち上がり、抑えきれずに泣きだして、泣きながら大声で叫ぶ。「敬愛する毛主席、あなたはわたしたちの心中の最も紅い、最も紅い太陽です！」主席はこれを聴くと喜色満面、暖かな大きな手で彼の頭を揺り動かす。彼としては、自分の頭の格好が良くないことを内心甚だやましく思う。だが、毛主席そのお方はまるで意に介さず、微笑みながら言う。「季世虎同志、君は難しい任務を立派に果たした。大変な誉れだ！　わたしは君のような戦士を得たことを甚だ誇りに思う！」彼は腰を屈め、震えながら言う。「わたしは貧農の家庭に生まれました。党がわたしを育て、人民がわたしを育ててくれました」言い終わると、泣いて声にならず、何とも取り乱してしまう。泣いて泣いているうちに目が覚めた。

目を開いて見ると、一人の若者がオンドルの縁に座って微笑みながら彼を見つめている。根盈である。このおっちょこちょい野郎め！　さらに窓の方を見ると、真っ赤な太陽が昇ってきて、打ってつけての大晴天。根盈は言う。「俺が見てたら、あんたの頬はしょっちゅうひきつっていて、笑っているみたいだったよ」季工作組は仏頂面をしながら起き上がり、綿入れの上着をはおってからタバコを一本取り出して火をつける。根盈に対しては恨みを覚えるものの、毛主席を夢に見たことを思うと、胸中にまた大いなる歓喜がわき上がる！　さらに言うならば、老黄のような奴が破壊工作をするのに出会ったのは、死んでも悔いないところだ。子供を生んでこれを育てるといった世間並みの些事を擲《なげう》ったとて、よく英雄に、模範にならなくて何としよう。かの根盈がわきから言う。「昨晩、飼育室の馬が逃げ出して、村人全員が出て探し回ったんだ！」彼は問う。「おまえはどこへ行っていたんだ？」「俺も馬の後をたどって探しに出ましたよ！　ずーっと溝の縁をたどって行って、戻って来たのは夜中ですよ！」

さて、斑《ぶち》の母馬が子馬を産んで以来、黒女《こくじょ》のおとっつぁんはその世話でずっと大忙しである。子馬は全身雪のように真っ白で、稀に見る荘厳さ、その賢い事も尋常でない。恐らく、自分の股間にあの一物が付いているのを自覚している。何もする事がない時には、母親の体に寄りかかったり、自分の体を擦りつけたりする。ぶらぶら歩き回る時には、柄物の衣服を着た女を見ると、村の中までついて来て追いかけ回すから、女たちは驚いて逃げまどい、助けてと悲鳴をあげる。黒女のおとっつぁんは飼育室に入る際には、色の鮮やかな衣服や頭巾は敢えて身に着けない。ある夜、黒女のおとっつぁんは隊長の海《かい》堂《どう》を訪ねてきて言う。「隊長、俺たちの隊で子馬が産まれたのは多分あんまり良いことではなさそうだよ」海堂は問う。「どういうことだ?」黒女のおとっつぁんは言う。「あんたはみんなが何と言っているか知らないのか。昔、玄奘和尚がインドへお経を取りに行った時、乗って行ったのは一匹の白い馬だ。今俺たちの隊でこんな物を飼うのは神物にしろ妖怪にしろ、どっちにしても縁起でもない」海堂は言う。「そんなのはまるで年寄りの迷信だ。おまえはまだそんなことを信じているのか?」黒女のおとっつぁんは言う。「そんなこと言うが、俺には証拠がある。昨日の夜、子馬がお堂へ駆けて行って、そこで首を長く伸ばして仰向いて天に向かって嘶《いなな》いているのを見た人がいるんだ。これはどういうことだと思う? 初めは俺も信じなかった。だが、ついさっきお堂の所へ子馬を見に行ってきたんだ。そしたら果たして人の言うとおり、首を長く伸ばして、一対の磁器の壺みたいな大きな眼を空に向けて見ひらき、ヒヒーンと嘶いている。あんたはおかしいと思わないかね? あんたは見てないからな。これを見た人は誰だってみな怖がっている!」海堂は言う。「でたらめを広めやがって。子馬に何がわかる。嘶きたくなった所で嘶くだけだ。誰もそれを止められないさ!」黒女のおとっつぁんは言う。「あんたはまだ信じないが、聴いてないのか。ここ一箇月足らずの内で、俺たちのこの村で、女たちがここが悪いの、そこが病気だのというのを?」海堂は大きく目を見ひらいて問う。「何だって?」黒女のおとっつぁんは指を一本立てて言う。「法法のおっかさんは言っているぞ。あいつには何人かの女たちの背中に一頭の白い馬の姿があるのが見えるんだそうだ」海堂は言う。「本当か」黒女のおとっつぁんは言う。「何で嘘なものか。人の話では、背中に白馬の影を背負った女は何をしてもだめなんだそうだ。ホワホワホワとあの大きな影に取り付かれたら、もう命がないと、女たちが言っているのをあんたは聴いてないのか!」海堂は言う。「ちょっと思い当たる節もあるな。ここ数日仕事に出るはずの女たちが事情があるとかで休みをとることが多いんだ。そういうことだったのか。それで、おまえはどうしろと言うんだね?」黒女のおとっつぁんは言う。「東溝の張銀柄《ちょうぎんへい》法師を呼べないか。子馬の口に轡《くつわ》をはめて、まず始めに天の神様に福を賜るように祈ってもらい、それから悪をはらって悶着が起きないようにと頼んでもらうんだ」海堂は言う。「それはだめだ。季工作組に知れたらどうする?」黒女のおとっつぁんは言う。「こっそりやるんだ。知っているのはあんたと俺だけ。一回こっきり。妖魔が事をしでかしたら、年寄りたちはあんたに後ろ指をさすぞ！」海堂はちょっと思案してから言う。「わかった。用心して、こっそりやるんだ」黒女のおとっつぁんは言う。「よし。他の奴の手を借りないで、法師にやってもらう。誰だってみな心の内じゃ怖がるからな」黒女のおとっつぁんは、後ほど黒女を行かせて、東溝の法師に話を伝えさせることにする。

早朝、起き出した黒女はオンドルの縁に座り、元結《もとゆい》で髪を束ねながらおとっつぁんに言う。「おとっつぁんはまだ迷信を信じているの！」おとっつぁんはオンドルの下手の縁の所に立ち、後ろ手を組み、甚だ学のある様子で、顔を仰向けて言う。「おまえたち子供らに何がわかる。ラバだの馬だの高足の役畜は人の性質がわかるんだ。昔の人が竜駒、竜駒と言った馬がある。これは生まれつき特別珍しい馬で、人に何かがあると、例えば人が災難に遭うとすると、この馬は事前にそれを察するんだ。おまえがこれをよくしてやっていれば、何かをする際に助けてくれる。おまえがよくしてやっていないと、おまえを邪魔して、禍に陥れる。昔、皇帝は十人の大将を失っても、一頭の神馬を惜しんだものだ。三国時代の劉備は敵に河原に追いつめられた。後ろに千軍万馬、前は一条の大河。進退窮まったが、最後は騎《の》っていた馬が神仙だったから助かった。大きく耳を広げて一声嘶いて河を飛び越え、劉備一朝の江山を救ったんだ」

黒女は笑い出し、傍らにいたおっかさんに向かって言う。「聞いた。おとっつぁんたら、神様だって」おっかさんは笑いながら言う。「あんたのおとっつぁんはそういう人なの。わたしたちが知り合ったあの年、廟の縁日でお芝居がかかっているのに、この人たら仲間といっしょに汗だくになって土地神様を担いで河原中駆け回っているの。神様の事になったら無我夢中なの」おとっつぁんは笑って「そのとおりだ。これにはあれこれ選択の余地があるかね？」言い終わると、また飼育室に向かった。

黒女は色は黒いが、器量端正、つぶらな両の目はくるくるよく動く。十六歳、正しく育ち盛り。人にひどい目に遭わされたこともない怖い物知らず。天真爛漫、人を見ればすぐに笑いかける。黒女は綿入れの上着とズボンを身に着けるとオンドルから下りて顔を洗い、鏡を見ながらバニシングクリームを擦り込み、スカーフを巻いて、おっかさんに向かって言う。「行ってきます」おっかさんは衣服をまといながら言う。「銀柄が留守だったら話はそのままにしておくんだよ。数日したらおとっつぁんが銀柄を呼んで話すと言っているから」黒女はわかったわと言いながら窑洞の門口を出る。

## 9　黒女は張法師を呼びに。龐二臭と栓娃のおっかさん

季工作組《きこうさくそ》は根盈《こんえい》が生産隊の子馬を探しに行っていたことを聴くと、それ以上は彼を問いつめなかった。外套をはおると、根盈の後について桂香《けいこう》の家に行って割り当て飯を食う。門口を入ると、窑洞《ヤオトン》中おんぼろぼろ。オンドルの上にはまともな敷物も敷いてない。埃まみれのがらくただらけ。どうしようもない汚さ。間もなく捧げ持ってこられたのは薄い水みたいな粥一碗と塩漬け大根を煮た一皿で、他に何もない。これを食べていると、オンドルの上の赤ん坊が黄色い泡みたいな大便をする。桂香母ちゃんは犬を呼んでオンドルに上がらせてなめさせる。犬は舌を振るわせてペチャペチャペチャと人間の食べ方よりももっと美味《おい》しそうである。その犬を見ていて、季工作組はあやうく吐きそうになる。だが、彼はやはり軍隊の正規の訓練を受けており、こういう事態に立ちいたったらどう処置すべきかを知っている。食事に没頭し、何が何でも水みたいな粥一碗を飲みくだし、碗を置いてから満腹したと言う。根盈のほうはどうということはない。続けざまに二碗をたいらげる。くっついて横に座っている季工作組を待たせて、別に遠慮もない。大隊本部に戻ると、季工作組は熱いオンドルの上に胡座《あぐら》を組んで『毛主席語録』を学習し始める。

もうすぐ十一時になろうとするころ、葉支書《ようししょ》らの人びとが相継いであたふたと戻ってくる。季工作組は取りあわず、依然として頭をかしげ、首を伸ばして『語録』を学習している。葉支書は季工作組のご機嫌が麗しくなさそうなのを感じ、敢えて邪魔はせず、オンドルに座り、口では呂《ろ》中隊長と話をしているものの、心中ずっと季工作組の不機嫌の原因に思いを巡らせる。密かに思う。「桂香の家の衛生が問題か？」おおよそ三十分も経ってから、季工作組はひとしきり咳をし、『語録』を手から放し、オンドルの下にペッと痰を吐き、ようやく頭を回らして葉支書たちを見ながら言う。「この大隊の民兵工作はまるでなってない！」呂中隊長は問う。「どういうことでしょう？」

季工作組は『語録』をポンポンと叩きながら厳粛に言う。「昨晩俺が晩飯を終えて戻って来たら、全大隊本部まるきり空っぽで誰もいない！　俺は思ったよ。おまえたち大隊幹部は何てお気楽なんだ。戸棚いっぱいの書類

や公印は置きっぱなしで、すっからかんに出払っている。考えもつかないよ。いったん階級の敵に盗まれたら、おまえたちめいめい眼の玉がひっくりかえるぞ。全県に通達されるなんていうのは小さな事だが、革命と生産に対する損害は誰が責任を負うんだ？」葉支書が慌てて問う。「根盈はどうしていた？」季工作組は言う。「これは根盈一人の問題ではない。全体を見るに、民兵工作はなっていない。深くしみ込んでいない。厳格な組織性と規律性がない」

呂中隊長は両の目を大きく見ひらいて聴いていたが、敢えて強弁はしない。心中思う。季工作組は昨夜は富堂《ふどう》の家へ行って飯を食った。富堂の嬶《かかあ》はどうして気遣いしないで季工作組を一人で帰らせてしまったんだ？　あの嬶は能なしじゃなく、普段何でもへまな事をしないのに、昨夜だけはどうした事だ？

根盈はと言えば、楽しそうに笑いながら門口を入ってくる。葉支書はたちまちこれをどやしつけて言う。「根盈、おまえは昨晩は何をしていたんだ？」形勢不利と見た根盈はすぐに静まりかえり、丁重に言う。「俺は十時まで待っていたんだけど、季站長《たんちょう》は戻ってこないと思い、家に帰って寝ました」葉支書は言う。「この野郎、ぶったるんでる。おまえを大隊本部に配置して守衛をやらせているんだ。勝手に持ち場を離れて。この野郎、どうしてくれる？」オンドルから下りた中隊長が根盈を窑洞の外へ引っ張り出し、門口を出たと見えたらパンパンと澄んだびんたの音が二発、それに続く根盈の泣き声。

季工作組は体を動かすことなく、ただ言う。「呂中隊長はどうしてあんなことを？　毛主席は繰り返し、調査研究を強調された。彼は調査研究もしないでどうして勝手に人を殴ったりするんだ？　俺が聞いているところでは、根盈は昨夜も忙しかったんだ。逃げた子馬を飼育室が探すのを手伝っていたんだ！」「そうだったんですか？」葉支書はいぶかしく思いながらオンドルを下りて門口を出、根盈をしばしなだめ、それから呂中隊長を呼び入れる。季工作組はここに到ってようやく口調を緩めて言う。「この事はまず置いておいて、学習を始めよう。それが終わったら仕事について研究しよう」

数人はオンドルに上がり車座になって座る。季工作組の指揮の下、『語録』の幾段かをまじめに学習し、次いで討論に移る。討論の中身はほとんど巫女《みこ》だの遣り手婆の類の口舌の如きもので、誰も彼もがめいめいにあれこれ言い立てる。すべてはまるで屁みたいなものだが、季工作組の話しぶりは中で最も真面目である。

ああ言いこう談じているうちに昼飯の時分になる。葉支書が提案して言う。「季站長、三人で行きましょう。今日の昼は家《うち》でやりましょう。昨日呂中隊長が町へ出たついでに、豚のモツを一揃い買ってきてくれたんですよ。俺がもう適当に手配してありますから。家の奴にすぐに用意させますから」季工作組は一応は辞退して、言う。「革命は客を招いて飯を食ったり、文章を作ったりするのではない。どこで食おうと同じ事だ。俺はやっぱり桂香の家へ行くよ」呂中隊長が言う。「葉支書が一生懸命あんたに頼んでいる。俺にも前から幾度も話をしていたんですよ。季工作組は俺たちの所へ来てから一回も碌《ろく》な飯を食ってない。今日だけは特別だから。それでも来てくれないんですか？」話しながら、呂中隊長といっしょになって、季工作組を抱きかかえるようにして大隊本部を出、三人ともども葉支書の家に向かう。

葉支書の家に着く。大広間が横に広がった瓦葺きの甚だ立派な建物である。中に入ると、テーブルの上には置き時計、壁には年画〔旧正月に飾る縁起物の絵〕、オンドルの上には毛氈《もうせん》と、自ずとまたなかなかの羽振りを示し、見た目にも十分格好がついている。葉支書の奥さんは痩せて骨張った、黄ばんだ肌の女だが、話をするときの手つきや身のこなしなど、村の他の女たちに較べると、総じてどことなく少し違うようである。三人をオンドルの上に招いた後、すぐにお膳が運ばれてくる。大根と白菜の唐辛子漬け、野菜四種が別々の皿に盛り分けられ、その真ん中に紅油を一条はいた牛と羊のもつ鍋が置かれ徳利はめいめいに付けられてある。

季工作組はこのご馳走を目にして、「えらい面倒をかけるな」と言う。呂中隊長は顔をほころばせて言う。「あんたみたいな賓客においで頂いたんだから、いろいろお出しして、それでも足りないかと心配ですわ！」言いながら、先ずは取り急ぎ杯に酒を注ぎ、季工作組に干すように勧める。季工作組はしきりに頭を振って言う。「俺は長居できない。飲めないんだ」葉支書は脇から勧めて言う。「聞くところでは、あんたは各地に転戦すること幾十年、酒が飲めないなんて誰も信じないよ！」季工作組はしきりに手を振って、「本当に飲めないんだ」呂中隊長は言う。「だめなら学習しなけりゃ。レーニンも学習、学習、また学習と言ったじゃないですか。いっぱい学習すればできるようになるはずでしょうが？」これを聴いた季工作組は仕方なく杯を受け取って、ぎこちなく捧げ持ちながら唇をつけ、口をすぼめて幾口か吸って学習する。

葉文書はちょうど良い折と、呂中隊長に問いかける。「あんたは町へ行ったときに芙能《ふのう》がどんな様子か見なかったかね？」呂中隊長は言う。「相変わらずだよ。どうって事はなかった。何日か前、法堂と騒ぎを起こしたが、一騒ぎした後、昨日見たら二人ともう仲直りしていた」葉文書が言う。「夫婦に宵越しの仇はないってな。喧嘩してまた仲よくなるんだ」言い終わるとまた季工作組に酒を勧める。

話は戻って黒女《こくじょ》の事。早起きして身支度をきちんと整え、輝く朝日を浴びながら意気揚々と村を出て、真っ直ぐに東溝目指して歩み行く。まだ東溝の一番端の境目にも着かないうちに、後ろで誰かが喚くのが聞こえる。頭を回らして見ると龐二臭《ほうじしゅう》である。あの二臭が床屋道具を担ってすごい勢いで追いかけて来る。

黒女は問う。「二臭おじさん、どこへ行くの？」二臭はちょっと笑って言う。「あんたが行くところならどこでも俺も行くのさ」黒女は言う。「あんたはいつもふざけてばっかりね。人が真面目に尋ねているのに」二臭は言う。「ふざけているって？　おじさんがあんたみたいな若い娘さんにお供できるのは光栄なことだ」黒女は笑って、「とっとと失せな！」二臭は怒ったふりをして言う。「勝手なことを言うな。そんなことを言うなら、おじさんは今日東溝へ着いたときにあんたを売り払ってしまうぞ」

二人は笑いつつ語りつつてくてくてく前へ前へと道を急ぐ。老虎頭の麓まで来ると、二臭は床屋道具の荷物を放り出し、腰から手拭いを抜き出して奇怪な叫び声をあげて黒女に言う。「娘さん、俺たちちょっと休もうよ。おじさんに一息入れさせてくれ」

黒女はこの道路の傍らの石崖の底に泉があるのを知っている。お尻を振りつつとにかく駆けだし、蹲《うずくま》って泉の水を手に汲んで幾口か飲んでから嬉しそうに甲高い声で叫ぶ。「冷たい、とっても冷たいわ！」後を追って来た二臭は黒女をちょっと押し退けて身をのりだし、手拭いを濡らして顔を拭く。黒女は心中面白くなく、泉の水を手で汲んで、これを二臭にそそぎかける。二臭は一瞬ぽかんとしたが、片手で顔をこすりながら片手で黒女を抱きしめる。黒女は笑いながら抜け出そうとするが、二臭の力は強く抜け出せない。二臭は手を伸ばして黒女の乳房をまさぐる。黒女は驚いてびくっとし、力を振るってもがくが、尻もちをついてしまい、ただただ頭を垂れて声も出せない。

二臭はへっへっと笑いながら片手で手拭いを洗いつつ片手で黒女の腰を突き、黒女が立ち上がろうとするのを妨げる。黒女はぷんぷんして言う。「からかわないでよ。破廉恥な。それでも若い者に対するおじさんなの！」二臭はにたにた笑いながら言う。「でたらめ言うなよ。村中でどこの女が俺のことを破廉恥漢なんて言っている？おじさんはあんたがとっても器量良しに育ったので、ちょっとからかってみただけだよ！」黒女はプッと吹き出すと跳び起きて言う。「わたしは先に行くわ。あんたはその馬面をゆっくり洗うといいわ」言い終わると小股で前に歩み出す。二臭は慌てて天秤棒を担ぎ上げ、手拭いを腰に挟み込み、急ぎ後を追いながら、大声で呼びかける。黒女は駆けながら後ろを振り向いて彼を笑いものにし、嘲る。

龐二臭その人はまた村中の女たちとは老若に関わりなくふざけた。季工作組がはじめて村に来たあの日、彼の看板を壊し、彼をどやしつけたものの、腹も立てなかっただけでなく、その後も連日談笑した。日が暮れて、みなは家に帰って晩飯を食おうとし、二臭も荷物を片付けにかかったその時、栓娃《せんあ》のおっかさんが灯油の瓶を提げてぶらぶらさせながら歩いて来るのが目に入った。二臭は彼女の意図がわかるくせに、面の皮を厚くして笑いながら言う。「姐さん、まだ俺のことを怒っているのかね？」栓娃のおっかさんは言う。「怒ってないと言ったら灯油を一瓶買って来てくれない。そしたらもう本当に怒らないよ」二臭は慌てて応ずる。「いいよ。瓶を俺によこしな。すぐ入れて来るよ」と言いながら、瓶を受け取るついでに綿入れの上着越しに栓娃のおっかさんのみぞおちをさっと一撫でする。栓娃のおっかさんはちょっと笑って彼を罵る。「ろくでなしが。人が見てるじゃないか」二臭は言う。「俺たちがいい仲なのは誰でも知っているじゃねぇか？」と言い終えるやますます図に乗る。栓娃のおっかさんは言う。「その手を引っ込めて、急いでよ。もたもたしてたら暗闇で過ごすことになるじゃない」二臭はこれに応じてすぐに受け取り、天秤を担いで家に戻り、鍋の中からトウモロコシの窩窩《ウオウオ》〔窩頭《ウオトウ》とも言う。トウモロコシやコーリャンなどの粉を水でこねて円錐形にし、蒸した食物〕を取り出して、これをそそくさとかじってから灯油瓶を提げて家を出る。

彼は劉四貴《りゅうしき》の売店の前で立ち止まり、懐から二毛〔毛は書き言葉では角と言う。一元の十分の一）紙幣を取り出したものの、心中少し惜しくなって躊躇していたが、突如一計を思いついた。灯油を買うのは止めて、さらに前へ進む。溜池に到ると生臭い池水を瓶に汲む。ふんふんふんと軽快に鼻歌を歌いながら栓娃のおっかさんの家に駆けつける。門口を入ると案の定真っ暗闇。敷居にけつまずいてあやうく顛倒《てんとう》するところであった。彼は感慨深げに言う。「どうも俺がしばらく来ないもんだから、敷居のほうからお出迎えときたらしいや！」迎え入れた栓娃のおっかさんが問うて言う。「灯油は入れて来たかい？」二臭は言う。「まるまる一瓶満タンだ」言いながら門戸を閉ざす。マッチを擦ってオンドルの上に掛けてあるランプを照らし、灯油を足す。点火するとちょっとチラチラとしたもののすぐに消えた。栓娃のおっかさんはいぶかしげに言う。「どうしたのかね。あんたが吹き消したの？」二臭は言う。「いや」栓娃のおっかさんは言う。「じゃどうして消えちゃうの？」二臭は手探りしながらオンドルに上がり、口だけはがっかりしたような調子で「どうしてかなぁ」栓娃のおっかさんもまたマッチを擦って灯心をかき立てて火を点けるが、ちょっとチラチラとしただけでやはり消えた。栓娃のおっかさんは言う。「おかしい！」

二臭はオンドルの上で手で口を覆って笑う。栓娃のおっかさんは言う。「あの劉のバカが、あいつのおとっつぁんよりももっと悪い。灯油の中に水を混ぜたんじゃないか！」二臭は慌てて言う。「俺もそう思う。灯油を注いだ時、あいつの桶の底に少し残った。俺があいつに水じゃないだろうなと問いただしたら、あいつは何で水なものか？　と言いやがった。どうも今回は二毛の銭を無駄にしてしまったようだな」栓娃のおっかさんはプンプン腹を立てて言う。「ろくでなしが。何て腹黒いんだ。金儲けのためなら、人を人とも思わないでペテンにかけたりして！」二臭もため息混じりに言う。「まったくだ。もういい。あんな奴は相手にするな。俺はやっと戻って来たんだ。あんたもオンドルの上で待ちくたびれたろう」栓娃のおっかさんは言う。「あんた、灯油の瓶を提げてあいつの所へ行って、どういう事なのか聞いてみてよ」二臭は言う。「どうしようもない。あきらめるんだ。時が経てば夜も明けるよ」栓娃のおっかさんが言う。「暗くなったばかりなのにいつ明ける？　何を言っているの」二臭は言う。「早くしろよ。ここのところおまえの事ばかり想っていたんだ」栓娃のおっかさんは

「どこが想うって？」二臭は自分の物を一撫でして言う。「ここが想うんだよ」栓娃のおっかさんは伸ばした手を二臭のズボンのまちに突っ込んで、いぶかしげに言う。「大変なご苦労ね。髪の毛がまるで脱けてまったくのつるつる頭になっちゃって！」二臭は作り笑いをする。栓娃のおっかさんは手を引っ込めて言う。「今晩は灯りが点かないなんて、困るわ」二臭は言う。「実は灯りは点かないはずなんだよ」変に思った栓娃のおっかさんは彼を問いつめる。「どうしてわかるの？」二臭は言う。「劉四貴が底に少し残したそれを一目見てすぐにわかったんだ」栓娃のおっかさんは言う。「わかっていて何でそのままにしたの？　銭をどぶに捨てるようなものじゃないの！」二臭は言う。「つまりは騙《だま》されたというわけだ。瓢箪頭をただ剃りしたってことだ」栓娃のおっかさんは言う。「あんたが取り替えに行かないならわたしが行く」言い終わると瓶を提げて外に出る。二臭は慌てて呼びかける。「戻るんだ。一瓶の灯油のせいで村の奴らに俺がまたここにいてあんたと変な事をしていると知られるな」栓娃のおっかさんは戸口を開けたものの、彼のこの声で立ち止まった。腹を立てて、灯油の瓶を庭の真ん中に投げ捨て、後戻りして戸口を閉め、手探りしてオンドルに上がる。二臭のほうときては、得たりとばかりこれをしっかりと受け止め、口づけしながら言う。「おまえと暗闇でするのは明るい灯火の下でするよりももっと面白いぞ」両人着物を脱ぎ、帯を解く。自ずからこれ十分のベテラン。言ってみれば、栓娃のおっかさんは四十有八、二臭よりも十歳の年上。年上女に年下男、なじみの客になじみの主。主客二人が上になり下になって絡みあい、情を尽くして遊び戯れる。やりたい放題、し放題、ここに細説を要すまい。

さて、話は戻って、不良無頼の龐二臭は何と昼日中、厚顔無恥にもまだ世間知らずの黒女なる十六の小娘をからかっていた。これ豈《あに》よく世人の許せるところであろうか？　あたかもその時、黒女は前方に駆け、二臭はこれを後ろから追う。一男一女、セッセセッセとまた十里を過ぎて東溝の台上に到る。二臭は後ろからしきりに懇願する。「黒女、頼むからちょっと止まって休んでくれ」

黒女は二臭の汗だくの様子を見て、やっと足を止める。路傍の台上に座って彼を待つ。たどりついた彼は天秤棒を投げ出し、手拭いを抽きだして汗を拭ってから口を開いて言う。「今日はおまえみたいな瘋癲《ふうてん》姉ちゃんに出くわしてとんでもない目に遭った」黒女は笑って言う。

「あんたはまだわたしを怒らせるつもりなの？」二臭は口調を緩め、にこにこ笑いながら言う。「年から言えばあんたはもう役にたつよ。遊ばせておく手はないよ。おじさんにちょっと手ほどきさせれば、人の道理がわかるって」黒女は顔色を正して言う。「その減らず口を閉じな。それ以上でたらめを言うならわたしは行くからね」二臭は慌てて言う。「よせ、よせ。おじさんがあんたと遊んであげるから！」黒女は怒って言う。「あんたったら、わたしをからかっているの？」二臭は言う。「性格明朗で器量良しのあんたを見ると、おじさんはどうしてもいろいろ言いたくなっちゃうんだ」黒女は黙りこくってしまい、下の溝の方を見つめている。二人とももう口をきかず、しばらく休んだ後、溝に沿って下手に行き、村の入口で別れ、それぞれの用事を済ませた。

## 10　葉支書の季工作組への配慮。芙能を娶った有柱は役立たず

あの季工作組《きこうさくそ》は呂《ろ》中隊長の一杯の〝学習酒〟を飲んでからも、葉支書《ようししよ》とその細君の再三の勧めを断りきれず、また何杯かを空けた。その頃には顔は鶏のとさかみたいに真っ赤っか。適当に幾口かの飯を掻き込んだものの、天地がぐるぐる回るかと思われ、とにかく大隊本部に戻って眠りたくなった。葉支書と呂中隊長は季工作組を抱きかかえながら急ぎ帰路につく。途中富堂《ふどう》の家の門口に到ると季工作組は朦朧《もうろう》としながらここに入りたがる。葉支書はすぐに察して方針を変更、門を入る。中庭に入ると富堂の嬶《かかあ》が声を聞き付け、早くも迎えに出、季工作組を受け止めてこれを支えて東側の窰洞《ヤオトン》に抱え込み、布団を掛けて眠らせた。二人がちょうどドアを出ようとすると、季工作組が立て続けに二声三声大声で呼ぶ。葉支書と呂中隊長は慌てて振り返ってオンドルの前に立ち、季工作組の言いつけを待つ。

季工作組は起き上がって座り、手を振り回しながら葉支書に向かって言う。「あんた、あんたはね、俺のためにもね、党の工作を必ずやしっかりやらねばならん」葉支書はうなずいて懇ろに承諾する。振り向いて、今度は呂中隊長に対して言う。「あんたもね俺のために必ずや民兵工作をしっかりとやらねばならん」呂中隊長はすぐさま「はい」と応ずる。季工作組はさらに言う。「しっかりとだ」呂中隊長は言う。「はい。しっかりやります」季工作組はまたまた言う。「根盈《こんえい》同志のようなのは、あれは人民内部の矛盾だ」呂中隊長は答える。「はい。人民内部の矛盾です」季工作組は問う。「人民内部の矛盾について、毛主席はどう言われたか？　さあこの問題に答えてみろ」呂中隊長は答えられない。季工作組はいらだたしげに座り直すと、ぷんぷんして言う。「おまえときたら。この中隊長は、水準が成ってない。おまえは学習する気がない。知らんくせに知ったふりをして。村の中でおまえを見かける時はいつだって鉄砲担いで怒鳴りながら駆け回っているだけだ。一つおまえに質問するぞ。とびきりの大馬鹿者が。何も知りはせん。自分で自分に答えてみろ。おまえは一個の民兵幹部としての標準に合致しているか？」呂中隊長は鶏が穀粒をついばむみたいに頭を振り振り言う。「合致してます。合致しております」季工作組は言う。「ただ合致していると言うだけじ

ゃだめだ。腹の中に政策がない。頭の中が毛沢東思想で武装されていない。これじゃ早晩間違いを仕出かす」葉支書が慌てて脇からとりなす。「季站長《たんちょう》、俺たちはみな学習が不十分だ。これからもご指導いただかなければならない。種々沢山解説してください」季工作組は大いにいらだって言う。「解説、何を解説するんだ？　自分で時間を見つけて、書物を手にして学習しないでおいて、ただ他人の解説に頼るだけでどうして達成できる？　一個の民兵中隊長として学習を重視しないで、どうして党に安心してもらえる？」葉支書は言う。「これは呂中隊長だけが悪いんじゃないんです。俺だってまたもっとしっかりしなくてはいかんのです」季工作組は手を振り上げ、葉支書を指さして言う。「よせ！　互いに庇い合いやがって！」その後はもう何も言わない。ぐっと目を剝いたかと思うと、がくっと頭を垂れてことんと寝てしまう。かくして二人はようようドアを出た。

葉支書は呂中隊長が浮かない顔をしているのを見て、はっはっはと大笑いして言う。「季さんを酔っ払わせちゃったな。気にすることないぜ」この時、富堂と嬶がいっしょに脇の窑洞から出て来て、葉支書と呂中隊長を見送る。葉支書が言う。「富堂、季工作組はあんたにまかせるぞ。この後は宜しく頼むよ。大隊の方ではもう調べてあるが、以前からの規定に則って、あんたの家に一晩泊まったら、あんたの家に一日分の労働点数をつけ、さらに一日につき小麦二斤を補助するから」これを聴いた富堂はたちまち喜色満面、しきりにうなずく。葉支書はまた言う。「さっきは俺たちをぼろくそに言ったけど、あんたらが季工作組をおろそかに扱うと、その時はあんたらが首根っこを押さえられてぎゅうぎゅう言わされるぞ」富堂の嬶は自分の亭主がめったやたらに頭を振ってうなずくのを見て、この話は自分に聴かそうとしているのだと悟り、慌てて口を挟む。「わたしたちは勿論季站長の方に満足してもらえるように精一杯努めるけど、ただ怖いのは……」

口調が強すぎたと悟った葉支書は大急ぎで顔を嬶の方に向け、口調を緩めて言う。「姐さん、心配無用だ。季工作組は表はきついが心は優しい人だ。出来るだけの面倒を見てやればそれで大丈夫だ！」嬶は言う。「そんならいいけど。季工作組の方でこうしろと言ってくれればわたしたちはそうするわ。それにわたしたちはやっぱり少しだけど親戚なんだし。遠い近いと言ったって結局は同族なのよ。身内が身内の面倒を見るわけだけど、もしも不足があったら他所様にどう言えばいいの？」葉支書はうなずきながら言う。「もっともだ。それじゃこうしよう。しばらくして彼が目を覚ましたら、俺と呂中隊長が大隊本部で彼を待っていると伝えてくれ」富堂の媳は了解する。葉支書と呂中隊長は顔を見合わせて一笑してから、残っていた酒飯を平らげる。

　葉支書と呂中隊長がさっき酒の席で言っていた芙能《ふのう》とは元来如何なる人物かおわかりか？

　芙能、姓は鄭、鄢崮《えんこ》村のうすのろ有柱《ゆうちゅう》の媳で、またかの雷娃《らいあ》の生みの母親である。鄧連山《とうれんざん》が法に触れて政府のお縄を頂戴して後、彼女は改めて町場に嫁し、購買所の法堂の妻となった。この女は気性が激しく、為す事も凡人とは異なっていた。村人は誰も彼も彼女に感服した。彼女の娘時代、まだ実家の鄭家窪にいた時分、間違いなくよく子育てしてきたことが現実の生活において実証されうる老人たちが槐の木の根方に座り、彼女の背中に対しながら、まるで役畜をほめるのと同じように彼女を評論して言う。「あれまー、いい体つきだなー。ほんとにいい体つきだ。見ろ、あの尻。たっぷり幅一尺八寸はある」「太腿の付け根のあたり、そこらの男の腰よりももっと太いかも！」「見ろよ、あの腕。まるで洗濯用の叩き棒そっくりだ」「真ん丸目玉に二重まぶた。顔は大きくお盆みたいで、編んだお下げ髪は井戸縄みたいに太い」……彼女は確かにそのような――つまり、代々の継承を焦る類の男たちが一目見たら即刻首をたてに振るような、その種の女性であった。

　ちょうどそのころ、十月の柿の実そっくりの熟れごろ、摘まれなければ落っこちる、誰かに嫁するのでなければ恥さらし。村内のごろつき・チンピラ・役立たずどもは、彼女が門を出たと見るや、我先を争って、冬に入る間際の雄犬同様、どこでもついて来て、川沿い道沿い追いかけ回す。後ろにくっついてやかましく騒ぎ立てる。追いつめられた彼女が思い切って立ち止まる。口は干し柿だの干し藷だのの類の食い物をかんでいる。怒っているのは勿論だが、口を動かしながら明るいけれども表情のない眼光で奴らを見ている。奴らは離れて立っていて、彼女との間合いを敢えてつめようとはしない。

　誰かが言うに、年寄りはキセルを抱えてちっとも慌てない。年寄りとは芙能の父親を指す。姓は鄭、名は黒狗《こくく》。鄭黒狗は一匹の良犬そっくりである。痩せて小さくて、機敏で利口である。空が暗くなる頃、門楼の基台に座り、キセルを抱えてぷはぷはと吸う。媳どもや娘っ子たちはみな家の中で車座になって糸を紡いだり布を織ったり、どうしたって外へ出て来るはずはない。こんな時、人は思いはしない。年寄りは堰下の窪地の肥えた十畝の土地を持ち、畝当たり八石の麦が獲れ、暮らし向きは裕福で快適である。彼が焦ることもないのは別にいささかの嘘偽りもないところであった。それがどういう風の吹き回しなら自分の娘を尻に火がついたように嫁に出そうとするのか？　彼が嫁に出す相手は自分と比べてなお財力があって鼻息のあらい資産家である。手元に百畝以上のいい畑があって、地下室には銀貨の入った甕《かめ》がある。彼が待っているのはこういう類の人である。

とうとうある日、こういう類の人が来た。その人はすなわち鄧連山。鄧連山は黒絹の馬褂〔羽織り〕に縁取りした布鞋《ぬのぐつ》という出で立ちで、仲人の劉三保を先に立て、ちょっと頭を下げて門楼を潜って顔を見せた。鄭黒狗はびっくりした。鄧連山は痩せて骨張っていて、色は黒くて背が高く、顔はまるでどくろのようだ。鄭黒狗は甚だ気づまりに感ずるが、話し始まるとじきに鄧連山の言うこと為すこと万事そつなく筋の通っていることがわかる。その穏やかで落ち着いた態度を見るまでもなく、甚だ安心し、心中ひそかに喜ぶ。劉三保にとっては、この一日の事は何の不思議もないように思われた。鄭家の娘の嫁入りの事を頼まれてから後、鄭黒狗はいつでも穏当なことはなく、ああだのこうだの、意地悪くあらを探したてた。例えば、家とあの家は前世の因縁があって、冥土での親戚かも知れないとか、半時ものほら話が終わったと思ったら今度はいろいろと注文をつけての駆け引きは勿論の事、二言三言でかなり歩み寄り、あらかた縁組みも定まったかと思ったのに……、と言った次第。

これまたある一夜、月はなく、風は強い。劉三保と鄧連山が相携えて門を入る。ランプの下で、振り分けの布袋の中から二ダースの一元銀貨を取り出す。一枚二枚と数える声を聞いた鄭黒狗は娘を嫁に出す日を決心する。劉三保がこっそり鄭黒狗に言う。「連山の媳は早死にして、銭箱をあずかる女手がない。あんたの所の娘が嫁になれば即刻家事の切り盛りをすることになる。こんなお誂え向きの嫁ぎ先がどこにあるって？」これを聴いた鄭黒狗は心浮かれて舞い上がり、劉三保に対して感謝して止まない。

結婚のその日は村中総動員。そもそも、鄧連山のようなあんな身分の方にお勤めしないなんて誰が思うだろうか？　前庭、後庭、人でごったがえし、一日中わいわいがやがや。夜になって、花嫁の顔を覆っていた紅い絹布が除かれて、芙能は初めて自分の夫有柱を見た。有柱は福々しい体つきで、肩幅広く、腰回りもゆったりしている。太い眉に大きな目玉。ハンサムで、彼女は一目見てほっと安心した。恒例の新婚からかいの人たちもいずれもきちんとした人たちで、灯りを吹き消したり、暴れ騒ぐようなこともなく、そうそう長居もせず、前後してみな引き下がって行った。

窑洞の中に残された新郎新婦二人。時は冬で、オンドルの熱気は深紅の緞子表の真っさらの敷きと掛けの布団をほかほかに暖めた。有柱は竈《かまど》の近くに置かれたテーブルの傍らに座って泥棒猫みたいな目つきでちらちらと彼女を見る。彼女は彼に背を向けて座っているのだが、それでもさーっさーっと手で撫でられるような感じがするのだ。彼女は母親に言われたとおりに、掛け布団を広げ、足を組んで座って待っている。有柱は端座したままで、微動だにしない。二人ともじっとおし黙っている。そのまま深夜に至り、彼女はもう耐えられなくなった。母親に言われたことは放り出して、自ら先に着衣を去って横になる。目を閉じる。有柱が抜き足差し足でオンドルの上に上がり、ごそごそと着物を脱いで自分の布団に潜り込む音が聞こえた。また少しの間動きが止まったと思ったら、そのうち有柱の手が伸びてきて、彼女の顔を撫でた。彼女は息をつめて、次どうなるかを待った。さらにしばらく待った。結局待ちきれなくて、とうとう本当に眠ってしまった。それでも、夢うつつの中にこの夜、有柱が布団越しに彼女のそこここを撫でたり捏《こ》ねたりするのを感じた。だが結局は、掛け布団をはいで彼女の体に身を寄せることはなかった。夜が明けて、まだぐっすり寝込んでいる有柱を見た彼女は心底感激して、有柱は自分を本当にいとおしんでくれているんだと思った。

それ以来、ずっと何日も、有柱は初めの夜と変わらない。昼間は寝ている。夜になるとそこを撫でたりここを捏ねたり。だが決してそれ以上に踏みこむことはない。こんなことをしていてどこがいいのか、彼女にはわからない。毎晩こうなのだ。焦った彼女は雪のように白くてまろやかな女の身を曝《さら》け、有柱の掛け布団を引き剝がし、彼がどうするかを試してみる。

有柱はあるいは女性を挑発して興奮させることに関してはひとかどの業師なのかも知れない。舌を差し込み乳房を捏ね、胸を撫で背中を擦り、揉みくちゃにされた彼女は全身汗まみれ、下の方のあそこはまるきり湯が煮えたぎったみたいで、我慢も限界。もはやこれまでと、有柱を引き寄せてどうしてくれるとひたすら迫る。上にのった有柱はどんどんがらがら、ひとしきり跳ねまわり撞きまわるが、下の方は何の兆しもない。とりこんでいる最中につけこんで、手を伸ばして探ってみると、まるで空っぽ。心中大いにいぶかしみ、有柱を押し退け、ランプを点けて布団をはぐ。有柱はしっかり隠してそろそろと身をかわすが、結局は彼女に見られてしまう。あらー、有柱の一物は手指の先っぽほど、ほとんど無いに等しい。彼女はしばらく呆然とした。思い出す。十六のあの年、町の市へ出かけた。大通りの角を曲がったその時、豚殺しの法堂が積み肥の所で小便するのを見た。ニンニク擂《す》りつぶし用の杵みたいな赤黒い一物を取り出すところだった。彼女はびっくりして、慌てて身を隠したから、法堂は彼女を見ていない。この後、彼女は何日もの間、考えれば考えるほど怖くなり、生涯人に嫁して結婚したりはしないと心中堅く誓った。時は今に至ったが、ここで初めて悟った。男のあの一物がどれほど貴重なのか、結婚した女にとって絶対に欠くべからざる物であるかを。彼女は幾日も気がふさいでいたが、最後はとうとう耐えきれなくなって号泣した。裸の有柱はまったく恥じ入った風情で片隅に座ったままで一言もない。

## 11　劉黒臉が教室で大暴れ。張法師は黒爛の妻水花を

さて、三年生の劉社宝《りゅうしゃほう》は楊文彰《ようぶんしょう》先生の批判闘争大会において発言してからは、全校の教師・生徒すべての羨望の的となった。みなからは極力容認され、一時期は牙をむきだし、爪をふるって甚だ狂暴、凶悪であった。その親たちも相当に家財をはたいて息子におしゃれをさせた。たかが十二、三歳の餓鬼が小さな大人みたいな格好をし、けばけばしく装い、学校中を横行する。だが、これが気にくわない者もいた。それは彼の同級生劉黒臉《りゅうこくれん》である。劉黒臉はいつも顔を洗わず、手の甲は鍋底みたいに真っ黒。勉強したって何にもわからないが、いたずらをする時だけは元気溌剌、学校一のひょうきん者と言える。みなはいつでも彼のことを言っている。塀を乗り越えて映画を見に行き、木に登ってカササギの卵を取り、暗闇で手探りしてはガラスを割り、登校すると爆竹に火をつけ、いたずら・悪ふざけの諸々、何でもやれる、何でもできる、やらないものは何もない。学校の授業がなくなって、革命をやるようになって以後、劉黒臉は水を得た魚のように、山に戻った虎のようになる。村内で、学校で、ここでドカーン、そこでガッチャーン、いくら騒いでも飽き足らない。普段登校しないのは当たり前だが、登校すればしたで必ず何かおかしな事をしでかし、先生や生徒たちを泣くも笑うもできないような目に遭わせる。

この日の早朝、劉黒臉は人の意表を突いて早々と第一番に登校し、きちんと席に座り、本を取り出して、わざとらしく頁を繰る。張進興《ちょうしんこう》先生は心に思う。この子はどうしたんだろう、今日に限ってしっかり学習するって？　全部の生徒がそろうのを待ち、劉社宝が先達になって生徒たちが『語録』を読むように手筈を整えた先生は、部屋に戻って火に当たることにした。腰を浮かせた劉黒臉は、机の下から黄土の泥をもって自分で作った携帯式の焜炉《こんろ》を取り出す。この焜炉はこぢんまりとよくできていて、完全に当今の沢山の設計技師の参考に供することができるし、さらに暖房設備のない貧困な山地の学校に宣伝して、普及させるに値するような物である。劉黒臉、こいつがひとたび登場するや、クラス中は大騒ぎ、劉社宝先達の『語録』読みは話にならず、みな続々と劉黒臉の周りに集まって焜炉の火に当たる。劉黒臉はクラ

スメートたちに焜炉の性能を紹介する。「燃料は薪でも石炭でもいい。下の火格子《ひごうし》の上ではマントウを炙ったり、サツマイモを焼いたりできる。これを作るのに俺は昨晩は一睡もしなかったんだ。えらいくたびれだ」と言いながら、カバンの中から石炭の塊を幾つか取り出して、みなの前でこれらを継ぎ足す。その得意の様は言葉では説明し難い。

劉黒臉のこのような様子はクラスの長たる劉社宝にとっては当然ほうっておけない。ついに級長の面子《メンツ》にかけて級友たちを押し退け、焜炉の針金の取っ手を引っ張って、教室の外へ出せと迫る。劉黒臉としては大いに興に乗っているところ、劉社宝があろう事か頭ごなしに勝手放題。かっと頭に来た。罵りながら焜炉を押さえて放さない。双方張りあって収まらない。ガチャンと一声、焜炉は地べたに落ちて粉々になる。劉黒臉は二の句は言わず、机や椅子をひっくり返し、あっと言う間に劉社宝を地べたに叩きつけ、真っ向から拳骨の雨あられ。劉社宝はギャーギャー悲鳴を上げている。

この時さっそく女子生徒が先生の所にご注進に馳せ参ずる。これを聞いた張進興は急ぎ駆けつける。ドアを開けるや天日暗く毒気たちこめる最中、劉社宝の体に馬乗りになった劉黒臉がひたすら劉社宝をぶちのめしている。可哀想な劉社宝は、とんでもない様にされ、口から血を流し、まぶたが腫れ上がって目が開かず、新品の上着もズボンもグッチャグチャ、打たれた猫みたいにみんなの前で泣きわめき、甚だ周章狼狽《しゅうしょうろうばい》の態。この情況を見た張進興先生は大いに立腹、劉黒臉の耳を引っ張って教室の外に連れ出し、動かずに立っているように命令する。引き返し、しばらく静かにしていろと劉社宝を慰める。劉社宝は勿論生徒たちの学習を率いることはできない。女子生徒の菊能が交代する。張進興は劉社宝を連れて自分の部屋に戻る。顔を洗わせ、埃を払わせ、身繕いさせてからまた教室に戻らせる。劉社宝はこの年になるまでこんな目に遭ったことがない。自分の席に座って目を擦り、思えば思うほど癪にさわる。いつまでもすすり泣いている。劉黒臉は教室の外で凍えている。誰も相手になる者はいない。塀にもたれているが、のほほんとした面をして天下太平の趣。下校の鈴が鳴り、他の生徒たちはみな帰宅したが、劉黒臉だけは相変わらず立ちっぱなし。張文生先生は食事のためにここを通り、黒臉の様子を目にしたので、食事しながら進興先生に問う。「黒臉の奴はまた何をやらかしたんだ？　何でそんなに怒っているんだ。飯も食べさせないなんて！」張進興は頭を振り振り笑いながら言う。「しょうが無いんだよ。仕出かしたんだよ」他の先生方は黒臉が仕出かしたと聞いてたちまち周りを取り囲む。張進興は面を上げていきさつをいちいち説明する。その説明が終わると、ある先生が言う。「それはそれとして、子供に食べさせないのはよくないよ。母親が怒鳴り込んで来たりしたら面倒だぞ！」別な先生がまた言う。「黒臉だって我々の生徒だ。どこの誰ともわからない子供じゃないんだ。早く帰してけりをつけたほうがいいぞ」先生方はハッハッハと大笑いする。

　張進興は御年四十に近く、普段とても負けず嫌いで体面を気にする。みながあっちからもこっちからもああだのこうだのちょっかいを出す。それぞれの話にはいわくがあり、張進興は目を白黒させ、飯を食べ終えないうちに碗を置いて出て行ってしまう。

　さて、こちら黒女《こくじょ》は東溝に到着。幾度か人に尋ねた後、とうとう法師の家を探し当てた。それは村外れの崖の下にあり、そこはナツメの木・ニレの木・ニワウルシの木がごちゃごちゃと入り交じって一面にはえている。夏ならばさぞかし結構な涼み場所だろうが、冬は荒涼として物寂しく、恐ろしく静まりかえっている。黒女は木立の中の小道を回って行くが、胸中不安でならない。人の住んでいる屋敷の中庭が見えてきた。一人の老女が中庭の石造りの腰掛けに座って髪を梳いている。黒女は傍らに寄っておばさんと呼びかける。その女は首をかしげ、片方の目を見ひらいて黒女を見つめ、何だいと問う。黒女は大急ぎで父親が教えたとおりの話を述べたてる。老女は立ち上がって無愛想に言う。「わかった。あんたは今日は帰りな。明日家の人が行くから」黒女は体の向きを変えながら胸中で思う。この女は何という事だ。休んで行けとも、水を一杯とも言わない。はるばる幾十里もの道を急いで来たのに、そのままで人を追い返すなんて。いい年をしているくせに、こんな女は見たことがないわ。おまけに凹んだ左の目からは黄色っぽい涙が流れていて本当に気味が悪い。こんな事を思いながら歩いていると、突然木立の中からギャーギャーという叫び声がする。黒女がビックリして振り返って見ると一頭の黒豚だった。やれやれと気は落ち着いたものの、足はがくがくとなった。

　本来なら、普段一人で帰ることなんて何でもない。だが今度だけは黒女はいささか気が怯んだ。村中を一軒一軒当たって二臭《じしゅう》を探したが、まるで見当たらない。最後は仕方がないので、肝っ玉を据えて朝に一人で帰ることにする。不安な気持ちを抱えて一路懸命に歩き、正午前に家に帰り着く。飼育室へ行って父親に説明すると、父親はうなずいて満足げに言う。「わかった。急いで戻っておっかさんの炊事の支度を手伝え」黒女は考えた。この張法師《ちょうほうし》というのはどういう人なのだろう。おとっつぁんにあんなに気遣いさせるなんて？

張法師の老妻が言ったとおり、張法師はその日にやって来た。思いがけなく、日が暮れるころにその人はやって来た。彼が来たとき、黒女の家の者たちはちょうど汁をすすっていた。その時、黒女は門を出ようとしたところだったが、突然、中庭に上下が細くて中間がふくらんでいる、ちょうど巨大なナツメ型の釘みたいな格好の黒い影が立っているのが目に入る。びっくりした黒女は誰とすぐに問いかける。黒い影は答えずに真っ直ぐに戸口に向かう。聞き付けた父親は誰だかすぐわかって、汁碗を置き、ドタバタと戸口を出て出迎え、幾度も張師張師と大声をあげ、屋内に導いて、長椅子に座ってもらう。

黒女はここで初めてはっきりと目にする。張法師は頭に小さな丸い瓜皮帽〔スイカの皮を半分にしたような半球形の帽子〕をかぶり、合わせ身ごろの古い綿入れを着、腰には白布の長い筒帯を巻きつけ、足には黒いコールテンの鞋《くつ》をはいている。猿みたいな顔をし、星みたいに光る両の目、手をあげ、足を揺すり、自ずと一種凡人とは異なる気迫がある。黒女のおとっつぁんは慌てて家の者を呼んで改めて飯の支度をさせる。張法師は手をあげて言う。「いいんだ、いいんだ。明日またここにお邪魔する」黒女のおとっつぁんは言う。「こんな遠路をはるばる来てくれたのに、ご飯も差し上げないなんて？」張法師は言う。「わしはこの村の黒爛《こくらん》の家でもう済ませたんだ。いいんだ、いいんだ」

双方気を遣いあった後、黒女のおとっつぁんはあたふたと茶をいれキセルを手渡し、それから子馬の事を語りだす。張法師は口を挿まず、黒女のおとっつぁんが逐一話し終えるのを待ってからようやくキセルを置いて諄々《じゅんじゅん》と解き聞かす。「このことはわしはずっと前から予測していた。十分ほど前、貧道〔道士の自称〕は村の内外の様子をひととおり子細に観察した。それですぐにわかったのは、村は東に向いては暗く、西に向いては明るく、つまり、陽沈陰埋の兆をなしている。これらひっくるめて、民心不穏、朝野動蕩、四季不分、水旱禍し、賊人道に略奪、諸民夭逝、人倫敗壊、男は馳まわり女は淫蕩、紅花地に敷き、妖怪変化は触れまわり、黄塵日を覆い、鳥獣不良、黒白顛倒、天理ますます隔たる、ということを表している」黒女のおとっつぁんはこの説を聴くやたちまち顔をくもらせ、ずばり尋ねる。「それじゃどうすればいいのかね？」張法師は言う。「大丈夫、心配するな。この種の様相は並の事とも言えて、必ずしも不穏当なわけでもない。明日よく考えてみよう。今日はわしはあんたに特別に二句を付け足してやる」

　黒女のおとっつぁんは鶏が穀粒をついばむみたいに頭を振り振りしきりに感激して言う。「有り難く拝聴する」張法師はぐっと足に力をいれ、口を開いて気炎を吐くように言う。「これ以降、あんたらの村について言うなら、最も忌むべきものは二種類の画像の出現だ」黒女のおとっつぁんは問いただす。「どういう二種類の画像ですか？」張法師は言う。「一つは女の子が雪中に立っているもの、もう一つは八十の老人が雨後に泣いているものだ」黒女のおとっつぁんはまた問う。「それはどういう事ですか？」張法師は深刻な面もちで言う。「この二種の画像を見ただけで村中に大きな災難が降りかかるのだ。しかし、あんたは年もとっていて智恵もある。あんたの言う白い馬の件だって、あらかじめ様子がわかっていれば心配するには及ばん。あんたの言うように、明日の晩に子馬の口に轡《くつわ》をはめてしまおう。そうすれば変事の発生は防止できる」黒女のおとっつぁんは言う。「はい、はい。そうしよう」張法師は次いでまた幾つか細かい事を指示してから立ち上がり、「わしは今夜は黒爛の家で休むから、あんたは気を使わなくていい」黒女のおとっつぁんは慌てて後について黒爛の家の槐《えんじゅ》の木の所まで送って行く。

　黒爛と言えば、彼もまたあの富堂《ふどう》と同じく甚だ不幸な運命の人である。年がら年中、糞籠を提げて村中をふらふら回っているか、そうでなければ畑を耕し、畦で飯を食い、耕牛同様で、この世に楽しみというものが有ることを知らない。嬶《かかあ》の水花《すいか》は気のきいた性格で、弁も立ち、家中の事は大小となく総ては彼女が取りしきる。

　話によると、何年も前のある日の午後、水花はたった一人でオンドルの上で横になり、うつらうつらしていたそうな。竈《かまど》の後ろの方でにわかに微かな物音がするのに気づいて顔をそっちへ向けて見る。黒地に白い模様の一匹のウワバミが鍋の蓋の上にとぐろを巻いていて、その頭はオンドルの側面を探り越え、血のように赤く、きらきら輝く両の目で彼女を見つめている。彼女は甚だ驚き怯え、両の手で布団の襟をきつく握って立て続けに大声で黒爛を呼ぶ。その刹那、長さ三尺の麺棒を手にした黒爛がドーンと竈の方に突進し、かのウワバミと格闘になる。しばらくは物影がただただ絡まり合い転がり合い、猛り狂って乱舞していて、彼女にはどっちが夫でどっちがウワバミなのか、見分けもつかない。情勢緊迫の最中、二塊の影が一塊になって彼女をめがけて飛びかかって来る。ここで彼女は初めてアッと声をだす。そうして目覚めてようやく夢だったと気づく。

話はまだ続く。こんな怪しい夢を見た水花は胆がつぶれてぞっとしてもう窰洞《ヤオトン》の中に居ることができず、鞋底と針と糸とを持って門を出て、槐の木の根方に座った。ちょうどその時、人びとが誉め讃える張法師が振り分け荷袋を肩にして少し離れた村の東の小路からよろよろと歩いて来るのが目に入る。張法師は槐の木の下に座ったが、彼女に話しかけない。しばらく休息した後、顔を向けたとたんに言う。「おかみさん、あんたはまったくの憂い顔だが、最近家の中で何かあったのではないか？」水花はびっくりし、心中この張法師こそ真実仙道中の人で、何もかもお見通しなのかも知れないと思う。そこで、慌てて答えて言う。「おっしゃる通りです。つまり、たった今……」と話し出すと、張法師に遮られる。「ここは風音の地だ。邪気を防ぐにはやはり屋内で話した方がよい」

水花はその言に従って張法師を家の中へ招き入れる。水タバコを幾服か吸い、水花が身振り手振りをまじえながら、ついさっきの夢中の情景を生き生きと説明するのを聴く。張法師はオンドルの上に胡座をかいて座り、子細に耳を傾け、水花の顔を見つめながらしばらく沈思する。ついで、水花にここ数日の飲食、起居、行動を尋ねる。水花は言う。「特別な事はありません。わたしはずっと窰洞の中に居て、せいぜい槐の木の辺りに行って、井戸端で涼むくらいで、どこへも行かなかった」張法師は言う。「それはよかった。おまえたち女にはわからないだろうが、槐の木の傍らの井戸端の辺りは陰にして怪奇存する所。怪しの陰魂があんたに取り付き、纏わり付いて騒ぎを起こさないとも限らない」心怯えた水花は慌てて言う。「わたしは役立たずで別に何もしてないのに、何でわたしに祟るの？」張法師は言う。「人・神仙・妖鬼、木・火・土・金・水、天体の諸現象はそれぞれに異なり、それ故に、相生相克の理があって、あんたがこれらの何かを犯すと祟られることがあるのじゃ」水花は針と糸とを手放し、途方に暮れた様子で言う。「わたしはどうしたらいいの？」張法師は言う。「手を寄越せ」水花は手を差し出す。すると、張法師は手首を撫で、顔を仰向けて脈を数え、頭を下げて言う。「おまえは身ごもってからだいぶ経つな。わかっているか？」水花はさらに怯え、震えながら言う。「いえいえ、そんな！」張法師は言う。「これはなかなか推定するのが難しいのだ」水花はまた言う。「わたしはどうすればいいの？」張法師は言う。「しばらく横になれ。帯とズボンを緩めてな。わしがよく見てやる」

水花はいささかためらう。しかしやはり言われたとおりにする。張法師はしばらく彼女のお腹を撫で擦る。水花はとてもむずむずしてきた。何とも我慢しきれなくなったころ、張法師は手を止めて、振り分け荷袋の中から祭神用の黄色い紙を取り出して、お腹の上に置き、口でぶつぶつと呪文を唱え、やたらにあちこち触りまくり、さらには水花のズボンを脱ぎ去る。水花は仕方なく、しっかりと目を閉じて、彼のなすがままにまかせる。張法師が彼女の股間に座って見たり臭いをかいだり、大いに努力している気配を覚えるのみである。しばらくして言う。「あんたは今すぐに神様の力をお借りして、邪気が胎児に入るのを防がなくてはならない。邪気が胎児に入ると、後日怪物が生まれて大変なことになる」張法師は言いながら指先で軽くつついたり、ゆっくりほじくったりする。水花はびっくりするが、事ここに至つては神人が着手したのであるから、これを逃れるわけにはいかない。ひたすら掻き乱された水花は顔を歪め、目をひきつらせ、心身縹渺《ひょうびょう》、雲霧の中をさまよう如くである。ただただ、この老道士の手並みが何とも精妙で、黒爛の鈍くて気のきかない様とはまるで比較にならないと思うばかりである。ついで神の精気が伝授され、一切は平穏無事に終了した。懐胎十箇月の後、ある朝分娩、生まれた子はその後順調に生育、自ずから十二分に聡明である。人好きがするばかりでなく、常人とはいささか異なり、活気にあふれている。

## 12　呂中隊長が張法師を謀る。郭大害は炭鉱から戻って来る

目覚めた季工作組《きこうさくそ》はオンドルは暖かく、布団もほかほか、甚だ快適なのに気づき、目をみはって辺りを見回し、富堂《ふどう》の家の中に居るのだと知る。幾声か咳払いすると、たちまち誰かがドアを押し開けて入ってくる。富堂の嬶《かかあ》である。彼女はお茶の入った上等の磁器の茶碗を捧げ持ってきて、これを彼の枕元に置く。これを目にとめた彼は、突然訳のわからない、うまく説明できない感情が心の底から湧き上がるのを覚える。起き上がって問うて言う。「今は何時ごろだ？」富堂の嬶はこの時はもう身繕いをすませて、髪はつやつやお顔はすべすべ、ふんわりと彼の枕元近くのオンドルの縁に座って言う。「午後になりました。もう少しすれば暗くなります。お休み中あなたは、お体もお顔も熱くて、風邪を召されたかと心配しました」季工作組は甚だ立腹の態で言う。「呂《ろ》中隊長のあのろくでなしめ。俺をこんな目に遭わせやがって！　人が酒は飲めない、飲めないと言っているのに、無理矢理飲ませやがって。お陰で仕事が遅れてしまった」

富堂の嬶は賛嘆して言う。「工作の方《かた》はわたしたちこの辺の女どもとはまるで違って、一日中考えるのは工作の事ばっかりなんですね」季工作組はちょっと首をかしげて言う。「あんたは何を言っているんだ！　党は俺に月当たり数十元の給料を支給してくれる。どうして工作しないでいいものか？　その上、目下の情勢は大変緊張している。こんな重要な任務に対して俺に銭をくれるんだ。俺が工作を放りだしたら、信任してくれている党と人民に顔向け出来ないだろうが？」言いながら、茶碗を取り上げて一口飲む。富堂の嬶は慌てて言う。「葉支書《ようししょ》はわたしに言い付けました。自分たちは大隊本部で会議をするから、あなたが目を覚ましたらそう伝えるようにと」季工作組はうなずいて、茶碗を置き、立ち上がってオンドルから下りると、富堂の嬶に顔を合わせていとまごいをすることもなく、足を引きずりながらドアを出て行く。富堂の嬶は機嫌が宜しくないのを見て、後について屋敷の門口までは行ったが、そこで止まった。

季工作組は大隊本部の中庭をぐるっと一回りする。どの窑洞《ヤオトン》も鍵がかかっていて、静まりかえり、これまでの様子とまるで変わりがない。心中思う。鄢崮《えんこ》村の幹部一同、言うこととやることとが違うじゃないか。今朝起き

た時、彼らの警戒心の低いことをやっぱり批判しようと思っていたが、まだ暗くならないうちからこんな様《ざま》とは！　何とひどい事だ！

こういう次第で、彼のもともと張りつめていた顔つきはますます険しくなった。大隊本部の門の前に立って、しばらくあちこち見回している。すると、一人の眉を逆立て目をむいた男が横柄な様子で彼の前を通り過ぎ、ついでに胡散臭《うさんくさ》い目つきでじろじろ彼の方を見るのだ。季工作組は甚だ不快に感ずる。こいつは俺の物を何か盗むつもりで来たのかもという気もする。この時振り向くと、呂中隊長が根盈《こんえい》等数人の民兵を率いて、村の東から大急ぎで駆けつけるのが目に入る。季工作組は立ったままで、呂中隊長の正気凛然たる様子を遠く打ち眺め、突如大いに感動させられる。心に思い言う。「そうだとも。あの中隊長はやっぱり真っ直ぐな気性の忠臣なのだ！」呂中隊長が近づくのを待つうちに表情もいささか穏やかになる。先ずは呂中隊長がいかにももっともらしく語るのを聴く。「季站長《きたんちょう》、緊急の事態につき、俺は報告します」そう言うや、呂中隊長等数人は慌ただしく季工作組を抱きかかえるようにして、大隊本部の窑洞の中に入り、オンドルの火のない氷上のような席にそれぞれ座を定める。

呂中隊長は厳粛に言う。「根盈からたった今報告があった」根盈を指さしながら言うと、根盈はうなずく。呂中隊長は続けて言う。「今晩、飼育室で神事《かみごと》をやろうとして、東溝の法師を呼んでいる」季工作組は何事だと思い、急いで問う。「法師とはどういう人だ？」呂中隊長は言う。「あの迷信の手管をやるんだ。目的は金銭を騙《かた》り取る事だ」季工作組は言う。「そんならどうして捕まえないんだ？」呂中隊長は言う。「俺は捕まえるつもりだ。だけど、泥棒を捕まえるには盗品を押さえろ。姦通を押さえるには二人いっしょでなければだめ、と言う。今晩奴らが法事をするのを待って、その時に捕まえる」

季工作組はちょっと思案してから言う。「それがいい。中隊長、あんたは俺たちの党の忠臣だ。以後の工作もそういう線でやってくれ。勇があるだけではなくて、また謀がなくてはな。あんたのやり方はとてもいい。社会治安と民兵工作は万事こういうふうにやればいいんだ。民兵は部隊編成だ。一切すべて部隊の中の規定に準ずる。疾風迅雷、厳正な法の執行、打って潰さざるなく、戦いて勝たざるなし。一日二十四時間中ひたすら心に民兵工作を思っていれば、民兵工作がうまくゆかないはずがない。今日のあんたのやり方はとてもいい。絶対正しい！

目下先ずしなければならないのは、秘密の保全だ。みんなにやたら話をしてはだめだ。自分の媳にも余計な事を喋っちゃだめだ。今晩そいつらを捕まえたら、明日早く、大隊本部に社員を召集して批判闘争大会をやる。まったく思いもよらなかったな。今に至っても妖魔鬼怪がなおこんなに猖獗《しょうけつ》を極めているとは！」

呂中隊長はぴんと反り返って直立し、大声ではいと応じ、それから口もとをほころばす。付き従う民兵も大いに盛り上がり、各自なるほどと納得した様子。季工作組から直接に表彰と指揮を受けたのは自ずとこれ並大抵の事ではない。そうして、この時この刻、張法師《ちょうほうし》はもう黒《こく》爛《らん》の家のオンドルの上に戻って、黒爛のキセルを抱きかかえてタバコをすっており、呂中隊長等の人々が彼を捕らえるべく、厳重な包囲網を敷いたことなど知るはずもない。

季工作組と呂中隊長等は今や心中に謀るところ有り、総じて時の経つのが遅く感じられる。だが、鄢崮村の人民どもにとっては相も変わらずただただ退屈でたまらないのだ。黙々と食事をし、野良に出る。そうであることは知っているが、何故そうなのかは知らない。要するに、千々に乱れて収拾がつかないばかりで、目新しい事は何もない。ただ目隠しの塀の根方で車座になってわいわいがやがや騒ぎ立てるだけで、何のまとまりもない。ぼーっとしているうちに一日が過ぎ、またぼーっとしているうちに一日が過ぎ、ゆらゆらふらふら。この一生は大体はぼーっと過ぎて行くのだが、後幾日か経つと、本当ににぎやかで面白い事があるのだ。

またこの日の午後の事、人々が雑談していると、包みを手に携え、巻いた布団を背負った見知らぬ男が村の南の方からぐんぐん歩いて来るのが目に入る。目隠しの塀の前で朝奉《ちょうほう》に向かって大声で呼びかける。「朝奉叔父さん、叔父さんはここでおしゃべりしてるんだ」

朝奉ははっと気づいて言う。「ありゃー、大害《だいがい》じゃねぇか。こんなにでかくなって。叔父さんはすっかり見損なうところだったよ」言いながら急いで傍に行って荷物を引き取る。これを聴いた村人たちは、随分前に村を出た大害が戻って来たことを知る。男も女もわらわらと寄って来て手伝い、取り囲んで話を聴く。大害は目をうるませて言う。「十年近くも帰らないうちに、村のみんなもだいぶ老けたなぁ」丟児《ちゅうじ》が言う。「そうだとも。光陰矢の如く、眼を転ずればすなわちこれ百年って言うだろう」朝奉が問う。「どんな風の吹き回しで戻って来たんだい？」大害の顔に気まずそうな色が浮かぶ。「酷《ひど》い目に遭っちゃって炭鉱で鉱柱に頭をぶち当てたんだ。半年治療してようやく良くなった」言いながら帽子を取ってみなに見せる。みなが見ると、頭髪中に何と一筋ピンク色にぴかぴか光る空き地がある。ここにおいて、わいわいがやがや、一片の感慨を催し、一人が言う。「炭鉱に仕事に行くのは何て危険なんだ！　これを見ちゃ、やっぱり種まき車のハンドルをしっかり握って牛の尻を叩いている暮らしが着実ってことだな」話をしながら、朝奉等数人は大害が家に戻るのを送って行く。

この時丟児は大害の後ろ姿を望みつつ言う。「あいつの家は長年無住だったから、ヨモギグサが人の背丈よりも高く生い茂っているだろう。片付け、修理するには何日もかかるぞ」根斗《こんと》が言う。「あいつがどのくらい住むかわかりはしない。数日でまた出かけないとも限らない」この時、誰かが後ろの方でへっへっへと笑う。みなが振り向いて見ると、二臭《じしゅう》が目隠しの塀に足を組んで寄りかかって座り、悠然自得の様でゆらゆら揺れている。みなが彼に問う。「おまえは何を笑っているんだ？」二臭は言う。「俺は何も笑っていない」みなは彼の言うことには裏があると見て、何が何でもはっきり言えとせつく迫る。堪えられなくなった二臭は幾声か咳払いをした後、一つの道理を語る。これを聴いた後、ある者はいぶかしく思い、ある者は嘆息してそういう事とはとても思いがけない事だ！　と言うばかり。あの子はどうやら悪いことを覚えたんだ。家を出て労働者になったのは名目上では立派だが、実際にはあの子にとってよくなかった！

あんたは二臭が何を言っているのかわかるか？　と言うのは、大害のもともとの情況は以下のような次第なのだ。その父郭良斌《かくりょうひん》は解放戦争のとき、妻子をほったらかして延安に赴き、革命に参加した。聞くところでは、いろいろな職務をごちゃごちゃこなしたらしい。解放後の旧習・旧思想等を一掃する運動を通過してから、出先でまた年若い美人の嫁さんを娶《めと》った。家の嫁さんは怒りの余り病気にかかって死んでしまった。十六、七歳の少年の大害は一人残された。誰にも面倒を見てもらえなくなった大害は却って万事自分の思うとおりにやった。何が何でも、一人で山東の済南に行き、自分の父親を尋ね当て、しばらくいっしょに過ごした。先ず大害が訳もなく揉め事を引き起こすと、後では嫁さんがわざと難癖をつける。ああだのこうだの、しきりに論争が起こる。幼い妻に年長の息子、形勢穏やかならず。父親はこのままでは収まりがつかないと判断。そこでまた、西安の戦友に頼んで、息子が家からあまり離れていない堯廓《ぎょうかく》炭鉱で働けるように手配してもらった。

　大害はまた苦労してきた人であり、仕事に関しては言うまでもなく手堅く有能である。ただし、まずい事がひとつある。炭鉱に来て間もなく、鉱内灯への配電係の一女性を愛した。そのまま長年月を経たが、結婚して所帯を持つまでには至らず、その女のお相手をしながらずーっと独身生活を続けてきた。この女性は語るも奇怪な話だが、今日はこの人とくっつき、明日はあの人にひっつくといった様で、つまりは大害などまるでどうでもいいのである。大害はあれこれ気を使い、心を労したが、ただただ悪くなるばかり。ある日、日が暮れるのを待って、大害は女を尋ねてその宿舎に行った。女はろくでもない悪党の一味を糾合し、大害をぶちのめさせた。激怒した大害は、以後は勤務もほったらかし、毎日毎日棍棒を手にしてあちこち尋ねまわって悶着を起こし、暴れまくった。人に頭を殴り割られて半年も入院した。退院の後も相変わらずであった。炭鉱の人たちも彼の気持ちや行いがあくまでめちゃくちゃで、頭の天辺にてらてら光る傷跡まで作ってしまったのを見てからは、綽名をつけて〝外国月〟と呼ぶ始末である。

　さて、ある日、二臭はぶらぶら炭鉱まで出かけて行って、ある炭鉱夫の頭を剃る。半分ほど剃ったところで、誰かが〝外国月〟が来たと怒鳴るのが聞こえると、客の炭鉱夫は首に巻かれた布を取り捨て、半分剃りかけの斑頭のまま振り向いて駆け出してしまった。これは二臭がその目で見た事実である。つまらぬ事にあくまでこだわる頑迷固陋な大害を見た炭鉱の指導部は人命の沙汰にまで及んだら大変と考え、口実を設けて、大害を労働保護規定で処置してしまう。それでも彼は数日しつこくつきまとっていたが、その女はやはり冷たく振りきってまったくつれなく、まるで相手にならない。完全に希望のないことを知った大害は意気消沈して家に戻り、同郷の人々にもてなされる。

　二臭が話し終えると、みなは甚だ驚く。丟児は長いため息をついてから己の見解を述べる。「あんたの語ったその女は確かにとんでもない奴だが、そんなに沢山の男と寝た後でただ大害とだけは寝ないとはどういう理屈だ？　大害と一時はいっしょになっていたんだから、あいつの願いもわかるはずだし、今のような酷い目に遭わせなくてもよかろうに」

二臭は言う。「それはそうなんだ。俺は夏の半分ほど炭鉱を回っていて、いろんな人に聞いたんだが、みな変だと言っていたよ」根斗が言う。「あんたは炭鉱でその女に会ったのか？」二臭がへっと一笑すると、みなはたちまち了解し、ついでどっと大笑い。丟児が言う。「俺らの二臭は穴のあるのを見たらすぐに入り込む人だ。その女に会っていないはずがあるかい？」二臭は弁解口調で言う。「でたらめ言うな。その女は顔中あばただらけで、ひどいブスで、とても見られた様じゃない。たとえ金を積まれて頼まれたところで、とてもじゃないが手を出したくないよ」槐の根方に居た女たちもまたさまざま議論したが、その内容については不明である。ただし、彼女らの思わせぶりな様子からうかがうに、別なある物語が存在する。

朝奉と大害ら数人が長年月を経て錆びついた鉄の鎖をこじ開けて中庭に入り、腰の高さまで生い茂ったヨモギグサを押し分けて、窑洞の入口の前に立つ。入口の上面の土が大きな塊になって墜落している。朝奉が言う。「人が住んでいないとこういう様になる。夏のうち、窑洞をちょっと修理するように俺は言ったけれども、自分自身でも布団を持ち込んでここで寝て、あんたに替わって留守番した。だがその後はずっと手をつけるのが億劫になってしまった」大害は慌てて言う。「いいんだ。いいんだ」話しながら、朝奉が窑洞の入口の鉄の鎖を開ける。開け終えた朝奉は塀越しに自分の娘の唖唖《ああ》に大声で呼びかける。塀の向こう側から応ずる人の声のしたのを待ち、そこでようやく体の向きを変え、数人が窑洞の中に入る。

窑洞の中はすっかりがらんとしている。数人はオンドルの縁を踏んで立っている。自分の窑洞の中のテーブルや長椅子は多分朝奉叔父が借りていったんだな、と大害は思う。大害は包みの中からタオルを一枚取り出して、オンドルの床面の埃を拭き払う。それからビスケットを一包みと紙巻きタバコを一箱、暗がりの中に置いて、みなにやってくれと勧める。みながビスケットの数枚を食べ、さてタバコに火をつけようというとき、すらりとした体つきの女の子が入って来る。朝奉の娘の唖唖が小さな油ランプを携えて入って来たのだ。大害は彼女のことを覚えており、びっくりして言う。「あれー、唖唖がこんなに大きくなって。俺が出かけたときには、まだ小さな子供だったのに！」朝奉はランプに火を点け、ビスケットをかみながら、「もうすぐ十八になる」大害は急いで数枚のビスケットを取り出して、唖唖の手の中に押し込もうとするが、唖唖は後ずさりして受け取ろうとしない。朝奉は言う。「娘に何をする。ビスケットが無駄になるだけだ」大害は何が何でも唖唖に押しつけるから、唖唖はびくびくしながらこれを受け取る。朝奉は彼女をぐっとにらんだものの何も言わない。

大害はぼろぼろの衣服をまとい、おどおどしている唖唖を見て言う。「俺らのこの土地の子供たちは可哀想だなぁ」朝奉は言う。「何が可哀想だ。三度の飯が腹に収められればそれで十分じゃないか」唖唖は油ランプの下で、二つの眼をきらきらさせながらもおどおどと大害を見つめ、見つめながら引き下がる。朝奉は彼女に向かって言う。「さっさと行って、盥《たらい》に水を汲んできて、オンドルの上や周りをひととおり拭くんだ」ウーと応じた唖唖は大急ぎでとって返し、きれいな水の入った盥を持って来る。よく拭いた後、続いてオンドルの焚き口に火を入れる。朝奉は何とまた言う。「家のトウモロコシの粥を先ず大害兄さんに一碗持って来い。兄さんに先ず食事してもらうんだ！」唖唖はまた行って粥を持って来る。大害は結局は多年外で仕事をしてきた。口調も挙措《きょそ》も勤め人の風があり、見識もまた自ずと異なる。ちょっと話を聞いただけでもみなびっくりしてしまう。あの唖唖はずっと竈の前に座って、お湯を沸かしたり、粥を温めたりしながら、時に顔をあげてこの大害の話す事を聴く。大害が山東済南へ彼の父親を尋ねて行った際のことを話す。「便所は家の中にあるんだ」と言うと、みなはそんな奇怪な話があるかといった感じであったが、すぐさま丟児が問う。「そんな馬鹿な。だったら、人は臭くて臭くてたまらんだろうが？」大害が言う。「いやいや。便所の中には馬桶《マートン》〔便器〕があるんだ」「馬桶ってどういう物だ？」「馬桶は陶器なんだ。馬桶の底には穴が一個あいていて、一本のパイプに繋がっている。用が済んだ後、電気のボタンを押すと、どっと水が出て押し流してしまうんだ」みなはなるほどと了解する。

大害が朝奉に問う。「俺の机や戸棚はあんたが持って行って使っているのか？」朝奉は驚いてうなずきながら言う。「そう、そうだ。おまえの家に誰も居らず、屋敷中空っぽで、誰も面倒見ない。万一泥棒にでも入られたら、俺もおまえに申し開きできない。それで持って行ったんだ」大害は言う。「そうなの。本当に手数を掛けたな」と、こういう次第で、数人の男たちの話は夜中過ぎまで続いた。

# 13 芙能が夢中に惑う。張法師は逮捕される

閑話休題。さて、あの夜有柱《ゆうちゆう》の一物があまりにも小さくしょぼくれているのを見て以来、とうとう耐えかねた芙能《ふのう》は号泣する。その泣き方はまったく悲痛である。窓の外の連山《れんざん》が大声で問いかける。「何を泣いているんだ。よその人が聞いたらどうしたのかと思うぞ！」芙能は仕方がなく、無理にも声を押し殺し、もうそれ以上は泣かない。双方互いに横になる。有柱は涙を拭って窑洞《ヤオトン》の天井を見つめている。しばらく時が過ぎる。芙能は有柱が可哀想に思えてくる。そのまま「あんたのあれはどうしちゃったの？」と問う。有柱は言う。「わからないんだ」芙能はさらに問う。「生まれつきからこんなだったの？」有柱が言う。「そうじゃないんだ。親父が言うには、俺が小さい時、家には大きな黒犬が一頭いたんだ。俺が四、五歳のころ、マントウを手に持った俺の後ろに犬がついて来た。俺が門の前にしゃがんでおしっこをしたとき、俺のチンポコがピョンピョンするのを見た黒犬が跳びかかってきてガブリと一口咬んだんだ。大変怒った親父は犬を殺したんだ」話し終えるとまた涙を拭う。芙能は本当に彼が可哀想に思え、彼の涙を拭いてやり、慰めて言う。「泣くことないわよ。あんな物が無くたって、二人今までどおりに過ごせるわ」芙能はさらに何か言いたく思ったが、ちょっと物音がしたのでもう一度有柱の方を見ると、木偶《でく》のようにごろんと寝入っているのだ。芙能はフーッとため息をつき、ついで灯りを吹き消し、有柱にとって、自分が分に過ぎた存在であるのかないのかを考える。

あるいは、天下の女子がすべてこんなにも善良であるならば、まったく尊い話だ。だが、天理・人倫に関わる事としては、総じていささか妥当を欠く所がある。しばらく熟慮せよ。かの芙能が言うのは簡単だが、男女の間、親密に日夜寄り添いあって日々を過ごすのはそうそう容易いことであろうか？　その上、あの有柱は自分がだめなくせに、甚だ勝手気ままな性格である。夜になるとすぐにあれこれご機嫌を伺い、彼女の身辺で、ここを撫でたり、そこを捏《こ》ねたり。人がいなければたとえ真っ昼間でも見境なく巧妙下賤な振る舞いに及ぶ。芙能も時にはちょっとそんな振る舞いを思うこともあるのだが、有柱の手練手管の後は気分が悪くなって吐きそうになる。身も心も健全な一人の女がどうしてこのような玩弄物扱い

に耐えられようか？　ましていわんや、芙能はそれなりの経歴のいささかは有するはずの人なのだ。だんだん日を経るうちに、気性もおかしくなってくる。舅《しゅうと》の前では敢えて漏らしはしないが、有柱だけの時には、しょっちゅうわざとあからさまに子供を打つみたいに有柱を打つ。頭だろうと顔だろうと思うさまびんたする。芙能が里帰りして母親と二人きりになると、いつだってため息ばかりついて、暗澹《あんたん》とした表情になる。母親がどうしたのと問えば、芙能は頭を振って、さめざめと泣くばかり。母親は問う。「有柱がおまえに辛く当たるのか？」芙能は言う。「いいえ」母親はまた言う。「女というのはね、辛いもので。我慢、我慢よ。我慢して年をとれば何でもなくなる」芙能はうなずき、道理は母親の言うとおりだと思う。だが胸の内では納得できない。一度里帰りすると、婚家に戻るとは言わないで、半月は滞在する。母親も戻るようには急き立てない。有柱が彼女を乗せるラバを牽いて迎えに来るのをただ待っている。

このような事情を目の当たりにして、鄧連山の心は焦る。当世聡明の人にしろ、舅としてはこの事に関してはどうしていいかわからない。野良への行き帰り、芙能の後について、彼女の若々しいプリプリ動く腰回りを見るにつけ、己のあの甲斐性のない、役立たずの息子のことが思われ、心中何ともやりきれない。

時は過ぎゆき、月日は流れ、ちょうど一年経った。その年の夏のある日、有柱は川の中洲の水車小屋に行って粉を碾《ひ》く。間の悪いことに、日暮れ時になってざーざーと大雨が降りだす。降りだした雨は一刻も止むことなく、有柱はどうも帰れそうになくなった。芙能は晩飯の支度をして、舅に食べさせ、後片付けを済ませて、自分たちの窑洞に戻り、オンドルに上がって、衣服を脱いで横になり、今晩は心静かに過ごせそうだと思う。

有柱は居らず、たった一人で窓外の雨音を聞きながら、しばらくあれこれと思いは乱れる。そのうちに雨は小止みになり、いつしか朦朧と眠りにつく。先ずは実家が夢に現れる。父親は畑を犂起こしている。彼女はそこへ昼飯を届ける。昼飯を済ませた父親は、体の向きを変え、彼女に背中を向けて畑の方に放尿しながら話しかける。すると、母親が父親の背中を指さしながら言う。「老いぼれのろくでなしが。女房や娘が傍にいるのに、よくも恥ずかしげもなく、引っ張り出して小便するなんて」

その次は雨の降っている夢である。有柱が小麦粉を担いで怒鳴りながら中庭に入って来る。年寄りが向こうの窑洞から呼びかける声がする。「芙能、急いで亭主を入れてやれ。小麦粉が濡れてしまうぞ！」彼女は慌てて雨の中へ駆け出し、有柱を助けて、いっしょに窑洞の中に入る。その次は彼女がオンドルの上で横になっている夢である。寝入っているふりをしていると、有柱が手拭いで顔を拭いている気配がしてから、彼がオンドルに上がって来る。横になった有柱はまたいつものように、体を寄せてきて、手を伸ばして彼女に触れる。彼女はぐいっと押し退けて言う。「もうとっくに寝ているのに、あんたったらまた何をするの。煩い！」すぐ続いて、掛け布団をめくって、つめたい体が寄り添って来るのを覚える。彼女はびっくりして、ここで目が覚める。それでも相変わらず有柱だと思い、本気で彼を強く押し退ける。だが押し退けられない。そのひんやりした体は注意深く慎重に彼女をじんわりと押さえつける。この時、彼女はもう完全に目が覚めて、その体格からしてこれが有柱ではないと悟り、大声を上げようとする。そのとたん、一本の大きな手が彼女の口を押さえる。すぐに、下半身の腿のあたりで、一本の硬い物がごつごつするのを感じる。これが男のかの一物だと気づくやいなや、たちまちうろたえるものの、振りほどくどころか、しばし恍惚としてしまい、両の足はひとりでに高く持ち上がって空を蹴る。かの一物の暴れ放題のままになっているうちに、とうとう、一刺しの痛みとともに、かの一物が甚だ無鉄砲に彼女の体内に進入するのを感じる。とても深く、深く。彼女には自分が痛いのかどうかもはっきりはわからず、一物の往来・律動につれて、小さな声を上げて泣きだす。

　ああ、黄土よ黄土、これこそ黄土の人ではないのか？芙能ははっきりと有柱ではないと知りながら己を許した。一個の正常な女性の身体を、正体不明の人に預けたのもつまりはこの道理なのだ。人として生まれてこの世にあっては、大体、何が難しいといって、性情のこの一筋を固守することが難しい。性情が動けば、たとえどんなに明白であれ、どんなに堅い決心であれ、性情の深いところの欲望の跳動に抗し難い。ましていわんや、この天然自然界、オギャーとこの世に生まれたとたん、即刻男女の別がある。さらにいささか成長すれば、己の体が自覚するのは当然として、村の龐二臭《ほうじしゅう》のようなあの手の人間の言い草では、「灯りを吹き消した後、俺はあれをする以外にどんなする事があるんだ！」これがまた黄土の人の唯一の楽しみ興奮するところであり、ただこの時だけ生き甲斐を覚える。こういう訳で、年下の者たちも見よう聞きようで自然と覚え、それにつれて性情守り難く、その年齢にも至らぬうちからよく体裁をつけてわざとらしい振る舞いに及びがちである。広大無限のこの世界も結局たった一理に帰する。沢山の聖人君子、貞淑の女子とて、一皮剝けばその内の何人がよく胸中の深奥の欲念を否認し得るか、知れたものではない。芙能は紛れもなく、村里の一女子であり、どんな聖人の教化も受けていないのは勿論、逆に、有柱にさまざまに挑発され、実情は性情すでに混乱していた。いまさら彼女をとがめることはできない。振り返って、近所の事。かの水花《すいか》の現況。明々白々張法師《ちょうほうし》に騙《だま》され、犯されてしまうが、体は逆にすっかり満足し、己一生の秘事としてかの張法師としっかり情交してしまう。これまたこの間の道理を証拠立てる。

　水花はまた苦しかったが、息子の山山《さんさん》が生まれ、九歳になった時。そー、去年の春だ。黒爛《こくらん》は石堡川のダム工事に出て、石を爆破する際に思いがけない災難に遭う。両脚を失い、棒切れみたいな役立たずになってしまい、一日中オンドルの隅に突き刺さっていて、糞小便まで万事人に世話してもらう始末で、甚だ可哀想なことになった。この頃から張法師が出入りするようになり、まるで憚るところがない。この様子は村人みなもはっきり承知しているが、苦しい生活の中にあるのだから別に不都合な事もあるまいと思っている。

　さて、あの日の夜、張法師は黒女《こくじょ》のおとっつぁんと別れた後、水花の家に戻り、灯りの点いている東側の窑洞に向かう。ドアを入ると、黒爛一家の人々がオンドルの上に座っている。彼が戻って来たのを見た水花は急いで言う。「さあ、あんたもオンドルに上がって脚を温めて」法師は黒爛をちらっとひと目見る。水花は急いで言う。「それとも、あんた、先に黒爛兄を負ぶって行ってくれる」法師は言う。「いいとも」言い終わるや、みないっしょになって協力して、黒爛を銀柄《ぎんへい》〔張法師の名〕の背中に載せ、法師が西側の窑洞へ負ぶって行く。手探りしながら、黒爛をオンドルの上に置いて引き返そうとすると、黒爛が大声を上げる。「灯りを点けて行ってくれ」法師が言う。「あんたまだ灯りがいるの？　わしが今とても忙しいのがわからんかね。急いで戻って、明晩子馬に轡《くつわ》をはめる一件の仕度をしなくてはならんのだ」言いながら立ち去る。

　東側の窑洞に戻ると、水花が問う。「子馬の件は話がまとまったの？」法師が言う。「ああ、まとまったよ」

言いながら、小机の上から包みを取り、鞋を脱いでオンドルの上に上がり、ランプの灯りを頼りに包みを開く。水花が子供に言う。「向こうの窑洞に行って、早く寝な。明日は学校があるのよ」好奇心一杯の山山は去り難いけれども、またおっかさんの言うことも聴かなければならない。ぐずぐずのろのろとオンドルから下りて、ドアを出て行った。

張法師は道士の着る上着だの道具だのの一式をオンドルの竈《かまど》に近いあたりに並べた。その内から祭神用の黄色い紙を一枚取り出してオンドルの上に拡げ、一本の筆を執り、包みの中にしまってあった一瓶の無色の水薬を含ませ、尻を持ち上げ、即席で以下のような一段を書く。〝西天取経、神馬再世、賤民劉武成、大敬大仰無奈、田畴労力、人手虧乏、意欲従耕駕之役、請土地諸神、因仮東溝弟子銀柄之口、伝話天庭……〟等々の文字。書き終えると、オンドルの上に敷かれた莫蓙の上に拡げて乾かす。その傍らに水花が布団を敷くのを待って、張法師は悠然と衣服を脱いで横になり、水花といっしょになる。これは当たり前のいつもの事である。事が終わると、痩せた体の張法師は裸のままでオンドルの上に蹲り、黄色い紙を包みの中にしまう。灯りを吹き消し、ちょっと話をし、その夜はもうそれ以上何もなかった。

夜が明ける頃、二人はほとんど同時に目が覚める。窑洞の中は暗く冷え込んでいて、水花は起きないで、逆に張法師の寝床にもぐり込む。張法師は撫で擦りながら彼女に言う。「今後は黒爛をこっちに連れて来るな。あいつを見るとぞっとしねぇ」水花は言う。「普段は向こうの窑洞にいて、飯時に一膳届ければそれで終わりよ。あー、あんた、昨晩わたしがどんな夢を見たか、わかる？」張法師は言う。「どんな夢だ？」水花はすらすらぺちゃくちゃとしゃべる。「夢の中で、わたしは川沿いの道を歩いているの。すると一匹の大きなガマガエルがわたしと歩調を合わせて前や後ろに跳びはねるの。それでわたしは右や左に身をかわすのだけれど、足の下ろし場所もないわけよ。この夢はどういう意味なの？」張法師はひとしきり思案の末に質問する。「そのガマガエルはどんな色だった？」水花は言う。「よく覚えていないわ。全身に黒いボツボツがあったみたい」張法師はまた問う。「そいつはおまえに向かってわめいたか？」水花は言う。「何かわめいたみたい」張法師は言う。「これはつまり吉祥の兆しだ。近いうちにきっと思いがけない収入があるぞ」水花が言う。「あんたがちょっと埋めあわせてくれるほかに、誰がわたしにどんなお金をくれるのよ？」張法師が言う。「これはわたしじゃない。別の人だ」水花は喜ぶが口には出さず、心で思う。自分は今とても困っている。親戚たちも遠くから見ているだけで、側に寄ったら疫病神の巻き添えになるかと恐れるばかり。如何なる機運によって、黄土を交えた涼しく爽やかな風が吹き込むように、思いがけない収入がもたらされるのか？

この時また西側の窑洞のドアの開く音がしたので、急いで身を退いて、自分の寝床に戻って、言う。「子供が起き出した」と言い終えると、山山がドアを押し開けて入って来て、窑洞の奥の方に置いてあるマントウを入れた籠からトウモロコシの窩窩《ウオウオ》を幾つか取ると、ドアを閉めて出て行く。水花は言う。「わたしは先に起きるわ。あんたはもう少し寝ていたら。ご飯の仕度ができたら呼ぶわ」張法師は返事をするなり、また寝入ってしまう。

この日の昼間、張法師はずっと黒爛の家にこもっている。水花は昼食の後、抜け出して、女たちの群れている槐《えんじゅ》の根方に行き、常軌を逸した態で細君連中にひとしきり述べたてる。細君連中は水花の話し振りが甚だ真に迫っているのを見て、聴いているうちに、何と一時水花を甚だ羨み、彼女のようになれたらなぁと思うのだ。

日が暮れる頃、張法師は便所に行くと言って、屋敷の門を出、足に任せて村内をぶらぶら歩き回る。大隊本部の門前に到ると、凶悪な人相をした甚だ見た目の悪いただ一人がそこに立っていて、嫌らしい双の目を向けてじろじろ睨《ね》めつける。遠くからは、村内の幾人かの青年たちの仲間を呼び集める声がして、何か事があるらしい。彼は慌てて道端に寄って塀際に潜んでから、はや足で戻る。

ドアを開けると、ちょうど水花が竈で湯を沸かしているところ。あたふたと水花に言う。「だめだ。今日はどうも感じがおかしい」水花が問う。「どうしたの？」張法師が言う。「今日はどうもおかしな感じだ。村の中の空気が穏やかでない。民兵が活動しているようだ」水花が言う。「怖がることないわ。あの人たちはいつもああなのよ。暗くなると勝手放題に村中を横行し、暴れ回るのよ」張法師が問う。「何のために？」水花が言う。「あんたは聞いたことがないの。今は全国上も下もみんな大騒ぎなのよ。この村にも工作組が来て、毎日社員を率いて文件を学習してるでしょう」張法師は言う。「今日はどうも釈然としない。今晩は控えたほうがよさそうだ」水花は言う。「何を言っているの。何でもないわよ！それに、生産隊があんたに頼んできたんでしょう。あんたが面倒みてあげたって、まるで問題ないでしょう」張法師はしばし考える。「理屈はそのとおりだ。だが、俺には悪い予感がする。さっき、小便に行ったら、頭の上でひとしきりギャーギャーとひどく騒がしいので、仰向いて上を見ると、カササギの一群が門の前の木のこずえの上でめちゃくちゃに飛び回っている。これはまったくよくない兆しだ」水花は言う。「あんたは気の回しすぎよ。日暮れになれば、カササギはいつだってそうよ。毎日の事よ。あんたは何を怖がっているの！」張法師は言う。「おまえたち女どもにはわからんだろうが、これにはきっと何か問題があると思う。俺が大隊本部の門の前に行ったら、変な奴に出くわした。眉が立って目をかっと見ひらいた狂暴な顔つきで、とても二人といない凶相だ」水花が問う。「どんな格好してたの。話してみて」張法師が言う。「軍の外套をはおっていた。国家幹部みたいだった」水花にはすぐわかった。「そう、それは季《き》工作組《こうさくそ》よ。問題ないわよ。その人だったら、こんな小さな事は問題にしないわよ」張法師は言う。「だめだ。今晩の事はもうやりたくない」水花は焦って言う。「やらなくてどうするの。受け取るはずのトウモロコシと布は要らないの。それに、あんたと黒女のおとっつぁんはもう相談がまとまったんだし、途中で投げ出したら何て言い訳するの？」

張法師はオンドルの上がり口に立ってしばし考える。鞋を脱いでオンドルに上がり、キセルを取り出したところで、水花がトウモロコシの粥の一碗を差し出す。彼は急いで灯りを点し、ついでに数口タバコを吸う。ちょうどこの時、山山が学校から戻って来る。カバンを放り出して、学校での出来事を語り出す。黒臉《こくれん》があの社宝《しゃほう》を打ったら、社宝のおっかさんが社宝を引っぱって乗り込んできて大騒ぎ。「家の子を打ってこんな様にした。口は裂けて唐箕みたいになり、目玉は打たれて銅鈴みたいになった。チンピラ先生はえこひいきだ。黒臉のあの糞餓鬼をちゃんと抑えないで、あいつが人を殴るのをほっといていいのか？　馬鹿たれが。ここは何たる糞学校だ。あんな悪たれに天下を取らせて、やりたい放題暴れさせておくなんて！」水花と張法師は心配事があるから山山を相手にしない。この時突然中庭の外で、誰かが水花を呼ぶ声がする。水花が碗を置いて、門を開けて見ると黒女のおとっつぁんである。急いで言う。「話は早く中に入ってからにして。庭では寒いわ」老人は袖に手を突っ込んでスーハースーハー冷気を吸いつつ、ドタバタと蹴躓きながら窑洞に入り、オンドルの縁に腰を掛けてから、身を起こそうとする張法師に向かって大声で言う。「まあまあそのまま。俺はあんたに俺の家に来て飯を食うように言ったのに。これは……」水花が言う。「どこだって同じというわけじゃないわよ。だけど、締めの計算の時に、あんたの家では食べてないことを忘れなければそれでいいでしょう」老人は言う。「まー、それはそうだが」

張法師は沈んだ顔色で言う。「今晩の事はおそらくうまくゆかない」黒女のおとっつぁんはびっくりして問う。「どうして?」張法師は言う。「あんたは知らないようだが、政府は今度の事には力を入れているが、その力の入れ方は尋常じゃない。万が一感づかれたらそれでおしまいだ」黒女のおとっつぁんは言う。「問題ない、問題ないよ。俺ら二人、飼育室でこっそり音をたてないでやってしまえばそれでいいじゃないか?」張法師は言う。「御老人、あんたそんな事をしたらどんな危険があるのか、わかってないよ!」黒女のおとっつぁんは言う。「大丈夫、大丈夫だよ。起きっこない事を言うなよ。万一起きても隊長の海堂《かいどう》が支えてくれるよ。あんた、何を怖がっているんだ!」水花が口を挿んで言う。「わたしもやっぱりさっきこの人に聞いたのよ。そしたら、海堂が穏便に済ますから、あんたに害があるはずがないって」張法師はうなずき、安心した様子である。

水花は黒女のおとっつぁんに問う。「あんたの所の黒女は十と幾つになるの?」黒女のおとっつぁんは言う。「十六になる。あと一箇月ほどで十七だ。旧暦の十二月の二十八日が誕生日だから」水花が言う。「十六ならもういい年頃だわ。先日会ったら向こうからおばさんと挨拶してきて、とても口上手で。まだ嫁《とつ》がないなんて、本当にもったいない」黒女のおとっつぁんは言う。「何もできはせん。背ばかり伸びやがって、何の役にも立ちはせん」水花は言う。「あんた、あの年頃の女の子は、一日経てばそれだけ格好よくなり、日に日に見場よくなるって言うでしょう」

黒女のおとっつぁんは張法師が空になった碗を置いたのを見て、笑いながら言う。「そろそろ行こうか」張法師はちょっと躊躇したが、「それじゃ行くとしようか」と言うほかない。黒女のおとっつぁんはオンドルの上手の方に置いてあった包みを急いで受け取ると、一人で体を支えながらオンドルから下りる。山山が言う。「俺も見に行く」水花が言う。「しばらくしてからおっかさんと行くのよ。大勢でいっしょに行くのを人に見られてはだめよ。疑われるからね」黒女のおとっつぁんは水花に向かって言う。「俺たちは先に行く」水花は箸や碗を片付けながら、返事をする。「あんたらは行ってちょうだい。わたしはしばらくしてから行くから」言い終えた黒女のおとっつぁんと張法師は窑洞のドアを出る。

飼育室に着いて、ちょうど包みを開いたその時、ひとしきり門外の騒ぎがあった後、一群の大男たちが突入して来る。黒女のおとっつぁんが顔を上げて見ると、呂《ろ》中隊長が民兵を率いて来たのだ。民兵は張法師を取っ捕まえ、同時に現場を捜索した後、背中を向けて意気揚々と引き上げる。黒女のおとっつぁんは大いに慌てふためき、後を追って大隊本部に到り、傍にくっついてひっきりなしに弁解する。

季工作組は彼の鼻先に指を突き出して言う。「ごちゃごちゃ言うな。これ以上喋っているとおまえもいっしょに逮捕する。俺はとっくにおまえに言ったはずだ。文件を学習し、思想的自覚を高めろとな。おまえはそれを聴かないで、今日の大間違いを仕出かした。今晩もしもおまえが馬の世話をしなくていいということなら、やはり審問を受けに来なくちゃならんぞ。おまえはどうする？とっとと失せろ！　明日朝早く大隊本部に出頭するんだ。批判闘争大会ではおまえは真っ先に検査を受けて罪を認めなければならん」黒女のおとっつぁんはまだ何か言おうとしたが、呂中隊長は民兵の狗蛋に内意を示す。やって来た狗蛋は相手の年も顧みず、パンパンパンと横っ面を張り飛ばし、老人を引っぱり出して、無言で門の所に寄りかからせておく。可哀想な張法師はかの民兵どもに取り囲まれて飼育室から大隊本部に護送される。途中蹴ったり殴ったりの暴力沙汰、やりたい放題に責めさいなみ、一方面の最高位の有能者を神業のような手管でぶちのめし、散々な目に遭わせる。施術の道具はすっからかんに取り上げられ、長年公社の中に留め置かれ、迷信を破除する運動の度に持ち出され、展覧に供された。

## 14　生産隊長海堂は動かない。大害は母の墓に参る

竈《かまど》の始末を終えた水花《すいか》は、山山《さんさん》をつれていそいそと飼育室にやって来る。ドアを開けて中に入ると、電灯がついていて窑洞《ヤオトン》の中の家畜たちは草を食んでおり、子馬がやって来て、彼女の衣服の匂いを嗅ぎ、彼女の体に擦り寄ってくる。彼女は誰も人がいないのを見てうろたえ、何かあったのだと知る。急いで子供を連れて大隊本部へ向かう。途中で黒女《こくじょ》のおとっつぁんに出会う。老人は泣きながら何度も何度も言う。「天も怨まねぇ、地も怨まねぇ。俺が悪いんだ。老いぼれて、やる事が雑だった。張法師《ちょうほうし》を酷い目に遭わせてしまった」焦った水花はあふれる涙も拭わないで言い切る。「こうするのよ。急いで海堂《かいどう》の所へ行って相談するのよ」黒女のおとっつぁんは言う。「そうだな。俺はすぐ行く。あんたも行ってくれよ。俺は口下手で上手く説明できねぇから」水花は言う。「それじゃ急いで」話し終わると、ともに連れ立って海堂の家に向かう。

海堂の家の中庭に入って見ると、もう灯りが消えている。窓際に寄って聞き耳を立てると、中は何やら怪しげな様子。海堂と嬶《かかあ》がちょうどあれの最中と知れる。この際そういう事情は構っていられない。ただ大声で呼びかけるほかはない。海堂が中から返事をする。黒女のおとっつぁんは言う。「海堂、海堂よ。早く起きて来い。大変な事になった！　張法師が民兵に捕まった」海堂が言う。「何という事だ。俺はこっそり、こっそりやれと言っただろうが。おまえらはこっそりやるどころか、宣伝不足を心配するみたいに、あっちこっちで勝手放題に言い触らし、今になってそんな様だ。俺にどんな手立てが有ると言うんだ？」黒女のおとっつぁんは言う。「起きて来いよ」海堂が言う。「俺が起き出したからって、何が出来る。事ここに到っては俺が起き出したところでどうにもならん！」水花が言う。「あんた起きてよ。わたしたち何とか対策を考えましょう。ひょっとしたら、季《き》工作組《こうさくそ》もまるく収まってくれるかも知れないわ。先ずはともかく、どうやって釈放してもらうかよ」海堂が言う。「水花姐、あんたの声だとわかったよ。あんたも来たんだな。俺はあんたにはっきり言うよ。こんな事になっては俺にもどうしようもないよ。これは他の事とは違うんだ。何はともあれ、姐さん、とにかくあんたの話は全部

聴こう」水花はたちまち泣きだし、泣きながら言う。「あんたは私たちの隊のためにずっとやってきたのに、今になって放り出して知らんふりなんて、それじゃどうやってみんなに顔向けできるの、後日みんなにどう言い訳できるの？」海堂は答えて言う。「水花姐、心配するな。泣いたってどうにもならん。俺がゆっくり何とか手立てを考えるから。実際のところ、今はどうにも仕様がない。上手くやらなければ、やればやるほど酷いことになる」

黒女のおとっつぁんが言う。「ちゃんとやるか、だめにしてしまうかは、やる人の信義にかかる。俺らは心意を尽くさなければなんねぇ」海堂に対して中で嬶も言う。「あんたも起きて、みんなを中に入れて話をさせな」海堂は言うことを聴かず、反って諫《いさ》めて言う。「おまえたちともかく先ずは帰って寝るんだ。この事はこういう訳。関連する人がますます多くなるほど張法師にはそれだけ不利になる。おまえたちは俺の話を聴いていれば間違いない。先ずは帰って寝て、明日起きてまたそれからの事だ」黒女のおとっつぁんと水花はこの話し振りを聴いて、まったくどうしようもなくなり、ようやく呆然として立ち去る。

四つ辻で立ち止まると山山が言う。「おっかあ、早く帰ろうよ。おらとても寒いよ」どうにも怒りの持って行き場のない水花は、山山に八つ当たりして言う。「おまえなんか連れて来るんじゃなかった。本当に連れて来るんじゃなかった。おまえが人に纏わりついて、無理矢理連れて行けって言うものだから。おまえなんか凍えて死んでしまえ！」黒女のおとっつぁんが言う。「子供を叱るな。子供を責めて何になる。ほら、空を見てみろ。とても暗くなってきた。今晩は多分雪になるぞ」山山は面を上げて空を見る。それからはもう寒いとは言わない。

二人はまた二言三言言葉を交わす。季工作組と富堂《ふどう》の家が親戚だとの話になり、そこで、明日富堂の家に行って情に訴えてみようということに話がまとまる。そうして、双方別れた。水花はこの夜甚だ過ごしにくい。ずっと夢うつつに輾転反側《てんてんはんそく》し、よく眠れず、心中明日富堂の家に行った時のことばかり考えている。自分は従来富堂の嬶とはとても性が合わず、二人が出会うと、そっぽを向き合うのでなければ、向きになって理屈を言い合う。今は彼女に救いを求めなければならないが、どういうふうに話を持って行けばいいのかわからない。

同じこの夜、大害《だいがい》の家の窑洞では、大害が朝奉《ちょうほう》ら数人に対してずっと夜中の三時頃までホラを吹きまくる。朝奉ら数人を送り出し、長い一日を終えた時には、さすがに心身疲労し、眠気を覚えた。何はともあれ炭鉱以来の習慣に倣って顔を洗い、脚を洗い、布団を引っ被って寝てしまう。この夜、魂も故郷に戻り、ぐっすり安眠する。

程なく夜も明けようとするころ、女一人がドアを開けて窑洞の中に入って来たような気がする。彼は急いで出迎え、オンドルの上手の方に座ってもらう。しげしげ見るが、どうも思い出せない。さらに子細に観察すると、何と自分の母親ではないか。ああ、母親に違いない。ぐっと胸が切なくなる。いきなり長年の苦しみがこみ上げ、声をあげて泣きそうになる。母親は彼に向かって手を振り、制止して言う。「泣いちゃだめ。泣かないで。泣いたらわたしは出て行ってしまうよ」彼はどうにか声を圧し殺す。母親は彼の手をとり、まるで幼い時のように、中庭から出て、どんどん歩いて、村外れの大きな橋の所で立ち止まる。この時はもう日が昇っていて、母親は満面愛しくて堪らないといった風情で彼を見つめる。彼はもうわんわん泣く。母親の懐に跳び込む。母親が彼を押しのける。彼は蹈鞴《たたら》を踏み、たった一人で空っぽな穴に落ち込む。驚いてしきりに叫んでいるうちに目が覚める。目を見開くと、空は微かに明るんでいる。灯りを点し、目を開いたまましばし考える。子供のころからこの上なくよく知っている窑洞を見回し、人の残した物を見てはその人を思い出す。母を懐かしむことひとしおである。炭鉱でもそうであったが、困難に遭遇すればいつだって母を思うのだ。帰って来た今、母親の墓前で紙銭を焼く事は自ずから最重要事である。この事に思い至り、衣服を身につけ、ちょうどオンドルから下りようとした時、ギギギーと音がして、ドアが突然ひとりでに開いたみたいで、彼はびっくりする。目を凝らしてよく見ると、唖唖《ああ》が入って来る。彼は唖唖に問う。「おまえはどうしてこんなに早く起きて来たんだ?」唖唖は彼の言葉が耳に入らないみたいで、竈の所へ行って、鍋から大碗にトウモロコシの粥を盛り、これをオンドルの上に置き、それから二本の箸を取り出して、これを手で数回しごく。大害は慌てて手を上げてこれを制止し、笑いながら彼女に言う。「しごかないで。おまえの手は真っ黒じゃないか」言いながら自分のタオルを取り出し、丁寧に箸を擦り、さらに唖唖に質問する。「おまえはもう食べたのか?」唖唖は大きな眼を見開いて彼を見つめたが口はきかない。うつむくと雑巾でひたすら竈をこすりはじめる。大害は心で思う。この子はいささか問題があるな。思い返せば、彼が村を出た時、この子は六、七歳のチビだった。青洟《あおばな》を垂らし、一日に三度は朝奉一家の者にぶちかまされたり蹴飛ばされたりして、ビービー泣いていた。さらに思う。この子は朝奉一家の者に死ぬほど虐待されたのに、びっくりしたなぁ、今はこんなに立派な娘になって。

考えながら食べているうちに、トウモロコシの粥を食べ終えた。碗を置くと、あの唖唖がこれを収め、洗いに行く。大害がオンドルから下り、鞋《くつ》を突っかけ、窑洞のドアを開けて見れば、門前の草はもうすっかり覆われて、天地の間はただ一面の白い雪。「へーッ、何とまあ、大変な大雪だ」

大害は小さい頃からこうなので、雪が降るたびに、物の気に取り付かれたみたいになり、大喜びで跳ね回り、どうしていいのかわからぬ態となるのだった。

彼の喜ぶ様子をみた唖唖はまたぴったり後について窑洞のドアの前に来る。大害は振り向いて唖唖に問う。「俺たちの士傑叔父の雑貨店はまだやっているのか？」了解した唖唖はうなずく。大害は言う。「それはよかった。俺はそこでお供えのお菓子を買って、おっかさんの墓参りをする。おまえは帰るときに家のドアの鍵を閉めて行ってくれ」言いながらドアの鍵を指さすと、唖唖もまたうなずく。雪の光に照らされた両の目はキラキラと輝く。

中庭の門を出た大害は村の中程まで来て立ち止まる。古い雑貨店はこの十余年相変わらず、昔のままの様相である。彼が数回窓を叩くと、劉四貴《りゅうしき》が頭を突き出す。この二人は幼い時の同級生で、顔を合わせるやびっくりして大喜び。劉四貴は大急ぎでドアを開けて話し込もうとする。大害は言う。「待て、ちょっと待って。俺が母親のお墓へ行って、紙銭を焼いてから戻って来るのを待ってくれ。それからゆっくり話そうぜ」劉四貴が言う。「わかった。ところで何が欲しいんだ？」大害が言う。「菓子を一包みと線香と紙銭を」劉四貴が言う。「有るよ」言いながら、幾つか品物を取り出す。中のビスケットが虫に喰われているのを見た大害が問う。「このビスケットはどうしちゃったんだ？」四貴が言う。「二、三年置いておいても買う人がなくて、そのままずっと置いてあるんだ」大害が言う。「俺はこれは要らないよ。別な何かないかね」四貴が問う。「何にする？」大害が問う。「西洋飴はないか？」四貴が言う。「少しなら有るよ」大害が言う。「半斤〔二五〇グラム〕計ってくれ」四貴は計り終えてから新聞紙で包む。これを受け取った大害は二元を手渡す。四貴は頭を下げてパチパチと算盤をはじいて言う。「二元二角三分」大害が言う。「どうしてこんなに高いんだ?」四貴が言う。「主として線香が高いんだ。今年の始めの迷信破除で、職人たちがみなこういう物を作らなくなっちゃった。それで仕入れがとても難しい訳よ」大害は不足の銭を補い、受け取った物を小脇に抱え、村の北の大橋へと歩く。

太陽が昇って来る。道中の風景、大いに雄爽優美である。大害は夢中の事を連想し、母を思う心がいっそう痛切になる。幾筋かの尾根を回り、坂を幾つか登って目的の地に着く。一面真っ平らでしばらく見分けがつかなかったが、ようやく母親の小さな墳墓を見出す。長年の雨風に晒されて、もはやかつての面影はないものと見える。後日暇を作り、道具を持って来て、土を盛って修繕しなくてはならない。思いながら雪の上に跪《ひざまず》く。おかしな事に、この時は母親を偲ぶ涙は出なかった。しばし黙禱してから、マッチを取り出して線香に火をつけ、土饅頭に挿し、数回地に頭を打ちつけて礼をし、口に出して言う。「おっかさん、会いに来たよ」言いながら、新聞紙を広げてドロップを並べ、また言う。「おっかさん、西洋飴を食べてよ」それからまた紙銭に火を付け、一枚一枚と炎を移して行くが、母親がこの墳墓の中に居るのかどうかはわからない。何だか居ないようにも思える。長い時間かけて紙銭を焼き終え、また数回地に頭を打ちつける礼をし、立ち上がった際に、あのドロップが目に入る。おっかさんは食べないかも知れないし、あるいは恐らく他所の者に食べられてしまうかも知れないと思い至る。そう思うと、また跪いて包装紙をはいだ幾つかを雪の下に埋め込み、残りは包み直して自分の懐に突っ込み、向き直って立ち去ろうとする。ふと頭を上げると、唖唖が遠くの岡の上に立って、彼の方を見ているのが突然目に入る。彼は手を上げて大声で呼びかける。「何をしに来たんだ?」唖唖には何の動きもない。彼は苦笑して、独り語《ご》つ。「本当に唖者に問いかけてしまったわ」

唖唖がやって来る。彼はドロップを幾つか取り出して、近づく唖唖を見ながら言う。「来いよ。西洋飴を少し上げるよ」唖唖は頭を振って受け取ろうとしない。彼は催促して言う。「早く、早く取りなよ」受け取った唖唖は彼の後に付いて村に戻る。村外れに着いた時、大害は背後の唖唖がしきりにペッペッと何かを吐き出している音を聞く。振り返って見ると、唖唖はドロップを包装紙ごと口に入れたものだから、ドロップは溶けてしまってもグチャグチャになった包装紙は残って、これを吐き出さなければならない訳だ。この娘はこの年頃に成長するこれまでに、何と西洋飴を食べたことがなかったなんて！

彼は笑いながら言う。「おまえは何て馬鹿なんだ。包装紙をはいでそれから食べなきゃだめじゃないか？」唖唖は多分大害が彼女を馬鹿と言ったのを怒ったのだ。プリプリして、お下げ髪を横に一振りすると、手に持っていた幾つかを彼に押し戻し、尻を振り振り走って行ってしまう。西洋飴を握った大害は彼女の背中に向かって言う。「何て強情な娘だ！」言いながら、村の中を通り抜け、出会った人と挨拶し、自分の家に連れて行って、話し相手にしようとの算段。

家に着くと、中庭の雪の上に沢山の足跡があり、踏みしだかれたクサニンジンが露出していて、一面むちゃくちゃである。思うに、同郷の人たちの自分に対する親愛はまったく嘘偽りのない真実なのだ。ドアを開けようとすると、鉄の鎖が掛かっているではないか。振り向くと、何と朝奉が大きな鉄の鍵を持ってニコニコ笑いながらやって来る。笑いながら鍵を開けてくれて、「あんたを尋ねて来る人がとても多いんだ。葉支書《ようししょ》と数人の大隊幹部もやって来た。貴人郷里に帰り、四隣を驚かすって」大害はこの言を聴いて、得意気に大笑いする。

## 15　鄭栓の妻淑貞は張進興先生の子種を借りて男児を得た

張進興《ちようしんこう》先生は黒臉《こくれん》が罪を犯したせいで、食堂で数人の同僚からあれこれからかわれ、自分の面子《メンツ》が失われたように感じ、ほとんど逃げるみたいにして出て行ってしまう。どうしてこういう事になったのか、あんたはわかるかね？　そのいわれはこういう事なのだ。随分久しい以前、正確に言うと、それは未だ解放の前だった。ある年の八月十五日、鎮〔行政単位の一つ。県の下に位置する〕の縁日に黒臉の母親の淑貞《しゆくてい》はナツメの実を入れた籠を携えて、街頭で売っていた。まったく静かである。ただ、村の私塾の先生が自分の家の数人の坊ちゃんを連れて、大手を振りながら一列になってやって来るのを見るのみである。これもまた天の神様の定められた縁であろうか、坊ちゃんたちはナツメの実を食べたいと騒ぐ。先生は仕方なく値段を問うほかない。淑貞はいい加減なずる賢い女であり、こういう時にどう言うべきかを自ずと知っている。「張先生、先生は我が家の隣で教えており、わたしは先生を知っています。お金だなんて、要りませんよ。お子様が食べたいだけお持ちになって下さってそれで結構ですよ」

張先生は真面目だから、札を一枚取り出して、二斤〔一キログラム〕計ってくれと言う。数人の男の子たちは、先を争って続々と手に取りポケットに詰め込む。淑貞は片手に秤を握り、張進興の風流洒脱、学者風の雰囲気を目の当たりにし、これを眺めながら、心中思わず貪欲になり、腹の中でブツブツつぶやきながらまた張先生がどうしても支払うというお札を収める。俗に言う。瓜の蔓には茄子《なすび》はならぬ。己のあの牛の尻を追っている亭主は、甲斐性なしと言おうか、いっしょになって十余年、最初に女の子が生まれ、それから一年おきに一人ずつ、今ではたっぷり五人も御誕生。村人たちにも知れわたって笑いの種にされる。彼女はこの事でいつも亭主と口論になる。今、張先生の周りで跳びはねている一群を目にすると、何とも羨ましい。ただ思う。生涯張先生の嫁さんになることはできないけれども、一人の男の子でも持つことができたなら、人前で物言うにしてももう少しは別に格好もつくだろうに。ナツメの実を売り終えて家に戻り、亭主にこの事を語りかけると、双方また論争になる。亭主が女房の胎気の陰が重いと言えば、女房は亭主の精が少なくて、陽が虚なんだと言い、またまたとっくの以前からの互いの恨み言となる。ここに到って、女は胸中に悪心を抱き、昼間から何とはなしに張進興の動静を窺う。彼がドアを開けて外に出るとさっそく色目を使い、腰を振って挑発する。張進興がいくら鈍いとはいえ、日時が経つ故にさすがに意図がわかってくる。もう少しでいさか成果も有ろうかというちょうどその時、何と八路軍がやって来て、地主との闘争だ、土地改革だということになり、私塾も停止された。張進興は鎮に戻り、自分の家の仕事に明け暮れるうちにいつの間にか会わないままに数年が過ぎた。その内に村に小学校が建てられ、長女の巧花《こうか》が督促されて学校に上がることになり、それでまた両人は図らずもあい会った。ひとたび再会するや、数年間は治まっていた淑貞の体内の熱がまた上がってきた。

夜、亭主の鄭栓《ていせん》と横になると、先ず体を緩やかにし、もの柔らかな口ぶりで、幾つかの口説き文句を並べる。頭がボーッとして、何が何だかわからなくなった鄭栓はズバリ言う。「何か言いたい事が有るなら、サッサと言えよ！」淑貞は顔を赤らめて話す。「あんたは本当はやっぱり男の子が欲しいと思っているんじゃないの？」鄭栓が答える。「おまえ、何を言うんだ。俺たちは女道士の焚く線香を馬車一台分も上げたじゃないか。俺が欲しいか欲しくないかなんておまえが知らないはずがなかろうに？」淑貞は顔色を正して言う。「それならわたしには一つ考えが有るんだけど、あんた、気を悪くしないでよ」鄭栓は言う。「おまえが俺のために男の子を生んでくれたら、俺はおまえに大きな音を響かせて地べたに三回頭を打ちつける礼をする。俺がどうして気を悪くする？　おまえは俺が男の子が無いために人前で頭も面も上げられないのを見ていないのか？」喜んだ淑貞は面の皮を厚くして言う。「それならいいわ」早速こういう次第で、あの一席の話が明らかになる。鄭栓はやはり気を悪くなどはしない。それどころか、何とこう言う。「あの人が貸してくれないと困るな」淑貞は亭主が許してくれたのでもう嬉しくてたまらずに言う。「わたしが方策を考えて、じわじわ彼を取り込むからあんたは口出ししちゃだめよ」鄭栓はまた言う。「だけど、また女の子だったらおまえの頭の心配をしろよ。俺はおまえの頭をかち割るぞ」淑貞は気を悪くするどころか、体を寄せていってひとしきり鷹揚に亭主にしたい放題にさせる。それから、双方寝に就く。

数日経って葛家荘の謝木丟《しゃぼくちゅう》が鄭栓を誘って商洛〔商洛

市は陝西省東南部に位置する〕へ役畜の仕入れに行くことになる。これは毎年している商売で、必ず止めずに行く。淑貞は旅支度を調え、銭金を準備して送り出す。

次の日、長女の巧花が学校から帰宅すると、母親が問う。「先生は元気かい?」長女は言う。「母ちゃん、誰先生の事?」母親は自分の問いがあまりに唐突だったと知り、急いで口調を改めて言う。「母ちゃんはね、学校が楽しいかどうか聞いたのよ」巧花は言う。「学校は楽しいよ」そこで母親は言う。「それじゃ、あんたと母ちゃんはあんたを学校に上げてくれた張先生にお礼したほうがいいと思うけど。あんたはどう思う?」長女は十二、三歳で、初めて人情と世故の一端を知るが、ほかにもある事を思いつく。そうだ、もしも先生にお礼すれば、自分は学校でも重んぜられ、少しは特別の目で見られる栄誉も受けられるだろう。勿論喜んで口に出す。「あたいらどうやってお礼するの?」母親は言う。「父ちゃんが出かける時に買った豚肉が一斤〔五〇〇グラム〕あるから、あれでご馳走を作って張先生を家に呼んでご飯を食べてもらうのはどうだろう?」長女は言う。「いいね」母親は言う。「あんたは午後学校へ行ったら、周りに人のいないのを見すましてからそっと張先生に言うのよ。母ちゃんが先生に来てもらいたいと言ってるって。暗くなったら家に来てご飯を食べて下さいって」長女はうなずく。母親はよくよく言い含める。「よく見きわめて、人がいないのを確かめてそれから言うんだよ」長女は言う。「わかってる」母親はまた言う。「暗くなって先生が来たら、あんたは妹たちを連れてさっさと東の窑洞《ヤオトン》に行って寝るんだよ。先生をうるさがらせちゃだめだからね」

日の暮れる前に、淑貞はてんてこまいで窑洞の内外をピカピカに整理整頓した。自分もまた鏡を見ながら化粧するが、喜びは顔中にあふれる。食事の準備は整い、オンドルは熱くなり、もう意中のかの先生のご来駕を待つばかり。今か今かと待ちわびて、月に星にも遣る瀬無や。急いで纏足《てんそく》の小さな脚を踏み出して、ドアの外まで三度も駆け出したが人影はない。戻ってオンドルの縁に座り、長女が言い付けたとおりにちゃんとやってないのではと胸中ひそかに疑心を抱く。先生に伝えたという彼女の報告は聴いたけれど、先生の諾否ははっきりしない。腹をたてているうちに、中庭に足音がするのが聞こえ、驚き喜んでオンドルから立ち上がり、大急ぎで窑洞のドアを開ける。張先生が中にお入りになる。双方時候の挨拶が済むと、酒肴と果物が供され、張先生はオンドルに上がってゆったりと飲み食いする。

張先生が問う。「子供たちはどうした?」淑貞は言う。「先生を煩わせないように、みんな東側の窰洞にやって寝かせました」言いながら、科を作って張先生に酒を注ぐ。張先生は辞退せずに三杯も飲む。語りつつ飲みつつ、一方が自ずと相手の五人の坊ちゃんをひとしきり褒めれば、他方はまた必ずや一方の五人のお嬢様を賛美すること数句。双方応酬、兎年と犬年の干支の相性も親密で、酒食が色欲に席を譲り、時はすでに深夜である。張先生は窓外の弓張月に目をやって、そろそろ帰らなければというふりをする。焦った淑貞は言う。「先生、もう少しゆっくりしていて下さい。わたしはまだ先生にお話があるんです」張先生はこの言葉を待っていたのであり、少しも尻を動かさない。淑貞は大急ぎで、食器や酒器を取り下げ、振り向いてオンドルの上に上がるや、一言も発せずに、張先生の胸にドンと跳び込み、カッと熱した顔を先生の口に押し付ける。双方の数年来の陽電気と陰電気はショートし、ここに初めて心にかない気の合うところとなる。まこと交媾の時に到っては、語るも恥ずかしい。張先生は背が高くて大柄だが、気性は大変生真面目である。二回、三回、あっという間に済んでしまう。淑貞の方は大きな乳房の高い胸ときて、ひとたび欲望に火がついたからには生半可なことでは歓を尽くして満足したということにはならない。最初の夜の会戦は終わった。張先生はその夜のうちに生徒たちの宿題を添削しなければならないからもう時間がないと言明し、悔しげに見つめる女性をそのままにして退散してしまう。

これ以降も機会は有ったものの、かの張先生は結局は四角四面なやりとりで、技量が足りず、そそくさと適当に数回勤めるとおしまいにしてしまう。彼女のあのチビ亭主鄭栓が畑仕事をするのと同様に、鋤くべき所は鋤き、かきならすべき所はかきならし、本当にまったく一分一厘もおろそかにしないのとは大きな違い。淑貞は心中がっかりしながらもひたすら彼の子種を求める。もはやオンドルの上で彼を相手に燃えはしない。こういう次第で、事を計って千失したものの最後には一得する。一箇月後、淑貞は何と身ごもったことを悟る。この時、鄭栓はもう商洛から家畜を追って戻って来ていた。心中不愉快ではあるものの、やはりまた一種の期待と喜びも湧く。その後、宿願成就し、男の子黒臉が生まれ、一家を挙げて大喜び。ちょうど家を新築したところで、職人へのお礼と赤ん坊の生後一箇月の祝いと、おめでた事が重なる。そこで、親戚知友を招待して数日の宴席を設ける。張先生も勿論例外ではなく、巧花の先生の身分で招待される。しばらくの間は、誰にも悟られず、世間の耳目をあざむけた。あの張先生が夢よもう一度と企んでくると、淑貞はいつだって何やかやと口実を設けて断って一切相手にしない。みんなは思う。張先生はまったくの秀才気質、読書人の心根、人柄としては甚だ信義を重んずるのに、どうしてあんなふうにあしらっていいものだろうか？　そのうちに、かつては隠されていた事情が次第に漏れてくる。張先生はいっそう十二分に後悔する。同僚たちは折があれば彼を嘲りあてこする。以前、鄭栓が赤ん坊の生後一箇月の祝いをして、男児製造のこの名師高匠にお礼をした際に、どうしてみんなに一声もかけずに、何とテーブルいっぱいの酒と料理を自分だけで独り占めしてしまったのかと責めたてる。こう言われては、逃げずにいられる道理があるだろうか？　ここ何年か、黒臉というこの子供は成長するにつれて見ればみるほどますます彼に似てくる。学校側もわざと彼に当てつけるみたいだ。何と彼を黒臉のクラスの担任にする。授業の始め・終わりごとに顔を上げれば子供がいる。胸中に味わう滋味は如何なるものであろう？　何度か校長に申し出ようと思った。だが、この学校で教えきれなくて、どう言って別な学校に換えてもらえよう。

## 16　張法師が批判闘争大会にかけられる。芙能が舅鄧連山の子を宿した次第

批判闘争大会は翌日の朝に段取りされた。大雪が地面を覆い、大変寒かったが、季工作組《きこうさくそ》のグループ全員の革命への情熱は阻止されることなく、大会はいつもどおりに進行する。民兵たちは大隊本部の中庭を取り片付けてきれいに掃除する。九時、各隊の男女社員が各自小さな木製の腰掛けを持参し、中庭いっぱいにきちんとそろえて並べ、それに座る。初めに季工作組が大衆を指導して『語録』の数箇条を学習する。みなが毛主席の党中央の意思を確認し、その上で葉支書《ようししょ》に意向を示し、それからでないと会議は始められない。葉支書がサッと起立して会議の開始を宣言する。根盈《こんえい》が先頭になってスローガンを叫ぶ。スローガンの叫び声につれて、あの張法師《ちょうほうし》と地主富農と一括りにされた悪人どもとが大隊本部の窑洞《ヤオトン》の小門から引き出され、民兵諸君が手荒く扱いながら会場へと護送する。この時の張法師はぼろぼろ、めちゃくちゃにやっつけられた後で、まるで格好を成さず、また無理矢理強制されて道士が術を施す際の衣装を着せられていて、まったく半殺しにされた牛鬼蛇神そのものみたいで、衆人の目にはすこぶる結構な見世物である。黒女《こくじょ》のおとっつぁんは傍らに立たされてお相伴の闘争対象とされ、思想落後の大衆として教育を受けさせられる。千人千様の場面・光景である。ここではいちいち細かくは述べない。

ただし、批判闘争大会後のことだけ言っておく。張法師が元のとおりに大隊本部中に監禁されたのを見た水花《すいか》は付近に出かけてしきりに様子を窺うが、民兵の監視が厳重でとても近づけない。午後になってからもう一度試しに山山《さんさん》にトウモロコシの窩窩《ウオウオ》を持って行かせたが、民兵の怒鳴り声で制止されてしまう。如何ともし難く、富《ふ》堂《どう》の家に向かう。ちょうどいい具合に、季工作組がオンドルの縁に腰掛けている。富堂の家の人たちに意気昂揚の様子で張法師逮捕の経過を講釈している。水花を見た富堂の嬶《かかあ》は腰も浮かさず、ごく冷ややかに頭を下げるのみ。水花はおどおどしながら勝手にオンドルの縁に座り、ついでこの季工作組のお話を伺う。

季工作組は初め彼女がどういう人物か知らない。講釈を終えてから質問してようやく彼女が張法師と私通している水花という人妻であることを知るや、たちまち顔色

を変え、遠慮会釈なく彼女を叱りつける。「あんたはね、わたし個人があんたを批判するんじゃない。貧農・下層中農の身でありながらね、仕事や生活の仕方がなってないのは勿論、うまい物を食べて楽をして農作業にはげまない。張法師みたいな一目見ただけでもわかるあんな悪人とあんただけがいっしょになって、策を弄して人心をたぶらかし、人心を惑わし、金銭を騙し取り、社員を酷い目に遭わせ、村内をめちゃくちゃにし、犬や鶏をも落ち着いていられなくし、毛主席の党中央に対して向こうを張って……」このような話のひとくさりで責め立てられ、気の強い水花も赤くなったり青くなったり、手脚の置き所もない。

富堂の嬶の針針《しんしん》は水花のために一言二言口を挿んでやっただけでなく、季工作組の刀や槍のような言葉を遮りさえする。それから窑洞の後ろの方で所在なげにしながら、ときおり首を伸ばし、面を上げ、いささか心ここに在らざる態ながら、その実十二分に得意である。

何とも窮状の打開の仕様のないちょうどこの時、民兵の栓娃《せんあ》が入って来て、意外にも季工作組に甚だ厳格な正規の軍礼をして言う。「大隊本部にいる呂《ろ》中隊長からの重要な情況報告です」季工作組は言う。「ちょっと待て」立ち上がるとまた水花の鼻先に指を突きつけながら、家に帰ってよくよく考えて、納得したらまた大隊本部に来て報告するようにと要求する。季工作組が話し終えてドアを出て行くのをチラと見た水花は思い詰めた様子で一言も発しない。富堂が脇からちょっと尋ねる。「水花姐、どうした？」水花は憤然として言う。「何でもない」そう言うと、ドンドンドンと足を踏みならしつつドアから出て行く。

帰り道の間中、水花は何とも腹立たしい。今日のあの時で、人生において本当に見下げられるということの情理を初めて知った。家に着くとそのままバッタリ倒れ伏し、心底徹底的に泣きに泣いた。食事はおろか灯りも点けない。山山は鍋の中からお湯を一碗汲み、トウモロコシの窩窩を一つ食べて一人で寝る。水花の方はあれこれ思案の末に道士張銀柄《ぎんぺい》のようなこうした術を操る人は今の社会では評判が悪いのだとやっと悟る。こんなよくない情況から抜け出すには別な後ろ楯を探さなくてはならない。どんなやり方がいいのか？　あの季工作組が立派なら、どうしてあの破廉恥女の針針に丸めこまれているのか？

話はあの芙能《ふのう》の事に戻る。雨の夜中、半睡半醒のうちに訳のわからぬ男にしばらく押さえつけられ、目覚めて気づいてみれば、自分の舅の鄧連山《とうれんざん》ではないか。しばらくの間、当然ながら何とも恥ずかしい。ランプの灯りの下で、鄧連山は彼女の前に膝を進め、周章狼狽、泣きながらくどくどと長話をし、さらに声をつまらせて言う。

「芙能、おまえは我が鄧家の恩人だ！　芙能、家のせがれの有柱《ゆうちゅう》の下の方がだめなのはとっくに知っていた。おまえを娶《めと》って家に入れた時、わたしは頭ではわかっていたものの、胸中なお奇跡の起こる事を期待した。ここ一年ずっと辛抱し続けたが、おまえには兆候も見えない。そこでわたしはようやく自分で動くことにした。我が鄧家の血脈を絶やさないためだ。おまえがもしも聞き入れてくれなければ、鄧家はここで断絶だ。もしも聞き入れてくれるなら、この家の物は大小となく何であれすべてはおまえの物になる。家には金銭は幾らでもあるし、おまえが首を縦に振ってくれさえすれば、すぐさまおまえに取らせるし、おまえはそれを随意に使っていいのだ。わたし鄧連山は世に処して人となり正直、為すこと廉潔。今夜おまえに対してこのような天理に背き、衝撃を与える極悪非道の大罪を犯したのはすべてこのためなのだ。わたし鄧連山までの幾世代が苦労し心を砕いて獲得した田産や銀貨が傍系の奴らの手に落ちるのを手をこまぬいて見ているわけにはゆかない。芙能、おまえはわたしがどうしたらいいと思う？　話せば長い事ながら、あんたの爺さんは貧乏だった。街頭でマントウを売って銭を稼ぎ、一家でフスマを食べていた。あんたの親父さんは子供の時に売り物のマントウを一個盗んで食べて爺さんに死ぬほどぶちのめされた。あんたの親父さんは大人になってから爺さんの仕事を受け継いで稼ぎ、十二畝の田地を買った。取り入れた食糧は食うのがもったいなくて脱穀場には出さずにそのまま長安へ売った。家中みなでハマダイコンを食べてしのいだ。後になってあんたの親父さんは死ぬ時に、わたしに後継ぎの事をくれぐれも宜しく頼むと言った。有柱というこの跡取りが生まれなかったならば、もうそこで祖先を祭る灯明は絶えるところだった。あんたの親父さんの遺言を聴いたわたしは自分から食事もきりつめて貧乏な人を救済し、徳を積み善を行った。有柱の母親がわたしのためにもう一人後継ぎを生んでくれるように心中ひたすら念じた。だが彼女は甲斐性無しで結局生んでくれないままで死んだ。わたしは四、五十歳の人間だ。ただこのためにだけ心を砕いたものの、うまい考えも浮かばない。あれこれ考えたけれども結局はこの一筋の路なのだ。有柱は無能だけれども人に対して何か悪心を抱くような奴ではない。あんたとあいつが我が家のこの身代を守ってゆけば、後何代も食っていける。あんたは福を享受する。あんたは心中どう思うか言ってくれ。わたしはこう思う。あんたに赤ん坊が出来れば、あんたと有柱の未来には見通しが開ける。老後の頼りもできる。父親のわたしとしてももうやたらむやみにあれこれ心配しないですむ。これはわたしたちの家の中だけの話だ。芙能よ、いい子だ。あんたはわたし連山の恩人だ。承知してくれ。このわたしは地べたに頭を打ちつけてあんたにお願いする」

芙能は先ずは涙の両眼を見開いて窑洞の天井を見つめるが、どうしても声にならない。その後、その鄧連山がひっきりなしに声を限りに叫ぶ様を見てから涙が泉のようにわいてくる。言っていることは情にも理にもかなっているし、まったく可哀想だ。ここでようやく気持ちが和らいだ。口には出さないが、心中却って思う。「鄧連山、鄧連山よ。あんたは犬畜生にも劣る人だ。当代の遣り手だなんてふりをしているけれども。あんたは後継ぎが欲しくてわたしを娶ろうとした。わたしのあの父親の事だから、金銭の額によっては承知するだろうと思ったのよ。今こんな面目の立たない事をしでかした上で、女のわたしにさらにどう言えというの？」ただ、考えてみれば、彼のたった今の言い分も、確かに男ならとも思われ、胸の奥では三分がほどは彼を敬った。一人で長い年月あれこれ悩んだ末にどうにもならなくて及んだ仕儀だ。思いここに到ると、涙を拭うようにとスカーフを鄧連山に手渡して言う。「あんたは行って。わたしはしばらく休むわ。この事ではあんたを責めないから。決してね」

この夜を初めとして、連山と息子の嫁はほぼ一箇月おきにいつも有柱に背いてこっそりやる。彼は五十過ぎのそろそろ老境の人とはいえ、却ってなおその宝刀は老いず、時にはまたよく芙能を満足させる。幾らも経たないうちに解放となり、実家の父親の鄭黒狗《ていこくく》と鄧連山の二人とも金銀等の貴金属を隠匿し、闘争大会に対応するのに忙しい。二年の間に、先ず鄭黒狗の銀が役所に摘発された。すぐ続いて鄧連山もまた逃げきれず、地下三尺まで掘られて根こそぎやられた。この度の芙能の一連の心づもりもたちまちおじゃんになってしまい、鄧連山とともに子孫を残そうとの事もまただめになった。鄧連山は豪放磊落な男だったが、これ以降は意気阻喪してしまい、道を歩くのもふらふらよろよろで、すっかり老人じみてしまった。ただし、両眼の目つきだけはなお十分に強情不屈であり、この世に一個不滅の痕跡を留めたいと決心しているような様子である。彼は言う。「銭は人がためるものだ。ただ人さえおれば大金持ちになるチャンスは絶対にないなどと恐れることはない。芙能よ、俺たちはがっかりすることはないぞ！」

それからまた一年経った秋、有柱は北山の水路工事に徴用された。鄧連山と芙能とが家に残って暇ができた。夜の食事を終えると、長椅子の上にのった鄧連山が芙能に声をかける。「芙能や、俺たちもう一度試してみようよ。そうしたら出来ないとかぎったものでもあるまいよ」芙能はちょっと思案の後に言う。「止めとくわ。わたしはその気になれないわ。出来るんだったらとっくに出来てるはずよ」言い終わると引き下がった。真夜中になって、鄧連山が彼女の部屋のドアを叩く。彼女はきっぱりと退けるのではなく、結局ドアを開けて彼を迎え入れ、身を寄せて彼に抱かれ、早速に事を済ませる。

言ってみればこのような次第で、人が予測するのではなく霊が予測したのか、なんと今回はこの老来の精が言の如くになったのだ。数日後、芙能は先ず食欲がなくなり、胸が苦しく、息切れがするようになり、それからもりもり食べるようになって、鍋の蓋までも呑み込みかねない様となる。鄧連山はたちまち心情晴れやかになり、なにくれとなく奔走し、息子の嫁のために食べ物の世話をやく。米に小麦粉、これまでにない経費の大盤振る舞い。

鄧連山が舞い上がってぼーっとしているころ、何ぞ計らん、合作社中では大衆動員による堆肥づくりが進められ、社員たちが彼の豚小屋の中から二個の手榴弾を掘り出した。これは少し前の年に反動派胡宗南の軍隊が狐子山を攻撃したときに、彼の家の畑の土手下に捨てていった物で、彼は畑を犂き返していてこれを見つけた。半生ライフル銃の火薬を弄んでいる彼はこの物を見て自ずと珍重し、拾って帰った。思いがけなくも、これが何と彼を苦しめ、また彼の子孫が悪事のせいで罰せられるのも当然だということになる。葉支書はそのころは年少気鋭で、このネタを握った以上は絶対に放さず、何が何でも反撃・逆清算を陰謀しているとこじつける。人を率いて行って彼をふん縛って県に送ると、たちまち判決が下り、十年の牢獄となった。

芙能はただただ苦労を重ねる。鄧家の後継ぎを懐胎してより目にいっぱいの涙をためての日々であるが、それについては赤ん坊が生まれるのを待ってまたそれから説明しよう。

## 17　張法師は釈放される。針針は季工作組を籠絡する

　こちら季工作組《きこうさくそ》は大急ぎで黄色い軍外套をはおると栓《せん》娃《あ》を従えて富堂《ふどう》の家の門を出、真っ直ぐ大隊本部へ向かう。大隊本部に着くと、呂《ろ》中隊長が門口の所に立っているので問う。「何がそんなに忙しいんだ。俺は水花という馬鹿な嬶《かかあ》に政策を講釈してやっているところだったんだ」呂中隊長は言う。「張法師《ちょうほうし》がゴチャゴチャ言って止めないんです。どうしてもあんたに会いたい、会って話したい事があると言うんです」季工作組は言う。「ああいう類のやつと俺との間にどんな話すべき事がある。おまえたちは下らんことを大げさに騒ぎすぎる」呂中隊長は言う。「俺が幾ら言ってもあの張法師は頼み込んで止めないんだ。あんたが行ってくれればすぐにわかりますよ」季工作組は変な話だと思いながらも呂中隊長についていっしょに張法師が押し込められている窑洞《ヤオトン》の中に入る。その後の情況は並の人にはわからない。だが、水花によって暴露される。

　さて、季工作組がドアを開けて入って見ると、張法師は両眼をかたく閉じ、長々と地べたに横たわっている。まるで全身土まみれのロバである。呂中隊長が怒鳴る。「起きろ。季站長《たんちょう》がおいでだ。話があるんだろう。さっさと言うんだ！」目を開けた張法師は慌てて起き上がって、作揖《さくゆう》〔両手を胸元に組んで上下に動かす礼〕磕頭《こうとう》〔地に頭を打ちつける礼〕する。季工作組は難しい顔をして言う。「共産党はそんな事はやらない。話があるならさっさと言え！」張法師は言う。「言います、言います。ただし、関係の無い人には出て行ってもらって下さい」

　窑洞の中には彼ら両人だけが残り、四つの目が相対したが、その趣は余人の窺い知るところではない。張法師はため息をついて言う。「季工作組、わたしら二人は古い知り合いだ。言ってみれば、あんたはわたしの恩人で、わたしはまたあんたの恩人だ。しかしながら、事ここに到ってこんな所で二人が相会うのもまたこれもかつてわたしの言った因縁というものであろう」季工作組はいぶかしむ。「どういう事だ？」張法師は言う。「先ずはよく考えて見てくれ。あんたが子供だったころ、山の斜面で羊を放していた。その日わたしは石の山坂道を歩いていたが、餓えで朦朧《もうろう》となってしまった。幸い、あんたがトウモロコシのマントウの半欠けを恵んでくれ、お陰で急

場をしのげた。このことをあんたは覚えているかね？」この話を聴いた季工作組は大いに驚き、腰を浮かせて軽く会釈してから張法師を支え助け、続けざまに声をあげる。「ええ、ええ。覚えています、覚えていますとも。あの人があんただったとは！　何とも思いがけない事だ。俺はあれからずっとあんたの事を思っていた。ここで会おうとはまったく思いもかけない事だ！　何と言っていいのやら。大変失礼しました！」張法師が言う。「これもまたわたしの運命だ。あんたが自分を責めることはないさ」季工作組は言う。「ちょっと待って……」言いながらドアを出て、呂中隊長に釈放するように言い付ける。呂中隊長は心中腑に落ちない。季工作組は補足して言う。「あいつは病気だ。釈放しないであのままにしておくと命に関わる。俺たちはすでに批判闘争をすませて教育した。もう釈放して面倒を避けたほうがいい」呂中隊長はいぶかしく思いながらもドアを開け、張法師が足を引きずりながら立ち去るのを見つめやる。

あるいは水花の言い方は玄妙に過ぎるところがあるかも知れない。しかしおおよそはそのような情景であったろう。さらに言うならば、季工作組が張法師を釈放したのが心の底から許したのかどうかは別として、情実としては確かに許したのである。こう言うと、あるいは筋が通らないと言う人もいるかも知れない。しかし、人はどうしてわかろうか。あの季工作組が幼時羊を追っていたころの一奇遇。張法師は何と少年を認めて、彼が成人の後には七品の官に至ると言ったのだ。少年は心中たちまち充実し、行為も甚だ大胆不敵。以後はもう一人の少年羊飼いをもって甘んずることなく、何事につけ必ず心根強く、人より優れんとする。兵隊となってからは、分隊長から中隊長へ、中隊長から副大隊長へ、一路順風。口では、党と上級の配慮と育成のお陰と言うものの、あの時の話をはっきりと胸中の支えとしている。ちょっと思い返すだけでも、この世にあって各地を遍歴、沢山の聡明有能の人々といっしょに仕事をし、互いにしのぎを削り、功名を争ったが、最後はいつでも結局は自分の官位が上がり、昇進し、幸運にあずかる。我ながらどうしてこんなに運がいいんだろうと奇怪に思う。さらにはアメリカの鬼たちのあの砲弾が落ちて、同じ壕の中にいた四人の中の三人が死んだのに、自分だけ一人幸運にも生き残ったのは勿論の事として、このような不思議は張法師と出会った事と関係があると言わざるを得ない。現在彼を釈放したのは、迷信だとか迷信でないとかとは関わりなく、情理に従ったのであり、また恩をもって恩に報いた聡明の行為である。季工作組がこの時、この刻、もしも依然として頑迷で、いささかの霊妙の気も持ち合わせないとしたら、確かにまた彼季世虎《きせいこ》の過去と現在は有り得ないだろう。そうじゃないか？

　これを言い出せば、甚だ複雑であり、解き明かしがたい。よってここで止めておく。ただし、これだけは言っておく。季工作組は張法師を釈放した日の午後、大隊本部を出、いとこの夫の富堂の家に戻り、晩飯を食うと、あれこれのよもやま話も仕事の研究もせず、一声も発さずに一人で向こうの窰洞に行って衣服を脱いで横になる。昼間にした事が、党と毛主席の教えにいささか違背するところがあったのではないかと思うと、内心甚だ不安を覚える。

　この時、富堂の嬶がドアを開けて入って来て、ランプの油を足すと言う。彼は黙っていて、彼女は用事をする。油を足し終えた彼女はドアを出る。彼はまたまた事のいきさつと成り行きをよくよく思案し、長嘆息し、世の中には何とこのような不思議なほどに間のよい事もあるのだなあと独り語《ご》つ。考え考えしているうちに眠れなくなってしまう。いささかの悪癖は男の大方は知っているが、こんな時、もしも傍らに女房がいれば、まだ耐えられる。女房は居らず、こんな荒野の僻村ではまったくどうしようもない。つけ加えて言うと、女房の慧香は自分よりも十幾つ年下で、教育は受けておらず、気性もまともじゃない。結婚したあの日は泣くやら喚くやら、死にもの狂いで、まるで俺があいつを脅迫しているみたいになってしまった。すでに長年彼女と同じオンドルの上で過ごしているものの、同床異夢というやつで、ともに通いあう言葉はほとんどない。さらに憂いの種は、今日に至るまで彼女が俺のために一男半女も生んでくれない事だ。もううんざりだ！　今俺はもう四十を過ぎた。眼前に父ちゃんと呼んでくれる子供もいなければ、枕辺に気心の通う話のできる人もなく、実にまったく哀れな事だ。常日ごろあっちの家、こっちの家と訪問し、それぞれの家の夫婦が仲むつまじく、目と目で情を通わせ、話したり笑ったりする様子を見ると、胸中の苦しさ辛さは突如いっそう増してくる。

　ここに到った思いは、富堂の嬶がまたドアを推して窰洞に入って来る音で中断される。慌てて目を閉じて熟睡しているふりをする。富堂の嬶は窰洞の中を前後ぐるりと一回りすると、オンドルの焚き口に近い側に来て、彼の敷き布団の下のオンドルの面を手で触れ、立ったまましばらく様子を見ていたがまた出て行く。今度は彼は本当に寝つけなくなった。服をはおって座り、普段はそんなにやらない紙巻きタバコを取り出して、火をつけ一息、一息と吸いだす。

ちょうど吸っているところに、富堂の嬶が入って来て、彼が座っているのを見て言う。「寝ないで何をしているの？」彼は言う。「寝つけないんだ。オンドルがとても熱い。我慢できない」嬶は言う。「そう？　わたしが触ったところではそんなに熱くないんだけど？」彼は言う。「俺は暖かいオンドルで横になると、どういう訳か知らんけど、いつも寝返りばかり打って眠れないんだ。あるいは部隊にいるころ、寒いのに慣れてしまって、暖かいオンドルですぐに横になると、体が合わないのかも知れない。兵隊になった最初の一年ぐらいのころ、あのころは若かったから、冬、露天で石板の上に寝ても、急行軍の末で疲れ果てているから、目覚めてみればもう夜が明けていて、それまでにぐっすり寝ちゃっていた」というようなこと等々。

女はランプの下に座って、うやうやしい態度で顔を彼の方に向けてその話を聴いている。彼は彼女を見ない。話をする時は門番の鵞鳥みたいに首を斜めに硬直させ、ただただ窑洞の壁面上の木の楔《くさび》の片方を見つめ、決して目をはずさない。彼は胸中察している。気の利いた気性のこの女と話をするのは慧香といっしょに居る時の感じとは大いに異なる。話せば話すほど話が増してくる。老和尚が経を念ずるように、高くもなく、低くもなく、ヒステリーに罹患したみたいに、独り言を言う。要するに、衷心からの話が何とも尽きることなく、筒がまるきり逆さになったみたいに出てくるのだ。ずーっとそのままでランプの油が半分ほどになってしまう。富堂の嬶はようやく慌てて身を起こして言う。「寝なくちゃね。話はまた明日にしましょう。わたしはあんたの話を聴くのが好きよ」彼はここで初めてまだ話したいことは有るのだがといった残念そうな様子で口を閉ざし、長い時間吸わないでいた紙巻きタバコを置き、綿入れの上着を脱いで横になる。

ちょうどランプを吹き消そうとした時に、ドアを出て行った富堂の嬶がまた戻って来て、ゆらゆらとオンドルの縁に近寄り、彼の枕の傍らに顔を伏せ、声を震わせて言う。「オンドルが暖まっているかどうか、見るのを忘れたわ」言い終わると、彼の寝床の中に手を差し入れ、その手を彼のみぞおちの上に置く。彼は突然のことにびっくりし、悪人に襲われたみたいに、大急ぎで相手の手をしっかりと押さえつける。まるでそれが逃げてしまうのを恐れるかのようだ。ちょっと考えてから、これではまずい。一個の革命幹部たる自分がこんな時間に人の嬶の手を引っぱってただただ放したくないなんてことがどうして許されよう？　あんただって変に思うだろう？　富堂の嬶は、言ってみればこれまた情況に熟達した人、ランプを吹き消すと、暗闇の中でオンドルに上がり、かすかな物音を立てて衣服を脱ぎ、彼の寝床に潜り込む。ふんわり柔らかくすべすべした女の体。いかほどの下心、どれほどの手数を積んでか、今まさに革命の意思堅強無比のこの季工作組の体に貼りついている。彼のあの下の方を一撫ですると、何とまた銅のハンマー、鋼鉄の棒みたいに硬化する。

　この夜は東風が吹いていて、もうすぐ春になるという時節で、風は明らかに普段に比してずいぶん軽やかだ。このような素敵な夜、オンドルの上で布団を引き被って熟睡している村人は勿論何も知らない。ただ朝奉《ちょうほう》の家の女の子唖唖《ああ》だけが知っている。彼女はこの時ちょうど路地に据えた自分の家の石臼を推している。中庭の柱に点いている豆粒ほどの炎のランプが彼女とこの中庭の一切を照らしている。彼女は粉を篩《ふる》う。篩ったらまた臼を推す。何とも人の世に疲労というこの二字が存在するのを知らないみたいだ。

　話せば、唖唖は可哀想だ。お天道様は彼女の生来けちん坊のあの父親朝奉を懲らしめるために、莫大な罪障の一揃いを彼女の身の上に押しかぶせた。この世に生まれ落ちるや口を閉ざされ、人と会ってもアーアー言いながらやたらに身振り手まねするばかり。それで、村中の大人子供からはいつも笑われて間抜け扱いされる。朝奉もまた将来どうせ彼女は良い家に嫁に行って、相当の金を得たりはできまいと思い、ちゃんとした食事や衣類を提供しなかった。だが、この女子は自らを捨てる事なく、天性努力家で、母親について針仕事を学び、刺し縫いした布鞋《ぬのぐつ》の底は鉄を打ち出したみたいに堅固で、村の嬶たちに大変褒められる。彼女は十三の時から野良仕事をし、男たちと同じように働いた。うっとうしい雨の日も休むどころか、籠を背負い、やぶれた麦わら帽子を被り、寒さに凍えながら山坂や山の背のあちこちに分け入って豚の餌にする草を刈る。雨風に耐えながら世のありさまを見ていると言うべきである。

数日の間、彼女は暇ができると塀を隔てた隣の中庭へ駆け込んで、顔中いっぱいの喜びの色を隠さない。これはあるいは黄土の地に生まれた人の天性の活気のせいかも知れない。総じてこのような人は心中の思いを隠さない。ただひとすじにやろうとばかり考えて、他人があざ笑おうとまるで気にしない。大害《だいがい》は長年他郷にあったので、視野は広く心は寛容である。彼女に対しても、豚や犬を怒鳴りつけるようなあのような態度はとらず、きわめて礼儀正しく応対する。彼女はこれをよくよく理解し、人並みに遇してくれることにびっくりし、且つは大いに感謝する。大害に対してはどんな命令であれ即座に受け入れる。そういう訳で、今臼を碾《ひ》いているのもその大害のためなのだ。

大害は朝に海堂《かいどう》の家に行って、生産隊のトウモロコシ一斗を借り入れ、ちょうど愚痴を言っていると、唖唖がぐいとひとつかみするや受け取って無言のまま仕事にかかる。朝奉は心中思う。大害は豚を飼ってないのだから、幾斤か出る馇皮《チャーピー》〔トウモロコシの粒を挽《ひ》いた滓《かす》。煮て豚の餌にする〕は必要がないのだからどうやら俺の利ざやとなるだろう。そこで彼女を急き立てて働かせる。大害は上がって来て手伝うどころか、何と勝手に独りでオンドルの上で寝てしまう。製粉場の事で覚えているのは、普通これが女性の仕事場として設けられるという事だけである。

今話そうとするのは翌日の朝の事である。朝奉はまだ薄暗い中に起き出し、ちゃんと衣服を身に着け、石臼の周りの道を一回りする。臼の中はすっかりきれいにさらわれているのを見、笊に取った滓の中にも馇皮がないのを確かめると、怒り心頭に発する。窑洞に戻ると、唖唖がちょうど竈《かまど》に火を起こそうとしている。これを見ると、大害が戻って来たあの夜の事をまた思い出す。彼女に馇《チャ》子《ーズ》〔トウモロコシの粥〕を一碗持って行かせたら、何と並に盛るどころか、碗いっぱいに山盛りにしたのだ。今思い出してももったいなくて仕方がない。あれこれ考えていると、ますます腹が立ってくる。唖唖のところに歩み寄って、二、三回彼女を蹴とばし、倒れたところをむちゃくちゃに踏みつける。唖唖はすぐさま泣き喚く。この騒ぎで、媳と息子たちが目を覚まし、寝床の中から頭を出してどうしたのかと問うが、それでも起き出しはしない。媳が朝奉に言う。「気が触れている。訳もないのに朝っぱらから子供を叩いて、あんたは何をしているんだ？」朝奉は叩きながらオンドルに向かって喚く。「おまえらはこの世に在って満腹して、知っていることときたら寝ることだけだ。家の事なぞ何も眼中にない。食いたくなったら食い、飲みたくなったら飲む。俺がどんなに気を使っているか、おまえたちは少しでもわかっているのか？」言い終わるとまた叩く。

怒鳴りちらしている最中、突然外で誰かが呼んでいる声が聞こえる。朝奉が慌てて中庭に駆け出してみると、綿入れの上着をはおってボタンもかけていない大害が塀にへばりついたままでしゃべる。すなわち、「朝奉叔父さん、朝っぱらから子供を殴るとは、どうしたんですか？」朝奉は慌てて作り笑いをしながら言う。「あんたは長年外にいたからこの娘っ子の事を知らないわけだが、とんでもない怠け者なんだ。すっかり夜も明けているのに、起きてきて飯の仕度をするどころか、きりもなく寝ていやがるんだ！」大害は言う。「俺のせいかも。昨晩彼女は俺のためにトウモロコシをひいてくれたんだ」朝奉は言う。「それは俺も知っている。おまえのあの程度のトウモロコシなどどれほどの手間でもない。ちょっとひけばすぐに終わってしまう」大害は言う。「それで、俺はあの娘に二元上げようと思って。つまり手間賃という事だ。俺はあの娘にただ働きさせるわけにはいかないよ」朝奉はせわしなく手を振って言う。「要らない、要らないよ。隣近所で、あの程度の手間は何でもない。こんな事をしちゃだめだ」大害は言う。「受け取ってくれよ」言いながら二元の札を朝奉の手に押しつける。朝奉は格好だけは辞退する。大害は言う。「遠慮しないでくれ。ここ何年もの間、叔父さんには手数のかけ通しで」朝奉は顔を赤らめて言う。「身内同士でどうしてそんな事を言うんだ？」大害は言う。「もう少ししたら来て欲しいんだけど。あんたと話したい事があるんだ」朝奉はうなずきながら承諾し、二元札を懐中に押し込む。これでようやく心中の怒りも治まる。頭を巡らすと、役畜を怒鳴りつけるみたいに唖唖を怒鳴りつける。「さっさと飯の仕度をしろ。何をまだ泣いているんだ！」唖唖は袖口で涙を拭い、泣き声を圧し殺し、竈のところへ行って飯の仕度にかかる。朝奉は窰洞のドアのところの長椅子の傍らに立って、大害が話があるというのは何の事だろうと思案する。幾ら考えてもわからないので、飯の炊けるのを待たずに窰洞のドアを出て、大害のところの中庭に向かう。大害の窰洞の門口のところで一声呼ばわるとすぐに大害が出て来る。朝奉が問う。「何をしてる？」大害が言う。「糊湯《フータン》〔粗トウモロコシ粉の粥〕を煮るんだ」朝奉が言う。「あんた独りで何をバタバタしてる。もう少ししたら家へ来て食えばそれでいいじゃないか」大害が言う。「そんな事ができるか？　これから先、ここでの暮らしは長いんだ。初めの一、二回はいいだろうけど。この先ずっと俺は自分でやるよ」言い終わると、朝奉に紙巻きタバコを一本差し出す。朝奉は言う。「俺は吸わねぇ」大害が言う。「吸いなよ。俺は竈に火を起こすから。俺たち二人で話そう」朝奉はタバコを受け取り、ランプに寄って火をつける。

　大害は火を起こしながら言う。「朝奉叔父さん、俺はここ何年も沢山あんたに迷惑をかけた。もともと俺が炭鉱から戻って来る以前は、俺の机も戸棚もあんたが使っていた。今度戻って来てここで暮らすからにはないと困るんだ。あんたの都合が悪くなければ、俺は今日暇を見つけて担いできたいんだけど、どうだろう？」朝奉の顔色はたちまち真っ青になり、いいともだめとも言わず、しばらく押し黙っている。心中何とか言い逃れできないかと考える。大害が帰って来たあの夜は、みなの手前もあって嫌とは言えなくて、承諾してしまったのだが。大害は朝奉がはっきりせず、それにつれて顔色まで変わって来るのを見て、立ち上がって言う。「それでなければ、俺は今まるで何もないので、戸棚はあんたが使っていていいから、机と長椅子はともかく返してくれ」朝奉はうなずき、紙巻きタバコを自棄にふかしながらドアを出る。

　朝奉は村外れまで歩いて行き、槐《えんじゅ》の木の根方に立ってしばらく考える。胸中何とも腹立たしい。あの大害はどうして炭鉱で鉱柱にぶちあたって死んでしまわなかったんだとか、あるいはそのあばた面の女の取り巻きの悪党どもに棍棒で打ち殺されてしまえばよかったのにとかばかり思う。今生きて帰って来て、もう俺の物になって十年も経つあれらの家財を俺朝奉に担ぎ出せとは、俺は心臓をえぐられるよりももっと辛いよ。とつおいつ考えていると、唖唖がアーアーと彼を呼ばわる。彼に戻って来て飯を食えと言っているのだ。彼は重い足を引きずりながら家に戻るが、顔色甚だ優れない。嫫は彼に言う。「どうして怖い顔をしているの。あの何両（一両は五〇グラム）かの餷皮は唖唖が家へ取って置いたじゃないの？」朝奉が碗を置くと、糊湯がオンドルの上にこぼれ、涙が滲んできて、「おまえなんかに何がわかる。家財が人に担ぎ出されちゃうんだぞ。なのにおまえはそんな事しか言わない！」

　嫫は即刻了解する。ここのところ幾晩も朝奉は嫫にこの事をよく話題にしており、ずっと悩みの種になっていた。この話を聴いた時、嬶はかっとなって言った。「そんな馬鹿な事があるの。お寺の鉢はお寺を継いだ者の物だ！　あの大害が担ぎ出すと言うなら、その前に先ず話をはっきりさせなくっちゃ。わたしら、十何年も守って来た家財をむざむざあいつに引き渡すなんてできないよ！」中学生の長男の方成は何の事かわかっていて、罵りだす。「大害はどうして道理がわからないんだ。まるで強盗の振る舞いじゃないか！」朝奉が言う。「強盗かどうかはともかく、俺たちはあいつに渡さなくてはならん。大害の親父は高級幹部だ！　この数日大隊の幹部はみなゴマすりにやって来て、じかに大害にご機嫌伺いし、参拝している。おまえはそれを見てないのか？おまえの言う事には理がない！」次男の連成は声は小さいがはっきりと主張する。「俺の家が他人の大害から借用した物は道理に従って大害に返すべきだよ」跳び上がった朝奉は一発びんたをくれてから、ものすごい勢いで言う。「でたらめを言うな。俺がこんなに長年使ってきた物を。おまえの言い方では俺があいつに謝らなければいけないわけだ。こんな物が家に置いてあって足手まといだ。おとっつぁんでなければ誰がこんな物を引き受けるか？　おまえときたら、この穀潰し奴が。学校へ行っているが、勉強をすればするほど馬鹿になっている！」碗を放り出した連成は泣きながらカバンを背負うと、飯を食うどころでなく、ドアを出て行く。母親は慌てず騒がず、呼び止めもせず、飯が半分残った碗を見ると、唖唖に呼びかけて言う。「こっちへ来な。連成の飯を食べな」唖唖はすぐに行って、オンドルの焚き口近くの暗い所にしゃがみ込んで食べ始める。唖唖が可哀想と言うなら、彼女にとってはこれがいつもの事なのだ。彼女は家の者の食事が終わってからようやく鍋の底に残った余り飯が食べられる。

## 18 芙能は購買所所長法堂の後妻となる

芙能《ふのう》にとって、子供を孕《はら》み、さらに鄧連山《とうれんざん》が捕まってからは天が崩れ地が陥没したようなもので、日々涙を飲み声を殺し、ただただおろおろびくびく、ともかくもお腹の中がきれいになったらそれから言いたい事を言おうと考える。一日一日が過ぎるのをひたすら待ち望み、とうとう出産のその日になる。その日の午後、極めて稀な、途方も無い黄土混じりの大風が村の上空を吹き荒れる。人々が恐れ怯えているうちに、さらに低く沈んだ雷鳴がし、頭の天辺で落雷する。これをじかに見た人の話では、ぴかぴかと光った火の玉が鄧連山の窑洞《ヤオトン》の上にもろに落下したと言う。この時芙能は正しく産前の激痛に耐えて息も絶え絶えにうんうんうなっていた。雷声が止んだ直後に子供が母胎からはいだし、澄んだ高らかな泣き声を、一声一声と響かせる。この子は生来甚だ怜悧《れいり》で、なんと鄧連山がもう一人この世に現れたみたいで、乳を吸うにしても泣き叫ぶにしても、片意地で気力があり、芙能はこれを愛し且つは怨んだ。鄧連山がいないので、有柱《ゆうちゆう》は叔母に来てもらって家事を切り盛りさせた。この一年、細かい事まで含めて家事一切はやたらいそがしく処理された。

子供が満一歳を迎えて後のある日、有柱と芙能は大きく育てた肥えた豚を二輪車に載せて郷〔行政単位の一つ。県の下、村の上に位置する〕の購買所に引いて行き、これを売却する。目方を量っている時、芙能はかつて見た夢の中でとてもよく知っている法堂を突然見かける。事務室から出て来た法堂は上下幹部の衣服を着し、威風あたりを払うその格好はとても過去のあの豚殺しの様子に似ない。話によると、最近抜擢されて購買所の所長になったのだそうな。彼が歩み寄って来て話しかける。芙能は胸が動悸して顔が熱くなる。おろおろそわそわ、もごもごむにゃむにゃ、言葉にならない。台秤にかけている時に、秤を見ないどころか、ひたすら法堂のズボンのまちの下の方ばかりに目を凝らしている。一人の女性として、このような面もち物腰は甚だ品位に欠ける。勿体振った顔つきをし、所長の威厳を張る法堂は芙能が胸中に思っている事をどうして知るだろうか？

この時、一人の服喪の印の白布を着けた五、六歳の子供が父ちゃんと呼ばわる。法堂がどうしたと問いかける。その子供が「爺ちゃんが呼んでるよ」と言う。法堂は彼女と有柱に向かって言う。「おまえたち先に豚を柵に追い込んでおいて、そうして俺が戻ってきて伝票を切るのを待っててくれ」言い終わると、あの子供を引っぱって立ち去る。芙能はその際、背後で豚を売りに来た老人が法堂に説明するのを聴いた。「嬶《かかあ》が死んだんだ。餓鬼が可哀想によ。ほれ、鞋《くつ》をあべこべに履いて……」

豚を引き渡した芙能は家に帰っても幾日もぼーっとして過ごす。ちょっと寝入ると、すぐに法堂の夢を見る。彼は十分にきちんとした身なりで、ドアを開けて入って来て、彼女と結婚したいと言うのである。あるいはずばり、法堂と二人、購買所の裏手に隠れてあれをおっぱじめる夢なのだ。こう言う次第で、落ち着かない難儀な日々である。ある日の正午前後、彼女が赤ん坊を抱いて寝ていて、ちょうど夢を見始めたところで、双手が体を撫で回すのを覚え、目を見開いて見ると有柱である。言いようのない怒りがこみ上げてきて平手で打ちのめすと有柱はオンドルの上手から下手へとぶっ飛んだ。びっくりして目を覚ました赤ん坊はさっそく泣きだす。しばらくあやしてもいっこうに泣き止まず、心中の怒りはますます収まり難い。かなりの時間が経過する。赤ん坊をほったらかして村を出た身は知らず知らずのうちに郷へと向かって歩いている。

購買所の門の外に着くと、ちょうどうまい具合に法堂が見知らぬ人と話をしている。彼は彼女をちらっと見たきりで、気にもとめず、またその人と話している。彼女は大きな木の後ろに身を隠し、どきどきする胸を抑えながら話をしている人が去るのを待って、それから法堂の方へ向かう。この時彼女はもうぐったり疲れはて、まったく取り乱し、みぞおちのあたりが苦しく、何とも悲しくて耐えがたい。彼女はおぼつかない足取りで、一歩また一歩と法堂の方へ歩みよる。法堂は彼女が何か急病に襲われたと思い、大急ぎで手で抱え支える。彼女は顔を法堂の胸に押し当て、今にも大声で泣かんばかりである。

法堂は何度となく問う。「どうした、どうしたんだ？」彼女は泣きながら頭を振りつつ言う。「何でもない、何でもないの。わたしを支えてあんたの部屋へ連れて行って」法堂は彼女を抱きかかえて事務室に入り、鍵をかける。彼女は部屋の隅の木のベッドに座ってやはり止めどなく泣いている。法堂は彼女に一枚のタオルを手渡して問う。「何でそんなに泣くのか？　どういう訳か、俺に言ってみないか？」彼女は顔を背けて思いきって言う。「あんたが嫌でないなら、わたしがあんたの女房になってあげる」突如天から可愛い美人が降って来た。何たる奇中の奇、法堂は一句一句彼女に問いただす。

彼女が数句答えているうちに、法堂は了解する。もはや白昼真っ昼間も顧みず、事務室の中で、彼女といっしょに帯を解き、着衣を去って一糸纏わぬ素っ裸となる。法堂は色白で豊満な女の体を見ながら、自分がきれいに毛を剃った肥えた豚が肉切り台の上に横たえられてあって、自分に胸部を断ち割られ、色んな部位にばらされるのを待っているような感じになる。この二人、相手が放置されて種もまかれない荒れた凹地なら、こっちは雨に恵まれず久しく乾ききった麦の株である。たまたま佳媾《よきであい》に会い、甚だ是相得て益々歓ぶ。一台の小ベッド半ば倒壊し、二つの身体は汗にまみれた一対となる。事が終わるやひとしきり永遠の愛の誓い、また以後の計画のあれこれ、綿密子細周到を極める。芙能が先に帰る。これは正しく是、

　誰がいつになったらおまえを真っ当な人間の相へ
と引き戻してくれる？　誰がいつまでもおまえをろ
くでもないお粗末な食い物でうんざりさせる？　か
き乱されて泣いてしばらく、ぞっとしてしばらく。
思えば空しく、思えば苦しい。葵豆《あおいまめ》の莢、西の塀
上を画し、日は落ちて月が出れば声を発し難い。
　誰がおまえをして好漢の屋中に風流の様を留めさ
せる？　誰がおまえをして嫁入りを待つ部屋の内に
小さな金剛《さなぎ》を置き去りにさせる？　父子二代を弄ん
だのは一時の夢と望み。思えば空しく、思えば苦し
い。秤《はかり》の竿をオンドルの上に置いてはみたが、日出
でて月が落ちては胸中悩ましい。

半月後、芙能が有柱に向かって離婚を申し出、死ぬの生きるのの大騒ぎとなる。かの法堂もまた郷や村の大小の指導者の家々を駆け回り、賄賂を使って渡りをつける。鄧連山はいない。有柱はくどくど理屈をこね、口で絶対に承知しないなどと言ったところで、どうして阻みとおせよう。ただただ無理無体に離婚証書が作られてしまう。子供の雷娃《らいあ》は、芙能の胸中ではとっくに厄介者で、引き取るとは言わない。有柱の叔母が預かって行き、八歳になったら有柱に戻すという話になる。さらにその後、かの法堂と縁組みするのだが、これはもう実に造作もない事で、いささかの差し障りもない。結婚の当日は葉支書等の人々も招待され、酒宴の席は大盤振る舞い、飲み食

いは際限なく、甚だ盛り上がる。

## 19　賀根斗が生産隊の会計賀振光を告発。馬翠花は有柱を食い物に

一冊の書物の中で、このような艶っぽい色事ばかり事細かく書き連ねて、これじゃ家の中が汚れてしまうじゃないかと、あんたは言うのかね？　それじゃ、ここからはちょっとご清潔な話題を取り上げたいと思う。と言ってみたところで、村の西から東まで、繰り返し探し求めても、大樹の根方、目隠し塀の前方、麦干しの広場、大方は世間の気風に感化され、結局はひたすら生臭い。さて、季工作組《きこうさくそ》は多年革命をやってきたけれども、富堂《ふどう》の嬶《かかあ》に寝床に潜り込まれ、十二分に困惑する。体の上に乗ると、あるいは彼の政策観念が甚だ強固なせいか、相手の了解を待つ間もなく、さっそく真火を放射してしょぼくれてしまう。ついで、頭の中はがんがんぐらぐら。女の方はひたすら手厚く思い遣り、いろいろ何刻も手立てをするが、下の方のあの物はぐんにゃり柔らかの甲斐性無し、まったくの無感動。まるで戦意がない。

季工作組が如何に負けん気の強い人であれ、この時の衰廃に直面しては、自ずと且つは羞じ且つは悩むほかない。富堂の嬶は厚顔無頼、ここで止めることには肯《がえ》んぜずに言う。「気を楽にして。しばらく楽にしていれば元気になるわ」これを聞いた彼は思わずかっとなって怒鳴りつけて言う。「俺は一日中工作で忙しいんだ。どこにこんなどうでもいい事を考える暇がある。おまえはさっさと服を着て出て行け！」つまらぬ事になってしまった女は無理に笑顔を作って、言う。「あんたはすぐに休みな。用が出来たらわたしを呼んで」季工作組はうるさそうに言う。「わかったよ」言い終わると、自ら率先してちゃんと衣服を身に着ける。彼女は仕方なくて灯火の下で、一枚一枚と着衣して、ドアを開けて出て行く。

彼女が去ってから、季工作組はようやくいささかの静《せい》謐《ひつ》を覚え、また眠りにつく。ひとたび目覚めてみれば、すでに夜は明けている。煙でぼんやり薄黒くいぶされた窑洞《ヤオトン》の天井を見つめながら、昨夜の事を思い出すと、茫漠として夢のようだ。理屈に照らせば、富堂の嬶は仲間だから、人民内部の矛盾であり、当然教育を以て主とすべきである。彼女がオンドルに上がらないうちに、その間違った意図を打ち消さなければならない。それに、我ながら、彼女を追っ払う際には、相手の面子《メンツ》も考えず、態度もかなり粗暴であった。これもまた、所為として甚

だ季世虎《きせいこ》らしからぬ事であった。今後は、小資産階級の低級な趣味により深くはまることがないように、心して彼女の面倒を見る必要がありそうだ。

思いここに到ったところで、ドアの外にどたばたという足音が聞こえ、次いで、窑洞のドアを開ける音がして、富堂の家の学校に通っている二人の子供が駆け込んで来る。紙包みを手でつまんだ姜姜《きょうきょう》がハーハー息を切らしながら言う。「これ、あんた宛に書いてある。たった今、ドアの所で見つけたんだ。隙間から差し込んであった」扁扁《へんへん》が横から口をはさんで言う。「あたいが先に見つけたのよ」女の子はさらに言う。「あたいなのよ！　あたいが先に見つけて、その後であんたが見つけたんでしょ！」季工作組が問う。「何事だ？」言いながら紙包みを受け取る。ただ「季工作組様」とだけ書いてある。そこで、二人の子供に向かって言う。「よし、おまえたちは学校へ行け。中に何が書いてあるかはこれから俺が見る」言い終わると、上着をはおって腰を下ろし、紙包みを開く。姜姜と扁扁は口論しながら出て行き、なおもどっちが先だ後だと互いに譲らない。

開いて見た季工作組は心中豁然《かつぜん》と悟った。いい奴だ。クルミの実ぐらいの大きさの字で五、六枚の紙にびっしりと書いてある。何とまー素晴らしい！　これは何者だ、これほどの教養があるとは？　まったく珍しい！　鄢崮《えんこ》村に来て何箇月か経つが、どうして今まで気がつかなかったんだ？　慌てて先ず署名を見る。貧農社員賀根斗《がこんと》。賀根斗とはどんな人だ？　季工作組はあれこれ考えてみるが、どうも思い出せない。始めの数句を読んでようやく突然に思い出す。楊文彰《ようぶんしょう》を闘争にかけた第一回の社員会の席で、自分の子供が無理矢理学費を迫られた事を激しく泣きじゃくりながら発言した、腰に麻縄を巻いた、四十過ぎの男がいた。会議が終わった時、季工作組はなお心に留めてあって、葉支書《ようししょ》に尋ねてみた。葉支書は言った。「あいつは話になりません。ここ何年も、夜になったらカルタ遊びと酒飲みで、日々の暮らしはどろどろのぐじゃぐじゃ。口先は誰にも負けぬほど達者だが、労働には参加しない。村では有名なろくでなしです。ふだんはした金でも手元にあれば、ろくでもない悪友を集めてすぐに賭博だ。この間子供に渡す学費の事で如何にも悔しそうに泣いていたが、カルタで負けて銭を取られたんだ。どうして泣かないでいられるかね？」季工作組はさっそくまた是正して言った。「葉さん、俺たちは人を見るのに主要な発展の動向を見なくてはならん。その人の根っこさえ正しければ、彼は俺たちの階級の兄弟であって、俺たちは彼を革命の正道に立ち戻させる責任を負うんだ」言い終わった後は、季工作組ももう忘れてしまった。現在、その人がまた重ねて現れたが、彼がどんなことを書いてきたのか？　わからない。

井(敬)愛なる季工作組、偉大なる領袖毛主席は我々を教え到（導）いて言った。四海翻湯（騰）、雲水奴（怒）り、五周（洲）振当（震蕩）、風雷撃（激）しく、現在全国の形勢は大変によろしい。革命大衆情許（緒）高丈（漲）、我ら鄢崮村の革命もまた全国に同じく、季工作組の指導の下、生鶏（生気）潑剌の大変良い居（局）面が出現している。過去には牛鬼蛇神が猛り狂い馬鹿なことを言っていたが、現在は革命社員が大衆意気昂然としている。過去にはごろつきやちんぴらが人民を危（威）圧していたが、現在は革命幹部が大衆を支持している。過去には地主富農が晴（精）米メリケン粉だったが、現在は貧下中農が衣服を着て飯を食っている。現在俺はあんたに向かって一個の的（道）徳品性の極度の破壊を暴露する。党と上級が彼に付与した会計の権力を利用して、悪の限りを働いている賀振光である。賀振光、男、現年二十八歳、家庭成分は中農、当人は一関（一貫）して品行不良、六十四年に選ばれて生産隊の会計係になって以来、手にした権力を利用して、上を編（騙）し、下を騎（欺）き、悪の限りを働いている。大来の息子の嫁大農はもともと良家の婦女であったが、賀振光が手中の権力を利用して、自分で自分の労働点数を水増しして記録しただけでなく、彼女に対しても水増しして記録した。何年もずっとそういうふうに水増しして記録してきたうえで、賀振光はその息子の嫁に坡（迫）って彼女と淫らな関係を結んだ。賀振光は後原（厚顔）無恥にも言った。一回で労働点数二点とする。やらない日は記録しない。こういうふうにして、トウモロコシ畑、キビ畑、彼の家のオンドルの上、さらには大農の家の竈の前までも入り込んでは日が暮れてから去る。ずっと三年もの間関係していてまだ止めず、貧農の社員王三来は腹の中では努（怒）っているものの口に出しては言えず、人前では頭を上げられない。その他の婦女も大農が畑に出て労働しないのに、相変わらず労働点数を記録されているのを見て、心中不平満々で、みな言う。彼は彼女をやって労働点数を記録してやる。わたしらも彼にさせて、彼が労働点数を記録するかしないか見てみよう。これを耳にした彼は過ちを認めないどころか逆にこう言う。我にはこの権限がある、これは我の力量である、我があれをしないんじゃ生きていてどうする、誰かが我をねたんで、会計の職を取り換えようとしているんだ。こういう事だから、婦女社員の生産意欲は上がらず、社員の生産への機及（積極）性に厳重に印（影）響している。さらに厳重なのは今年の夏、人々がみな広場で麦の脱穀をしている際、彼は大来の家に駆けつけて、大農と関係した。大来が家に戻って水を飲もうとしたのにドアから入れさせない。大来がドアの外に立って文句を言うと、彼は機嫌を損ね、出て来て殴打した。これのもたらした印響（影響）は幾（極）めて悪い。またある時、生産隊で肥料を運んだ際、彼と大農は空の車の中でいちゃつき、村中の者が見ているのもかまわず、見えない聞こえないものとし、面の皮は成（城）壁よりもさらに後（厚）く、大農の父親はまったく見るに耐えかね、日が暮れて人がいなくなった際に二人に注意した、賀振光は大農の父親をさんざんに殴りつける。大農の父親が逃げようとしても、まるで放さない。幾十年も地主の支配をこらえてきた貧農の老人は打たれて顔面血達磨となり、ズボンの中に小便を漏らしてしまった。またある時、畑で収穫している際、大衆の面前でよその家の民兵栓囤の息子のところについ最近嫁いできたばかりの嫁をからかった。怒った嫁は畜生呼ばわりしたが、彼はこの家の労働点数を減点した、花嫁は幾日も泣いていたが、後には結局彼を取り持つほかなかった。またある時、富堂の家の嫿針針の妹が親戚なので富堂の家にやって来た、彼は突然気まぐれを起こして、この人様の家の妹を見初め、針針に強談判に及ぶ、あんたの妹とちょっと遊ばせてくれれば、あんたに労働点数の五十点を増してやる、まーこういう次第で、人様のよその村の親戚の女を無理矢理に富堂の家の東側の窑洞の中に連れ込んで、やってしまう。信じないなら富堂か回（或）いは針針に聞いたらいい、二人ならわかっている。だが、もっと厳重なのは、こういう事なんだ、昨日の昼、彼は村外れの槐の木の根方にいたが、水花ら数人の女たちの面前で、あんた季工作組を罵り出した、すなわち言う、工作組、工作組、工作終えたらさっさと行け、あんたを養うくらいならまだ犬を飼うほうがましだ！　信じないなら、俺たちは三回照合調査してもらってもいい、お天道様が上にある限り、俺は決してでたらめは言わない、みなの面前であんたを犬だと罵った、俺たち貧下中農は一千回もこれに不承知だ、一万回も不承知だ！　俺は先ず以上のような事を報告する、あんたがもしも重事（視）するなら、俺はさらに多くのまたより厳重な問題を報告できる、千言万語要するに、賀振光の罪は万死に値する、彼を打倒しなければ、彼の会計職を白（剥）奪しなければ、貧下中農は永久に浮かばれない。

貧農社員賀根斗呈上

この報告はよそ者が見たのではまるでわからないかも知れないが、季工作組が見れば一字一句明々白々、書き方は自然で滞りなく、甚だ流暢《りゅうちょう》！　ただただ賞賛の至り。季工作組は暴露文献を下に置き、タバコに火をつけ、一口激しく吸う。先ず思ったのは賀振光《がしんこう》が自分を罵っている事ではなくて、村内の形勢の複雑さが何とも予想外だ！　階級闘争の黒い蓋は見たところまだまだまるで開けられていない。前途にはなおいっそう沢山の重大な工作が横たわっている。

こんな事を思っているところへ、富堂の媳が窑洞の中に入って来る。おずおずした様子でオンドルの縁に座って問う。「いいかしら？」彼は自分の考え事で手いっぱいだから、上の空で「いいよ」と言う。富堂の媳は言う。「向こうへ行ってご飯をたべてよ。トウモロコシの粥ができてるの」彼は言う。「あんたは先に行っていてくれ。すぐに行くから」言い終わるとズボンを穿き、うがい用のコップを持って何か気がかりな事がありそうな様子でドアを出て、東側の窑洞へと向かう。ついでに空を仰ぐと、はっきりしない空模様で、こっちまで縁起でもない表情になる。洗顔を終えてオンドルの上に座ると、飯が運ばれてくる。季工作組は碗を持ったまま問う。「ここでは一労働日はどういうふうに計算するんだ？」向かいに座っている富堂がしどろもどろに言う。「一労働日が十点で、〇・八五角〔角は元の十分の一。七〇頁参照〕ちょっとに換算している」季工作組は思う、賀振光はあろう事か自分が寝るあの東側の窑洞で、強壮な労働力で四、五日働いていてやっと稼げる点数を以て女一人の体を騙し取るとは、実に何とも憎悪の至りである。このように考えてくると、苦い胃液が喉もとにこみ上げてきて、食欲はたちまちに失せる。だが、一旦碗を手にしてしまった以上、何が何でもともかくも飲み込んでしまう。食事を終え、大隊本部に行くと言うと、この度は富堂の媾は尻を上げず、富堂がにこやかな表情で大門の外まで見送る。

この前までは、季工作組がここ鄢崮村の大通りを歩いていても、村風樸実、あたり一面安閑としていた。だがこの夜を過ぎてからは感じがまるで一変した。芙能《ふのう》が法堂に嫁してからの事をここで振り返って見るに、鄧連山《とうれんざん》一家は妻は去り、子は離れ、家は破れ人は滅んだ。残された有柱《ゆうちゆう》一人、野良に出て働く際は言うまでもなく、怠けロバの水運びみたいで、辺りを見まわし、ぐずぐずのろのろ、死んだにしては死にきれず、生きているにしてはまるで活気がない。その哀れさは極まって、母を失った子供同様、ただただ村外れで物欲しげにうろうろしている。言ってみれば、人が落ち目になると、忘恩の徒や弱みにつけ込む輩がのさばり出る。そいつらは弱り目に祟り目、泣き面に蜂を助勢して、破滅を加速させる。まったくその通りで、村内に姓は馬《ば》、名前は翠花《すいか》という女がいる。四十代の半ばぐらい、カササギの尻尾みたいに髪をきれいに高く結い上げ、深い藍色の糊のきいた衣服を身に着けて一日中顔を人目にさらし、談論の場に赴いてはあれやこれや、あの種の男たちと同様に堂々とした態度で、策略をめぐらし、作業を指示し、そんな事をしながら利鞘を稼いでいる。才覚のない放蕩息子たちを個別に招き寄せては罠にはめる。鄧連山と芙能がいた当時、彼女は敢えて有柱に向かってあれこれ言う事はなかった。二人がいなくなると、有柱は物臭《ものぐさ》で、食事の仕度は勿論だめで、一食また一食、彼女のオンドルの傍でごろごろしている。初めは飲食のような小さな事だったが、後にはあからさまに夜も彼女の家で休むようになる。表面上、人には養子を取ったみたいなものだと冗談を言うが、実際には彼女は宦官《かんがん》一人を召し抱えたのであり、まことに天が人の願望を叶えてくれたわけだ。一時この一組の母と子は意気投合して、熱々振りは際限がない。そこで有柱は今日は長椅子一つ、明日はテーブル一つと半年も経たないうちに、何と鄧連山が一生かけて散々苦労して必死になって蒐集した家具調度品、磁器陶器などを気の向くままに、まるまる空っぽになるまで運び出してしまった。

あるいは村人の妬みの故か、罵りの声が沸き起こり、馬翠花と有柱のでたらめ放題がそしられる。ある日、オンドルの上で胡座をかいている馬翠花は、ドアを開けた有柱がのろのろと近づいて来るのを見て突然言う。「柱さん、わたしたちの母子の縁ももう終わりのようだわ！」有柱は甚だ驚いて呆然として聞き返す。「何だって？」馬翠花は言う。「あんたは村の人たちが何て言っているか聞いてない？」「村の人たちは何て言ってるんだ？」馬翠花は言う。「でたらめばかり、まるでいんちきな話なのよ」有柱は夢中になって言う。「知っているよ」馬翠花は言う。「柱さん、あんた本当に馬鹿ね。あんたが村の人たちがどう言っているか、本当に知っているなら、わたしは何もあんたに言う事はないわよ」有柱は単純だから問う。「村の人たちは結局何だって？」馬翠花はもじもじして、ことさら小娘のような科《しな》を作り、ちょっと斜に構え、腰を一振りし、口を開いて言う。「わたしの口からは言えないわ。だけど、柱さん、考えて見て、あんたのお父さんが捕まって以来ここ数年、わたしがあんたをどうしてあげたかを、ね？」有柱はしきりにうなずく。馬翠花はまた言う。「たとえあんたの実のおっかさんだって、こんなには面倒見なかったでしょう。飲食大小便から夜寝るまで、いちいち筋を通して世話をして。ましてや、あんたとわたしの間にはいささかの情合いもあって、そうでしょう？」有柱は言う。「その通りだ。俺は心の中でいつもあんたのことを思うたびに感激に堪えないんだ」

面を上げた馬翠花は涙を流し、苦しげな表情で涙を拭いながら言う。「村の人たちはわたしがあんたの家の財産を騙《かた》り取っただのあんたという金の壺を抱いているだのと根も葉もない事を言っているのよ。まったく恥知らずのでたらめじゃないの」うろたえた有柱は慌てて言う。「そんな事、誰が言っているんだ。俺はそいつを捜し出す」馬翠花は言う。「捜さなくたっていいわよ。この事はわたしたち二人の腹の中に収めて置いて、これからはあんたはもうわたしの家へ来てはだめよ。来なくなれば誰もまたわたしがあんたの家を金の壺にしているなんて言わなくなるわ」頭を抱えた有柱はしばらく黙っていたが、一人ドアを出て行く。

家に戻ると、自分がつくづく意気地無しに思われて、天も地も暗むほどに泣きに泣く。三日間寝続け、飯も食わない。やっと起き上がって村外れに行ってみると、間違いなく神経に巨大な刺激をこうむった病人に成り果てている。話すことはとりとめがなく、しばしば奇怪千万な挙動に出で、村内の不良・無頼漢どものなぶりものにされる。

# 20　楊文彰は羊肉スープにあずかれない。季工作組は北京へ

学校を解雇された後の楊文彰《ようぶんしょう》は、便所を掃除する以外は一日をごく静かにのんびりと過ごす。あれ以来、どこからか一挺の二胡を手に入れ、終日管理人室のドアの外に座ってこれをいじっている。奏でるのは〝階級の苦しみを忘れず、血涙の仇をしっかりと記憶する〟〔一九六〇年代中頃に制作されたテレビドキュメンタリー「収租院」中の歌曲〕だけで、それ以外のものは絶対に拉《ひ》かない。

ここのところ冬休みを前に控えた学校は、彼に命じて羊を殺す手配をさせる。ある人がたまたま「学校の中にどうして羊がいるんだ？」と問う。この羊に関しては奇妙な話がある。ある春の日、生徒たちは羊が校庭に駆け込んで来るのを見つけた。塀際でのんびりと草を食んでいるが、何日経っても持ち主が現れない。とうとう学校の中で飼うことにして、三年生のクラスの生徒たちが順番に面倒を見ることになる。一夏が過ぎると、思いがけない事にこの羊は何と大きく肥え太った。学校の指導層はいろいろ研究したが、最終的には殺して、全校百十名の教師と生徒たちがいっしょになってご馳走をいただく事に決定する。

そこで楊文彰に仕事が出来た。彼は屠殺業者の狗留《こうりゅう》の所へ行って遠慮がちに頼む。午後狗留は金物類の道具を携え、意気軒昂として学校にやって来て、全校の教師生徒の前で、かの不意の客からの依頼を鮮やかな手際でやり遂げ、且つは自分の業を一時大いにひけらかす。生涯の中で、こんなにも沢山の目が自分の手腕を鑑賞するなどという事があろうとは、彼も恐らく思いもよらなかったであろう。いよいよ羊の腹を開いて皮を脱がす段に到るや、彼は大声で叱るやら喚くやら、厳然たること、天地を開闢する盤古のようである。また、助手を務める楊文彰を訓戒する事、あたかも自分の孫に対するが如くである。楊文彰は盆を捧げ、蹄を押さえててんてこまい、全身血まみれである。羊をさばき終えると、狗留は道具類を取りまとめ、飄然《ひょうぜん》として去る。残った楊文彰は羊の毛皮を校庭にある鉄棒の上に掛ける。さらに、羊の腸やその他の内蔵をきれいに洗い、肉の部分といっしょに教師たちの炊事場まで持って行く。ちょうど火をつけて肉を煮ようとしたところへ、張鉄腿《ちょうてつたい》がやって来て、何が何でも彼が手を触れるのはまかりならんと言う。彼は

悔しさいっぱいで趙校長の事務室へ行って情況を報告する。趙黒臉《ちようこくれん》は言う。「張鉄腿が手を出しちゃならんと言うなら、手を出しちゃだめだ。あいつはおまえよりも経験を積んでいるんだからな」そこで彼はまた鉄棒の所へ戻り、羊の毛皮をいじり、辺りで遊んでいる数人の小学生を見かけて声をかける。「おまえたちに早口言葉を一つ教えてあげよう。知りたいか？」小学生たちは言う。「知りたい！」そこで彼は唱える。「羊の肉食べて、羊のスープ飲んで、羊の毛皮は南の塀の上に掛けた。カラスがつついてトントントン、羊の毛が庭いっぱいに飛び散った」小学生たちは笑いながらすぐに覚える。

さて、翌日早朝、生徒たちはめいめい大きな飯碗を持参する。中には碗では小さいのではと心配して鉢を持って来る者もあり、教室中大混乱、一面の笑い声。もうすぐ食事時というころ、肉の美味《うま》そうな匂いが校庭に充満し、鼻をくすぐる。生臭物の大好きなこいつら餓鬼どもがどうしてこの誘惑に耐え得よう？　今か今かと授業の終わるのを待ちわびる。遂にあの張鉄腿が十分厳格に鈴を打ち鳴らす。生徒たちはあっという間に教室を跳び出し、炊事場のドアの外に殺到する。事務室から出て来た趙校長は大混乱の様相を一目見るや、ただちに体育の先生に命じて隊伍を整え、クラスごとに集合し、学年順に待つようにさせる。待っている間に、生徒たちの群れの中のある者があの早口言葉を怒鳴り出す。

羊の肉食べて、羊のスープ飲んで、
羊の毛皮は南の塀の上に掛けた。
カラスがつついてトントントン、
羊の毛が庭いっぱいに飛び散った！

ひとたびこの言葉が響くと、生徒たちは次々にこれに応じ、まるでスローガンを叫んでいるみたいで、繰り返されて止まない。しばらくの間、この音声は教室で声をそろえて教科書を朗読する際よりも、整然として且つ雄壮であり、十里の外までも響き渡る。先生方はあれこれ手を尽くして制止するが、まるで効果がない。まったく所謂《いわゆる》ここと思えばまたあちら、澎湃《ほうはい》と沸き上がり、一波一波ますます高くなり、まるで暴動のようだ。とうとう羊肉のスープの大鉢が運び出される。食い物を目にした生徒たちはようやくそれぞれに自分の事に専念し、もう喚かなくなる。

事ここに到り、本来なら生臭物のスープを胃腸に注ぎ込んでこれで終わるところである。然るに、一貫して聡明怜悧なる劉社宝《りゅうしゃほう》が問題に気づいた。彼は報告して、生徒たちが喚いたのは楊文彰が陰で指図してやらせたのだと言う。報告が校長の所へ届くと、校長は甚だ驚き、心中、羊を煮たりスープを取ったりするのに彼をあずからせなかった自分をひどく怨んで、それであんな騒ぎを引き起こしたのだと思う。午後、その楊文彰を呼びつける。眼鏡を拭いている彼を見ながら試しに問うてみる。「羊肉泡饃《ヤンローパオモー》〔羊肉のスープに小さくちぎったマントウを混ぜた料理〕は食べたかね？」楊文彰は言う。「食べてない。始めに遠慮して行かなかったら、その後声がかからなくて。幹部たちは中で食べていましたが、わたしはよう入りませんでした。その後、人がいなくなったので碗を持って入ると、コックがもう碗だの鍋だのみんなきれいに洗って置いてありました」校長はまた問う。「生徒たちの話では、彼らが飯の前に叫んだあのスローガンはおまえが教えたとの事だが？」楊文彰は言う。「はい、わたしが教えました。あれは小さいころわたしが人から教わったもので。昨日の午後、遊び半分にやって見せたら、彼らが覚えたんです」趙校長は厳しい顔つきで言う。「何とまあ、ずいぶん大胆な。真面目に自己批判してもらわなくてはならん。はっきりした反省文が必要だ。季工作組《きこうさくそ》はこの問題を甚だ重視している」楊文彰の顔から血の気が失せ、ぶるぶる震えながら言う。「はい、はい。わたしはすぐに書きます」言い終わるとがっくりと頭を垂れて出て行く。

　楊文彰はその日羊を屠殺するのにあれこれ働いたのに生臭物のスープの一匙も口にできなかったどころか、逆に反省文を書くように求められる。こんな逆さまの世の中なんて。公平はどこにあるんだ？　羊肉泡饃を食べられなかったというのは、一人の並の陝西人にとってはすでにして人生最大の深刻な重大事であるが、さらに思いもかけないことに、ここにまた紛争が出来《しゅつらい》した。人が運から見放された時に災難は大きくなるのか？　かの季工作組が本当に重視したのだろうか？　そうではない。趙校長が彼を騙したのだ。目的は自分の話の重みを増すためである。〝文化大革命〟以来、人々は何事につけ細かく内情を推し量り、上級の指導者の言辞を組み立てる事を学んだが、実際にはペテンなのだ。ペテンの三字は見たところは簡単のようだが、その実、習得された威力は比類ない。実のところ所謂意識形態《イデオロギー》は大凡《おおよそ》ペテンにペテンを重ねて出来上がったものなのだ。ただし、結局は大衆はやはり指導者を騙しおおせないし、下級はやはり上級を騙しおおせない。数箇月来の革命で、学校の教師たちも、ある者はつらい目に遭い、ある者は甘い汁を吸い、またある者は両者の間に立って仇、敵となった。ただし、誰もみな以前に比べればそれぞれに自覚し、指導者の考えに自発的に接近するところがあった。趙校長は以前からこうしようと強く願っていたのであり、逆に〝文化大革命〟が彼にこのような感覚を付与したとは思えない。一時は上部の政策に対して、まるまる感服していた。しかしながら、どうやら、追いつめられた人がめちゃくちゃにやられ、まるであちこち追い回される畜生同然に従順にしているのだ。

季工作組は朝飯を済ませ、大隊本部にやって来て、ドアを入るとオンドルの上の葉支書《ようししょ》が大声で話しかける。「たった今、あなたを呼びに人をやろうと言っていたんですが、あなたが先に来てくれた」季工作組はぐるりと見回して、何人かの重要人物がすでにそろっているのを確認してから、厳粛な面もちで外套のポケットからかの告発資料を取り出し、みなの面前で、バラバラとオンドルの上にひろげ、如何にももったいぶって言う。「同志諸君、率直に言うが、形勢は複雑だ！　貧農の社員賀根《がこん》斗《と》は自覚の程度が甚だ高く、自分からわたしに一部の資料を送ってよこし、あんたらのここの一部の幹部の間違った言動を暴露してくれた。述べ方として、証拠は明瞭で、理路整然としている。わたしは今まであんたらのここにはよく資料を書ける人がいないと思っていたが、間違って低く評価していた事がわかった。この資料はとてもよく書けている。大いに文才がある。ここにいる若干の幹部の思想水準に比べてもなお高い」葉支書は始めは嬉しそうな顔をしていたが、話の最後の所を聴くやただちにぎょっとなり、告発資料を手に取り、呂《ろ》中隊長ら数人と頭を突き合わせて一枚一枚見てゆく。たちまちばつの悪そうな顔になる。葉支書はキセルを取り出して数口吸い、ゆっくりゆっくり言う。「これには訳がある。賀振光には確かにいささか無頼の行為があり、それがどのように影響しているか、従来あまり注意を払わなかったが、やはり事態を徹底的に調査し確認する必要がある。しかし、この叔父甥二人はずっと仲が悪い。賀根斗が賀振光を背後から刺したのもまた道理なのよ」

季工作組は言う。「この事については、出来るだけ早くに我々全体の見解を統一し、速やかに研究し、ただちに行動に移らなければならない。この手の無頼漢を放っておくのは犯罪に等しい！」葉支書はびっくりしたものの、たちまちうなずいて言う。「そのとおりです」呂中隊長は一方で葉支書に目配せしながら口を挿んで言う。「学校の方はどうしましょうか？」これを聞いた葉支書はすぐに季工作組に向かって言う。「こういう事なんです。学校で昨日羊をさばいたんですが、今日その事で我々に何人か人を寄越してくれと言ってきているんです。先ずそっちの方を片付けたいんですが」これを聞いた季工作組はかっとなって、立ち上がり、葉支書の鼻先に指を突きつけて責め立てる。「あきれたものだ。革命工作に従事するあんた方は、今をどんな時期と心得ているんだ。全国の各戦線熱風天を焦がしている。ところが、我々の所だけ、無理矢理耳を引っぱって飯の事を問題にしようとする。飯、飯、飯、脳みそは食うことだけでいっぱいだ。資本主義が復辟している。旧社会の暗黒があんたらの頭をすっぽり包んでいる。俺がこう言っても、まだ食う事の方が問題か!?」葉支書は慌てて愛想笑いしながら言う。「腹が減っては戦は出来ぬで、一回の食事でも欠けたら泡を喰らいます。飯を食わないではどこから革命精神がわきますか？」呂中隊長が口を添えて言う。「そういう事です、そうですよ」季工作組は手をかざし、大きく身体を揺すり、不自由な足のつま先を地につけるようにしてぐるぐる歩き回りながら、且つはぜーぜーと息を荒げて言う。「何とまあ、資産階級知識分子の一碗の羊肉スープがおまえたちをこんなふうに変えてしまうなんて。もしも、国民党の蒋介石が一碗の羊肉スープを捧げ持って来たなら、おまえたちはたぶんたちまち寝返るんだ！」葉支書は笑いながらオンドルから下りて言う。「季站長《たんちょう》、羊肉スープを吸うのにね、学校の趙校長がやはり直接あなたに対してじゃなくて、あなたの面子《メンツ》を考えてそれで俺たちに呼んで来るように言ったんでしょう？」季工作組は眉をつり上げて言う。「あんたは校長が俺を呼んでいると言うのか？」葉支書は言う。「校長が呼ぶんじゃなかったら、他に誰があなたを呼びますかね？」季站長は肩を一揺すりし、また一回り歩いてから言う。「俺は行かん。これは腐敗行為への抱き込み工作だ！　あんたは行って校長に言え。そんな資産階級の知識分子と俺季世虎《きせいこ》は混じり合わないとな！」

葉支書が呂中隊長に目配せすると、呂中隊長は慌てて立ち上がって季工作組を支えながら言う。「打ち明けて言えば、これは趙校長だけでなくて、全校の革命的教師と生徒全体の心からの願望です。革命の小勇将が授業の合間を利用して羊を飼い、今度さばいたのであなたにも食べて欲しいし、ついでにちょっと学校の革命的情勢も見て欲しいんです」季工作組は頭を振って言う。「俺は行かない。あんた、俺の腕を引っぱるなよ」言い終わるや呂中隊長の腕を払いのけ、一人オンドルに上がって、『語録』を取り出し、首を長くして読み始める。

間が悪いと言うべきか、あるいは都合良くと言うべきか、この時、根盈《こんえい》が長途に疲れながらも紅顔潑剌たる見知らぬ人を案内して入って来る。その人は青年労働者といった様子で、ドアを入るなり、季站長に呼びかける。頭を上げた季工作組は彼を見るなり慌ててオンドルから下り、張君、張君と言いながらその手を握る。張君は懐から一枚の紙切れを取り出して季工作組に手渡し、息をはずませながら言う。「県はあなたが会を開くように命じています」季工作組が紙切れをひろげて見ると、こう書いてある。

季世虎同志：

〝四海翻騰して雲水怒り、五洲震蕩して風雷激し〟（毛沢東「満江紅　郭沫若同志に和す」）当面の我が県の革命情勢はすでに肝要の時期に入り、資産階級司令部の保皇の犬どもは日ごとに暴露され出している。偉大なる導師、偉大なる領袖、偉大なる統帥、偉大なる舵手毛主席は天安門前にて紅衛兵を接見された。これは我々に対する莫大な鼓舞、鞭撻である。林副統帥の講話もまた我々に対して前進の方角を指し示してくれた。而るに、我が県の一つまみの資本主義の路を歩む実権派は己の滅亡に甘んぜず、互いに結託して卑劣極まりない手口を弄し、我が県の革命の小勇将の造反行動を妨害し破壊しようとしている。このため、県紅衛兵司令部は以下決定せり。あなたは我が県の二十八名の紅衛兵同志を自ら率いて、我が県の暗黒の封鎖を突破し、北京市へ赴き、我々の胸中の深紅の太陽たる偉大なる領袖毛主席と英明なる統帥林副主席の検閲を受け、我が県の革命情勢を新たな高潮へと押し上げよ。

折り返し返信を請う、遅延すべからず！

県紅衛兵造反司令部

季工作組は「暗黒の封鎖を突破し」の一句を目にした時、感動すること甚だしく、身体は震えて止まない。あるいは彼の骨の中には生まれつきの突撃精神が宿っていて、一枚の紙切れが彼の目の前でひらひらすると、その突撃精神に羽根が生えるのかも知れない。立て続けに大声を上げる。「ハーッハッハ、俺にはとっくにこの日の来ることがわかっていたよ！　毛主席が手をこまぬいてほったらかしにするなんてことはあり得ない。あの方は我々を突撃、突撃、また突撃せよ！　と指揮するはずだ。県委員会や県政府のあいつらは、どれもこれもろくな奴じゃない！　早いとこあいつらろくでなしどもに造反しなければならん！」言いながら紙切れを収め、オンドルの縁に座っている張君にせわしげに問う。「おまえ、どうやって来た？」張君は言う。「自転車で」季工作組は言う。「そりゃよかった。今すぐ行く。すぐ行く。一分一秒を争うんだ」言い終わると、『語録』と引き出しの中のその他の文書を取りまとめ、黄色いバッグを肩に掛け、たちまち走り出ようとする。

　葉支書は事態の重要性を認識し、敢えて止めず、ただただその尻について送るよりほかにない。目隠し塀の前を過ぎる時、季工作組が出かけることを聞き付けた村人たちが続々とやって来て握手し、前後を取り囲み、一塊になって進んで行く。葉支書は季工作組を抱きかかえるようにして、揉みくちゃにされ、引き倒されるのを防いでいる。季工作組はその口を葉支書の肩先にくっつけ、十二分に根気強く、小声で丁寧に頼み込んで言う。「現在我が国の情勢は急速に発展している。我が県の情勢もまた急速に発展している。我々の鄢崮《えんこ》村も後れをとるわけにはゆかない。真っ正面からぶつかって行かなければならない。目下の村内の形勢は大変複雑、相当に複雑だ！　我々指導者たる者は革命の阻害者、障害物となってはならない。必ずや工作をしっかりと掌握し、革命を支えなければならない。俺が次に戻って来る際には、鄢崮村の形勢にさらに大きな変化があることを期待している」葉支書は立て続けてうなずき、「はい」と言う。季工作組は続けてまた言う。「階級闘争の黒い蓋を開けなければならない。賀振光のようなあの種の悪人は全部引っぱり出さねばならん。早ければ早いほどよい。俺はあんたらに言ったはずだ。今朝のあんたらのやり方は当面の情勢が要求するものとは合致しない。また、毛主席あの方の指示とも背馳《はいち》する」葉支書はまたうなずいて「はい」と言う。

　話しながら歩いているうちに、村外れに到る。ここにはいっそう多くの人が集まり、見たところ、みな自発的に駆けつけて彼を見送ろうとするようだ。鄢崮村の全時代を通して、子供の誕生であれ、嫁取りであれ、こんなににぎやかな情景はかつてなかった。人々は名残惜しくて、彼らが崇敬して止まない季工作組を離れさせたくない様子だ。あるいは黄色い大地上の人々はみな天性集まるのが好きで、離れがたいのか、誰も彼も胸中に切ない悲しみを抱えた様子である。このような場面に臨んだ季工作組は十分厳粛に手を上げて言う。「貧下中農の社員同志諸君、わたしはそんなに遠い先でなくて、戻って来る。鄢崮村の革命工作はなおわたしが戻って来てみなといっしょに突撃して敵陣を陥れることを求めている。ただし眼前の問題としては、わたしは行って毛主席にお会いしなければならない。わたしは幾つかの大変重要な問題をあの方、毛主席に報告しなければならない。現在の情勢は甚だ緊迫している。階級闘争は甚だ激烈である。だが、毛主席がいます限り、我々には恐るべき何物もない。今わたしは行くが、諸君はまた何も心配することはない。大事な事はみな一人一人が、自分の魂の奥底から如何にして革命を爆発させるかをよくよく考える事だ。そういう事だ。みな帰ってくれ。さようなら、また会おう。わたしは最最敬愛する領袖毛主席の最新の指示を帯びて戻ってくるから！」言いながら、人混みに混じって、首を長くしてしばらくの間彼を眺めていた富堂《ふどう》老人の手を引っぱって、優しげに言う。「富堂兄、いや富堂同志、俺は行くけど、だけど間もなくまた戻ってくる。あんたもしっかり政策を学習して、進歩するように努めてくれ。姐さんにも宜しく言ってくれ。姐さんには大変世話になり、十分に感謝している」言い終わるともう目を赤くし、口を震わせている富堂を顧みることなく、手を引っ込め、自転車のサドルに尻をのせ、坂を下って遠く去る。

葉支書はみなの方に顔を向けて言う。「季站長は福運の強い方だな。北京市中をぐるっと一回りして、毛主席の懇ろな接見を受ける。あの方は勢いがあり、革命工作に対しても間違いなくひたすらで、まったく怠った事がない」呂中隊長はしきりにうなずき、みなは解散する。

学校へ行って羊肉泡饃を食う時間はおそくなった。だが、それもいい。今から行けば生徒たちのあの騒ぎを見なくてすむ。張鉄腿は葉支書の親戚で、自ずと万事サービスに手ぬかりはない。唯一の心残りは季工作組に来て、味見してもらえず、お追従を言って褒め殺そうと思っていた下心が無駄になった事だ。

## 21　郭大害の奮戦。兄嫁を売り飛ばそうとした賀根斗

季工作組《きこうさくそ》が行ってしまい、我々には少し暇が出来たので、鄢崮《えんこ》村の奇聞逸事を詳述し、その古今を論議する。さて、大害《だいがい》は鄢崮村に戻って以後、村内の一部の少年たちと夜な夜な遊び回り、甚だ愉快に覚え、満足している。ただし、昼間はみな野良仕事に忙しく、暇でのんびりしているのは彼一人だけである。そこで、足をのばして、村の外の山丘河溝のあちこちを訪れ、四方八方を実地調査した。

ある日、村の北の大きな丘の上を歩いていると、溝の底の一筋の大通りの真ん中で、一団の人々が喚きながら喧嘩をしているのが見えた。喚き声の中にいささか聴き覚えのある響きがする。急いで駆け下りて目を凝らして見ると、何と仲間の仇歪鶏《きゅうわいけい》の父親が地べたに伸びていて、これを周家峁《しゅうかぼう》の数人の男たちが競いあって踏んだり蹴ったりしている。やっつけられた老人はひたすら泣き喚く。大害がこの有様を見なければよかったが、見てしまった以上はまさに願ったり叶ったり。その瞬間、ぶつかって行って、大男を地上にひっくり返した。初めはびっくりしたものの、鄢崮村から来た者と知るや、一団の連中はひしひしと大害を取り囲んで、談判を吹きかけて来る。

あんたはどうしてこうなっているのか、わかっているのか？　元来、春先になると、村中の家々、十中八、九は口に糊する食糧がない。餓えに迫られて続々と家門を出て道路をたどる。この仇老人は何と今年の乞食の幕開け第一号で、北岸の奥山の方へ行くつもりでいた。周家峁を通りすぎる時、村の一老婦が村外れで精米しているのを見る。それで、米糠を一つかみもらおうと思い、またこの度の物乞い行は空振りじゃなかったなと思う。こう思いながら、石臼に近寄って行くと、うまい具合に石臼から道一つ隔てた塀の中から人を呼ぶ大きな声がして、老婦はこれに応えながらあたふたとそっちへ向かう。石臼台上の黄色く光る米粒を見つめる仇老人はあれこれと思案する。石臼を碾くロバはぐるぐると旋回している。仇老人は馬鹿みたいにぼーっと突っ立ったまま、且つは眺め、且つは考えながら、他面またあの老婦が早く戻って来ないかなと待っている。そうこうしているが、誰も来ないので、自分が手を出して人助けをしなければならない破目になり、縁の方に回り出てきた米を内へ掃き入

れる。掃き入れている時には賊心は起こらなかった。まだ脱穀してない籾米を糠といっしょにざざっと自分の布袋にすくい入れる。この日は老人の身に問題が起こるはずの運命の日だったのだ。幾すくいもしないうちに、あの老婦が戻って来て、一目見るや、驚天動地の叫び声を上げる。塀の辺りにいた大勢の人々がこの叫び声を聞いて急いで駆けつけると、老婦は手まね身振りをまじえて説明する。頭を上げて、山の傾斜面の上の方を見ると、振り分け布袋を肩にした仇老人が、一人慌てふためきながら逃げて行く。この人たちはたった今まで『毛沢東選集』を学習していた。だが、この重大事に際し、『毛選』が米穀よりも貴重だと言うわけにはゆかない。一団の人々が宙を飛ぶが如くに追いかけ、仇老人は兎の如くに駆ける。人々は六、七里〔一里は〇・五キロメートル〕の道程を追いかけた末にようやく追いつく。次いで、郭大害に目撃されるあのシーンが展開する。

一団の壮漢が一人の老いぼれを殴打する。大害には訳はわからぬものの、いささか穏やかならざるを覚える。その上さらに、同じ村の歪鶏の父親の仇老人その人なのだ。俗に、犬でさえ良い犬なら隣近所を護ると言う。ましていわんや、郭大害とは如何なる人なるや。どうしてこの賊人どもの狂暴を看過できようか！　これこそ道理。連中の最も醜悪にして歯をむき出している男にどんとぶつかって行き、これを地上にひっくり返し、それから後はまた大勢と殴りあう。この悪戦はただもう以下の如し。

血は濺《そそ》ぐ、晴陽の一二里、架《わた》は飛ぶ、角影の三四家、五六場上、吼声《こうせい》動く。ただ思う。七八条の悪狗、懸晴の豺豹に遇上し了《お》わり、九十只《とう》の利爪、尖歯の野狼を旋《めぐ》住了《らせり》。闘い只闘い得て、脚頭《あしもと》の塵黄空に騰し、咬み只咬み得て、牙の下硌《かぶり》颯乱顫《ぶるぶる》。何者が死に、何者が勝つや？　日月は見えずして道明らかならず。

仇老人は自分を助けてくれる人が現れたのを見ると、急いで立ち上がり、大股でさっさと立ち去ってしまう。後は大害一人が苦労することになる。だが、大害は結局は上等メリケン粉のマントウを食べてきた人で、体力、気力、周家峁の人たちをして目を剝《む》かせる。右に左にバッタバタ、あっという間に相手をやっつけた。しかしながら周家峁側は衆をたのんで二度三度と順番で進攻するから、いずれは彼にも疲労の時が来るはずだ。結局これが妙案に違いない。この郭大害が周家峁の一団の悪人どもに纏わりつかれ、止めるに止められない闘いをしているちょうどその時、溝縁で薪を取っていた唖唖《ああ》がこれを目にする。そんな間がいい事があるかって？　時人は知らざるも、かの唖唖の大害兄に対する思いはすでに異常の域に達している。俗に言う、恋人の目は盗人の目とはつまりはこういう事なのだ。

唖唖は早朝大害が食事の後、オンドルの上でしばらく横になっているのを見た。大害はふーっとため息をつくと、にわかに何事かを思い出したらしく、オンドルを下り、足早に門を出、村外れの角を曲がってから真っ直ぐに北に向かって歩いて行く。これを見た唖唖は大急ぎで鎌と縄を手に持ち、だいぶ離れて後をつける。溝辺に着いた時には、大害が賊人連中と一団になって殴り合っている。叩き出した者よりもまだ大勢がつき纏っていて、ダメージも小さくない。これを見た唖唖は狂ったみたいに大慌てで村に駆け戻り、目隠し塀の前に黒蛋《こくたん》と建有ら数人がいるのを目にするや傍らに行って、建有を引っぱり、村の北の方角を指さしながら喚く。建有らの人々は訳がわからず、両の目をパチクリさせて呆然としている。それで唖唖は居ても立ってもいられない様で、黒蛋を引っぱるが、黒蛋はゲラゲラ笑うばかりで動かない。唖唖は仕方ないので、家へ跳んで帰り、オンドルの上にあった大害の綿入れの上着を引っつかんで来て、みなの前で跪き、地べたにひろげたその上着を拳で叩き、叩きながら且つワーワーワーと喚きつつ北の方角を指さす。ちょうどうまい具合に、大義《だいぎ》と歪鶏ら数人が通りかかり、唖唖の焦った様子を見て、どうもおかしいと思う。大義はすぐに悟って大声を上げる。「まずい。大害兄に何か起こったぞ！」この叫びを感じ取った唖唖は大義を引っぱって村の北の方角めがけて駆け出す。大害と親しい朋輩諸君も勿論大急ぎでついて行く。

大害は周家峁の悪人どもと二時間も激戦し、疲れはててハーハー喘《あえ》ぎ、足を上げようとしてもよく上げきれない。まさにもうどうしようもないという時に、溝の上の丘に雷鳴のような叫び声が轟く。振り仰ぐと、大義ら兄弟たちの一団である。喜びがこみ上げ、自ずとまた活力が漲《みなぎ》ってくる。形勢不利と見た周家峁の連中は慌てて撤退する。大義ら一団の人々は何としても意地になり、奴らの退路を断つ。連中は尾根沿いに逃走するほかない。大害がみなに一時停止を呼ばわると、大義ら数人はようやく足を止める。歪鶏は好戦的で、また数里を追撃するが、戦果はなく、散々相手を罵りながら戻って来る。かくして、撤兵帰営する。

村に入る前で大害は「休もう！」と大声を上げる。この声を聞いた歪鶏は大害を背負おうとするが、大害は許さない。みなはいっしょになって手を出して大害を担ぎ上げ、楽しそうに笑い興じ、『語録』の歌を唱いながら村に入って行く。沿道の村人たちは見物に集まる。おかしな事に、大害は『水滸伝』中の虎退治の武松のようにほめそやされる。

ここまで話したところで、暫時猶予を請い、鄢崮村の事では大局に関わる一人物、すなわち麻縄を腰に巻いたかの賀根斗《がこんと》について述べる。言ってみれば、この悪人はまたとびきり聡明な人物で、生まれ落ちるとすぐに父親の懐に抱かれて賭場に行き、父親が牌をいじるのを見ていた。四、五歳になると、いろいろな手の内の一切を見通し、十一、二歳の時には仲間に入り、名目上は子供の遊びという事だが、ひそかに探りを入れ、情勢を察してはよからぬ手段を弄して人を嵌《は》め、その悪賢さときたら、村中の物知りの者も舌を巻くばかりである。あるいは彼の父親は運に見放されたのだろうか、ある時、黄竜〔延安市管轄下、延安市の東南縁辺の県〕から来たナツメ売りの商人の一団に出会った。彼らの手口は甚だ奇異であった。この親子二人は幾晩か策略をめぐらし尽くしたものの、風に吹かれ、雨に打たれたみたいに叩かれ痛めつけられて祖先の代から蓄えてきた銭財をすっからかんにしてしまった。親子二人心中釈然としないものの、すでにもはや如何ともなしがたい。

これより、家の暮らし向きは日一日と苦しくなり、以前の明るさを取り戻す事は二度となかった。老人は実にどうも、一息つぐ間もあらばこそ、大病を患い、ぼろぼろの家を捨ててあの世へと旅立った。賀根斗は兄の賀根《こん》堂《どう》ともども辛酸をなめる。兄弟二人、老いた母を伴って、一間の部屋もなければ一畦《うね》の土地もない。他人の鄧連山《とうれんざん》に借りた十五畝の傾斜地の畑を頼りにどうにか日々を渡る。

賀根斗は一度酷い目に遭ってそれだけ賢くなった。あの後は賭場に入っても勝ち負けにはごく淡白になった。一度擦《す》ると取り戻そうとしてむちゃくちゃに賭け金をつり上げ、自分で自分を殴って鼻は青黒く、顔は膨れあがるような態になり、結局は失敗して地位も名誉もなくなるといった自分の父親の二の舞を演ずるような事はない。そうなると、おかしなもので、執着しなければそれだけ牌運はどんどん上向く。そういうわけで、今日は五元、明日は七元というように毎日そこそこの儲けがでる。こうして数年が過ぎるうちに、家計もかなり正常に戻ってきて、さらに一日一日と良くなる様子。竈《かまど》や鍋も父親在世のころよりもだいぶ油染みる。賀根斗が二十歳になったその年、稼いだ銭で長兄根堂に嫁を迎え、博打で負けて人に取られた田地のいささかを買い戻す。袷の長着に詰め襟の短い上着、何年も着慣れた旦那様のような豪勢な体裁に鄢崮村の辺り一帯、狐につままれたような感じ。ただ考え得るのは、彼は以前手元が狂って大失敗、身の置き所もなくなったが、今度は調子が出てきて得意の絶頂という事。

ある日突然、一人の生臭坊主が長安から賭場にやって来た。賀根斗は彼の最初の一手で、相手が並の打ち手でない事を悟る。二人幾番か手を合わせただけで、互いに相手の相当の技量を認める。幾時間か張り合うが、互いに探り合い、警戒し合い、容易に勝負に出ることなく、〝小徳利で酒を温める〟ようなどうでもいい手慰みに終始する。夜もようやく明けようとする頃、その人は立ち上がって丁寧な礼をしてから賀根斗に言う。「賀旦那、やつがれ、ちょっとお話したい事があるのですが、宜しいでしょうか」賀根斗は慌てて礼を返して言う。「史旦那、大家のご挨拶。やつがれのような山出し野郎に何を言われますか。お話があるなら何でも言って下さい。やつがれ謹んで拝聴します」史という姓の坊主は言う。「ここはいろいろな人がいて混み合っている。わたしといっしょに良斌《りょうひん》の家に行って詳しく話しましょう」言い終えると、二人は郭良斌ともども大害が今眠っている窑洞《ヤオトン》に戻って来る。

数人がオンドルの上にきちんと座ってかの史さんのお話を拝聴する。「あなた方鄢崮村の様相は並ではない。何と、優れた人材が隠されている気配がある。今日は賀旦那のお手並みを拝見したが、臨機活発、変化神妙、甚だ将帥の風格を存する。わたしは長安からここまで、三百里をずっと歩いて来て、ようやくあなたのような鋭い感覚の持ち主に会うことができた。わたしは一つ大きな商売を担っているのだが、まげていっしょに乗ってくれるかどうか、如何なものでしょう?」賀根斗は丁寧な礼をして言う。「わたしは一凡人でありながら、史大兄の過分なおほめにあずかりました。どんな商売に関連して、史大兄のこのようなご推奨をかたじけなくするのでしょうか?」

史さんは言う。「話せば長くなるのだが、間は抜いて、ずばり一言で喝破しましょう。貴君もご承知のとおり、民国の気脈はすでに尽き、我々の北側に延安という所があるが、現在そこの延安市中は共産党のものとなり、毛沢東・朱徳等の人びとが一軍を率いてあのはげ頭の蒋と天下を争おうとしています。目下ちょうど広く天下の豪傑を招いており、千載不朽の功を立て、万世不絶の業を建てようとするにはまた一種特別の情況です。貴君、もしも進んで赴かれるならば、数年を経ずして自ずから頭角を表し、栄華富貴をきわめるでしょう」聴き終えた賀根斗はびっくりし、慌てて問う。「史大兄はもしかしたら共産党ですか?」史さんは言う。「そうだと言えばそうだし、違うと言えば違うし、まー少しは知っているだけで」

賀根斗は推理し、様子を察して甚だ要点をつかむ。また、その機会が到来したら絶対に躊躇《ちゅうちょ》してはならないことも知る。決断すべき時に決断しなければ、王道の威風はあっという間に肩を擦って過ぎてしまう。この人生の大局に関わる肝心要の時、賀根斗は何と愚図だった。まるで目先が利かなくなったようだった。如何に聡明な人でも時には愚かなことをする。ただもう、自分は博打の目の出具合もいい、日々の暮らしも満ち足りている、何の文句があろうかと思い込んでいるから、延安行きの事はその内機会到来の際にまた話そうと曖昧にする。

史和尚はべつに無理強いはせず、彼の肩を叩きながら「それも結構だ」と言う。その後、布団を引き被って寝てしまい、賀根斗も慌ただしく辞去する。翌朝早く、問い合わせの結果、史和尚が村内の大して事理も弁《わきま》えない郭良斌を連れていっしょに出て行ったことを知る。賀根斗は初めは何とも思わなかったが、解放の頃になると、博打の運も日に下がって来る。こうなっては、貧乏籤を引き、一生一代の好機を取り逃がしたことを自覚せざるを得ない。

長兄賀根堂のほうは貧乏暮らしの間、苦労が重なった結果、持病を得る。家の暮らし向きが好転し、妻を娶った後も一向に療養せず、幾らも経たないうちに妻子をほったらかして出て行ってしまう。こういう次第で、運の尽きたかに見える賀根斗だが、続けてまた老母がこの世を去る。痛苦の下で、勝ちをあせってむちゃくちゃに競り合う父親のあの悪習が彼に再現する。賭場では一回一回強気に出て、言ってみれば邪道・外道、結局はこてんぱんの大負け。いつもいつも賭け続けて夜中に到る頃は懐中すっからかん。家に戻ってもまたまともじゃない。

ただもう、兄嫁あの根堂の妻の窑洞に潜り込むだけ。兄嫁は必死になって拒むが、孤児に寡婦、根斗この人の甘い言葉やあの手この手のあしらいにどうして耐え得よう。やがては却って一家族の人のようになってしまう。賀根斗はどうしてこういう事になったのか？　元来彼は何年か以前、鎮〔町〕の縁日に行った時に、長元村のある金持ちの家の娘を見初めた。二人は互いに目配せし合い、たとえ秘かに婚約したわけではないにしても、その気は十分であった。賀根斗があの時史和尚に従って延安に行く気にならなかったのには、こういう事情もあったのだ。もう何年か頑張って、手元にさらに余裕ができてから訪問して縁談を申し込んでも遅くはあるまいと、心中思っていた。ところが、思いがけない事に、家内に葬式が続き、あれやこれやで手間取っているうちに、家運はすっかり落ち目になり、もはや運気も尽きて、あの娘を嫁に迎える望みは水の泡と化した。この時には賀根斗本人ももう結婚する年頃を過ぎていたから、あれこれとかくの噂を立てられた。

さて、兄嫁は嫁に来てから以来、食べ物は何でも有り、艶やかな顔色に白い手で日々を過ごし、傍目も羨む様子であった。それが、長兄のせいで結局は毎日涙を拭い、毎夜嘆息、寄る辺なく、実に気の毒な様に到った。この時、賀根斗がずる賢い性質を抑えがたく、悪心を逞しくしたのは必然の勢いである。その上、弟が兄嫁を引き受けて面倒を見るのは鄢崮村では代々相伝の古風であり、凡人《ぼんじん》誰もが怪しまず、それどころか却って仁義の行いと見られてきた。常の道理に普通の人情で人の賞賛を得るものである。また、言うまでもなく、賀根斗は幼少の頃から土地のごろつきと交わり、見よう聞きよう、終日蝿のように飛び回り、犬のようにあさり歩き、その根性はすでに腐っている。

オンドルの上には女がいて、その分だけ束縛も有り、賭場へは以前ほどには精勤しない。それでも月日は順次流れて数年を経た。三十歳のその年の秋、畑から収穫した穀物を家の中庭に運び込んでいる時に、昔父親のライバルだった黄竜県の博徒に偶然出会った。仇同士が出会えばことのほか目ざとい。幾日もかけて渡り合う。二人はまるで鋸を引き合うように勝っては負け、負けては勝つを繰り返す。ただもうめちゃくちゃに打って打って打ちまくり、道理もへちまもありはしない。結局最後、かの黄竜の博徒の方が一枚上手で、賀根斗が辛苦の末に稼ぎ出した身代の一切は吹き飛んだ。賀根斗は首を吊りたくはなし、井戸にも跳び込めない。そこで、自分の兄嫁を担保にしてまた張る。あろうことか、幾手も張らぬうちに負けてしまう。翌々日がちょうど縁日である。賀根斗は兄嫁を騙して鎮の市へ連れ出す。兄嫁を町の片隅に待たせておいて、自分はちょっと用事を済ませて来ると言ってずらかる。兄嫁は何も気づかず、じっと立ったまま待っている。今戻るか、今戻るかと待つうちに、何と一団の田舎者の悪人どもがやって来る。輿《こし》を担いでいて、理非曲直もあらばこそ、有無を言わさず、彼女を輿に押し込んでそのまま人里はなれた辺鄙な山道へと駆けて行く。彼女は根斗に付き随った幾年来で、いろいろ学んで聡明になっている。事ここに到っては、心中十分はっきりと理解した。先ずは気を落ち着けて、じっと押し黙っている。その内に日が暮れてきて、輿は黄竜県城の古い城壁の所に着く。ここで彼女は猛烈に叫びまくる。ちょうどうまい具合に、黄竜県第七代の県長賈正源、当代稀な清廉な官吏、彼がたまたまここを通りかかり、輿の中の女が喚いているのを聞き付ける。随員に命じて輿を遮り止めさせ、県役所に連れて来て尋問し、たちまち普通の女性を略取する悪事だと知る。輿を担いでいた連中をただちに拘禁すると同時に兵員を遣わして女性をその夜の内に鄢崮村に送りとどけ、一家団欒させた。

この事があってより、とみに面目を失った賀根斗は数箇月敢えて兄嫁の窑洞にも近づかなかった。後には泣きの涙で種々根回しもして許しを請うたが結局はそれもかなわず、終生の仇となった。今はぐるぐる回った末、甥の賀振光《がしんこう》の所に居るが、針の筵《むしろ》で、何のいい事もない。彼は一生を遊び暮らし、食う事は大好きでも仕事をするのは大嫌い。政府の賭博に対する取り締まりも大変厳しくなり、手元の金の余裕もまるでない。階級区分の際にはうまいことに貧農とされたが、だからと言って飯にありつけるわけではない。甥に頼んで自分の労働点数をこっそり多く計算してもらおうとしょっちゅう思うのだが、賀振光の奴は絶対やってくれない。俺が昔羽振りの良かった頃は、あいつら親子数人を白米やメリケン粉で養ってやったのに、その恩にまるで報いない。偉そうな格好して、親戚を虚仮《こけ》にして。これは如何なる道理だ？　思いがけなくも季工作組がやって来た。賀根斗は賀振光の威力をそごうと思い、中傷するに到る。

## 22　張法師が秘密を語る。馬翠花は民兵に斃《たお》れる

話は戻るが、あの日、夜になり、張法師《ちょうほうし》は季工作組《きこうさくそ》を自分が監禁されている窰洞《ヤオトン》中に呼び入れ、彼との往年の機縁を語る。これを聴く季工作組もついには人情人理をわきまえ、結局はこっそりと張法師を釈放した。大隊本部の門を出た法師は夜の気配にまぎれ、塀に沿ってこっそりと歩を進めてまっすぐに水花《すいか》の家へ向かう。この頃水花はオンドルの上に横になって悲しみ苦しみ、半睡半覚、うとうとしている。突然ガチャとドアの音がして、黒い影が跳び込んでくる。音の様子で息子の山山《さんさん》でないことはわかるから、心中大いに驚き慌て、大急ぎで誰と問う。張法師は返事をしないで、ただひたすらうんうんと呻きながらオンドルの縁をまさぐっている。ほぼ見当のついた水花はあらまーと声を上げ、急いで灯りを点け、彼に問う。「あなた、どうやって出て来たの？」張法師ははーはー喘《あえ》ぎながら言う。「天の助けだ。昔なじみに会ったんだ！」こう言うと、鞋《くつ》を脱いでオンドルに上がる。水花は急いで制止して言う。「そんなに慌てないで。埃だらけじゃないの」言いながら上着を引っぱってオンドルから下ろす。そうして、張法師のぼろぼろの上着とズボンを剝ぎ取ってからまたオンドルの上に助け上げる。一鉢の水を持って来て、法師の体中、上から下まで丁寧に一通り拭いてやる。血の斑点や青い痣《あざ》をなでた時にはあまりに可哀想で、涙がぽとぽとと鉢の中に落ちた。

張法師は横になるが、水花が涙にむせぶ様子を見て言う。「ちょっと尋ねるがね、おまえはあの季工作組がどういう人か知っているのか？」水花は涙を拭いながら言う。「知っているはずがないでしょう」張法師はごほんと咳払いをし、それから重ねて言う。「俺は昔なじみに会ったんだ！　もしもあいつが自分の責任でずばり決断してくれなかったら、俺は生きて出て来られなかったよ」そこで、かくかくしかじかの次第と一通りの説明をする。水花は泣き笑いしながら言う。「あなたはどうしてそんなに話が上手なの？」

張法師は言う。「実を言うと、俺は最初はあまり自分の眼力を信じていなかった。だが、と見こう見しているうちに、この人は態度はゆったりしていて、言葉遣いも上品で、何だか覚えがあるような気もしてきた。あれこれ考えているうちに、突然思い出した。顔を合わせ、問

答しているうちに、何と昔面識のあった人なのだ。その季工作組の方も俺のことがわかると急いで態度を改め、俺を助け起こしてしきりにわびる。ただただ、人の見分けもつかない節穴みたいな目玉で、古い知り合いを見損ない、辛い思いをさせてと言うばかり。俺は言ったよ。〝あんたが悪いんじゃない。ここの民兵が乱暴で、こんな非道な事をしでかしたんだ。あんたが悪いんじゃない〟と。季工作組はしきりに後悔し、公職にある身でなければ、自分で直接に俺をもてなすつもりだ。俺は言ったよ。〝気持ちはわかっている。あんたにはあんたの仕事がある。急いで持ち場に戻ってくれ〟と」話を聴き終えた水花は事の意外さにただただ驚き、改めて張法師の非凡さを悟る。粥を煮て張法師に一碗を捧げ、彼が一口一口飲み込むのを見つめる。そのまま深夜に到り、ようやく休んだ。

　張法師は身体に傷を負っているが、眠るのには影響ない。一場の空騒ぎは終わった。胸中自ずと慰労・安撫が欲しい。そこであの水花が衣服を脱いで寝床に入って来て、こっちを細心に探りもてなしてくれるのを待つ。世人は知らず。この時のこの事を。だが、一種格別の情景であり、言ってみれば、

風は樹を揺らし、揺れる樹はひたすら揺れんと心遣い、
蝶は花を恋い、恋われる花はただより美しからんと焦がる。
汝はかの三秦の碗碗腔〔陝西省の地方劇〕に似て、
彼はかの江南の調べに似る。
話せばこれ柔らかに、説くもまた繊細にして、
一方はこれ仁義の心を尽くし、一方はこれ忠勇の道を行う。

　翌日の朝、張法師は目覚めると、東溝へ帰りたいと言う。水花はいろいろ手を尽くして止めようとするが、止めきれない。結局彼は一切を放り出して出て行く。

　さて、こちらは有柱《ゆうちゅう》。馬翠花《ばすいか》に彼女の家から追い出されて以後、暮らしのめどは立たず、一日中、幽鬼のように村の中をさまよい歩いて物乞いしている。今日はこの家で、明日はあの家で、人びとは鄧連山《とうれんざん》の事もある故に仕方なしに気を遣って一個や半個のトウモロコシのマントウを与えて義理を塞いで順送りする。夜になっても家に帰って眠るわけではない。いつも飼育室の脇の物置で

寝る。頭には枯れ草がくっついて、顔は埃まみれ、身に纏った衣服はぼろぼろで、完全に乞食と同じである。すこし時間が経って村人が熟知してからは、もう彼を見ても慌てふためきはしない。家の前で物乞いされると、往々大声を上げて追い払う。

だが、餓えに迫られれば、人は何とか方法を考えるものだ。ある日、黒女《こくじょ》のおとっつぁんが昼飯を済ませて飼育室に戻ってみると、家畜が頭を上向け、眉を逆立てて、様子が普通でない。子細に観察すると、有柱が飼い葉桶の所に蹲《うずくま》り、生のトウモロコシの粒を手ですくって口の中に押し込んでいるではないか。これを一目見た黒女のおとっつぁんはかっとなり、攪拌棒を握っていきなり殴りつける。もろに食らった有柱はわーわー喚きながら飼育室から逃げ出す。黒女のおとっつぁんは攪拌棒を掌の上に載せたままで、村人たちに言う。「ここ幾晩か、家畜どもの様子がどうもおかしいと思ったが、この賊のせいだったんだ。家畜に与えた上等飼料をせっせと自分の口に押し込んでいたんだ。来年の春になっても家畜の肉付きがよくなかったら、それはまるまるこの賊のせいだぞ」こう言う一方で、生産隊長の海堂《かいどう》を訪ね、飼育室のドアの鍵を新しい頑丈なものに変えさせて有柱の糧道を断った。

これ以後、有柱は完全に餓え、頭はくらくら、目はかすんでどうしようもなくなった。有柱はどうにか頑張って二十里の山道を歩いて、範家荘の叔母の家にたどりついた。ドアを開けて中に入り、目を見開いて叔母を見るやいなや、たちまち頭を抱えて土間に昏倒《こんとう》する。叔母は初めこれが誰だかわからない。よくよく観察の後、ようやく甥の有柱だとわかる。だがどうしてこんな様にまで落ちぶれてしまったのかがわからない。あれこれ尋ねるが、答える声も出ない。急いで重湯を汲んできて、助け起こして少しずつ口に入れてやる。しばらくして、ようやく一息ついた有柱はかすかな泣き声を上げるが、まるで二歳の頃の幼児の雷娃《らいあ》そっくりである。叔母はまた重湯を足し、さらにマントウを添え、有柱が餓狼のようにこれらを飲み下すのを見つめる。それから、かいがいしく世話をして、顔を洗わせ、衣服を換えさせ、助け起こしてオンドルの上に座らせる。

有柱は精神を病んではいたものの、この時はとても素直になっていた。まるで、乳母の懐に懐かれてよく眠っている子供のようであった。ここを撫で、そこを擦り、無限の愛惜を被るうちに、叔母に向かって数年来の境遇をつぶさに語り告げた。家中の物品が馬翠花に洗いざらい持って行かれてしまった事実を聴き終えると、オンドルを叩《たた》いて激怒し、即座に山を下りて行って、その厚かましい馬翠花と黒白をつけられない事を大いに悔しがった。ちょうどうまい具合に、自分の亭主が近ごろ元の官職に復帰したばかりで、さらに民兵の中隊長にもなったので、甚だ気勢が上がっている。思ったまま率直に言う。「有柱、あんたはゆっくりしておいで。暗くなって家の人が戻って来るまで待ってて。こんな事をする馬翠花をこのまま放っておけないわ！」有柱が言う。「叔母さん、この事はもう関わらない方がいいよ。馬翠花というのは並じゃないんだ。その悪智恵ときたらひどいものだ！」

有柱の叔母の夫李鉄漢《りてつかん》は、言ってみればこれまた地方の一有力者であったが、鄧連山の一件に巻き添えになり、ここ数年は官職からはずされていた。それが、ここ数日に到って村の支部書記との間で話がついた。張支書が彼のために公社に出向き、あれこれ手を尽くし、その結果、彼は元の地位を回復した。そうして今や、失脚していた数年の自分に冷たく当たって追い打ちをかけた奴らに懲罰を加えようと意気込んでいる。有柱のこの話を聴くと、怒りが爆発、その夜のうちにも山を下って行きたいと切望する。夜の明けるころ、半死半生の有柱を叩き起こし、十数人の民兵を率い、一輌の大型トラックを駆って威風堂々と山を下りて行く。続きはただ以下の如し。

戦火硝煙、一村を真紅に焼き得たり。
男は奪い、女も搶《あらそ》い、叩きあいては頭破れ、血流る。

並の人は〝良い犬は門から出ない〟と言う。あの李鉄漢はどうしてこんなにも勝手放題なのか？　元来彼は以前から鄢崮村《えんこ》の呂《ろ》中隊長や葉支書《ようししよ》と親密な交際がある。この度下りてくるについても、勿論しっかりと計画を練ってある。鄢崮村の外れに着くと、彼は有柱を連れ、酒と軽食を携え、先ず葉支書の家の門を叩き、礼儀として当然手土産をオンドルの縁に並べてから、そのもともとから始まって、有柱の実情を一通り説明する。葉支書もまた鄧連山が監獄に押し込められて以後、一人ぼっち、孤立無援の有柱を見ては惻隠《そくいん》の情をもよおしていた。さらに言えば、馬翠花はまた確かに村内のペテン師で、彼に対してもいろいろなデマを流している。李鉄漢がこの度彼女に懲罰を加えようとしているなら、願わくば、当方も手を汚さずに余禄にあずかりたい。果実は落とせる、人情は晴らせる、つまりは一挙両得、喜んでやらない道理がなかろう？　ただし、あまり大げさな騒ぎにならないように念を押す。指導者が承知しさえすれば、その他は別に言うまでの事もない。李鉄漢は大いに感謝しながら葉支書の家の門を出る。次いで呂中隊長の家に向かう。礼として当然に葉支書に対したのと同様に手土産を並べる。呂中隊長は李鉄漢が近ごろ元の官職に復帰したことを知っているから、理の当然として、こっちからお訪ねして慶賀すべきところである。それが、ただ今あちら本人が酒を携え訪れてくれた。彼の話を聴くなり、この企てに対して否応なく賛同する。さらに十二分の義侠心も加わり、村内の思い通りになる幾人かの民兵に声をかけ、李鉄漢一味の人員と協同して馬翠花の家を包囲する。

二人の中隊長と双方の民兵はすぐに了解しあい、この日一日大いに盛り上がったが、まるで一大軍事行動そのものであった。あるいは最初の触れの声の勢いがあまりに強すぎたせいか、馬翠花一家の者は事前に感づいた。呂中隊長が門を叩くと、内側から太い木の棒で心張りをかい、絶対に開けない。数回呼ばわった後、怒った呂中隊長が一声命令を下すと、民兵たちは塀をよじ登って中庭に進入する。彼らは正規の訓練は受けていないものの、塀をよじ登ったり、錠前をこじ開けたりの腕前は抜群で、あっというまにやってのける。中庭に降りてみると、馬翠花の数人の息子たちが刀やスコップを手にして声を限りに喚きながら地の利に乗じつつ頑強に抵抗する。だが、銃剣を血塗るかも知れないこの段に到るや、民兵たちはそれぞれに勇猛果敢、ひとしきり甚だ剣呑、闘い振りに作法はなく、罵り声と泣き声がかまびすしく入り乱れる。この時、大門がまた打ち開かれ、二、三十人が先ずどっと中庭に押し入る。形勢不利と見た馬翠花一家は大慌てで窰洞のドアの前に退却する。呂中隊長は大声で止まれと命令を発し、みなに対して話す。「ちょっと止め、止め。俺たちは先ず初めに政策を説明しなくてはならない。一旦政策を説明してもなおあいつらが服従しないなら、そしたら俺たちがまた武力を発動しても遅くはない」李鉄漢は黒い顔を地べたに向け、ペェッと唾を吐いてから言う。「そのとおりだ。みな手を止めて呂中隊長の話を聴くんだ」呂中隊長は馬翠花の長男大義《だいぎ》に対して言う。「おまえらが事をとりしきっているならばおまえらに話そう。そうでないならやはりおまえたちのおっかさんに出て来てもらわなければならん」大義はうなずいて応答する。「俺たちがとりしきっている。話があるならさっさと言ってくれ」呂中隊長は言う。「それならいい。大義、おまえは先ず俺の話を聴け。おまえも党の教育を受けてきた青年だからわからないはずがない。おまえが今包丁を手にして民兵組織と対抗するのはやっていい事なのか、悪い事なのか？」後ろにいる二義が言う。「ふん、おまえらのどこが民兵だ。人の家を襲って略奪を働く一団の土匪《どひ》そのものじゃないか！」呂中隊長は顔色を変えて言う。「気をつけて話をしろ。人の悪口を言うもんじゃない。もう一度言ってみろ。そうしたらどうなるか、俺呂は責任を負わんぞ」李鉄漢が言う。「こんなちんぴら不良に何を遠慮する。蹴散らしてしまうだけさ！」呂中隊長が李鉄漢を遮って言う。「李さん、そうもいかないよ。これは重大事だ。俺たちは適当にやるわけにはいかない。まず先に政策があるんだから、奴らが承知しなくたってどうということはない」李鉄漢ははーはー息を切らしながら言う。「呂さん、俺はあんたの言うとおりにするよ」呂中隊長は言う。「それじゃ、有柱を連れて来てしゃべらせろ」みなは頭を回らして有柱を探す。

この時、有柱はとっくに見えなくなっていた。みなはしばらく手数を費やした後、溜池の側で彼を捕まえて連れ戻して来る。衆人環視の下で、驚いた有柱は顔面土色、口もきけない。しばらくしても、ちゃんと意味の通った一句も出てこない。あせった李鉄漢は呂中隊長に対して言う。「呂さん、あんたも承知のとおり、有柱に何かしゃべってもらおうと期待しても無駄だ。俺たち、早いところ取りかかろう」呂中隊長は言う。「李さん、あんた有柱の代わりに話しなよ」李鉄漢は咳払いをし、痰を吐き、一丁気合いを入れ、それから話す。「いいか、馬翠花は、おまえたちこの一門の賊人ども、よく聴けよ、一年以上も、母親馬翠花は厚顔無恥、一人の阿呆を欺いて、その家産をまるまる横領してしまった。今俺は彼の叔父としてここに来て、当然の報いを要求する。よく聴けよ。何もかも一切、俺たちの家から担ぎ出した物はまるまる全部返却しろ。もしも一点でも残したら、俺李鉄漢は間違いなく絶対に容赦しないぞ」大義が言う。「おまえらを誰が怖がるものか。おまえらがもしも俺たちを怪我させたなら、俺たちは裁判所に訴え出てけりをつけてもらうぞ」李鉄漢が言う。「裁判所は何もおまえたちの専用に置かれているわけじゃない。けりをつけてもらうならそれもいいだろう。だけど、おまえたちにはそんな所へ行く時間はないぞ！　同志諸君、かかれ！」話が終わると、民兵たちはさっそく手を出そうとする。

まさに如何ともしがたいという所で、馬翠花が止める息子を押し退けて、窑洞から飛び出して来て、両手を腰に当ててみなの前に立ち、言いたい放題に喚きちらす。「かかってくるのはどいつだ。このわたしにかかってくるのは。このわたしは山東から乞食をしながらやって来た。広い世の中、見てないものがあるか？　おまえらたかが知れた蛆虫どもめが、わたしと闘うってか！　かかって来い。刀で切りつける気なら首はここだ。槍で突く気ならみぞおちはここだ。かかって来い。やる気ならさっさとやれ。わたしをいらいらさせるんじゃない。刀でもって先ずおまえたちの一人を叩き切って、それからということにするか」みなはあっけにとられる。馬翠花はまた有柱の鼻先に指を突きつけて非難して言う。「有柱、おまえは世の中の事を何も知らない畜生だ。わたしは長年あんたの面倒を見てやった。子供を世話するように。それなのに、食う物、飲む物まるで捨てたようなものだ。今あんたは恩に背いて何と、民兵を連れて来てわたしに仇をする。どうしたらそんな事ができるの？　だけど、事ここに到っては、わたしはあんたにもういろいろは言わないわ。だけど、あんた本当の事を言って、わたしがあんたの田畑を横領したの？　強奪したの？　あんた、みんなの前ではっきり言ってちょうだい！」有柱はじりじり後退し、大勢の後ろに引っ込んで、こっちに隠れ、あっちに潜り、まるで前に出て来ない。李鉄漢はいきりたつ。「あんな図々しい女なんか相手にしてられぬ。俺たちはやるぞ。同志諸君、糞婆のたわごとなど聞いちゃいられない！」言い終わると、自ら先頭に立ち、ずんずん向かって行き、馬翠花の衣服をしっかりつかまえて、片側に押し込める。民兵たちは続々押し寄せる。馬家の数人の息子たちではどうして相手にできよう？　たちまち、塀の隅に押し込められてしまう。その他の民兵たちがまさに内へ突入しようとする時、大勢不利と見た馬翠花はズボンを脱いで、窑洞のドアの前にどたんとひっくり返り、女のあの秘所をもろに正面から衆人の目の前にさらす。股を開いて腰をくねらせ、全身ひきつり、まるで今にも死にそうな様相である。驚いた民兵たちは大声を上げて散り散りになる。その刹那、李鉄漢は鉄製のスコップを取り上げ、豚小屋の中から豚の糞を一掬い持ち出し、馬翠花のその股ぐらにべっとりとくっつける。びっくりした馬翠花は、目を見開いて立ち上がり、片手にズボンを提げたままで、片手に糞をつかんで、これを李鉄漢の顔に塗りつけようとする。頭を低くしてこれをかわした李鉄漢は馬翠花に足払いをかける。馬翠花は仰向けにひっくりかえる。母親が辱められるのを見た子供たちは、一切を顧みず、命がけでわーわー喚きながら李鉄漢にぶつかってゆく。

この時、びっくりした鄢崮村の老若男女はみなさっそく駆けつけ、馬翠花の屋敷の内外を厳重にびっしりと取り囲んだ。この中の多くの者は馬翠花に対して不満を懐いており、それぞれに得物を手にして騒ぎに加わるつもりである。呂中隊長は大声で止めにかかる。「おまえたちはどうする気だ？　これはよその家の私事だ。おまえたち、どうするつもりだ？　どこにおまえたちが手出し、口出しする隙がある？」呂中隊長の話を聴いた人びとはみなおとなしくなる。民兵たちは馬家の幾人かの将領たちが李鉄漢に向かって突進するのを見て、急いで李鉄漢のために助け船を出す。この際、一民兵があまりにひどく手を出しすぎたために、大義の額が割れ、鮮血がどっと吹き出し、ばたんと地上にひっくりかえってしまう。

血を見た馬翠花は大慌てで李鉄漢をほっぽり出し、大義の所に転げ寄って傷の具合を見る。幾人かの子供たちはすっかり意気阻喪してしまう。数人の民兵が訳のわからない有柱をぐいぐい引っ張って、この機に乗じて窖洞の中に押し入り、どっちの家財道具か、見境もなく、有柱がただうなずきさえすれば、担ぎ出す。これはまったく土匪の襲来のようなもので、勝手放題踏み荒らし、何もかもめちゃくちゃである。衣類は一面に放り出され、幾つもの甕《かめ》が叩き割られる。ただもう、窖洞の中は玩具箱をひっくり返したみたいに一面の狼藉。

村人たちは道路を開け、他所者たちが馬翠花多年の経営をトラックに積んで運んで行くのをただ呆然となすすべもなく見ている。李鉄漢の方も闘争を望みはしないから、身体の向きを変えて呂中隊長に丁重な礼をして言う。「呂さん、俺は行く。後でまたお礼に参ります」言い終えると、有柱を助け起こして一同トラックに乗る。民兵たちもその後に随い、さっと鞭が振られると、ブルルンと一筋の排気ガスを残して立ち去る。馬翠花は気が狂ったようになって、髪を振り乱して古い土手の所に急ぎ、頂上に登り、三尺ほどの高さに跳びはねながら、あらんかぎり泣き喚き、罵りまくる。そこへ冷風が吹いてきて、息がつまったかと思うとばったり倒れて人事不省に陥り、村人たちが彼女を抱えて連れ戻す。馬翠花はこの大病以来半年ほどオンドルの上に横になっていた。人の話では、食物が喉につまる不治の病にかかり、死ぬ時は一口の白湯も飲みきれず、餓えて骨だけになっていたとの事。入棺の際、息子は彼女の腕に生涯はめられていた腕輪をはずした。村の口さがない老人がひとしきり感嘆し、一副の対聯を書いて彼女の生涯の行跡を指摘した。ただこれ以下の如し。「食を争い、土地を占めるも最後はただ柄物の布団にくるまれた一架の骸骨として土に入る。何年何月、尻尾と長い顔を持った一頭の雄驢馬としてこの世に再生せん」横書きは「嗚呼哀哉《ああかなしいかな》！」

この対聯の文句は甚だ品がない。さらに、馬翠花がどう思うかだけでなく、また道理として死んだ人を貶《おとし》めていいのかという問題も存する。人の世の財物はあんたの物であれ俺のであれ、所詮は時に集まり時に散ずる因縁にある。馬翠花がもしもこの道理をよくわきまえていたならば、平静な心と穏やかな態度で過ごし、よしんばこの度の侮辱やあんな苦闘を免れなかったにしても、やはりもう少しは長生きできたろうに。そういう訳で、道理のよくわかった人なら誰でも世間の銭財の二字を甚だ淡白に、眼前を流れ行く煙や雲のように見なすものなのだ。例えばこの頃の大害がそうだ。朝奉が自分の家財をさっさと返してくれないのを目の当たりにしても、別に焦りもしない。終日、相変わらずわっはっはと笑いながら、村の十七、八の若者たちといっしょに騒いでいる。夜になっても、灯油を奢ってただ遊び戯れ、勝手気ままに法螺《ほら》を吹きまくっている。逆に朝奉《ちようほう》の方ときたら、顔色もさえず、大害《だいがい》に会っても以前のように平静では居られないようだ。大害のようにしているのが正しいのだ。そっちが悪巧みをするならすればいい。一つ一つおまえの眼前に置いてある家具がおまえの心の痛みの種だ。おまえをさいなみ、一日としておまえを安閑とさせない。

## 23　楊済元先生が〝八王の遺珠〟を龐二臭に売る

年の瀬が一日一日とひたすら迫って来る。飢餓もまた村のみんなの身に春の暖気と同様に静かに音もなく迫って来る。目隠し塀の根方の客も一日ごとに数増すようだ。龐二臭《ほうじしゅう》の露天の床屋は毎日活気づいて混みあう。それで、毎年末龐二臭には控えめに言っても二、三十元の収入がある。

この日、旧暦十二月の二十八日の夕方、一日中多忙に過ごした龐二臭は商売道具を取りまとめて家路につく。東側の脱穀場を迂回して家の門の前に来たところで、門口に置いてある石のローラーの上にかがみこんで咳をしている黒い人影が目に入る。天秤棒を担いだままでぎしぎしいわせながら近寄って、誰何する。その黒い影は立ち上がって言う。「おれだ」龐二臭はその一声を聞いただけで、すぐに村の西の楊済元《ようさいげん》老先生だとわかる。楊済元先生は身長七尺、肩幅広く、背肉厚く、大きな顔に口はへの字に結ばれ、立ち居振る舞いは威厳に満ちて力強く、大いに古の帝王のような風格がある。言ってみれば、この人はまた鄢崮村における極めて稀な存在であり、彼の事をとやこう言う人はいない。「髪をオールバックにして、小さな焜炉《こんろ》を手で撫でている」と言うのは、彼一人が有する清閑にしてノーブルな様を形容している。またかねて彼が祖先から継承した幾つかの世の人を助ける絶妙の処方を描写している。症状によって薬を施し、勇往大胆、役畜を治療するのと同様に人を治療する。幾例かの恐るべき奇病や判じ難い死病もついには彼の手によって退治される。村の年配の者たちは彼をまるで神か仏のように信奉する。ただもうひたすら尊敬する。

この人の前に来ると、龐二臭は自ずと身に余る寵遇を受けるような気がして甚だ恐縮、慌てて天秤棒を下ろして彼に問う。「済元叔父貴、何か御用ですか？」済元は言う。「いささかつまらん事があってな。手数をかけるが、おまえにちょっと尋ねたいんだ」龐二臭は床屋の荷物はそのままにして、屋敷の門の鉄鎖をはずしながら言う。「中に入ってから話しましょう」こう言いながら二人は中庭を通って窑洞《ヤオトン》の中に入る。勝手知らない済元は安易に足を踏み入れず、龐二臭が窑洞の門口のランプを点すのを待って、それからようやくオンドルの縁に近づいてそこに座るが、窑洞の中は甚だ肌寒く感じられる。

ぐるりと見回すと、なるほど、龐二臭が「竈《かまど》一つに碗一つ、あとは薄い掛け布団一枚、とても人様に見せられるような態じゃない」と言うはずだと思う。

水タバコのキセルを取り出した龐二臭は、それを楊済元に手渡して言う。「先にゆるゆるやりながら、俺がオンドルを温めるのを待ってくれ。話はそれからにしよう」キセルを受け取った済元はランプに近寄って、ぷふと吸いつける。龐二臭がオンドルに火をつけると、窑洞の中に火と煙の気配が漂い、ようやく少しは暖かくなる。龐二臭はオンドルの口をしっかり閉めて言う。「済元叔父貴、鞋《くつ》を脱いで、オンドルの上に座ってよ」承諾した済元は鞋を脱ぎ、オンドルの中央へ行って座る。龐二臭も側へ行って座り、済元からキセルを受け取って言う。「済元叔父貴、どういう事か話してくれ」済元はためらった末に言う。「何、たいした事じゃない。ただ、年末になって、懐具合が苦しいんだ。それで、あんたに頼んで、ちょっと手立てを講じてもらいたいと思って。先祖の代から伝わっている宝物を一つ売りたいんだ。あんたなら手立ても知っていようし、いろいろ手づるも広かろうし。売り払う先を探して、俺の一時の窮状を救ってもらえるんじゃないかと思ってね」龐二臭はタバコを吸いながら問う。「どんなお宝かね？」済元は言う。「一風変わった珍品でね。普通の人にはちょっとまあわからない物」龐二臭は手を止めて問う。「だから、どんなお宝なんだね？」済元は言う。「この宝物は金ではない、銀でもない、木でもなければ草でもない。この世の中でめったにお目にかかれない物だ」いらいらした龐二臭は言う。「さっさと言ってくれ、いったいどんなお宝なんだ？」済元は落ち着き払って言う。「八王の遺珠だ」龐二臭は言う。「八王の遺珠って何だ？　皇帝旦那の玩具かね？」済元がうなずくと龐二臭が言う。「皇帝旦那が使った物なんて誰が買いきれる？　それに今時、そんな飯の種にもならんような物、誰がどうしようと言うのかね」済元が言う。「確かにそのとおりだ。しかし、切羽詰まったこの際、もしもそいつが売れないとなると、俺はこの年の瀬を越せないことになる」

龐二臭は言う。「あんたの話は大袈裟《おおげさ》すぎだよ。あんたの所は裕福で、俺たちの村内で、まったく困っていない金持ちの家に数えられることは誰でも知っているよ」済元は言う。「恥ずかしながら詳しく話すと、今年は息子が結婚し、妻が亡くなったり、あれやこれやが次から次へと起こって、家の中にたとえ金山や銀山があったところで、とてもじゃないが払いきれない始末で」龐二臭はため息をつきながら言う。「どの家にもみなそれぞれに困った事があって、当今誰もみなあちら立てればこちらが立たぬだからなあ」言いながらキセルを済元に手渡す。受け取った済元は力を込めて立て続けに吸い込む。龐二臭がまた言う。「物は持っているのか？　ちょっと拝ませてくれるかね。お宝を見せてくれたら、後日またここへ来てもらって、じっくり話そう」済元はさらに数口タバコを吸ってから面を上げて言う。「この宝物は我が楊家の祖先が代々伝えてきた物であり、且つは万事に詳細な歴史的典籍上にも記載のないのは勿論、俺たちこの村の歴代王朝下の伝統勢力中にも知る人はいなかった。ここまで話をしたからには、あんたには見てもらおう。いい目の保養だぜ」言いながら、しばらく懐をあちこち探った末に、一個の精巧な小箱を取り出す。これを開くと、確かに雀の卵ほどの大きさの丸い物があり、これを慎重に手のひらにのせ、ランプの側に近づけてよく龐二臭に見せる。龐二臭は初めに一目見ただけで、果たして極めて精巧、甚だ珍しい物だと知る。ここにその証拠となる詩がある。

白鳥の卵と伝え言われ、また老子の練薬とも称せらる。
拳大の石ほどの大きさも無きに、却ってひたすらに真なる霊験は現れる。
人の世にては只に見ること稀にして、仙人の炉も竟にはまた煉《ね》り難し。
適当に天外の客と自負し、一人《ひとり》識者の事を全うするを待つ。

龐二臭はこの丸い物をしげしげ見つめるうちに、思わず知らず、手を伸ばして触りそうになる。済元は慌てておしとどめて言う。「やたらに手を伸ばしちゃだめだ。手の跡がつくじゃないか」龐二臭は手を引っ込めて言う。「俺は触ってないよ。もうちょっと近づいてはっきり見ようとしただけだよ」済元は言う。「近づきすぎだよ。ランプの灯りをまるで遮っているよ」龐二臭は身を引き、口調を緩めて問う。「このお宝はどんな霊験があるのかね？」済元は言う。「先祖からの言い伝えを話すけれども、おまえは信ずるかな。大昔の事だ。黄竜山の麓の黒水潭中に、千年を経た一匹の神亀がいた。ある初冬の月夜の事だったそうだ。天空中に一筋の七色の光線がひらめき、続いてポトンという音がして、何かが淵の中に落ちた。それがまろやかで艶があり、甚だ精巧であるのを見た神亀は天上美麗の気を受けた宝物に違いないと悟り、腹の中に飲み込んだ。何とこれがまためったにない偶然の合致。その一物は神亀の腹の中で血肉を補給されたみたいにゆっくりと成長し、また神亀の往来無尽の根本の暖気を承け、万年の後ついに合作して現に今おまえの眼前にある天地の精気の一切を備えたこの一個の宝物となった」

龐二臭はさらに物珍しがり、身を近づけてもっとよく見ようとして、大声を上げる。「ありゃー、なんとまあ！　あんたがそう言うのを聴いて、おれもやっと少しわかった」済元は言う。「おまえはわかったと言うけれども、どうもまだよくわかってないようだ。もうしばらく、ちゃんと座って俺が詳しく話すのを聴けよ」龐二臭は改めて座り直し、水キセルを手にして、丁重に言う。「俺は聴くよ」済元は言う。「おまえに話すということは、そのまま重大な機密を漏らすわけだが、俺は今、年の瀬に際して衣食の迫るところとなり、まったくにっちもさっちも行かないんだ」龐二臭は慌てて言う。「心配無用。俺龐、人にしゃべったりしたら、落雷で打ち殺してもらおう。済元叔父貴、言ってくれ。俺が聴くから！」済元は注意深くその玉をしまい込み、手を上げ、もったいぶってまた言う。「歴代の王朝のいつの世の事かは不明だが、この玉はある病気持ちの老いた農夫に拾われた。老農夫はこの時畑を犂いていたのだが、玉を畦に置いたら置いた場所がわからなくなってしまうのではないかと恐れ、腹掛けの中に入れたら落としてしまうのではないかと恐れ、どうしようもなくて口の中に含んだ。まったく思いがけないことに、含んでみて初めてこれがどんなに貴重なものかがわかった。昼まで力仕事をしたが、何とまるで若者同様、いささかの疲労も感じない。後にこの事は風聞として伝わり、長安城内にも届き、俺たち中国の歴史上でも有名な始皇帝の知るところとなった。始皇帝は暴君だが、車軌を統一し、書体を定め、焚書坑儒《ふんしょこうじゅ》をやり、八千の女官を養って荒淫を尽くした。しかし、老年に到っては年若い女官たちと房事を行うにも体力がついて行かなくなった。思いがけなくもこの宝を得てより後はたちまちに窮地を脱し、夜は十二女を相手にしてもまだ足りないほどであった。おまえ、これはどうしてだと思う？」龐二臭は問う。「どうしてって？」済元は言う。「この宝物はあの神亀の無尽の盛んなる元気を承け、ついに凝って万古不敗の精髄となった物だ。普通の人が悩むあの陰萎早漏の大方は元気が損なわれた結果だ。ところが、この宝物を口に含んでころころと転がせば、これ、元気たちまち散乱し、どこにチンポの硬くならない道理があろうか？」ここまで聴いた龎二臭はしきりにうなずき、キセルを置いて何やらそわそわ気をもむ気配である。このごろの自分を顧みると、何箇所か出歩いただけで、以前に比べるとまるで疲れてしまうような気がする。もしもこのお宝が手に入ったら、皇帝旦那と同様に愉快、痛快になれるってわけか？　思ってここに到るやただちに済元に問う。「済元叔父貴、あんたは幾らだったらこのお宝を手放すかね？」

済元は目玉をぎょろりとさせ、うつむいて言う。「心中何とも惜しくてな。これは値のつかない宝物だ。信じないならほら、これが証拠だ。見ろよ」言いながら、懐から宝物の入った小箱を取り出して、これを開けて言う。「ほら、この箱の中に字が書いてあるだろう」龎二臭は頭を伸ばす。確かに箱の蓋の上に何行かとても小さな字が書いてある。自分ではわからないから問う。「何て書いてあるんだい？」済元は灯りに近づけて見るが判読できない。そもそも大篆《だいてん》で書いてある。済元先生は幾つかの字がわかっただけなので、大体のところを推量する。先ずはこういうところだ。

皇皇たる天下、澌《すす》ぐこと朗朗たり。
円として、潤として、美人麗し。
凹凹の地上に擲《ほう》られて漾漾たり。
悠なるかな、曼なるかな、煥たる君子。

済元が言い終わるのを聴いた龎二臭は悟るところがあり、感慨に耐えぬという様子で言う。「なるほどこれはお宝だ。そういうことなら、もしもこれを女に含ませたら虎や狼みたいになるかね？」済元は言う。「そういう事だ。だが、女人には女人の情理があり、普通に言えば、こんな物がなくても子供は授かる。だが、これを下半身の敏感な所に置いてみろ。その情況は言うも恐ろしい。朝から晩まで一日中思うはあの事ばかり、とんでもない事態になる」

龎二臭はここまで聴くとじれったがり、大いに焦り、慌てて口を開く。「済元叔父貴、本当のところの値段を言ってくれ。俺は何とか方法を考えて金策して、あんたに払えるようにするから」済元は言う。「今のところ、何とも値のつけようがなくて。だが、品物の価値のわかる人がいるなら、例えただだとしても、それはそれで判定の結果だ」龐二臭が言う。「ただだなんて、そりゃ出来ない話だ。それに、誰だってただでお宝をもらうなんて、その人の心が受けつけないよ。良い物でも悪い物でも、それぞれに値があって、銭を出して物を受け取る。こうして双方納得づくで、おさまるわけだ」済元は言う。「この玉は八代の皇帝の手を経たので、それで上の方では八王遺珠と称した。もしも売るとなれば、よしんば巨万の富を持つ者でもなかなか買い取り難《がた》かろう。俺は今に到って家中どうしても金が必要になり、万やむを得ないのでもしも適当な人がいるなら百元で手放したい」龐二臭は言う。「百元はちょっと高いよ。珍しいお宝ではあるが、所詮富貴のお方の手元の一個の玩具だろう。あんたもそう思うだろう？」済元はうなずく。龐二臭はまた言う。「このご時世、みな腹を空かせて苦労している。百元を惜しまないでそんな玩具を買う者がどこにいるかね？」済元は言う。「確かにその通りだ」龐二臭が言う。「だけど、あんたが本当に売るなら、俺が買い受けたい」済元は言う。「絶対だめだ。俺はおまえが余裕のある人間でないのを知っている。おまえに百八十元出せと言ったら、そうそう容易な事じゃないだろう」龐二臭は顔を上げて言う。「こうしよう。五十元。これで売ってくれるなら、俺はすぐに引き取る。売らないんだったら、俺が後であんたのために買い手を探してやるからそれを待ってくれ」済元は当惑するが、しばらくしてやっと言う。「俺たち叔父甥の仲の二人。俺はおまえに言わなくちゃならん。おまえはやっぱり買うのを止めたほうがいい」龐二臭は済元の袖を引っぱりながら許しを請うような目つきで言う。「済元叔父貴、俺は恩に着るよ。五十元渡すからさしあたり現物を俺に渡してくれ。だめかね？」済元は天を仰いでため息をつきつつ言う。「おやまー、そうするほかないのかなあ！　五十元ぽっきり。後の五十元はあんたにくれてやらぁ！」喜んだ龐二臭は立ち上がると、ランプの置き場所の辺りだの、オンドルの焚き口の辺りだのふいごの底板の辺りだの、あちこち探しまわって、角札をかき集め、これらをオンドルの上に広げて数え始める。あっちこっち数えては数えなおして全部で三十六元八角五分。これを見た済元は先ずは面白くない顔つきをし、それから腰を上げて言う。「金が足りないな」龐二臭は言う。「慌てないでくれ。あんたは先ずこの三十元を収めてくれ。残りの二十元は、俺が明日町へ行って親父の残した羊皮の裏付きの上着を売り払って、夕方にはあんたの所に持って行くよ」済元はしばらく考えた末に言う。「まあ、いいとするか。だけど、あんたには借用書を書いてもらうぞ」

二臭は言う。「叔父貴の言うとおりにするとして、俺は叔父貴を信用していいのかな?」済元は言う。「でなければ、あんたは明日五十元耳をそろえて家へ持って来て物を受け取れよ。俺は待っているよ」龐二臭がどうして躊躇していられよう。済元のこの話を聴くと彼の中途での心変わりを恐れ、慌てて言う。「だめだ、だめだ、俺たちたった今ランプの下で話をつけたじゃないか。書き付けはあんたが書いてくれ。そしたら、俺はそれに拇印をつくから」済元は言う。「あんたはそんなに急いでどうする気だ。俺は数十歳になった人間だ。まさかおまえを騙したりするかね? おまえはこのたった一晩が待てないのか?」龐二臭は催促して言う。「余計な事を言わずに、さっさと書き付けを作ってくれ! 済元叔父貴よ、どういう訳だ。いつだってきれいさっぱりさっさと事を片付けるのに、どうして今日ばかりはのろのろぐずぐずで」済元はようやくボールペンを取り出し、二臭が探り出したタバコの包み紙の裏に借用書を書く。二臭はオンドルの焚き口の辺りから朱肉の小箱を取り出し、朱肉を付けて拇印する。済元は金と借用書をいっしょに収め、それからようやく宝物の小箱を取り出して龐二臭に手渡す。

受け取った龐二臭は喜色満面、ランプの下でしげしげと見入る。とつおいつ思案するが、適当な置き場所がない。済元が言う。「おまえは休め。俺は帰る」言いながらオンドルから下り、鞋をはいてドアを出る。二臭は大急ぎで後ろについて送るが、済元は中庭の真ん中に来ると、頭を垂れ、足が前に進まないだけでなく、しばらく押し黙ってしまった。龐二臭が言う。「済元叔父貴、どうした? 身体の具合が悪いのか?」済元は顔を手で覆い、しゃがみ込んで小声で泣きだす。泣きながら言う。「宝物はあんたがよくよく大事にしてくれ。他の人には知られないようにな。祖先が幾十代となく伝えて来た物を、俺の代に自分の手で始末するなんて。思いもよらない事だ」龐二臭は彼を支え起こして言う。「済元叔父貴、そんなに心を痛めるなよ。お宝は俺の手元にある以上、さしあたりあんたの手元にあるのと同じだよ。俺たち叔父甥の仲に何の隔てがある。あんたがお宝の事を思ったらいつでもいいから来てくれよ。俺はいつだってあんたに見せるから」済元は甚だ感激したらしく、龐二臭の手を握って言う。「一物一主だ。所詮は遠近、親疎の別が生ずる。今日あんたの手に渡した以上、俺にはもう迷いはない。もう夜中だ。それぞれ二人とも休もう」二臭は承知する。

済元が行ってしまうと、龐二臭は大急ぎで後片付けをし、ちょっと物を口に入れる。そうして、窑洞のドアに施錠し、八王の遺珠を懐に押し込むと、興味津々、栓娃《せんあ》の家へ駆けつける。

## 24　賀根斗の嫁取り。郭大害ら黒犬を食う

あんたは賀根斗《がこんと》がどういう訳で賀振光《がしんこう》をあんなに激しく弾劾したのかわかるか？　もともとは前日の午後の事だった。飼育室の中に乾いた土やわらを敷く仕事だった。賀根斗は広場から飼育室に生産隊の他の社員と同様大骨折りで暑い最中を汗水垂らして十八荷を運んだ。だが、賀振光は労働点数の記入に際して、根斗が運んだのは十七荷だと言い張った。事は一荷の差だが、両人は顔を真っ赤にして言い争い、互いに相譲らない。多くの人が賀根斗のために証人になろうとしたが、賀振光は顔を強ばらせて変更に応じない。この夜、晩飯を済ませた賀根斗は考えれば考えるほど腹が立つ。そこで、もう小学校の三年になった息子の孬蛋《かいたん》を呼び、彼に筆を持たせ、親子二人ランプの下で、父が口述するのを息子が書いて、クルミの実大の字七、八百より成る一篇の告発の文章を仕上げた。早朝、空が白むころ、富堂《ふどう》の家のドアの隙間からこれを投げ入れた。思いがけない事に、季工作《きこうさく》組《そ》がこれを非常に重視し、おまけに甚だ文才に富むと誉め讃えた。この話を賀根斗は知らない。もしも彼が知ったなら、さっそく嬉しさに舞い上がってぼーっとなっただろう。こういうふうに話すと、すぐに質問があるだろう。「賀根斗はもともと独り者で、結婚したことはない。何で石の割れ目から跳び出してきたような息子がいるんだ？」

これについては話せば長くなるが、ここしばらく賀根斗は兄嫁と仲違いして、何年も顔を合わせていない。賀根斗は正しく壮年に当たり、ズボンのまちの下の事も甚だ差し迫っている。さて、ある日のこと、賀根斗は一荷のサツマイモを担いで、町で開かれる市へ出かけた。人混みの中を十歩も歩かないうちに、昔いっしょになってサイコロを投げたりした不良仲間に会う。何年も牌を触ってないから、手脚がむずむずして、ちょっと目配せするとすぐに了解。各人のそれぞれの手元の仕事をしおえたら、町の北のレンガ焼き場の穴倉で遊ぼうと一決する。賀根斗は大いに精神高揚し、今度の賭場は運が向いてくるぞと感じる。急いでサツマイモを売り払い、そのレンガ焼き場へ行く。昼の十二時過ぎからずっと張って張って午後の四時か五時になる。この度は果たして予感したとおりいちいち読みが当たる。幾回りもしないうちに、何とその他の何人かからすっかり巻き上げ、少なく

ても五、六十元が自分の懐に入った。一同はこのままでは止めさせないと言ったものの、やはり賭場のしきたりがある以上どうしようもない。みなでわいわいがやがや言いながら、彼に奢らせて羊肉泡饃《ヤンローパオモー》を食おうということになる。一行にぎやかに賀根斗を取り囲みながら、いそいそと市に戻って来て、食堂に入る。人ごとに羊のスープの大碗が配られ、さて泡饃にとりかかろうとした際に、真っ黒に汚れた手がテーブルの上にぬーっと伸びて来た。びっくりして目を見張ると乞食だ。銭を擦《す》った何人かの友人たちが叱りつけようとしたちょうどその時、賀根斗は様子を察してこれを押し止めた。みなでしげしげ観察するに、襤褸《ぼろ》をまとった貧窮の女なのだ。年はおおよそ二十八、九から三十ほど。顔色はやつれはて、身体も痩せて弱々しいが、骨相端正で、顔立ちにもいささか並でない高尚優美な気色があり、その辺の乞食とは異なる。ここに詩をもって形容すれば、

　饑疲の色、襤褸の衣、今秋風流の事とは言いがたし。
　寂しき面、怯えたる振る舞い、往年人の妻たりし事を語らず。

女はこれらの男たちが心根まともな連中ではないと見通し、警戒心を強くして何も言わない。賀根斗の方は心中すばやく計算する。みなを押し止め、大いに太っ腹なところを見せ、何と羊のスープの一碗を注文してこれを女にすすめるのだ。みなはこれを見て、はっはっはと大笑いして、無駄な事をすると言う。ただ、数歳年上の斉老黒《せいろうこく》だけは賀根斗の心中を明確に忖度《そんたく》し得て、ひとつ探りを入れながら取り持ってやろうと考える。みなは一時くすくす笑ったり、女の腰を突いたり、背中を叩いたり、いささか浅薄の様を露呈している。斉老黒は目でみなを制止し、女に対して言う。「この旦那を見くびっちゃいけない。身なりは粗末だが、家計は甚だ豊かだ。様になる衣装の幾種類かを着てもらったら、立派な体面の堂々の男伊達だ。この兄弟の人柄はたった今おまえが見て、また自分の口で食べたのでわかる通りで、言うまでもなく、まったくの仁義の心の塊だ。彼もおまえ同様で、多災多難、かみさんに病死されて、目下男やもめなんだ。おまえは今独りぼっちで見知らぬ土地に居る。女の身では大変だ。悪い奴に遭ったら災難は免れない。それで、先ずは俺の話を聴きな。この兄弟といっしょになるのがいい。飲み食いする物何でもあって身を安んじら

れるのは勿論、この兄弟に面倒見てもらえて、双方ともに満足できる。そう思うだろう？」この席での話し振りは甚だ筋が通っている。賀根斗は恥ずかしげな振りを装って口ごもりながら言う。「斉兄貴、あんたの話は聴いたが、この人は災難に遭ってここに到ったんだ。俺たちの泡饃の一碗を食ったのは万やむを得なかったからだ。だから、俺たちはそんなことはできないよ。すべきじゃないよ！」斉老黒は真面目な顔をして賀根斗に言う。「兄弟、ごちゃごちゃ言うな。ここは俺に任せろ。諺にも合縁奇縁と言うだろう。俺の見立てじゃ、あんたら二人は本当に縁があるよ。兄弟たちよ、俺の言うことは間違っているかね？」みなはしきりにうなずき、その女をあれこれ眺めまわし、十分見た目よく思う。事の成否はともかく、みな心中賀根斗の艶福を羨ましく思う。賭場の兄弟たちはあらかたは義理人情の輩である。この場に到って賀根斗の事態を援助しない道理はない。誰も彼もがあれやこれやと言って、かの賀根斗を極力持ち上げようとする。

女は頭を垂れて、前身ごろのはみ出した襤褸綿を両手で揉みながらずっと押し黙っている。その後もまた何人かが責めたて問いつめると、女は口を開いて言う。「わたしは運のない人間だ。みなさん、わたしをからかわないで下さい」斉老黒は言う。「話は、この兄弟が温厚で真面目な人だと言うことだ。あんた、顔を上げて彼を見ろよ。すぐにわかる。誰があんたをなぶったりからかったりするものか！」他の連中も同調して言う。「俺たちは本当にそう思うんだ。むやみに空騒ぎするつもりなんかない。絶対にこのチャンスを取り逃しちゃだめだとあんたに言いたいんだ」斉老黒がまた言う。「俺たちこんな田舎の人間で、ちょっと見ると、真っ黒に汚れて胡散《うさん》臭《くさ》そうだが、心根は無邪気実直一方だ」この時女は顔を上げて賀根斗をちらっと盗み見てしばし考える。そうして斉老黒に対して言う。「大きい兄さん、わたしは先ずはこの人の家に行って見なければ。話はその後と言うことで」斉老黒は高らかな声で大笑いして言う。「その通り、その通り。先ず見てそれからの相談だ。これは大事だからな」みなは興奮して立ち上がり、賀根斗を取り囲んで酒を奢れと喚きたてる。

賀根斗は喜んでだらしなく口を開けたままで、表面はしきりに頭を振っている。斉老黒は言う。「こちらの姐さん、じゃあこうしよう。成るも成らぬも一切は姐さんの一言だ。俺たちみんな先ずここの酒を飲もう。あんたが家に行ってみて、だめだと思ったら、そのまま立ち去ればよい。兄弟があんたに無理強いするようなことはさせない。それは俺が責任を持つ」女は口をきかない。だが、酒や料理は間もなくやってくる。数人は五だの六だのと拳を打ってやかましく騒ぎ立てる。そのうちだんだん下火になって、日も西に傾く。酒席で女の向かい側に座った斉老黒は、賀根斗に対して万般懇ろに言い聞かせる。あの婦人には是非とも礼節をもって相対すべきこと、いささかのでたらめも許されないことを求める。賀根斗は誠実真面目の様を装い、よく了解する。女を連れた賀根斗は道々自ずと喜びに堪えず、鄢崮《えんこ》村に帰り着く。

村に入った時はもう日は暮れていて、誰にも会わない。門をくぐり、窑洞《ヤオトン》に入ってランプを点す。女はオンドルの縁にきちんと座り、横目を使って部屋の中の家具調度類を見わたす。賀根斗に関して言えば、ぼろ家とは雖もやはり一時繁盛した時もあり、幾つかのちゃんとした家具などもある。これを見た女は心中やや安堵し、口調もだいぶ和らぐ。二人は洗い物をしたり、火を起こして飯を炊いたり、なかなか息が合う。こうして言葉をやりとりし、目と目で意を伝え、平生不如意の事を互いに慰め、そのまま夜中に到り、ランプの油も尽きかけ、そろそろ横になろうということになる。女は先ず着ている物を脱がず、そのまま着たなりで寝ると言う。この時すでに欲望の炎の燃え盛って抑えがたい賀根斗が相手を手放せるはずがない。優しげで打ち解けた言葉をかけたり、接吻したりと気を引く。女は結局女だ。ずいぶん長い間男からさまざまに撫でたり擦ったりされなかったから、肝心な時に到ったのはわかったがどうしてそうなったのかの覚えはない。幾程もなく、賀根斗にすっぽんぽんにされてしまい、夫婦の事をしたのである。

女が自ら言うには姓は陳《ちん》、名前は鳳霞《ほうか》。代々読書人の家柄で、大家族であった。それで、胸中の思案も村内の下品な女とは違って、極めて堅く婦道を守る。三日の後、人前に顔をさらして外出した。賀根斗は人に対して斉老黒の妻の妹だと言って、乞食の事は決して言わない。一年経って賀根斗の一子を生んだ。賀根斗は終日手放すことなく、大変な喜びようである。

さて、大害《だいがい》の事。村に戻って以後、わざわざ出向いて教示を請う村人が絶えない。日々の困り事、生計の苦しさを聞かされるたびに、大害はしばしば甚だ同情する。老人がくどくどと喋った末に涙を流したりすると、大害の方はまるで物惜しみせず、張家に一元、李家に五角と炭鉱から持ち帰った百八十元の内から進呈する。こういう事だから、村内で彼を悪く言う者は居らず、ついには炭鉱でのあの醜聞も彼が仕出かした事とは見なされなくなる。朝奉《ちょうほう》は留守宅から運び出した家具の返却を求められたので、初めは大害を甚だ面白くなく思った。だがその後、大害は朝奉に返却を急かせるような様子も見せない。自分に比べて大害の人となりは鷹揚だなと感じ入る。良心がきざし、自分から唖唖《ああ》といっしょになって、テーブルと椅子だけは送り届ける。その他、唖唖はまたときどき暇を見つけては大害の窰洞に行って、大害のために炊事をしたり洗い物をしたりする。両家の間柄はこれによって近しくなる。大害は遊び好きで、一日中村内の一団の少年たちといっしょに過ごし、彼らのコーチ役になっている。自分に関しては身体のほかにはまるで気にしない。唖唖のことは自分の妹みたいに見なしていろいろ指図する。

いよいよ年も押し詰まったころ、大害はみなに言う。「俺が炭鉱にいたときはしょっちゅうこっそり犬を殺して食ったんだ。この年の瀬、俺たち肉を食わないわけにはゆかない。誰か方法を考えて犬を一頭都合つけて来いよ。そいつを潰して食おうじゃないか。そしたら今年のけじめがつくと言うもんだ」みなはうなずいてそうだぞうだと言う。唖唖はこの事を深く心に留め置く。ある日の午後、学校の古城の下でよもぎを刈っていた彼女は二頭の犬がその辺をうろついているのを見つけた。急いで駆け戻り、犬が吠える格好をまねしながら、手振りで大害に知らせる。了解した大害はさっそくいつもの遊び仲間の数人の若者を率い、鉄鍬《すき》を手にして唖唖の先導の下、腰を屈めてそっと村を出る。古城の下を一回りしてみると、外濠の溝の中に果たして二頭の大きな犬がいる。一頭は赤犬で、一頭は黒犬。まさにこれから交合するところ。大害の数人の若者たちが見るのはそれはかまわない。だが、唖唖に見せることはない。大害は心中まずいと思ったが、事ここに到っては適当な口実も思いつかない。振り返って唖唖を見ると、馬鹿みたいな様子で、まるでぼーっとして魂が抜けたみたいだ。いささか腹が立って、小声で唖唖を叱りつけて言う。「自分の仕事をやれ。よもぎを刈るんだ！」唖唖は動かない。大害は彼女をぐっと引っ張って言う。「行くんだ。行ってよもぎを刈るんだ！」

大害は二犬がしっかり結合したのを見てから、みなに呼ばわり言う。「行け、今だ」みなは駆け出す。大害は言う。「黒犬をやれ、黒犬は肥えている。赤犬はだめだ。痩せこけている」黒犬はこいつらが悪意をもって迫るのを見るや牙を剥き、低い声で呻りながら威嚇する。大害が言う。「おまえらどけ。俺が一丁やってやる」言いながら鉄鍬で一撃する。犬は一跳して、鉄鍬は空を撃つ。この正念場で二頭の犬はいっせいに吠え喚き、大害は焦る。だが、心優しく情にもろい輩であるはずがない。引き続いてまた何発かお見舞いする。急所に当たったわけではないが、もはや止むべからざるの時に到っている。憐れむべき黒犬は相交わること甚だ緊密、とっさの間には離れられず、動作もまた敏捷たり得ず、ただ天命にゆだねるほかはない。大害は静かに狙い定め、かの黒犬の脳天をずしんと直撃。黒犬はあっと言う間に地上に腹ばい伏してぐーの音もない。

黒犬が死んだのを目にした赤犬は悲しそうに遠吠えし、狂ったように自己の〝愛人〟を引きずりながら、前方へ走り去る。この一筋の血痕の光彩陸離たること、曰く言い難い。もしもここを撮影して映画に仕立てたら、人の肺腑をえぐり、人眼に涙せしめる名場面になったろう。

赤犬が外濠の溝の縁に駆け上がった所で、繋がっていたのがやっと離れる。振り向いた赤犬はみなに対して満腔の悲憤をもって天を仰いで二声長くうそぶくや、身を翻してさっと逃げ去る。

大害ら数人は黒犬の死骸を引きずって村の後ろを回り、泥棒するみたいにてきぱきと動いて大害の家に着く。鍋をかけて肉を煮、そのまま忙しく深夜に到り、みなそれぞれに一塊の肉を得て大喜びで去る。大害には一鍋の肉汁と犬の皮一枚とが残される。夜が明けてから、これらを唖唖に持って行かせる。みなは大害のお陰で口いっぱいの生臭物を味わえた。人は常に言う。「天上の飛禽鵪鶉《あんしゅん》〔うずら〕、地上の走獣狗肉、乃ち是珍味中の珍味、佳肴《かこう》中の佳肴なり」この年の瀬に到り、爆竹を鳴らし、祖先を敬ったわけではないが、自ずとまた一興を得た。

さて、朝奉は正月元旦、二人の息子には新しい衣服を着せたのに、唖唖だけは相変わらずのみっともないぼろ衣服。これを見た大害は心中独りでにいささか不満である。朝奉叔父が男尊女卑なのは甚だ宜しくないと思う。そこで、昼ごろ、唖唖がひき割りトウモロコシの粥を持って来た際に、炭鉱に居る時に惜しくて着ずにおいたデニムの衣服をむりやり唖唖に与えて、彼女にはおらせてみる。衣服を受け取った唖唖は喜びに涙を流し、跳びはねながら家に戻って家の者たちに見せる。母親は見ても何も言わなかったが、父親はまるで悪鬼のようで、さっさとやって来てこの衣服を引っぺがし、戸棚に押し込むと、唖唖に向かって言う。「おまえは一日中火を起こして飯を炊くだけだ。こんないい服を着て何になる。おとっつぁんがしまっておいてやる。おまえが後で嫁入りする時に着て行け」唖唖は何も言わなかったが、眼にいっぱい涙をためてまた大害の所に行った。大害が問う。「おまえにあげた服、どうして着てないんだ？」唖唖は頭を垂れて黙ったまま竈《かまど》の方に向かって行く。怒った大害は朝奉の屋敷の中庭に行って大声を上げる。「朝奉叔父、あんたって人は、どうしてこうなんだ。俺が唖唖に与えた服はあんたと何の関わりもないぞ。あんたがそれを引っぺがすから、唖唖は竈の前で泣いているんだぞ」

朝奉はこの事がなくても、品行上で大害に一段劣る事をすでに自覚している。そこへこの事だから、いっそう道理に詰まって言葉に窮する。大慌てで大害を窑洞の中に迎え入れ、満面の笑みをたたえながら言う。「あんたにはわからないだろうけど、唖唖って子はだめなんだよ。いい服を着せてやってもすぐにだめにしてしまうんだ。ここは大丈夫と思えば、そっちが裂けている。あんたがあれにあげてもまるで無駄じゃないかね？　そう言う事だから、正直言って、あんたにお返しするよ！」大害が言う。「裂けたら裂けたっていい。正月元旦早々子供を泣かせるなんて、どう言うつもりだ？」朝奉が言う。「オンドルに上がってくれよ。俺たち叔父甥の仲の話だ」大害は鞋《くつ》を脱いでオンドルに上がる。朝奉の嬶《かかあ》がクルミとナツメを碗に盛って急いで持って来て食べるように勧める。大害はクルミを一つ選んで、口に入れてがっと一口でかみ砕き、またそれを取り出して殻を剥きながら言う。「朝奉叔父、俺はあんたに文句を言うわけじゃないが、あんたという人は何事につけ手ぬかりはないんだが、根性がけちすぎるよ」朝奉は弁解口調で言う。「俺がけちなんじゃなくて、唖唖というあの子は本当に馬鹿なんだ。いい服を与えたところで、まるで価値なんかわからないんだ」大害は朝奉に言う。「たかがぼろ服の一枚、何の価値があるだのないだの。姐さん、服を出してくれ。俺が唖唖に持って行ってやる。そうしないと、あそこでいつまでもおろおろしながら泣いているぞ」嬶は朝奉の顔色をうかがうが、彼が顔を伏せてナツメをかじっていて話をしないのを見て、衣服を取り出し、大害の身近に置く。大害は衣服を手にして戻る。この日の昼間、唖唖は自分の家に帰らなかった。彼女はこの新しい衣服を身に着けて、大害の窑洞でぶらぶらしていた。日が暮れるころ、これを脱いでしかと大害に手渡した。受け取った大害は唖唖が嬉嬉として帰って行くのを見送った。

年の暮れ、年の暮れ、人の心を切なくさせる。この日一日の経験は大害を深い思索へと誘う。ただただ思う。この村の人たちはどうしてこんなに窮乏しているのか、人情はどうしてこんなに薄いのか。これらの問題が彼をとらえて放さない。夜中に到って、ついにまた炭鉱にいた時と同じように、頭の中で誰かが叫んでいるように覚える。「大害よ、大害。おまえは自分の祖先に背いているぞ……」こういう事々が彼を不安に駆り立てる。何とか身動きしなければならないのだが、どうしても抜け出せない。彼はただ大勢の如何ともし難い事を感ずる。年明け早々はひたすらドアを閉ざして静養しているほかない、と心に思う。

## 25　生産隊の会計係賀振光と針針の妹紅霞

賀振光《がしんこう》は鄢崮村《えんこ》で一、二を争うお坊ちゃんである。身体は真面目一方の賀根堂《がこんどう》の種なのだが、気性は父親とはまるで似てなくて、逆に叔父の賀根斗《がこんと》同様計算高くてずる賢く、人柄は軽薄である。理屈を言えば、彼が生まれて間もなく父親は世を去って、母親一人が苦労を重ねて彼を養育したので、生活の厳しさとか生きて行く事の大変さとか少しはわかっていいはずである。だが彼はぜんぜんわかっていない。子供のころから小利口振って手管を弄し、女を脅し騙して金品を巻き上げたりする事を覚えた。他人と話をすれば、ただもう世間知らず、身のほど知らずで、ひたすら高慢なのだ。小学四年生、やっと十三、四歳のころ、鄭栓《ていせん》の家の次女、つまり黒臉《こくれん》の姉の改改《かいかい》をかどわかしてトウモロコシ畑に連れ込んで、今考えれば刑務所送りになって当然のような悪事を仕出かした。この事はどこの家の誰でも知っている。彼の母親は何が何でも息子の事はかばいたて、他人があれこれ言うのを許さない。それで、賀振光はますます怖いもの無しになった。加えて、父母が結婚した当時は、賀根斗に運が向いていたころで、家産豊富とまではゆかないもののいささかの余裕はあった。母親もまた極力彼の進学を手助けし、まっすぐ初等中学を卒業し、三年の困難〔一九五九年～一九六一年の食糧大飢饉〕の時になってとうとう学校を止めた。生産隊に戻ったものの毎日ぶらぶら遊んで働かず、農具などに手を触れたことはかつてない。当時、学校の教師が甚だ不足で、彼自身も頼まれれば引き受けてもいいつもりであったが、彼のあの根性では誰が招請するだろうか？　そういう事で、一年半も経ってから生産隊の会計になった。十八の時に一門の親戚から妻を娶《めと》った。それはかつて年少の彼にトウモロコシ畑に連れ込まれた鄭栓の家の改改である。改改は彼に嫁して以降、ただもう頭を上げられず、彼に打たれ罵られるばかり。総じて彼には何かが欠けているように思われ、心中ひたすら嫌悪している。両家はうわべはうまくいっているように繕っているが、裏では互いに陰険にやり合っている。

会計になった賀振光はその上に労働点数を記入する職位を兼ねた。これは本来いささか政策に違《たが》うのだが、鄢崮村にはこういう貴重な人材が甚だ欠けている。そういう訳で、この悪漢は作業時間が終わるころに野良に顔を出してざっざっと書きこみ、それでおしまいにする。灰にも汚れなければ土にも触れないどころか、勝手気ままの言いたい放題、大いに威勢を誇示して、自分の趣向と性格を押し通す。上下揃いの藍色の幹部服に身を包んでめかしたて、学校の先生よりももっと凝っている。この間、労働点数を記入する便宜を利用して、幾人かの年頃の娘や若妻を誘って秘かに事を遂げたりしたのはごくあたりまえの事である。

三来は大農を娶ったが、この大農はどうにもこうにも放縦無軌道な女である。賀振光という青白い若者がちょっと手を出すと、たちまち結託した。二人して、あんたの女児のような小さなおみ足が愛しい、わたしはあんたの風流優雅の様が慕わしいとやっている。ちんちんかもかも、目先の事にとち狂っていたが、それでも足りなかったらしい。やがて、生産隊の百八十元の公金を携えて、手に手をとって西安に十数日駆け落ちした。ただし、西安の町中に二人の身の置き所など有りはしないことを知らなかった。銭はすぐになくなった。つまり、あの町中で商売をし、あの手この手を弄するある人物にすっかり使い果たされてしまい、どうにもならなくなった。二人してやっとの思いで戻って来て、頭を抱えて面を伏せ、それぞれにおとなしく過ごした。だがそれもわずかな期間で、またぞろ春情発動し、何と、村人の目の前でおおっぴらにふざけちらし、まるで恐れ入る気配もない。あたかも古人が伝え来たった礼儀廉恥に故意にも挑戦するかのようだ。様相は腹をこわして下痢しているのに似て、一時激しくなっては一時治まるといった感じで、これがずっと長年継続して、今日に到るもなお止まない。そういう訳で、賀根斗が書状を認めて告発したのも道理である。

ある年の夏の事である。麦の取り入れの日。昼寝から覚めた賀振光は半分ぼーっとして、労働点数の記入ノートを脇に抱えて大儀そうに現場へと歩いて行く。幾らも行かないうちに、何と折あしく富堂《ふどう》の嬶《かかあ》の針針《しんしん》が遠くの槐《えんじゅ》の木の下で、見知らぬ女を相手に話をしているではないか。この女に会わなければそれで済んだのだが。一目見たとき、びっくりした賀振光はさっと冷や汗を流した。その女は生まれつき、

口は天桃《もものはな》の如《ごと》く、歯は嚙貝《かむかい》の如く、一臉紅暈の陳設《よそおい》。眼は秋水の如く、鬢《びん》は蝉翼の如く、周身《ぜんしん》飄揺して彷彿たり。女児国の領班《とうどり》、西王母の薦める仙色、肉搏

場上の潘金蓮たるは言うに及ばず。

何という美しく艶やかな麗人であろう！　賀振光は大きなショックを受けて茫然自失、両の目を釣り針みたいにして、その女をじっと見つめる。

針針は早くもこの様子を目に留め、胸中甚だ得意だが、なお話をしている格好を続け、彼を十分イライラさせてから、ようやく顔を向けて呼びかける。「あら、わたしたちの大会計さんじゃございませんこと！」この一声の呼びかけで、彼はようやく生き返ったようになって、慌てて応答し、満面に笑みをたたえ、幹部らしい態度を繕い、傍へ近づいて行って、無理にも話題を探して、照れ臭そうに言う。「ああ、針針姉さん、他の人たちはお日様の下で汗水たらして働いているのに、姉さんときたら、大木の下で涼んでいらっしゃる。とても優雅じゃございませんか？」針針はむっとして言う。「わたしは別にあんたに労働点数をもらうわけじゃないわ。休んでいるからって、それがどうして？」賀振光は言う。「ご冗談を。わたしが姉さんが悪いなんて言うはずがあるもんですか？」針針は言う。「あんた方幹部はしょっちゅう会議を開いて、わたしの名前をあげては批判して、わたしが労働に参加していないとか言っているんでしょう」賀振光は言う。「それは他の人の事だよ。俺は言ったことないよ。姉さん、善人に濡れ衣を着せないでくれよ！」賀振光は口をききながら、眼光は傍らの女の身体をしきりに睨《ね》めまわしている。女の方もまた賀振光をちらと見るが、今度は甚だ身の固くなるのを感じる。針針は心中察するところ有って言う。「紅霞、あんたは先に戻っていて。わたしはちょっと話があるから」その女は言う。「わたしが先に米の粥を煮ておきます」針針は言う。「それでもいいわ。あんたやってみて。何なら、わたしが戻るのを待ってからでもいいけど」その女はさらに賀振光をぐっと見つめ、それから頭を下げて立ち去る。

賀振光は立ち去る女の方に肩をちょっと聳やかして言う。「あれは誰だい？」針針は笑って言う。「妹よ。石榴《せきりゅう》坡《は》の。刈り入れが済んだので、家へ来て数日骨休めしているのよ」賀振光は女の後ろ姿が見えなくなるのを見送りながら、口をすべらせる。「思いがけなかったな。あんたにあんな素敵な妹がいるとはね！」針針は言う。「どうして。わたしにあんないい妹が有っちゃいけないって言うの？」賀振光は慌てて向き直り、口調を改めて言う。「そんなつもりじゃないよ。あんたの妹さんは身なりもとても素敵だ。緑のズボンにピンクの上着、映画俳優みたいだ」

針針は言う。「妹はわたしよりも運がいいわ。あの人の亭主は県のトラクター・ステーションで働いているの。毎月数十元は稼ぐわよ。どう、凄いでしょう？」賀振光は言う。「俺はまた言うけど、この辺りであんな垢抜けてすっきりした美人はいないよ。亭主は県のトラクター・ステーションに居るって。なるほどな」針針が言う。「あんたのところの改改だって、身繕いしてお化粧すれば素敵な奥さんじゃない？ただあんたがお金をけちっているだけじゃないの」賀振光は言う。「家のおかちめんこの話はよせ。もしもあいつにあんたの妹さんの半分ほどの器量でもあるなら、俺もあいつに着せてやったり化粧させてやったりするさ」針針は言う。「あんた方男の人たちはみないつだって、碗の中の物を食べながら鍋の中の物を見て、欲にきりがないって言うわね！」賀振光はちょっと笑い、話題をかえて言う。「昨晩ひととおり計算してみたんだが、あんたのところの今年の労働点数はずいぶん低いね」針針は眉をひそめて言う。「わたしが今年はずっと病気で、間の悪いことに、家の人も身体の具合が悪くて、しばらくぶらぶらしてしまったし。それで、どのくらいマイナスになっているのかしら？」賀振光は言う。「まだ厳密には計算していないが、どっちにしろ、かなりマイナスになっているぞ！何日分かの糧食は欠損だから、現金を出してもらわにゃならん」針針は焦って言う。「どこから現金を工面できるの？」賀振光はずるそうにちょっと目配せして言う。「妹さんのところから調達できるだろう。それで済むじゃないか？」針針は言う。「妹に金が有ると言ったって、それは人の家の物でしょう。そんな物どうにもならないわ。わたしが出してと言ったら出てくるの？」賀振光は言う。「じゃー勝手にするんだな。あんたのところのこの分の糧食は決済してもらわなければならないんだからな」言い終わると麦畑の方へ悠然と立ち去る。

針針はこの事を心の中で悩みながら帰って行くが、いい対策も浮かんでこない。結局は自分のせいで累を及ぼすばかりだと思う。さて、この日の夕方、針針と妹はアシで編んだ敷物を広げて、木の下に座って涼んでいる。年寄りと子供たちには早いところ寝るように言いつけた。爽やかな夜風に吹かれながら、姉妹の間でさっそくひそひそ話が始まる。人に言えない日常よもやまの事が語られる。あんたがあんたの困り事をしゃべる。わたしはわたしの当惑事を話す。どれもこれも日々の暮らしの中での気の晴れぬ事だ。話している合間に二人の女は涙を拭い、拭い終わるとまた笑う。笑い終わると、すべての女と同様に今度は口裏を返してそれぞれに自分がどんなに遣り手であるかを自慢する。どんなふうに男を袖にしたか、どんなふうに家事を裁いているか。たっぷり話をして話題も尽きかけたころ、針針はあくびをするが、妹はまだ言う。「今日のあの木の下で出会ったのはどんな人なの？　きょろきょろそわそわして落ち着かない様子だったけど」針針は仰向けにどたんと横たわりざま、「わたしたちの隊の会計よ」と吐き捨てる。妹は言う。「機械織りの木綿布の上下を着て、格好が普通の人と違う、とわたしも思ったのよ」針針は言う。「あんたが帰った後、しばらくあんたの事をしゃべっていたわ。あんたは素敵な衣装を着て、まるで映画俳優みたいだとか」妹は得意気に言う。「井の中の蛙で見識が狭いのよ。わたしが県城へ行ったとき、デパートの売り子は着こなしが西洋人みたいって言ったわ！」針針が言う。「わたし彼に言ったのよ。〝人には衣装、馬には鞍〟よ。あんたも少しはお金を使って、デパートへ行って、いい布の何尺かを計ってもらって、奥さんに立派な新しい服を作ってあげなさいよ。それに化粧用クリームも少し量ってもらって塗らせるのよ。そしたらまた、色白でみずみずしくなるじゃない？　って。そしたら彼は言うのよ。〝家の嬶に一斤〔五〇〇グラム〕のクリームを塗ったところで、色白になりはしない〟って」妹はまた問う。「彼の奥さんっていうのはどうなっているの？」針針は言う。「言うほどの事はないのよ。器量がいいとは言えないけれど、だけど真面目な人なのよ。家の内外の事、彼のために万事何でもするのよ。それなのに、彼は満足って事を知らないで、ここ何年もずっと騒ぎを起こしてばかり。三日にあげず奥さんを打ったり罵ったり」妹は言う。「へー、小心で気がよさそうに見えたけどねー！　話のほかねぇ。顔いっぱいにこにこ笑っていたのにねぇ」針針は言う。「うわべは優しそうだけれど胸の内は陰険なのよ。真綿に針を包んでいるのよ。事がなければいいんだけれど、何か事が起こると、とてもひどい事をするのよ。かないっこないわ。あんたも覚えておいて！」妹が言う。「男と生まれれば誰だって刃や刺の少しは持っているわよ。生きて行くのは格好よくは行かないしね。楡の木に瘤があるのと同じで、男を悪く言えて？」針針は言う。「それはそうだけど。わたしたちのこの村じゃ彼は教育のある方なのよ。新聞なんかすらすら読んで、とても耳に入りやすいわ。わたしたちも彼ほどに読めるといいのだけれどね」妹は言う。「文化水準がそんなに高いなら、どうして外へ出て仕事をしないの。こんな山里に引きこもって、何をしているの？」針針は言う。「外で仕事をするのは容易じゃないわ。誰でもがあんたの亭主のようにうまくゆくとは限らないわ」妹はちょっとむっとして言う。「家《うち》の宿六の事なんかほっといて！　彼がやっているあんな事は仕事と言えるの？　毎日毎日厨房に潜り込んで、他人の飯を作って、顔中黒炭だらけ、衣服は何回水に漬けて洗ってもすっきりしない」針針はとがめて言う。「悪い人ね。家《うち》の村の会計が言う事とまるで同じよ。彼は〝家のおかちめんこ〟って言ったけど、あんたは〝家の宿六〟って言った。ならあんたに聞くわ。もしもあんたが彼といっしょになれたら満足なの？」妹は笑って、拳で姉を軽くこづいて言う。「あんたっていう人は、何てむちゃくちゃを言うの！　わたしはわたしの事を言ったんで、彼と何の関わりがあるの？」姉はちょっと笑い、いずまいを正し、「あんたが焦ったところを見ると、まんざらでもないみたいね。冗談を言っただけよ。怒らないでね。あいつが本当にあんたを娶ったら、わたしは三日もぶっ続けに泣いちゃうわ」

妹はしばらく思案の後、歯がみをして言う。「もしも本当に彼なら、わたしの今生《こんじょう》身体を張ったっていいわ。食う物だの着る物なんてどうでもいいの。ただ人の根性が利発で教養があれば、鍋の底をかき回しているような奴よりも何百倍もいいわ」これを聴いた針針はびっくりして言う。「紅霞、無茶言うんじゃないよ。あんたの亭主があんたのそんな考えを知ったら大変じゃない！」妹は言う。「わたしは亭主なんか全然怖くない！　あんた何なら彼に聞いてみて。こんな話わたしが彼の面前で話したことがなかったかどうか？」言い終わると、仰向けに長々と寝そべって空を見る。針針はため息をついて言う。「もうよして。窑洞に帰って寝ましょう。だいぶ夜もふけて涼しくなってきたわ。はやく起きなさいよ！」妹の紅霞はまだ話が尽きないようであるが、これ以上は引き延ばすわけにもゆかず、しかたなく、姉に随って敷物を片付け、窑洞に戻ってそれぞれに眠りについた。この夜の話はこれで終わり。

しかしながら、世間の事は総じて不思議な事が起こらなくては書物も出来ないという訳で。次の日の昼ごろ針針は妹を連れて、餄餎《ホーラ》床子《チュアンズ》〔沸騰した鍋の上にセットして用いる押し出し式のうどん製造器具〕を借りに法法の家に行った。二人してこれを担いで法法の家を出たところでばったり賀振光に出会った。この度の賀振光はますます体裁が決まっている。白いシャツに紺色のズボン、革靴に新しい靴下、シャツの袖をぐっと捲り上げ、ぴかぴかの腕時計が太陽光線を反射する。姉妹二人を目にすると、慌てて迎えて言う。「あんたら女手ではこれは無理だ。餄餎床子一つで悪戦苦闘だ。こっちに寄こせ。俺に持たせてみろ。どうした？　俺があんたたちの餄餎〔うどん〕を食べるのが心配か？」言いながら、床子を受け取って肩に担ぐ。針針は運んでもらうほかないので、村人たちの見つめる中、おそるおそる後について家に向かう。

　ドアを入って床子を下ろす。紅霞は賀振光に手を洗わせ、さらに賀振光の肩の埃を払ってやり、懇切丁寧度を過ぎる。両人話に夢中で、竈《かまど》に火を起こし、鍋に湯を沸かすこともせず、とうとういっしょに中庭に行き、桃の実のなり具合がどうだのと話し続け、さらにいっしょに東側の窰洞に入って行くので、針針は胸中焦りを覚える。いらいらしているちょうどその時、富堂老人が戻ってきて、道具を下ろし、紅霞はどうしたと問う。針針はぷんぷんしながら言う。「東側の窰洞で村の会計と話をしてるわ」これを聴いた富堂は嬉しそうな顔をして言う。「本当か？　好きにさせておけ。どれ、おまえがうどんを押し出すのを手伝ってあげよう」針針は言う。「不器用なあんたに何ができるのよ！」言い終わると、立ち上がって東の窰洞に二人を呼びに行こうとする。富堂はこれをぐいと引き止めて言う。「おまえって奴はどうしてこうなんだ。俺はおまえを手伝ってやると言っただろ。あっちの事は放っておくんだ！　紅霞は俺たちの所へ来て、さて事を始めたかな？」針針は腰を下ろして座り、言う。「あんたら男という者は……」富堂はシャツの前をはだけて胸をあらわにし、まるで人がかわったみたいに盛んにまくし立てて言う。「男がどうした？　男はおまえらこの家の中の人たちよりも問題のもっと先を見ているんだ。おまえはこの家の労働点数が一区分少ないって言っただろう？　あの賀振光が筆先でちょいちょいと書きなぐるだけで、俺らが十日、半月働くのに相当するんじゃないのか？」針針はこの話を聴かなければともかく、聴いてしまったからには、たちまち立ち上がり、石炭をすくうスコップを地べたに叩きつけ、ドアを出ないうちから大声で妹を呼びたてる。妹はこの時まさにかの賀振光と話は火のように燃え上がり、どうしてこのままで終われよう？　だが、中庭で喚いている姉のあの口調を聴いては出て来るほかない。あつかましい賀振光はお愛想を数句述べたて、のろのろと足をひきずって去った。一席の美食、一場の歓喜はついに徹底的に邪魔されてしまった。

この件は以上で終わりと言えば終わりである。富堂の方は午後畑を犂きに戻ったが、飯を食わないだけでなく、鬱々と楽しまざる様子で、桃の木の下に蹲《うずくま》ってキセルでタバコを吸っている。針針が幾度呼んでも応じない。それで妹をやって呼びかけさせると、富堂は言う。「おまえは食べろ。俺は腹が空いてない」針針がまた行ってどうしたのかと問うと、富堂はキセルを叩きつけて言う。「おまえはせっかくの事をぶちこわしちゃった。あの賀振光を怒らせてしまった。午後、俺と大義《だいぎ》がいっしょに畑を犂いていた。賀振光が労働点数を記帳しに来て、犂き方がだめだと言いやがる。麦株がしっかり押さえられてなくて、土の背が残っているんだと。俺は言ったよ。年を取って数十歳、生涯畑を犂いてきた。どういうふうに畑を犂くか、知らないはずがあるかね。あんたは無理に騒ぎを起こす気かって。あいつは腹を立てて、点数を記入するどころか、ノートを抱えて行っちゃったよ。おまえに言うぞ。余計な事をするな。おまえが余計な事をするから、見ろ、これから先俺はどうすりゃいいんだ？」言い終えると老人はがっくり頭を垂れてしまう。針針は物腰柔らかに言う。「はやく立って、とにかく先ずはご飯を食べて。この事はわたしが彼に聞いてみるから」言いながら、老人を助け起こして窑洞に連れて行って、食事をさせる。

この日の夜、姉妹二人は木の下に座っていたが、もう昨日のようには多くを語らない。最後に、やはり針針の方が言う。「紅霞、聞くけどね、あんたの気持ちはもうどうしても愛していないの？」妹は言う。「別に」針針はまた言う。「姉さんには本当の事を言ってよ」妹は頭を振り、しきりにため息をついてから悲しそうに言う。「あいつはああいう奴なのよ。十日半月に一回も家に帰らない。ただ待つばかりで、やっと帰って来たと思えば、楽しい話の一語もない。ずうずうしく、ぐだっと伸びきって、頭から布団を被ってぐうぐう寝て。あいつにとっては家なんて馬小屋と同じよ」針針は問う。「それじゃ、あっちの方はないの？」妹は反問する。「何の事？」針針は言う。「あの事よ」妹はすぐ了解して言う。「あいつに何が期待できて。あいつはそんな人じゃないのよ！　見かけは、塀みたいに背が高くて、馬みたいな体つきだけど、あっちの方はまるでだめなのよ。わたしに取って食われるとでも怯えているみたい」

　針針はため息をついて言う。「まったく。わたしたち女にとって、腑甲斐《ふがい》ない男に嫁いだら、どうしようもないわ。他の男としなくちゃいい思いができない。他の男とすれば悪口を言われる」妹は言う。「もうだいぶ以前からわたしは決心してるのよ。金さえ稼いで来ればもうそれでいいの。わたしはよその男としたけりゃするの。あいつになんてぐーとも言わせないわ。いやならすぐに離婚して、気の合う人を探すだけよ。金の有る無しなんてどうでもいいの。いっしょになってしてくれればそれでいいの」

　針針は大きく目を見開いて妹の顔を見つめ、彼女が話すのを聴き終えると、立て続けに悲鳴を上げて言う。「あんた、それはまずいわよ。頼むからずっと仲良くやってよ。先は長いわよ。彼だってそのうち自ずと要領を覚えるわよ。見たところ、馬鹿じゃないでしょうに！」妹は言う。「姉さんはそう言うけど、ここ何年もずっとだめなのよ。あんたが以前に教えてくれたやり方で、わたしもいろいろ試してみたけれど、あいつ自身がだめなのよ。どうすればいいのよ？」針針は言う。「毎日暮らして行くのは大変な事なのよ。わたしはあんたがわたしみたいに難儀するのを見たくないのよ」妹は言う。「あんたが難儀するのは自業自得でしょ！　わたしはあんたのまねなんかしないわ。結局は一人の老いぼれの面倒を見て一生を終えるなんて！」針針は言う。「富堂は今日はまいっちゃっているの」妹は言う。「義兄《にい》さんはあんたが悪いって言ったけど、やっぱりそうだわ。振光がわたしにちょっと話しかけたら、腹を立てて大慌て、中庭で怒鳴りちらしてあの人を怒らせちゃって」針針は言う。「わたしの気持ち、わからないはずはないでしょう。どうしてまたわたしを責めるの？」妹は懇願するみたいに言う。「姉さんの気持ちはわかっているわ。だけど、姉さんはわたしの気持ちがわからないじゃない」針針は厳しい顔つきで問う。「紅霞、あんたは本当に彼に気があるの？」妹は黙っている。針針はしばし考えたすえに言う。「彼が真っ当な人なら、あんたが彼と仲よくなるのも結構だわ。だけど彼はまともな奴じゃない。このわたしの事だって、ちゃんと目を開けて見られないし……」妹は言う。「わたしは悪くないって思うわ。今日も少し話をしたけど、言う事はいちいち道理が通っていて、話も面白いし。わたしは好きになったわ」針針は言う。「それが本当なら、姉さんも一肌脱いであげる。だけどこれだけは注意してね。彼に簡単に手を出させちゃだめよ。忠告しておくからね。明日になったらあんたは戻って行って、姉さんの所には居ないのだから。この夏の糧食がめいめいの手に入るのを待って、それから考えましょう」これを聴いた妹は大変喜び、跳びはねて姉に抱きつく。

　俗に〝男の密通は幾山も越えねばならないが、女のそれは紙一枚をめくるだけ〟と言う。姉妹二人話しつつ、鉄は熱いうちに打てという訳で、まだ明るいうちに、老人の労働点数手帳を持って、いっしょに賀振光の家に出かける。賀振光は自ずと顔色ほころんでこれを迎え、戸外に出る。針針は一人先に帰り、妹と賀振光二人を残して話をさせる。二人は連れ立って川べりに向かい、昼間の太陽で熱を持った石積みの天辺に座り、揺れるさざ波を見つめながら、カエルの斉唱を聴いている。情景は映画に比べてもさらに十二分にロマンチックである。紅霞は姉の言い付けなどはどこかに飛んでしまい、ひたすらおしゃべりしている。〝女賤しけれども、一本のムギワラをつかめば上位に昇る〟とも言う。話している間に何と大切な事は決着した。一枚の石板上で手筈は整い、曲ありてかく歌う。

七仙女の牛郎に下嫁するもまた此の如き匆忙《あわただし》きはなく、西門慶の偸香窃玉も焉《いずく》んぞこの度の手早さあらん。且つは言う莫かれ、一人はこれろくでなしの世事に暗き浮気女、一人はこれ愚かしく是非善悪を知らざる色男。

賀根斗の季工作組《きこうさくそ》への告発状はいっそうの重大事であるが、そこでも事態が指摘されている。さらに彼は甚だ明確にその現場を特定している。東側の窑洞に寝起きするかの季工作組もこれには幾日もの間うんざりさせられた。

## 26　張鉄腿老人は兄嫁と旧情を温めた後に発病

かの楊文彰《ようぶんしょう》は批判闘争にかけられた後、宙ぶらりんな存在になっている。苦しい時にはじめてあのいやらしい女に親近の情を抱き、オンドルの上で、また下で、次第に滋味を覚える。年の瀬近く、休暇に入る時、学校側は何と彼を校内に留めて宿直させるように手配した。これはとてもいやな職務だが、彼にとっては口実を設けて断るなどということは到底できない話である。不満であるがどうしようもない。学校の張鉄腿《ちょうてつたい》老人も大いに不快であるが、これは自分の身分が貶《おとし》められるように感じたからである。あの舌先三寸ぺちゃくちゃの妖怪楊文彰と扱いが同じだという訳である。ともすれば、楊文彰の面前で八つ当たりしたり、あてこすったり。楊文彰はスッポンみたいに首を縮めて声を出さず、危急に際してもなお笑顔を供するほかない。

暮れのうちに、鉄腿老人は豚肉五斤を切り分けて妹の家に送り届けた。元日のこの日、老人は早朝に起き、万事きれいに片付けを済ませ、葉支書《ようししょ》が毎年のしきたりどおりに妹といっしょにやって来て、自分の家に来て正月を過ごすように誘ってくれるのをただ待つばかり。待って待って正午ごろ、やっと妹の二人の息子がやって来て、年玉をねだる。めいめいに真っさらの二元の札を一枚ずつ手渡すと、大喜びで跳びはねて帰ったが、老人に家に来て団欒してくれとの意の言づてはなかった。日暮れに到り、がっかりした老人は普段は大事にしまって置く新しい上着とズボンを脱いで、いつもの古い衣装に着替える。失意も極点に達したまさにその時、あの二人の甥たちがやって来て言う。「伯父さん、母ちゃんが家に来て飯を食ってくれって言ってるよ」老人はまた大急ぎで新しい上下と鞋下に着替え、鷹揚な様で二人の後について出かける。窑洞《ヤオトン》のドアを入ると、灯りが点いていて、妹が待っていて、しきりに弁解して言う。「今日は来客が多くて、兄さんに来てもらうのがひどく遅くなってしまった」老人はオンドルの焚き口に近い辺りに座って、口ではただ「わかった」と言う。見回したところ、葉支書がいないので心中またいささかがっかりする。妹は言う。「葉は舞台の面倒を見に行ったの。あの人はとても忙しい人だから放っておきましょう」言いながら、鍋の中からはるさめの豚肉炒めを一碗盛りつけ、それと幾つかの小麦粉のマントウをオンドルの上に並べて彼に食べるように勧める。彼が箸をとって食べようとすると、妹がまた言う。「ゆっくり食べて。食べ終わったら中庭の門に鎖を掛けておいてね。わたしと子供たちは芝居を見に行ってくるから」鉄腿老人はびっくりしたけれど、ただ言うほかない。「ああ、行ってこい。遅れて見損なっちゃいけねぇ」話し終えた妹はベンチを持ち上げ、子供たちといっしょに慌てふためいて出かけて行く。鉄腿老人一人が灯火の下に残される。こんな食事では、箸も重く、のろのろと飲み下し、幾度か止めようかと思った。

どうにかこうにかやっとの事で食べ終え、中庭の門に鎖を掛けて学校に戻ったが、熱いオンドルも暖かい布団もあるわけがなく、着の身着のままで横になり、朦朧《もうろう》としているうちに一旦は寝入った。自己のこの生涯を振り返れば、異郷を渡り歩き、義侠心に富み、気立て優しく人を助けたが、その結果と言えば、実の息子・娘たる肉親の伴もなく、只今ここにこうしてある。何と悲痛な事ではないか。こう思い、ああ思い、胸中一団の煩悶に苦しめられ、気を紛らせて寝入る事も出来なくなってしまう。翌日は朝早くに目が覚める。どうも頭が重く、鼻がつまって目もちらちらする。昨日何度も着替えたりして風邪をひいたらしい。オンドルの壁にもたれてやっと立ち上がり、どうにか身体を支えて火を起こす。トウモロコシの粥を煮るが、出来上がる前にまた寝てしまう。悪夢にうなされているうちに、楊文彰が入って来て飯を食う気配を感ずる。ひとしきり鍋や碗の音がして、二言三言何か問いかけられる。答えるのも億劫でただうんとか一声応じているうちに彼は立ち去った。

それから何時間寝たか。うつらうつらしていると、バタンという音がして、窑洞のドアが開いたようだ。入って来たのは子供を連れて風呂敷包みを提げた一人の中年女である。顔は土気色で唇は紫色、まったく疲れはてた様子。よく見知った顔のようだ。必死になって思い出そうとするが、思い出せない。女はばたんとオンドルの隅の方に跪《ひざまず》き、山東訛りで彼に呼びかけて言う。「張兄さん、わたしを見忘れですか?」これでようやく気づく。山東の郷里の向かいの家の七番目の兄嫁だ。この女は自分の昔の情人だった。今ここに現れるとは、まったく思いもかけない喜びだ。しばしの間、彼は目頭にじんときて涙が出そうになる。慌てて起き上がり、オンドルから下りて、彼女を抱え支えて言う。「戦争騒ぎの当今、あんたとこの子はどうやってここにたどり着いたんだ?」七番目の兄嫁は涙滂沱《ぼうだ》として言葉にならない。彼はまた問う。「家の黒七兄貴はどうした？　いっしょに来たんじゃないのか？」黒七の兄嫁は泣きながら言う。「あんたが出た後、わたしはとても辛い目にあった。あんたの七兄の以前から犬猿の仲だった相手の男がことごとに因縁をつけ、七兄を悪役に仕立てて、ひたすら槍玉に挙げたの。肝っ玉が小さい七兄は堪えきれなくて、とうとう自分で毒を飲んで死んじゃったの。残された孤児と後家、頼るところもなく、日に日に追いつめられて、抜け出しようもなかった。どうしようもなくて、この子を連れて家を出てさまよっていたら、路上で華山の兄弟お二人に出会った。それで、あんたの住所を教わったの。ずーっと乞食をしながら活きてきて、あらゆる苦労をなめ尽くしてやっとたどり着いたの。張兄さん、お願いします。昔の誼《よしみ》を思ってわたしたち母と子と二人を助けてください」語り終えると、泣きに泣いて涙は雨の如く、収拾がつかない。泣きながらさらに子供を引き寄せて言う。「鳳仙《ほうせん》、あんたの義父《おとう》さんに跪いてお願いするのよ」彼は慌てて手で支えて、続けざまに言う。「やめろ、やめるんだ。何て事をさせる？」言いながら、子供を引き寄せて懐に抱き、その鳳仙を見てみれば、すでに十四、五歳ほど、小さい鼻に小さい目、七番目の兄嫁の幼い頃とよく似ている。衣服は襤褸《ぼろ》だが、利発で人好きがする。この時になって、彼は身体が軽く気分もすっきりしていることに気づき、いつもと同じように、火を起こして飯を作る。小さな鳳仙はこの時姿が見えない。彼は子供は遊び好きだから、校庭に遊びに行ったのだろうと思った。食事をする時間になると、兄嫁が碗を捧げ持ってきてくれる。彼はもう子供のことを思わず、ただ兄嫁が食べ終わるまで見ている。二人は目を輝かせてオンドルの上に上がり、しばらく話をした後、ついに若い時と同じように、いささかの風情を添える。事が終わった後、またかの校庭を見るに、陽光照りわたり、気色うららかである。ただちに兄嫁を誘って校庭に到り、身振り手まねをまじえつつ、学校内において、勇武を輝かせ、勢威を示す自分の種々の栄光を知ってもらおうとする。

この日の午後、楊文彰はまた飯を食おうとして食堂に行く。ドアを開けて入ると、がらんとしていて何もない。心中秘かに悪態をついて言う。「糞ったれ。犬を飼うにしろもう少しましだろうが！　いつもいつも同じだ。この死に損ないは俺の事を虚仮《こけ》にしている！」ぜいぜい息をはずませながら竈《かまど》の火を起こし、鍋の中の朝の残りのトウモロコシの粥をあたためる。

ちょうどあたたまったころ、鉄腿老人がオンドルの上で叫ぶのを聴く。「この糞馬鹿野郎！」楊文彰は自分が罵られたと思い、びっくりして立ち上がったが、どうしていいのか途方に暮れる。鉄腿老人がまた怒鳴るのが聞こえる。「手脚を引っぱって、俺を捕まえてどうしようというんだ？　おまえみたいな土匪《どひ》野郎を俺が恐れると思うなよ。山東へ行って、俺様が誰だか聞いてみろ！　知らないなら仕方がないが、知っての上の事ならおまえらの糞胆を取りひしいでやる！　俺と兄嫁がどうしたって？　俺ら二人は自由恋愛だ、国家の政策に一致しているんだ！　おまえらはどうしたんだ。どいつもこいつも嫌らしい形相をしやがって。人の姑や嫁を力ずくで分捕ったり、娘たちを犯したり。おまけに、一日中ろくでもない格好をして、人を馬鹿にしての悪事三昧、どの一件だっておおっぴらにできるかい？」楊文彰はまるで訳のわからない話を聴きながら、彼が喚いているのは自分とはまったく関係のない事なのだと気づく。それにしてもどうした訳だと、そっとオンドルの上の様子をうかがう。鉄腿老人が顔を真っ赤にし、両手で布団の襟をきつく握り、両の目を茫然と大きく見開き、まるでそれが実在するかのように、無形の何者かに対して顔を向け、さらに楊文彰がそこに居ることには気づかず、しゃべり続ける。「姐さん、怖がらなくていいよ。俺がいるかぎり、あんたは何も恐れる必要はない。葉金発《ようきんはつ》〔金発は葉支書の名前〕が俺たちをどうするつもりか、気をつけろ！　馬鹿野郎が。見てろ！　見てろ！……」

彼の語っているすべてがうわごとだと気づいた楊文彰は、大声でしきりに呼びかける。「親方、張親方、目を覚ませよ！」張鉄腿は起き上がって座るが、しばらくヒステリー状態で、喚く。「おまえは誰だ、俺はおまえなんか知らない！」楊文彰は口ごもりながら言う。「わたしは楊文彰だ。あんたはわからないのか？」鉄腿老人は喚く。「おまえは蚊か、ゴキブリか？　それにしても何というくだらない名前だ！　俺はおまえなんか知らない！」

ここまで聴いた楊文彰ははっとしてとても恐ろしくなった。大急ぎで抜け出す。老人は悪魔に取り付かれたか、そうでなければキツネの化け物に惑わされているんだろうと思う。犬小屋同然の自分の器材室に座り込んで、しばらく考える。それもまた静かに座っていられなくなり、校門を駆け出して葉支書の家へまっしぐら。

ドアを叩いて中に入ると、葉支書と呂《ろ》中隊長とその配下たちがオンドルの上の小机にあれこれ皿や鉢を並べて、酒盛りの真っ最中。お楽しみのところ、あまり手間取るのはまずいと思い、ずばり単刀直入に言う。「張親方が病気になった。とても重病だ」葉支書は酒杯を置いて言う。「何たる事だ。早すぎもせず、遅すぎもせず、わざわざ正月二日の時刻を選ぶとは」嬶《かかあ》もいっしょになって言う。「昨日の夜はどこも悪くなさそうに見えたけど。あんなに普通にしてたのに、急に病気だなんて？」楊文彰は言う。「老人はオンドルの上に横になって、ひたすら訳のわからん事をしゃべり続けていて、どう見ても様子がおかしいんだ」葉支書はオンドルから下りて、鞋を穿いて言う。「来い。俺が行って見てみる。みんな続けて飲んでいてくれ」こう言うと、楊文彰といっしょに学校に急ぐ。途中で栓娃《せんあ》に出会うが、彼もまたついて来る。

窑洞に入ると、張鉄腿が喉をごろごろ言わせてあらい息をしているのが聞こえる。栓娃は葉支書に代わって前に進み出て、老人の額に手を当て、続けて言う。「とても熱い、こりゃ熱い。葉支書、あんたも触ってみて。とても熱いよ」触ってみた葉支書は冷静に言う。「これはちょっと手に負えぬ。おまえ、洪武《こうぶ》を呼んで来い。効きそうな薬品もひっくるめて持って来させろ」これを聴いた栓娃は大急ぎで飛び出す。

葉支書は楊文彰を面前に呼んで、老人のここ数日の情況を、幾分か酔いのせいもあってか、穏やかに問う。楊文彰は勿論細大漏らさず自分の見聞したところをいちいち説明する。間もなく洪武が薬袋を背負ってやって来て衣服をはだけて体温を計り、口唇をこじ開けて舌苔を見てから、かなり慌てた様子でただこう言う。「この病気は厄介だ。数時間遅れると、老人は熱で意識をなくしてしまう」葉支書が問う。「診《み》たところ重篤かね？」洪武は言う。「老人の体力次第だね」葉支書は後悔先に立たずという感じで言う。「やっぱり俺が悪かった。ずっと仕事があまりに忙しくて、老人の世話がおろそかになってしまった」洪武はきびきびした動作で、注射器を取り出して老人に注射を打つ。老人の反応ははかばかしくなく、どうも棺桶に入りそうな予兆が大いにある。

甚だ平穏ならざるを見た葉支書が、また楊文彰に対して言う。「おまえどうする気だ？　ちゃんと俺に報告しないで、老人の病気がこんな状態になるまで放っておいて」楊文彰がどうしてこんな言いがかりに耐えられよう。たちまち震え上がって、真っ青になり、言葉につまりながら弁解する。「わたしは知らなかった、知らなかったよ！　わたしだって彼が病気でこんなになるなんてはじめて見た。大急ぎで走って知らせに来たが、それでもやっとこの時間なんだ！」洪武が薬袋を肩に背負い上げ、葉支書に向かって言う。「老人がよくなるかどうか、今晩次第だ。あんたが慌てても仕方がない。もう一時間したらわたしがまた来てみる」こう言うと背中を向けて出て行く。栓娃が脇から提案する。「葉支書、済元《さいげん》老先生に来てもらって、試しに診察してもらったらどうだろう」この時、葉支書はまた〝病気になっては医者をはしごする〟で、深く考えもせずに怒鳴りだす。「そんなら何故さっさと呼びに行かねぇんだ。俺に聞いてどうする！」栓娃は門を跳び出して走って行く。

この時、すでに日は暮れて真っ暗になっていた。楊済元先生の家の屋根付きの門の所に着いた栓娃は門を押したが、ガタンと音がするだけで、鍵がかかっている。立ったまま頭を回らして辺りを見回してわかった。今晩は芝居がある。楊済元先生は芝居となったらどんなことがあろうとも、絶対に見に行くことは間違いない。そこで大隊本部に行った。屋敷内に入る前から銅鑼やシンバルの音が響きわたり、観客のはやし声もわきあがる。大隊本部の屋敷に入った栓娃は舞台の下の黒山のような人を見る。まったく針も通さず、水も漏らさずの態だ。規定どおり、ぐるりと舞台の片側に回り、ぎっしりと面を並べた人びとの群れがきらきら輝くガス灯に照らされている様子を見わたす。

## 27 大害は衆に施す。鄧連山が出獄する

さて、大害《だいがい》は旧正月の元旦、唖唖《ああ》がデニムの衣服を脱ぎ捨て、大喜びで出て行くのを見ると、胸中とても辛く、炭鉱で病気が再発した際に、あの暴れまくり、怒鳴りまくる前兆の有ったことが自ずと思い出される。急いで横になり、年の始めのこの数日は外出して騒ぎを起こし、村人の目にとまって笑いものになるような事は絶対に避けなければならないと考える。そうして、身体をエビのように縮め丸めてゆっくりと眠りに入る。この時、もしも天の神様に目があったなら、大害はまるで打ちのめされた犬同然に見えたろう。そうして、神様は彼のために憤慨し、嘆息せざるを得なかったろう。

大害がかかったこの病気は重いと言えば重いし、軽いと言えば軽い。その元はやはり炭鉱から説明し始めるほかない。炭鉱に来た大害は、始めは真面目に出勤してよく働き、地下に降りて仕事をし、稀に見るほどに堅実で積極的だった。それが、あのあばた面の女に出会ってから、突然気性がめちゃくちゃになってしまった。あんたはどう思う？　元来、大害のこの女を遇すること、女たらしや妓楼の客とは明らかに異なっていた。狙いは目で見る願望を満足させる事であった。総じて、この女の立ち居振る舞いには自ずと曰く言いがたい美感があった。

ある日の午後、空はまだ明るかったが、大害はあばたの女の退勤時間を計算して、山裾を曲がったトウモロコシ畑に隠れた。ずっとそのまま夜中まで待った。月明るく、星まばらなる天が下、ようやく彼女がしゃなりしゃなりとやって来るのが見えた。大害は傍へ行って、進路を遮る。女はびっくりして誰と問う。大害はうつむいて言う。「俺だよ」女は言う。「びっくりした。土匪《どひ》が追いはぎをするのかと思ったわ」大害は言う。「違う、違う。俺だよ」女は問う。「あんたは何をするつもりなの？」大害は言う。「別に何も。ただ話をしたいだけだよ」女も断りはせず、道路の切り通しになっている所を選んで座る。大害は後についていってしゃがみ込む。女は言う。「何か話があるなら言って。わたしが聞くから」大害は言う。「別に話す事はないんだ。ただ、あんたとしばらくいっしょに座っていたいんだ」女はあざ笑って言う。「わたしについて来なさいよ」そう言うと、立ち上がり、大害を連れ、溝に沿った幾筋かの坂道を回り、ある廃止された鉱洞の入口で止まる。女は大害に問う。「マッチ持

ってる？」大害は「持ってる」と言いながら取り出して渡す。受け取った女は一本点け、また一本点けて、前の鉱道を照らしつつ大害を導く。幾らも歩かずに、一面に草を敷きつめた場所が現れた。またマッチを一本擦って鉱柱の天辺にかけたランプに点灯する。彼女はここにしょっちゅうやって来るらしい。

大害は彼女の向かい側に座る。ランプの灯りの下、女のあばたもぼやけ、顔の輪郭のほうはことさら美しく見える。彼女は言う。「あんた、こっちへ来なよ。わたしがどうするか目を見開いてよくよく見るのよ」大害は気がふさぎ、顔は紅くなり、どうしていいかわからない。彼女はまた言う。「あんたみたいなこんな男は見たことないわ。相手にしないでおけば、しみったれチンポは突っぱるし、相手にすればしたで、縮み上がってピクリともしないでしょう」言いながら、何と自分でさっさとベルトを解いてズボンを脱ぎ、ため息をついて、仰向けに横たわり、大害がのしかかって事をなすのを待つばかり。

大害は童貞の身、こんな格好はかつて見たことがない。この正念場、精神は甚だ追いつめられ、女の傍らで上下の歯をがちがち鳴らし、手を左右に振って言う。「だめだ、だめだ。俺はただあんたと話がしたいだけなんだ」

女のほうはあばずれが性となっている。事すでにここに到った以上、どうして中止できようか。罵って言う。「大間抜け、あんたみたいな男は見たことない。わたしをこんな遠くまで歩かせて、できないなんて。ここまで連れて来てあげたわたしを何だと思ってるの？」大害は立ち上がり、逃げ出す格好で言う。「俺は行くよ！」彼女は敷いてある草を叩《たた》きながら座り、「行く、どこへ行くの？　そんな勝手なことはさせないわ！　こうなった以上、行くと言ったからとて行かせはしない！」言うなり、大害をぐいと引き倒して押さえ込む。その様相ときたらまったく大害を強姦するかのようである。パニック状態に陥っている大害のズボンを引き下げ、さらに手元に転がした大害にぴったりくっつく。この時、大害の心臓は雷が鳴るみたいにどきんどきんと轟き、慌てふためく中にどっと出してしまう。もう役に立たないと見た女は大害の横っ面にビンタをくれ、さらに大害を片側にごろんとひっくり返し、そのズボンを抜き取り、それで自分の秘所を拭い清めてから自分のズボンを穿き、憤然として立ち去る。大害はすっぽんぽんで数歩追いかけるが、彼女はすぐに遠ざかる。戻って、乱れた草の上に座ったが、泣くに泣けず、笑うに笑えない。一気に罵りまくりたいところだが、誰を罵ればいいのか、それもわからない。

このような経過が大害をして大いに悟らしめた。男たる者の世渡りの基本的道理を知った。女とごたごたを起こすとそのまま自分の精神がおかしくなり、人にあれこれ取りざたされるような事になるのだ。村に戻って以後、大害は人の身になって考えるようになり、ずいぶん性格も変わり、誰に対しても一律に寛容になり、特に女性に対しては丁寧親切になった。それはそうとして、人の性の酷薄なる事は万古不易のはずである。どうして彼一人がこのような変身を成し遂げ得たのか？　それはこういう事なのだ。ある夜、床に就いた大害はあれこれよしない事をしばらく考えた末にやっと眠りに入ろうとするその時、窓の外に一陣の風の音が響き、それに続いて誰かが彼を呼ばわる声がする。「大害！　大害！」これを聞いた大害は、寝返りを打ち、驚いて目を覚ます。布団を抱きかかえて揺らめくランプの灯りを見つめながら、しばらく考えにふける。自分はどこへ行ってもこの心の底にひそむ暗い追随者に追いつめられて、身を隠す場所がないのだと思う。母親在世中の事を考えても、自分は家を出て辛い思いをし、いまだに人に訴えて聞いてもらいたいと思う事がある。現在、母はもう居らず、たった一人残された自分は何とも周章狼狽《しゅうしょうろうばい》、困苦の極みにある。あれこれ考えると、どうしても独りでに泣けてくる。泣けば泣いたで我ながらうっとうしく、また思い乱れる。そのあげく悲痛なところに思い到ってはまた泣く。こんな状態が明け方近くまで続き、感覚も完全に麻痺困憊し、そうしてようやく眠りに就く。

朦朧《もうろう》たる中で、誰かが耳元で喚くのを聞く。それは何かを罵っているのだが、甚だ聞くに耐えない罵り様で、普通の言語でもって形容することは到底不可能である。びっくりした大害はどっと冷や汗を流したが、ただ窑洞《ヤオトン》の中の灯火のきらめきが目に入るばかりで、周りには何もない。またまた慌てて横になったが、今度はもうどうしても眠れない。

それからさらにどれほどの時間が経過したかわからないが、窑洞の後ろの方で誰かがまた喚く声がする。「大害、おまえはどうしたんだ？　こんなよれよれしょぼくれのおまえに出会ったからには、俺が一丁気合いを入れてやろう！」この叫び方がまるで心底からのようなのは、まったく大害の意表に出た。驚いて目を覚ました大害はオンドルの壁にへばりつき、ぼーっとしながらも、窑洞の後ろの方に向かってどなり返す。「何をそんなに喚いているんだ？　俺様を眠らせないつもりか？」罵声はこれには反応しないが、ただ、オンドルの焚き口の側に、一人の人が立ち上がるのが見える。大害はびっくりして体中から冷や汗が出て、夢の中での奇々怪々の事はすべて記憶の外にとんでしまう。目を凝らしてよく見ると、唖唖である。気を取り直して急いで問う。「いつ来たんだ？　俺はまるで気づかなかった」驚き困惑していた唖唖は彼がまたこんな事を言うのを聞いて、いくらか落ち着き、外を指さす。大害が振り返って見ると、外は明るくて、日は高く昇っている。唖唖は俺のために飯の仕度に来てくれたのだと了解する。それなのに喚きちらして彼女を困らせてしまった。こう思うと、急いで上等の衣服を身に纏《まと》う。

そうして、オンドルから下りようとしたまさにその時、中庭の方からどたばたという足音が響いてきて、大義《だいぎ》ら一団の若者が群れをなして窑洞のドアを開けて、なだれ込んでくる。委細かまわず、窑洞の奥に入ってかの祖宗の位牌に向かって、次々に跪《ひざまず》いては口をそろえて言う。「大害兄さん、俺たち兄貴に年始の挨拶に来たんだ」大害は大いに喜びながらも、慌てて手で支え起こして言う。「新社会ではこんな礼はしないよ。早く立つんだ」すると、みなは立ち上がる。大害がみなにオンドルの上に上がるように勧める。全員遠慮なく、鞋《くつ》を脱ぎちらして上がり、それぞれに座が定まる。法法が風呂敷包みを取り出し、みなの面前でほどいて言う。「たいした物じゃないけれど、おっかぁが油で揚げたんだ。大害兄さん、食べてくれ」大害は言う。「こんな物を持って来て、どうするんだ。俺の家に来るときには、俺がみんなに食い物の手当をするのが道理だろう」みなは言う。「兄貴にも都合があるだろう。都合がつく時なら喜んで兄貴の所の物をいただくよ」大害はうなずいてわかったと言う。興奮のうちに、上着のポケットから二元札を一枚取り出して言う。「誰か俺のために駆けて行って酒を一瓶買ってきてくれ。今日は一丁みんなでにぎやかにやろうじゃないか」また大義が言う。「俺が行く」大害が言う。「ついでに四貴《しき》の家の徳利と杯を借りてこい」大義は一声はいと言うと、鞋を穿いてオンドルから下り、小走りに走り去る。

この時、トウモロコシの粥を熱く煮立てた唖唖がこれを碗に盛って大害の所に持って来る。大害が言う。「みんないっしょに食おう。トウモロコシの粥をすすりながら油の揚げ物を食う。仙人の食事みたいに美味《うま》いぞ！」

みなはもう食べて来たと言う。大害はそれ以上は遠慮せず、碗を取り上げて食い始める。一碗の粥が腹におさまったころ、大義が酒や徳利を持って戻って来た。大害は歪鶏《わいけい》に命じて酒瓶の栓を開けさせ、一対の酒杯二個を並べてこれに酒を満たす。オンドルの裾の所に立っている唖唖にトウモロコシの粥の碗を渡してすすがせる。自分は手ずから徳利を執り、顔色を正して言う。「本日は俺のこのぼろ窑洞によく来てくれた。これは俺を立ててくれているということだ。俺を立ててくれる人はみな俺の兄弟だ。俺は今主人であり、みなは客人だ。客人は主人の言う事を聴かなければいけない。今から俺が一人ずつに一献さし上げる。その狙いは、俺たちこの一団の今年中のより緊密な団結とよりいっそうの活性化を祈念しての事だ」大害がこう言うのを聴いたみなは、もう誰もしゃべったり笑ったりせず、年の順に一人一人一杯ずつ飲む。農村の若者は酒を飲んだことがないから、一杯を空けないうちに、喉がいがらっぽくなり、胸はどきどきして、呂律《ろれつ》もあやしくなってしまう。最後は大害の番になり、自分で杯を一杯にし、ぐっと仰向いてこれを空ける。その後がちょっと混乱した。みなが大害を取り囲んで、こっちから一献、あっちから一献と勧める。これを受ける大害はてんてこまいで、対応しきれない。傍らに立っている唖唖は目に一杯涙をためながら、誰も彼もがみな等しく大害を重んずるのを見て、自然と喜びがこみ上げる。

ほろ酔い気分になった大害は、頭を回らして唖唖を見て問う。「俺があんたに上げた服をどうして着ないんだ？」怯えた唖唖は頭を垂れて退く。大害は大義に命じて、オンドルの隅からデニムの服を取り出させる。大害はこれを唖唖に手渡して、着るように命ずる。唖唖は先ず窑洞の奥の方へ行って顔を洗い、それから戻って来てもじもじしながら着替える。オンドルの前の方に立った大害はみなに問いかける。「みんな見ろ。唖唖はきれいか？」すっきりみずみずしく別人のようになった唖唖を見たみなは感に堪えない様子で、声をそろえて誉め讃える。「きれいだ！」恥ずかしくて紅くなった唖唖は両手で顔を隠して竈《かまど》の方へ引き下がり、もうみなと顔をあわせない。これでまたみなは大笑い。大害は言う。「はっはっは。あの娘《こ》はまだ恥ずかしがっている。あの娘は可哀想だよ。正月だって新しい服の一着も着せてもらえないんだ」こう言っていると、窑洞のドアの外で大声で大害を呼ぶ声がする。大急ぎで返事をした大害がオンドルから下りようとすると、その人はもう中に入って来る。大隊本部の文書係の根盈《こんえい》だ。手に一枚の為替用紙を持っている根盈は口を開いて言う。「大害、あんたは金持ちになったぞ。おとっつぁんがあんたに金を送ってきたぞ」大害は問う。「あんたは誰って言った？」根盈は言う。「あんたのおとっつぁんだよ」大害は頭を振って罵る。「馬鹿野郎、あいつが俺の事なんか覚えているかい！」根盈は為替用紙を手渡して言う、「信じないならこれを見ろよ」

受け取ってこれを見た大害は黙ってしまう。この成り行きにみなはしきりに身を乗り出して様子をうかがう。それから盛んに褒めそやして羨み、言う。「いい人だね、百元も送ってくれるなんて」大害はみなを押し退け、腹立たしげに言う。「これは亡父の不義の財のおこぼれだ！　俺はいらねぇ、もともと糞ったれのこんな金、叩き返してやる！　あいつが俺をひどい目に遭わせたんだ。くたばる時になっていい人ぶりやがったって。くたばりやがったからには俺はあっちの方を向いて万歳を三唱してやる！」大義は言う。「大害兄貴、『水滸伝』にも言うじゃないか〝不義の財、之を取るも罪無し〟って。やっぱり収めておいたほうがいいと俺は思うけどなぁ」しゃくにさわっている大害はしばらく思案していたが、とうとううなずき、答えて言う。「よし、それじゃ先ずはともかくこれは収める！　そうしてこうしよう。俺たちはこの百元でもって貧乏な人たちを助けよう！　雷鋒に学んで進んで人を助けよう。おまえはそう言いたいんだろう？」言い終わると根盈に酒を勧める。根盈は断るわけにもゆかず、受けて飲む。飲み終え、辞去するに際して言う。「表の大隊の判子は俺がもう捺《お》してある。あとはあんたが拇印を捺して郵便局へ行きさえすれば、それで受け取れる」言い終えると、ドアを出て行く。一幕の見せ場はかくて落着した。大害が酒瓶をかざして見ると、まだ半分は残っている。これを一気に飲み干し、両腕で頭を抱え、オンドルの上に倒れ込む。みなはこの様子を見ると、大急ぎで枕をかったり、布団を掛けたりし、ちゃんと眠れるように処置して帰って行く。

その後、大害は言ったとおり、大義らの人びとと相談の上、生活困難世帯のリストを参照して、百元の金を一世帯あたり二元ずつ分配した。金を目にした村人はそれぞれに大喜びする。みな大害は天が下稀に見る第一等の善い人だと言う。中にはけしからぬ者も居て、金を持って来た時に不在だったのに、ずうずうしくも嘘っぱちをでっち上げ、わざわざやって来て強要する。その他いろいろな事が起こるが、その度に大害は手当をする。忙しくどたばたと六、七日が経過した。奇妙な事に、〝銭を失って災い消える〟の諺どおりになった。気づいてみれば、耳の奥がすっかりさっぱりして、毎日のスピッツが吠えているようなあの喚き声が消えてしまっている。

話は有柱《ゆうちゅう》の事に戻る。叔母の夫李鉄漢《りてつかん》が一群の人員を引き連れて来て、有柱を助けて家具や調度品を奪い返してくれてから、有柱は範家荘に身を隠して、一箇月余り養生していた。その後、情勢平穏なのを見て、また村内に戻って来た。戻って来た有柱は態度端正、容貌温和、まるで別人の如くである。人に会えば物を訊ね、初対面の人にも話しかけ、人情の常、物事の道理など種々の話題ただただもう語って尽きない。村人たちは初めは甚だ驚き怪しんで、まともに面と向かって相手にした。だがしばらく経つと、決まりきった話や例の調子という訳で、十分に敬遠されないわけにはゆかない。それで、人びとはでたらめを言って彼をからかい、騙してろくでもない所行に及ばせる。とりわけ人がマントウを見せて、何々をすればくれてやると言うと、どんなことでもすぐにやる。犬の吠えるまねをしろと言えばやるし、寝取られ男になってみろと言えばなってみせる。このような類で、何でもやる。ただし、人にいささかでも欺き、騙そうとする気配があればたちまち見破る。こんな様相がずっと続いたが、叔母の夫が大きくなった雷娃《らいあ》を村に送り返すに及んで、これが有柱の相手をする。息子の強制を受け、その行為もようやく収まる所がある。しかし、数日ごとに、悪い病の発症することがあり、息子がロバを引いた父親に教えるあの『イソップ物語』のどたばた芝居を再演することになる。諺にも「行く手を遮る江河はあれど、日々は途切れる事がない」と言うが、よい事もあれば悪い事もありながら時は流れ、父子二人、どうにか暮らしている。年の瀬も迫るが、範家荘の叔父からの糧食の仕送りもあり、先ずはしのげる。油気や肉や魚はないけれども、鄢崮《えんこ》村ではそれで体裁が悪いという事はない。

さて、旧正月の二日の夜、父子二人は芝居を見て家に戻り、服を脱いで寝ることになる。雷娃はやはり子供で、すっかり興奮してしまい、尻を丸出しにしてオンドルの上で遊び戯れるが、話題をみつけてその愚鈍な父親に話しかける。布団の中の父親はぐずぐずむにゃむにゃと応じているが、五分も経たないうちにいびきをかき始める。興ざめした雷娃はやむなくランプを吹き消して寝ようとする。ところが、おかしな事にこの夜に限って、心に何かがわだかまるみたいで、輾転反側《てんてんはんそく》、夢の中に入れない。そうこうしているうちに、突如誰かが門を叩くかすかな音がする。雷娃は驚いて正気になり、耳をそばだてる。確かに誰かが家の中庭の前の大門を叩いている。急いでランプに火を点すが、その物音はこの時さらによりはっきりとよりせっぱつまった感じになる。雷娃は熟睡している父親を揺り起こし、大声で言う。「父ちゃん、目を覚ませ。誰かが家の門を叩いているぞ！」有柱はにわかに目を開き、ぐるりと一回転してから起き上がると、しばらく耳を澄ませて聞き入り、言う。「雷、早く行って門を開けろ。範家荘の叔母ちゃんが来たんだ」雷娃は急いで衣服をはおり、鞋《くつ》をつっかけて駆け出す。中庭の門の所に来ると、そこに立ち止まって外に向かって問う。「誰だ？」外の人はかすれ声で言う。「有柱、早く開けてくれ。おとっつぁんだ」これを聴いた雷娃はぶるっと震える。驚喜して大声で叫ぶ。「父ちゃん、早く起きて来いよ。爺ちゃんが戻って来たぞ！」叫びながら、身を翻して駆け戻り、大急ぎで父親を助け起こして身繕いさせ、二人いっしょに門の所に駆け戻り、門を押し開いて外を見る。背中の丸まった真っ黒な一つの人影が門楼の足もとに見える。有柱は雷娃をぐいと一押しして言う。「雷、早くおまえのお祖父さんに跪いて礼をしろ」その黒い影はすばやい動作でさっさと門のかまちを踏み越え、雷娃を抱きすくめるとすすり泣く。泣きながら言う。「可哀想だったなぁ、生まれて以来、爺は何の面倒もみてやれなかった。さあ、さあ、急いで入ろう。爺によく顔を見せてくれ」言いながら抱えた両手を放してふり返り、有柱に自分が担いできた巻物にした荷物を持ち上げさせる。紐の端を引っぱった有柱はびっくりして言う。「何て重いんだ！」黒い影は言う。「慌てるな、二人で持とう。この包みは百八十斤〔九〇キログラム〕以上ある。普通の人では運べない。百十里〔五五キロメートル〕の山道を、二日二晩ずっと背中にくくりつけて来たんだ」話しながら、祖父から孫まで三代、荷物を担いで窑洞のドアを入る。

灯りの下、雷娃が見た爺ちゃんは痩せて小さな老人である。朝な夕なに自分が思慕していたあの英雄の形象とは隔たること甚だ遠い。当初のあの喜びの熱量はたちまちに下落した。有柱は竈に火を焚いて飯の仕度をし、小さな老人は雷娃をオンドルの上に引っ張り上げて、しばらくの間、撫でたり見つめたりし、また学校へ行っているか、『老三篇』〔二八頁参照〕は暗誦できるか等々を問う。雷娃は頭を胸前に埋め、もうあえて二目とは老人を見ない。何故なら、爺ちゃんのギラギラ光る両の目は人を刺し、これを避けることは出来ないような気がするので。

　話をしている間に、トウモロコシの粥が煮え、老人はこれを食べながら有柱に質問する。有柱は話が日々を過ごす難儀の箇所に及ぶと、ひとしきりめそめそと泣く。老人は彼を慰めて言う。「倅《せがれ》よ、泣くな。毛主席は俺たちを教え導いて言われた。〝困難な時期には成果に目をむけ、光明に目をむけて、われわれの勇気をふるいおこさなければならない〟〔『毛主席語録』所載。その元は『毛沢東選集』第三巻所収の「人民に奉仕する」〕と」有柱は言う。「確かにそれは道理だが、ここ十年、俺たちはどんな日々を過ごしてきたか、わかっているだろう。村の連中は俺たちをいじめぬいたじゃないか！」爺さんはまた言う。「おい、倅よ、監獄にいる頃、俺はおまえがそんな事を考えているんじゃないかと心配していた。確かに俺の心配したとおりだ！　俺たち祖父から孫まで三代しっかり学習しなければならん。林副主席も俺たちに指示した。〝『老三篇』は幹部が学習しなければならないだけでなく、戦士も学習しなければならない。実際と結びつけて学び、よく活用すれば、効果覿面。ひたすら真剣に学習せよ〟」

　これを聴いた雷娃は爺ちゃんが三十分前に一見した挙動不審にして品のないあの爺ちゃんとは別人のような気がする。自分の前に座っているのは確かに思想の進歩した、政策の水準の大変高い、穏やかな老人だ。こう思うと、雷娃は感動した。この夜、祖父から孫まで三代話しあい、語りあい、夜明け近くになってようやくそれぞれに横になった。

## 28　宝珠を抱いた龐二臭は昼夜駆け回る

　舞台の下にたどり着き、蟻のはい出る隙もない黒山の人だかりを見た栓娃《せんあ》は、ぐるりと柵を回って土台の上にはい上がり、人混みの全体を眺望する。すると、土埃のたちこめる東側の人だかりの辺りにちょっとの隙間があって、そこで二人の男が揉みあっているのが見える。栓娃が手で光りを遮ってしげしげ見てみると、あの床屋の龐二臭《ほうじしゅう》が一人の老人をつかまえて、詰問し、みなはこれを取り囲んで騒いでいるのだ。龐二臭の声だけが聞こえる。「糞ったれが、あんたは八王の遺珠とかぬかしたが、俺が見たところ、王八《すっぽん》の泡《あぶく》だ！　今日こそは決着をつけてやるぞ」老人はしきりに詫びを入れ、懇願して言う。「俺の話も聞いてくれ、兄弟。兄弟、兄弟、俺たちこんな事をしなくても。話があるなら後で落ち着いて」二臭は言う。「後でゆっくりだと？　旦那、俺は何度も何度もあんたを訪ねたのに、あんたは頑として白《しら》をきりどおしで絶対に非を認めない。後で俺は誰に会いに行けばいいんだい？　糞ったれが。あんたは真っ白いマントウに美味《うま》い豚肉をのし板の上に並べて、目出度く正月を過ごしている。おまけに柳泉河《りゅうせんが》の若後家と連れ立って芝居見物。まだ贅沢が足りないのか。それにしても、旦那、俺が今年をどうやって迎えているか、わかるかね！」言うなり、またその老人の襟元をひっつかむ。老人は手を出してこれを遮りながら且つは言う。「兄弟、乱暴はよせよ。芝居が終わったその後で話せばいいだろう？　あんた、どうしてこんな乱暴を！」みなは勿論事の原因を知らないから、互いに問い合わせたりする。

　もともと、龐二臭はあの夜お宝を手に入れるや、嬉しくてたまらず、いそいそわくわく栓娃の家へ駆けつける。門の上に渡した横木の上に手を伸ばして探ってみる。もっぱら彼のために置かれている門の閂《かんぬき》をはずすためのあの鉄の錐《きり》がない。と言うことは、今晩の栓娃のおっかさんのオンドルには面倒を見てくれる人が居て、彼に御用はないという事だ。そこで、二軒通りすぎた三軒目の桂《けい》香《こう》の家の表門に到る。彼女の家のこの表門は二月か三月ごろ撤去して糧食と交換されて食物になってしまった。今はただ中空の枠が残っているだけで、中に入るには却って都合がよい。さっそく入って、窓の外に立ち、しばらく耳を澄ませるが、室内はひっそりとしていてもの音なく、みなぐっすり寝入っているらしい。手を伸ばして窓の格子を二度ほど叩いてみる。中から誰か人の声がした。桂香の舅《しゅうと》である。

　この老人は村内の人誰もが知る厄介者で、見境なく人にかみつく。思うに、年末になって河中の製粉場も番人が要らなくなって、それで戻って来て何日かを一家団欒で過ごしているわけだ。何と間の悪い事。何たる不運。声をひそめて罵る。「糞爺奴《くそじじいめ》が！」くるりと向きを変えて中庭に戻って数歩歩んだが、このままこの一幕で終わりにするのは何とも得心がゆかない。そこでまた身を転じて向きを変え、黒爛《こくらん》の家の門に到り、これをぐっと押すとぎぎぎと開く。窓には灯りが点っていて、中でばたばたとふいごを吹く音がする。大胆に歩を進める。水花《すいか》は栓娃のおっかさんのように猛り狂って乱戦したりはしないだろうが、却っておとなしくよく言う事を聴いて、ゆったりのびのびと横たわり、これはこれでまた別の滋味もあろうなどと、胸中妄想する。彼女の身体でお宝を試してみるのは、彼女にとってもうけものだろう。豚小屋の所を曲がり、窰洞《ヤオトン》のドアの閂を探り、コツコツと叩く。ふいごを吹く音がすぐに止み、息子の山山《さんさん》の足音が聞こえ、ドアの所まで来ると「誰だ？」と問う。二臭は朗らかな声で応ずる。「俺だ、おまえの二番目の叔父さんだ」少しの間、中は静まりかえる。水花がドアの方に向かって来る足音がする。水花はドアを隔てて言う。「二臭、随分遅いじゃない？　こんな夜更けに。何か急ぎの用なの？」二臭は懐中のお宝を手で押さえながら言う。「あんたに言いたいとてもいい事があるんだ！」水花は言う。「あんたにどんないい事が有るの？　本当に有るならちゃんと言えるの？」二臭は言う。「いい事を教えてやるよ。今晩俺たち二人たっぷり楽しもうぜ」水花は彼の話を遮って言う。「馬鹿をお言いでないよ。あんたのその減らず口を引き裂いてやるわ！」二臭は一生懸命に閂を引っぱり、にたにた笑いながら言う。「何か美味《うま》い物を作っているな。それを俺に見られるのが怖くて、それでドアも開けないんだな」中からはもう返事はない。二臭は二時間も外で待ち尽くし、二度ほど閂を叩いた。中ではふいごを吹いたり、麺生地を刻んだりしているが、まるで彼を相手にしない。天気は明らかに氷のように冷えて来た。二臭は綿入れの上着の襟を掻き合わせ、鼻水をすすり上げるが、もうがたがた震えるばかりで、風邪をひいたようだ。

　この時の宝珠を懐に押し込んだ二臭は、かの古の楚人卞和《べんか》が国門の下に立ったものの、人に評価されず、深く遺憾を覚えたのと同様であった（和《か》氏の璧を得た卞和はこれを楚王に献上したが、初めは認められず、足切りの刑を受けた。『韓非子』「和氏」）。遺憾の余り、また自ずと悲憤を生じた。筋道が同じであるはずはないが、二臭のようないい加減な陰でこそこそ悪さをしている奴にして、なお且つかかる憂き目に遭遇する。ましていわんやかの才子《さいし》知嚢《ちのう》、さまざまな技量を有していようとも、時に会わなければ、珠は隠され玉は砕かれ、老いて他郷に死ぬではないか。真っ当な一件などどこにもありはしないと思うだろう。怒るもまたよし、嘆くもまたよし。しかし、いずれにしろ、まったく詮ない事である。浅薄の二臭にしてどうしてかくの如き道理が理解できようか？　地団駄を踏み、ドアに幾口か唾を吐き、身を翻して去る。今晩はまるで無駄足を踏んだなあと思いつつ、もはや家に帰って寝るほかない。

　次の朝早く目覚めた龐二臭は昨夜の事を思い起こすとまるで一場の悪夢のようだ。これまでの年月、懐にただの一元と二八の十六角ほどがねじ込んであれば、たいした手間をかけなくてもお次の番は見つかったものだ。今度は莫大な値うちのある八王の遺珠を懐中にしてあるのに、ぜんぜんついてない。これは何のたたりかね？　わからん事だ。情けなくて、怒る気力も出て来ない。起き出して、竈《かまど》に火をつけ、お湯の沸くのを待ってトウモロコシの粥を炊く。オンドルの縁に座って粥の炊き上がるのを待ちながら、枕元のお宝をとりあげて、子細に観察する。陽の光りの下で見ると、珠の色合いは暗黄色で、昨夜灯火の下で眺めた際のようなきらきらした輝きや潤いを帯びたまろやかさがない。あんなに沢山の金を払ってしまったが、それでよかったのかどうか、今日ははっきりさせようと思う。これが本物なのか偽物なのか、決着をつけなくてはならんと思う。幾らも経ぬうちに粥は炊き上がった。いつもの大碗で二杯食べる。今日はいらいらしてとても商売に出る気にはなれぬ。あのお宝を懐にねじ込んで、さてと家を出る。

　空はどんよりと灰色にくすみ、早朝の様相ではなく、午後のような感じ。目隠し塀の所へ行ってみると空っぽで誰もいない。突然大隊本部の辺りから銅鑼や太鼓の音がする。その奏法は先行のシンバルの後に単純に太鼓がつくだけのやり方でとてもめずらしい。この時、四、五人の子供たちが背後を駆け抜けるので、二臭は問う。「何をそんなに急ぐんだ？」子供たちは山東方言をまねながら叫ぶ。「普陽県毛沢東思想雑技宣伝隊だ！」二臭はかさねて問う。「いつ来たんだ？」子供たちは異口同音に答える。「昨日の夜だ」言うなり走り去る。この話を聞いた二臭ははたと悟る。昨晩栓娃のおっかさんがどうして鉄の錐を片付けてしまったのか、何と、雑技宣伝隊を買い入れたんだ。あのろくでなし女め！

言ってみればこれはまた普通の慣例である。栓娃の家の東側の窑洞には大きなオンドルが一つ築いてあり、山地を往来する客は、二角払うとここで休める。何年も前の事、一人の山の行商人が、百八十斤のあんずを担いで来たが、ここで日が暮れてしまって彼女の家に泊まった。当時まだ小さかった栓娃はあんずを見ると、まといついて欲しがったが、行商人は何としてもくれてやらない。そうすると、栓娃は泣いて喚いて大騒ぎ。行商人はどうしようもなくて中の熟しきった三つ四つを選んでくれる。栓娃の母ちゃんは憤慨を抑えきれず、夜になったらどうしたってあいつをとっちめてやらなくてはと秘かに思った。そこでさまざまの媚態を繰り出して彼を挑発する。その行商人は痩せ型で背が高く、一物も並ではなかった。この時はもう心色情に惑い、これが女の策略だと見破れるはずもない。栓娃の母ちゃんはついに畢生の業を繰り出し、オンドルの上で用いること三度、かの行商人を処置し得た。玉体を傾け尽くして敵国の首都を攻略したのである。

翌朝起き出した行商人は荷を吊した天秤棒を担ごうとしたが、足はよろよろで身体を支えきれず、大息吐息、中庭の門を出ないうちに三回も休む始末。栓娃の母ちゃんは窑洞の前に立って、いかにも気遣うみたいに言う。「兄さん、重すぎて担げないみたいね。そんなに休んでいたんでは町に着くまでに日が暮れてしまわない？　一つの籠の荷は家の東側の窑洞に置いて、もう一つの籠の荷を二籠に分けて担いで行けば。置いて行く分はまた明日来て持って行けば」行商人はちょっと思案の末に同意し、戻って一籠のあんずをオンドルの上にあける。何度も何度もよくよく頼み込んで、この一籠のあんずの値段が幾ら幾らだの、絶対に子供にいじらせないでくれだのと言う。栓娃の母ちゃんは二つ返事で、「安心しな。あんたの物、一つだって減らしはしないよ。窑洞のドアにはしっかり鍵をかけるから子供は入れないよ」

行商人が天秤棒を担いで門を出て行くやいなや、女は子供を連れて窑洞の中に入り込み、且つ食べ、且つしまい込み、あのこんもりした一山を何が何でもあらかた片付けてしまった。次の日やって来てオンドルの上を見たその行商人は、怒りで両の目がすわってしまう。栓娃の母ちゃんを探して話をするが、彼女は絶対に自分の非を認めない。却って自分の事は棚に上げて行商人に責任をかぶせる始末。この情、この理、誰に向かって訴えればいいのだ？　行商人はやむなくわずかに残っていたあんずを籠に拾い集める。一つ一つと拾っているうちにまたまた腹が立ち、責め始める。「以前人が李家街の酒、鄢《えん》崮《こ》村の女と悪口を言うのを聞いた。その時は信じなかったが、これでわかったよ！」罵り終わると、籠の底のわずかばかりの物を思い切りよくオンドルの上に撒き散らし、籠を提げて出て行く。栓娃の母ちゃんはその後ろ姿を指さし、足をばたばたさせてただただ笑う。人間世界でのこのような手練手管、巧妙と言うべきか、あくどいというべきか？

今度の普陽県のもまた彼女の家を宿にしている。そこでの竜虎の闘いが如何様に展開したのかはわからない。二臭はちょっとその事を思ったが、それ以上深く考える事は止しにして、大股で栓娃の家へと向かう。中庭の門の手前までは姐さんと呼びかけるつもりでいたが、開きかけた口をあわてて閉じる。こっそり気づかれないように入って行って、彼女をびっくりさせてからかうのも今日の一興だろう、と心に思う。東の窑洞、西の窑洞と見わたすと、どちらもドアが大きく開いている。人はいない。二臭は変だなと思う。辺りをうろうろすると、北側の窑洞の中からだけサラサラ、ガタガタといった音が響いてくるので、そっちへ行ってみる。栓娃の母ちゃんが尻を外へ突きだし、籠の方を向いて麦ぬかを篩っている。二臭は抜き足差し足で近づき、後ろにしばらく黙って立っている。女はまるで気がつかず、サッサッサッとひたすら籠の中をかき回している。二臭は手を後ろに伸ばして、ガチャンと窑洞のドアを閉める。この窑洞は窓がないので、中はたちまち漆黒の闇。ドアを閉めるやいなや、二臭は跳びかかっていって、女を燃料用の枯れ草の山に押さえ込む。驚いた女の叫び声は草の山の中に埋もれてしまう。二臭の手脚は敏捷に動いて、あっというまに女はすっぽんぽん。何しろこの女の腰帯の結び方について はこの上無しに熟知しているのだ。

真っ昼間こんなに元気漲《みなぎ》っている強人は誰か、この時すぐに栓娃の母ちゃんにはわかった。我慢できなくて笑い出し、笑いながら顔を向けて言う。「二臭、この死に損ないが。何てろくでなしなんだ！」二臭は山東方言のふりをして言う。「騒ぐでねぇ。俺は普陽県の者だ！」女は言う。「この馬鹿が。面の皮をひんむいてやろうか」言いながら手を伸ばしてズボンを撫でる。二臭は言う。「慌てるな。俺は賊で、おまえは今襲われているんだ。暗闇を幸い、おまえを強姦してやる！」女は言う。「でたらめ言って、どこにこんなずうずうしい賊がいる？　こんな草の山に潜らなくたって、どこか場所があるじゃない！」二臭が言う。「麦を刈った跡地での俺らの事、忘れたか？」女が言う。「忘れるかよ。あんたたら人を草だらけにして」二臭が言う。「もう待てねぇ。俺はもうズボンを脱いだ。もうちょっと近くに寄れよ。そしたら、俺にはあんたに見せたいお宝があるんだ」言いながら、機を見て宝珠を入れるが、女はもう身体を避けない。両人ともこれまでの乱暴な言辞を収めてごく穏やかになり、山を隔てて宝を取るの姿勢で開始する。

あるいはこの場所がまずいのか、幾らもしないうちにもう疲れてしまう。女が言う。「あんた、これじゃだめ。やっぱり絶対止しにして！」二臭は言う。「何ってこった？」いぶかりながらズボンを上げ、栓娃のおっかさんといっしょに草の山の窑洞を出る。東側の窑洞に入ると、二臭はあのお宝を彼女に手渡して見させ、且つはそのお宝の種々貴重なる所以を説明する。栓娃のおっかさんは初め何だかよくわからないが、それでも言ってみる。「あんたのあれはすりこ木みたいにでっかくて、普通の女じゃとても面倒をみきれないほどなのに、こんな物が要るの？」その後聴いて理解すると、たちまち且つは驚き且つは喜び、女一個の羞恥心などはあっという間にどこか遠くへ放り出し、夜辺りが静まったらもう一回気合いを入れて試してみようと、自ら約束する。二臭が普陽県の者の事を問うと、女は言う。「もう行ったよ。今日でわたしらの村での活動は終わりで、道具を片付けて斉家河へ行ったわ」二臭は言う。「それはよかった」そう言うと、窑洞を出、頭を垂れて歩きながらずっとさっきの一番の経過を熟慮するが、聴いていた話と試してみたところとがあまり一致しない。

この日一日、太陽を眺めながら夜になるのを待ちわびる。オンドルの上でもう一度試してみるが、相変わらず活況を見ない。却って面倒なだけだ。とりわけあの忙しい最中、押抜転換だの、気を借りて力を発すだの、あれこれいろいろあまりに不便だ。二臭は焦る。ここ数日立て続けにあちこち奔走しているのに、未だ風笑花飛の好況は開かない。

その後、あの楊済元《ようさいげん》先生を幾度か訪ねた。堂々たる風格の老先生が二臭と話をしない。二臭に問いつめられると、二臭が粗忽《そこつ》で落ち着かないから宝物の神秘の力と気を会することが出来ないのだと理屈をつける。二臭は実際に試してわかった上での事だからもう信用しない。珠を返して絶対に金を取り戻すと迫る。老先生はまるで手元が逼迫していて、到底返済など出来ないのだから一途に言い張って、これまでの事を取り消したりはしない。それは旧正月の二日の事だ。老人をつかまえ、衆人環視の中でどうしてくれると騒ぎ立てる。

絶体絶命のその時に、人混みの中の栓娃から大声で呼びかけられる。老人は大慌ての渡りに船、一面の騒音の中から掻きわけ出でて、栓娃について学校へと去る。

## 29　張鉄腿老人発病の由来とこれを癒やした楊済元の秘薬

賀振光《がしんこう》は旧年中に実の叔父から告発状を出されてしまい、当初はいささか泡を食らったが、如何なる神仙の処方した精神を安定させる丸薬を服用したものか、落ち着きを取り戻した。ここ数日は身に軍の黄色い外套をはおり、その装いは季工作組《きこうさくそ》とまるでそっくりである。人びとの言によると、彼は決心して、各方面の最前線において賀根斗《がこんと》と闘うと誓っているとの事。また話によると、賀振光は叔父を襲うために一本のナイフを準備しているとの事。ナイフは軍外套の中に隠してあり、いざとなればいつでも事に及べるそうな。要するに一時村中に随分いろいろな話があったが、多くは扇動好きの意図的な誇張やはったりであった。

大鉈を振り回す賀根斗にとって、もったいぶっている賀振光の如きは玩具をいじる赤ん坊のようなもので、まるで眼中にない。ただ、彼の女房の方はいささか焦った。女房は彼に言う。「あんたに言うよ、根斗、今の情勢はとてもはっきりしているよ。怖い者知らずのあんた、今までみたいに後先考え無しでは、あたしと子供と二人はあんたの巻き添えで大変な目に遭うかも知れないよ。昼間明るいときは気づかなくても、夜暗くなったら誰かに恐ろしい目に遭わされるかも。人としてこの世に生きて、大体のところは平凡に暮らせるけれども、一生涯全部自分の家の中庭にこもりきりで過ごしおおせるなんて事はあり得ないわ。他の人たちが積極的にやる時には、あんたも考えてみんな以上に積極的にやらなくちゃだめよ。人の前に出る、もっとまた出る。そうしなくちゃだめよ！」この文句、その言うところ、確かに深く大義を明らかにし、天文に通じ、且つは並の婦女の心底に非ざるところを示している。賀根斗は女房の言うところに理の有る事を認めた。家に在って考究すること数日、ついに一つの方法を生み出した。

この日の午前、賀根斗はどこからか捜し出した紅い宝書『毛主席語録』を手にして、村外れに立つ。髭はきれいに剃り、どこかの客になったような澄ました顔つきで、格好をつけて読みだす。居合わせた村人はごくわずかだが、さっそくどういう次第か説明を求める。賀根斗は待ってましたとばかり、長広舌を振るう。「林〔彪〕副主席は言われた。毛主席の一句一句は真理であり、一句は一万句に相当する。こんな時間に俺を見かけるのはめずらしいだろう？　俺が何をすると思う？　おまえらが俺に尋ねないからには、俺が先に何度も何度も自分に尋ねなければならん。水路の堤のなつめの木は誰も掘らない、井戸の水は誰も掻き回さない、豚小屋の中には誰も糞をしない。みんなどこだったらやるんだ？　さあどうだ？　尋ねるからには自分でわかっていなければならん！　現在村のみんなに向かって報告できるんだが、俺は天に上っていたわけでもないし、地に潜っていたわけでもない。俺は家の中にとじこもって『毛主席語録』を学習していた。学べば学ぶほど心はすっきりする。学べば学ぶほど体に力が湧いてくる。俺は何斤もの灯油を燃やし、一家三人で何が何でも昼夜の別なくこの紅い宝書を全部ひととおり読んだんだ」

この話は葉支書《ようししょ》の耳に入った。葉支書は思いめぐらした。賀振光は労働点数の記帳員の職位を引き継いで以来、幹部たちにこっそり少なからず貢いではいるものの、その性質は不実で、結局は支えきれない能無しだ。賀根斗は長年賭博が習い性となっているけれども、結局は義侠心のある人物だ。外が緩くて内が緊張している目下の情勢では、大目に見て彼を用いるのがよく、説明はまた後日どうにでもなろう。思いここに到り、その後大隊本部での会議でこの賀根斗を推すと、続々賛成。

ちょうどうまい具合に、この時公社では〝活学活用毛主席著作講師団〟を組織するところで、人を集めていたが、葉支書が賀根斗の様子を報告したのを聞くと、大して考えもせずにあっさり彼を指名してしまう。賀根斗はこれよりにわかに偉くなり、白米に上等小麦粉、諸国を周遊、一度家を出るとたちまち三、四箇月は経ってしまう。暇を見て村に帰って来る時の威勢ときたら、賀振光などとても問題にならない。厳然として公社の準幹部級の様相である。ある時、賀根斗と最近監獄から戻ったばかりの鄧連山《とうれんざん》とがたまたま目隠し壁の所で出会い、二人が『毛沢東選集』を学習することに関してひとしきり対話する事があった。この対話の水準は三国諸葛亮の隆中の茅屋における対策の精彩をしのぎ、当代アメリカの論客キッシンジャーでさえも自らの及ばざるを恥じるが如き態のものである。

ただし、この時著者は生命危篤のかの張鉄腿《ちようてつたい》の事ばかりを思っていた。洪武《こうぶ》はもともと途中から医者になった人で、薬局方の幾項目かを知る程度のもので、大して深い素養はなく、大体は感覚頼りで適当にごまかしている。

張鉄腿の病気はもしも楊済元《ようさいげん》老先生が来てくれなかったら手遅れになったであろう。やって来た楊済元がしたのはある種のパフォーマンスであった。傍らでこれを見ていた葉支書はすっかり心服してしまう。張鉄腿老人がかかったのはどんな病気か、知っているか？　珍しい事なんだが、俗に草上熱と言うやつで、体内体表ひどく熱気を発し、とても危険になる。大体この病気にはもともとの根があって、一生ずっと隠れ潜んでいるんだが、たまたま何かのきっかけで急に爆発する。最初の時はあまり気にせず、普通の頭痛や発熱だと思って手当するが、結局まるで効果がなくて、治療すればするほど悪化して、最後には患者の命取りになる。

手当を済ませた済元先生がオンドルから下りる。葉支書は急いで彼を支えて問う。「楊先生、どうですか？」済元先生は言う。「心配する必要はない。安心していい。亡父の診療簿にもこの悪症の記録がある。それはただ一件で、それ以後、今日初めて診察したが、問題ない。心配するな。この病気の治療専門の特別によく効く処方がある」こう言うとすぐに万年筆を取り出し、机の上に紙を広げて書き出す。

羊騒条二両〔一両は五〇グラム〕　驢銭肉一両　狗蹄子五銭〔一銭は五グラム〕　産婦の尿五銭　経血二銭　生姜一銭　干棗半斤〔一斤は五〇〇グラム〕　大茴香適当　よく煮て白湯といっしょに之を服用する。

これを受け取った葉支書は見たけれども、まるでわからない。老先生は処方箋を指さしながらいちいちそれがどこで採れるのかを説明する。傍らでこれを聞いている栓娃《せんあ》は手で口をおおって笑いをこらえる。しかしながら事ここに到っては人を救うのが第一だから、どんなに手間がかかろうと嫌ってはいられない。民兵を発動して、手分けして夜昼探させる。さて、経血の一件は甚だ手数がかかった。村内の香蓮という名の女が数日前から生理だというので、彼女を訪ねるがどうしてもつかまらない。何人かの民兵が彼女の家に座り込んで、タバコを吸ったり茶を飲んだり、長い時間を費やした。産婦の尿は三来が葛家荘の彼の妹の所へ行って、半日もかからずにさっそく酒瓶一本を提げて戻って来た。誰が聞き付けたかは知らないが、狗蹄子はうまい具合に大害《だいがい》の所にあると言う。行ってみると、豚小屋の中に放ってある。さっさっと拭いて、それから鍋に入れればよい。さらに種々の珍奇な薬物をすべて取り揃えてよく煮、適切に処置し終えた時にはすでに翌日の午後になっていた。鉄腿老人を助け起こし、その様子に注意しながらこれを飲ませ終える。おかしな話だが、この珍物を服用した鉄腿老人は深夜に到るころには自然と熱が下がり、そのまますっかりきれいさっぱり治ってしまった。

あんたは鉄腿老人の病気の原因は何だか知っているか？　何年も前の話。大義《だいぎ》が小学五年生、十二、三歳のころ、聡明怜悧、手脚は軽くしなやかで、並の子供に比べるといささか異なるところがある。鉄腿老人はこんな様子を目に止め、心に刻んでいた。ある日の昼ごろ、大義が一人村外れで遊んでいると、鉄腿老人が彼の方に向かって歩いて来た。と思うと言う。「おい坊主、俺の言う事を聴いてくれるかい？」大義がうなずくと、鉄腿老人は言う。「聴いてくれるか、それは有り難い。今晩晩飯が済んだら俺の所に来てくれないか。おまえに言っておきたい事があるんだ。だがこの事は絶対に人に知られてはまずいんだ。たとえおまえのおっかさんにでもしゃべっちゃだめだ」言い終えると、大手を振って立ち去る。大義はその後ろ姿を見ながら、言われた事の意味はわかったので、ただ我慢して夜を待つ。

暗くなったので、こっそり家を出て、学校の構内に駆けつけ、辺りを見回すが鉄腿老人の姿は見えない。「張――」と一声発したとたんに、思いもよらず、黒臉《こくれん》校長の耳に入り、たちまちつかまえられて取り調べを受ける。大義は何が何でも一声もしゃべらない。黒臉校長は怒ったけれども、訳がわからず、最後は校門から送り出しておしまいにするほかなかった。

次の日、校内で鉄腿老人が鈴を鳴らしているのを見て駆け寄る。鉄腿老人は普通に彼が目に入らないというのではなく、ことさらに無視する。大義は仕方なく踵を返して教室に戻る。夜に急いで行って、炊事場のドアの外の隅でまるまる六時間も待った。それでも応答はない。心中、この老人は人をからかっているのかと思う。家に帰って横になり、また考えたがわからない。

三日目、授業に出ようとしたら、背後から呼び止められたので振り返って見ると鉄腿老人だ。彼がふくれっつらをしているのを見た老人はちょっと笑う。彼の後頭部を一なでして、学校の東北方向を指さして言う。「授業に遅れるぞ。急いで行け」大義は教室に座ったが、もうあの事はどうでもよくなった。その日の夜は行くのはきっぱり止めた。四日目に学校へ行くと、鉄腿老人はただ遠くから横目でちらちら彼を見るばかり。休み時間にまた行ってみると、鉄腿老人は急いで彼を炊事場に連れ込み、ドアを閉めてから言う。「坊主、おまえは何て馬鹿なんだ!」大義は恨み言を言う。「人を何回も無駄足させて。あんたみたいな人はいない」老人は言う。「おい坊主、世間では師匠が技を伝える時には大体七難八苦を与えてからだ。教えると言ってそれではい教えましょうという、そんな道理がどこにある? おまえはよくよく考えてみなかったのか?」大義ははたと太腿を叩き、突然悟って言う。「ああそうなのか。おれはあんたが何を言いたいのかまるでわからなかった!」言い終わるや、あっと言う間にずらかって教室に向かう。

この日の夜、大義はいつもの時間に家を出て学校の裏庭へ行く。月明かりの下、鉄腿老人が井戸の傍らでずっと待っている。大義はひたすら頭を下げて自分の影ばかり見て歩いているが、一旦校庭に入ると、遠くの井戸の傍らに座っている鉄腿老人がこれを目にしてやって来るのを待っている。大義が近づくと、老人は一つ咳をする。大義はぶるっと身震いし、慌てて立ち止まる。老人が大声を張り上げて怒鳴るのが聞こえる。「馬鹿者が、どうしてさっさと師匠に跪《ひざまず》かないんだ!」大義は思わずたちまちに跪き、老人の次の言いつけを待つ。老人はしばらく話題を切り出さず、ただ大声で咳をする。大義は機敏に老人に問いかける。「張師匠、何とおっしゃいます?」老人は怒鳴りつける。「何と? 無駄飯食いの惚け茄子《ぼなす》め! おまえみたいなこんな愚図を弟子にしたら、俺は全くの幸先なしの空っ穴だ」大義はすぐさま応じて言う。「張師匠、悪う御座いました。待たせてしまって」

老人は語る。「俺は生涯世間を渡り歩き、いろいろ切った張ったの場数も踏んできたが、おまえみたいな智恵無しの木偶《でく》の坊《ぼう》を見たことがねぇ。俺が餓鬼のころ、俺の師匠はかつて笑顔というものを見せてくれた事がなかった。こうなるともう、何人かの弟子どもは師匠の話なら神様みたいにこれを敬い、いささかも粗略にすることはない。俺の梁という姓の師匠は初めて入門して学んだ師匠が、見たところおとなしくて不器用みたいなので、その一門になりたくなかった。その師匠もまた彼〔梁姓。後に鉄腿老人の師匠になる〕に多くを伝授することなく、わずかに麦畑に転がされてある石のローラーを蹴って遊ぶのを教えただけであった。俺の師匠は素直な性格で、それからもいろいろ考えや態度を変えたり、いたずらに高望みをしたりすることなく、もっぱらこの一科目を見すえて朝早くから夜遅くまでひたすら修練した。三年を経て期限満了の日。一団の兄弟弟子たちは刀を舞わせ棒を振るい、それぞれに勇武を輝かせ威勢を示し、大いに派手に立ち回り、且つは代わる代わる師匠の面前で日頃の訓練の成果を繰りひろげる。師匠は暗い所に座っていて、一声も発しない。一団の弟子たちの演武が終わるのを待って、ようやく暗い所から出て来て、千八百斤〔九〇〇キログラム〕もある石のローラーをまるで綿の包みみたいに蹴り回す。ローラーは無心に揺れ動き、あっちこっちと旋回し、観衆の喝采は止まない。この間、いっしょにやっていた弟弟子がはた迷惑な事になる。人を巻き添えにして技比べをしようというのである。この弟弟子はともかく凡庸の輩ではなく、山東界隈では後に名声大いに揚がり、〝猴子頂刀功〔猿の頭の天辺の刀業〕〟を修得したので、額が極めて頑丈で、人は〝鉄葫蘆《てつひょうたん》〟と呼んだ。初め俺の師匠はともかくやりたくないから、丁重な辞儀をして遠慮する。〝鉄葫蘆〟は食らいついたら離さないで、何が何でも決着をつけようとする。俺の師匠の師匠は笑って俺の師匠に言う。〝もう下の奴らが技比べをしたんだから、おまえも遠慮することはない。あいつとやるがいい！〟この言葉を聞くと、俺の師匠はもうこれ以上は遠慮出来ないとみ、喜んで命令に従い、勇んで出場する。先ず上座に向かって一礼し、それから最初の構えの姿勢に入る。しばらくの間、二本の足が風に吹かれる枯れ葉のように震えるばかりと見える間に、辺り一面に土埃が立ち込めて、かの〝鉄葫蘆〟は脚の置き場がなくなる。次いで、俺の師匠が隙を衝いて一撃をくれると、かの〝鉄葫蘆〟は三丈のかなたに吹っ飛んだ。〝鉄葫蘆〟はこれでようやく服従して、俺の師匠と契りを結んで義兄弟となり、生まれた年月日は違うけれども死ぬのは同じ年月日、共にひたすら義侠の二字を求めることになる。なお、おまえは知らんだろうが、俺が師匠について学び始めた当初はとても大変だった。嶗山《ろうざん》の山の中で薪を伐採して、毎月二度天秤棒でこれを担ぎ出し、師匠の家の庭に持って来ていたが、その頃は別に師匠に知ってもらいたいなんて思わなかった。ずっとそうやって三年経って、初めて師匠に話をした。当時、師匠はもう以前のすっからかんの貧乏人から当地のちょっとした金持ちに成り変わっていて、人に頼られ、尊敬される存在だった。その師匠は俺に向かって言った。〝おまえの身一つを真面目に持するのは容易な事じゃない。俗に、師匠は初歩を導くだけ、技芸を学ぶのは本人自身、と言う。ただし、武芸の門に入った以上は三つの決まりを守らなければならぬ。その一、貧しい者、弱い者を馬鹿にしてはならぬ。その二、婦女を姦淫してはならぬ。その三、利を見て義を忘れてはならぬ。この三つのうちのどの一つにでも背いた場合には、武芸を汚した許すべからざる重大な罪と見なして、切り刻みの刑に処す〃俺だって断然男一匹、どうしてこのくらいの決まりを守れない事があろうか？　勿論、その場で堅く誓ったさ。これより以後、師匠は俺に二九十八般の武器、六六三十六種の拳法を伝えた」張鉄腿は話しているうちにどんどん精神が高揚し、足もとに跪いている大義の事をすっかり忘れてしまった。

大義は大声を上げる。「張師匠、俺、体起こしていいですか？」張鉄腿はびっくりし、腹を立てて言う。「おとなしく跪いていろ。何でもない事だろうが。起き上がるのはちゃんと話が終わってからだ。喚くんじゃない！」大義は言うことを聞いて跪いているほかなく、左右の手を脇の下に挟んで暖める。かの鉄腿老人はまた言う。「幾つかの話はおまえに言って聴かせたところで無駄だろうな。まー、俺が経験してきた事はおまえらには到底想像もつかないさ！　民国十三〔一九二四〕年の山東の大旱魃、河上のあの西門耀という金持ちが河下の俺の師匠への給水源を止めてしまった。これで双方の集落の人が喧嘩になった。俺はその時二十歳過ぎ、血気まさに盛んで、もうちょっと手元が狂ったらあっちの管理人の頭目を蹴り殺すところだった。これより俺は山東界隈では大いに名を上げ、しばらくの間、大変な勢いで世間を騒がせたものだ。可哀想なのは俺の年取ったおっかさんだ。おっかさんは西門耀の家でずっと乳母だの飯炊きだのをしていて、死ぬ間際になって人に担がれて戻って来た。あーあ、人の一生には意地を張り通そうとしたってだめな時があるんだ。俺はだからこそ意地の極みにかけて、自分自身で西門耀の門前に出向いて罪滅ぼしをし、母親も酷い目に遭わずにすんだ。だが、後で人に聞いた話では俺のおっかさんは金持ちの西門家で別に難儀な事はなかったそうな。あの金持ちはとても男気のある人で、俺のおっかさんをほとんど自分の姉妹のように遇してくれた。おっかさんは家ではわらを被って寝ていたが、あそこの家では紅い木綿表の掛け布団をあてがわれた。遠路出向いた俺の村の者がこれを見てひどく羨ましがった」

こういう次第で、張鉄腿は何とたっぷり二時間もしゃべってやっと口を休める。井戸端の大義は言う。「張師匠、もうだめです。帰って寝ます」鉄腿老人は言う。「これは悪かった。だけど、技芸を学ぼうと決心したなら、師匠の話は一字一句すべて心に刻んで置かなくてはならん。この世で武芸を学ぶ時、師匠が帰る前に弟子が先に帰るなんていう道理があるはずがない。理屈を言えば、今晩の俺たち二人のような場合、正式の礼法があるのだ。だが、現今の気風は昔と違ってしまった。俺たちはもうそんなにこだわらない事にしよう。それでも、その意味するところはおろそかにしてはならん」続けて、鉄腿老人は渡世の種々の決まりに従って、大義と幾つかの儀礼の概略をおさらいする。これで大義は鉄腿老人の最後の弟子という事になった。

　鉄腿老人について武術を習うことになったかの大義は、これより一晩も欠かさない。幾らも経たぬうちに、何とまた渡世人の雰囲気を身に帯びる。話振りもする事もまるで小さな大人そっくりである。腰を真っ直ぐにぴんと伸ばし、ただもう喧嘩の相手を探し、腕自慢をしたがる。集会のあったある日、鉄腿老人は買い物かごを提げて町へ出て食材を買う。屋台の前で頭を下げて見つくろっていると、突然傍らの女性が話しかけてくる。「失礼ですが、あなた様は学校の炊事場の張師匠じゃありませんか？」びっくりした鉄腿老人が頭を上げて見ると、藍色の木綿の上下を纏った婦人で、容貌爽やか、並の女たちとはまるでもう風格が違う。急いで身を起こし、礼をしてから彼女に問う。「姉様、……」その婦人は笑って言う。「わたしは大義の母です。息子は幼い頃から躾《しつけ》に欠けておりますが、この頃は毎日張師匠についていろいろな決まりを学び、家で見ましてもまるで別人のようになりました。時間を割いて、家へ来て頂きたいのですが。粗酒を用意して、張師匠に感謝の意を表したいのです」鉄腿老人は慌てて言う。「とんでもありません。滅相もない。老いぼれの身、徳も才もなく、ただ子供と戯れているだけです。何卒お構いなく」言い終わるや身を翻してあたふたと去る。

　この夜の修行の際、鉄腿老人は大義に対してもひとしきり気を遣う。秘伝超絶の技〝黒虎掏心〔黒虎が心中を打ち明ける〕〟の伝授も厭わない。休憩時間、大義に対して、面と向かってその母親がどんなに礼儀正しいか、どんなに凄腕か、賛嘆して止まない。大義は心中大いに嬉しく、帰ったその夜、母親に話した。

　大義の母親がどういう人かご存じか？　注意深い人な

ら一見すればすぐにわかるが、彼女はつまり前に話したことのある、気性の激しい女の中でもそのまた女豪傑馬《ば》翠花《すいか》である。ある夜、学校の先生たちはみな自分の部屋でそれぞれの仕事をし、鉄腿老人と大義はなお学校の裏庭で足を蹴り、拳を振るい、要するに二人して教え教えられ孜孜《しし》として倦まない。この時、馬翠花が学校に訪ねて来た。ちょうど黒臉校長に出くわしたので、これを遮って、大義を探しているのだがと問う。指さす方向に随って後ろを向くと、事態はすでにみなの知る所である。馬翠花が来るとは、鉄腿老人にとっては即刻望外の喜びである。幾種類もの拳法を小麦粉を練って細長い棒状にしたあれをぶんぶん振り回すみたいに繰り広げ、まるで天地をひっくり返し、その境目もかすむみたいに引っかきまわす。その後ちょっと休んでから大義本人におさらいさせる。自分自身は馬翠花を帯同して炊事場の住まいにひきこもる。この二人、一方は渡世の侠客、一方は女界の英傑、いっしょになれば自ずとぴったり意気が合い、双方ともに相会うことの遅きに恨みを覚える。これ以後馬翠花はしょっちゅうやって来て、炊事場の中ででためにに取ったり食ったりで、学校の先生たちの批判も大きくなってくる。鉄腿老人は初め気にかけず、却って世間知らずの腐れ儒者の先生方の余計なお世話だと反発する。

さて、日も暮れて、学校は休暇に入り、先生たちもそれぞれに家に帰り、鉄腿一人が残って番をする。大義がやって来たが、五里〔二・五キロメートル〕離れた楊樹荘に映画を見に行きたいと言う。これを許可した老人は大義が一団の子供たちを引き連れて去って行くのを見送る。この時のうら寂しい空虚感は多言を要すまい。一人横になった老人は七分の寂寞どころか十分の喪失感をもてあます。如何ともし難いちょうどその時、ドアの外で誰かの声がする。「兄さん、どうしました？　家の子どもも姿が見えないけど」馬翠花が訪ねて来た声だ。鉄腿は急いでズボンを穿いて部屋の中に入れ、委細を説明するが、双方ともにしっくりしない。とうとうやはり馬翠花が心中を打ち明け、御高見を開示する。すなわち言う。「兄さん、あんたは知らないでしょうが、わたしは鄢崮《えんこ》村に嫁に来て以来随分長くなるけれど、本物の男の一人にも出会った事がない。男といったところで、どれもこれもせせこましくちっぽけな利益をあさる輩、気宇壮大にして非凡の才を蔵する類の一人をも見ない。ただし、女どもにしたところで、やはりどれもこれも尻の穴の小さく、言う事、為す事万事けち臭く、美しく装って自由闊達に過ごしている者など一人もいない。世間の男女の事だって、兄さんが聞いたら間違いなくうんざりするような話。それでなくても、食って飲んでただあれをするだけ。ただもう恥さらしな事ばかり。人と生まれてきて何の甲斐がある?」鉄腿老人はこれを聴いてただもう胸がどきどきし、この馬翠花の並々ならぬ胆力と見識にひそかに感じ入る。

馬翠花は話しながら、オンドルの縁に寄って来て、上着の衽《おくみ》の紐ボタンをはずす。鉄腿老人はそのまま見ているばかりで止められず、緩慢にだが次第に対応せざるを得なくなる。両人の様相については証拠となる詩がある。

なりたての寡婦と隠居の老人、
自らは行いを慎まんと思えども、しばらくの渇きを
潤さんとして一掬の清水に噎ぶ。夜夜毬を探り撫で、
日日淫を夢みたるに、呈し得たり、鶏の皮と狗の肉
とを!
とも寝の夜着、交わす手枕。
枉げて論ずれば、徳行は大なること海の如く、一挺
の櫓を手に取りて汝を迎え、一艘の船をもってこれ
を収め終われり。
仏門は目前にして、天堂は画けるが如く、誠に法悦、
法悦!

かく言うならば、老人もまた満足した。双方数回渡り合い、毎回いささか充足し、そうしてようやく眠りにつく。

かの馬翠花は老人に直接提案して言う。「鉄さん、思うんだけどね、これからはあんたが家に来て、家の子を仕込んでくれればいいじゃない。家の中庭は広々していて、あんたら二人十分跳んだりはねたり出来るわ。そしたら、他にもいい事があるわ。学校の中みたいに人目を気にしなくて済むわ。だけど美味《おい》しいものが出た時にはわたしにも少し持って帰ってね」鉄腿老人はうなずく。これから後、考えの半ばは馬翠花の事に費やされる。事情を知ってからの大義の反発は大きく、師匠だ母親だなどとは思いもかけず、二人を犬畜生のように見なす。武術修練の意欲は半減し、かの鉄腿老人をもうまるで師匠として待遇する事もない。最後はとうとう修行を止める。その後また葉支書が乗り出して口をきいて、ようやくこの騒ぎを静めた。それからさらに後、かの有柱《ゆうちゅう》の事があるがここでは多言しない。

あの事件の少し前のある夜、馬翠花の家から学校に戻った老人は汗をかいたかと思うと背中がぞくぞくする。初めのうちは気にしなかったが、意外と長引き、陽火は引いたものの陰熱が戻り、持病となった。今まで持ちこたえていたが、楊済元という名医にでくわさなかったら、老いの命は消え果てていたのではなかろうか？

## 30　郭大害は若者たちとカード遊び。鄧連山は『語録』を唱える

炭鉱から戻って以来の大害《だいがい》は、危急を救い、困苦を助け、貧弱を支え、大衆の評判は日に日にたかまる。葉支《ようし》書《しょ》らの一団もひそかに舌を巻く。だが、大害本人は組織に近づくことなく、一人自分の家にこもって何事かやっている。一人でというこのやり方のせいで上部は指導を浸透させられない。葉支書は夜横になると嬶《かかあ》に向かって言う。「あの大害の根性は秘密を好み、やり口は慎重で、ここ数日村内では立て続けに数件の重大事をやらかし、大衆中の反響もとても大きい。生活困難世帯に現金を支給する事についても、沢山の人を丸め込んでいるのに、自分からは何も言わない。その人気たるや大したもので、見ている俺としては全く気がかりだ」嬶は言う。「わたしの見るところでは、あの糞餓鬼の大害は単細胞の御調子者で、あんたが言うようなそんな恐るべき奴じゃないよ」葉支書は言う。「おまえたち女どもにはあの手練手管はわからんよ。大害という餓鬼はちょっとあいつの親父の良斌《りょうひん》と似たところがあって、様子が垢抜けている。村外れで顔を合わせて、二、三度声をかけ、用はないけれども、大隊本部に呼んで話をした事がある。それはもう二、三箇月も前の事だが、その一回きりで、その後とんと顔を出さない」嬶は言う。「あいつが来ようと来まいとあんたに何の関係があるの？　あいつが来なければあいつが損をするだけで、それはそれであいつの勝手よ！」ここまで聴くと、葉支書はもう何も言わない。

大害はこの時ちょうど自分の窑洞《ヤオトン》で大義《だいぎ》らの連中と車座になってカードなどをいじっている。一団の二十歳前後のいい若者がわいわいがやがや気晴らしをしている。唖唖《ああ》はオンドルの隅に立ってこの騒ぎを見ているが、両の眼は以前よりもさらに輝きを増し、顔の色も艶やかで、往時を凌ぐ。カード遊びが幾回りかしてから、唖唖が大害の袖を引っぱる。大害はすぐに気づいて言う。「粥が出来たぞ。みんな、いっしょに食おう」みんなは言う。「あんたはあんたで食事しろよ。俺らはみんなもう食って来た」大害は遠慮無く、唖唖が捧げ持って来たいつもの碗を受け取り、さっさと食い始め、食いながら言う。「おまえら手を空けずに続けてやれよ」

歪鶏《わいけい》は言う。「あんたが抜けると面白くないよ」これを聞いた大義は思わず言う。「そうなんだ。大害兄貴が

炭鉱から戻って以来、俺らみんな以前とは大違いで、面白い事がうんと増えたよ」大害は笑って言う。「俺は遊ぶのは好きだよ。暇があればいつだってみんなと遊ぶさ」大義が言う。「遊びというだけじゃないんだ。大害兄貴の人としての振る舞いが俺たち多くの若い者を惹きつけるんだ」歪鶏が言う。「俺らみんなこんなに仲がいい。みんな、村の年輩の者たちの遣り方を見倣って、手続きを踏んで契りを結び、今後互いに兄弟と呼びあおうじゃないか」これを聞いた大義は両眼を皿のようにし、歪鶏を押し止めて怒鳴る。「おーい、味噌も糞もいっしょじゃねぇか――食えた物じゃねぇ！　この馬鹿が、普段鼻水垂らして、薄らぼんやり、大体のところもわからんくせに、糊みたいにへばりつきやがって。今日はまた思いもかけず、飛びきり上等の話を持ち出して。いやーびっくり、びっくり！」大害は覚えず一驚を喫し、この話によって深く感動させられる。ただちに箸を止め、しばらく思いを凝らした後に言う。「これはどうでもいい普通の事とは大いに違う。軽々しくいい加減な事を言ってはだめだ。もしも俺たちが兄弟の契りを結ぶなら、それはつまり、以後、誰彼の区別なく、福を享けるならいっしょに享け、難事があればともに当たるということなんだ」

大害がこう言うのを聴いたみんなは粛然となる。相談してからまたみんないっしょに大声で叫び、絶対にこの事をやり遂げると言う。建有が言う。「早いにこしたことはない。俺たち今晩この灯りの下で、誓いの式をやればそれでいいじゃないか。もたもた何か待つ必要があるのか？」歪鶏が言う。「そうだ。さっさと式をやろう。何も引きのばすことはねぇ」大害が言う。「それはだめだ。今ここでは何も問題はない。だけどおまえらが兄弟の契りを結んだと言っても、身内にだめだと言われる者が出るかも知れないし、あるいは後日何か事情の起こる者が出るかも知れないし、中にはこれは無かった事だなどと言い出す者も出るかも知れない。おまえらが式をやると言っても、子供の遊びみたいには行かないんだ。集まりたければ集まり、帰りたければ帰って、都合なんかどうでもいいというんではだめなんだ。そうだろう？」大義が言う。「諺にも言うよ、鳥は頭がなければ飛べないし、竜は頭がなければ動けないって。兄貴がこうだと言えば、俺らもこうだと言い、兄貴があああやれば、おれらもあああやる。ほんのちょっとも違っちゃならん」みなしきりにうなずき、視線をいっせいに大害に向けて、ひたすらその話を待つ。

ここに到って、大害は気勢を正し、正式の胡座《あぐら》を組み、両手を膝の上に置いて言う。「俺は確かにおまえらより数歳年上だ。だけど、俺の言う事が何でも正しいわけではない。だから、兄弟の契りを結んだ後も、やっぱり民主を重んじ、相談を主としなければならん」みなはうなずいてそうだと言う。大害は言う。「もう少し様子を見てそれからということにしても遅くはない。さっき大義もちょっと探りを入れたが、兄弟の契りを結ぶったって、ここにはまだ何の決まりもないんだ。俺たちは決まりに従って一つ一つをやってゆくんだ。みんな、そうじゃないのか？」みなはこの話を聴くと、またまたしきりにうなずいてそうだと言う。

唖唖がまた大害の袖を引っぱる。大害がはっはっと笑って言う。「俺の話がみなのご愛顧を賜っている間に、碗のお粥が冷めてしまうって」言い終わると、碗を取り上げる。みなはちょっと見ただけでもう何も言わず、トランプ遊びを再開する。この時、みんなは互いに謙遜し、礼儀正しくなったような気がする。さんざん遊んでようやくお開きとなる。大害はまた大義に言い付けて、兄弟の契りを交わすに際しての諸般の儀礼などを問い合わせておくように責任を負わせる。

話は戻って、蓮花寺監獄にいたあの鄧連山《とうれんざん》の事である。比較的年長であり、且つ一心に向上に努めるせいで、監獄内の数人の幹部の歓心を得た。内部の関係者はみな鄧連山には〝三つの熱心〟があると言う。一つは上級への情況報告に熱心、二つ目は上司への請訓に熱心、三つ目は『毛沢東選集』の学習に熱心。監獄の張隊長は夫人が学校の先生をしていて忙しく、四、五歳の一人息子の面倒を見る人がないものだから、鄧連山に頼んでこの光栄ある任務を引き受けさせる。鄧連山はこれを党と人民の自分に対する莫大な配慮と信任であると考え、毎日この餓鬼にくっついて遊び相手をする。餓鬼は父親の様子を真似、鄧連山をただの一匹の犬みたいに待遇し、大いばりで自由気ままにこき使う。川に跳び込まれたり、井戸に落ちたりされては大変だが、それ以外は餓鬼が言うことと為すことは何でもする。監獄の構内で、餓鬼が体操の訓練の号令をかけ、鄧連山という一人の老人を厳しく指揮し、甚だ整然としたものである。餓鬼が〝気をつけ！〟と言えば彼は気をつけをする。餓鬼が〝休め！〟と言えば彼は休む。老人一人に餓鬼一人、並の大人の訓練と比べても立派なものである。監獄の職員たちもみな

〃父が英雄なら、子は好漢〃と誉めそやす。隊長はまるで大喜びで、ますます鄧連山を特別扱いする。ずっとこういうふうにしているうちに餓鬼が江蘇省の親の実家に戻って学校に上がることになり鄧連山はようやく手が空く。別れに際して、鄧連山は餓鬼を抱き寄せ、泣いて老いの涙はらはら、餓鬼の父母よりもなお痛惜する。張隊長はこの後もなお鄧連山を哀れんで、とうとう幾筋かのコネを効かせて彼を繰り上げ釈放させた。

こうして戻って来た鄧連山は何日もの間、村中を騒がせる。先ず生産大隊の本部へ行って手続きをする。これは通常の決まりであるから多言を要しない。彼を見る村の年輩者は昔の誼《よしみ》を思い出し、若輩者は伝説中の英雄のように思い、それぞれの受け取り方は随分異なる。鄧連山の方は極めて丁重で、手には『毛主席語録』を持ち、口に『語録』経を唱え、いちいちの応対では並の人よりもレベルが上でなければならないとばかり思い込んでいる。みなは賛嘆して止まず、誰も彼も驚嘆する。

戻ってきて一箇月ほど後のある日の昼ごろ、鄧連山はいつものように村外れの目隠し塀の所に立って、毛沢東思想を宣伝している。思いがけないことに、暇を見つけて家に戻って来た賀根斗《がこんと》とばったり会う。二人とも『毛選』の学習に縁があるから、自ずと互いに敬意を表す。丁重に挨拶を交わした後には否応なくそっちの方の話になる。この時、目隠し塀の所に人は一杯で、賀根斗には一丁己を見せびらかせようとの意図があり、そらんじたばかりの一段を持ち出す。根斗は言う。「偉大なる領袖毛主席は我々を教え導いて言われた。〃今より五十年ないしは百年前後の間は世界の社会制度が徹底的に変化する偉大な時代であり、一個の驚天動地の時代であり、これは過去のいずれの時代にも比べることができない〃連山叔父貴、これは『毛選』中のどの条のどの項目だ?」

鄧連山はこれを承けて言う。「偉大なる導師、英明なる領袖、傑出した統帥、正確なる舵手毛主席のこのお話は『毛選』全四巻の中にはない。これは毛主席の一九六二年の七千人大会での講話の中にある」

賀根斗はびっくりし、心中思う。こん畜生、やるなぁ。やはり評判どおりだ。そこで、顔を仰向けて少し考えてから口を開いて言う。「毛主席、あのお方はまた我々を教え導かれた。〃貧農がいなければ革命はない。もしも彼らを否認するなら、つまり革命を否認することになる。もしも彼らを攻撃するなら、つまり革命を攻撃することになる〃この段落はどこから来ているか、わかるか?」

鄧連山は言う。「我々の偉大なる領袖毛主席が一九二七年湖南の農民運動を視察した時期に著述した一個の歴史的文献「湖南省農民運動の視察報告」は『毛選』第一巻の第二篇に収められている。あんたが暗誦したこの段落の光輝ある思想は、その中の「〝むちゃくちゃだ〟と〝たいへんけっこうだ〟」の章中の一段落だ」

賀根斗はまたまたびっくり、『語録』を取り出して幾頁かめくり、慌てふためきながら言う。「我々の偉大なる領袖毛主席はまた我々を教え導かれて言われた。〝階級闘争で一部の階級は勝利し、一部の階級は消滅する。これが歴史であり、これが数千年にわたる文明史である。この観点によって歴史を解釈することを史的唯物論といい、この観点の反対側にたつのが史的観念論である〟連山叔父貴、これの典拠はどこだったかね？」鄧連山の方は考える間もなくすらすらと答えて言う。「これは我々の偉大なる領袖毛主席の輝かしい『毛沢東選集』第四巻の第一三七六頁の「幻想をすてて、闘争を準備せよ」という文章の第十二段落だ」ここに到って、胸中大いに乱れた賀根斗は『語録』を抱えてさらに鄧連山に迫って言う。「毛主席はまた我々を教え導いて言われた。〝すべての誤った思想、すべての毒草、すべての牛鬼蛇神に対しては批判を行わなくてはならない。それらを勝手気ままにはびこらせてはならない。この事は掃き掃除と同じである。掃除しないかぎり、塵や埃はいつものように溜まったままであって、ひとりでに消えて無くなる事はない〟」鄧連山は賀根斗の質問が終わらないうちに、彼の尻について言う。「『毛主席語録』だ。俺はよく暗誦していて、その先も言えるが、第二章「階級と階級闘争」中の第二十条だ。そうだろう？」

ここに到り、賀根斗はあっけにとられて茫然自失、到底対策も出ない。この情景は彼が賭場で金をすってますます追いつめられる時のようだ。この時、群衆は割れんばかりの大歓声。鄧連山にただただ感服、鄢崮《えんこ》村に聖人が出たと言う。

鄧連山がどうしてこんなに凄いのか、わかるか？元来彼は蓮花寺監獄中で、『毛選』学習のための体験・経験発表コンテストに何度も参加した。この人は並外れた根性の持ち主で、実に何とも、一年四箇月の眠れない夜に、『毛選』全四巻の頭から尻尾まで、まるまる暗誦してしまった。賀根斗と彼とを比べれば、先ずは寡婦が尼僧に会っているようなもので、賀根斗に考えがあったところで口に出して言えるだろうか？

鄧連山は賀根斗の機嫌がよくないのを見、守勢に回り、腰を屈め、その袖を引きながら満面に追従笑いを浮かべてみなに向かって言う。「みんな、林副統帥は我々を教え導いて言った。〝『老三篇』〔二八頁参照〕は戦士が学ばなければならないのみならず、幹部もまた学ばなければならない。学習の目的は一切応用にある〟根斗同志は俺よりもよく学習しており、俺よりもよく活用している。俺は今後時間を割いて彼から学ぶことにする」賀根斗は言う。「あんたは学習の度合いはいいと言えばそりゃいいのだが、うぬぼれちゃならん。天の外にも天が有り、人の上にも人がいる。俺の所のあの講師団中の小童《こわっぱ》なんぞ、年はわずかに十一、二歳だけれども、『語録』を暗誦させたらまったく大人顔負けだ。中国はとっても広い。話によると、『毛選』全四巻はもう完全に暗記してしまって、マルクス・エンゲルス・レーニンの著作に立ち向かっている人がいるそうだ。マルクス・エンゲルス・レーニンの書物は積み上げたら人の背丈よりももっと高くなる。そいつを暗記しようなんて、めちゃくちゃ困難だ。だけど、こういう人はとても並ではなく、ただもうまっしぐら、これ一筋に命がけだ。社会もまた発展して行く。あと十年もしたら、『毛選』を暗誦できないと、外出してレストランに入るのは勿論公衆トイレだって入れなくなっちゃうかも知れない」

丟児《ちゅうじ》が問う。「そんじゃ、小便したくなったらどうすんだ？」賀根斗が言う。「小便したいって、当たり前だ！　トイレのドアの前に立って、先ず学習し、先ず暗誦して、それが出来たら、それから入るんだ」丟児が言う。「それじゃおめえ十年たったら気楽にうんこも小便もできねぇわけだ」賀根斗が言う。「うんこや小便だけじゃねぇ。夫婦で寝る時だって、オンドルの縁の所に立って、婦女をからかわないという偉大な教えを先ずよく唱えるんだ」みなはわっはっはと大笑い。傍らにいた二臭《じしゅう》がしゃしゃり出て、剃刀を持った手を振り上げながら言う。「それなら、俺にはちょっと話がある」そう言われたみんなは急いで振り向いて、彼が何を言うのかを待つ。二臭は鄭栓《ていせん》の顔をあたりながら言う。「俺が県に行った時の事だ。百貨店から出て来たら、二人の餓鬼に出会ったが、二人は塀の隅に隠れて、何かぶつぶつ言っている。ついでの事に聴いてみた。何と言っていたと思う？」みなは眼を見張り、二臭は手を止めて低い声で言う。「決心し、死をも恐れず、女子に会ったらずばりやっちまおう」みなはびっくりして奇声を発する。賀根斗は彼が毛主席の『語録』中の〝決心し、犠牲を恐れず、万難を排除して勝利を勝ち取ろう〟〔その元は『毛沢東選集』第三巻所収の「愚公、山を移す」〕を曲解邪説しているのを見て、たちまち色をなして言う。「二臭、おまえ、でたらめを言ったら大変な事だぞ。『毛主席語録』に対する態度の問題になる！」二臭は狼狽《ろうばい》したふりをしながらごまかして言う。「俺がどうしてそんな？　これは全部県のあのろくでなしの餓鬼どもがほざいていた事なんだ。そうでなかったらどうして俺が大胆不敵にこんな事を言えるかい？　実の所、みんながこんなに騒ぎたてるなんて。俺はちょっと世間話をしただけだ。俺はまた餓鬼がでたらめを言うのを聞き付けたから、そこですぐさま蹴飛ばしてやった。蹴られた悪餓鬼は泣きだして、泣きながら逃げて行ったが、それでもなお振り返って俺に向かって何か喚いていた」丟児が言う。「でたらめ言って。県城のあの餓鬼どもがおまえなんかの手に負えるかい？」

ちょうどこう言ったところで、民兵の宝山が入って来て、鄧連山の袖を引いて言う。「生産大隊の方であんたを呼んでいる」鄧連山はすぐさま気をつけをして「はい！」と言い、教練みたいに小走りに宝山の後について行く。みなは老人が遠ざかるのを見ながら何事ならんと思う。丟児が言う。「年寄りを吊し上げるんだ！」二臭が言う。「この馬鹿が！　あいつだけの問題じゃなくて、県城近郊の地主富農は全部監禁されて、目下またまた彼らの財産が没収されるところなんだ」賀根斗がまた言う。「その話は確かだ。俺らの講師団の団長が言うには、坷台《かだい》と老鼠溝ほか数箇村への宣伝は終えて、みなでこれから運動にとりかかるとの事。一人残らずすべての当権派を打倒しなければいけないんだそうな」みなは問う。「当権派って何だ？」賀根斗はみなを見回し、直接は答えないで言う。「おまえら、後でわかるだろうよ」丟児は脇にいる富有に小声で言う。「俺が見るところでは、ここ数日大隊の連中はみな意気阻喪してしまっている」

## 31　龐二臭が楊済元先生に逆襲される

あの夜の話だが、龐《ほう》二《じ》臭《しゅう》は舞台の下で楊済元《ようさいげん》老先生をつかまえて文句をつけた。途中老先生は栓娃《せんあ》に連れて行かれてしまったので話のけりはつかなかった。その後のある日、村の中を歩いていた二臭は思いもかけなかったが、楊老先生にばったり出会う。双方どっちもびっくりする。龐二臭は大声でどやしつける。「老いぼれ奴もう逃がさんぞ！　今日は牛の尻の穴にでも潜り込もうって気か！」老先生はこれを聞くとたちまち頭にきて、怒りを顔にあらわし、ぐっと踏み止まって言う。「この瘡《かさ》掻《か》き野郎奴、どうしてそんなに馬鹿なんだ？　何日か前、みんなの前で俺はおまえに譲ってやったのに、おまえときたら、ますます調子に乗ってのぼせあがってきりがない！」二臭は呆気にとられて言う。「俺に物を言うなというなら、俺の銭を俺に返してくれ。そうすりゃ帳消しだ」楊先生は言う。「そりゃ簡単な事だ。だがこの騒ぎで俺はおまえを見損なったぞ！」二臭は言う。「見損なったなら見損なったでいい。銭を返してくれれば頭を下げるさ」老先生は言う。「それならよし。俺について来い」そう言うと楊済元が前に立ち、二臭がぴったりその後について老先生の家へと向かう。屋根付きの表門を一度くぐると、瓦葺きの建物や広間の様子など甚だ立派なものである。二臭はたちまち気勢をそがれ、手脚もまた萎える感じである。二人、後ろの窖洞《ヤオトン》に入る。老先生は太師椅子〔曲彔《きょくろく》。旧式の背もたれ・肘掛けのついた大型の椅子〕に腰掛け、手を伸ばして八仙卓〔一辺に二人ずつ掛けられる大きな中国式の正方形のテーブル〕上の一尺八寸の白銅製の水キセルを取り、遠慮会釈もなく一人でずーずーと吸いだす。二臭は楊済元が席も勧めてくれないのを見て、勢い床にしゃがみ込むほかなく、映画の中の地主に借金を申し込む作男みたいに顔を仰向ける。かの楊老先生がたっぷりと吸ってキセルを置くのを待って、二臭は言う。「先生、俺はあんたを十分敬っているけど、だけど今度のこのやり方はいささか問題だよ。わかるだろう。あの訳のわからぬ凸凹塊のせいで、俺はとんでもない目に遭ってろくでもない年越しだ。俺が怒らずにいられるか？」楊先生は彼をぐっとにらみつけて言う。「おまえは何もわかっちゃいない！　おまえはどうしてあれが凸凹塊だなんてわかるんだ！　その上に〝ろくでもない年越しだ〟なんて言って、どうして俺を怨むんだ？　俺はあの時おまえに言ったぞ。金持ちの買い手を探しているとな。おまえ、この馬鹿が、無理してどうしても買いたいと頑張る。買い取ったがうまく使えないものだから、それで俺が騙《だま》したなんぞと言う。おまえは数十歳の老いぼれの俺が年若のおまえを騙したと罵るが、どういうつもりなんだ？　おまえは舞台の下で、大勢の人を前にして喚きたて、この俺に耐えがたい思いをさせた。礼儀やマナーのひとかけらもなく、まったく何と言っていいのやら？　おまえちょっとは考えてもみろ。これまでずっと何の後ろ暗いところもなく、公明正大に生きてきた俺がどうしてあんなに見下げられるんだ？　おまえ一人が偉そうに、恥ずかしげもなく大きな顔して。おまえが喚きたてるどれもこれもまったく聞くに耐えない。俺の襟元にしがみついて、何人もの大の男が引き離そうとしても離れない。一体全体あれはどうした事だ？　俺に話してみろ」追いつめられた二臭はその窮状が顔に出て、しどろもどろに言うばかり。「先生、俺はそんなつもりじゃなくて。先生のあの玉がまるで効き目がねえもんだから」楊済元は言う。「俺にありのままを話してみろ。おまえはどういうふうに使ったんだ？」二臭は口ごもりながら言う。「あちこち数箇所で使ったが全部だめだった」楊済元は言う。「おまえに聞いているのは、結局どういうふうに使ったのかだ？」二臭はちょっと顔をそむけてへっへっと笑いながら言う。「先生、どうしてそんな事を聞くんだい。みんな経験豊富なベテランだけど、先生にとってどうでもいい事だよ。問うまでもない事だよ」楊済元はちょっと顔色を和らげ、ついでにキセルを二臭に手渡す。二臭は腰を屈めて数歩近づいて急いでこれを受け取り、反対側の太師椅子に片尻掛けて座り、眉を引き締めて一気にぐーっと吸う。

こんな立派なキセル、二臭について言うならば、今生今世で初めて使う物だ。楊先生は彼が堪能するのを待って、言い出す。「おおよそ男女の事は古人もこれを研究する事甚だ多い。体位についてだけでも百八十種を下らない。ただし、丹薬を練るには鼎が大事であり、気を養うには薬が要るように、やはり人選を重んじなければならない。おまえが誰と使ったのかがわからないと当然ながらどうして効き目がなかったのか、原因がわからないわけだ」二臭は甚だ追い詰められて大した事のない数人の人妻の名前を挙げる。これを聞いた楊先生ははたと悟ったというように、ばちんと太腿を一叩きし、立ち上がってどすんどすんと二臭の傍らに近寄り、鼻を突いて罵って言う。「おまえは犬の肉を食らって下痢便を垂れたのだ。あんな干からび婆の水戻しみたいな奴らに使って、それで俺に苦情を持ち込むなんて！　俺がおまえに譲ってやったあのお宝をまるで御釈迦にしてしまうとは！」二臭はさっぱり訳がわからず、楊済元を見つめながら慌てて尋ねる。「どういう事ですか？」老先生は顔をあげてぷんぷんしながら言う。「おまえは舞台の下でのあのでたらめな態度の上に、さらにまた俺に何か説明しろとでも言うのか？　途方もない！　俺は当初おまえの考えとは合わなかったけれども何とかそれに合わせて折れておまえのためを思ってやったのに、俺の面目を台無しにして、ぎゃーぎゃー喚きたて、近郷近在みな知れわたった。無知な奴は俺がおまえを騙したと言い、物知りは物知りで、現今こんな時代になってもこんな遣り口を弄するなんて！　と言っている。数十年も生きてきたこの俺が、運悪く、おまえみたいな馬鹿な奴に出会ったばっかりに、ご先祖様を辱めてしまった！」

　こう言われた二臭はすっかり落ち込んでしまい、ただ顔を仰向け、泣くも笑いもできず、楊老先生が彼の様態をあれこれとがめたてるのを聞いている。以前大勢の人の前で火をつけ煽り立てた大口もこの時ははやぐーの音も出ない。老先生の気の収まるのを待って、やっときまり悪そうに問う。「先生、俺はどうしたらいいですか」楊先生はキセルを手にすると、がばっと太師椅子から立ち上がり、幾口か勢いよくタバコを吸い、腹中の青い煙の最後の一息を吐き出してから、ようやく口調を和らげて言う。「この機会に問題に対処しよう。対処の仕方がまずいと、つまり、あの太上老君の仙人の炉中の不老の金丹をあんたが飲んだような事になる。チンポの毛を抜いて髭に植えると同じ事。とても物の数には入らない」二臭はここまで聴くといよいよ己の非を悟り、ひたすら恐縮、老人にほとんど跪《ひざまず》かんばかりである。老人に懇願して言う。「先生、大先生、この対処の際を利用して俺に一言言わせて下さい。俺は生涯先生の恩を忘れません。先生が生きている時は額突《ぬかず》きの礼をし、死んだら線香を上げます」楊先生は冷淡な顔つきで言う。「いやいや、止してくれ。もうちょっと向こうに行ってくれ。俺の墓の上に小便をかけられてはたまらん！」二臭は立ち上がり、八仙卓に斜めに寄りかかり、楊先生の顎の下に顔を置き、師匠に懇願するような様子だが、何と言っていいのかわからない。楊先生は、ぐっと身構え、ちらと一目彼を見ただけで言う。「俺があんたにあげたお宝は勿論本物だけれども、取り扱いに際しては必ず旺盛な生命力を必要とする。この旺盛な生命力とは二八十六の未婚の女だけが持っているのだ。旧社会では、少数の金持ちの富商大戸だけが惜しみなく余分な金を費やして、貧家の少女を買ってこういう事をする。一旦買い受けてしまえば、後は手順どおりで、別に考えるまでもなく、事は進み、一件落着する次第」

二臭は聴かないうちはそれでよかったが、聴いてしまった後は頭から冷水を浴びせられたように、心の底までぞっとした。楊済元老先生は二臭の貧乏たらしい泥棒面を見て、胸中の憫笑《びんしょう》をおさえがたい。この一段の戯れ文は貧窮の人が不義の友人と交際するのを嘲笑するもので、かの龐二臭に唱い贈るには先ずはいささか反りも合おう。


思い出す、かつてのおまえは傲慢で気炎万丈、他人を足の底に踏みつけて思うさまにいたぶった。

あの方《かた》が役に立つ時分には満面の笑みでおべんちゃら、そのうちあっさり手の平返し、受けた恩義も天の彼方に放り投げ。

今のおまえの流離の辛苦、黄粱一炊の夢より覚めれば餓えと寒さを如何にせん。

あの方を求め、あの方を呼ばわって万般お世話になったのに、河を渡ってしまったら、あの方を岸辺に置きっぱなし。

おまえが陳世美〔京劇中の人物。科挙に最上位で合格。皇帝の女婿となるが、実は郷里に妻子がいた。これを捨てた忘恩負義の徒〕にはなりたくないと言うならば、おまえを求めて今叫んでいるあのお方の救いの神になれるかい。

おまえがあの方をお救いしたいと思っても、どうやって救う？　あの方の相変わらずの哀れな困窮振りのその元は？

# 32　郭大害ら十三人が兄弟の義を結ぶ。鄧連山は狂乱して孫を殴打

　さて、毎年二、三月、端境期になるたびに、鄢崮《えんこ》村の人びとは暮らしに難儀する。大害《だいがい》ら幾人かの連中にはこの方面で何かをしようというような考えはない。結局はまだ若造なのだ。大義《だいぎ》が兄弟の契りを交わす際の定式や条目を聴いて来ると、大害はさっそくその通りに準備する。お供え用の線香やろうそく類から焚き付けや紙こより等までみなそろえ、また一人ずつに二尺の白布を用意させる。用意できない者については大害がメモし、立て替えて購入してやる。旧暦の二月二日、水神竜王が頭をもたげる目出度い日のせいで、大害の窑洞《ヤオトン》の中は大変な騒ぎだ。差配の方は丟児《ちゅうじ》に任せる。大害は意識的に退いて第二線にいて、みなが手配し段取りしてくれる。先ず線香に火をつけて捧げ、膳を配置して皿を並べ、〝結義為仁〟の四文字をオンドルの一番奥の高い所に掲げる。十三本の赤いろうそくがいっせいに点され、窑洞の内はたちまちに一面煌煌《こうこう》、雰囲気はまるで普段と異なる。それからみなが二尺の白布を被《かぶ》る。これには生と死と両方の意味が込められているが、極めて厳粛静謐《せいひつ》である。さらに年齢に従って順次跪《ひざまず》く。音をたてて三度床に頭を打ちつける礼をした丟児が上申の文を取り出して、声高らかに唱える。

　皇天上に在り、土地下に在り。郭大害一同十三の幼稚、同地同域同郷同里、只志趣あい投じ、輩属あい当たるにより、今日ここにおいて同胞の誼《よしみ》を結ばんと欲す。天を指すは証、地に立つは凭。今より後に至る、即ち是兄弟たり。兄弟の情は忠義先ず在り。手足の誼は仁愛周到。一方に難有れば、人人授援す。人人難有れば一致団結す。生死の面前、血は難関に濺《そそ》ぐ。退歩は是恥にして、進歩は賢と称せらる。長幼の間、礼貌を忝くし、名利の上はそれぞれに謝す。農用や工具は互いに借り、互いに換える。銭幣と米と小麦粉と、比率升目は清廉明白。清水長流、日月循環、末永き兄弟の契りを結び、地を拝し、天を拝す。一言すでに出ずれば誓願すなわち成れり。誓願に背けば犬猫にも劣る。死しても辜《つみ》を余したまま黄《よ》泉《み》に赴く。紀元一九六七年二月二日子の刻〔午前零時ごろ〕共に誓約す。兄弟順に、長兄郭大害・次兄

仇外済・三兄容大義・四兄田宝山・五兄鄧明芳・六兄任天青・七兄馬建有・八兄周民玉・九兄黄二柱・十兄史家来・十一兄龔天明・十二兄田有子・十三兄黄三柱。

丟児が唱え終わると、みなはふーっと長いため息をついた。少ししてから、鶏を殺して血を取って互いに杯を交わして誓約する。つまり、同年同月同日の生まれではないが、死ぬ時はただ同年同月同日だという、あの昔からの言葉を一人ずつ順繰りに唱える。丟児が宣言した後、それぞれに書状と引き替えに白布を手渡す。これをもって一切の法式は完了した。唖唖《ああ》はとっくに鍋に湯を沸き立たせてある。腕まくりした大義が一羽の鶏をさっさと始末して、生姜《しょうが》も茴香《ういきょう》も加えないでただ塩を一つかみ入れただけで煮る。鶏が半煮えになったころで、もうみなは待ちきれない。掬い出して肉を食らい酒を飲み、ああだこうだと喚きたてる。一団の荒くれ若者たちもかつてこんなに興奮したことはない。上気した体に汗が滝のように流れ、喉も裂けんばかりの大声に窑洞は揺らぐほど。

こっちが一面に盛り上がっているのにあっちはまるきりのひっそりかん。かの鉄腿《てったい》老人は病気が癒えた後、まるで礼儀正しい穏やかな別人になってしまった。腰を屈め、手を袖口に引っ込め、生気の無いぼーっとした顔で校門の前に立ち、何を言うでもなく、往来する人びとを眺めている。楊文彰《ようぶんしょう》に対しても、百八十度に深く深く腰を屈め、これ以上恭順ではあり得ない。あれこれ余計な事を言わず、楊文彰を追い出して家に帰って女房とゆっくり過ごさせようとする。当初決断できないでいる楊文彰に対して、老人は断固として言う。「さっさと帰れ。何かあったら俺が引き受ける」こういう訳で、楊文彰は年の始めに安穏な二、三日をこっそりと過ごせた。これから見るに、世上の所謂《いわゆる》侠客義士なる者は総じて朝廷の内に在ってはその能力を全面開花させ得ない。この種の人物は一旦勢力を得るやその理由を忘れる。ある者は変じて狼となり、主人にくっついて悪の手先を働く。ある者は変じて犬となり、主人に従って怒りまくる。ただし、困窮して勢力のない時に到っては遂に「侠義」の二字を頭上に受けて肝脳地に塗《まみ》れるをも厭わない。

話変わって、ちょうど賀根斗《がこんと》と『語録』の暗誦をしているところを民兵に呼び出された鄧連山《とうれんざん》は、大隊本部に連れて来られて門を入るや、まるで何の弁解の余地も与えられずに、呂《ろ》中隊長等にひとしきり殴る蹴るの暴行を受ける。都合のいい事に、鄧連山本人はこういう場合にどう対処すればいいか、監獄においてすでに十分経験を積んでいる。両肘を上げて艱難辛苦を避けながら、心中呂中隊長等の遣り口がさほど手荒でないのが気になる。ややあって、呂中隊長は荒い息をしながらもぞもぞとオンドルの上に座り、鄧連山に問う。「おまえは何で殴られるのかわかるか？」鄧連山は直ちに気をつけ、敬礼の動作をし、大声で返事して言う。「上官に報告します。わたしはわかっているであります！」呂中隊長は言う。「わかっている？　わかっているだと！」鄧連山は言う。「毛主席は我々を教え導かれました。〝革命は、客を招いてごちそうすることでもなければ、文章をねったり、絵をかいたり、刺しゅうをしたりすることでもない。そんなにお上品で、そんなにおっとりした、みやびやかな、そんなにおだやかでおとなしく、うやうやしく、つつましく、ひかえ目のものではない。革命は暴動であり、一つの階級が他の階級をうちたおす激烈な行動である〟（『語録』所収。その元は『毛沢東選集』第一巻所載「湖南省農民運動の視察報告」）」呂中隊長は言う。「おまえ、この愚図が。口先だけはいちいちもっともらしいや。今日はこの俺様がおまえのその病気を治してやる。何だよ、おまえ。これから先もなお『語録』を唱えられない人の事を馬鹿にする気だな。宝山、おまえ俺に替わってこの愚図をひっぱたいてやってくれ。その暇に俺はちょっとタバコを一本吸うから」進み出た宝山は慣れない手つきで何回か殴る。オンドルの上に座った呂中隊長と栓娃《せんあ》らはそれを見て笑う。呂中隊長は言う。「おまえまだ応募して民兵になりたいって。馬鹿め。おまえみたいな蛆虫野郎が応募して民兵になりたい？　おまえのその鼻柱を打ち砕いてやる。この死に損ないが！　栓娃がいい。栓娃に一丁揉んでもらえ！」オンドルから下りた栓娃はくわえタバコで、水洟《みずばな》を唇の上に垂らし、鄧連山を一目見てからその無防備な顎を狙って一発ぶちかます。老人は事務机の下に吹っ飛ぶ。栓娃は言う。「この愚図が、とぼけやがって。俺はそんなに力を入れてないのに、勝手に潜り込みやがる」言いながら老人を引きずり出す。栓娃はタバコを一口吸って問う。「準備はいいか？」鄧連山は直ちにまた気をつけをして敬礼し、大声で言う。「班長に報告します。準備よし！」栓娃はぷっと吹き出し、慌てず騒がず、鞋底でタバコの火を揉み消して言う。「準備よしならそれでよし」正しく手を出そうとしたその時に、葉支書《ようししょ》が黒有を連れて入ってくる。

葉支書は目の周りがほんのり紅く、酒を飲んだみたいで、態度も和やかである。葉支書は問う。「おまえたち、これはどうした事だ。老いぼれを打って何をしているんだ？」呂中隊長が言う。「何と、目隠し塀の所でけしからん事をしてたんですよ！」葉支書は言う。「だからといって打っていいという事があるか。栓娃、おまえが勝手な事をやるせいで、こっちの仕事が邪魔されちゃたまらん」葉支書はこう言うとオンドルに上がり、呂中隊長のタバコを一本失敬して火をつけて言う。「黒有の叔父が県からやって来て、門の所にいるから、どうしたって窑洞に入ってもらって酒の二、三杯も飲んでもらわなくてはならん。話によると、黒有が民兵になりたいらしいんだ」呂中隊長が言う。「ここ数日、応募者が多くて。ほら、この宝山もたった今やって来たんで、俺がちょっと試験したんだ」葉支書が問う。「何だって？」呂中隊長は黙ってしまう。葉支書はオンドルの脇に立って顔を紅くしている宝山を眺めて言う。「まだ餓鬼だ。あと一、二年先のことだ。宝山、わかったか？」宝山の目にどっと涙が湧く。葉支書は穏やかに彼に説いて言う。「おまえが積極的に組織に接近して来たのはとてもいい！　少なくともおまえの父親よりはよっぽど見込みがある。だけどおまえはまるきり年が足りない。来年になったら民兵になれるように俺が保証してやる。今日は帰って、来年また来い。わかったか？」宝山はひたすら泣くのをこらえつつ、来年来年と念じながらドアを出る。

葉支書は呂中隊長の方に向き直って言う。「現在民兵になりたくて応募して来る青年が大変多いが、俺たちはしかるべくコントロールして、軽々に承諾してはならない。次の段階で俺たちは民兵中隊を改編して毛沢東思想の紅衛兵にしなくてはならない。県の方ではもうこういうふうにしているんだから、俺たちもこの工作を先頭に置かなければならん。呂中隊長、あんたの考えはどうだ？」呂中隊長はしきりにうなずく。この時、どたんがたんと大きな音が響く。栓娃があっという間にまたまた老人をぶちのめした。葉支書は気にすることなく、続ける。「現在全国の情勢の発展の度合いは甚だ速い。俺と黒有の叔父とこの事についてひとしきり話をしたところだ」黒有が言う。「老人が机の縁に頭をぶつけて血を流しています」葉支書はちらっと目を走らせただけでさらに続けて言う。「毛主席の言われた事は絶対にきちんとやらねばならぬ。いいか、中南海〔北京市内の地域名。中国共産党および政府の重要機関や要人の住居がある〕

ではもう毛主席の身辺に時限爆弾がしかけられたりしているんだ。大変な事じゃないか？」呂中隊長は言う。「まったくです」葉支書はまた言う。「県の方じゃここ数日、街中に壁新聞が張り出され、学生の一団が県政府に押し寄せ、県長の宋志英を外へ引っ張り出そうとしている」葉支書はさらに何か言おうとするが、鄧連山がオンドルの裾の所に頭をこすりつけてわーわーひーひー止めずに喚く。栓娃が追って来てまたぶちのめす。どうにもこうにもえらい騒ぎ。葉支書が言う。「おまえ等もうちょっと静かにしろ！」鄧連山はすぐに言われたとおりに従った。葉支書は振り向いて言う。「栓娃、おまえは先ずその手を止めろ」栓娃は大きく喘《あえ》ぎながら身を起こしてオンドルの縁に座る。

葉支書が言う。「鄧連山、おまえは十数年も監獄に閉じ込められていたのに、どうしてその根性が直らないんだ？　おまえは隠し塀の所で何かけしからん事をしていたそうだな？」鄧連山はよれよれの柄物の手拭いを取り出して口の辺りの血を押さえながら言う。「わたしはただみんなのために『毛主席語録』の幾条かを唱えただけです」葉支書は言う。「おまえは考えないのか。『毛主席語録』はおまえみたいなやつの唱えるものか？　馬鹿野郎が。それとも濡れ衣だと言うのか？」鄧連山は言う。「とんでもありません。毛主席はわたしたちを教え導かれて言いました。〝世の中には、けっしていわれのない愛もなければ、いわれのない憎しみもない〟〔元は『毛沢東選集』第三巻所収「延安の文学・芸術座談会における講話」〕あなた方がわたしを呼び出したのはわたしの人民に対して犯した罪行を説明するためです。あなた方がわたしを恨めば恨むほど、わたしを打てば打つほどそれだけわたしは改造され、助けられます。濡れ衣なんかじゃありません、ありません、ありません！」一席の話の話しぶりに葉支書と呂中隊長は笑った。葉支書が言う。「十数年の監獄暮らしは本当に無駄ではなかったようだな。老いぼれの糞野郎のおまえがいつも口癖のように『毛主席語録』を唱えて止む時がないとはな。今日はおまえに言っておくが、今後これ以上おまえが勝手気ままに『毛主席語録』を唱えることはまかりならん。唱えたかったら自分の窑洞の中で唱えろ。だが、以後おまえが公衆の面前で『毛主席語録』を唱えるのを見つけたら絶対に容赦しないからな。あるいは、おまえにもう一度赤旗を振りながら赤旗に反対している反革命分子の帽子を被《かぶ》せて、ひょっとすると、また何年も監獄に入ってもらうからな」これを聴いた鄧連山は「わかりました」と返答する。葉支書は言う。「わかったならそれでいい。今日は帰ってい い。後日何か有れば通知するから、その際にはすぐに来い！」鄧連山は傷口を手で押さえているので様になら ない敬礼をするが、それでも気をつけの姿勢をして大声で答える。「はい」言い終えると小走りにドアを出る。

この時、中庭から一人の子供の泣き声が聞こえてくる。その子は言う。「爺ちゃん、どうしたの？」鄧連山は言う。「何でもない、何でもない！」子供はかの雷娃《らいあ》だ。雷娃はそこの窓口に向かって罵って言う。「家の爺ちゃんを打ったのは誰だ。こん畜生め！」これを聞いた栓娃は今にも飛び出さんばかり。葉支書が言う。「子供がぎゃーぎゃー喚いているんだ。気にするな」爺さんと孫と二人の足音は間もなく遠ざかる。

葉支書が襟元を緩めていわくありげに言う。「呂中隊長、あんたに珍しい物を見せてあげよう」言いながら上着の前身ごろを広げて、シャツの中から一個の紅く輝く毛主席像のバッジを取り出す。呂中隊長はびっくりするやら羨ましがるやら。触りたがるが、葉支書は許さない。葉支書は上着でしっかり覆って言う。「あんた、俺がどこで分捕ったか、わかるかね？」呂中隊長は言う。「わからん」葉支書は思わせぶりに笑い、オンドルから下りようとする。黒有が言う。「俺の叔父さんの持ってたのを召し上げたんだ」呂中隊長は慌てて黒有に問う。「叔父さんは他にも持っているかな？」黒有は言う。「県から戻ってきた時、たった一つしか持って来なかった」呂中隊長は言う。「そんな事はないだろう！」葉支書は言う。「本当だよ。この一個だけだ。それを俺がむりやり召し上げたんだ」言い終わると、得意満面、一足先にドアを出て行く。呂中隊長は振り返って黒有に言う。「まだ民兵になりたいのか。この大馬鹿者が！ 毛主席のバッジをどうして俺につけてもらおうと思わなかったんだ？」黒有は大急ぎで弁解する。「叔父さんがこんな物を持っているなんて、俺も知らなかった。あの人たちが二人で酒を飲んでおしゃべりしているうちに、ぽろりバッジの事がばれちゃったんだ」呂中隊長はやむを得ず、次善を求めて言う。「次に来る時に俺にも一つ持って来るように叔父さんに頼むんだ。それが出来ないようなら、民兵になりたいなんてとんでもないぞ。とにかく物を持って来るんだ！」黒有は呂中隊長にくっついて外へ出しなに答える。「今戻ったら叔父さんに頼みます」言いながら、栓娃が窑洞のドアにちゃんと鍵を掛けるのを見届け、一同立ち出で各各家に帰る。

鄧連山は孫の雷娃の手を引き、塀に沿ってがたがた震えながら家へと向かう。屋敷に入り、大門、二の門とどっちにも閂《かんぬき》をかけ、ようやくオンドルに上がって座る。先ず雷娃に命じて、掛け布団の隅からぼろ綿を一つかみ引っ張り出し、これを焼いて黒い灰にする。この灰を傷口の所に押し当てる。一切順調に始末のついた後、ようやくオンドルの隅に横になった鄧連山は思わずうーんうーんと呻き声をあげてしまう。その傍らに座っている雷娃は、かくも苦しむ爺ちゃんを見て、大隊本部のあのろくでなしどもを恨み、歯ぎしりして悔しがる。爺ちゃんが落ち着くのを待って言う。「爺ちゃん、辛抱して。もう二十年して俺が大きくなったら、爺ちゃんを打った奴らを殺してやる」これを聴いた鄧連山はがばっと跳ね起き、雷娃をオンドルに押さえつけてむちゃくちゃに乱打する。雷娃がどんなに大声をあげて叫んでも容赦なく、ただただ痛い所を探して手を下す。雷娃は生まれてこのかた人から辛く当たられたり、見くびられたりしたことはあっても、身体の方は先ずは無事であり、こんなに蹂《じゅう》躙《りん》された事はかつてない。さらに雷娃が口にしたのはその胸いっぱいの正義だ。並の子供にしてどうしてこんな意気地があろうか。この痛みと悔しさ、ぐっと息がつまって気絶してしまう。鄧連山は初めからひたすら怒りに駆られ、殴りまくる。突然雷娃の泣き声が止む。身を退いて見ると、雷娃は顔面蒼白、唇は紫色で、体中痣《あざ》だらけ。大いに慌てた鄧連山は雷娃の人中《にんちゅう》〔鼻と唇の間の中央を縦に通っているくぼみ〕をしばらくぐっと押し、それから緩める。雷娃は目を開けて一声「母ちゃん――」、何とも悲痛の感に襲われた鄧連山は雷娃の頭をかき抱き今にも泣きそうになる。

戻ってきた有柱《ゆうちゅう》は老人と子供がオンドルの上で寝入っているのを目にして、いかにも一人前の男みたいなふりで言う。「真っ昼間という訳ではないものの、まだ日のあるうちから二人して寝入っているなんて」オンドルに上がって来て雷娃を撫でるが、雷娃は相手にならない。自分でマントウを取った有柱は村外れに出かけて行き、いい加減な話をでっち上げてみなにゴマをすろうという算段。有柱がドアを出て行くと、何を思ったのか、雷娃は小さな声でまたむせび泣き始める。深く子供の心を傷つけてしまった事を悟った鄧連山は、ここでまた雷娃を助け起こし、丸めた布団に寄りかからせ、白湯の入った碗とマントウを持って来て、様子を見ながら飲み食いさせる。言ってみればこれら一切、監獄の中で覚えた常套手段なのだ。この習い覚えたやり方を自分の家で試してみたわけだが、結果はやはり霊験あらたかである。飲んで食べた雷娃の情況は大いに好転する。

鄧連山は雷娃に問う。「どうだ、良くなったか？」雷娃は顔を背けて口をきかない。鄧連山はふーっとため息をついて言う。「良い子だな。だがまだ幼い。おまえは、白状すれば寛大に扱い、あくまで反抗すれば厳罰に処す、という党の政策を知らない。歴史上、党と人民に敵対した者はみなろくでもない末路をたどった。さっきのおまえのあの態度や口にしたあの文句は、公開の場でのものだったら、十分銃殺に値する。爺ちゃんがおまえを打ったのはおまえのことを思いやり、愛護するためだった。われわれは実際の仕事の上でどうやったら間違いを犯さないですむか、あるいは間違いを少なくできるか？毛主席はわれわれを教え導かれた。それには、一切を大衆に依拠しなければならない。何か有ったら大衆に詳しく説明しなければならない。おまえは大衆に依拠するつもりがないどころか、人を殺してやるなどと言う。おまえときたら、何と言う恐ろしい思想を！　良い子よ、これからはしっかりと毛沢東思想を学習しなくちゃならない。思想上の進歩向上を求めないとしたら、大変危険な事だ。だけど、おまえが今日こんなふうになってしまったのには、爺ちゃんにもある程度の責任はある。爺ちゃんはずっと長い間家に居らず、おまえやおまえの父親の政治思想の教育に関して配慮してやる事ができなかった。それでおまえたち親子二人を今みたいな遅れた情況に立ち至らせ、その結果ともすれば人に迷惑をかけたりもしている。これでは政策にも背いているわけで、まったく甚だ危険な事だ！　いいか、俺たちはこれからは自分たち用のちょっとした学習規定を作らなくてはならん。例えば、毎日朝は早く起きて、先ず毛主席の画像に向かって指示を請う。夜になったら適当に寝てしまうなんていうのはだめだ。寝る前には時間を決めてテーブルの前に立ち、あのお方毛主席に向かって敬意を込めてその日一日の仕事と思想について報告する。俺たちの監獄では、俺が出獄する一箇月ぐらい前からみんなで実行するようになっていた。村に帰って来てみると、この村ではまだそんな動きはない。このやり方の効果は絶大だ。本当なんだ。一箇月やったらはっきり成果が出る。ついには報告を怠ったその晩は何とも落ち着かない気分になる。つまり良い習慣が養われるというわけだ。習慣が自然となる。監獄ではこれを朝の請訓夜の報告と言った。こういうふうにして俺たちが村の人民公社員たちの先に立ってしばらく行ったら、おのずと大きな差がつくと思うんだ。あるいは、初めは党も大衆も俺たちを理解できないかも知れない。それでも俺たちはひたすら挫けちゃならない。俺たちが確かに心を党に向け、毛主席にぴったりと付き従っている事を必ずいつかは党と上級の指導者たちはわかってくれる。なー、そうだろう？」

一生懸命のこの話は確かに傾聴に値し、且つは正確客観的である。聴いている雷娃はしきりにうなずく。雷娃は言う。「学校で先生もそう言っていたよ」鄧連山は笑って言う。「ほら、爺ちゃんの言う事は間違ってないだろう？　爺ちゃんが誰かを騙すにしてもおまえを騙すはずがないだろう？　そうだ、爺ちゃんとおまえと二人、第一条、明日の朝になったら、鎮〔町〕へ行って毛主席の肖像を買うんだ。家の窑洞のドアの前には先ず請訓台を築き、そうしておまえの父ちゃんも引っ張り上げ、それから先は俺たちが考えた段取りで進める。第二条、おまえとおまえの父ちゃんは何が何でも先ず『老三篇』を徹底的に暗誦しなくちゃならん。暗誦は早く始めるにこしたことはない。間違いない話、三十年先、『老三篇』を学習して暗誦できるかどうかはやはり人々の暮らしの中の最重要事だ。毛主席の肖像もそのまま窑洞のドアの前に掛けておかねばならん。毛主席は神様だ。おまえは信じないか？　おまえが信じなくても俺は信じる。おまえもいずれは自ずとこの事がわかるだろう。とにかく、目下おまえと爺ちゃんと二人、先ずはこの二箇条の初歩的目標を実現するんだ。どうだ？」雷娃はうなずいて言う。「やるよ」そこで二人はオンドルから下りて、まだ日の暮れないのを幸いに、中庭の掃除を始める。

## 33　大害が夢を見る。唖唖は父親王朝奉に殴打される

大害《だいがい》一派の連中は月白み星疎らなる明け方までずっと盛り上がり、それからようやく散会する。人去り静かになった窑洞《ヤオトン》の中で、大害はやっとほっと一息つく。準備に沢山の日時を要したが、今夜でついに万事大吉となった。一晩中喚きおらび、喉がかわいて口はからから、鍋の中に鶏を煮た残りの汁があるのを思い出す。碗を手にして鍋の蓋を開けて見てみると、あれまー、たちまち悲鳴を上げる。どういう事だ？　何と、奴《やつ》らは鶏肉を平らげ、焼酎を飲み干し、果物を食べ尽くし、鍋の中の鶏肉を煮た後の汁までもきれいさっぱり空にしてしまった。まったく癪にさわる！　如何ともしがたい大害は冷水を碗に汲んで、ごくごくと飲み下す。奔馬の蹴散らした砂浜みたいなこの場を掃除するなどとてもの事、オンドルに上がるや寝てしまう。

そのままずっと眠り続ける。どこか見知らぬ所に来たような気がする。ここは周囲まったくの暗闇で、たった一人手探りで進んで行くほかない。そろそろ歩いて行くと、何かに頭をぶつける。とても痛い。手を伸ばして触ってみると、一本の材木である。大害はここが炭鉱の坑道である事をはっきりと悟る。この時、灯火は一個もない。強い恐怖心に襲われる。坑道、その中での恐ろしさを大害が知らないはずがあろうか！　大害は焦る。四本の手足で突っ張り掻き分けつつ前へと急ぐ。歩いて歩いて、疲労困憊、はーはー喘《あえ》ぐ。大きな岩を探り当て、歩みを緩めて一息ついていると、何と前方に光が見えるではないか。大害は急ぎ近づいて行く。少し離れて、ランプ一個を掲げて、その下で四人の大男が大きな木のテーブルを囲んで酒を飲んでいるのが見える。この四人は高い調子の大声を張り上げ、手を掲げ、足を踏み鳴らし、まるで芝居をしているみたいだ。大害がしげしげと眺めるに、どうも見覚えのある感じ。いぶかしく思ううちに、中の一人が大害の方に向いて立ち上がり、丁寧に礼をして言う。「私奴葉金発《わたくしめようきんはつ》、鄢崮《えんこ》の者。役人として清廉、貧困を救い、心底善良正直であったのに、思いもかけず一人の悪人を招き寄せてしまい、そいつにここに監禁されてしまった。苦しいよ。ひたすら怖いよ。ここから永遠に世世代代抜け出せないのかよ！」大害は心に思う。何たる悪人がこんな酷《ひど》い事を。生産大隊の書記〔葉

金発。すなわち葉支書」さえも敢えて監禁してしまうなんて。考え込んでいるその間に、別の一人が立ち上がり、後を承けて言う。「私奴王朝奉《おうちょうほう》、鄢崮の者。子供が多く、生計苦しい中、終始一貫勤倹節約してきたのに、思いもかけず一人の悪人を招き寄せてしまい、そいつに拘留されてしまった。辛いよ。ここから永遠に世世代代抜け出せないのかよ！」これを聴いた大害の脳天は何とも言いようのない衝撃を被る。心に思う。朝奉は唖唖《ああ》の父親で、問題なく善人と言える。何たる悪人がこんな無礼な事を！　ちょうど激怒せんとしたその刹那、一人がまた立ち上がり、大害に向かって丁寧に礼をしてから言う。「私奴は張富堂《ちょうふどう》、鄢崮の者。ただ人を遇すること手厚く寛大、労働を熱愛し、野良の稼ぎを敢えて怠る事なかったばっかりに、思いもかけず一人の悪人を招き寄せてしまい、そいつにここに留置されてしまった。悲しいよ。ここから永遠に世世代代抜け出せないのかよ！」これを見た大害は如何とも忍び難い。富堂老人は妻の姦通をほったらかしにしていて人品に甚だ問題があるとはいえ、結局は正直な人だ。何たる悪人がこんな正直な人までも放って置かないのだ？　またまた激怒せんとしたところ、思いもかけず、大害の脇にいた一人が彼の袖を引いて言う。「先ずは落ち着いて、最後の一人の話を聴いてくれ」最後の一人がふらふらよろよろと立ち上がる。足はへなへな、肝っ玉も据わっていないようだ。一目見た大害はこれがあの悪の栓娃《せんあ》であることを知る。そこで栓娃に向かって呼びかける。「意気地なしの栓娃、おまえも何か言いたいとはな！」顔中涙だらけの栓娃は丁寧に礼をして言う。「私奴劉栓娃、鄢崮の者。身は民兵となり、真面目に歩哨に立って勤務したばっかりに、思いもかけず一人の悪人を招き寄せてしまい、捕まってここにいる次第です。どじを踏んだ。ここから永遠に世世代代抜け出せないのかよ！」大害は思う。人の手先となって駆け回った栓娃のようなこの手の人間を救うか放っておくかは大した問題じゃない。この先もしばらく留置されていたってかまわない。そのうちまた思い出したらその時に助けてやっても遅くはない。だが、可哀想なのはあいつのおっかさんだ。腹を痛めた実の息子がここに閉じ込められている。どんなにか辛いだろう。こう考えると、この人たちのうちの誰を救い誰を放っておくべきか、まったく頭が痛くなる。頭を使うのは大害の甚だ苦手とするところである。しかしながら、考えれば考えるほど、これらはみな同郷の人である。同郷の人に面と向かい、その死を見ながら放っておくなんて、この地の流儀に背くものではなかろうか？　何と言っても、彼大害の人柄、作法じゃない！

考えているうちに、先ほどからの四、五人の他に、ランプの背後に一人一人顔を見知っている鄢崮村の平民が沢山集まっているのが見える。大害は腕を振り上げ、大声で言う。「栓娃は残っておれ。その他は俺についてこい！　誰がこんなとんでもない恐ろしい事をやらかしたんだ。信じられん！　是非善悪の区別もなく、俺たち鄢崮村の老若男女ちんぴらぐるみみんな閉じ込めるとは。行くぞ！」この時、どうして他の村人たちの全部を救おうとしているのに、たった一人栓娃だけは逃がしてやれないのか、大害本人にもわからない。しかしながら、こうなったからには、あれこれ考えていても仕方がない。大害自ら意気軒昂たるを覚え、背後には同郷の人たちの轟く足音を聞く。そうしてその時、葉支書が歩きながら周りの社員たちに次のように言うのを聴く。「大害というこの若者は実に大した者だ。俺たちの村の今時の若者の中で第一人者を挙げるとしたら、間違いなく大害だ！」大害は心中ひそかに驚きながらも顔をそっちに向けて言葉を投げる。「葉支書、気を遣わないでくれ。今日俺があんたらをこの暗い坑道から連れ出すのは、悪人に出会って酷い目に遭っているあんたらが俺を見つけたからというだけのことよ。俺はそのとんでもない悪人をとっ捕まえてしごきあげられないのが悔しいんだ！」葉支書は感動して声を上げて泣き、さらにあれこれ喋りたてて言う。「あんたはまだ独り身だそうな。心配することはない。この落とし穴から出た後は、その事はこの俺が引き受けた！」大害は葉支書の方に顔を向けて言う。「どうしてそんな事を？　俺があんたや同郷の人たちを救うのはそんな事を考えるからじゃないよ。俺たち無駄話はよして、早く前に進もう。坑道の中は俺があんたらよりもよく知っている」言いながらまた同郷の人たちに呼びかけて言う。「みんなよく聴いてくれ。路面は凸凹だ。一歩一歩足取りは慎重にな！」言い終わるや、大手を振り振りみなを率いて前へと歩く。歩きに歩くが、どこに着くのかわからない。朝奉が言う。「大害よ、どうも路線に問題があるんじゃねぇか？」大害が言う。「何の路線が問題だって？」葉支書が脇から朝奉に言う。「そんな余計な事を言ってどうするんだ。大害について行けば間違うはずがないだろうが？」

みなは声をひそめるが、どたばたと歩調を乱して前へと進む。この時、曲がり角を曲がった先頭部の者たちがわーっと大声を上げる。後ろに続く者たちもたちまち喚声を上げ、大害を放り出して、ばらばらと我先に明るい方に向かって突進する。切羽詰まった大害が大声で制止するが、どうにもならない。たった今突進して行った者たちが、大害も思いがけない事に、紛々と踵《きびす》を返して逃げ戻る。どうしたんだと問う大害に朝奉が答える。「あの悪人が坑道の出口で待ち伏せている。旧日本軍の〔大正十一年式〕軽機関銃を一挺据えつけ、俺たちが出てくるのを待ち構えて皆殺しにするつもりでいる」大害はがっかりして愚痴る。「言わんこっちゃない。ぶちこわしだ！　俺はおまえたちに何度も言っただろうが。勝手に駆け出してはだめだって。おまえらが言う事を聴かないから奴に感づかれてしまった！」葉支書が脇から大声で叱る。「俺が言うんじゃない。取り仕切るのは大害だ。おまえらぼんくらと比べたらまるでしっかりしている！　俺の提案だ。以後命令を聴かない奴は即座に叩き斬る。これは軍令だ。みんな間違えるなよ！」

　のるかそるかの時を迎えたと悟った大害は、姿勢を固め、さーっとみなを眺め回す。みなは頭を垂れ、それぞれに過ちを認め、臣服する。思いがかなって満足した大害は、もう何も言わず、振り返って大股で坑道の口へと急ぐ。坑道を出た所に、円頂部を一面槐《えんじゅ》の木で覆われた丘がある。一団の人員が一本の大きな槐の木の根方を取り囲んでいる。首領は昔の戦士の服をまとい、頭には兜を戴き、手には首切りの大刀を携えている。その後ろには一人の軍師が立っている。文雅上品にして飄然《ひょうぜん》たる風姿。その他の人物もみな完全に『水滸伝』中の蜂起した部隊の装いをしている。その軍師は大害を見かけるや指さして言う。「逆賊大害、なおもさっさと投降せずに死を待つつもりか？」耳にしたその声はよくよく聞き覚えがある。しげしげ見るに、その軍師は他でもない、同じ村の丟児《ちゅうじ》ではないか。びっくりした大害は秘かに思う。俺たち一団はあいつらも誘っていっしょに正義の事業のために集まろうと前から考えていたのに、何たること、あいつら、他の奴らにくっついてしまうとは！　こうなってしまったからには、体裁もへちまもあるものか。奴らをやっつけてやはりこっちが生き残るか、一番激闘してみるほかない。下を向いて武器を捜すと、大義ら一団の仲間が脇に立っていてもうすでに準備を整えている。大害は大声で怒鳴りつける。「俺の武器を持って来い！」群れの中から「合点！」と声がして、たちまち黄家の二兄弟が一振りの大刀を差し出す。大害はぐいと一つかみして己の物とするが、何と十分手になじむではないか。事のついでに腕を振るって幾技《わざ》か繰り出してみる。両方の陣営の者はみなこれを見て呆然とする。ちょっとの間があって、敵方の頭領が歩み出で、両手を胸前に組んで敬意を表してから言う。「大害君、随分久しくお会いしなかった！　貴君これ全身武術の塊とは。老生とんだお見逸れをいたした！　それに、貴君いつより一団を率いてこんな稼業を起こしたのか？　知らなかった」大害がしゃべり立てる賊の頭を一瞥すると、何とこれはろくでもない賀根斗《がこんと》ではないか！　いつ頃からかは覚えていないが、賀根斗は気にくわない奴だ。大害はただもう怒髪天を衝き、大刀を振り回して迫って行く。とても敵わないと見た賀根斗は相手にならないで、一面防戦一面後退しつつ大声で喚く。「大害君、先ずは暴力は止して、老生の話を最後まで聴いてくれ！」大害は逆にますますいきり立ち、声を張り上げて怒鳴りつける。「まだ何の馬鹿話がある。おまえが刀を取らなくても俺はやっつけるぞ！」言い終わるや大刀を振り回して陣営の最前列へと斬りかかる。この時また傍らから誰かの叫ぶ声がする。「無礼は止せ！」大害が目を凝らして見ると、丟児が扇子を揺すりながら近づいてきて止めにかかるのだ。大害は言う。「おまえの知った事か。どいていろ。俺はこのろくでなしを叩き斬るんだ！」丟児は慌てず騒がず言う。「あんた、先ず手を引いて、根斗の話を最後まで聴くんだ。焦っちゃだめだ」大害は仕方がないから一休みという事にして大刀を傍らに置き、不承不承に彼の講釈を聴く。かの丟児は三寸不爛の舌先を振るわせ、真面目くさって述べたてる。「大害よ、郷里郷党中で、理非曲直もわきまえず、眉を逆立て目を剝いて死ぬか生きるかの闘いをするなんて、何たる事だ！　歴史上のすべての大戦はどれもこれもおおまかに言えば、所詮は勝ち負け二語のためではないのか？　この勝ち負けの二語のためにどれほど沢山の天下の民草を苦しめただろう？　またどれほど沢山の年若い人材を損なったことか！　吾輩思うに、勝負を決するためならば別なやり方を選択するに如《し》くはない。うまい具合に、根斗はカード一組を携えている。俺たちはここの敷石の所に留まって、あんたと根斗と二人が一丁勝負するんだ。それで勝ち負けのけりをつけるんだ！」大害は心に思う。たとえカードにしても、よもや自分が根斗に負けるとは思えない。さらに、自分は炭鉱にいる時にいろんな手を学んでいるし、ちょうどそれをお披露目する時が到来したのかなとも思う。だが内心やはりこの根斗の奴の事は全然信用していないので念を押して言う。「いかさまは許さんぞ！」賀根斗は穏やかに言う。「俺はこれまでの長い賭場暮らしで、名声甚だ大とまでは言わないけれども、品行方正で通っている。嘘だと思うなら近郷近在に聴いてみろ！」言い終わるや、腕を捲ってテーブル状の石に座り、カードを置く。ちょっと手合わせしただけで、大害は自分が拙い手を打った事を悟り、大いに焦り、全身からどっと汗が出る。どうしていいのか見当もつかない。ちょうどこの時、一発の銃声が轟き、賀根斗は頭から血を吹き、顔面真っ赤になって石のテーブルの上に倒れ伏す。びっくりした大害が振り向いて見ると、百八十人を引き連れた呂《ろ》中隊長が小銃を携え、大砲を引っぱりながら、丘の麓から喚声を上げて上へ上へと登って来る。大害はさっと機敏に石のテーブルの下に身を隠す。とにかく、万事はこの部隊が通り過ぎてからの事と決心する。この時、丘の麓から大声が響く。「大害同志、俺たちはあんたに味方しに来たぞ！」これを聴いた大害はほっとして立ち上がる。ほどなく、呂中隊長ら一隊が頂上に到る。葉文書が言う。「呂中隊長、暫時休憩を。大害というこの若者は実に大した者だ！」大害は心中ただ嬉しく、ひそかに思う。「もしも大義《だいぎ》ら一団の連中とこの度の革命を成し遂げられた暁には、鄢崮村の事はきっぱり葉金発に担当してもらう事にしよう。あの人は総じて言えばやはり優れている！」こう思い到って見渡すと、周りのあまたの軍勢がわーっと大声で笑い出し、天地もまさにどよめこうとの様相。はっとして夢から覚めた。目を開いてみるとすっかり昼間になっている。ふーっとため息をつき、ああ夢だったのだと思う。つまりは、かの荘周の胡蝶の夢であり、荘周が蝶なのか、それとも蝶が荘周なのか〔『荘子』「斉物論篇」〕一時判然としない。起き上がった大害が衣服を着ようとしていると、唖唖がムラサキウマゴヤシの若芽の煮物を一碗持って来て、オンドルの上に置き、笑いながらドアを出て行く。これを見た大害、何年も食べていないので、とても珍しく思い、さっそく手に持って幾口か賞味していると、塀の辺りでギャーッと言う大きな喚き声がする。唖唖の声だ。大急ぎで上着を引っ掛けて行ってみる。ドアを出ると、唖唖が中庭の真ん中で、髪を振り乱している。唇は切れて紅い血が滲み、涙と鼻水がいっしょくたになっている。空の磁器の茶碗が傍らに転がり、中味のムラサキウマゴヤシの若芽は一面に散らばっている。大害は言う。「注意して歩かないから自分でこけたんだ。泣いてどうする？」大害がこう言うと、唖唖はますますひどく泣く。いささか腹の立った大害はまた言う。「ほら、十七、八の娘がそんなに手放しで大泣きするなんて。みっともない！」これを聴いた唖唖はぎゅっと唇を噛んでようやくいささか辛抱する。大害が大声で話すのは、そうすれば窑洞の中にいる人たちも出て来て事態を明らかにしてくれるだろうと思うからである。ところが今日は何と奇怪な事に、窑洞中ひっそりとして、どのドアも開かず、うんともすんとも反応がない。大害は自ら進退窮まった思いである。怒鳴ってもだめ、黙っていてもだめ。そこで、仕方がないから自分で手ずから唖唖を助け起こし、着衣のほこりも払ってやる。

この時、窑洞の中から王朝奉の罵り声がする。「畜生め、落ち着いて飯も食えないどころか尻も定まらねぇ。駆け回りやがって。雌豚が豚小屋駆け回って子豚を追い回しているのか！」これを聴いた大害が話をひきとり、窑洞のドアに向かって言う。「朝奉よ、何て事を。これはあんたの娘だろうが。何て聞き苦しい言い種《ぐさ》だ。人に聞かれたらいいお笑い種だろうが？」朝奉が言い返す。「こんな尻軽女、さっさとくたばってしまえばいい！　可哀想だと思う奴がいるなら、誰でもかまわない、そいつが連れて行けばいいさ」大害は怒りを堪《こら》えて笑顔を作りながら言う。「おい、あんたの話はむちゃくちゃだ！　試しに村のみんなに聞いてみよう。あんた朝奉が手を上げたんだろう？」大害の話し声が終わったとたんにガチャンという音がし、怒り狂って窑洞の中から出て来た朝奉が大害を指さして言う。「いいか大害、おまえが白と思おうと黒と思おうと、どっちにしたって我が家の事だ。何でおまえが駆けつけて、あれこれと言いたい放題を口にするんだ？　俺の出す手よりもおまえの出す手の方が高いと言うのか？　おまえの出す手が高いとしたところで、一度の飯すら作れないで、唖唖に指図して持って来させているんじゃないか？」

大害が説明しようとしたその刹那、脇から一人が跳び出して大害のために喋り出す。見ると歪鶏《わいけい》である。何と、早起きした歪鶏は、ついでの事に大害を訪ねて気晴らしをしようと思ったのだ。窑洞に入ったが大害はいない。壁の向こうから人の声がする。大害だと知り、慌てて駆けつけ、しばらく隅の方に立っていたが、朝奉はただただ大害を悪者扱いし、やたら罵って止まない。これにすっかり憤慨し、ぶつかっていって細腕を伸ばして朝奉をつかまえ、罵って言う。「この老いぼれの死に損ない奴が。大害兄貴はひたすらおまえのことを思って言っているのに、おまえときたら人の好意を悪意にとって、兄貴を罵りまくるなんて！　大馬鹿野郎の糞ったれが。たった今兄貴に謝らないなら、俺が貴様を成敗してやる！」言い終わるや力一杯腕を振り回して打ちかかる。大害は感動しながらも彼を抑えて引きとどめる。心中ひそかに思う。若輩の歪鶏がこんなにも義によって公正な主張をする。あの義兄弟の契りは確かに本物なんだ。そうして言う。「歪鶏どうしてそんな事をする？　何たる事だ。打ったり蹴ったりするなんて！」言いながらぐっと歪鶏を手元に引き寄せる。

　この様子を見た朝奉はさらに歪鶏に向かって罵声をあびせる。「おまえが人を殴るだと？　家に帰っておまえの親父に聞いて見ろ。おまえの脳味噌がまともに出来上がっているかどうかをな。人を殴るなんて。おまえの家の系図を十八代までさかのぼり、人を殴れるような旦那様が出ているかどうか調べてみろ！　まったく。糞餓鬼のチンピラが馬鹿にしやがって。俺を殴るだなんて。あきれはてるぜ」大害が言う。「朝奉よ、歪鶏は俺がもう引き離したんだからあんたももう喚くのは止せよ。俺たち何事だって穏便に片付けようよ！」朝奉は言う。「おまえら義兄弟ぐるになって幾らでも俺を殴るつもりなんだ！　俺はしゃがみ込むだけだ。おまえら幾人でも束になってかかってくるがいいさ。年寄りの俺の命なんぞ今日を限りに捨てたっていいんだ！」

　歪鶏はまだ引き下がるには未練があって、もがきながら朝奉に向かって言う。「おまえをぶち殺すくらいなら犬をぶち殺すほうがましだ。犬をぶち殺せばその肉が食えるが、おまえをぶち殺しても使い道がねぇ」歪鶏の言い方は余りにひどすぎると思った大害は慌てて怒鳴りつける。「少しは口を慎め！　お里が知れると言うもんだ。何と言っても朝奉は俺たちよりも年長だ。話をするにも長幼の序というものがあるだろう？」言いながら歪鶏を引き寄せ、いっしょに自分の窑洞の方へ向かう。三十分もしないうちに、兄弟たちが全員やって来る。歪鶏の説明を聴くと誰も彼も大いに憤慨する。来るのが遅くなって大害兄貴のために手助け出来なかった事をみなが残念がって言う。「俺たちみんながその場に居合わせたら、あの老いぼれ野郎を脅しつけたのになぁ！」大害は言う。「兄弟たちよ、まあ聴けよ。今度の事はそんなふうに言ってはだめだ。俺たち一同が契りを結んで義兄弟になったのは喧嘩をするためではなくて、義理人情の四文字のためだ。もしも村の者たちみなが俺たちを怖がったら事情を説明したところで聴いてもらえなくなってしまう。俺たちは郷里に危害を加える土匪《どひ》になってしまう」みなはこの言を聴いて心から納得する。問題を正確に見通す点において大害兄貴は並外れて深く鋭いと感心するばかり。少ししてから大害が懐から五元の札を一枚取り出して大義に手渡す。大義に自分に替わって朝奉の家に行って、五元を詫びの印に差し出して、兄弟たちの年輩のお方への粗暴の振る舞いを謝ってくるようにと依頼する。みなはこの有様を見て、胸中の思いを口にせず、表面上ただただ賛同するほかない。この時、兄弟たちはみな大害の言う事、為す事が万事普通の人より優れて適切であると悟る。大義はあっさり金を受け取るとすぐに出かける。彼のような類の人間の目には五元の大札など金じゃないみたいだ。大害としてはまったくお手上げである。

これより後、大害はもう朝奉と気安く往来することは止しにした。唖唖の方は食事の支度を手伝いたがるが、その度に大害はよく言い聞かせ、止めさせて家に戻らせる。その唖唖はある時は言う事を聴くが、ある時はただもう聞き分けがなく、何が何でも手を出す。こうなると

## 34　季工作組が栄光に包まれて鄢崮村に帰還する

さて、季工作組《きこうさくそ》は人に言伝《ことづて》てあと数日以内に帰ると言ってくる。そうして果たして何日も経たずに賀根斗《がこんと》と一団の見知らぬ年若い学生たちを引き連れて戻って来る。彼らは全員軍装で、意気軒昂、『語録』を振りながら村へと進軍する。この事は何日も前からすでにうわさとして伝わっており、葉支書《ようししょ》ら一同は事前に知っている。このところ何日もずっと掃除し、村内外の大通りは幾度も掃き清められた。生産大隊本部の中庭にはとても綺麗に飾りつけられた小屋が組まれたが、結果はまるで竈神《かまどがみ》を迎える大晦日の廟の縁日みたいだ。季工作組が村に入る前から、銅鑼と太鼓の一隊が村外れで待ち構えている。栓娃《せんあ》は二里も外まで駆け出し、土丘の上から遠くを見るかす。その後、栓娃が戻って来るより先に季工作組の一団が到着する。みなは県の自動車に乗って来たから当然先に着くわけだ。葉支書がえらい見幕で栓娃の母親を怒鳴りつけたのは道理に合わぬ話だが、それも間もなく落ち着く。銅鑼や太鼓が鳴り響き、全村の人民公社員がどっと取り囲む中で、葉支書と呂《ろ》中隊長が季工作組を支えながら彼を村内に導き入れてひな壇へと押し上げる。

季工作組は一度北京に行ってきたからにはその口振りにも変化がある。季工作組は演壇に腕を突っ張り、流暢《りゅうちょう》に語り出す。「大勢の貧下層中農、人民公社員の同志のみなさん、今日のわたしの話の題目はわたしが毛主席に会ってきた事です」これを聞いた社員たちはいっせいに拍手し、歓呼する。みなが静まるのを待って季工作組はさらに言う。「汽車は果てしなく延びる線路の上を駆け、俺たちの心は偉大なる北京へと飛ぶ」こう語った季工作組がちょっと間を置くと、みなはすぐにこの語句のもつ重大さ、その華麗さ、その詩情に気づく。鄢崮《えんこ》村の何人かの老人たちもこれまでに耳にしたことのない、形容しがたい心地よさを覚える。この時、事情に通じている者は、富堂《ふどう》の嬶《かかあ》はそれとして、やはり村内一番の器量良しの生娘を季工作組にあてがうのがいいのじゃないかとの思いを強くする。この方は本当に手腕家だ。季工作組はみなが少し静まるのを待ってさらに続ける。「最初にみんなに素晴らしい情報を伝えよう。毛主席におかれてはお体大変ご健康であらせられる！　林副主席もまたお体大変ご健康である！」一句終わるごとに会場は一面の拍手と歓声。「まだ素晴らしい情報がある。俺はみんなのために毛主席が接見した革命の小勇将を連れて来たぞ！」その後季工作組の話はもう止まらない。それら一行二、三十人がどういうふうにして汽車に乗り、どういうふうにして宿に泊まり、どういうふうにして飯を食い、どういうふうにして天安門広場に到着したか、天気はどうだったか、いちいち報告する。その日、太陽が昇ると毛主席はピンクに染まる天安門の楼閣上、オールバックの髪型のお姿を現し、欄干に寄る。一面真っ赤な海、革命の紅衛兵小勇将たちに向かって手を振って挨拶し、かくかくしかじか。季工作組の話し方は明瞭明晰。

みなはぽかんと大口を開けて聴き惚れる。季工作組の顔面にはまるで毛主席様の御表情が乗り移っているみたいだ。賀根斗もまた前代未聞、初めてひな壇に座り、ぶら下げた馬鹿面に、どこで召し上げたのか知らないが眼鏡などをかけている。引き続いて、季工作組が連れて来た紅衛兵小勇将たちが鄢崮村民に出し物を演ずる。その後、出し物中の開脚技やとんぼ返りだけでも村の子供たちに何箇月も練習させる。これだけの人員が村に駐屯するとなると、先ずは飲み食いの事を考えなければならない。しかし、葉支書はもう話を先に決めている。「あの人たちは革命をやりに来たので、どうでもいいようなつまらない事をしに来たのじゃない。たとえ鄢崮村の老若が飲まず食わずになっても、先ずあの人たちの飲食を確保しなくてはならん」そこで、穀物倉庫を開き、来年の種子の分を少々融通することにする。秤を持った水娃が幹部の身内や委員の親戚など勢力のある者を選び出し、賄い分を配給する。こうなると、紅衛兵はたちまち引っ張り凧の人気者となる。自分の所に回って来なかったら大変だと誰もが焦り、なるべく沢山引き受けようとする。季工作組は何としても富堂の家に行って泊まり込まなければならない。数人が季工作組を抱きかかえるようにして中庭に入って行くと、富堂が窑洞のドアの外で、真昼の太陽を正面からまともに受けてぼーっと立っている。一行を目にした富堂は、額に手をかざして一行を見分けようとする。季工作組は言う。「爺さん、帰ってきたよ」

その瞬間、喜んだ富堂は鼻水を垂らし、ドアの外に立ったままどう対応したらいいのかわからず、慌てて大声をあげ、女房の針針《しんしん》を呼ぶ。針針はとっくに予測していたらしく、ここ数日忙しく立ち働き、東側の窑洞は奇麗さっぱりと片付けられてある。季工作組の帰って来たこの日、胸中とりわけ嬉しく、自ら艶やかに化粧し、うきうきわくわく、まるで遊客をもてなす妓女のような振る舞い。老人がドアの所で大声を上げると、すぐに誰が来たのかを察する。居ても立っても居られず、自分がどのようにして窑洞のドアを出たのか、またどういうふうにして季工作組ら一行を東側の窑洞に導いたのかもまるで覚えがない。オンドルの上に落ち着いた季工作組が彼女に問う。「具合はどうだい？」針針は言う。「わたしら農民は病気と災害さえなければもうそれ以上何を望みましょうか？」季工作組は言う。「目下所によっては階級の敵がものすごく暴れ回り、ちょっと油断するととんでもない事になるんだ」針針は言う。「そうなんですよね」季工作組に付いてやって来て、脇に居る栓娃が言う。「急いで季工作組に飯を作ってくれ。季工作組は朝からずっと何も食べていないんだ」季工作組はたった今何か言おうとしたのだが、栓娃が口を挟んだものだから、思考が中断され、度忘れしてしまう。それで、栓娃にだけ言う。「おまえたち数人で一回りしてあれら革命の小勇将たち、とりわけ自動車の運転手の準備が整っているかどうか見て来てくれ。今晩、生産大隊の本部で革命の出し物があるんだ」栓娃らは急いでドアを出て確かめに行く。

針針は富堂に言う。「あんた方二人で話をしていて。わたしはうどんを煮るから」これを聴いた富堂は慌ててオンドルの上に上がり、季工作組の向かいにきちんとかしこまって座る。この様子を見た針針は十分安心し、よくのしたうどんを鍋に入れる。季工作組はこの機会を借りて、老人にここ数箇月来の村内における革命と生産の進展情況について尋ねる。老人は口ごもり、ちゃんと説明しないが、最後にとうとう言う。「鄧連山《とうれんざん》が目隠し塀の前で『語録』を暗誦していたら、大隊がこれを禁止した」季工作組はいぶかしみ、問う。「毛沢東思想の宣伝なのに、どうして禁止するんだ？　誰が禁止命令を出したんだ？」富堂は言う。「知らねぇ」

ちょうど話がもつれそうになったところで、中庭で誰かの声がする。「あれまあ、あちこち捜し歩いたけど、何と季工作組はここにおいでだ！」その声の調子で空威張り屋の賀根斗だと知れる。窑洞の中に入って来た賀根斗は満面に笑みをたたえながらオンドルの縁に寄って言う。「富堂兄貴、ちょっとお願いなんだ。季工作組に俺の家に来て飯を食ってもらいたいんだ。ここ数日、あんたは知らないだろうが、県の方では十幾つもの機関が彼に報告をしてくれるよう、必死になってお願いをして、彼も大変なご苦労なんだ！　まーまーそういう訳なんだが、俺はいちいちずっとついて回ったよ。彼の話が、毛主席が天安門の欄干の所に現れ、大衆が地鳴りのするような勢いで拍手をする段に到ると、俺は自分で気づかぬうちに腕をむちゃくちゃに振り回しているんだ。そうして最後にはくたびれ果てて腕が持ち上がらなくなってしまうんだ。はっはっは！」富堂はキセルを抱えて曖昧に薄ら笑いしている。季工作組は頭を垂れて考え事をしているが、それは目前の事ではない。賀根斗が話し終えるのを待って、ようやく彼に問う。「話じゃ、村内で誰かが貧農下層中農が『語録』を暗誦するのを止めたと言うがそれは本当かね？」賀根斗はちょっと思案し、すぐに言う。「勿論そのとおりです。賀振光《がしんこう》はあの頃少しおかしくて、村のはずれで俺が『毛沢東選集』を学習しているのを見かけると、心中怒りを燃やし、懐にナイフを呑んで、俺を殺すと言い触らしたんだ！」ちょうどこう話している時に、針針が膳を捧げ持ってやって来て食事の支度が出来たと言う。これを目にした賀根斗が続けざまに言う。「あれー、俺は季工作組には今日は俺の家で食べてもらうと言ったじゃないか。あんたらどうしてこんな？」針針はつれなく言い放つ。「あんたの家に有るのが牛の肩ロースだか鶏の舌だかは知らないけれど、どこで食事しても同じというわけにはいかないんだよ。あちこち駆け回って何を考えているんだい！」賀根斗は言う。「姐さんの言い方だと、俺たちの家に何が有るとか無いとかが大事で、季工作組に対する精一杯の敬意から出ている事などまるで察していないじゃないか！」

季工作組は箸をとり、賀根斗に対して言う。「形勢は甚だ複雑、且つ切迫している。我々に油断、手抜かりがあってはならぬ。根斗同志、あんたは時間を無駄にしないで、よく考えて、早速にここ数日以内に仕事を始めなくてはならない。毛主席は言われた。〝苦労のいる仕事は、我々の眼の前に置かれている荷物のようなもので、それをかつぐだけの勇気が我々にあるかどうかが問題である〟〔元は『毛沢東選集』第四巻「重慶交渉について」〕党と人民があんたを試す時が来たんだ。本当の革命なのか、それとも偽の革命なのか、つまりおまえという一個の槌が試されるんだ。解放戦争の時を別にしても、沢山の人が槌と鎌の党旗を見ながらその下で宣誓するが、それがどんな意味を持つのかわかっていない。今度の運動を経過してはじめてその意味がわかるんだ。事は急を要する。俺たちは直ちに着手し、一丁徹底的に革命をやるんだ。数日後、おまえは一部の思想の進んでいる社員を動員して大隊本部で会議を開くんだ。よく覚えておけよ。人数は多ければ多いほどよいけれども、会議をリードするのはおまえだ。次いで、大隊本部の拡大大会だが、その要点は鄢崮村の階級闘争の黒い蓋をどうやって開くかだ。おまえは真っ先に発言するんだ。胆を据えて、舌《ぜっ》鋒《ぽう》鋭く村内の資本主義の道を歩む実権派への進攻を開始するんだ」賀根斗は言う。「わかった。それじゃ俺は先に行く。みんなゆっくり食事してくれ。季工作組には何日か経ったら家で食事してくれるようにまたお願いするよ」言いながら、向きを変えてドアを出る。針針は言う。「富堂、早くオンドルから下りて根斗を見送ってよ」

媳にこう言われた富堂は、とったばかりの箸を放り出してオンドルから下りようとする。これを見た賀根斗は大慌てで必死になって老人を押し止める。富堂は何が何でも下りるつもり。根斗も結局はあきらめて、老人と二人で窑洞のドアを出る。表門の所へ来ると、根斗が言う。「兄貴、急いで戻って飯を食ってくれ。手間をとらせて申し訳ない」富堂は言う。「どうって事はない。世虎《せいこ》〔季工作組の名前〕は家の親戚だ。この度彼が北京から戻って来たからには、どうしたって最初の飯は家で食うほかないよ。あんたもそう思うだろう？」賀根斗は続けざまに相槌をうって言う。「それは俺もわかっている。ただこの間俺は県の講用会〔講用会とは個人や集団が理論を学習運用し、実践する過程で、経験・体験を述べる会。文革時代の用語〕の大会で、季工作組が北京から帰って来て、各機関が報告を聞かせてくれるようにお願いしている事を耳にしたので、慌てて訪ねて行ったんだ。季工作組は俺を一目見るなり即座に引っぱり込んで放さず、そのまずっとこっちの機関が済んだらあっちの機関と、ぐるりとひととおり歩き回り、確かに俺の事を大切にしてくれた。俺たちの代々のご先祖様が見たこともないような上等な餅菓子の類も食ったんだ。それはともかく、もしも季工作組がいなかったら、俺賀根斗にどんなに能力があったとしても見出されることなく、黒いカラス同様の真っ黒い闇の中。誰も相手にしてくれぬ。まったくあの人の引き立てのおかげじゃないか？」富堂老人は話を遮って言う。「世虎兄弟はたしかに力量のある人だ。人のあしらいももうこれ以上はないというほど鄭重だ。俺が何とも思わないような事でもあの人はとても気を遣うんだ。村内の事、大小となく、何でも先ずは俺に相談し、あれこれ検討してはっきりさせ、それから結論を出す。俺は民兵でもないし、村の幹部でもないけれども、彼はあれこれ按配して俺を立ててくれる。例えばみなに通知する時なども俺を行かせる。俺が家を出てちょっと話をすれば誰でもちゃんと聴いてくれる。去年の秋だったかな、呂青山《ろせいざん》がトウモロコシ畑で俺を蹴飛ばした事があった。この事を俺はずっと隠しておいて、世虎兄弟にも黙っていた。俺がしゃべらなかったから良かったものの、もしもこの事が世虎兄弟に知れていたら、恐らくあいつは民兵中隊長を首になっていたはずだ！」

賀根斗は言う。「まったく老兄の言うとおりだよ。県では夜になると、俺は彼の農業機械站《たん》に泊まった。二人で夜中の二時三時まで語りあい、俺たちの村がどういう情況にあるのか、これをはっきりつかもうとしたんだ。そして今度戻って来た。あんたにはまだわからないだろうが、この村の大小の指導者たちでその地位を保てるのは、まー恐らくそんなに多くはないだろうよ！　この先、あんたもおいおいわかるはずだけど。季工作組と俺は県の宿舎での幾晩もの長談義をとおして、全体としての一つの段取りを得たので、今後は一歩一歩それを進めて行く事になる。叔父貴、そういう訳だからあんたはこれからは前に進むべき時には前へ進み、決して亀の子みたいに首をすくめたりはしない事だ。村内の事はこれからは大小と無く、俺たち兄弟分二人で頑張らなくちゃならん。つまり、粉骨砕身、季工作組にぴったりくっついて行かなくちゃならん」富堂はしきりにうなずいて言う。「あんたの言うとおりだ。まったくそのとおりだ。俺はもう数十歳の老いぼれだ。今更何を怖がって遠慮する事がある？　あの呂青山ときたら、道理も糞もわきまえない大馬鹿者だ。俺のことを打ったり蹴ったり、人を人とも思わない。丟児《ちゅうじ》も言っていたよ。〝あの呂中隊長が老人を打つなんて、あいつは打つ相手を間違えている。老人はずっと誠実正直な人だ。骨惜しみせずに働き、辛い仕事を引き受けて、かつて力を出し惜しんだ事などない。老人を打ってその口を封じようなんて、お天道様の許さないところだ！〟あんたも丟児の言う事は道理だと思うだろう？」うなずいた賀根斗は十分老人に同情して言う。「そりゃ当たり前で、特別言い立てるような事じゃない。この先焦らずやろう。どのみち折を見て、老兄あんたの言いたい事を洗いざらい口に出してもらうさ。さあ、急いで戻って飯を食ってくれ。随分手間をとらせてしまった」言い終わると老人の手を握り、それから向きを変えて立ち去る。まだ意を尽くせないような感じを抱きながら老人が窑洞に戻って来ると、季工作組と嬶は食事を済ませ、卓上はまるでごちゃごちゃに引っかき回した露店みたいだ。これを見た老人はこれ以上の満足はないというほどに満足を覚える。

## 35　葉支書が水花の家を訪れる。郭大害は王朝奉叔父の説教を聴く

銀柄《ぎんへい》法師は鄢崮《えんこ》村でめちゃくちゃに殴られて面目を失い、術を施す際の衣装や道具もなくした。これ以降、彼は鄢崮村には死んでも来られなくなった。そうしてあの水花《すいか》は大変苦しいことになる。役に立たない年寄りと少年の面倒をみながら、苦しい日々を耐えている。そこへまた思いがけない災難が重なる。去年の決算で、元来老人に支給されるはずの二百労働日の内の百労働日が何とあの賀振光《がしんこう》にうやむやのうちに召し上げられてしまう。おまけに、水花は労働点数の稼ぎを詮索できる当事者ではなくて、年末の分配の際には目の前でみすみす他の人たちよりも大幅に削られた上にさらに数十元の債務まで負わされる。暮らしはますます苦しくなる。数日の間で水花は一段と老けたように見える。

　ある日、水花が麦畑で燃料にする麦わらを盗んでいると、思いがけない事に、葉支書《ようししょ》に見つかってしまう。遠くから大声を上げようとした葉支書は、相手が彼女だと認めるや、惻隠《そくいん》の情を催す。葉支書は鄢崮村において勢力甚だ大きいけれども、その人柄は気が利いていてそつがない。もの言いや是非善悪を論評するにしても節度があり、勢力を笠に着て人を侮辱するような事はない。かの水花が嫁に来た頃、口上手で智恵も働く。老いも若きも含めて鄢崮村の女どもの内で彼女に勝る者は見出せない。その時分、葉支書には少しは彼女を助けたいという気持ちがあった。だが夫の劉黒爛《りゅうこくらん》は貧乏はしているものの志は大きく、家の内外何事も着実に問題を処置し、他人が手を貸す余地などとどめない。身は一村の主たる葉支書であっても無理無理手を出すわけにはゆかない。後、黒爛が工事現場の爆発事故によって両足を失い、これよりようやく乗ずるチャンスが来たという訳だ。この日、泥棒する水花を見つけたけれども、叫び声を上げることなく、折を得た思いで近づいて言う。「あんた、どうしてこんな事を？　人に見られたらただじゃ済まないぞ！」びっくりした水花は首をすくめて身を固くする。葉支書は言う。「やってしまったからにはさっさと消えるんだ！」葉支書はちょっと笑い、彼女に代わって辺りを見回して言う。「この事を知っているのはわたしだけだ。今晩あんたの家に行って話をしよう」水花はすぐさま承諾し、焚き物を背負って足早に立ち去るが、心中こ

れ以上の感激はないというほどに感激する。

この日の夜、公務を終えた葉支書は水花の家へと急ぐ。ドアを入ると、母と子二人が灯油ランプの下に座っており、彼が来るのを待って食事にするつもりでいたらしい。オンドルに上がった葉支書は話しかける。「あんたらはどうしたんだね。食べないでわたしが来るまで待っていたのかね？　わたしの事を知らないわけじゃあるまい。適当にトウモロコシの粥の一碗もあれば晩飯はそれで済みさ！」山山《さんさん》が言う。「母ちゃんはあんたのために箕子麺《きしめん》を打ったんだ」葉支書は笑って言う。「おいおい、わたしは貧農を訪れて苦労を尋ねるために来たんだぜ。あんたらがこんなふうにもてなしたら、わたしが疑いを抱くとは思わなかったのかね？」水花と子供もまた笑い出し、ただただ葉支書という方は指導者だけれども本当に話の面白い方だと思う。ここで水花はキセルを手渡すとオンドルから下りて食事の支度を整える。キセルを受け取った葉支書はスースーハーハー、その吸い方はやたらとせわしない。一日中の仕事が甚だ忙しいのみならず、タバコの吸い方までゆっくりしないのだ。たっぷり吸ったところで飯も出て来た。

キセルを置いた葉支書は言う。「黒爛兄にも一碗持っていってやらないと、老人が可哀想だ」水花が言う。「あの人の分はあるわ。いつだって欠かした事はないわ。だけどあの人のせいで一家はとんでもない目に遭っているのよ」葉支書は碗に薬味を入れながら言う。「そんなふうに言うものじゃない！　ああなってしまったら、人はどうにもならないんだ。黒爛兄も体さえ満足だったら人の世話になるはずなんかないんだ。土地改革の時はわたしと黒爛は昼も夜もいつもいっしょだった。黒爛兄が達者だったあの頃は、その動作をちょっと見ただけでもわたしなどよりもよほどてきぱきしていた。何をするにしても、さっさと片付けた。鄢崮村民兵劉黒爛の名声は郷長の趙容発にまで届き、仕事の積極性、政治的自覚の程度の高さが表彰されたんだ。地主富農は黒爛兄の名前を聞いただけで震え上がったものだ。黒爛兄がもう少し字を知っていて学があったなら、今頃は随分出世していたはずだ」

水花は子供をやって黒爛に一碗を届けさせる一方で、話を継いで言う。「そんな話をされても何の役にも立たない。例えあの人に天をも欺くほどの能力があったとしても、天をも欺くほどに運がないんだ。何を言ったところで言うだけ無駄よ。今日この頃のわたしたち母と子への酷い扱いときたら。生産隊の補助の労働点数もちゃんと計算してくれないのは勿論、ごちゃごちゃ言って糧食も配分してくれないし、お金もうんと削られている。まるで人をいびり殺そうとしているみたい！」葉支書は食べながら言う。「それについてはもう言わなくて大丈夫だ。今夜の幹部会の席でわたしがきちんと処置したから。賀振光には数点批判しておいた。わたしは言ってやったよ。これはどうした事だ？　やや細かい事ではおまえの仕事ぶりは雑であり、より重大な事ではおまえは大隊の決定を勝手に変えている、とな。奴が言うには、大衆の中である人の意見が大変重視されているのでと言うんだ。わたしは言ってやった。大衆の意見なんて屁みたいなもんだ。何と言おうと、我々幹部の考えを通さなくてはだめだ。幹部の言い分が通れば、大衆なんてものは自ずと何でもなくなる」

この話を聴いた水花は急いでオンドルの上に上がって来るなり問う。「あなたの話を聴いた賀振光は変更を承知したの？」葉支書は言う。「当たり前だろう？　大衆の意見が大事だなんて、何を言ってる。万事は我々大隊幹部がしっかり押さえてあんたに代わって話をするんだ。そうでなければとてもの事に変更なんかできるかい？」

水花は言う。「それじゃ最後はどうなったの？」葉支書はちょっと話を止め、憤慨したようなふりをしたが、すぐに笑い出して言う。「あんたはわたしが話し終えないうちに、何でそんなに急かすんだ？　何でそんなにせっかちなんだ？」つられて笑った水花は自分の碗を捧げ持ち、甘えた声で言う。「だって、気を揉むわ！」

ちょうどこの時、山山が空っぽの碗を捧げて入って来て言う。「父ちゃんは食べ終わったよ」水花は言う。「そこであんたの分をさっさと食べて、終わったらあっちの窑洞《ヤオトン》で寝るのよ。明日の朝はまた学校でしょう」うんと答えた山山は、あっという間に二人の目の前で食べ終え、碗を置いて出て行く。葉支書も続いて食べ終え、汗を拭ってまた水タバコのキセルを受け取って幾口か吸う。水花は竈《かまど》の所で鍋を洗い、皿を拭く。葉支書が言う。「わたしは先に寝るよ」水花が言う。「あんたは先に寝ていて。わたしは片付けてしまうから」ちょっとの間でオンドルに上がって来る。

水花は葉支書の素っ裸の様子を見て笑いながら言う。「あんたったら随分素早いのね」葉支書は言う。「何を言っているんだ。いつも外で仕事をしている人間は家の中にいるあんたらみたいにぐずぐずもたもたはしていられないさ」水花は衣服を脱ぎ、掛け布団の端を捲った葉支書がこれを抱き入れる。水花が突然言う。「ドアに閂をかけるのを忘れたわ」葉支書が言う。「あんた、何をそんなに気にするんだ。自分の家の中だ。何もあるはずがなかろうが」言いながら、猶予もあらばこそ、身を翻して水花の上に乗りかかる。その形勢、言わば以下の如し。

危うきを扶《たす》け、困《くる》しきを済《すく》う。これで行くと決めたらそれでよし。
上に政策の有るからには、隠さんとすればすなわち隠すこと可なり。
男尊女卑は相伝えること世世代代。
過ちを改むるはかりそめの事ならず。

あの日の朝、唖唖《ああ》がどうして自分の家の中庭に突っ伏して泣いていたのか〔二四八頁参照〕、どうしてそんな事になったのか、あんたはその訳がわかるかね？　何とあの朝奉《ちょうほう》がここ数日大害に無念遣る方ない怒りを抱えていたのだ。その一、世帯ごとに配分したあの二元が彼の所には渡らなかった事。内実は大義《だいぎ》ら数人が生活困難世帯のリストを参照して交付したので、大害《だいがい》は知らないのだ〔二〇一頁参照〕。その二、兄弟の契りを結んだ際の差配はすべて丟児《ちゅうじ》で、始めから終わりまで朝奉には杯の酒を飲むようにとのお呼びはかからず〔二三四頁参照〕、まるで面子《メンツ》をつぶされた感じ。その三、年の暮れ、自分の家の食い物にも事欠くのに、唖唖が何の甲斐もないのにむざむざ大碗一杯のムラサキウマゴヤシの若芽の煮物を持って行った。この三つがいっしょになったため、怒りが突如爆発、手当たり次第、まるで見境なく、唖唖を中庭に打ち転がした。大害は大義に持たせて五元札一枚を遣った〔二五一頁参照〕のに、これじゃまるでがっかりだ。唖唖の方に顔を向けた大害は、俺のためだからおまえはちょっとこの場をはずせとこっそり頼む。唖唖は真面目に言う事を聴いて立ち去る。彼女はおしとやかに育てられた大家のお嬢様なんかではないから、本来なら年をとった父親の方が詫びを入れなくては引き下がらないところだ。

最近季《き》工作《こうさく》組《そ》が連れて来た紅衛兵の事だが、生産隊のそれなりの幹部の家がこっちの家に三人、あっちの家に二人と、彼らの賄いを担当する。この賄いの担当が自分の所に回ってこない者は胸中いささか焦りを覚える。何故か？　もともとこの一団がやって来るや、大隊では紅衛兵小勇将たちをちゃんと面倒みるために、一人一日につき小麦三斤を補助することにした。ここからもうけの出ることは目端の利く者にはすぐにわかる。これを知った王朝奉は羨ましくてたまらない。毎日門の外でうろうろするが、残念ながら、積極分子のふりをして、紅衛兵を自分の家の中に連れ込むには到らない。この日も門の前をうろうろしていた。頭をもたげるとばったり大害に出会う。どうも双方ともに避けがたいようだ。奉朝はやむなく顔をあげ、ちょっと笑って言う。「大害、飯は食ったか？」大害は急いで答える。「食った、食った。あんたは？」朝奉は言う。「俺も食ったよ」大害は肩先をちょっとそびやかし、自分の家の中庭の門を指して言う。「家へ入ってくれよ」朝奉は言う。「ああ」叔父と甥の二人は中庭に入るが、日差しもちょうど良く、窑洞に入るまでもなく、中庭に立ったまま、手を袖の中に引っ込めて話し始める。

朝奉は中庭に元あった崩れた煉瓦や割れた瓦がすっかりきちんと整理され、片付けられ、中庭がきれいさっぱりのぴかぴかなのを見て言う。「何日か来ない間にあんたの所のこの中庭はとてつもなくきれいに整理されたな」大害は顔をあげ、笑って言う。「いやー。何もかもあの兄弟たちが手を貸して始末してくれたんだ」朝奉は笑って言う。「あの若い衆たちは自分の家の仕事だってこんなに精出してはやらない。怒鳴りつけられたわけでもないのに他人のためにこんなに働くとは。一声かけるとさっそく駆けつける」大害は言う。「俺たちはいったん仲間を組んだからにはいっしょにやる。やるからにはとことんやる」朝奉はとうとう言う。「大害よ、おまえは若い衆たちに一日中面倒見てもらったが、たぶん俺らの村のこの二日間の出来事を知るまい」大害は問う。「何の事だ？」朝奉が言う。「あー、何と言うか。言っても無駄だけど。ただ〝葬式の際、利口で声高の者は仏を担ぐ〟って言うわな。紙竹製の馬形を焼いて走らせ、間抜けな口下手者は仏をない者はいつでも損ばかり、何のお陰も被った事がねぇ！」大害はどうしてそんな話をするのかその由来がわからないからいらいらし、地団駄を踏んで言う。「あんたは何の話をしているんだ、何でごちゃごちゃそんな思わせぶりを言うんだ？」

そこで朝奉はしどろもどろにここ数日来胸につかえていた事を大害に話す。これを聴いた大害はわっはっはと大笑いして言う。「何事かと思ったよ。そんな事どうでもいいじゃないか！　賄いしたければしたい奴にやらせておけばいいさ。俺たちには関係ないよ！」朝奉は言う。「大害よ、あんたは長くよそにいたからここのいろいろと複雑な事を知らない。結局は恐らくあんたは村の一団の幹部たちの食い物にされてしまう。それでもあんたは彼らがあんたを自動車に乗せてくれていると思っているんだろう！」大害は言う。「理屈はそうだろう。だけど何日かの時間など、過ぎてしまえば屁みたいなもんだ。まさか紅衛兵のあいつらが俺たちのここに生涯住みつこうというわけでもないだろう？」朝奉が言う。「生涯は住まないさ。何箇月かで何千斤もの糧食がみすみす他人の腹の中に入ってしまうんだぜ！」大害が言う。「時が長引くようなら俺たちは彼に文句を言わなくちゃならん。これは一家、一戸の事じゃないぜ！」朝奉が言う。「文句を言っても無駄だ。あんたには知らない事が多すぎる。生産隊のあれこれの幹部どものうち、労働に参加している者をあんたは何人見た事がある？　それなのに労働点数ときたら誰よりも多いんだから腹も立つだろうよ！　これは公開の場所での話だ。裏での事はあんたにはわからない。そこでどのくらい闇の糧食を得ているか？　入隊、入学、窯の補強、家の建て増し等々、何だって奴らにお願いしなくてはならない。そうすると、手ぶらというわけにはゆかない。あんたのタバコ代や酒代などたちまち吹っ飛んじゃう！」大害は言う。「俺はそんな目に遭った事はないが、もしも遭ったらただじゃおかない。絶対に奴らが呑み込んだ分だけ吐き出させてやる！」

朝奉は言う。「どうもあんたはやっぱり田舎の事はわかってないようだ。あんたはみなが何と言うか聴いたことはないかね。〝言う事をちょっとにすれば、思いを遂げる事は多い。集まりの時は隅っこに座る〟これが誰でもがたどりつく結論さ。あんたは負けないというけど、どこまで突っ張っていけるかね？　今時通用しないよ。盲人の王長印がお節介にも、会計は幹部の家族に労働点数を多くつけていると言った。そしたら、呂《ろ》中隊長に大隊本部に呼び出され、縄で縛り上げられ、眼鏡なんかどこかへ吹っ飛んじゃったんだ！」

大害は腹が立って顔色青ざめ、込み上げた怒りに喉元を塞がれ、頭を抱えて地べたにしゃがみこんでしまう。もう朝奉と口をきかない。朝奉はまたとりとめのない事をいくらかしゃべったが、大害がまるで相手になってくれないのを見て、興醒めして出て行く。

朝奉叔父の話を聴いた大害はすっかり興醒めしてしま

う。これではまったく「人となったら役人になるものではない。いったん役人になったら誰も彼も阿漕《あこぎ》なものだ」という世間で言い習わされた文句そのものではないか。昔から今まで、代々ずっとこうなのだ。だから平民の身で、おおよそまっとうな気立てのままでは、とてもの事には生きにくい。ずる賢くない者だって学んでずる賢くなるし、性情素直な者だってひねくれ者に変わってくる。こうして、この広い世界にまともな人間の一人も身の置き所がないといった事になる。

## 36　潰えた水花の目論見。有柱は人妻に無理無体

葉支書《ようししょ》は水花《すいか》の体の上に腹ばい、乗ったまま乳房を吸いつつ老いの身の有らん限りの体力を振り絞って力仕事にはげむ。間もなく煽り立てられて風はオンドルの縁に吹き起こり、雲は衾《きん》中に湧出する。水花もまた葉支書に対して極上のもてなしをしなければならないから、どんな方法だろうと惜しむ所でなく、まるまるの媚態を呈してひーひーはーはー、熨斗《のし》付きで花を献じ、柳枝を捧げる如くである。且つは正しく最高潮といった際、がたんという大きな音がして、窑洞《ヤオトン》のドアが開いたと見る間に一個の怪物が躍り込む。びっくりした葉支書が目を凝らして見ると、何と黒爛《こくらん》ではないか。下半身の火薬はたちまちに湿気《しけ》ってしまう。ただちに怒り狂って身震いしながら言う。「おまえ、何たる事だ。まったく、何たる事だ！」そうしてまた、委細かまわず、衣類を引き寄せ、オンドルから下りて立ち去らんとする構え。水花は夢中で引き止め、オンドルから転げ落ちる。黒爛もまた必死になって両脚に抱きつき、しきりに訴える。「お願いだ！　行かないでくれ。あんたに行かれたらもう今晩限り、死ぬほかねぇ！　俺は生産隊の労働補助点数がないとどうにもならねぇんだ。それでやむを得ずあんたにすがるんだよ！　この話がすんだら俺はすぐにドアから出て行くから、葉支書よ、俺の事を勘弁してくれよ。腹が立つなら俺の両頬を張り飛ばして憂さを晴らしてくれよ」

葉支書はボタンをかけながら言う。「俺があんたを打つだって？　あんたを打って何になる？　俺はれっきとした共産党員だ。この手で人を打つなんて。あんた人を馬鹿にしているのか？　あんたら二人ともまったく話にならん。俺は一日中仕事でこんなに忙しいのに、この上また夜も寝ないであんたらの問題を解決しろと言うのかね？」言い終わると、場所柄もわきまえざるかの劉黒爛を蹴飛ばし、後をも見ずにドアから出て行く。

葉支書には打たれなかったが、オンドルから裸で転げ落ちた水花が老人の顔に打ちかかる。それだけでは気が済まないらしく、さらに女の得意技を繰り出し、抓《つね》るやら引っ掻くやら、ただただ柔らかい所を狙って手を下す。絶対に声を立てない黒爛を彼女が痛めつける。それもうっとうしくなったのか、一人でオンドルに上がって泣く。

泣きながら言う。「この死にそこないが。一家をめちゃくちゃにして！　何で自分のオンドルで静かに寝てないんだ。両脚がないくせになんでおとなしくしていないんだ。ちんぽこぶら下げて入って来て、どうするつもりだったんだ？」黒爛もまたこれに続けて涙を拭いつつ言う。「あんたらがあんなに早くおっぱじめるなんて、誰だって思わないよ！　葉支書が来たのは倅《せがれ》から聞いた。それで、倅が寝つくのを待って来てみたんだ。おまえ女一人では上手く言えない事もあるだろうと思ったんだ。何と、あんたら二人でもう話が終わっていたなんて！　母ちゃんよ、あんたが今晩の俺を許さないと言うなら、俺はもうどうしたって生きていられないよ！」水花が言う。「生きていられないなら死んじまえ！　あんたがとっくに死んでいたら、今みたいなとんでもない目に遭う事もなかったんだ！　今日わたしは考えていたのよ。葉支書が来たら上手いこと持ち上げて、今年の減らされた分の労働点数を埋め合わせてもらおうと思っていたのよ。うまくゆくはずだったのをあんたがぶちこわしてしまったのよ。どうにもこうにも、わたしたち母子二人、もうやって行けないわ！　ううう……」黒爛は言う。「あんたら二人でなくて、もしも俺一人ならとっくに一本の縄で首をくくっておしまいにしてるよ。おまえは俺にどうしろと言うんだ？」水花は言う。「とっとと失せろ。今晩で天地がひっくり返ったわ。寝られたものじゃない！　この先わたしたち母子がどんな辛い日々を過ごすことやら！」これを聴いた黒爛はもう何も言うことはないと知り、両手を突っ張りながらドアを開けて出て行く。双方それぞれに床につき、この夜はこれで終わった。

　鄢崮《えんこ》村のこのような事は特別に珍しい話というほどの事ではない。当今珍奇なのは鄧連山《とうれんざん》の方である。すでに孫の雷娃《らいあ》といっしょに毛主席に向かって朝に指示を仰ぎ、夕べに報告をするお勤めはまことにきちんきちんとやっている。息子の有柱《ゆうちゅう》もまずまず隊列訓練を楽しんでいる様子で、こっちの方もまた父親が監獄で学んできた技倆を吸収しているわけだ。毎早朝、村人たちがまだ熟睡しているころから中庭で操練を開始する。父親は真面目厳粛、号令の大声は天に轟く。子の方は厳正迅速に命令を執行し、力強い歩調は地を響《どよ》もす。こうして父親はひたすら積極向上、さらに向上の心を吐露し、息子は小さいころからなりたくてなれなかった民兵の願望を満足させる。一父一子、絶妙のコンビ、一糸乱れざる様相である。このころ、鄧連山はとりわけやり残した事のあるのを厭《いと》った。それでまた村を清掃する衛生業務を己に課すことにした。村の者たちが朝起き出して外に出てみると、通りは奇麗さっぱりのピッカピッカ。初めはみな不思議がったが、後には鄧連山のせいと知れ、そこでまた改めてなるほどと悟る次第。葉支書はこれをきっぱり一条の成規とし、鄧連山がいっそうこれを充実させて朝と晩の二度担当することになる。

　この一件以来、鄧連山はさらに限界を突破する。孫の雷娃に言う。「爺ちゃんの言うことは間違ってないだろう？　〝一念岩をも通す〟何だって向上心を持って、一生懸命真面目に取り組めば人に馬鹿にされる事はない。おまえだってそう思うだろう？」雷娃はうなずき、爺ちゃんの能力にひそかに感心する。鄧連山はさらに言う。「おまえの父ちゃん、このごろは以前に比べると大分落ち着いてきたんじゃないか？　共産党の人たちのやる政策はとてもありきたりのものじゃない。歴代のどんな皇帝だってあんな立派な力量は持ってない！　おまえだろうと誰だろうと、あの人たちの訓練を受ければ改造されて、まるで面目一新するはずだ」

　さて、ここに至って一切の道理は明らかとなった。一家三人、誠心誠意整然と頑張って余す所がない。ところがある日、思いがけない事に有柱が騒ぎを引き起こしたから、老人はただただ緊張を強いられる。いったい何だと思う？　訓練の成果で、この頃の有柱は精神高揚、足どりもしっかりして、自分でも好調を感じる。村の男たちや女たちも口をそろえて称賛する。さて、賀振光《がしんこう》の嫁の改改《かいかい》はもともといつ消えてもおかしくない小便の泡みたいな存在で、おとなしく目を伏せてうつむいて、見るからに哀れっぽい。ある日生産隊で肥料を運ぶ時、折よく有柱と同じ荷車を割り当てられる。東側の両側崖の坂道にさしかかった所で一休みして話をする。改改が言う。「有柱、あんたの顔色は何て素敵なんでしょう。ほんのり紅く、つやつやしていて。わたしらのこの辺の普通の男たちとはまるで違うわ」褒められた有柱はたちまち舞い上がってしまい、言う。「あんたの言うとおりだよ。俺の事を〝体つきをみると、お役人じゃないのにまるでお役人みたいだ〟と言った奴がいたよ。この俺はね、つまり閻魔様が生まれ変わらせる際にその場所を間違えてしまったのよ。もしも大害《だいがい》のように高級幹部の家に生まれ変わっていたら、どのくらい出世していたものかわからんさ！」改改は笑って言う。「そんなら、あんたの奥さんはどうして別な人について出て行ってしまったの？」有柱は弁解する。「あいつは人間か？　あいつとあんたら奥さん方とを比べたら、確かにあいつは人間じゃない！　この世をまともに渡る人間じゃない！　俺をほったらかしたのはまー措いておくとして、子供をほったらかした。こんな奴がそれでも女か？」改改は笑って言う。「あの雷娃は本当にあんたの子供なの」有柱は怒りで目をまん丸くして論ずる。「俺の子供じゃなければ誰の子供なんだね？」改改が言う。「あんたにあんな賢い子を生ませるそんな凄い力量があるなんて、思いもよらなかったわ！」この言葉を聴いた有柱はいっそうのぼせ上がり、口を尖らせて吹きまくる。「あの子のあの母親が出て行かなかったら、今ごろは子供が四、五人にはなっていたかも知れないさ！」後続の荷車が後ろから迫って来るのを見た改改が言う。「二人の間の自慢話はおしまいにして急いで行きましょう。後ろから追いかけて来るわ」そこで二人はまた頑張って前へと進む。言っている改改に大した考えはないが、聴いている有柱は勝手な思い込み。とりわけ改改が「二人の間」と言ったのを聴きとめ、心を許してくれたものと思い込む。本性中の腐れ一物が蠢動《しゅんどう》しはじめ、朦朧《もうろう》とした頭で隙に乗じて事を行わんと画策する。午後また両側崖のあの坂道を通る。あたりに人のいないのを見澄ました有柱は肝を太くし話しかける。「改改、俺たち東の水際の元の土手の所へ行こう。俺はあんたに話があるんだ」改改が言う。「話があるならここで言えばいいじゃない。どうして東の水際の元の土手の所へ行かなくちゃいけないの？」有柱は寄ってきて改改につきまとい、その袖を引っ張り、厚かましくもただただ自分について来るようにと改改を口説く。改改は恥じらい且つは恐れおののいて後ずさりするが、何としたことか、車のかじ棒にけつまずいて尻餅をついてしまう。たちまち大いに怒った改改は言う。「この腐れチンポが。真っ昼間から人につきまとうなんて！」慌てた有柱が近寄って抱きかかえる。改改はその手を払いのけ、怒って言う。「さっさと車を引きな！」有柱はかじ棒に取り付くが、改改は後ろに立ったままで押さない。有柱一人が必死になって前へと引っ張る。

　法法の家でおしゃべりをしていた改改は暗くなってからそこを出る。村外れの槐の木の根方にさしかかると、背後から有柱が突然さっと現れる。改改はびっくりして跳び上がり、誰何《すいか》する。有柱は言う。「俺、有柱だ。あんたが、昼間は都合が悪いから夜になってから、と言ったからそれで今来たぜ！」改改は言う。「誰がそんな事を言ったのよ。あんたはまたまた勝手放題にいい加減な事をでっち上げるの？」有柱は言う。「何をそんなにけちるんだ？　あんただって十七、八の小娘じゃあるまいし。ちょっとやらせるくらい何でもないだろう！」言いながら改改を引き寄せて、ただもう家畜飼育の洞穴に引っ張り込もうとする。改改は恥をかきたくないので敢えて大声も出さず、ただただ穏便に済まそうとして懇願する。すると有柱の方はますますむきになって、ちょうど中ぐらいの体型のこの人妻を抱きかかえてずるずる引きずって行く。どうしても嫌がる改改の腰や肩を抱え込み、やっと洞穴の前に来て、さて中に入ろうとした時に中でがさごそ何やら人の居る気配がする。びっくりした有柱がちょっと手を緩めた瞬間、改改はこれをチャンスと駆け出す。有柱はそれでもまだ悟らず、立ったままで動かず、なおも洞穴の中に誰が居るのかを確かめようとする。中の人は恐らく外の物音が何か変だと思ったのだろう。のそのそ這い出して来る。有柱が眼を見張ると、あの黒女《こくじょ》の老いぼれおとっつぁんだ。彼は家畜に草を飼っていた。

黒女のおとっつぁんは言う。「何をするつもりだったんだ？　人の家の嬶《かかあ》を家畜の洞穴に引っ張り込んで何をするつもりだったんだ？」この時、有柱はとっさに後ろに向き直って駆け出す。自分が誰だか相手にはわからないだろうと思った。黒女のおとっつぁんは後ろから大声を上げて喚く。「有柱、この悪党め、俺は見たぞ。待てぇ。一時逃げても逃げきれるものか！」これを聴いた有柱は慌てて戻って来て、どさっと老人の前に跪《ひざまず》き、懇願して幾度も幾度も言う。「爺様やどうか俺を許してくれ。許してくれたら、以後絶対に二度とやらないから！」黒女のおとっつぁんは言う。「さっきのあの女は誰だ？」有柱は改改だと白状する。これを聴いた黒女のおとっつぁんはたちまち怒鳴りだす。「何という奴だ。おまえがどんな奴であれ絶対に処罰されなくちゃならん！　何と言っても改改は幹部の家の家族だ。おまえはそんな人を引っ張り回して、首の落ちるのが怖くないのか？　俺はこの事を大隊に報告せにゃならん！」言いながらもう草を掻き集めるのは止め、両手を背中に組んで大隊の方に向かって歩き出す。有柱はその後について許しを請いつつずっと大隊本部の中までついて来る。

# 37　龐二臭が毛主席のバッジを餌に黒女を陵辱する

季《き》工《こう》作《さく》組《そ》から任務を授けられて以来、賀《が》根《こん》斗《と》はいささかも怠ることなく、夜も昼も躍起になって跳び回る。黄土に生きる人びとはそれぞれに頑固者だが、その間をあっちで人を集め、こっちで説得しと大活躍、とうとう二、三十人からの陣容を構築する。季工作組の方も時を失することなく呂《ろ》青《せい》山《ざん》とこっそり話をつける。呂青山は貧苦に生まれ、心はひたすら党の方を向いており、何の手間暇も必要なく党に付き従い、無産階級司令部のために骨を折りたいと望み、もう二度と他の人の手先にはならないと決心している。葉《よう》支《し》書《しょ》は初めは気づかなかったが、やがて疎外されている事を悟る。事情は何と百八十度大転換した。会議を開いて何かするにしても、大概はもう彼には通知が来ない。賀根斗ら幾人かに会う際、よしんば彼らの面に笑みがあるにしても、それは以前の虚心坦懐な笑みではない。季工作組はそっぽを向いて、さしあたり彼とは面識がないといった調子。

ある朝、大隊本部に入っていった葉支書は季工作組が呂中隊長ら数人と相談しているのを目にする。急いで近づいて話しかけて言う。「季站長《たんちょう》、わたしも何か？」季工作組は振り向いて彼を一目見たものの、まるで相手にしない。葉支書は大いに恨み憤慨するが、ぐっと堪えて黙っている。心中ひそかに思う。この糞ったれ奴、俺様が革命に加わっていたころ、おまえなんかまだ丸出しの尻に泥をつけた何も知らない糞餓鬼だろうが！　何の働きもないくせに、この俺様を槍玉に挙げるつもりとは！　だがまたちょっと考える。却ってこれでよくわかった。俺は入党してもう長い。党がどういうものかは十分に見当がついている。運動、運動、動くのは大衆だ。それが芝居だと言うことはできないけれども、運動が収まるのを待てば、党はやはりどんな事をどうすればいいのかを知っている。それは葉支書が言うまでもない事で、沢山の古くからの同志なら誰でもみなよくよく見通している。だから、形勢がどのように変化しようとも革命の理想は一貫して不滅であり、党に対する感情もまた終始変わりはしない。葉支書も毎日毎日季工作組の尻について行く。季工作組と顔を合わせれば、老いの面に愛想笑いを浮かべて、相手が何かを言えば自分もさっそくそのとおりにする。

言ってみれば、この官界の浮沈、官吏の栄辱は極めて不確かなものである。歴代の皇帝たちはいささかの技量を有し、世の中の事柄をぐるぐると走馬灯のように回転させては順繰りにそれぞれに割り当てる。逃れようとしても逃れられるものではなく、かのしたたか者の聖明を認めざるを得ない。

　さて、話は変わる。かの龐二臭《ほうじしゅう》、楊済元《ようさいげん》老先生の説明を聴いて事情が明白になって〔二三三頁参照〕以来、心中鬱々として楽しまない。ある日の事、県城でちょっとした数の毛主席のバッジを手に入れた龐二臭はこれを持ち帰って村で売って金に換えることにした。その際、思いがけない事に黒女《こくじょ》に出会った。黒女は何としてもバッジが買いたい。彼はここでとっさにある考えを思いつく。時勢は発展して現今の様相に至り、国中老若男女の区別なく誰も彼もが三つのお宝を珍重する。三つのお宝とは何ぞや？　世間ではかく言う。

　『毛主席語録』を持って軍服を着、胸元には大きなバッジをくっつける。

　堂々と胸を張って通りを歩き、口を開いて発する言葉は銃弾の如し。

　父母や祖先の位牌は放り出し、すべてまったくみなお釈迦。

　毛主席と共産党の長寿は極まりなし。

　これは結局は流行の風習だが、黒女とてどうして例外であり得よう。龐二臭は床屋の露天の傍らに毛主席のバッジを並べて呼び売りする。「小さいのは三角、大きいのは一元だ」あっという間に人だかりがして、もみ合いへし合い、めいめいが我先に手で触ろうとする。一人の娘っ子にすぎない黒女がどうして体大きく頑丈な男たちに抗し得よう？　何回も隙をついて潜り込もうとするが、その度にはじきとばされてしまってまるでだめ。焦って顔は真っ赤になり、ほとんど泣き出さんばかりである。ちょうどこの時、人混みの真ん中から叫び声が起こり、龐二臭が罵声を発する。「糞ったれども、おまえら買うなら先ず銭を取り出せよ。買うつもりではないとは何と太い奴らだ！　俺はもう売ってやらん！」罵りながらびっしりとバッジをつけた布切れを懐へねじ込む。丟《ちゅう》児《じ》が言う。「おれはおまえらに押すんじゃねぇと言ったろう。おまえら闇雲に頭から前へ前へと突っ込んでくる。二臭は怒っちゃってもう売らんと言っている。それでもおまえらまだ潜り込んで来るのか？」二臭は剃刀を手に取って砥布の上をさっさっとすべらせ、みなをじろりと睨《ね》めまわして言う。「おまえらこの意気地なし、懐に四分の銭も持たねぇで、ただ何があるのかと見るだけのくせに頭をぶつけて押し合い圧《へ》し合い。本当に買うのかと思えば、ぽかんと馬鹿面ぶらさげ、口を開けば〝買わねえ〟の一言だ」みなはへへと笑う。この時、生産隊長の海堂《かいどう》が作業に出るぞと大声で叫ぶ。青壮年の働き手は慌てて彼に付き従って出動する。後に残ったのは数人の野良に出ない女たちだけである。黒女はこれでようやく側に行ける。女たちは布切れに鎖で留められた毛主席のバッジを見たり撫でたりするが、誰も買いはしない。だが口を開いて誉め讃える。「ほら、毛主席。顔が大きくて頭が丸いわね。周りはみんな金ぴかよ」ひとしきりしゃべるとそれぞれに立ち去る。丟児は押し切りを担いで、餌の草を押し切るために飼育室へ向かう。その際、口から出任せに捨てゼリフを残して行く。「この阿呆が。商売するなら愛嬌と言うものがいるんじゃないの！　所詮はおもちゃじゃないか。あんた、誰にとってもどうしても必要というわけの物じゃない事がわからないのかい？」承服できない龐二臭は言う。「てめえの尻《けつ》でも売りやがれ！　見てろよ。三日以内に全部売り切って見せるわ！」

黒女は指先ほどの大きさのバッジを一つ手に取って問う。「叔父さん、これは幾ら？」二臭は頭を下げて黒女を見て言う。「おまえ、どうせ買えないのに何で聞くんだい？」黒女はすねた口調で言う。「買えないなんてよくも言えるわね！」言われた二臭が呆気にとられて黒女の薄赤く滑らかな首筋を見つめると、そこに幾筋かの髪の毛が垂れていて格別にチャーミングだ。二臭は言う。「黒女や。いい子だからそんなに触らないでくれ。汚れちゃうと売り物にならないんだよ。おまえがどうしても欲しいならこの次前もってこのくらいの大きい奴を準備しておくよ」言いながら手まねで大きさを示す。黒女は言う。「嘘ばっかり。そんな馬鹿な。そんなに大きいバッジを誰が造るのよ？」二臭が言う。「黒女や。叔父さんがいつおまえを騙した事がある？　俺が今言ったバッジはマントウほどの大きさだが、もっと凄いのもある。村の奴らなんか誰も見たことのないのがな」黒女は顔を上げて問う。「あんたは何を言っているの？」二臭は言う。「夜光る夜光バッジだ。嘘だと思うなら今晩来て見ろよ。見せてやるよ」黒女は手にしていた小さなバッジを置いて、嬉しくてたまらないといった様子で立ち上がり、言う。「わかったわ。今晩行くから待っててね」二臭はさらに言う。「だけどみんなといっしょに来てはだめだぞ。叔父さんはあんた一人にだけなら見せてもいいんだ」黒女は問う。「幾らだったら売るの？」二臭は言う。「叔父さんにくれ。なければ叔父さんがおまえを雇ってやるというのはどうだい？」黒女はフンと笑って後ろ向きになり、草籠を引き寄せ、家畜の餌にする草を集めに立ち去る。

　まだ暗くならないうちから黒女はもう気が気でない。午後、母親に言う。「二臭叔父さんがわたしにお焼きほどの大きさの毛主席のバッジを見せてくれるって言うの」母親は別に気にもかけずににんにくをつき砕きながら言う。「おまえをからかっているんだよ。あいつがどうやってそんな大きな物を手に入れたのよ？」黒女はさらに言う。「おっかさんは信用しないけど、うまく手に入ったら持ち帰って見せてあげる」言いながら、早く日が暮れればと待ち望む。飼育室に行った黒女はついでに目隠し塀の後ろに龐二臭の商売道具が収まっているのを眼にしたので、まだ日のあるのもかまわずに、さっそく小走りで龐二臭のあのボロ窑洞《ヤオトン》へと急ぐ。

　中庭に入るとふいごの音が聞こえる。窑洞のドアの前に立って一声かけると、ふいごの音が止む。ドアを開けた二臭を見るに、甚だ泡を食らった様子。黒女が言う。「叔父さん、あの話は本当なんでしょう？」二臭が言う。「叔父さんはあんたをからかったんだよ。そんな大きなバッジ、どうやったら手に入る！」黒女は眼を吊り上げて言う。「おっかさんもあんたが嘘をついているって言ったわ」二臭が言う。「入れよ」言いながら体をかわして黒女を招じ入れる。黒女は言う。「ないのにわたしが入ってどうするの？」二臭は言う。「もしも俺が本当に持っていたらどうする？」黒女は言う。「ないんでしょう！」二臭が言う。「あんたが信用しないなら仕方がないさ。俺が手元に置くまでだ」これを聴いてむっとした黒女は足音を荒げてドアを出ようとしながら、二臭がさらに何と言うかうかがう。二臭の方はよろよろしながらちょっと笑って言う。「叔父さんは一つしか持ってないんだ。それであんたに上げるのが惜しいんだ！」黒女は二臭の首っ玉に抱きついて、引いたり押したり、甘えたような怪しげな声で言う。「ねぇ、早くしてよ。わたしはおとっつぁんが帰ってくる前に晩飯の支度をして待ってなくちゃなんないのよ」二臭は彼女の勢いに押されてのそのそとふいごの前へ行く。これを見た黒女は苦笑しながら言う。「叔父さんはどうしてこうなの。人を呼んでおいて、人に見せないなんて」二臭は座るとふいごを押し引きしながら歌う。「毛主席の輝き、阿啦呀稀《アラヤシ》ハイハイ、雪山の上を照らし、咿啦呀稀《イラヤシ》ハイハイ……」〔チベット族のソプラノ歌手才旦卓瑪の唱った歌曲「毛主席の輝き」〕黒女は二臭の肩を揺すり、怒りもならず、笑うもならずといった態で言う。「二臭叔父さん、わたし帰るわ」二臭は改まった口調で言う。「あんたが帰りたいなら帰りな。俺も引き止めはしないよ」体の向きを変えて本当に出て行こうとしてドアの前に進んだ黒女に二臭が背後から大声で呼びかける。「おい、見てみろ。これは何だ！」黒女が振り返って見ると、何ときらきら輝く毛主席のバッジを一つ、あのずる賢い二臭が頭上に掲げているではないか。思いがけない喜びに駆け寄った黒女は手を伸ばし、跳びついて奪い取ろうとする。黒女はひらりと身をかわした二臭の懐に倒れ込んでしまう。へっへっへと笑った二臭はこれ幸いと黒女を抱きしめる。大力の黒女は二臭を押し倒し、懸命にもがいて抱擁を脱し、顔を赤らめ、ズボンの筒の部分に付いた土を払いながら言う。「あんたったらどういう人なの？　見せるなら見せる。見せないなら見せないでそれでいい。人を抱きしめたりするなんて、どういう事？」黒女が本気で怒っているのを見た二臭はバッジを手渡した上でとにかく丸く収めようとして言う。「何もしないよ。騒ぐなよ。どうやって夜光バッジを見るのか俺が教えてやるよ」黒女が立ち止まっていると、二臭は頭を突き出して窑洞の外の様子をうかがってから言う。「外はまだ随分明るいわ。暗い所が一番はっきり見えるんだ」言いながら窑洞のドアを閉め、黒女の手からバッジを受け取り、オンドルの隅に行き、懐で何回かこすり、それから黒女に呼びかける。「おい、来て見ろよ。叔父さんは嘘つきかい？」黒女が急いでオンドルに上がり、側へ行って見てみると、何とこれは不思議。毛主席がこの暗闇の底で俄然ピカピカと光っている。まったく不思議だ。さらに前の方へとにじり寄る。彼女がその気配を察する前に、二臭はすでに彼女を押さえつけてしまった。彼女が抵抗しようとした時には二臭はもう彼女のズボンの帯を解こうとしている気配。幾らも経たないうちに、今までに何度も切れたことのある彼女のその帯は情けないことにひとりでに切れてしまった。

彼女は下半身を揺すって二臭を避けようとする。だが、十六、七の娘に長い時間抵抗できる体力があるはずはなく、やはり結局は悪人二臭に事を成させてしまった。終わってしまった後、黒女にはただ一場の悪夢のように思われた。悪夢のなかであの畜生はわたしのあの痛い深処に無我夢中で押し込んできた。ぐらぐら泡立つ熱い生臭いスープのなかで下半身まるまる煮られているみたいで、どう足掻《あが》いても抜け出せない。そうしてとうとう彼女が一切の感覚を喪失し、まるで死んだようにおとなしくなってしまった後、あの畜生が暴虐の限りを尽くした。どのくらいの時間が経ったろう。あの畜生はやっとおしまいにして、はーはー息を切らしながら起き上がる。天秤棒で担いだ床屋道具の荷台をドスンガタンと窑洞のドアにぶつけながら外へ出て行った。これらの一切は黒女の知覚の中にある。最後は堤防が決壊したみたいに大水があふれる。辺り一面どろどろした糊《のり》の水たまり。その中に落ち、その中を漂い、我慢している。

彼女は青くきらきら光る枕辺のバッジを見る。彼女はそっと手を伸ばし、その傷のない光沢のあるきれいな表面を撫でてみる。そうして、これは小さい時、何としても欲しいと思いながら手にする事ができなくて彼女を悲しませた賞状みたいだと思う。今それが自分の物になったのだ。彼女はこれを手中に握りしめる。

## 38　葉支書が鄧連山を賛嘆。富堂は季工作組を呪詛

さて、黒女《こくじょ》のおとっつぁんに大隊本部に引き立てられた有柱《ゆうちゅう》は虎狼の如き民兵からひとしきり乱暴に打たれている。打ち方にちょうど興が乗ってきたころ、葉支書《ようししょ》が入ってきたので、数人の民兵は手を止める。葉支書は問う。「どうしたんだ？」民兵たちはありのままを報告するが、この時の葉支書は実権を失っているので、すぐに呂《ろ》中隊長に来てもらえと言うばかり。呂中隊長は途上で呼びに来た民兵と出会い、話を聴くや大急ぎで駆けつける。ドアを開けると葉支書がいるのでちょっとムッとくる。気づいた葉支書は急ぎ弁解して言う。「俺が外にいると中から泣き騒ぐ声がするので入ってみたらこういう事だ。それで慌てて猪臉《ちょれん》らに、こんな重大な事はおまえたちが勝手に始末するんじゃなくて、急いで中隊長を呼ばなくてはだめじゃないかと言ったんだ。ちょうどそう話しているところにあんたが来たんだ」呂中隊長の方はオンドルに上がってくつろいで座り、タバコを吸い、周りの連中に取り合わず、ただ問う。「どういう事だ？」猪臉が口ごもりながら事情をひととおり解説する。有柱は壁際に縮こまっていてぐうの音もない。呂中隊長がオンドルから下りて有柱の方へ寄って行くと、足が触れもしないのに泣き喚きだし、まるで蹂躙されているみたいだ。呂中隊長は冷笑する。「この意気地なしが。自分のした事を総括するんだ。おまえは俺がおまえを打つと思っているのか？　それもいいだろうよ！　今日俺はおまえのためにいい師匠を呼んで、意気地なしのおまえをよくよくテストしてもらってやる」言いながら振り返り、宝山に命令して言う。「こいつの親父を呼んでこい！」命令を受けた宝山は急いで駆け出す。

　ちょっと笑った葉支書はみなに聴かせるように語る。「俺が呂中隊長を呼びにやらせたら、ほら、呂中隊長は来るなりすぐに方策を出したろう。何年か前の社会主義教育運動の時、俺はあんたらの呂中隊長といっしょで、三日にあげず村の地主富農分子をどんどんやっつけたものだ。人民公社の最初の書記の陳さんは俺たちのこの呂中隊長にはまったく感服していた。陳さんが言うには、革命に加わって二、三十年、有能な人を沢山見たけれども、俺たちの呂中隊長のような智と勇と両方備わった人には会ったことがないとの事。その頃、陳書記が公社で

欠員になっている武装担当の幹事として彼を引き抜きたいと俺に言ってきた。俺は口では承諾したものの、心中何とも彼を手放すのが惜しかった。その後、やはりかみさんや子供たちが彼を引き止めたのでこの話はなかった事になった。そうでなかったら、今ごろ俺たちはもう彼の顔を見られないはずよ！」

　葉支書がこう話すと、民兵たちは呂中隊長を取り囲んで賛嘆の眼で彼を見つめる。呂中隊長は得意そうに頭を振りながら言う。「女房が馬鹿だから、一生を棒に振ったよ！」みなはつられて大笑いする。笑っている最中に呂中隊長にまた霊感がひらめき、葉支書に対して言う。「葉さん、俺たち季《き》工作組《こうさくそ》もちょっと呼んだ方がよくないかね？」葉支書が言う。「呼ぶのはいいが、もうだいぶ遅いし、どうかな？　こんなささいな事、あんたが処理してそれでいいと思うけど。彼を呼んだらまた別な方法でもあるかもと思うのかね？」呂中隊長はタバコを幾口か吸い、吸い終わるとうなずいて言う。「それもそうだな」言いながらドアの方へ数歩歩き、振り返って言う。「あいつ、何でこんなに時間がかかるんだ？　あの宝山ときたら愚図ののろまで。今年の始め、俺はあいつに民兵はだめだと言ったんだ。それを、あんたが意地を張って採用してしまった。見ろ、今になっても人一人も連れて来られない！」葉支書は自分に言われているのがわかるから、話を承けて言う。「中隊長よ、俺に文句を言わないでくれ。それから後はあんたが先に同意したんだぜ。あんたはまた俺に言ったんだ。葉さん、あの子が民兵になりたがっているんだから、一丁鍛えてやろうじゃないかってね。俺は当初あんたがどうするのかわからなかったが、今は気が変わったのかね？」こう言い終えると笑った。この一言は呂中隊長の痛い所を突いたので中隊長もつられて笑った。

　笑い声が消えないうちに、宝山がドアを開けて入って来る。呂中隊長が問う。「奴はどうした？」宝山が言う。「後ろにいます」葉支書が言う。「おまえときたら。連れて来たのに、民兵である自分が監視して護送するんでなく、自分の方が先に入って来るとは」こう言っているところに、ドアの外から十分にきっぱりした口調の申告が響く。呂中隊長が怒鳴りつける。「入れ」鄧連山《とうれんざん》が小走りにドアから入って敬礼した後、十分に訓練を積んだ気をつけの姿勢をとる。呂中隊長はこれに笑いを誘われる。呂中隊長は言う。「能なし奴、えらい張りきっているな。綿入れも着ないで」鄧連山は言う。「中隊長に報告します。暖かくなってきたので、綿入れを着ていると生産労働に不便であります！」呂中隊長が言う。「何を着ようとおまえの勝手だが、今晩はご苦労！　葉支書、どうしたものでしょうね？」葉支書はオンドルの上に座ってキセルの刻みタバコに火をつけているが、呂中隊長から質問され、急いで下りてきて言う。「先ず以前からの規定に従って審査する必要がある」うなずいた呂中隊長は鄧連山に対して言う。「鄧連山、おまえ、この海千山千の悪質分子め。目下おまえは表だっておおっぴらに犯罪活動をしてはいないが、ひそかに有柱を使って破壊活動をやっている。どうだ、図星だろう？」葉支書もくっついて言う。「大衆間の見方では、おまえは最近民団を訓練中との事。訓練を終えたら無産階級政権に敵対するとのことだが、これは確かか？」鄧連山は頭を垂れて言う。「支書に報告します。罪人鄧連山そういうことはやっていません」葉支書は言う。「やってない？　こいつ、言い逃れするのか？　猪瞼、二発ほど見計らってやれ」立ち上がった猪瞼は近寄って行き、老けた鄧連山の顔に適当な重量の確実な二発を打ち込む。打たれた老人は後ろに吹っ飛ぶ。葉支書が言う。「しっかり立つんだ」鄧連山は言う。「はい！」葉支書はまた言う。「おまえは民団を訓練していないと言うが、そんならあの日の早朝まだ夜も明けぬころ、おまえの家の屋敷の中で一二一二と何を喚いていたんだ？　おまえは誰も人が聴いていないと思っているのか？」鄧連山は慌てて弁解して言う。「有柱の生活態度や仕事振りがだらけているのを見て、ちょっと気合いを入れようと考えたんです」呂中隊長が言う。「いやはや。この悪党はいい肝っ玉をしている！　民団を訓練するとは！　おまえは俺呂青山《ろせいざん》の民兵と一戦交える気だな、そうだろう？　よし。おまえに宣戦布告しよう。俺たち双方これで戦争だ。解放後長らく戦争していないので、俺様の手にも毛が生えてしまった！　おまえは何部隊だ？　現有人員はどれくらいだ？　俺と葉支書にちょっと報告しろよ」鄧連山は左右に振る手ももどかしげに立て続けに言う。「報告、報告、中隊長に報告します。罪、罪人鄧連山は絶対にやってな……」葉支書は口を掩《おお》って笑って言う。「おまえたちが国民党の残滓残存悪質分子だからだめだと言っているんじゃない。おまえが訓練している民団の一人一人はごろつきが習い性と成っている。今日暗くなってから、何と村外れで人民を騒がせ、良家の婦女を引き止め、是非善悪もわきまえず強姦に及ぼうとしたのだ！」鄧連山は訳がわからず、驚きおののきながら言う。「誰の事を言っているんですか？　わたしにはさっぱりわかりません」呂中隊長は言う。「後ろを見ろよ」鄧連山が振り返ると、有柱が壁際に縮こまり、怯えた眼をしてがたがた震えており、まるで疥癬《かいせん》病に罹って毛の抜けた犬が打ちのめされたような様だ。鄧連山が言う。「有柱、立つんだ。何事であれさっさと役所に申し上げろ！」葉支書が言う。「この件は話さなくてもいい。一時間前、おまえの民団のこの土《ど》匪《ひ》が村外れにさしかかり、人の家の改改《かいかい》を無理矢理押さえ込んであの事に及ぼうとしたんだ。改改が絶対に承知しないものだから、だめだと思った土匪は改改を殴り始めた。この後もしも貧農社員の劉武成《りゅうぶせい》が折よく通りかかってこれを見つけて制止しなかったら、たぶんこの土匪は悪事を果たしていたはずだ」呂中隊長は巻タバコに火をつけ、オンドルの上に座ってへっへっと笑って言う。「今のこのご時世になっても邪心を捨てない奴はいて、何と民団を訓練するのかね？　いやまったく、俺はこんなに胆の太い奴を見たことがないよ！」葉支書が後を承けて言う。「おまえ、これでわかったろう。どうするんだ？」言いながら振り向いてさらに呂中隊長に問いかけて言う。「中隊長、あんたはこの件をどう処置したらいいと思う？」呂青山は言う。「こうしよう。この爺《じじい》に引き渡して、こいつが自分の手でどう処置するかを見るんだ」鄧連山は練達の気をつけの姿勢できっぱりと言う。「支書に報告、中隊長に報告。有柱は婦女を強姦し、すでに罪を犯しました。わたしは役所は直ちに法によって処罰すべきものと認めます！」葉支書は笑い、そして言う。「法によって処罰するにしても先ずは緩やかにだ。有柱はおまえのところの民団の兵員だ。おまえが適当に処置しなければならん。その後情況によっては呂中隊長の指示を待って決着をつける」鄧連山は言う。「わたしが？」呂中隊長は怒って怒鳴りつける。「この愚図が、何とぼけてやがる。おまえは監獄にいてそんな規程も知らないとは！　猪臉、こいつに縄を見つくろってやって縛らせろ！」猪臉は慌てて机の引き出しから手の指ほどの太さのかたい火縄を取り出して鄧連山に渡す。縄を見た鄧連山は直ちに了解し、バシッと音をさせると、たちまち「二竜出山《アルロンチュシャン》」、縄は自ずと同じ長さの二筋に分かれる。これを交差させて一ひねりすると「青蛇繞項《チンショラオシイアン》」、一個の奇麗な環節が眼前に出現する。なんとまあ、熟練の手法、絶妙の技術、たちまちに部屋中すべての人びとを驚嘆させる。すぐに引き続いてはいっそう華麗、たちまち感服せざるを得ない。かの鄧連山が壁際の有柱を見て引っ張り出そうとすると、有柱は出ようとしない。どういう手を使ったのかわからないが、鄧連山が有柱の首根っこをひょいと摘んだだけで、有柱はぎゃーと大声を発し、次いで数歩のめり出る。鄧連山は有柱の肩にさっさっと縄をかける。正しく変幻の技、見る人をして心迷い、眼を惑わせる。一張一突、甚だ念が入っている。たちまちのうちに罪人をしっかりと縛り上げてしまう。有柱はなお幾声か喚いたが、すぐに跪《ひざまず》いておとなしくなり、ただ玉のような汗がぽたぽたと地べたに落ちるばかり。みなは息を呑んでかの鄧連山がどうけりをつけるのかと見守る。鄧連山は気をつけし、顔色も変えずに言う。「中隊長に報告。青あざの方にしますか、それとも赤い血の出る方にしますか？」呂中隊長は興奮した様子で、何ら考慮する事なく即座に言う。「先ず青あざで、その後赤い血の出る方だ！」「はい！」と応じた鄧連山は身を翻すや立て続けに数回足を上下に揺するとその一足一足が急所を打つ。有柱はくずおれる。鄧連山はさらにそれを引き起こして左右に揺さぶって跪かせ、真っ正面から一足、もろに鼻梁に当たり、たちまち鼻孔から二筋の赤い血が流れ出す。みなは思わず異口同音に「いいぞ！」と喚声を上げる。この時、引き下がった鄧連山は照れくさそうに両の手を揉んで甚だ謙虚に笑みを浮かべつつ言う。「この後はどうしましょうか？」呂中隊長が言う。「あんたの腕前が本当にこんなに凄いとは思わなかったよ」鄧連山が言う。「監獄にはわたしよりも上手の者が沢山います。わたしなんぞはまだ駆け出しの口です」葉支書が問う。「おまえは普段いつもどんな人について技を習ったんだ？」鄧連山は言う。「わたしははじめビルの工事をする人について学んでいました。その人はビルの解体工事をしてました。後には一人の詩を書く人に来てもらいました。この人は腕利きでしたが、まるで詳しい話はしませんでした。わたしはずっとその人について懸命に鍛錬し、最後とうとう修了しました」葉支書がまた問う。「それじゃ、修了した後、誰かあんたの所で習った人はいるかね？」顔色をちょっと曇らせた鄧連山はうつむいて言う。「前後三人修行しました。三人とも修了しました」呂中隊長は甚だ感服して言う。「何と何と、こん畜生ときたら大した者だ！」得意になった鄧連山は顔を上げ、背後を指さして問う。「わたしのこの糞野郎はどう始末をつけたものでしょう？」みなが有柱を見る。彼はふーふーはーはー虫の息で地べたに伏せっており、意識を失っている。呂中隊長は教えを請うような口調で鄧連山に問う。「これ以上何か始末できるのか？」鄧連山は言う。「いろいろ方法はありますが目下の情況を勘案すると、最も効果的なのはやはり縄で仕上げをする事でしょう」呂中隊長は言う。「よし、わかった。縄で仕上げをしてみなに珍しい所を見せてくれ」鄧連山が縄の端をほどいて二個の可動環を作り、有柱の足首にはめ、縄の端を絞ってゆくと、有柱がひゅーひゅー喘《あえ》いでぐーっと大きく息をした。葉支書はこれはまずいと見て、慌てて言う。「早く緩めろ。死ぬぞ」鄧連山は歯をむきだして朗らかに笑いながら揉み手して言う。「何でもありません。ご存じないでしょうが、人は並の動物とは違ってなかなか頑丈なもので、二、三刻では容易に死ぬものじゃありません。これよりもっと酷い場合でも大丈夫です。監獄では今日はおまえ明日は俺とめいめい身をもって試験していて、先ずは遊びみたいなもので、問題にもなりません」これを聴いた葉支書はますます奇怪といった顔つきになり、立ち上がって言う。「もういい。俺は帰る。呂中隊長、どう始末をつけましょう？」考えた呂中隊長も世間のまともな大人なら人としての道理もあろうと思い到り、そうして言う。「今晩はここまでだ。老いぼれ奴、こいつを連れて帰れ。また処置する際にはいつでも連れて来るんだ」これを聴いた鄧連山が慌ただしく有柱の縄を解くと、猪臉や宝山ら数人が手助けして肩にのせる。こうして息子を背負ってドアを出る。

その後ろについて外に出た呂中隊長と葉支書とは老いぼれが飛ぶように帰って行くのをただ見るばかり。葉支書は遠ざかる鄧連山の後ろ影を見ながら、ため息をついて独り言。「実に当世有能の人だ！」聴きとれなかった呂中隊長が問う。「何と言ったんだい？」葉支書が言う。「鄧連山というあの老いぼれ犬は実に当世有能の人だと言ったんだ」呂中隊長が言う。「まったくだ」これでお開きにという際に、呂中隊長が提案して言う。「二人で針針《しんしん》の家に行って季工作組に会わないか？」葉支書は言う。「止しにしよう。みんな一日忙しかった。もう休まなくちゃ！」言い終わるとそれぞれ家路につく。

こちら季工作組、一度北京に行って道中種々の事実を眼にして以来、気持ちがぐっと広くなり、他の事は措《お》いてもとりわけ男女の事についてはすこぶる認識が高まった。夜に富堂《ふどう》の嬶《かかあ》が来てももう彼女を困らせるような事はない。見ないようなふりをして、オンドルの壁に寄りかかり、ランプの灯りを頼りにひたすらひたすら『語録』を学習しているような格好をする。彼女が衣服を脱いで横になるのを待ってようやく側に寄り、抱きついて撫で回す。以前はあの本番も遺憾な事であった。入ったと思うともうしょぼくれた。この度帰ってきてからはもう余裕綽々《しゃくしゃく》。ある時、『語録』を学習していたが、富堂の嬶が彼に背を向けているのを眼にすると、奇想ひらめき、ラバを打つみたいにむちゃくちゃにその尻を乱打する。一篇の経文を放り出すや、何と裏庭を徘徊する。この一番のあしらいで季工作組は自己の本領を見出したようである。溢れる快楽、歓喜に堪えない。これから後はまた自分の下半身が不自由なので体を斜めにして石炭を掘るスタイルに改め、片方の手で背後から針針の乳房を捏《こ》ねながら、一方では突きまくり擦りまくる。ふんふんはんはん声々耳に快く、句々また聞くに法楽。政策の条文にはどう書いてあるのか見ていないが、ともかくは一個洒脱風雅の佳人をひたすら致し、星花錯落、燭紅消尽してからようやく止めるのであった。富堂の嬶もまた言った。「あんたったらとんでもない悪人ね。和尚がお供え物を盗むなんて、道に外れた行いだわよ！」

　思いもよらないだろうが、これらの事はドアの外のある人の耳に入る。その人とは誰だと思う？　言っても信じないかも知れないが、それは正しく針針の年をとった亭主富堂だ。この年寄りを真面目で温厚、邪気のない正直な人だなどと思ってはならない。彼にはある習性がある。すなわち、自分の女房があちこちからの客人を誘いもてなすその方式をこっそり探るのがもっぱらの楽しみなのだ。何とも変な話だが、鄢崮《えんこ》村の様々な不品行に関しては奇怪千万、まったくもーっ！　彼の作法は以下の如し。暗闇の中、窑洞のドアの外に立ち、両の眼を細め、両手を上着の袖に突っ込んで窑洞の中の神霊鬼怪の乱喊乱叫を聴きながら客人と嬶の動きを探測する。老富堂は当初季工作組が女房に手を出さないのを見て心中大いに敬服する。後に二人が狂瀾怒濤するのを見るに到り、今度は逆に甚だ憎み、あの盗人が間違いなく家の嬶をたらし込んだと思い込む。糞ったれの盗人野郎奴！

　この夜また嬶と季工作組がちんちんかもかもするのを聴き、不平憤懣如何ともし難く、深夜をも顧みず、身を返してよろめきながら屋敷を出、王朝奉《おうちょうほう》の家へと向かう。

　門に到り、ちょっと手探りしてみると、鍵は掛かっていないのですぐに中に入る。中庭の真ん中に立って声をかけようとしたちょうどその時、豚小屋の中で人がうんうんと唸っているのが聞こえる。言うまでもない。朝奉が豚小屋の中で排便している。急いで近寄ってきて、豚小屋の塀にへばりついて口を開いて言う。「おいおい、こんな真夜中にうんうん息張って、どうしたんだ？　本当ならもう休んでいる時間だろうが」話し声の止まないうちに、豚小屋の洞穴になっている側から人が突然現れる。眼を凝らして見ると、朝奉の娘の唖唖《ああ》である。驚いて尋ねる。「おまえのおとっつぁんは？」唖唖はうーうーあーあー言いながら後ろの窑洞《ヤオトン》の方を指さす。ちょうどそうしている時、窑洞のドアがぎーっと鳴る。ドアが開き、歩み出た朝奉が問う。「誰だい？」富堂は急いで数歩歩み寄り、答えて言う。「俺だよ！」朝奉は意外な事に大いに喜んだようなふりをして言う。「おー、富堂兄貴！」迎えて言う。「ひさし屋の方へ行って話をしよう。嬶と子供は寝ちゃっているから静かにしておいてやろう」老人が了解すると朝奉はまた身を返して窑洞に入ってランプを持ち出す。二人は前後してひさし屋に入る。ひさし屋は久しく人が住んでいないので襟首からじかに一条の寒気が入って来る。朝奉がランプを八仙卓〔二三〇頁参照〕の上に置き、それぞれに左右の長椅子に座る。朝奉がキセルを差し出して言う。「一服どうです？」老人は言う。「いいよ。俺は自分のが有るよ」言いながら腰間よりキセルを取り出し、二人それぞれに刻みタバコをつめ、またそれぞれに灯火に寄って火をつける。一口吸った朝奉は満面の笑みを浮かべて言う。「富堂兄、あんたのような多忙の人が何で俺みたいな奴の所へわざわざおいでかね？」老人はちょっとの間眼を細めてタバコの煙を避けてから言う。「ああ、本当に忙しいんだが、その中味はろくな事じゃない」朝奉が言う。「何を言うんだね。姐さんと致して、かなりの労働点数と真っ白い小麦粉の相当量とをばっちり物にして、それも毎日の事でちょっとも休まないと言うじゃない。それで、忙しいけれどもろくな事はないとはよく言うじゃないの？」老人は言う。「俺に向かってそんな事を言うなんて」朝奉は言う。「それじゃ何を言えって？　日々の暮らし、誰があんたのように恵まれているかね？　あんたは多分夢の中でひそかにほくそ笑んでいるんだろう！」老人は親指でキセルの火皿を押さえて黙っている。朝奉はまた言う。「確かに兄貴はいいよ。俺なんかここのところあんたの事を思うとただただ恐れ入るばかりだ」老人はぼんやりした両眼を向かいの壁に掛かった種まき車に注いだままである。老人が返事をしないのを見た朝奉はここでようやく切り出して問う。「季工作組の様子はどうだい？」老人はガッガッガッとタバコの灰を払い落とし、面を上げ、長いため息をついて言う。「話にならん。俺は土匪を一人養っているようなものさ」びっくりした朝奉は問う。「どういう事だい？」老人は火皿にタバコを詰め、火をつけて思い切り一口吸い込んでから言う。「あの盗人が俺の家に来て住みついて以来、俺の所にはもう平穏無事の日々はない。まったくめちゃくちゃにしやがって！」はは一んと思った朝奉は笑いながら問う。「どういう事だい」老人は言う。「あんたには内輪のやりきれなさはわからないさ。同じ窑洞の人間を中で一日中こき使って、湯を沸かしてやるだけでもたいへんなんだ」朝奉が言う。「兄貴、俺に言わせると、兄貴の言い方はおかしいよ。誰であれ家に来た人が湯を飲みたいなら飲んでもらえばいいさ！」老人はこそこそと辺りの様子を窺い、声を低めて言う。「兄弟、俺はあんたにだけ言うんだ。絶対に他の人には口外しないでくれよ！」朝奉はうなずいて言う。「勿論だ！」老人は言う。「あんたにはわからんだろうが、季工作組という人は、表面だけ見ると、政策をすらすら述べ立てたりするが、その実は道理の通らない奴なんだ！」朝奉は身を寄せてきて問う。「どう言う事なんだ？」老人は言う。「野良で一日埃まみれ土まみれで働いた俺が家に戻った時、あいつがどうしてるかわかるか？」朝奉は問う。「どうしているんだい？」怒りでぶるっと身を震わせた老人は言う。「は一っ、よその家の者を、俺の媳をな、あの盗人は顎で使って、まるで亭主みたいな面して飯を食いやがって、俺には味もそっけもない薄い汁しか残ってない！」これを聴いた朝奉は大いに同情し、身を左右に揺らしながら言う。「そりゃ何とも理の通らん話だな！」朝奉の賛同を得た老人はたちまち元気になり、長椅子から立ち上がり、朝奉の面前に到り、でんでん太鼓のように頭を振りながら言う。「それはま一言ってみればささいな事で、俺に対してどうこう言うのはいいとしても、この盗人はまったく勝手気ままなんだ。あんた、俺のあの屋敷は俺富堂の物なのか、それとも奴季世虎《きせいこ》の物なのか？」朝奉が言う。「どうしてそんな事を聞く？」老人はキセルを振り回しながら大声を上げて言う。「つまりこう言う事なんだ！　いやはやまったく。この盗人奴がしょっちゅう自分の居る窑洞から出て来て、家の扁扁《へんへん》と姜姜《きょうきょう》とを追っ払うんだ。窑洞の中はだめとして、木の根方の所ならいいのか？　それもだめだ！　二人の子供はぴ一ぴ一ぎゃ一ぎゃー泣き通し。中庭に居るのを見ただけでもそこに居させまいとして、怖い顔をして外へ出ろと追っ払い、機密保持のためだと言いやがる。俺は口じゃ黙っているさ。だけど、あいつがどんな糞ったれ機密を保持してるんだ。共産党はあいつをこの鄢崮村に派遣したけど、あいつがやるのはこんな芸当か？　あいつがどんなものすごい機密をどういう訳で保持しているんだ？　信じられないよ。家の子供があいつの工作組の隠蔽術をちょっと耳にしたからと言って何か不都合が生ずるかね？」朝奉はうなずいて言う。「そりゃまったくだ！」有らん限りの不満をぶちまける老人はほとんど地団駄を踏まんばかりで、続けてまた言う。「糞ったれ奴、俺はあいつのおっかさんを……。あんただって腹が立つだろう？」朝奉はこんな様相を見て、これは止めなければならんと思って言う。「そんなに騒ぎ立てるなよ！　人に聴かれたらどうするんだ？」老人は二つのどんぐり目玉を冷ややかに見開き、持っているキセルをまるで凶器のようにして言う。「俺はあの糞ったれの盗人野郎に一太刀浴びせられないのが残念だ！」立ち上がった朝奉は老人を抱えて座らせて言う。「兄貴怒っちゃだめだ。世間の事は万事こういうふうなんだ。一弊あれば必ず一利があるさ！　季工作組があんたの家に来る以前は、あんたも真っ昼間通りを歩くのだって俺らと同様に気を遣ったはずだ。季工作組があんたの家に来て、あんた方は親戚同士だと聞いてからはみなあんたをうんと高く持ち上げるだろう？　通りを歩いたって、あの人はあんたに付いているんだ。それなのにあんたがあの人の面倒を見てやらなくていいのかね？　もうこれ以上は言わないけれど、闇雲にあの人を罵るばかりで自分の事はまるで考えないのはどうかね。あの季工作組はあんたの家に沢山のいい事をもたらしているんだ。あんたは甚だ道理に欠けることにならないかね？」老人は朝奉がこう言うのを聴いてもなお容赦せず、依怙地《いこじ》に言う。「いいかい、あいつが家の子をあんなふうに扱うのはけしからん！」朝奉はまるで取り合わずに言う。「餓鬼が何だと言うんだね。ただ奴らの腹がへらないようにしてやっておきさえすれば、ちょっとくらい辛い目にあったからといって、どうと言う事はないさ！」老人はうなずいて言う。「理屈はそうだろうけれども、人の気持ちとしてはちょっと我慢がなぁ」朝奉が言う。「我慢できないってか。あんたに言ったはずだ。今年は間違いなくいいんだ。例年に比べて労働点数がずっといいだけでなく、食糧もだいぶ余裕が出ている」老人は頭を振りながら言う。「もういい、もういい。あんたは家のあの扁扁が俺に比べてどんなにすごく飯を食うか、一切合切持って行く掻っ払いみたいなのを知らない。言わせてくれよ。際限もなく食いまくるんだぜ。あの掻っ払いが！」この後はただランプの芯のじーじーという音が聞こえるばかり。朝奉が言う。「ありゃりゃ、話は途中だが油が切れた」老人が言う。「ランプがどうした。暗くたって話は出来る」朝奉が言う。「もうしまいにしよう。夜中だ。また暇な時に話そう」言いながらランプを手にして立ち上がる。これ以上無理には引き止められないと見た老人も仕方なく続いて立ち上がり、二人いっしょに外に出ると、朝奉が言う。「兄貴、先に行ってくれ。俺はランプを窑洞に戻すから送らないよ」老人は返事をし、門を出てゆっくりした足どりで帰宅する。

オンドルの上に上がり、女房は戻っているかなと思い、手探りするとやはり戻っていた。女房は問う。「どこへ行っていたの？」老人はふーっとため息をついて言う。「世間話をしてきた」言いつつ服を脱いで横になるが、何を思いついたのか、すぐに問う。「世虎兄弟は元気かね？」女房は言う。「元気よ」これを聞いた老人はようやく安心する。

## 39　黒女一家の悲嘆。張法師の猿の群れについての解説

あの夜、二臭《じしゅう》のオンドルの上で正気をとり戻した黒女《こくじょ》は一人でズボンを拾い上げて穿《は》き、よろよろと足を引きずりながら帰途につく。まだ門を出ないうちに向こうからやって来た黒蛋《こくたん》に出会う。もともとおっかさんが黒女を呼んでおとっつぁんの晩飯の支度をさせようとした。おとっつぁんが帰って来て随分の時間が経つのに、黒女は現れない。それで黒蛋を遣って黒女を捜させた。あちこち捜し回った黒蛋は大害《だいがい》の所で長居し、一群の青年たちと遊び呆け、黒女の事をすっかり忘れてしまった。夜中に家に帰り、おっかさんから黒女の事を問われる。それではっと思い出し、ちょっと話をするうちに、二臭の家にバッジを見に行ったんだろうと推測する。泡を食らってすっ飛んで行くと、まだ門を出ない黒女とばったり出会う。怒鳴りつけてやろうとしたその瞬間、黒女がよろめいて今にも倒れそうなのを見てこれはまずいと思い、慌てて問う。「どうしたんだ？」黒女は兄の胸に倒れ込んでわーっと声を上げて泣き出す。この様子を見た黒蛋はしばし思いを巡らす。よしと決心すると、全身の血がかっと頭に上る。黒女を押し退けたその手で壁際に立てかけてあった得物をつかんでまっしぐらに二臭のぼろ窰《ヤオ》洞《トン》に走る。

ドアを入るや喚く。「畜生奴、出て来い！」窰洞の中は一面にブーンという音が響くばかり。周囲を見渡すと、オンドルの壁面上部に掛けられた灯りが力なく揺れている。辺りに人の居ないのを見てとった黒蛋はますます胆を太くし、憎しみを込めて言う。「糞野郎奴よくもやりやがったな！　糞、糞、よくもやりやがったな！」言いながら龐《ほう》二臭が幾十年一日の如く使ってきた竈《かまど》や鍋や皿や碗を手にした得物で突き崩し叩き割る。オンドルの上は一面の狼藉《ろうぜき》。これを見てはまた心中に込み上げるものがあり、得物を打ち捨てて座り込んでしまう。涙ほとばしり、泣きながら罵り言う。「龐二臭、貴様は人間じゃねぇ！　俺黒蛋は絶対に貴様を許さねぇ！」

狂乱しているその場に駆けつけたおとっつぁんは、この惨状を目にするやオンドルの上に跳び上がり、黒蛋の後頭部めがけて二発のびんたを食らわせた上で彼を責めて言う。「早く戻るんだ。馬鹿者が。人に知れたらどうするんだ！」言いながら黒蛋を引き起こす。黒蛋はこれ

が最後と高足蹴りの技で一蹴り、灯りを蹴り飛ばす。通りに出ると黒蛋が問う。「黒女は？」おとっつぁんが言う。「帰って来て寝たよ。なのにおまえはいつまでも止めないでここで暴れている！　幸い真夜中だから人に知られない。これが真っ昼間であってみろ、とんでもない恥さらしだ！」黒蛋は涙を拭いながら言う。「俺を責めるなんて。妹がやられたんだぞ！」言いながら家に入って行く。家の者は腰を下ろして話をしているが、黒女一人は寝ている。おっかさんは涙の顔を上げてごちゃごちゃ話す。「午後にあの子がわたしに言ったよ。二臭の奴があの子に大きなバッジをくれると約束したって。わたしは別に気にもしないで、ただ、おまえをからかっているんだよと言っただけだった。あの悪党がこんなとんでもない悪巧みを抱いて、こんな大事をやらかし、ほんのわずかな間にわたしの大事な娘をこんな目に遭わせるなんて、まったく思いもよらなかったよ！　悔しいよ！　悔しいよ！」おっかさんは言いながら胸を掻きむしって号泣する。おとっつぁんが遮って言う。「騒ぎ立てちゃだめだ！　真夜中でみな寝静まっているのに、人に聞かれたらどうする？　あの家は夜中に何をギャーギャー喚いているんだと思われるぞ！　この事は絶対、絶対に他人に知られちゃなんねぇ。万一知れたらこの娘を嫁に出せるか？」おっかさんはしゃくりあげ、泣きながらおとっつぁんに食ってかかって言う。「嫁に行けないなら、娘は一生わたしといっしょに居ればいい。わたしたち親子二人を他人がどう見たってかまうもんか！　元はと言えばこの事はみんなこの死にぞこないのあんたのせいじゃないの！　家の子はね、世間知らずでお人好しだったのよ。これからは晩飯の際にあの子が外に出るのはあまり安全じゃないから、あんたは自分でさっさと急いで帰って来るんだね。もうあの子を呼びに遣らせないよ。あんたったらすぐにぼーっとなって、飼育室の中庭で人と無駄話をぺちゃくちゃ。あんたのその腐れ口がどんなに達者か、人が知らないのを心配するみたいにかくかくしかじか、切りがない。かくかくかくかく、しかじかしかじかやっているがいい！」

黒蛋が言う。「おっかさん、もう泣くなよ。待ってろよ。俺がいつか必ず折を見つけてあの糞野郎を一寸刻み五分刻みにしてやる！」おっかさんが言う。「たとえあいつを殺したところでわたしのこの心の恨みは解けっこないよーっ！　あいつは何て恥知らずなんだ。家の娘がどうなってしまったか？　あの無頼漢をやっつけなかったらまた何人もの面目なしおっかさんが出来ちゃうよ。黒蛋、油断するなよ。あの悪党を見つけ次第とっ捕まえ、顔中に豚の糞を塗りたくり、めちゃくちゃに面子《メンツ》を叩きつぶしてやるんだ。この後もう決してよその家の娘に悪さをさせないようになっ！」おとっつぁんはおっかさんを叱りつけて言う。「何を馬鹿な事を言っているんだ。考え方があまりに狭すぎはしないか？　おまえの心が痛んで俺の心は痛まないってか？　娘はいずれ俺たちの所を出るのを心得なくてはだめだ。こんな事になってしまった今、おまえもどんなに腹が痛くたってぐっと耐えるほかにどんな方法があるって言うんだ？　なあに、世間を見たって、女がこれでおしまいと言うわけじゃない。こんな事が何だって言うんだ！　いいか、俺たちは何も知らんふりをしているんだ。そうやって何年か経ったら、頃合いを見計らって適当な人を捜して嫁に出すんだ。ほかに何か手があるか？」黒蛋が言う。「二人とも余計な事を言うな。見てろ。俺はきっとあの悪党をやっつけてやる！」言い終わると立ち上がり、一人で飼育室に寝に行ってしまう。これを見送ったおとっつぁんとおっかさんもまたオンドルの上に上がり、灯りを消して横になる。暗闇の中でおとっつぁんがまた言う。「今年の初め、あの子馬が産まれた時、俺はこれは不祥の物だと言った。東溝の張法師《ちようほうし》が来たが、厄払いの法事もできなかった。その後俺はずっと何か悪い事が起こるのではないかと心配し、あれこれ備えを考えていたが、何と思いもよらずこんな事が起こるとはなぁ！」おっかさんは言う。「季工作組《きこうさくそ》というあの悪党が何でもかんでもすべて引っかき回しているんだよ。革命だって、自分の嬶《かかあ》の尻でも革命すればいいや」これを聴いたおとっつぁんは泣き出してしまい、泣きながら言う。「今ごろ娘はどうしていいかわからない気持ちだろうよ！」これを聴いたおっかさんも涙にむせぶ。この夜の愁嘆場もここに極まった。

話は二方面に分かれる。あの夜、黒爛《こくらん》は葉支書《ようししよ》と水花《すいか》との現場に踏み込み、その場をぶち壊しにし、自らもまた十分に窮地に陥った。これよりは飯もろくろく喉を通らず、両の眼を大きく見開いて真っ黒に煤けたオンドルの奥壁をじっと見つめ、体はまるでよれよれのへなへな、死を待つばかり。胸中は自分で自分をどう責め苛んだものかもわからぬ有様。水花の側も心安らかに過ごせるはずがない。寒々とした窑洞の中に老夫一人を捨て置いて、彼を生きるもならず死ぬもならない目に遭わせているのだ。

ある日、春の雪が降り出した。ひらひらふわふわ大きな雪片が天地を真っ白に塗り込める。水花と息子の山山《さんさん》は増し着をし、オンドルを焚き、布団を引っ被って家の中に閉じこもり、外出などはとてもの事。ちょうど日暮れにかかろうとする頃、中庭に人の歩く気配がし、続いてよくよく耳に覚えのどすんどすんという足音と咳する声とが聞こえる。水花はびっくりし、心躍り体は震えて喜び言わん方なし。慌ただしい挨拶の声とともに、その人がドアを開けて入って来る。何と東溝の銀柄《ぎんへい》法師がやって来た。老人は羊の毛皮の裏つきの上着をまとい、古い襟巻きを巻いて、上下全身まるで長い縄のれんみたいで、まったく貧寒たる様相。顔も黒く且つ皺だらけで以前のあの何でも御座れの辣腕の面影はまるでない。水花はすぐにオンドルから下りてこれを迎えるが、口はただ言うばかり。「こんな雪が降ってとても寒くて道路だって凍ってすべる日にあんたどうやって歩いて来たの？」法師は言う。「道路には何もないよ。まっさらのぴかぴかだ。風が雪を全部溝へ吹き飛ばしちゃっている」言いながら上着を脱ぎ、襟巻きを解いて水花に手渡し、よっこらしょとオンドルの上に上がる。水花は言う。「体の具合は如何？　それにしても、どうして人伝《ひとづて》にでも便りをくれなかったの？」法師は熱いオンドルの床に両の手をぴったりくっつけ、喘《あえ》ぎながら一言吐き出す。「もっと早くに来ればよかったんだが」

水花が戸棚から水キセルを取り出すと、法師は矢も盾もたまらないというふうにこれを受け取り、キセルの雁首までいっしょに腹の中に入ってしまうかというような勢いで一気にぐーっと吸い込んでからぷふぁーと吐き出す。つられて鼻水も流れ出し、危うく顔に垂れかかりそうになるが、何と老人はさっと手を出して機敏にこれを拭い去る。水花はオンドルから下り、雑巾を手にしてあちこち掃除する。銀柄法師は幾服かを腹に収めて満足する。忙しく立ち働く水花を見て、この女はこの日頃心境よからず、家の中の整理整頓も怠っていたのだなと思う。しばらくしてようやく傍らに来た水花はオンドルの縁に膝を寄せて彼に問う。「朝ご飯は？」法師は答えて言う。「済ませた。おまえもそんなに忙しくするなよ。こんなに久しぶりに来たんだ。オンドルの上でゆっくりしてしばらく話をしたっていいだろうが？」水花が言う。「じゃあそうしましょうか」雑巾を置き、オンドルの上に上がり、足を伸ばして布団に差し込んで向かい合って座る。

両人顔を合わせ、どうという事のない世間話から始まり、幾言かの遣り取りがあるが、どうも水花の様子が普通でない。法師はことさらに驚き慌てた格好を作って問う。「おまえはどうしたんだ？　とても辛そうだ！」この言葉が終わらないうちに水花は布団の中に頭を突っ込んでうーうーうーうーと泣き出す。

これを見た法師は淡々と言う。「何を泣くんだ。もともとはほうき星が天馬神の所を経て河を渡るご時世だからで、おまえ一人の災難ではないのだ。泣いたってどうなるものでもない！」ひとしきり泣いた水花はやっと頭を上げるやオンドルの隅に縮こまっている山山に浴びせかける。「他所で遊びな。耳をそばだてて何を聴いているのよ！」山山は言う。「おとっつぁんのオンドルを暖めてやるわ！」言うなりオンドルから下りて出て行く。法師は山山の背中を見て、タバコを詰めながら言う。「子供を叱っちゃだめだ。あいつらが辛い目を見るのはこれからなんだ！」びっくりした水花は面を上げて問う。「どういう事？」法師はタバコの煙を吐き出すような格好をしてじっと眼をつむり、大きなため息をついて言う。「言ってみれば、以前ならば気にしないつまらん事なんだ。つい数日前、日が暮れてだいぶ経った。俺は一人でオンドルの上で横になっていたんだが、何だか気分が良くない。眠っているような醒めているような、しばらくうつらうつらしていると、自分はある崖の底に来ているではないか。ここはどこだ？　心中甚だいぶかしく思う。俺は生涯あちこちを遍歴したが、こんな所は覚えがない。どうも変だなと思っていると、崖の上に子猿が群れていて、まるで風が吹くみたいにぎーぎーちーちー鳴き喚いているのが眼に入る。頭目の一老猿は容貌甚だ獰猛《どうもう》、真っ直ぐに俺の方に向かって来る。奴らは俺を殺すつもりだなと思い、すぐに逃げ出そうとしたが、もう行く手を阻まれてしまった。俺はぎょっとして体が強張り棒立ちになったまま奴らがどうするかを見守った。すると、猿の群れは崖の下の麦干し場まで走って行き、そこで止まると大声で騒ぎ始めて果てしがない。そのうちに老猿が一声大きく喚くとたちまちに静まった。猿の群れが民兵の訓練みたいに列を組み、老猿が先頭に立ってこれを率いて一二、一二と歩き出す。どんどん歩いて行くのだが、見ているとどうも何だかおかしい。おまえ、どうしてだと思う？　もともとこの猿の群れは一頭の老猿を除いてその他の猿はみなそれぞれに武器を一つ胸前に捧げ持っている。俺ははじめ何かの武器だと思ったが実はそうではなかった。おまえ、何だと思う？」水花は緊張して問う。「何なの？」法師は挙げた手で水花の腿を打ちながら言う。「奴らめいめいの首の上の頭なんだ！　おまえもまことに奇怪な夢と思うだろう？」水花は身震いして言う。「何か悪い事の起こる事を前ぶれしているんじゃない！」法師は言う。「勿論だ」そう言いながら、まるで誰かがそれを奪い取るのを恐れるかのように、キセルを強くぎゅっと握っている。

　水花は待ちきれない様子で続けて問う。「それからどうなったの？」法師はぎょろりと眼を剥いてせっつく水花に不快の意を示し、幾口かタバコを吸い、そうしてようやく言う。「思いもよらんだろう。あの老猿が黒い眉毛に顴骨《かんこつ》の突き出た凶悪の相で頭のない猿の一団を率いているんだ。整然とした歩調で、民兵の軍事教練みたいだ。歩いて歩いて歩いているうちにぐるりと輪になって俺を取り囲み、声をそろえて一斉に〝首を取れ！　首を取れ！〟って叫ぶ。俺はしっかりと頭を抱えて緩めない。だが、万事窮す。俺の頭もまた取れてしまうのを覚える。一声ぎゃーと叫んで目が醒める。おまえ、これはどういう事を意味しているんだ！」ここまで聴いた水花は震え上がり、顔面蒼白、両手で胸を掻き抱き、しきりに唇をわななかせながら言う。「どういう事かわからない。わからないわ」

　法師は言う。「どういう事かな？　俺にもわからないのではないかって？　いや、よくよく思いを凝らして考えたらはっきりした。この話とは別の時の事だ。俺の村の歪嘴《わいし》が一団の民兵を率いて俺と地主富農の事をいっしょにして繰り返し繰り返し酷《ひど》い目に遭わすんだ。今日は取り調べ、明日は吊し上げといつまでも止めない。俺は口では言えないけれども心中に思ったよ。歪嘴、歪嘴よ、俺はおまえの八代前の祖先までやっつけてやるぞ。おまえが俺の事をつけ回して放さないのはどういう訳だ？　おまえは知らないのか。あの民兵の餓鬼どもなんて二十歳になるかならんかで、ちんぽこなんぞは若い女の手指一本くらいなもの。そいつらが俺を見れば喚き立て、俺の鼻先に指を突きつけて文句を言う。俺は何も言えないよ。だけど、おまえなんか棍棒みたいな物だ。俺のようなこんな老人を痛めつけて！　まったく悪夢のようだ。俺はただもう何日もびくびく怯え、民兵が我が身に言いがかりをつける事がひたすら恐ろしい。民兵がこうだと言えば俺もすぐさまそうですと言う。頭を蹴られればひたすら首を縮めて低能の意気地なしを装ってやり過ごす。思いがけない事であった。ある日、俺が東溝の縁に行くと、我が村のろくでなしの憨憨《かんかん》が何でもないのに溝の斜面で一人で喚いている。おまえはあいつが何を喚いていたのかわかるか？　何を？　言うなれば、それは天文地理だ！　知らない人はやはり冗談と思うだろう。だが、事情通が聴いたらこれはまったく心中戦慄する！この天上の星々は何故に落ちて来るのか？　この地上の亡霊どもは何故に人を捕らえるのか？　八月中に雷鳴一響、おまえも逃げる、あいつも逃げる。ある人びとはただ見ているだけで逃げられない。龍神様がぐーっと爪を伸ばし、かっとその目を見開いて見ている奴を引っかけるが、これはまた何事だ？　言うなれば、ここにこそ一個の道理が伏せられている。天はおまえを朝方に死なせるつもりで、飯を食う時までは生きていられない。一口の飯も飲み下さないうちに、喉が詰まって死んでしまう。勿論天の処置する所だが、それが実に一分の狂いもなく、ぴたっと詰まってしまう！　おまえ、あのろくでなしの憨憨がどう言ったか、わかるか？　あいつは何と、〝北岸の一群の猿、めいめい頭なし！〟と言ったんだ。この言葉から俺の見た夢を連想してみろ。神様の処置する所が如何に厳密かわかるだろう？　あー恐ろしい！　おまえ、この北岸はどこだと思う？　この北岸というのは大変広いのだ。猿はどうなったかと問うのかね？　崖の下でぎゃーぎゃー喚いて騒ぎを起こし、上司を吊し上げて造反だ！　造反なんて言うけれど、いつのご時世であれ、造反していい結果が出た事などない！　首をはねる、頭を落とすが正しいって？　へっへっ、そりゃ間違いだ！人が何て言っているか、おまえ聞いてないのか。〝当節世間の事柄まるで逆転、あべこべ、あっちでもこっちでも餓鬼が年寄りを殴りつける！〟それが天の心だって。天の心じゃ背けるかね？　背けやしない！　あの毛沢東のやっている決まりと歴代の朝廷の皇帝たちがやっていた決まりとは別物だけど、それに付き従わなければ先ずおまえの頭が槍玉だ！」

東溝の法師は話しながら自ら興奮して来て、ちゃんと座っていられなくなり、船の上でよろけているみたいにふらふらし始める。水花が言う。「このごろの世間の様はどんどん悪くなる。いつ誰の身に災難が降りかかるかわからないわ」法師はちょっと頭をかたむけ、水花の手元に唾を飛ばしながら説得して言う。「誰の身？　こいつは付き従わないと見ればそいつをやるんだ！　共産党が何かをやるのは口先じゃない。その惨禍は大変なものだ！」ここまで聴くと、水花はにじり寄り、ともかくも法師の肩の所に頭を預けるが、そのまま気を失ってしまう。法師は水キセルをまた一服し、厳しい雰囲気を和らげようとする。

一対の受難役同士、この日は話し続けて灯点《ひとも》し頃に到る。家の外は天空に雪が舞い、いよいよますます乱舞し、地上には厚さ半尺余にも積もる。夜になっても止みそうな気配がない。却ってそれが好都合、銀柄法師の思う壺。晩飯の支度をしている水花に法師が問う。「この頃年寄りの具合はどうだい？」水花は息子の山山がオンドルの縁に座っているのもかまわずに、顔を上げて言う。「あいつの事なんか持ち出して何になる。生きていたって死んだと同じよ！」法師は言う。「そんなでたらめを言うもんじゃない。俺たち双方様子が変わって、日の目を見られるかどうかは万事あいつにかかっているのかも知れん！　この事については、俺はおまえよりもうんと深く承知しているんだ！」ちょうど飯を盛っていた水花はこの言を聴くと手を止め、驚き喜んで問う。「あんた何て言ったの？」法師は言う。「ちょっと待て。この話は後でゆっくり。ともかく先ず飯を食おう」水花は老道士の性癖を知っている。今日一日回り道をしたけれども、ようやく然るべき所に安着した。おほっと一笑して彼に言う。「あんたは悪党ね！」法師は言う。「悪党かどうか。おまえは今晩先ずはたっぷりに盛った一碗を年寄りに持って行って食べてもらうんだ！」水花は言われたとおりに西の窑洞に持って行って、一言二言年寄りに言葉をかける。戻るとオンドルの上に上がっていっしょに食事をするが、もう年寄りの話はしない。

## 40　龐二臭の逐電。郭大害は『水滸伝』を耽読

あの時以降の黒女《こくじょ》の情緒はいささか異常である。窑《ヤオ》洞《トン》の中に縮こまり、まるで無言で一人呆然と天井を見つめている。そうかと思うと、村外れに行き、ひどく勢い込んで眉を寄せたり目配せしたりしつつ人と談笑、女子としてのいささかの羞《は》じらいの様子もない。黒蛋《こくたん》が大《だい》害《がい》の所で賑やかに過ごしていると、彼女も行って黒蛋をさらに煽り立てる。人の家をまるで自分の家同様に見なし、その家の嫁さんや娘たちに勝手放題、吹きかける。その後何と、後ろから大害の腕を引っ張り、その肩に顎をのせ、口から出任せ出放題を言う。「大害兄、あんた、こんなにいい男なのにまだお嫁さんがいないの？まだ一人ならそのうちわたしがいっしょになってあげるわよ！」それを聴いた大害ははっはっはと大笑いして冗談だと聞き流す。これを聴いた唖唖《ああ》はそのまま受け流せない。脇からぐっと手を出して黒女を引き寄せ、眉を逆立て、眼を剥いてにらみつける。これを見たみなは笑いを堪《こら》えきれない。黒女は顔を赤らめ、手で唖唖を押しやって言う。「どうしてわたしを引きはがすのよ」怯えた唖唖はしょんぼり傍らに身を寄せ、声も出せない。黒蛋はこれを見過ごせなくて、妹を叱りつける。「あばずれが、さっさと帰れ。こんな所まで出て来て、恥さらしな！」黒女は幾言か言いつのるが、ぷんぷんして出て行く。大害が黒蛋をたしなめて言う。「そんなに乱暴に怒鳴りつけちゃだめだ。妹に向かってそんな言いようはないだろう？」黒蛋は承伏しないで言う。「あんたは知らないんだ。あいつを叱りつけるのはあいつがあんまり馬鹿だからだ！」大害が言う。「そんな考えは問題だ！」大義《だいぎ》が言う。「黒女は生まれつきおまえよりも賢いよ。おまえは妹の事を妬《ねた》んでいるんじゃないのか？」黒蛋が言う。「あいつはろくでもない事には明るいけれども、あいつが本当に賢いならこんな事には……」黒蛋は悲しみが込み上げて言葉に詰まる。みなは次の文句を待つが、彼はしばらく堪えた末に言う。「こんな事にはならなかった」みなは黒蛋の悲嘆を眼にしてもう問い質さない。

さて、事を仕出かした後の龐二臭《ほうじしゅう》はその夜のうちに床屋の道具を天秤棒で担ぎ、雲を霞と北岸の黄竜山目指して遁走する。山里に猫児溝《びょうじこう》という名の小さな村があり、しばらくそこに住む。人に頼んで鄢崗《えんこ》村の様子を探ってもらうと、村人たちが彼の行方を捜していると言う。早

く戻って欲しい、さもないと誰かに家が荒らされてしまうかも知れないとの事。龐二臭の心中ははっきりしているが、この事を聴いてからはいっそう出て行って顔をさらす勇気はなくなる。うまい具合に、以前からの知り合いの猫児溝村の崔後家《さいごけ》は甚だ善良な人で、食住ともに問題ない。龐二臭は先ずはもれなくひとわたり村の老若の頭を剃り、その後はさらに崔後家を助けて山野を開墾し、流さなくてもいいいささかの汗を流す。ただし、これもまた如何とも仕方のない事で、人間こうなってはまた一日一日をやり過ごすばかりで、実にもう滋味も風趣もありはしない。夜は崔後家の窑洞のオンドルの上にぴんと伸び、転げ回り跳ね回り、まるでフェルトをのしているみたい。すると、あの時の死に物狂いで暴れもがいた黒女の事が思い出され、自分の手のひらで自分の面をバチンと叩き、心中しきりに自分を鬼畜生だと罵る。且つはまた、あの時は如何に事が急であったとはいえ、うかつにも、あの秘所に入れる宝珠の事を忘れてしまった。龐二臭は数日悩んだが、結局どうにもならない。突然ひらめいた。この付けは言ってみれば当然あの老いぼれペテン師の楊済元《ようさいげん》に回すべきものだ。心中邪念一閃、ある策略が生まれる。

ある日、晩飯を済ませた龐二臭は崔後家とそのうすのろの弟二犟《じきょう》に向かって言う。「姐さん、ここしばらくずっとあんたの所で食って寝て、すっかり手数をかけ、騒がせてしまった。あんたと弟の二犟とはどっちもいい人だ。どうやったらあんた方に恩返しできるかと俺はずっと考えていた。今日も二犟が真面目で温厚で、ひたすら力仕事に精を出すのを見ていたら、急にいい事を思いついたんだが、姐さんがどう考えるかはわからないんでね？」崔後家は服の前身頃をたくし上げ、さっと鼻水を拭いてから言う。「何を言いたいの、何を遠慮しているの？　話はしてくれなくてはわからないし、灯りは点さなければ明るくならないわ！」龐二臭は言う。「まー、それは悪い話じゃないんだ。俺にはいとこが一人いるんだが、去年の春、亭主に死なれた。これから独り身を通すのも考え物だ。だが、いろいろ考えてみても適当な片付け先が見当たらない。あんたの所へ来たらはたと思いついたよ。あんたの弟のあの二犟こそ合縁奇縁、いい組み合わせじゃないかとね。ただ、姐さんがどう考えるかがわからない。どうかね、二犟に嫁を取る気はあるかね？」これを聴いた崔後家は太ももをぽんと打ち、指さしながら言う。「あんたのこの話は願ってもない事だわ！　わたしのあの死んだ亭主も死ぬ間際、何度も何度もわたしに言ったのよ。〝どうか頼むから二犟にいい連れ合いを探してくれ。あいつの代で崔家の後が絶えるような事があってはならぬ〟ってね。わたしはもう何年もずっとこの事で悩んで来たのよ。ここ数日、あんたは村の内外を全部見て回った。あんたはこの人口百十人の村で胸の狭間がぐっとえぐれてばんとおっぱいの張った娘っ子に何人会った？　あんたも承知のとおり、わたしは子供の生めない掛け値なしの役立たずさ。わたしに甲斐性があるなら、どうして彼にさっさと二本足の蝦蟇《がま》っ子をあてがってやらないのかって？　わたしがこんなふうに二犟を放っておくのは死んだ亭主の願いにも背くだろうって？　ずっと困っていたのよ。あんたの聴かせた今の話、婆のわたしをあんたの前に跪《ひざまず》かせ、額ずかせようって積もりじゃないの？」龐二臭は言う。「いや、いや。とんでもない。俺もとても嬉しいよ。これで話を切り出せる。ただし……」龐二臭は言いよどみ、すぐ傍らに座り、仰向いて眼をぱちぱちさせている二犟を見てからまた話を継いで言う。「ずばり遠慮なく言おう。姐さんが細かい事をあれこれ詮索《せんさく》するような人じゃないのはわかっているけれど、二犟兄弟もこの俺の事を変な者じゃないとわかってくれているかね？」崔後家は言う。「そんな事、言うまでもないわ！」

一安心した龐二臭は言う。「ちょっと難しい事があるんだ。いとこは亭主に死なれてから棺桶を買ったり等いろいろで、かなりの借金を負った。あーあ、それがあいつの苦の種よ！　人の生まれつきは様々だと言うけれども、あいつは色白であかぬけしていて、体つきもしっかりしていた。それがたちまち色気なくひからびてしまった。それもこれもただただ言うまでもなく銭がない故で、仲人役だって誰も彼もびっくりして引き下がってしまう。先ず会うなり着物の裾をたくし上げ、指を突き出して、あら、お金はあるの！　と言い出す」崔後家は言う。「あんたはそう言うけど、嫁に行くときはどんな女だってみなきれいにしなくちゃ済まないじゃない？　この世の中で、借金抱えたままの女が嫁になるなんて道理がある？　はっきり言うけど、昔わたしが崔家に嫁入りする時には銀貨で数十元かかったのよ。崔家だって払わないはずがないじゃない？　心配しなさんな。銭がかかるなんてどうと言う事ないわ！　嫁取りに銭が必要なのは当たり前の道理じゃない！」龐二臭は言う。「もしもそう言う事なら、俺たち今晩にだって親戚になれるんだ！」

これを聴いた崔後家は仰け反って大笑い。笑い終わると龐二臭の額を突いて言う。「このわたしが十年若かったらどうやってあんたを誘惑しようかね？　まったくあんたのその減らず口は耳に心地よい事を言って嬉しがらせてくれるわね！」二犟もまたひっひっと笑う。龐二臭は言う。「俺が言ったのは本当の話だよ。今夜俺があんたの所へあいつを連れて来よう！」崔後家はびっくりする。「それはどういう事？　そんな事を言ったって、ちゃんとした送迎の事が真っ暗暗の夜中だなんて、そんな事！」龐二臭は言う。「俺のあのいとこの気性をあんたは知らないからね。あいつは酷く内気なんだ。絶対に人に見られたくないんだ。それで、良い嫁ぎ先があっても暗闇の中で輿入れするのじゃなくてはだめと言うんだ」崔後家は半信半疑で言う。「何と、そんな事ってあるの？　あんたわたしをからかっているんじゃない？　わたしたち一家を騙して虚仮《こけ》にするんじゃない？」龐二臭は立ち上がって頭を左右に振って言う。「俺は仕事のない時には池に浸かって石炭洗いまでした。どうしてあんたらみたいないい人を騙すはずがある？　俺はまた姐さんたち山家《やまが》の人が誠実正直なのを知っているからそれでこんな縁談を持ち出したんだ。あるいは俺のいとこはどうかしているかも知らないが、大急ぎであんたらのこんな山里の辺鄙《へんぴ》な所に連れて来ようとしたんじゃないか？　へっ、こんな長話をして言うだけ無駄だった！」これを聴いた崔後家は慌てて笑顔をつくろう。二犟もまた脇から姐さんの着衣の裾を引っ張って、「承諾する！」と返事するように催促する。崔後家は二犟の手を払いのけて言う。「しっかりするんだよ！」そうしてまた龐二臭に向かって言う。「こういう事はまた何日か余裕がなくちゃ。大きい方の窑洞の中だって整理しなくちゃね。新しい人が来るのにあんまり取り散らかしてもおけないでしょう？」龐二臭は彼女の言う事ももっともだと思い、ただうなずいて承知するほかない。

その後、龐二臭は数日間出かけて行って様子を探る。戻って来ると、崔後家に知らせて言う。「いとこの方の話は決まった。後はこっちの側が待つだけだ」この日の夜は三人が大きな窑洞のオンドル上でいっしょに休む。龐二臭は暗がりの中で崔後家を手探りし、事を致す。かの二犟もまた以前のように掛け布団の端で口を掩ってひっひっと笑っただけで、自ら跳ね起きると、向こうの窑洞へと立ち去る。「馬鹿野郎、畜生奴」と罵るような事はせず、ただひっひっと笑っただけで、自ら跳ね起きると、向こうの窑洞へと立ち去る。

崔後家は何でもてきぱきと切り盛りする女で、何日も経たないうちに二つの窑洞の内外をすっかりきれいに修復した。これを見た猫児溝の人びと誰も彼も崔後家を称賛し、後はひたすら祝い酒の振る舞いに与るのを待つばかり。二犟に会った人は呼びかける。「二犟、嫁さんもらったらどうするんだい？」二犟はぼそっと言う。「寝る！」人はさらに問う。「おまえはどうやって寝るか知っているのか？」二犟は言う。「知ってら！」みなはあつはっはと一笑いして去る。

崔後家がこのようにせっせと事を処理するので、龐二臭はまったく心配になる。だが、何事にあれ土壇場になればどうにか手は有るものと気を取り直す。いまさらびくびくしたって仕方がない。この日の午後、龐二臭は祝いの印の赤い絹の襷《たすき》だの花飾りは要らないし、しきたりの一切は省略し、一頭の騾馬《らば》に乗せて来ればいいなどと崔後家をうまい事言いくるめたのだそうな。そうして龐二臭は馬を一頭引き、二犟を連れ、百元の紙幣を懐にねじ込み、意気揚々と山を下りて行く。まるまる半日かかりで三十里の道を歩いて、ようやく柳泉河《りゅうせんが》の村外れにたどりついた。この時日はすっかり暮れていた。龐二臭は辺りを見回してから二犟に言う。「おまえはここで待っていろ。俺が行って女を呼んで来てやるから。ちゃんと覚えておけよ。どんな話でも余計な事を言うんじゃないぞ。後で戻って窑洞に入ってそれからがおまえの仕事なんで、ここでじたばたしちゃだめだ！　今ここでおまえがどじを踏んだらそれでおしまいだ。夜が明けたらあの女は承諾しないんだからな！」二犟は言う。「わかったよ！」

二臭は一人ある家の門外に到り、がんがんと門を叩く。二十歳前後の男が頭をのぞかせて問う。「あんたは誰だ？」龐二臭は言う。「俺は鄜崗村の者だ。済元老先生が急病で、あんたのおっかさんに会いたがっている。預けたい金が有るらしいんだ」話を聴いた男は慌てて二臭を中へ入れようとする。二臭は言う。「もう入っちゃいられない。俺は外で待っているからあんたのおっかさんを急いで連れて来てくれ」男は言う。「わかった」言いながら人を呼びに門から戻る。幾らも経たないうちに、痩せて骨張った黒い人影が現れる。前ボタン式の短い単衣の上着を着て、大慌てで出て来た。二臭は急いでこれを迎え、大声で二犟を呼びつけ、女を馬の背に押し上げる。この情この景は詩が証明している。

布袋《ぬのふくろ》に入れた猫を売る、闇雲《やみくも》商売。口から出任せ出放題。
八王の遺珠にして、黒く輝き甚だ高尚なりと。
人生正に説くことかくの如くすべし。

二臭と二犟とは一人が前になり一人が後ろになって村を出る大道を目指して大股で疾走する。丘を迂回して行く時、馬上の女が喚いた。「誰の所へ行くの。おかしいじゃない！　鄢崮へ行くのはこの道じゃないわ！」龐二臭が後ろから言う。「これは普通の人があまり通らない近道なんだ。心配するな。眼をつむって乗っていれば大丈夫だ。間違いなく連れて行ってやるんだから！」また九里十里行くと、馬上の女がまた喚く。「兄さん方、どう考えても方角がおかしいよ。鄢崮へ行くには南に向かうのだけれど、どう見たって北へ進んでいるじゃない？」龐二臭は言う。「この真っ暗闇であんたに何がわかる。この立派な大道が真南に向かっているんじゃないなら北に向かっているなんて、そんな事がどうしてわかるんだ！」女は黙ってしまう。さらに数里行くと、馬上の女は停《と》めてくれと叫ぶ。龐二臭は言う。「またまた急がないで、ただただ停めろだなんて、どういう事だ」いらいらが募り、気を悪くした女は態度を荒げて言う。「あんたはわたしをどこへ連れて行くつもり。わたしにはさっぱりわからないよ！　もう行かないよ！」龐二臭は言う。「何だと、この尼！　俺らがこの夜中駈け回っているのを何だと思っているんだ。あんたはもう行かない、馬からも下りない。俺たちだけ歩いて行けって！　楊先生のせいでこんな事になっているんだ。俺たちを怨むんじゃない！」女は言う。「楊先生の家に行くなら南だろう。わたしは数え切れないほど何度も行っているんだ。誰よりもよく知っているよ！　あんたが来たこの道じゃないとすぐにわかったよ。あんたはわたしを騙してどうするつもり？」龐二臭は言う。「おまえ、いいか、もしも楊先生が鄢崮村に居るなら、俺たちが馬を牽《ひ》いて迎えには行かないよ。後について歩いて来てもらえばそれで済むほどの道のりだ。馬を牽いて来たその訳はつまり楊先生が鄢崮村じゃなくて北舎前に居るからなんだ。楊先生が自分の家に居るならばこんなに必死になってあんたを引っ張って来るかい？　楊先生は鄢崮村には居ないから、それであんたに北舎前に来てもらって頼みたいという訳だ」女はしくしく泣き出し、気落ちしながら問う。「楊先生はどうしてまるまる放り出して、何をしに北舎前に駆け出したの？」朧二臭は言う。「あんたには言ってなかったけど、診察に行ったんだ！　人の病を治療しに行って、思いがけない事に、何と自分がそこで倒れちゃったんだ。あんたの家を出る時にはっきり説明したのに、それでもまだなおごちゃごちゃ騒ぐなんて！」

こんな遣り取りをしながらさらにまた数里を行く。歩いているうちに馬上の様子がまた変なので、見ると下へ落ちそうだ。慌てた朧二臭がからくもこれを抱き止め、思わず声を上げる。「どうなっているんだよ、この糞婆！　こんな事になるとわかっていたら、楊先生の面子には逆らっても、死んだっておまえなんかを呼びに来るんじゃなかった！」女はひとしきりめそめそしていたが、暗闇の中で涙を拭うとまた問う。「何はともあれ、それで病状はどうなの？」朧二臭は言う。「確か一昨昨日《さきおととい》だった。道中雨に濡れ、それで体を冷やして風邪をひき、病は一日ごとに重くなるみたいだ」女はひとしきり呻いていたが、言う。「あんたはまた人を騙して！　今年の春は日照り続きでどこへ行ったら雨に降られるのよ！」朧二臭は口ごもりむにゃむにゃ言っていたが、とうとう最後に断言する。「えーっ、あんたにどうして山の中の天気がわかる。河の両岸の天気が同じなのとは違って、一山隔てと一日違いとでどっちもがらり天気が変わっても当たり前なんだ」女はまた黙ってしまう。

ゆらゆらがくがく、また九里十里と進む。眼にするのは曲がりくねった古い小道。馬を牽く二彈はさすがに山家の男の子、道の様子を見定めては、ずんずんぐんぐんと突き進む。思いがけなくもそこでまた女が叫び出す。「あんたら、どう見ても変だよ！」朧二臭が後から駆けつけて来て問う。「どうした。どうしてまた変だって？」女が言う。「北舎前ならとっくに着いているはず。どうしてこんなふうにまだ進むんだい？」朧二臭が言う。「あんたと言う人は、どうしてそんなにしつこいんだ！　俺はあんたに余計な事を訊くんじゃないと言ったろう。いつもいつも何を訊くんだ！　北舎前って言ってもあんたは前北舎前を知っているだけなんだ。北舎前にはもう一つ、あんたの知らない後北舎前があるんだ」女は言う。「わたしが言っているのはそんな事じゃないよ。楊先生は自分の家で診察治療するんで、人の家を訪ねたり、そこに泊まったりはしないわ。どうして道中雨に遭ったりするのよ。あんたら女一人のわたしを間違いなく騙そうとしているけど、いったい何をする気なの！」朧二臭は立て続けに大声を上げる。「あんた、俺たちはもうこれ以上はしゃべらない。もう少しして、楊先生に会いさえすれば、万事はっきりするさ！」急いで言い訳をするとまた幾数里行く。断崖の上に達すると女がまた騒ぎ出す。「寒くて、がたがた震えるわ。ほんとにがたがたするよ！」龐二臭はごくごく優しげに小声で言う。「山の中の気候はこういうものなんだから、楊先生も風邪をひいてしまったんだ。あんた、とにかく我慢するんだ。でなければ、頭を上げて星を見な。しばらく見ていると、寒さを忘れるよ」女は言う。「だめ、だめ。絶対だめよ。帰りたいんだよ！」鼻白んだ龐二臭は言う。「そんならいいさ。俺はあんたをこの天涯の地におっ放すまでだ。ちょうど真夜中だ。あんたが狼に食いちぎられなかったらそれこそ奇跡だわ！」

一路、どれほどの魔法を弄《ろう》したかはしばらく措いて論じない。龐二臭はその三寸不爛の舌先をもって女を騙して猫児溝へと連れ込んだ。この時はもう真夜中。崔後家は始めは辛抱して夜中まで待っていたが、その先はもう我慢しきれない。ただただもうちょっとでも眠りたいと思う。突然中庭から騒がしい物音が響いてくる。慌てて身を起こし、急ぎ眼を凝らすと、龐二臭と二犟が女を向こうの窑洞に押し込めようとしてわーわー喚きながら女の衣服を引っ張っている。その時、灯影が揺曳したので子細に観察できず、慌てて身を引いて下がったので、二臭らあの悪党がかなり焦っているのがわかっただけだった。ドアの外に出て立ったまましばらく待つと、二臭が向こうの窑洞のドアから出て来る。崔後家が立っているのを見ると、上着の袖を捲り上げ、汗を拭いながら言う。「何でもない。二犟はもう寝たよ！」崔後家は不満顔で言う。「あんたら男たちときたら、まったく……」二臭は言う。「二犟の馬鹿振りはあのとおりだろう。もしも今夜中に決着できずに夜が明けてしまったら、それでもいとこが彼の言うとおりになるかどうか？」崔後家はそれもそうだなと思う。

と、ちょうどその時、窑洞の中の女が猛烈な勢いで喚きだす。これにより事情はもはや明瞭である。二臭は言う。「姐さん、こういう事で。俺は後の始末もあるので戻らなくては。戻って勘定を清算し、幾日かしたら様子を見てまた来るわ。俺のあのいとこは根性が良くない。あんたらゆっくり仕付けてやってくれ。もうじき夜も明けるわ」言い終えると、一夜の労苦も何のその、すでに塀の隅に用意してあった床屋の担ぎ荷を天秤棒で担ぎ上げ、鄢崮村目指してまっしぐら、後ろを振り返ることもなく、一気に山の下へと走り去る。

　鄢崮村の方では、話と言えば、大義がどこで手に入れて来たのか、数日前に『水滸伝』の一冊を大害にくれた。それ以来大害は精魂傾けて夜昼なしにひたすらこれを読む。読みつつ且つは連想する。先に村中の十二人の青年たちと義兄弟の契りを結び、頭上に〝結義為仁〟の四文字を掲げたのはまったく適切な事だった。林冲《りんちゅう》が悪党高《こう》衙内《がない》の一団に再三再四危害を加えられる段に到ると、己もまた平常心を保ちがたく覚える。雪の降り積もった村外れの地に立ち、怪しげな目つきで茫茫漠漠と道行く人びとを眺める。

　朝方、栓娃《せんあ》は何事もなく銃を抱えて大隊本部に行き、勤務につくなり大害に出くわす。いきなり浴びせかけられる。「この愚図が。こんな所に立って、尻まで凍えさせて何してるんだ？」大害はぐっと両眼を見開き、大喝する。「気をつけ！」びっくりした栓娃が訳を問うと、大害が言う。「今日の俺を陸虞候《りくぐこう》〔好友林冲を裏切る〕みてぇなてめぇが善人をいたぶるのをただ見にきただけだと思うか？」言いながら、栓娃が身をかばう暇《いとま》もあらばこそ、ばしんと一発顔面にお見舞いする。栓娃は敢えて抗弁せず、銃を拾い上げるとそそくさと逃げ出す。大隊本部のドアを入り、呂《ろ》中隊長や季工作組《きこうさくそ》ら幹部たちを眼にするや、二言三言も言い終えないうちに、うーうーと泣き出す。季工作組は一瞬呆気にとられたが、大害とは何者かと問う。呂中隊長がつぶさにとりまとめて報告する。季工作組は事の意外さに驚きつつ言う。「いやー、思いもかけないね。鄢崮村から何とこんな大物幹部が出ているとはね。大害を呼んで来てくれ。俺が話をしたがっている、彼の父親はもともとどこの部隊に属していたのか訊きたいってな！」栓娃は当然行きたがらないので宝山を遣る。宝山は村外れまで行って大害に会って話をする。大害は言う。「季工作組って言うのは何者なんだい。気色の悪い奴だ。サーベルでぶっ刺してやる！」宝山は言う。「あの人はあんたのおとっつぁんがもと所属していた部隊を知りたいんだって」大害は怒り狂って吼《ほ》える。「その糞ったれが何をしようって言うんだ！　俺様は生まれつき役人とは気が合わねぇ！」この時、大害の傍にいた何人かが事が大きくなるのを心配し、彼をかばって宝山に言う。「おまえ、急いで戻って見つからなかったって言うんだ」そこで、宝山はとって返して季工作組に報告する。報告を受けた季工作組は甚だ残念に思ったものの、日を改めて後日必ず大害に会いたいと言う。

# 41　富堂老人の心労。郭大害は生産隊長海堂を罵倒

富堂《ふどう》老人は季工作組《きこうさくそ》を罵《ののし》ったが、それは単に奴《やつ》が嬶《かかあ》をどうこうしたのを嫌ったと言うだけではなく、奴がまるで彼に重きを置かなかったからだ。奴と針針《しんしん》のオンドル上の事が真っ赤っかに燃え上がって以降、年寄りはいよいよ余計者扱いされる。何のかんのと口実を設けて除け者にされる。思ってもみてくれ。年を重ねて労苦の半生、四十にしてやっと年若い嬶を娶《めと》った。始めの数年はまーまーどうにか調子を合わせてくれたが、その後日に日に付け上がってくる。そういう訳で、たまたま客が来ればオンドルの上に上がってもらって、珍しい物を賞味したりする。いささかの収入に関しては勿論、かの年寄りにも満更でもない気配がある。さばけたふりの年寄りは嬶は喜び、自分も栄誉と自らに言い聞かせ、胸中いささかの平衡を保っている。しかるに何と、闖入《ちんにゅう》してきた季工作組というこの悪党は、初めは誠実そうに見え、終日『語録』の本を手にし、共産党の旗を掲げ、口を開けば政策を唱えたが、この年寄りを人とも思わない。これはまったく何たる事だ！　暗くなるまで働いて野良から戻って門を押すと、門には閂《かんぬき》がかかっている。たちまち足が萎え、門の土台石にへたり込む。門はいくら敲《たた》いても開かない。あいつは中で何をしてるんだ？　いやー、驚いた。窑洞《ヤオトン》中の人を招き入れ、高く掲げたランプで明るく照らし、大盛会で文献の学習とは！　嬶の針針はあれこれ動き回って世話を焼き、多忙の限り。年寄りは折を見てやっとの事で中に入り、鍋の蓋を開けてのぞいてみる。何だと思う？　うどんを茹でた残りの汁だ！　これが年寄りに対するあしらいとは！　年寄りの心中穏やかであろうか？　年寄りは生涯ずっと苦労してきて、またこんな目に遭うとは。冷えたマントウを一つ手に取り、うどんの茹で汁につけてこれを食べて済みとする。針針の彼に対する態度や如何？　まったく酷《ひど》い！　オンドルの縁に座り、ひたすら彼女の来るのを期待しつついざ出陣を待ち受けるが、彼女のほうはあれこれとまるで落ち着いていない。彼女の満面の革命精神は季工作組のあの窑洞を如何に切り盛りするかにある。自ら口を出す時の針針は彼にひとしきり説教を垂れる。そのもったいぶった口調はまるで子供を諭しているみたいだ。亭主に対して何たる言い草だ！　彼は餓鬼なのか？　そうじゃない。

一家の主だ！　新しい社会では貧乏人は解放されて主人になったって言うじゃないか？　糞、この年寄りはそうじゃないんだ！

ある日の正午、扁扁《へんへん》と姜姜《きょうきょう》が学校を終えて戻って来、窑洞の辺りで大声でしゃべっている。賑やかにしていた子供たちが連れだって走って窑洞の中に入り、耳障りな話し声も二分間ほど聞こえなくなったと思ったら、季工作組が激しい叱責の声を上げながら、追い払って出て来る。二人の子供は木の根方に立って大泣きする。あんた、季工作組の怖いの怖くないのって！　晩飯の時、季工作組はさらに厚かましく恥知らずにも子供たちに対して、今後自分たちが会議をしているのを見たら門から出て外で遊ぶようにと言うのだ。いやはやまったく、子供たちは中庭にさえ立っていられないとは！　この仕打ちは年寄りの心を一方ならず傷つけた。年寄りは心臓をえぐられるような痛みを覚え、人に会っても頭を上げられない。年寄りは幾日も思い悩んだ末に、いささかの道理を悟る。

年寄りは楊済元《ようさいげん》の家を訪ねる。ドアを入るやかの龐二《ほうじ》臭《しゅう》と同様に先ずは床に跪《ひざまず》き、楊先生、楊先生と幾声か大声を上げる。富堂を見た楊済元は急いで助け起こし、兄さん、兄さんと短く呼びかけ、年寄りを座らせ、水タバコのキセルを手渡す。年寄りは手が震えて火付け用の紙筒をうまく吹けず、幾口か吸ったものの吸い付けられない。楊済元は穏やかな調子で言う。「兄さん、ゆっくりと。急いじゃだめだ。この水タバコという奴はどうと言うほどの物じゃないが、焦ると上手く吸えないんだ」年寄りはしきりにうなずき、ついでに手を伸ばして落ちかかった鼻水を拭う。それから体を一揺すりしてようやく吸う。楊済元は傍らから問う。「兄さん、あんたはどんな用事で来たのかね？」年寄りはたちまち動きを止め、鼻を擦った手でキセルの吸口を一拭いして楊先生に手渡して言う。「話と言ってもそう大した話ではないんだが」キセルを受け取った楊済元は富堂と同じ仕草で吸口を拭い、吸いながら一眼を開いて富堂の方を見やって早速話すようにとの催促の意を示す。富堂老人は両脚を椅子の面上に引き寄せて胡座《あぐら》をかいて一息入れてから正々堂々と言う。「楊先生、俺は今日ちょっと聴きたいんだ。俺のようなこんな年輩になっても嬶となおあの事が出来るものかね？」思いがけない問いであったが、楊済元はすぐに答えて言う。「出来るに決まっている！　あんた、旧社会で、八十になった人が妻を娶って子をなした事があるのを聞いたことがないかい。どうして出来ない事がある？　出来るさ！」富堂老人は言う。「俺はどうやってもだめなんだ。嬶を押さえ付けられねぇんだ」楊済元はすぐさま問う。「どういう事だ？」富堂老人は隠さずに言う。「どういうって？　やっぱり思うようでないんだ。暗くなって横になる。一生懸命気合いを入れるんだが、いざとなって嬶が兆してくるとこっちがだめなんだ！これはどういう事なんだ？」楊済元はしばし思いを凝らした後に言う。「本来、人が年をとればこの事に関してはいささかの減退はある。だが、あんたのような五十をちょっと過ぎた年でまるでだめになるなんて事はない。まー……」富堂老人は遮って言う。「何が五十ちょっとなもんか。五十八になる。よくよく眼を見開いて見られたら六十の人相だわ」楊済元は言う。「たとえ六十でも半月に一回ぐらいは出来るはずで、まるっきりだめなどと言うのは？」富堂老人はしみじみと言う。「誰が嘘をつくかね」楊済元はキセルを収めて立ち上がり、のろのろと窑洞の奥の祖先の位牌の積んである所から一冊の薬局方を取り出し、戻って来ると椅子の上に屈まってしげしげと見入る。

富堂老人が首を伸ばしてのぞき込むと、冊子は胡桃《くるみ》大の文字でうまっているが、彼自身には一字もわからない。楊済元がしばらく頁を繰っている間に、待ちきれなくなった富堂老人が挨拶してさっさとずらかろうとしたちょうどその瞬間、楊済元が手を上げて言う。「そりゃおかしい。本に何とあるかよく聴け！」そこでまた富堂老人はきちんと座り直し、楊先生が頭を振り振り唱えるのをひたすら聴くばかり。「昔一美髯の老爺、八十をこえてなお妾を抱えて子を挙ぐ。世人みなこれを異とし、因りて問う。〝何なるや？〟老爺曰く。〝吾は自在なり。天吾を自在にすればもとより自在なり！〟また問う。〝爾《なんじ》何故に自在なるや？〟老爺また曰く。〝吾は丹を有す。神は吾に丹を与う。これぞ丹なり！〟ここに問う。〝天の丹なるか？　神の丹なるか？〟老爺ここに曰く。〝天の丹なり！　神の丹なり！〟問う。〝丹にして可とする無き有るや？〟老爺答えて曰く。〝丹に可ならざる無し！〟厳然たり。老爺書を編纂しこれを贈りて世に伝え、分かちて十八巻と為すに、後人これを失す。ああ！」ここまで唱えた楊先生は書冊を置き、得意満面富堂老人に問う。「あんた聴いたかね？」年寄りはびっくりして言う。「聴きました。だけど……」楊先生は言う。「焦る事はない。わしがゆっくりあんたに解説してあげる」座ったままふらふら揺れていた富堂老人は動きを止めてしゃきっとして言う。「だめだ、畑に俺を待っている人がいるんだ！」これを聴いた楊先生はたちまち処置なしと悟り、「それじゃ行かなくちゃな」富堂老人は楊先生が気を悪くしたのに気づき、急いで愛想笑いをしながら言う。「楊先生、先生はご存知ないでしょうが、牛が畑で俺を待っているんですよ。俺が行かないと、海堂《かいどう》では扱いきれないんだ。あいつらは何のかんのとてもうるさいんだ！」椅子から跳び上がって立った楊済元はそれ以上何も聴かず、ぐっと顎を突き出し、煩わしさに耐えかねるかのように言う。「あんた、急いで行かなくちゃ。遅れてあんたの労働点数が減ったりしたら大変だ。万事あれで飯を食っているんだからな！」言いながら、富堂老人がおずおずと立ち去るのを見る。楊済元がこう言って立ち上がったところで富堂老人が方向を転じて戻って来、ぐっと顔を押しつけて彼に問う。「楊先生、先生がたった今読んでいたあれは何という本ですかい？」楊済元は冷ややかに言う。「あんたはそれを訊いて何か使い道があるのかね？」富堂老人は言う。「聴いてた文句の中に〝之乎《ジーフー》娃乎《ワーフー》〔之なる乎娃《かなあい》なる乎〕〟と言うのがあって、とても耳に心地よかったんで、今晩晩飯が済んだらまた来るから教えて欲しいんだ！」楊済元は頁を繰って老人に示して言う。『御覧拾粋』だ。あんたの都合のいい時に来るがいい。俺はいつだって暇にしている！」富堂老人はへっへっへと一笑し、これで安心して立ち去る。

以上、富堂老人なる人物の書物を教えてもらいたがるのお話。さて、大害《だいがい》の事を語ろう。手に『水滸伝』を抱え愛でて巻を釈《お》かず。恨むらくはただこれ書中の頭目・人材・あれやこれやらと生活をともにできない事を。かの宋江が尋陽楼上にて題した造反詩はやはり十二分に人の意気を壮大ならしめる。その幾句かをまるまる暗記し、飯を食うときも寝るときも心に唱えている。その詩を下に写す。

> 幼くしてかつて経史を攻《おさ》め、長成しては権謀有り。
> あたかも猛虎の荒丘に臥し、爪牙《そうが》を潜伏させて忍受するが如し。
> 不幸双頬に文刺《いれずみ》されては、如何ぞ堪えん、配されて江州に在るを！
> 他年若し冤仇《えんきゅう》に報いるを得ば、血もて潯陽江口《じゅんようこうこう》を染めん！

この遠大の志気は大害を鼓舞し、心戦《おのの》き肉は震え、秘かに大いに賛同する。これが彼自身を災難に陥れる発端なのだが、その事についてはしばらく語らない。

ある日、風穏やかに日はうらら、気温は急上昇。朝飯を食い終わった大害は『水滸伝』を繰り、何時間も研究するが、待っている兄弟たちは現れないので、満身に満ちる激情の漏らしようもない。ここにおいて書物を置いてから村外れへと歩いて行く。そこにも誰もいないので、大害は不思議に思う。足を伸ばして急いでさらに畑に行ってみる。ちょっとした丘の頂に立つとようやく人びとみなが野良で肥やしを播いているのが見える。畦道からしばらく様子を窺うが、これもまた甚だ面白くないのでまた向きを変えて村の方へと歩いて行く。関帝廟の前まで来て頭を上げてふと見ると、大義《だいぎ》・歪鶏《わいけい》・黒蛋《こくたん》ら諸兄弟がぴかぴかぎらぎら光る押し切りを肩に担ぎ、一団となってすごい勢いでやって来る。大いに喜んだ大害はすぐさま大声を上げて近づいて行く。二言三言交わしたと思うと、大義の手から押し切りを受け取り、手で重さを量ってみると意外に大層軽くて扱いやすい。兄弟たちに場を空けさせてから数回これを振り回して見せる。兄弟たちはすっかり呆気にとられてただただ彼に如何なる師匠について学んだのかと問う。その答えによれば、ここがかの大害の霊妙なところで、書物中の画像を頼りに心中極力工夫を凝らして今の型を会得した由。

大害がひとしきり舞わせると歪鶏もまたやってみようとする。大義が歪鶏に言う。「止めとけ、身の程知らずが。大害兄貴のような力量（身長と体力）が有りっこないくせに！」承伏しない歪鶏は押し切りを受け取ったが、幾回しもしないうちにへたばって放り出してしまう。大義が言う。「俺が拳法をやるぞ」言いながら綿入れの上着を脱いでまるまる背中をさらしてポーズをとり、揺れ動き始める。その手の動き足の運びの尋常でないのを見たみなはいっせいに喝采をおくる。もともと大義は自分の母親が張鉄腿《ちょうてつたい》と事を致して後はそれまでに学んでいた事を絶対に人に知られたくなかった。大害が武事を提唱する今、もう隠しておけなくなり、これを披露して兄弟たちにいささか知らしめた。大義のこの意図は思いがけなくも大害に深刻な印象をもたらした。大害は即座に決定し、以後兄弟たちは大義に従って大いに訓練に励む事となる。

ちょうどこの厳粛な決定が告げられている時に、脱穀場の方角から喚き声が聞こえてきて、それが甚だ耳障りである。みなが頭を巡らして見ると隊長の海堂である。海堂は大声で言う。「糞ったれが、おまえら若造たち、隊の方ではおまえらに手当を支払って遊ばせているようなものだ！　間抜けな家畜が草を食もうと待っている間に、悪賢いロバみたいなおまえら一人一人にでたらめをやられてあたり一面糞小便だらけにされてしまう！」この時、彼は黒蛋が積み上げた麦わらの山の後ろで糞をするのを見たので、何の障りもなくこの言が出た。しかし、これを聴いた大害は承知せず、みなに問う。「海堂なるあの者がどんな玉か、俺が知らないと思うか？　あいつは貪官汚吏だろうが！」みなに異議はなく、さっさとけりをつけろという事になり、海堂に向かって駆け出して行く。

今この悪玉を脅しつけておかないと、後でこいつが人びとをとんでもなく痛めつける事にもなろうと、大害は思った。そこで、兄弟たちの後を追って海堂の所に駆け寄る。大害の気色ばんだ様子を見た海堂は即座に愛想笑いを浮かべて言う。「大害兄弟も来たな」海堂を指さした大害は雷のような大声で一喝する。「兄弟とは何だ、この糞野郎！　今俺たちは庶民を抑圧するろくでなしの貴様をやっつけるんだ！」大害のやって来た意味を知った海堂はたちまち震えあがる。大害の炭鉱での所行は彼もまた噂に聞いているから、まーまーと阻止しながら大慌てでその場を逃げ去る。坂を駆け下りた所で初めて振り返って大害を指さしつつ言う。「おまえ、そこに突っ立って待っていろよ！」大害は坂の上に立ち、両手を腰にあてがって言辞厳正に言う。「俺郭大害堂々たる七尺の男子、座しては名を変えず、行くに姓を改めず、どこに出ようと正正堂堂、おまえら毛虫野郎など物の数ではない！　おまえに度胸があるならいつでも来い。俺は待っているぞ！」海堂は言う。「待っていろよ！」言いながら後ずさりすると、足下の石にけつまずいてどしんと尻餅をついてしまう。もうこれ以上は堪えられず、顔を真っ赤にして尻尾を巻き、身を翻して逃げて行く。歪鶏ら数人は腹を抱えて大笑いし、草むらを転げ回り、涙を流しながら跳ね回る。あの田舎ボスに赤恥をかかせてやったわいとただただ言うばかり。大害は頭を巡らして兄弟たちに言う。「あんな悪党を恐れる人がいるけれども、俺大害は何で恐れるものか！」そう言うと袖を捲り上げ、みなといっしょに押し切りで草を刈ろうとする。ずっと眉をひそめていた朝奉《ちょうほう》がこの時に到ってとうとう言う。「大害、さっさとずらかるんだ。海堂の奴らがおまえに仕返しをしに来るのを避けなくちゃ！」歪鶏が言う。「兵が来たら阻むまで、水が来たら土をぶち込むまで。あんな奴、何の恐れる事がある。俺ら兄弟、今日より以降、あいつに勝手なまねはさせねぇ！」朝奉が言う。「このちんぴらが。今日の労働点数が面倒な事になっちゃ困るんだ！」大害が言う。「あいつが勝手なまねをするって？　そんなら痛めつけてやる！」

　大隊本部に駆け込んだ海堂がドアを開けると、呂《ろ》中隊長と季工作組の一団の連中が会議の最中である。海堂は辺り構わずに喚き出す。たちまち立腹した季工作組がどやしつける。「何を喚いているんだ。今会議中なのが眼に入らないのか？」海堂はちょっと頭をかしげるがすぐにぺしゃんとなって黙り込む。季工作組が問う。「何事だ？」立ち上がった海堂がかくかくしかじか、一部始終を説明しだす。季工作組は話が終わらないうちにいささかうんざりした様子で彼を遮って言う。「この事に関しては、俺が思うに、大害は悪くない。どうしておまえは勝手に人の悪口を言うのだ？　おまえら幹部たちは葉《よう》金発《きんはつ》とぐるになって貧下中農をまるで人扱いしていない。今問題なのは幹部が人びとを罵る事なのだ。革命的大衆の反応は極めて大きく、彼らは一致しておまえたちが人民公社員を罵る事がすでに習慣になっていると認めている。目下手を着けるのはつまりおまえたち数人のこうした面を研究し処理しようという事なのだ。おまえはもう少し話を聴くんだ！」呂中隊長が言う。「民兵の報告によると、おまえは昨日の午前、何が何でも彼らを引き連れて野良に出て肥やしを播かせたそうだが、これはどういう事だ？」海堂が弁解して言う。「もう春の耕作の……」季工作組は一言聞いただけでたちまち怒りを止めがたく、大声でどやしつける。「春の耕作だの何だのと、どういう路線を行くのかを解決しないで誰のための春の耕作だ？　まさか地主富農のための、牛鬼蛇神のための、資本主義の道を行く実権派のための春の耕作と言うんじゃなかろうな？　俺の見るところ、おまえはある種の連中の指示に従って春の耕作に名を借りて故意に階級闘争の大方向を攪乱しようとしているな！」この局面に対した海堂はたちまち顔面蒼白になり、またしゃがみ込み、季工作組ら数人の会議に従って午前中いっぱい学習する。

　会議が終わると、季工作組が彼を呼び止めて言う。「俺がおまえに話した事を了解したか？」海堂は顔を上げ、ちょっと間をおいて言う。「ずっと考えたけれどもまだわからない！」季工作組は言う。「鍵は魂の深い所で爆発する革命にあるんだ。おまえは多年ずっとただ車を引っ張るだけで道路を見ず、個々別々の資本主義の道を歩む実権派にくっついて沢山の悪い気風に染まってしまった。それなのに何と自分ではまるで気づいていない。そういう情況じゃないのか？　俺の見るところ、おまえは今後しっかり学習しなくてはならん！　革命の大門はどこでもおまえに向かって開かれているという訳じゃない。ぎゅっとチャンスをつかんで反撃に転じて手柄を立てるんだ。大害は何と言っても革命家庭の出身で非の打ち所がない。理由もなしにおまえを罵ったりするはずはないと思うよ。なー、そうだろう？」根盈《こんえい》が脇から口を挟む。「大害のおとっつぁんはもう造反派に拘禁されたぞ！」季工作組は振り向いて問う。「おまえ何て言った？」根盈は言う。「大害のおとっつぁんから手紙があって、大害に面会に済南に来いって！」季工作組は言う。「それは本当か？」根盈が事務机の引き出しから一通の手紙を取り出すと、季工作組は自分でそれを読む。

季工作組はしばらく考えた末に言う。「あっちの都会の方の発展の形勢は何とも急速だ。俺たちも足どりを速めなくてはならん。そうしないとまるきり落後してしまう。なー、あんな元老だってつまみ出されてしまうとは！」言い終わると、手紙を根盈に返し、さらに懇ろに彼に言い含める。「以後、誰のであれ遣り取りされる手紙は全部指導者が読んで調べ、階級の敵につけ込む隙を与えないようにする」根盈はうなずく。実際のところ、根盈が大隊の文書係になって以降、人びとが遣り取りする手紙はずっと彼が開封していたので、季工作組がことさら言い含めるまでもなかった。

# 42　黒女のおとっつぁんは龐二臭を乱打。楊済元先生の情人の去就（一）

兄の黒蛋《こくたん》に人前で何度もめちゃくちゃに叱りつけられた黒女《こくじょ》は、以来自分には人に会わせる顔がないのだという気持ちになり、窑洞《ヤオトン》に閉じこもってまったく外出しなくなる。時には一人黙然と涙を流し、時にはふんふんと単調な鼻歌を口ずさんで人をいぶかしがらせる。老人は老妻に説く。「気をつけて見守るんだ。見るところ家の黒女のこのごろの様子は普通じゃない。何事もないように気をつけなくてはならん」

ある日の夜中、飼育室で休息していた老人が身を起こして家畜に飼料を与えていると、突然ばたんとドアが鳴って人が一人飛び込んで来た。どたんと地べたに倒れ伏したそいつは、鶏が餌をつつくみたいにしきりに頭を地に打ちつけながら「兄貴、兄貴」と喚く。老人は会わなければそれまでの事だが会ってしまったからにはたちまち怒髪天を衝き、眼の前が真っ暗になる。

こいつは誰だと思う？　細々説明するまでもなく明らかだ。つまり、楊済元《ようさいげん》老先生晩年の御贔屓をかの山奥の猫児溝《びょうじこう》へ売り飛ばした龐二臭《ほうじしゅう》が足も地に着かぬ勢いで駆けに駆けて逃げ戻って来たのだ。最初の日は東溝の縁辺りを終日行ったり来たりして敢えて村には入らなかった。翌日もまた高台の荒れ地の辺りを終日うろついて敢えて顔を見せることはなかった。三日目の夜になってこそこそと村内に忍び込む。窑洞のドアを入り、しばらくランプを探すが見つからない。仕方がないので中庭からトウモロコシの茎を一束抱えて来て火をつけて辺りをちょっと見回すや胸中大いにがっかりする。何と老いたる父親が生涯かけて残してくれた家財道具の一切が今やめちゃくちゃに破壊されたがらくたと化しているではないか。

窑洞の土間に寝て、竈《かまど》の焚き口の火で半夜ほど暖まった後に黒女の家の方の事を思いつき、立ち上がるとふらふらよろよろと飼育室まで歩いて行く。武成《ぶせい》老人は正しく娘の事ゆえにここ何日も耐えがたい思いをしている。そこへ二臭というこの悪党がにわかに眼前に出現したのだからどうしてその心底の怒りを抑える事ができようか？　その瞬間、怒りで眼はくらみ、飼料攪拌用の棍棒を手につかむや委細かまわず真っ向からその頭を殴りつける。

この時龐二臭は何とも憐れな様で頭を抱えるばかりで身動きしないが、とうとう耐えかねて、初めに計画していたとおり、折りたたんだ一枚の十元札を頭上にかざす。眼がぼーっとしてこれが見えない老人はうんともすんとも言わずにひたすら力を込めてぶちのめす。一撃ごとに出血し、ひたすら打たれる龐二臭は許しを請い、その叫び声は殺される間際の豚同様に痛ましい限り。さらに懐中から札を取り出し、先の十元札の上に一枚また一枚と追加する。打ちに打った老人は力が尽き、棍棒を放り出し、オンドルの縁に腰を据えて粗い息をしている。喘《あえ》ぎながらぎょろりと眼を剝き、急いで歩み寄って、龐二臭の手中の札をふんだくり、そこで初めて大声で喚く。「この野郎、貴様は何という奴なんだ！　このろくでなし奴、まったく何という奴なんだ！　家の娘は毎日ずっとめそめそ泣きどおし、飯を食うのだって涙まじりの飯を食っているんだ！　この糞野郎、おまえが尻尾を巻いて逃げ出したところで、和尚は逃げてもお寺は移せない。所詮は逃げ切れるものか！……」

龐二臭は自分で自分にびんたをくれ、顔をこわばらせて言う。「武成兄貴、俺は人でなしだ。煮るなと焼くなとやってくれ。祖先に会わせる顔もねぇ。あんな事をしでかしてしまって！　あんたが小刀で俺を突き刺したって俺は恨まないよ。だけど、俺に一言だけ言わせてくれ。その後は殺すも生かすもあんた次第だ！　この百元を先ずは収めてくれ。こんな物で俺の罪が贖《あがな》えるわけじゃない事はわかっている。ただ兄貴がほんの少しでも気の静まるのを見たいんだ。あんたと俺の親父とは幼なじみだった。その誼《よしみ》からしてもとにかくあんたに謝って、その後ならあんたにぶち殺されたってかまわない！」老人は言う。「おまえにはおとっつぁんに会わせる面があるか？　その前にさっさと恥じて死んでしまえ！　おまえのおとっつぁんは生涯本当にいい人だった。そのいい人がおまえのようなろくでなしの後継ぎに巡り会うとは！　おまえときたら、あっちの家の嬶《かかあ》を口説き、こっちの家の後家に手を出して。とっくにおまえに言ったのに、おまえは聴く耳を持たない。今晩とうとう俺の所にやって来たが、見ろ、おまえはもう人間じゃない！　おまえのおとっつぁんは、死ぬ間際に俺の手を取ってくれぐれもよろしく頼むと言ったんだ。おまえのために何が何でも嫁さんを探してくれとな。ところが、甲斐性なしのおまえときたら、栓娃《せんあ》のおっかぁのあのスベタ後家の窰洞にまるまる入り浸りだ。十七、八になって以来、自分で自分の評判を落とすばかり。おまえのろくでもない所業を聴いているから、親戚の者だっておまえを相手にしない。親戚中誰も彼もだ。俺はおまえの家の中に何の家具調度品もないのを見て、自分の所のテーブルだの椅子だのを担ぎ込んでやった。女の方の感じを少しでも良くしてもらおうと思っての事じゃないか。賀振光《がしんこう》のカーキ色のズボンもただただおまえのために四、五回も借りてやった。それなのにおまえときたらまるでだめだ。霍《かく》家河《かが》の足の不自由な、あの娘。あの娘はおまえの事を気にいったんだ。それなのにおまえときたら、乱暴に断って。あの娘じゃいやだなんて。この俺の面子《メンツ》はどうなった？　あの娘じゃだめか。あの娘だってズボンを脱げば十分に立派な女だ。おまえはその上何を考えているんだ？　今のおまえは進んでも前に村はなく、引き返しても泊まる宿もない。まったくどうしようもない一匹のごろつきだが、誰を恨むんだ？　おまえは毎日毎日何も学ばない。おれが口を酸っぱくして言っても聞き流すだけ。俺がおまえに何百回言ったか、覚えているか？　朝早く家畜に水を飲ませる時、何回もおまえが栓娃の家から出て来るのを見た俺が、おまえを呼び止めて話をして聴かせたのを忘れたのか？　おまえときたら、あっちで口説き、こっちで手を出し、間男しない女が悪いようなつもりで、昼は避けて夜になると歩き回り、ただただ死ぬまで無駄飯食らうつもり。俺は何度も何度も言ったじゃないか！　おまえ、おっかさんが生きている時、一日でもよくよくお仕えした事があったか？　おまえの根性は底の底まで腐りきっている！　おっかさんが亡くなったその翌日にはおまえは栓娃の家の窑洞に潜り込んで、おっかさんの遺体をそのままほったらかした。もしも俺や鄭《てい》栓《せん》ら何人かの年寄りが一生懸命に働かなかったら、おまえのおっかさんはお粗末な棺桶に押し込まれ、今ごろは間違いなくすっかり腐り果てているはずだ！　俺はとっくにおまえに言ったはずだが、おまえと栓娃の母親は何のでたらめをやっているんだ？　あいつはおまえよりも明々白々十も二十も年上だろうが。老雌豚が青草を食んでいるんだ。それなのにおまえはなおもおまえのあれをあてがいやがって！　俺はもうおまえにあれこれ言いたくない。おまえは覚えているかね。俺がおまえを貯水池の縁に連れ出して、おまえのおっかさんの眼の前で何て言った？　言ってみれば、俺とおまえは兄弟みたいなもので、おまえの親父が亡くなった後、おまえの家は何につけ俺を頼ったんじゃないかね？　俺はあちこち駈け回っておまえたち一家を支えたよ。おまえのおっかさんが亡くなった時、人の話ではおまえは喜んで笑ったそうだな。おまえは本当にそれでも人間か？　俺が言わなくたって、おまえって奴は心底腐っている！　おまえが遊撃隊にくっついて行ったころ、おっかさんがどんなにおまえの事を心配していたか、わかっているか？　暗くなってもおっかさんは夜通しまるで眠らない。銃声が響くと、それとばかりに慌てふためいて上着をひっかけて村外れまで急ぎ、遠くを見渡す。おまえ、どうしてそんな事をしたのか、わかるか？　みなはあのがさつ者の二臭が遊撃隊に行ったと言っているが、何かでたらめをしでかさないとも限らない。例えば、勝手放題、女郎買いだの女の取りあいだの、銃の暴発で人を怪我させるだのして、あげくの果てに付けを払わせられる始末となって万事休す。おまえ、おまえの一生は何たる事だ！　俺はおまえを相手にしない事にした。そうしたら、おまえはますますでたらめのし放題。どんどんのさばり反って俺の家の中までめちゃくちゃにしやがった！　黒女が誰だか勿論おまえはわかっている。あいつはおまえの友人の家の娘だろうが！　おまえ、おまえときたらこの恥知らずの……」老人は話しているうちにまたかっとなり、棍棒を拾い上げてまた打とうとする。これを見て慌てた龐二臭が頭を床に叩きつけてまたまた許しを請うと、額が裂けて血が噴き出す。その悲惨の様はめったに見られたものではなく、鄢崮《えんこ》村のここ十年ほどのうちでただ一度の事である。

さて、話変わって、水花《すいか》の家に泊まった東溝の法師は翌日の早朝まだ暗いうちに大雪を踏んで立ち去る。同じこの日の朝、寝床でうつらうつらしていた季工作組《きこうさくそ》は中庭の方からざっざっという音が響くのを聞き、起き上がり、通気用の穴から外を見ると、襟巻きをした富堂《ふどう》老人が雪かきをしている。空はすでに晴れ上がっている。彼は胸中愉快を覚えると同時にふと毛主席の有名な詩詞を想起する。〝北国の風光、千里冰封じ、万里雪翻る。長城の内外を望めば、惟莽莽たるを余し……〟〔「沁園春・雪」〕この気勢の壮大さは間違いなく各朝各代のどの皇帝も及ぶところではない。季工作組は高尚な趣味がお好みだ。衣服を身に着けると居住まいを正し、『語録』の合訂本を開いてまさにこの一段を閲読しようとする。ちょうどその時、にわかに中庭の方でどすんどすんという足音が響く。呂《ろ》中隊長の声がする。歩きながら老人に尋ねている。「季站長《たんちょう》は起きているかね？」老人は言う。

「知らない。多分起きているだろうよ！」

　呂中隊長が一団を引き連れてドアから入る。入るなり足踏みをし、顔をしかめながら言う。「寒い、寒いな。もう春だろうに、糞、何でこんなに寒いんだ！」季工作組は身動きせず、『語録』を抱えて読み続けているふりをしたまま言う。「おまえは寒い寒いというのを知るばかりで、毛主席がどういうふうに言っているかは考えない」言いながら、もったいぶった語調で毛主席の詞「沁園春・雪」を朗誦し始める。朗誦しながらまなじりの隅でみなを見る。その得意の様子はまるで彼がこの詩を作ったみたいだ。上段を朗誦し終えたところで呂中隊長ら幾人かの目つきが尋常でないことに気づく。彼を見るのでもなければ『語録』を見るのでもない。視線は彼の枕の辺りをやたらとさまよっている。季工作組がうつむいて見ると、針針《しんしん》が昨夜脱ぎ捨てたままにした柄物の筒袖である。人にこれを知られては何条たまるべきや？　季工作組はいささか狼狽《ろうばい》したがじきに落ち着き、朗誦の声をずーっと引き延ばし、それからさらに先へと続ける。朗誦しつつ片方の手でもって問題の筒袖を尻の下へと手繰り込み、〝ただ弓を彎《ひ》きて大雕《おおわし》を射るを識るのみ〟まで進んだころにはもう完全に隠しおおせた。ここに至ってようやく朗誦を打ち切った季工作組は『語録』を置いて問う。「みなでこんなに朝早くやって来るとは、何事だい？」呂中隊長はさまざまな意味を込めてへっへっと笑い、オンドルの縁にちょっと腰を下ろして言う。「俺たちの鄢崮村にも造反する者が本当に出た！　先ず、村外れの目隠し塀に何枚かの壁新聞が張り出された。誰が書いたのかわからない。それでとにかく大急ぎであんたに報告に来たわけだ。二番目に、水花とあいつの子供が黒爛《こくらん》老人を籠に載せて大隊本部に担ぎ込み、賀振光を打倒しろと叫んでいる。あんた、急いで起きて見に行かなくちゃ」季工作組は筒袖を尻の下に敷いているので、それで言う。「おまえたち先に行っていろ。おれはズボンを穿いたらすぐに行く！」呂中隊長の後ろにいた一団はこの時はもう我慢の限界で、めいめい大慌てで門を駆け出す。大隊本部に着くや腹を抱えてわっはっはの大笑い。

　季工作組は眼を白黒させてうろたえるが、勿論自業自得。急いでズボンを穿き、ぐっと顔を引き締め、万事は俺様がというみたいにのっしのっしと大隊本部目指して歩いて行く。構内に入る前から騒がしい笑い声や話し声が響いてくる。急ぎ入ってみると、百人ほどが群れている。季工作組が来たのを見るとみなは片側に身を寄せる。近づいた季工作組が見てみると、何とまあ、奇っ怪な、足のない人が泥で作った菩薩みたいに籠の中に鎮座し、ひきがえるみたいな大きな口を開いて間断なく凶暴に喚いている。この人は季工作組を一見すると息を止める。そうして、一対の獣のような眼を見張って季工作組を見つめる。

　心中いささか動揺を覚えたものの、季工作組は問う。「おまえは何者だ？」この人もまた怯《ひる》まずに大声で言う。「俺は姓は劉《りゅう》、名前は黒爛。鄢崮村の者だ。今日俺は賀振光を告発する。あいつに造反する」季工作組はすぐに反問する。「どういう事だ？」水花は涙を拭いながら促して言う。「父ちゃん、あんたもさっさと季工作組に説明しなくちゃ！」劉黒爛は言う。「五十七年のダム工事の際、俺は爆破小隊の小隊長だった。当時の俺は五体満足、何事にも積極的で、ひたすら党を慕っていた。それで、不発の爆薬を処置する事にしたんだが、これがどかんと一発破裂して俺の両脚は吹っ飛んでしまった。その時の規定では俺に一年につき二百労働日の補助が出るはずだった。それが始めの二年支給されただけで、その後はどういう訳かわからんがなくなってしまった。誰に聞いても相手にしてくれない。こっちでは研究しなくちゃならんと言い、あっちでは討論しなくちゃならんと言う。そういう次第で何もせず、可哀想なこの身体障害者をただもうほったらかしたままだ。今の俺には何の手に入る物もない。衣食に何のあてもない。賀振光ら一味の幹部は俺を責めさいなんで殺そうとしている！　聴くところでは、今はみなが造反するのが奨励されているそうだ。俺も奴に造反するんだ！」これを聴いている季工作組の思いは東溝の法師のあの一件に到る。たまたまこのところたて続けに思い出し、心に悔やむところがあった。水花の家中にこういう事情があろうとは思いもかけなかった。惻隠《そくいん》の心がたちまちにわき出す。加えて、大衆の賀振光に対する恨みもまた甚だ大きい。現在これに乗じて処置するならば、正しく一挙数得と言わざるべけんや。ここにおいて、後ろを振り返って黒爛を指さしながら大衆に向かって大声で説く。「大勢の貧下中農の社員同志諸君、これこそまぎれもない犯罪の証拠だ。つまり、目下資本主義の道を歩んでいる実権派が我々貧下中農を圧迫している犯罪の生々しい証拠だ！　俺たちは革命をやらなくていいのか？　俺たちは造反しなくていいのか？　広大なる貧下中農の社員同志諸君、資産階級はすでに学校を占拠しているが、今やさらに俺たちの農村を占拠しようとしている！　もしも資産階級の目的が達成されてしまった暁には、俺たち貧下中農は劉黒爛同志と同様の苦しみ、同様の処罰をこうむるに違いない。みんな、俺たち貧下中農はそんな事を認められるか？」

みなは季工作組の見解を聴いているうちに何となく漠然と劉黒爛の両脚は賀振光にぶち切られたも同様だというような気持ちになる。さらに聴いていると、自分たちも劉黒爛のような惨めなことになり、他人から虐待される羽目に陥るのを止め得ないような気もしてくる。そう思うと憤激の情に駆られ、闘志は盛り上がり、籠ごと地べたに置かれた黒爛と自ずとわいわいがやがや話を交わして言う。「だめだ、だめだ。認められん！」「賀振光を打倒しろ！」「絶対に認めないぞ！」「賀振光はごろつきだ！」季工作組は言う。「おまえたちの目玉はただ賀振光一人を見ているだけではだめだ。鄢崮村の資本主義の道を歩む実権派は賀振光よりももっと隠れていて、もっと質が悪く、目下我々が奴を八つ裂きにする気があるかどうかを窺っている。断固として皇帝を馬から引きずり下ろせ！」

季工作組の話し声が途絶えないうちに、あたふたと外から一人が駆けつける。見ると、大法螺吹きの賀だ。賀《が》根斗《こんと》は季工作組の肩にしがみついてぶつぶつと数語つぶやく。季工作組はさっと顔を曇らせて言う。「俺はとっくに知っている」賀根斗は体の向きを変えてみなに向かって言う。「広範なる全貧下中農の社員同志諸君、革命が起こった今我々に肝っ玉があるところを見せなければならない！　季工作組は我々の鄢崮村に来て以来、明け暮れ骨を折って奔走しているのは何のためだ？　すべては我々みんなに良い暮らしをさせたいとの思いからだ！　我々が革命を止めてしまったら本当に間違いなく毛主席に申し訳が立たないし、季工作組にも申し訳が立たない！」ここまで言うと、率先して腕を振り上げて大声で叫ぶ。「革命に罪なし！　造反に理あり！」

これにつれて大勢の声が沸き起こると、季工作組は満面に喜びの笑みを浮かべてみなに言う。「それでは、黒爛同志には急いで大隊本部のオンドルの上に移ってもらい、みなは目隠し塀の前に行って壁新聞を見ることにしよう！」地べたの黒爛が言う。「おれは嫌だ。俺も壁新聞を見に行かなくちゃ！」みなはこれを聴いたが、中の一人がたちまち感慨深げに言う。「足のない一人の人間がこんなにもぴったりと党について行こうとする。まして我々足のある人間は何と言ったらいいんだ？　行こう！」ここにおいて、大勢が一団となり、季工作組を両側から支え、劉黒爛を担ぎ、ぎしぎしと白雪を踏み、意気揚々、目隠し塀の前部一面に貼られた白く輝く壁新聞に向かって殺到する。

みながどやどやと一斉に目隠し塀の所に押し寄せた時、一輪の旭日がきらきらと輝きながら昇って来た。みなの大方はまるで文字を識らず、テントウムシみたいのが黒くつながっていたり、広がっていたりするように見えるだけだ。季工作組は栓娃と根盈《こんえい》に両脇を抱えられ、後頭部を両人の肩に預けて顔を仰向け、大声で読み出す……

さて、龐二臭に騙されて猫児溝に連れて来られた柳泉《りゅうせん》河《が》の女は、その夜たちまち衣服をはぎ取られてオンドルの上に押さえつけられ、叫ぼうが喚こうがどうにもならない。つまりはあの阿呆の二犟《じきょう》がいやらしくのしかかってくる。女が道中ずっと抱いていた疑問はこの時に及んで完全に解ける。引き続いての情況は以下の如し。

　伝説は無限に美好なるも、ひっくりかえっては是《これ》十
　分に野蛮なり。
　雄鶏一唱して天下白めば、誰か昼夜を怨まん？
　天地の排場《かまえ》を見栄えよく並べかえれば、つまりは詎《あざむ》
　き得て漂亮《みごと》なり。
　三面の紅旗風を迎えて揚がれば、美《うま》し一夜は黄粱の
　夢たり！

ともかくもその日の朝、崔後家《さいごけ》は中庭でやきもきしながら随分待った。もう待ちきれないと思ったころ、二犟が屈託のない様でうっひっひと笑いながら窑洞から出て来る。急ぎ声をひそめて問う。「彼女は？ 彼女はどうだったの？」二犟は照れて言う。「喜んだよ」崔後家は、不器用な二犟が昨晩女を喜ばせられたはずがない、と心に思う。こっそり窑洞の中に入って行って、女の気持ちをほぐして説明してやろうと思う。踏み台を下りると、背を向けていた綿入れの上着をはおった女が首だけ傾ける。崔後家はまた、この女は恥ずかしがっているし、見た目も大人しそうだな、と思う。そこで口を手で覆ってちょっと笑ってから話しかける。「あんた起きたの。朝になったのにあんたの姉さんに挨拶もしないで、いつまでも布団にくるまって寝ていたら、近所の笑い物になるわよ！」女は袖で顔を一撫でしてから体ごと向き直る。向こうを向いている時はよかったが、こう面と向かれると、ここ数日何はともあれゆったり機嫌よく過ご

していた崔後家は跳び上がるほど驚く。何故だかわかるか？　ここにとても良い歌がある。

あの女人はまるで牡丹の花か、明月の輝きか。あるいは莢からはじけた大豆豆、それとも毬《いが》の割れた栗の実か。それがにわかに霜に打たれたジャスミンの花、黄ばみ萎れて色を失い声もない。うち見れば、まるで生気なく暗い顔色。秋の終わりに路傍に手折られた野薔薇の花か。防ごうにも防ぎきれない。門前魔除けの神様の後ろに潜んだ悪鬼の仕業、悪鬼の仕業。一彎の新月西廂を照らしてる。

崔後家は大いに慌てるが、自分が何を見たのか敢えてしっかりと見定めることなく、傍らに寄って、裁ったばかりの柄物の衣服を手にして、まことしやかに語りかける。「まだ着ないの？　わたしがあんたにあげたこの服はあまりぱっとしないかねぇ？」女は落ちくぼんだ眼で憎々しげに一瞥し、顔を仰向けて言う。「あんたたち、人さらいか誘拐か知らないけど、息子も娘もいる女をこんな山奥に担ぎ込んでどうするつもり」崔後家は言う。「それはどういう事？　あんた、あんたにはあんたのいとこから話が通じているんじゃないの？」女は大いに疑い、急いで問い返す。「誰のいとこだって？」崔後家は言う。「二臭よ！」女は言う。「あの黒い頭に長い面の、昨晩わたしの家に来て、わたしを攫《さら》ってきたあいつの事？」崔後家が言う。「あの人でなかったら誰の事よ。あの人以外に誰があんたをここへお迎えに行くのよ？」女は言う。「でたらめよ。あの悪党はあんたを騙したのよ！　わたしはあいつと一言だって口をきいた事なんかない。あいつが鄢崮村の大道床屋だって事を知っているだけよ。そんな何でもないあいつがどうしてわたしのいとこになるのよ？」ぽんと膝を打った崔後家は続けざまに喚き出す。「あれまぁ、わたしも変だと思ったよ。夜も明けないのにあいつが出かけるんだもの。何とこういう事だったのね！　よーし、見てろ。わたしがあいつの皮を剝ぎ、骨をへし折ってやる！」言いながら崔後家はすっくと立ち上がり、あれやこれやとさらに言いつのる。女は遮って言う。「姐さんそんなに慌てないで。今度の事は楊先生が決して許しはしないわ。あのろくでなしはこっぴどい目に遭うわ！」崔後家は問う。「楊先生って何なの？」女は眼を丸くし、楊先生を知らないなんてまったくあきれたと言うような様子で教示するみたいに説く。「楊先生は鄢崗村のエリートよ。男たちの中のナンバーワンよ。先生に会ったら誰だってもうぺこぺこしてひたすらその指示に従うだけよ。先生が何も言わなくたって、ちょっと手まねするだけで、あのろくでなしの龐二臭が村内で首を吊ろうとしたって細縄一本探し当てられなくなってしまうのよ。あんたわたしの言う事がわかって？　楊先生の威光と人望はそういう程度のものなのよ！　その高潔の行い、絶大の名声、並の人が幾生涯かけたって学び取れはしないわ。それでなかったら、あの二臭がどうしてこのわたしを騙そうとしてこうも簡単に騙しおおせられた？　楊先生が急病って言うから真っ暗闇の中をついて来たのよ。あんた、あんたはあんたの所のあのごろつきを一晩中働かせて何て事をしでかしたのよ？」

女二人、こうして互いにやり取りしているうちにはっと悟る。そこで、朝方飯を食う暇もあらばこそ、先ずはともかく、微塵に切り刻んでも刻み足りない龐二臭を徹頭徹尾罵りまくる。一方がもう一方に衣服を着るように促し、あれやこれやの取引や前後左右をよくよく見通しての行動やの道理に関して相談する。崔後家は言う。「あんたはこのわたしの顔を立ててくれるわよね。あたしたち姉妹、ずばり言ってうぶな小娘じゃない。いろいろ世故にたけているわよね。あんたはわたしの弟ともう一夜を過ごしてしまったわ。適当にごまかしでいいから、あと数日この山里のわたしの親戚たちの前に顔を見せていてほしいの。その後でいっしょにあんたを送って行ってあげるわ。つまり、こういうお願いなのよ」女は表情を曇らせてしばし思案するが、そうするほかなかろうと覚悟する。でないと、夜の二犟のかつて体験したことのないどたばためちゃくちゃ、切羽詰まった勝手放題の振る舞いを逃れようがないと考える。こう思い到ると、うなずいて承知する。

# 43　復活する楊文彰。唖唖の郭大害への執心

さて、目隠し塀の壁新聞が貼り出された当日、学校の中で奇怪な事態が発生した。楊文彰《ようぶんしょう》が大口を開けてスローガンを喚き、二、三十人の生徒を連れて趙黒臉《ちょうこくれん》の事務室になだれ込んで、老いぼれを批判闘争にかける騒ぎ。この時、校長とちょうど仕事の相談をしていた教師たちは次々に立ち上がり、楊文彰を制止し、非難して言う。「あんたはすでに反革命と規定されている。何の資格が有って校長に闘争をしかけるのか？」こう言い終えるとさらに生徒に向かって説得にかかる。「おまえたちは早く帰るんだ。悪人の唆《そそのか》しに乗って大衆が大衆と闘うような事態を絶対に引き起こしてはならない！」双方押したり引いたり、決着がつかない。この時、突然一人の大男が跳びだし、綿入れを脱いで怒鳴りつける。「度胸のある奴は出て来い！　革命的教師と生徒の革命的行動を誰が妨げるのか、俺は今日こそ見定めるぞ！」

みなが息を殺して見つめると、学校で鈴を鳴らしたり飯を炊いたりしている張鉄腿《ちょうてつたい》老人である。こういう類の人物に誰が相手になるだろうか？　という次第で、もう誰も口を出さない。楊文彰が率先して叫ぶ。「革命無罪、一撃もって反撃すれば功労あり！」お決まりのスローガンの数句を叫んだ後、校長を学校の外へと押送する。

生徒たちの一団はさらに一枚の黒板を担ぎ出し、これを老校長の首に掛ける。黒板には〝修正主義分子趙文忠〟と書いてある。楊文彰は学校中に大声で呼びかけ、全クラスに授業を中止して批判闘争大会に参加するように指示する。そうしてただちに銅鑼と太鼓が打ち鳴らされる。みなが眼を遣ると、教師の中では楊文彰たった一人が采配を揮っているのではなくて、王進堂・劉孝義・史豊発ら数人の教師もまた駆け回ってあれこれ世話を焼く。それでこの突発した批判闘争大会も整然と秩序立って進行する次第である。楊文彰がまず最初に宣言する。「広大なる革命的教師・生徒の同志諸君。〝金猴《そんごう》は千鈞の棒を奮い起こし、玉宇《きゅうでん》の万里埃《つもつたほこり》を澄清《きよ》めたり〟〔毛沢東「七律：郭沫若同志に和す」〕毛主席を頭とする無産階級司令部の懇ろな配慮と指揮の下、我が校の革命的教師と学生は共同の努力を通して修正主義教育路線の幾重にも重なる封鎖を突破し、今日正式に鄢崮《えんこ》村小学校〝満江紅〟造反隊の成立を宣言する！」こう言うと手を振り上げて高らかに叫ぶ。「毛主席万歳！　万歳！　万々歳！」

張鉄腿は手なれたポーズで枢要の位置に立ち、またみなといっしょに大声を上げる。その様子は見る人びとをしてごく自然に昔の芝居の中の主人一門に対して忠義を尽くす武士《もののふ》を連想させる。叫び終えると、楊文彰がまた張黒臉が修正主義教育路線を執行した種々の罪悪の事実を滔々《とうとう》と道理正しく、言葉は厳格に数え上げる。この時の大騒ぎはここに叙述するだけではとても明確にしきれない。ことわざにも、その場に居なければ実際の様子はわからないと言う。普段一言も物言わず、ひたすら小心翼々たる王進堂先生までまるで狂ったみたいに騒ぎ出す。このどたばたはちゃめちゃの騒ぎが如何に成り行くかは想像に難くない。要するに、賀根斗《がこんと》の言う「革命が始まった！」

この夜、季工作組《きこうさくそ》は楊文彰を富堂《ふどう》の家の西の窑洞《ヤオトン》に来させて引見する。楊文彰がドアをノックすると、季工作組は言う。「入れ！」入って行く楊文彰は、この窑洞の床が一段低くなっているのを知らないものだから、一足空を踏み、危うく転げるところであった。この時、顔から眼鏡が落ちたが、機敏な楊文彰はからくも掌でこれを受け止めてかけなおす。かくして、オンドルの上の季工作組と話をする。ランプの下に座った季工作組は慈愛に満ちた温顔で、楊文彰にこのところの情況と〝三つの忠〟〔毛主席・毛沢東思想・毛主席の無産階級革命路線への忠誠〕〝四つの無限〟〔毛主席に対する無限の熱愛・無限の信仰・無限の崇拝・無限の忠誠〕等の方面に関わる情報を問う。楊文彰の回答はいちいち壺を得ていて過不足ない。季工作組はたちまち楊文彰を評価する。そこで、オンドルの上に招き寄せて座らせる。季工作組はさらに問う。「あんたの家の階級成分はどうなっている？」楊文彰は言う。「季站長《たんちょう》、それこそこれからわたしが直接上級の指導者と革命的大衆にはっきりと説明したい、正邪善悪に関わる根本問題なんです。言うなれば、わたしもまた当然な事に貧農の出身なのです。旧社会中、わたしの母親は楊家荘の楊旦那の家で乳母をしていました。旦那の子供が三歳の時に突然天然痘に罹《かか》って死にました。楊旦那はわたしの母に子供を還せと迫りました。一年後にわたしが生まれましたが、二歳の時に実母は暇を出されました。実母はこの後甚だ悲惨な死に方をしました。一九四七年の大干魃で乞食をしていた時に破れ廟の中で餓死しました。わたしさえいなかったら、一碗の飯のせいで死ぬはずはなかったのだ！　旦那はわたしが母親に会うのを恐れて彼女を屋敷に入れずに村から追い払った。

彼女は破れ廟に腰を据えて離れず、そうしてとうとう餓死してしまった。この事を思い出すと、わたしは泣けてくる。義理の母は誰もが知る地主の奥様で、わたしにことごとく辛く当たった。わたしは小さい時から彼女と闘争し、ずっと何十年も闘争し続けた。こういう次第で、人はわたしの事を地主出身と言うけれども、わたしの実際の出身を知らないのだ。わたしは小さい時から地主階級を敵とし、地主階級と闘争してきたと言える。絶対に間違いなく。当時わたしはあの妖怪奥様を縄で絞め殺せないのが、あるいはナイフであいつを背後からブスリと突き刺せないのがどんなに悔しかった事か！　あなたにはわからないだろうけれど、子供の頃、ある時、彼女がわたしのために紙を裁って帳面を綴じてくれようとして、机の上に鎌を置いた。彼女が頭を垂れて項《うなじ》を長く露出しているのを見たわたしは心の中で彼女を殺してやりたいと思った。けれどもその時、地主である父親が咳払いしながらドアを開けて入って来たので事は成らなかった」季工作組はここで遮って言う。「あんたの話は階級の敵に対するあんたの恨みがまだ徹底していない事、我が党の闘争哲学に対するあんたの理解がまだ十分ではない事を示している。だが、あんたが早くから目覚めるところがあったのはわかる。それはひとついい点だ。出身は自分ではどうにもならないが、道は選択する事ができる。まして、あんた本人の情況はまた大変に特殊だ。近日中に組織に対して書面で資料を提出して、あんたの実際の情況を知ってもらうといい」楊文彰は甚だ感激し、しきりにうなずいて言う。「季站長、今晩戻ったらすぐに書きます。書き方に拙いところがあったら直して下さい。わたしは長年進歩を目指して来ましたが、政策に通じないため、何事につけずっと手がかりをつかめず、しょっちゅういろいろ過ちを犯してしまいました。季站長がわたしを指揮して下さいます只今、わたくし本人は革命に志を立て、向上するために全力を尽くし、心中の誠を党に捧げ、党が命ずる事であれば異存なくただちに執行します！」

季工作組は彼をなだめて言う。「あのお方、毛主席はこう言われている。〝人が何か良い事をするのはそう難しい事ではない。難しいのは生涯良い事をし続ける事だ〟あんたが進歩向上したいと願っている事、それはみんなにもわかる。肝心なのはそれを怠る事なくあくまでやり続ける事だ。遠慮なく言えば、あんたのような小資産階級の知識分子はしばしば動揺性を有する。問題の核心は魂の深い所において理解してるかどうかだ。毛主席に忠誠であると同時にまた工農大衆に密着し、労働者農民と一体になり、彼らの足どりにぴったり合わせてついて行く。こういうふうに歩いて行くならば、一般的に言って何か間違いをしでかす事などはあり得ない」楊文彰は言う。「お話はわたしの心に滲みます。少し前の事、夜になって床に就いたが眠れずに寝返りを繰り返す。自分の人生の境涯、歩んできた道筋を思うとただただ恨めしく、泣けてくる。思えば思うほど、文彰や、文彰、おまえのこの一生、どうしてこんなに惨めなんだ？　ここ幾日かの革命行動を通して、とりわけ今晩のあなたのお話で、わたし一気に大いに悟る所がありました。たちまち一切は広々と明るく解き放たれました」

季工作組は称賛して言う。「それはつまり林〔彪〕副統帥のおっしゃる魂の深い所から革命が爆発したと言う事だ」楊文彰は得意そうに頭を振り振り大いに了解する。季工作組は満足そうに笑って言う。「実際に本当に謙虚な知識分子ならば、我が党はこれを十分に許容する。一部の知識分子はいささか学問があるからと言って傲り高ぶり、工農大衆を度外視し、自分をたいしたものと思いなし、甚だしきにいたっては、党や毛主席の言う事さえまるで聴かない。こういう事こそが大問題なのだ。あんた、現在のこの世界で、毛主席よりももっと学問があるなんて人がいるかい？　毛主席よりももっと頭がいい人がいるかい？」楊文彰は言う。「そんな、そんな事。毛主席を除いてあのように偉大な人は国中どこにもいません。誰が毛主席と比べられますか？　あの方は無敵です！　そんな事は言うまでもないでしょう！　誰であれ心服するほかありません。心服しなければだめです！」

富堂の嬶《かかあ》が窑洞に入って来る。意気投合の様子で話し合っている二人を見て、嬉しそうに言う。「脳味噌のある二人がいっしょなのね！」この一言で季工作組と楊文彰は大笑いする。笑い終えた季工作組が言う。「この年になって脳味噌のない者がいるかい？　みんな脳味噌はあるさ！　俺たちは革命的大事のために脳味噌を用いるが、人によってはこれを日々の小事のために費やしてしまう。そこが大事な違いさ！」富堂の嬶はわざと怒ったふりをして、オンドルの上にちょっと座って言う。「あんたはわたしの事を言っているの？　わたしがいなかったら、あんたたちは今夜白湯さえも飲めないじゃない！」季工作組は慌てて傍らに寄って、肩をぽんと叩き、いささかなれなれしい態度で言う。「誰があんたの事を言った？　あんたは何もひがむ事はないさ！」楊文彰も脇から取り入って言う。「あんたの革命行動は組織も承知している。あんたが何くれとなく季工作組の面倒をみている事は村の誰でも知っている。あんたが革命の大事を考えていないなんて、誰が言うものかね？」富堂の嫂はこれを聴くとぷっと吹きだす。季工作組は不機嫌な顔になり、もうたった今までのあの高揚は消える。

続いて、楊文彰がどうでもいいような事をちょっと話し、さらに富堂の嫂に彼女の子供たちの学校での様子を語ったりする。最後、季工作組が言う。「あと数日で鄒崮村農民造反団が正式に成立する。その時はあんたらは学校の〝満江紅〟造反隊を率いて士気を鼓舞するんだ」楊文彰はうなずいて了承し、辞去すべき時だと知る。

さて、話変わって、大義《だいぎ》の兄弟たちの一団は連日来麦打ち場で押し切りを使って麦わらを切っている。以前のようなのんびりと落ち着いた雰囲気は消え、大害《だいがい》一人が寂しく取り残されている。大害は家の中に一人座し、書冊を手にしながらまったく所在なげである。そこで、飽食の人は飢えに苦しむ人には思いもよらない奇想天外事を思いつき、心に言う。「多くの兄弟たちがみんな大汗流して力仕事をしているのに、俺一人がもう何日も安閑と過ごしている。だが、俺自身は書物の中に書いてある若様や貴公子の真似をしたり、兄弟たちを疎遠にしたりなんて事は絶対にしないぞ！」思いここに到るや書物を打ち捨て、自ら精麦場に赴き、みなといっしょになって働き出す。何故だかわかるか？　大害の戸籍は今は鄒崮村にあるけれども、民政上の労働保険の補助金を受けているので、働いても働かなくてもどっちにしても暮らして行くには困らない。

ある日の午前、大害と兄弟たちは麦打ち場で大奮闘している。突然、場の東側の土塀の外から誰かの大きな喚き声が響いてくる。みなが頭を巡らして見てみると、手に持った紙切れをひらひらさせながら、根盈《こんえい》が大害に向かって呼びかけている。大義が笑いながら言う。「また為替が来たぞ！」この一声でみなはわーっと躍りあがる。麦わらを切っていた者たちは押し切りの把手を手放し、場を掃いていた者たちは箒を投げ出し我先にと駆け寄って奪いあう。結局はやはり敏捷な歪鶏《わいけい》が水洟《みずばな》を垂らしてはっはっはと笑いながらこれを手にする。受け取った大害は一瞥して手紙であると知るやたちまち顔を曇らせる。封を切り、ふっと一息吹き込んでから中の手紙を取り出して読む。大勢の兄弟たちが見ている前で読み進むうちに、大害の顔つきが深刻になってくる。大義が問う。「おとっつぁんは何て言っているんだ?」大害は手紙を丸めてズボンのポケットに押し込み、地面にぺっと唾を吐いて言う。「別に大した事じゃない。畜生奴らが人を押し込めやがったんだ!」解せない歪鶏が問う。「誰の事だ?」大害は答えないでまた掌に一口唾し、ぐっと気合いを込めて言う。「おい、押し切りを俺によこせ!」この様子を見たみなは言うべき言葉もない。一同必死になって働きだす。

この日の午前、人びとはそれぞれに誰に促されなくても争って必死になって大汗流して頑張って、めいめいが普段の一日分の麦わらを切り刻む。切りわらを受け取って収める側の朝奉《ちょうほう》は追いつかないものだから、ひっきりなしに喚く。「ゆっくり、ゆっくりやってくれ、切り方。おまえたちに合わせていたら年寄りの俺はくたばっちゃうよ!」昼休みになると、一団の人びとは三三五五連れ立って家に戻って行く。途中、大害が笑い出して言う。「俺はとっくにあん畜生らを始末したいと思っていたが、ようやく今になって、あいつら一団の悪党をやっつけようと言う人が現れたんだ!」みなはつられて気弱げにちょっと笑った後で、話をそらすみたいに言う。「糞、本当に真夏みたいに暑いな。単衣の上着も着ちゃいられないや!」言い交わしながらそれぞれに家に帰る。朝奉は後ろから頼み込む。「午後は早めに来てくれよ!」

窑洞に帰り着いた大害は唖唖《ああ》がちょうど竈《かまど》に火を起こしているのを見るが、格別何も言わず、オンドルに上がって休憩する。唖唖はトウモロコシ粉のうどんを煮た後でドアを閉め、自分の家の昼飯を作るのに立ち去る。そのころから大害は朦朧《もうろう》としている。やがて、股上の辺りがやたらに痒いので、手探りした後に眼をみはってよく掌の上を見ると、肥え太った虱が数匹はっている。この冬の間、知らず知らずに綿入れズボンの中にどのくらいの害虫を飼育していたことやら! また暑くもあるので、ぼーっとしたままにズボンを踏み脱ぎ、シーツを引っ張り上げて下半身を覆う。

外はお日様がぎらぎらとどぎついが、部屋の中の大害はごくごく安楽。しばらくの間、熟睡して目覚めない。数年来の疲れがまるまる抜けていくみたいだ。眠り込んでいる大害は誰かが自分の腿の辺りを手探りしているように感じ、次いでさらに自分のあの硬くなった一物が撫でられるのを感ずる。大害は寝ぼけてぼーっとする中で驚きながら、心中ぼんやりとこれは誰だ、俺をからかっているのかと思う。ちょっと払いのけてまた眠り込んでしまう。つかの間止んでいたその手がまた伸びて来る。この時には大害もいささか意識を取り戻す。かすかに眼を閉じて、相手の息遣いを聴くとどうやら女のようである。これには驚いたが敢えて身動きせず、息をこらして次どうなるかを待つ。その手はとても柔らかで、ひんやりつるつると彼の亀頭や陰嚢を撫で回す。撫でられる彼の精神は無我の境を漂い、至福の心地よさ。そのうちに大害もあらかた情況がわかってくる。大害はもう三十過ぎの人、かつてこのような事を試したり、経験したりした事はないけれども、どうしてわからないはずがあろう？　ただし、彼は長い年月ひたすらその身を品行方正に持し、ともかくもごろつきや無頼の輩の評判をとることのないようにと気をつけてきた。今現在眼前にあるこのような滋味は彼をして為さんとして為しえず、捨てんとして捨て得ざらしめ、進退窮まる。あの『水滸伝』中の好漢が思い出される。彼らはそれぞれみな女色を軽んずる。だが、この女が如何に愚かで、いかに哀れかはしばし言うまい。傍らから見るに、どうも様子が身内の娘のようだ。自分が今日間違いをしでかしたら、俺一生の徳行もおしまいではないか？　兄弟たちはまた俺をどう思うだろう？　思いここに到ると、眼を開くすべもなく、羞恥の心はいや増すのだが、それでもかの手の誘惑・嘲弄を受容している。あやされ、じらされているうちにとうとう最後の時に到り、ただただ牛の舌のようなものが心の奥底のむず痒い所をしっとり滑らかに夢中になって舐《な》め、ねぶっているような感じがする。また、土匪《どひ》が防御設備のない荒野のまっただ中で俺を襲い、俺が気にかけている俺のお宝、人間の本、人間の根っこを強奪するみたいだ。上上下下左左右右、軽重緩急自在である。大害は遂に堪《こら》えきれなくなり、腿のつけ根の感覚が麻痺し、まるで一陣の旋風に襲われて体全体が持ち上げられるような感じになり、それと同時に茫茫漠漠、こんがらかり固まりながら周章狼狽するうちに噴射する。その女はあれーと一声発するやたちまちすたこら駆け去る。

この撫で擦った女は誰だと思う？　誰にしたところで、並の性情の人間ならこんな芸当をしはしない。唖唖というあの女は生まれ落ちて以来、鄢崮村の人びとに動物同様に見なされ、人間としての滋味などまるで味わった事がないと思うだろう。彼女にしたところで何も感じないという事はない。苦痛に対する感覚に関してなら、唖唖はまるで無感覚な丸太ん棒みたいなものだ。そういう面では村中で誰も彼女にかなわない！　これは彼女が如何に精を出して働くか、麦打ち場や畑で若い男同様に働くとかいう事とは関係ない。また、彼女の刺し縫いした鞋《くつ》底《ぞこ》が如何に丈夫か、公社の婦女鞋底競技会に出品すれば優勝を勝ちとれるとかいう事とも関係ない。結局のところは、彼女が唖者である事による。まー、当節人様がいささかの金銭や食い物を手に入れたいと思えば、足裏に風が生じ、脇の下に翼が生じないのが恨めしいというほどのものだ。うーともすーとも話せない唖者の苦痛を自らも味わってみたいなどと望む者があるはずはない。さらにまた、彼女の父母が彼女をどういうふうに扱っているかを考えてもみよ！　十七、八の娘御なんて、金持ちの家なら下へも置かない宝物。口に含んだら溶けてしまわないかと恐れ、手に持ったら転ばぬように用心する掌中の玉。然るに唖唖は何物だ？　あの家の竃の下女、畑の奴隷、みなの憂さ晴らしの対象だ。彼らは外でつらい目に遭ったりあるいは心中に何か不満を抱いたりすると、家に帰り、唖唖がちょっと気にくわないと見るや、たちまち怒り出して打《ぶ》ちのめす。まるで心中かねて思っていた仇敵を征伐するみたいに。あるいは世間では唖唖のような人が居なければならないのかも知れない。唖唖が居なかったら父親たる王朝奉はどうやって一家の主の威風を誇示するのだろう？　今のこの時代、一瞬の間に何人かの階級の敵人をつまみ出してやっつけるのとちょうど同じように、そういうふうにやらなければマルクスの闘争哲学じゃないのだ。無産階級は本来何一つ持っていないのだから、闘争哲学をやらないとしたらほかに何かやる事があるか？　闘争哲学の大騒ぎが多年世間で演じられ、この一点が人目をごまかす要領となっているのではないか？　そういう訳だから、世を知り理に明るい真人が田舎に隠居し、糠や野草で飢えをしのいで人間《じんかん》の交わりを断つのもまた故なしとしない。こういう世情が一途な唖唖を苦しめる。彼女は寒天の鳥となり、雨中の花となってこの人間《にんげん》世界の艱難辛苦にさらされる。大害が鄢崗村に戻って後、唖唖は生まれて初めてこの世に生きる事の温かみを感受したのかも知れない。この温かみは普通の女性の身にとっては出来合いの上着と同様で、好まれるのも一時、すぐになおざりにされてしまう。唖唖の身にとってはこの温かみは並の事ではない。唖唖は大害の事を思うとただ幸福にうち震える。心中気にかけるのは大害を如何に待遇するかではなくて、大害が彼女を如何に待遇するかである。唖唖は口はきけないが眼はある。

大害がその場に居さえすれば、彼女の両の眼はきらきらと輝き、彼の動きを追跡するその眼光はまるで機械のようだ。大害が不在だったり、あるいは唖唖本人が家で仕事をしている時、唖唖は耳をそばだてている。彼女の並外れた感覚は大害の情報を捕捉する。彼女は大害を心底愛している。大害は彼女の魂であり、主人である。彼女はこれまでは何のために生きているのかわからなかったが、今初めてそれが大害のためなのだと知る。彼女はいつでも自分はそのうち死ぬけれども、その際は大害の胸に抱かれていたいと思う。思いがそこに到ると彼女はこっそりと涙を拭う。涙を拭う際にはいつでもこの姿を大害に見てもらいたいと思う。

然るに、大害はただ彼女に来て飯を作ってもらいたいだけなのだ。大害というこの無精者は生来おおざっぱな性質で、何か深刻に感ずる事もなく日々を過ごしている幼皇帝みたいな者である。彼にとって、唖唖は彼が気を遣ってやっている端《はし》た女《め》であり、彼の支配下の臣民であり、あるいは彼の妹である。唖唖の彼に対する思いなどどうして知るはずがあろう！

この日の午前、唖唖は大害のためにトウモロコシの粥を煮て持参したが、大害がぐっすり寝込んでいるのを見た。それで、そのままにし、しばらくしたら一人で目覚めて食べるだろうと思った。自分の家に戻ってだいぶ仕事をしてから食器を洗ってあげようと思って来てみると、何と大害はまだ寝ている。そこで、すでに述べたあのような次第である。つまり、下半身にシーツ一枚をかけた大害の股間で何かがもぞもぞしている。唖唖はちょっと驚いたが、鼠でも動いているのだろうと思う。怖いけれども彼のために追い払ってあげようと決心する。びくびくしながらシーツをめくって見ると、これは如何に？盛り上がって棒状に固まった面白い肉の柄だ。この肉の柄が眼の前でぴょんぴょんと躍動している。これがすなわち男のあのお宝だと唖唖は即刻了解する。みなが話をする際にしょっちゅう話題にするあれだ。唖唖が如何にくそ真面目でもこの事はわかる。若い娘ならこんな物を見ないとか、見たとしてもすぐに眼をそむけると思うかも知れないが、彼女はそうではない。その生き物をしばらく子細に見つめる。そうして、この生き物が夢の中にありながらただただふらふら空しく揺れ動いているのはとてもおかしいと思う。手を伸ばしてちょっと触れてみる。初め大害は無意識ながらも、彼女の手の動きに大いに賛同の様子。その後、ぐっと一押し遮ったが、止せとの意ではなく、相変わらずぐんぐんと上向きにそそり立ってくる。唖唖は愛惜措《お》く能《あた》わず、この様子を見てはまた手を伸ばして撫でてみる。撫でているうちに、あるいは上天《じょうてん》法定《ほうてい》下の男女の感応であろう、交合しないのに、交合の興趣が生じた。ここにそれを描写した詩があり、以下のように言う。

ぼーっとぼんやり、ゆらゆら揺れて、ただ言う、
世の中にこれより宜しきはなしと。
せっせせっせ、やれやれそれそれ、かくなりては
男児あに堪えるあらん？

この後、大害が射精するのを見た唖唖は、大害を傷つけてしまったと思い、慌てて逃げてしまう。

# 44　龐二臭の紅衛兵造反司令部入り。王朝奉は娘唖唖を殴打

その夜、黒女《こくじょ》のおとっつぁんは手にした飼料攪拌《かくはん》用の棍棒で賊の二臭《じしゅう》をひとしきりばんばんと打ちのめし、これを何回も繰り返し、天上の星々がかすんで、太陽が地上から昇ろうとするころになってようやく止めた。朝飯を終えた黒女のおとっつぁんは辺りに人の居ないのを確かめた上で、懐から十元札を取り出して女房に手渡し、得意げに言う。「見ろ。これは何だ？　何日かして暇が出来たら、市へ行って黒女にきれいなシャツの一枚も買ってきてやれ！」女房はちょっとびっくりして、問う。「あんた、こんなお金どうしたの？」年寄りは声をひそめてちょっと笑って言う。「聞かなくていいから、どんどん使えよ！」女房は鍋を擦るブラシを置き、前掛けで手を拭いて言う。「あんたが説明してくれないんじゃ、わたしは安心して使えないじゃない？」年寄りは言う。「おまえは知らなくていいと言ったら知らなくていいんだ。知ったところでどうするんだ？」顔を曇らせた女房は札を受け取らず、振り返ってもとに戻ってごしごしと鍋を擦る。擦りながら言う。「わかっているわ」涙がぼたぼたと鍋の中に落ちる。焦った年寄りは怒鳴りつける。「何で泣くんだ。まさかおまえ、あいつを殺さなくてはならんと言うんじゃあるまい？」女房は言う。「どうともこうとも、あいつに家の娘のみさおの償いをつけさせなくちゃ！」これを聴いて怒った年寄りは歯ぎしりして言う。「おまえはどうしてそんなにわからず屋なんだ！　それが何だって言うんだ。鉢や瓦ならひびが入ったら粘土でくっつけるさ。あれは人間の生身だ。裂けたところで別にどうという事はない。おまえはまったくどうかしてる！」女房は泣きながら言う。「そんな事を言うから、わたしはこんなもの欲しくないんだよ！」年寄りは言う。「糞婆、おまえに何がわかる。あいつがまるまる百元差し出したんだぞ！　おまえはこれまでにこんな大金を見たことあるか？」これを聴いた女房はもう口を閉ざしてしまう。年寄りは札をオンドルの壁際に置き放して言う。「おまえの勝手にしろ。飼育室でまだ用事があるんだ！」女房は頭を上げない。年寄りが体の向きを変えてドアを出るやいなや、黒女が入れ違いに入って来て、壁際に歩み寄り、ぐっと札を握りしめるなりばたばたと立ち去る。おっかさんは娘がたった今の話を聴いていて、それで出

かけたのだと知る。午後になって、黒女は市で生地を買って戻って来た。大喜びでどう裁断したらいいかおっかさんと相談する。娘のこのような様子を見たおっかさんはいささかほっと胸をなで下ろす。

龐《ほう》二臭は武成《ぶせい》老人に詫びを入れて後、部屋の中や台所などをざっと片付けた。そうしてまたぐっと顔を上げて村外れに道具一式を並べ広げた。丟児《ちゅうじ》が問う。「二臭、随分しばらくだが、どこで金儲けして来たんだい？」二臭は言う。「金儲けだなんて。それどころかえらい災難さ。十年以上も前の義兄弟に会ったら、そいつの倅《せがれ》が間抜けで、二十歳もとっくに過ぎたのに、結婚相手がいないので探してくれと頼まれてしまった。それで、しばらくの間、あちこち駆け回り、先ずは物になりそうな相手を見つけたので、それからまた幾日もあれこれ世話を焼き、どうにか輿入れさせ、やっとの事で抜け出して戻って来たのよ」鄭栓《ていせん》が言う。「俺は数日前に、何だかおまえが猫児溝《びょうじこう》の崔《さい》という家に婿に入ったという話を聞いたぞ！」二臭は言う。「そんな事ない！どこの糞野郎がそんな事を言っているんだ？俺はちゃんとした龐家の主だ。財布を握って商売している主だ。その俺が何で人の家の入り婿になるんだ。笑わせるな！崔家って誰だ？皇帝か？」

ちょうど顔を剃ってもらっていた賀根斗《がこんと》が口をはさむ。「でたらめだよ。この二臭がどんな人か、外国飴も売ってない山奥が気に入るかい！」二臭はちょっと笑って言う。「その通りだよ。女房がいないと言えば、そりゃ俺には女房はいないさ。だけど、女房が欲しけりゃ県城の女学生の中から見つくろうまでよ！みんな、そう思わないか？」丟児はへっへっと一声発してから言う。「二臭、おまえの話はおかしいぞ！」二臭は反問する。「どこが？」丟児は顔を仰向けて言う。「あれーっ、どうして空に穴が一つ空いているんだ」みなは頭を上げて見るが、何でもない。やっと気づいて笑いそうになる。丟児はまた身を捩《よじ》って村の東の外れの方を見て言う。「飼育室の牛もおかしいぞ。尻が真っ赤にめくれ上がり、腹がぱんぱんに膨れて、どう見たって、今にもはち切れそうな案配じゃないか？」みなは大声を上げて笑う。丟児にからかわれた二臭は眉を逆立て、目玉をひん剥いて抗弁して言う。「どうしたって？おまえら何で笑う？県城の女学生を俺が娶《めと》っちゃいけないのか？俺龐様は立派な男一匹。俺が奴らの学校の門の前に立ったなら、奴らが先を争ってどっと押し寄せるぜ！そしたらどうする？　俺が指さして一人一人選び出すのよ！　俺が生涯七人の仙女のお相手をできないのは天に上る梯子がないからさ！　その梯子さえあれば、西王母とさえも寝てやるさ！　何の差し障りがある？」二臭が本気なのを見たみんなはいっせいに野次り出す。

　ちょうどその時に、呂《ろ》中隊長が民兵を率いて入って来る。人混みをかきわけ、満面に笑みを浮かべて彼を呼ぶ。「龐兄い、龐兄い、季工作組《きこうさくそ》が来るように言っているぞ！」二臭は面の皮をぴくぴくさせて、振り向いて問う。「どうしたんだ？」呂中隊長は言う。「勿論よい事だよ。俺といっしょに急いで行くんだ！」龐二臭は心中びくびく、猫児溝の事がばれたのか、それとも黒女が役所に訴え出たのか？　と気を回す。そう思うと手にした剃刀も重く感じられ、どうしたらこの場を逃れられるかと心中画策する。呂中隊長はますます督促して言う。「剃るって何を剃っているんだ。この肝心な時にまだ髪を剃るのにこだわるとは！」言いながら手を伸ばして龐二臭を引っ張る。龐二臭は後ずさりしながら言う。「兄弟、兄弟、あんたは何の事を言っているんだ。俺にはっきりわかるように言ってくれ！」呂中隊長は言う。「言う事なしさ。あんたの所に福の神のご降臨だ！　本当の事を言うと、季工作組があんたを呼んでいるのでもなく、公社が呼んでいるのでもなく、県があんたを呼んでいるんだよ。こいつめ、あんたが県城に上るんだ！　多分これからは俺たちに何かちょっとした事があったって、あんたには面会できないだろうよ。たとえ会ったところで、あんたは知らんふりじゃないの！」龐二臭はやはり不安で、へっと笑って言う。「そんな、あるはずないよ。何って事だ。どう考えたって思いもよらないよ。あんたはわかっているの？」呂中隊長は言う。「わかっているって？　やっぱり兄いのこれまでの能力で、それで県側があんたに眼をつけたという事じゃないか！」二臭の疑惑はますます深まる。眼を大きく見開いて言う。「俺にどんな能力があるって。ただ髪を剃り、ひげを当たるだけの稼業だ。一日に四毛〔六九頁参照〕の銭も稼ぎきらん。俺に何の能力があるんだ？」呂中隊長が言う。「ここでごちゃごちゃ言ったって仕方がない。道具を置いて、さっさと俺について行くんだ！」丟児もまた脇から勧める。「あんた、とにかく先ず行ってこいよ。しばらくして戻って来てそれからまたひげ剃りしたっていいじゃないか。見ろ、呂中隊長は焦ってかっかしてるぞ！」呂中隊長は言う。「あたりまえだ！」根斗が言う。「おまえら少し黙っていろ。二臭にスピード上げてもらい、さっさっさと剃り終えてもらってそれから行けばいいだろう？」呂中隊長は言う。「そんな事じゃ今日この日こんなに急いでいるのにどうなっちゃうんだ？　季工作組はめちゃくちゃ急いでいるんだ。今現在すでに新婦といっしょに拝堂の礼も済ませた、ないしは腹をこわして下痢しているようなものだ。それなのに、しばらく措いてそれから慌てて追いかけるだなんて！」気分を害した賀根斗大兄はぐいと襟巻きを引き寄せ、半分剃りかけのまだら頭に載せて言う。「行け、行けよ。糞ったれが。俺を剃らなくてもそれで一丁上がりか？」鄭栓が二臭に向かって言う。「さっさと行けよ。根斗の頭なんてどうでもいい。さっさと行かなくちゃだめだ！」根斗が言う。「俺の頭なんかどうでもいいって？　俺はここで待っているぞ。用事が済んだら急いで戻って来い！」このような様子を見た龐二臭はもう断る口実がなくなり、呂中隊長ら数人の後ろについて頭を垂れて去る。何人かの物好きの輩がぴったりその後ろについて行き、富堂《ふどう》の家の前まで来ると、見張りに立っている番兵に阻止されるが、呂中隊長がこれをどやしつけて通させる。

　中庭に入ると、針針《しんしん》に支えられた季工作組がいて、龐二臭と握手して時候の挨拶をする。季工作組は言う。「龐同志、こまごました話は一切抜きにして、これまで、我々のあんたに対する待遇は不十分だった。あんたに南征北戦の革命の経歴がある事も知らなかった。今朝早く、県の紅造司（紅衛兵造反司令部）の命令を受け、初めてあんたの経歴を知った。あんたの経歴は実に素晴らしい！　目下県の方の情況は甚だ切迫している。一つまみの資本主義の道を歩む実権派とそれに荷担する犬どもが県政府を占領し、革命的紅造司に権力を渡さないんだ。今、県の方では決定した。つまり、過去の遊撃隊員の老戦士をもって一個の決死隊を組織し、実質的な戦闘を開始すると。あんたはその中の一人だ。急ぎ県城に赴いて着任の申告をしてくれ。一分一秒を争うんだ。今すぐ出発してくれ。わたしの話をしっかり記憶し、命にかけて毛主席を防衛し、命にかけて毛主席を頭とする党中央を防衛し、命にかけて紅造司の勝利の果実を防衛するんだ！」

　季工作組のこの話を聴いた龐二臭はばたんと地上に蹲《うずくま》り、しばらく喉をひくひくさせていたが、ついにもの言う。「俺はだめだよ。もう長年銃に触った事もない！」呂中隊長はびっくりして言う。「えーっ、龐同志、あんた、何を言ってるんだ？　銃に触ってなくたって、県側があらかじめちゃんと準備してくれている。何を心配しているんだ？　銃だけじゃない。軍服だってあんたのためにそろえてくれてある！」二臭は言う。「俺は行かねぇ！」窑洞《ヤオトン》の入り口の所に蹲っていた富堂老人がここに到って怒り出す。キセルで龐二臭を指しながら言う。「死んだ犬は引っ張り上げたところで塀に寄りかからせられないってな！　この意気地無しが」針針もまた言う。「立つのよ。しっかりするのよ！　恥を知らなくちゃ。腰を抜かしてぐずぐずしてちゃだめじゃない！」呂中隊長が言う。「今時これは絶好のチャンスだ。千人万人もの人びとが提灯を掲げて捜し回っても行き当たらないチャンスがあんたに降ってきたんだ。それなのにあんたって奴は頭を胴体の中に引っ込めちゃって！　ふだん大法螺吹いているくせに、せっかくのチャンスが到来したら重湯をすすってオンドルの上で排便する始末。首を縮めたスッポンの真似か？」龐二臭は立ち上がり、地べたに向かってペッと唾を吐き、地団駄を踏んで言う。「行きゃいいんだろう。後で呂青山《ろせいざん》、あんた俺の墓に来て紙銭を焼くんだぞ！」

　言い終えると、身を翻して門を出る。季工作組はその後ろ姿を見ながら笑って言う。「典型的なルンペンプロレタリアートだ。毛主席はこのような人をよく見通しておられるようだ！」このような次第で、鄢崮《えんこ》村の人びとはみな驚きうらやんだが、思い出すのはすべて龐二臭の人となりのよいところばかりである。如何に男気に富み、如何に優雅で、如何に弁が立つか等々。村中の男女うちそろって彼が家財を始末するのを手伝い、彼を村外れからさらに遠くまで見送る。泣いている人もいて、悲壮感漂うなか、彼はみるみる遠ざかる。その後の経歴はただ以下の如し。〝一桿の金槍もて県城に闖入し、老蒋〔介石〕を撃たざるも亦英雄たり〟

　さて、あの日の午後、逃げ去った唖唖《ああ》はその夜はもう食事の支度には来ない。大害《だいがい》は初め唖唖は恥ずかしがっているので、しばらくすればまた来るだろうと思っていた。ところが、予想に反して何日経っても現れない。歪《わい》鶏《けい》を遣って様子を探らせるが、近所の人は知らないと言う。大害は心怯え、秘かに自分を罵って言う。「郭大害や、郭大害。おまえはどうしてこんな災難を招いてしまったんだ。唖唖にもしもの事が生じたら、おまえはこれから死ぬまで安穏には過ごせないんだぞ！」王朝奉《おうちょうほう》の方は唖唖がずっと大害の所に居るものと思い込んでいる。そして心中で計算している。唖唖がここ何日も大害といっしょに居るなら、生米はすでに炊き上がって飯になっているわけだ。つまりあいつのものじゃなくてももうあいつのもの同然だ。家の者には口を酸っぱくして奴の所へ行って邪魔をしないようにと言い付けた。大害の方では言う。「どうしてそんな事が。俺がどうやって俺の家に十七、八にもなった娘を夜昼押し込めておける？」それで、王朝奉は初めて泡を食らった。村中あちこちしばらく駆け回ったが見つからない。怒り狂い、歯ぎしりして憤慨して言う。「あばずれ女奴、見つからないなら仕方ない。見てろ、見つけ次第あいつの脚を叩き折ってやる！」これを聴いた大害は居ても立ってもいられない。唯一の方法として、兄弟たちを呼び集め、大慌てであちこち捜し回る。みなは何日もぶっ続けであたふたと動き回る事になる。会う人ごとに、誰彼となく「唖唖を見かけなかったか？」と問いかける。

ある日の午後、大害は家の中でちょうど洗濯をしていた。まだ鍋の水が沸かないうちに、誰かがわーっと叫ぶ声が聞こえた。急いで二、三歩外へ出て、頭を上げて村の東の方を見やると、ぼろ鞋《ぐつ》を手にした王朝奉が大声で罵りながらざんばら髪の人を追いかけて来る。心中どきっとした大害はこれが唖唖だと知る。慌てて駆け寄る。大害を見た唖唖は狂喜し、自分がどんなに汚いか、また村人が取り囲んでどう見ているかも顧みず、頭から大害の懐に倒れ込む。この様を見た王朝奉はますます凶暴になる。何度もぼろ鞋で大害を張ろうとする。大害はこれを阻みつつ言う。「朝奉叔父貴、落ち着けよ。娘は帰って来たんだ。打つことはないだろう！」朝奉は言う。「俺はこいつを打ち殺してやる！　打ち殺してやる！」最初は身をかわしていた唖唖は、大害の懐に入ってからはもう避けないで、全身を震わせながらただだしがみつき、はーはーと喘《あえ》いでいる。それで、朝奉は娘の後頭部めがけてものすごい勢いで何回も鞋底を叩きつける。この朝奉を村人がやっと引きずり離す。

唖唖を抱きかかえた大害は微動だにしないで朝奉を見つめるが、その眼は怒りで真っ赤になっている。朝奉は手脚をばたばたさせながら、なおも打ちかかろうとする。大害は声を張り上げて怒鳴りつける。「何をとち狂っているんだ！　もう一回打ってみろ。てめえの金玉引っこ抜くぞ！」朝奉はぼろ鞋を振り回しながら罵り返して言う。「糞ったれの大害奴、俺が自分の娘を打つのにてめえに何の関係がある？」大害が言う。「こいつがあんたの娘だって？　あんたがおとっつぁんだったら、これが娘に対する遣り口か！」王朝奉がまだ何か言い返そうとするのを、村の何人かの年長の者が引き止めて諫《いさ》める。「早く鞋をはいて娘を連れて帰るんだ！」朝奉は言う。「あんな娘は要らねぇ。誰か要る奴がいるなら勝手に持って行け！　あいつがよくも家に帰って来たら、俺はあいつの皮を剝《は》いでやる！」言いながらぼろ鞋をはくと悪態をつきながら立ち去る。

唖唖を抱きかかえた大害は呆然と遠くを見つめている。声をひそめて「大害の病気が再発したぞ。朝奉のせいだ！」と言う者がいる。丟児が脇から何とか場を収めようとして言う。「朝奉ときたらあんなろくでなしだ。あいつに腹を立てたところでどうにもならない！　先ず唖唖を家まで連れて行き、夜になって朝奉の気が静まるのを待つんだ。それから家の中に送り届ける。そしたら何でもないさ！」大害はそれでも何にも言わない。みなもどうしようもない。ちょうどその時、大義《だいぎ》や歪鶏ら兄弟たちが駆けつける。一同気の触れた大害の様子を見、表情を曇らせ、朝奉の所へ行ってけりをつけさせようと次々に喚き立てる。黒女のおとっつぁんが後ろから言う。「ごちゃごちゃ言う事はない。とにかく急いで唖唖を連れて行くんだ。ひと騒ぎあったところで結局収まるさ！」

みなはそれを聴き、それも道理だと思う。大害を支え、唖唖に手を貸して家へ行こうという事になる。大害が先ほど火にかけた一鍋の水がこの時ちょうど沸き上がる。これを使って唖唖に洗い物をさせる。大害はオンドルの隅に座ったままで、歪鶏がいろいろ気を引くのだがまるで一言も発しない。日も暮れかかるのを察した歪鶏は大害が晩飯の支度をしていないのに気づき、大害のために自分がトウモロコシの粥を煮てやろうと思い、窑洞の奥の方へ入ると、唖唖が上半身を露出して暗がりで髪を洗っている様子が丸見えである。びっくりして跳び上がった歪鶏は「こりゃどうも」と言って急いで引き下がり、オンドルに上って兄弟たちと話をする。兄弟たちも事情を察したようだが、誰も何も言わず、知らんふりをして、ことさらに視線を大害の方に向けている。それでこの夜はずっと十一時十二時になってようやく洗い終え食べ終えた始末である。

唖唖については歪鶏が一法を編み出す。今夜は唖唖を方民の家に連れて行き、さしあたり方民のおっかさんといっしょに寝てもらう。みなはちょっと思案の末、それもよかろうという事になり、唖唖にそのように勧める。

唖唖はどうしても動きたがらない。みなはあれこれ一生懸命に勧める。唖唖はとうとうしぶしぶ歪鶏について出て行く。かくして一件落着。

唖唖はこんなに頑固な人で、そのやる事はなかなか理解し難いが、考えてみると道理のない事もない。オンドルの灯りの下で、大義ら数人が彼女に、ここ数日どこへ行っていたのかと問うた。唖唖はあーあーうーうーと発するばかりでちんぷんかんぷん。先ず指で自分のみぞおちを指し、それから空中に円を描くのみ。彼女に問う。「窑洞の中か？」唖唖は頭を左右に振る。また問う。「山の上か？」唖唖はまた頭を左右に振る。みなはしばらく考えるがどうもわからない。この時大害がオンドルの隅から口を挿んで言った。「もう聞くな。いいさ。戻って来ればそれでいいさ！」

翌日の朝方、まだ寝ていた大害は外で誰かが叫んでいる声を聞く。朝奉の声だ。急いで起き出し、どうしたのかと問う。朝奉は言う。「唖唖は生産隊で肥え運びだ。隊長が呼んでるんだ！」大害が言う。「唖唖は方民の家にいてまだ戻っていないぞ」朝奉が言う。「何をでたらめ言っている。おまえの窑洞の煙突から煙が出てるだろうが！」大害が頭を巡らして見ると、何と唖唖が震えながら竈《かまど》の前に立っているではないか。大害は言う。「いつ来たんだ。まるで気がつかなかったよ。飯はまだか？急いで何か食べて、おとっつぁんといっしょに仕事に出るんだ！」唖唖はうなずく。ドアを押して窑洞に入ってきた朝奉はもう唖唖を打つとは言わない。オンドルに上がって胡座《あぐら》をかいて座ると、自分の歳も考えずに泣き出す。面食らった大害が大慌てでこれをなだめて言う。「朝奉叔父貴、泣くなよ。事はもう済んだんだ。泣く事はないだろう！」

朝奉は涙を拭いながら言う。「おまえにはわからんだろう。人の手前、俺は唖唖をあんなに打《ぶ》ちのめしたさ。だけど心の中じゃまったく切なくて！　どんなに打ちのめしたって、俺が手塩にかけて大きくした娘だ。人はみんな俺の事を酷い親父と思うだろうが、俺があの娘をどんなに不憫に思っているか、誰も知りはしないさ！　おまえ、わかるか？」大害はうなずき、ついでに言う。「昨晩俺は方民に頼んで唖唖を方民の家に連れて行ってもらい、方民のおっかさんといっしょに休んでもらったよ」朝奉は言う。「それは知っている。唖唖ときたら、あの娘は仕事はとても精を出してはげむけれども気立てが強情で。何かというと意地を張って、一度こうと言ったら引き下がらない。おとっつぁんでもおっかさんでも止められない。あんなんじゃまるっきり人を怒らせやしないかね？　昨日の午後、俺が中庭で仕事をしていたら、武《ぶ》成《せい》老人がやって来て教えてくれたんだ。〝おまえの所の唖唖が村の東の柿の木の根方で泣いているぞ〟ってな。これを聞いた俺は急いで駆け出した。行ってみると、果たして唖唖だ。ところがあいつは俺を見ると身を翻して逃げ出しやがる。かっとなった俺は何が何でもとっ捕まえるつもり。しばらくあいつを追いかけ、ようやく追いついた。そうして引き戻して来たところでおまえに出くわし、さんざん意見されたという訳だ」大害は言う。「もういい、もういい。何事もなくてよかった。終わり良ければすべて良しだ」

朝奉はまた生産隊の肥え運びの事を持ち出す。誰の家には荷車が有って、誰の家には無いだの、隊長の海堂《かいどう》がどういうふうに割り付け、どんな命令を下すかだのと。話をしながら唖唖が食べ終わったのを見ると、顔を仰向けて笑い、それから振り向いて「おい」と大きな声で唖唖に呼びかけ、すたすたと出て行く。生産隊は近頃男女を二組に編成した。革命の一組と生産の一組とに。ただし、生産ではない方の一組は極めて不人気である。生産組の方は革命組の方を怠け者と罵りながら、自分たちは自分たちでのろのろぐずぐず時間をつぶしている。革命組は賀根斗の指揮の下、甚だ熱心に『毛沢東選集』を学習し、壁新聞や演説の原稿を書き、造反隊の設立のための準備をしている。

楊文彰《ようぶんしょう》は賀根斗に招かれてその傘下に入ったばかりで、熱情漲《みなぎ》る。壁新聞を書くのに、書けば書くほど熱くなり、とうとうしまいには綿入れの上着まで脱いでしまう。袖捲りして、黒い痩せ腕を揮い、流れる汗をも顧みず、口を大きく開き、二枚のお焼きみたいな耳をぶら下げた頭をゆらゆら揺らしている。その一方で間なしに叫ぶ。「白昼夢だ！　白昼夢だ！」みなは誰の事を言っているのか見当もつかない。ただその気勢の甚だ大なるを見るばかり。彼に問う者がいる。「楊先生、先生は誰の事を言っているのか俺たちに教えてくれよ」楊文彰は言う。「毛主席……」みなはびっくりし、楊先生は自分が失言した事を知り、慌てて口を掩い、大急ぎでいい加減に補足して言う。「毛主席に反対し、資本主義の復辟《ふくへき》を図る者は誰であれただ白昼夢を見ているのだ！　と、わたしはこう言いたいわけだ」みなはこれを聞くと笑い出し、楊先生がこんなに断固として革命に立ち上がるとはびっくりしたなぁと言う。楊文彰は甚だ厳粛に言う。「それはそうですよ。現在この時に到り、資産階級司令部の要人どもを打倒し、跪かせるには断固たる決心がなくてはならない！」みなはもう笑えなくなったが、そこへ季工作組が入って来たので慌てて頭を下げる。季工作組は喚く。「みんな一人一人家の中で学習するのを知っているだけで、階級の敵人なんて逃げ去って影も形もない。学習だなんて、何の役に立つんだ！」賀根斗は形勢不利と見、みなに止めさせ、季工作組を丸く囲んで座り、その訓話を聴く事にする。

　季工作組は喚き出す。「俺はおまえたちに準備させたんだ。準備をな。こんな所で暇つぶしをしろなんて言ってない！　何とまー、おまえたちは革命なんて簡単で、宴会で飲み食いするようなもので、車座になって座っていればそれでどうって言う事はないという訳だ！　そうやって何日も無駄に過ごしている！　それでどうなっている。賀振光《がしんこう》は逃げ出した。葉金発《ようきんはつ》があちこち捜し回ったが見つからない！　数人の地主富農はどうなった？　居なくなってしまった。一人鄧連山《とうれんざん》が村の外れで土を掘っているだけだ。おまえたちはこの革命をどうするつもりだ！」これを聴いた賀根斗はすぐさま門を出て行こうとする。季工作組はこれを制止して言う。「早まっちゃだめ、遅くてもだめ。今が一番の勘所、いいか！　賀根斗、おまえには甚だ失望した。鄒崗村の革命の大権をおまえに与えたが、今になってみると、間違えたな。おまえにはこの大任を担う力がない。俺の言う事に納得しないだろう。だが、これは鉄の事実だ。もしもこの事実を改変したいと思うなら、今日の午後、俺に造反隊の成立の情況を公表するんだ。捕まえるべき奴を先ず捕まえてな。どうだ、おまえにこの覚悟があるか？」賀根斗はきっぱりと答える。「あります！」季工作組は言う。「俺は信じられん！」楊文彰が口を挿んで言う。「季工作組、明日の朝早く、わたしたちは明日の朝早くに手配してあるんです！」季工作組は言う。「楊文彰、おまえは何を言っているんだ。最初に俺は言った事があったな。おまえという奴は甚だ動揺性が大きいんだ。おまえは心中まだ信服していない。今俺が見るところでは、おまえのはもう一般的な動揺の問題ではない。おまえは毛主席の言う怠け者の意気地無しの思想で災いをなしている。おまえは自分を何だと思っているんだ！　俺は当初おまえには団結できるだけの力があると見た。それでおまえを革命陣営の団結の環に引き込んだが、今見ると、おまえはまったく不徹底だ！　おまえは自分で自分を見るんだ。おまえが自分を革命できるなら革命について来るし、革命できないならとっとと失せろ！　我が党はおまえみたいなへなちょこ知識分子に対しては鉄の非情さをもって必要な処置をとる。さー、どうする！」

季工作組が罵りまくっているちょうどその時、一隊の民兵を率いた呂中隊長が門を入ってくる。呂中隊長は季工作組の耳元に口を寄せてしばらくひそひそ話をする。季工作組の顔色が次第にやわらいできて、言う。「先ずは座って一休みしてくれ。いや、ご苦労だった！」楊文彰は慌てて呂中隊長のために席を空ける。呂中隊長は遠慮せずに紙巻きタバコをくわえたまま腰を下ろす。季工作組は穏やかに言う。「文彰、おまえも座れ。俺はあんたに腹を立てたわけじゃない。目下の形勢は間違いなく人に迫っている。形勢は人を待たない。俺は本当に見ていられなくなってあんたを叱ったんだ！　今あんたが革命しなかったら、資産階級がつけこんで悪事を働く事になるんだ。たった今の呂中隊長からの情報では、賀振光の奴が今日の明け方女房の尻にくっついていっしょに北山に向かって逃げ出したが、我が民兵によって途中でとりおさえられた。その際もこいつは十分に反動的で、何と我々の民兵栓娃《せんあ》をやっつけると言い放ったんだ。いいか、反革命の勢いはこんなにも増長しているんだ！　葉金発か？　彼は逃げ出しはしないけれどもよい事もしていない！　あんた、彼が何をしているか知っているか？　媳といっしょに自留地〔個人保有地〕で汗水たらしているんだ！　何とまあいつであれ資本主義の復辟を図る凶暴な奴らは死ぬ事なく、足どりを速めて迫ってくる！　俺たちはどうなんだ？　一人一人家の中の暖かいオンドルの上に蹲ってほんわかほんわか学習だ！　あんたらは本当に学習しているのか？　どうもそうではなさそうだ！　あんたらは暇つぶしをして敵人に反攻して逆清算するチャンスをくれてやっているんだ！　巴黎《パリ》公社《コミューン》は最も恐るべき一条の教訓を残した。マルクスは〝何故進攻しない？〟と言った。巴黎公社の戦士たちはヴェルサイユの一握りの反動派の力を見くびり、彼らに一群の反動勢力をかき集めさせてしまい、最後には革命が彼らに鎮圧されてしまった。多数の烈士が鮮血を注ぎ、命を捨てて得べかりし革命の果実はこうしてむざむざと失われた！　何と恐るべき事ではないか？」

ある者が耳もとに口を寄せて小声で問う。「巴黎公社っていうのはどこにあるんだ？」座に居た富堂老人が自信たっぷりに言う。「巴黎公社を知らないのか？　巴黎公社は瓷溝《しこう》の南にあって、俺たちのここからは二十里ほどだ」みなはちょっと思案して何とも恐ろしい事だと感ずる。敵人がこんなにも勝手放題をして、すでに門口まで迫っているとは思いもかけない事だ。楊文彰が小声で言う。「白昼夢だ！　白昼夢だ！」これを受けた季工作組が言う。「白昼夢を見ているのは誰だ？　俺たちなのか、それとも敵人なのか？　資産階級が復辟しようとしているのは白昼夢を見ているので、嘘じゃない。だから、奴らが勝手放題に白昼夢を見るのを俺たちがそのままに見逃しておく事は絶対にできない！」季工作組のこの言葉には気合いがこもっており、白昼夢のこの件は完全に解決した事になる。みなは感服に堪えず、続けざまに大声を上げる。「時間を無駄にするのはもう止めだ。今日の午後に事を済ませて季工作組に安心してもらおう！」季工作組は言う。「俺が安心するかどうかは問題じゃない。問題はあの方毛主席に安心してもらう事だ！」

　賀根斗が言う。「そのとおりだ。話はもういい。楊先生は人を連れて学校へ行って銅鑼と太鼓を持って来るんだ。俺は人を連れて行ってポスターを貼って場所をしつらえる。今日の午後には大隊本部で初めて発表するぞ！」季工作組は言う。「呂中隊長は責任を持って何人かの資本主義の道を歩む実権派と地主富農分子をつまみ出し、俺たち革命の造反派の気勢を盛り上げるんだ！」うなずいた呂中隊長は慌てふためいて駆け出す。続いてその日の午後、人を捕まえて来て会が開かれた。それからの様々の狂騒、当然ながら一言では言い尽くせない。どう説明したところで、体験していない人には所詮わかってもらえない。

# 45　龐二臭が英雄龐衛忠となる。楊済元先生の情人の去就（二）

鄢崮《えんこ》村の農民造反団の成立は目隠し塀の前にさらに十二分な混乱をもたらした。またこの時、ふだんは出稼ぎに出ている泥棒の猴子《こうし》〔さる〕が村に戻って来て、ある消息をもたらした。つまり、龐二臭《ほうじしゅう》が負傷したと言う！　人びとは取り囲んで、どういう具合だと問う。猴子は袖口から黒く汚れた手を突き出し、口の前で手まねをするが、口はきかない。丟児《ちゅうじ》が言う。「誰か紙巻きタバコを持ってたら一本上げてくれ」みなは互いに顔を見合わすばかりで、紙巻きタバコを取り出す者はいない。丟児が言う。「猴子、みんなを勘弁してやってくれ。おまえには思いつかないだろうが、俺たちの所はとても貧乏で、誰も紙巻きタバコなんか吸えないんだ。おまえはふだん大きな都会をぶらつき、広い世間を見てるから、タバコの一本なんか何でもないと思うだろう？」猴子はまるで冷淡で、面を上げて遠くの方を見やるばかり、丟児らの話などに耳を貸さない。この時誰かが叫んだ。「呂《ろ》中隊長が来た。呂中隊長にタバコ一本恵んでもらおう！」これを聞いた猴子はたちまち人混みから跳び出し、腰をかがめ、尻尾を巻き、塀沿いにこそこそと逃げて行く。猴子が逃げ出すのを見たみなは後悔し、声を上げた人を恨んで文句を言う。「呂中隊長が来たなんて叫んだのは誰だ？　見ろ、あの泥棒野郎がびっくりして逃げてしまったじゃないか！」そこでみなは塀の向こうに逃げてしまった猴子に呼びかける。「何でもないぞ。早く戻って来い。ここにタバコがあるぞ！」

猴子は遠くからしばらく様子を窺う。それから尻を揺すりながら急ぎ戻って来る。丟児が言う。「おまえ、安心しろ。呂中隊長はおまえなんかを相手にしてはいられない。それに、おまえは貧窮困苦出身の革命大衆だ。中隊長がどうしておまえをやっつけるかい！」これを聴いた猴子は口を尖らせて言う。「俺持っている。持っているよ！」言いながら懐から一枚の赤い腕章を引っ張り出す。猴子は言う。「俺がこれを着けていれば、県城内をあちこち歩き回る時、どんな部門だろうと入って行けるんだ！　飯を食ったり宿に泊まる時でもまるで銭を払わなくていいんだ！」鄭栓《ていせん》が言う。「そんな汚い格好をしているおまえを誰も問題にしないのか？」猴子は言う。「戻って来たからこんな汚い格好しているけれども、外出する時はぱりっとした軍服だ」これを聞いたみなは思わず羨望のため息を漏らす。丟児が言う。「あの二臭の県城での様子をかいつまんで説明してくれよ。若い者も年寄りもみなおまえの情報だけが頼りだ。頼むよ！」猴子はまたも口を突き出してから言う。「ともかく、紙巻きタバコを一本くれよ！」せっぱ詰まった鄭栓は猴子を罵る。「えい、糞、一本やるから教えろよ！」文句を言いながら懐から何やらしわくちゃな一つを取り出す。猴子が受け取って眺めると紙巻きタバコだ。そこでようやくほっとしたみたいに口にくわえ、それから人が火をつけてくれるのを待つ。蓮花のおとっつぁんが言う。「何だ、偉そうに！」マッチを取り出して火をつけてやる。

猴子は顔を仰向けてぷふぁーと煙を一口吐き出して言う。「俺がある日県城内をぶらぶらしていたら、県政府の門前の方からどんどんぱちぱち銃声が響いてくる。急いで駆けて行ってみると、〝紅造司〟と〝紅聯司〟がおっ始まったという話だ。県政府を守っているのは〝紅聯司〟だ。あの二臭が軍服を着て銃を携え、仲間を率いて県政府の構内へ突入しようとするのが見えた。突入しながら空に向かって銃を撃つ。構内にもまた一団がいて、門を防御してひっきりなしにスローガンを怒鳴っている。まさに突入しようとするその瞬間、中から銃声が響く。二臭の一団はまた引き返す。一人が二臭の傍らに寄って何か小声で説明する。すると二臭はまた仲間を率いて中に突入しようとする。双方空に向かって乱射する。その結果、見境のない一弾が二臭の肩に当たり、血はたちまち軍服を真っ赤に染める。激怒した二臭は泣き喚きながら大門内に向けて本気の銃撃を開始する。その時、中の連中は身を避けたが、外側の連中は中へと突入する。その結果、県政府はたちまち攻略されてしまった。大功を立てた二臭について、県城内の幾つもの大壁面に我らの二臭から学ぼうというスローガンが貼り出される。二日後に俺が人から聞いた話では、二臭は県の病院で傷の治療をしているとの事だった。そこで俺はいろいろ思案の末に奴を見舞う事にした。病院の前の何本かの道に立っている歩哨《ほしょう》をつかまえて二臭の事を尋ねたが、誰も知らないんだ。それで、通してくれない。歩哨が言うには、怪我した英雄は龐衛忠《ほうえいちゅう》と言う名前だとの事。何だ、あいつ奴。どうしてそんなに早く改名するんだ。人を馬鹿にしやがって！　俺が何時間か暇をつぶした後、お役人みたいな格好の人が現れた。歩哨があのお役人はとても親切だと教えてくれた。お役人は四の五の言わずにいっしょに俺を連れて中に入れてくれた。ドアを開けると二臭はベッドの上に横になり、外国語みたいな口調で、二人の女子学生の耳もとに口をつけてしゃべっている。二人の女子学生の一人は梨を剝き、一人はタオルを交換し、二臭に対してけらけら笑いかけ、無駄口を利く余所者をまるで恐れず、あたかも県長の面倒でもみているかのようだ。俺を見た二臭は黙ったままでぷっと噴き出してから言う。〝何て様だ。その軍服はどこでちょろまかしたんだ？〟そんな事を言われたって、外に出た俺は鄢崮村の体面を汚すような事をしたことはない。俺は沢山の人びとと面と向かって、俺なりに西安の街中での革命をくぐり抜けて来たんだ。その事をひととおり奴に言ったんだ。あん畜生奴！　二臭は俺を適当にあしらって、最後までは聴かないで飯を食いに連れ出した。食堂では俺が龐衛忠の兄弟だと聞くと、みな続々やって来て挨拶し、俺をもてなす事、そりゃもう大変！　俺は心中俺らの二臭はやっぱり大したものだと思ったよ！　何日かして、俺はまた見舞いに行った。どういう訳かわからんが、みなはどうしても俺を通してくれない。俺は言ったよ、〝おまえら、俺はあの龐衛忠の兄弟だぞ〟警備室の人はそれでも通さない。これはどうした事だ？　二臭のあの野郎が警備室に、こうこうしかじかの人がまた来るから、そうしたらもう入れないようにと言い付けてあったんだ。こんな手の込んだ事までして同郷人を追っ払うなんて、糞ったれが！」

みなはいっせいにどっと笑い声を上げ、それからさらに何を言うかと待っているのに、何を眼にしたのか、猴子は首をすくめ、頭を垂れて人混みを抜け出してまた突っ走る。みなが振り返ると、間違いなく呂中隊長のやって来るのが見える。一団の人員を引き連れて糊と大きな白い紙を持って来た呂中隊長は何も言わずに目隠し塀いっぱいに紙を貼り出す。大きな紙の一枚ごとに大きな一字が書いてある。字のわかる人が読み出す。「龐衛忠同志に学んで一個の徹底的革命家になろう！」何と県から通知が来たのだ。みなが大いに仰ぎ慕ったのは言うまでもない。

忙中閑を盗んである日の午前、富堂《ふどう》老人は楊《よう》老先生を訪ね、その「也、けり、可《べ》けん哉《や》」のお話を一通り耳に注いでもらった後、しばらくしてから野良に出たが、ぼーっとしてしまい、大声で牛を呼んでも見つからず、縄を手繰っても犂先が出て来ない。午後いっぱいどたばたするうちに夜になってしまい、家でいい加減に幾口かかき込み、キセルを手にしてまた楊先生のお宅に赴くと、先生が太師椅子〔二三〇頁参照〕に座り、灯油ランプを近づけて『語録』の冊子を捧げ持って学習しているのが遠くからでも見える。富堂老人はごほんと一つ咳払いをしてから部屋に入って行く。楊先生はランプ越しに項を延べて一瞥して富堂を認めると言う。「ああ、おいでなさい。まー座ってわたしが『語録』の一段を朗読するのを聴いて下さい」富堂老人は言う。「あなたでも学習するとは思わなかった」楊先生は言う。「政府はどんな人であれ、幾らか文字を識る程度の人なら誰にでも学習させるのじゃないかね？　学習しなかったら、みなさんの情勢について行けませんよ！」こう言うと、また魚が泡を吐くような様子で小声で読み出す。しばらく待った富堂老人は中断させるのを恐縮しつつも言う。「俺の所のあの季世虎《きせいこ》兄弟もあなたと同様夜昼いつも本を読んでいるが、近眼にならないのか心配だ」楊先生ははっと我に返ったような様子で言う。「わたしも数日前からようやく始めたばかりで、ざっと一通り見終えたところだが、毛沢東主席という方は実に何とも大した方で、世間の学問はすべて修めつくしておりますなぁ。同じ道理でもあの方は二通りに説明できる。こっち側に立って一つの道理を見、あっち側に立ってもう一つの道理を見る。わたしら並の人にはもうとやかく言うところなんかないよ。まったく恐れ入る！」富堂老人は言う。「しかも、間違ったとしたって、それがどうだと言うのだ！　ああしなかったら、俺たちの中国、こんなに広いこの中国を彼はどうやってまとめていけるのか、あれこれ文句が言えるかね？　何年か前、俺が東溝の銀柄《ぎんへい》に会って世間の変化を話したら、奴はただただ頭を振って長くもちはしない、もつはずがない、と言った。結果としては奴の見通しは間違った。あの毛沢東が就いた皇帝の座は大安定の大大安定だ！」

話がこうなると、楊先生ももう『語録』など読みはしない。二人の老論客は互いに応酬し、天文の事にまで及ぶ。そんな事は何でもない。まるで天下のすべての事柄はまぶたの内に見通されてあるようだ。互いに譲らず、一方が蚤に轡をはめられると言えばもう一方は象に入れ歯を入れられると言う。正しく話が白熱化したところで、楊先生の上の子楊金宝がふらふらよろよろやって来るのが見える。ドアを入った金宝は声を低めて父親に言う。「父さん、柳泉河《りゅうせんが》の叔母さんが来たよ！　俺の方の窰洞《ヤオトン》に入って来てめそめそ泣いている。あれこれなだめてもだめなんだ。父さんも急いで行ってみてよ！」楊先生が言う。「いつ来たんだ？」金宝が言う。「暗くなる前だ。俺が父さんは母屋に居るからそっちへ行ってと言っても動かないんだ。まったく！」びっくりした楊先生は言う。「どういう事だ！　あの馬鹿息子の件なら取り合わないぞ。あいつには処置なしだ。父親が亡くなって以来、ずっと何年も母親に厄介のかけどおしだ！」金宝が言う。「話の様子では息子の事ではないみたいですが」先生が問う。「それじゃどういう事だ？」金宝が言う。「彼女はしきりに父さんに来てもらって話をしたいと言ってます」これを聞いた楊先生は慌てて立ち上がり、今にも駆け出しそうな様相。

これを見ていた富堂老人は金宝の面前ではじかに言うのは控え、急いで手を伸ばして楊先生の袖を引っ張る。楊先生は言う。「あなた、こういう次第です。また日を改めておいでなさい！」富堂老人はちょっと眼くばせし、懇願して言う。「俺が急いでやって来たあの件を！」楊先生はしばし思案の末に言う。「それもいいか。じゃ今すぐあなたに上げましょう。帰ったら酒と混ぜて飲むんです。そしたら今晩の事は大丈夫、保証する！」言いながら、祖先の位牌の積んである後ろから一つの包みを取り出し、紙の一塊を都合五、六枚もめくり開いて一つの丸い物を探り出し、ランプの光で確かめてから言う。「これだよ。わたしはこのお宝を蝋で封をしてずっと十余年もしまってきた。手放すに実に忍びなくてな。この度はあんたの危急に際し、差し上げちゃおう！」言いながら紙包みを取って富堂老人に手渡す。喜んだ老人の垂らす鼻水が啜り上げる間もあらばこそ、一瞬のうちに足の甲に落ちる。薬を受け取るや、慌てふためきつつ門を出て行く。

門を出て槐《えんじゅ》の根方に到ると、後ろから呼ぶ声がする。振り向くと楊先生じゃないか。楊先生はーはー息を切らして駆けつけ、やれやれ間に合ったという表情で言う。「ちょっと脚を止めてわたしの話を聴いてくれ！」立ち止まった富堂老人は楊先生が心変わりしたのかと思い、慌てて問う。「どうした？」楊先生は言う。「いやー、あの事だがね、薬はあんたに上げたんだから心配無用。ただ、今から説明するからそれをよく聴いてから服用してくれ」富堂老人は言う。「ついさっきあんたは酒と混ぜて服用すると言わなかったかね？」楊先生は言う。「それは服用法の一種で、他にもあるんだ。さっきは息子の手前、ずばり言いにくかったんだ。ちょっと薬を出してみてくれ！」富堂老人は震える手で薬を取り出して手渡す。これを手にした楊先生は指で突きながら問う。「あんたはこの薬が何という名前か知っているか？」富堂老人は言う。「知らないよ」楊先生は顔を仰向けてにここ笑って言う。「あんたが知らないだろうと思って、それで教えるために急いで来たんだ！ ご承知のとおり、目下我が家にお客があっていろいろ立て込み、あんたに丁寧に話をする暇がなく、ほんのざっとした事しか説明できなかった」富堂は慌てて問う。「どういう薬なんだ」楊先生は富堂の手元に戻したその真っ黒な丸薬を指さし、よろめきながら大口を開けて言う。「見たところはどうという事もなさそうな物だが、だがその効き目ときたら何ともものすごい！ 目下我が家にやむを得ない事情が生じているので、あんたにごく簡単に説明した！」こう言われた富堂老人はますますその貴重さを知り、言いようもなく喜び、ひたすら腰をかがめてお辞儀をする。楊先生は言う。「わかってもらえないかも知れないが、今晩我が家に客があるのでな。そういう事情はあんたの眼にもとまったろう。本当に一から十までの細かい説明をする間がないんだ。それで仕方なくごく簡単に説明したわけだ」富堂老人は楊先生が何度も繰り返して簡単な説明と言うのは却って逆に容易ならざる事を言っているのではと思い、訳がわからなくなり、慌てて問う。「楊先生、先生はずばり本当の事を言っているのかね？」楊先生は言う。「ずばり言うって？ あんたが出て行ってから、わたしはすぐにこれはまずいと思った。つまりあんたが間違って服用するのを心配したんだ。取る物も取り敢えず急いで来たんだ。あんたはこの薬が何だか知っているかね？ 実を言うと、幾代もの先人を経てわたしの手に伝わったんだ。何年か前、わたしも一粒飲んでみたが、確かにきつい。どんな人であれあれを飲むと、あれこれやっていた物事を万事中断して放っておく事になる。この薬はすでに古書上にも記載があり、人はそれを〝金槍不倒丸〟と称している。そういう訳で、ただ名前が通っているだけだなどと言えようか？ 且つはまた、決して並の物だなどと思ってはならない！ 効くか効かないかはあんたが一度試せばすぐにわかる。わたしはわずかにこの一粒を残すだけで、多くの人に請われたがみな断った。他の人びとは問題にしなかったわたしだが、あんたの事は考慮せざるを得なかった。そうだろう？ わたしの診察には問題ない。今時の駆け出しの若造医者ときたら、白くきらきらした粉薬を出し、毒であろうとなかろうとお構いなし、ちょいと一服処方して、患者に良いのか悪いのかもどうでもいい。年寄りのわたしは長年医業に携わってきた。あんたも承知だろう？　わたしはこの手でどれほどの貧農及び下層中農の公社員大衆を救ってきたか？　わたしは一に名誉を求めず、二に利益を図らずにやってきたが、あんたには何故だかわかるかね？　まったくのところ、ただひたすらにわたしたちの貧農及び下層中農のために努めてきたんだ！　さっきあんたもドアを入って見たように、わたしは表立っては何も言わないけれども、実際の心は党に向かっている、ただもうひたすら党に向かっているんだ。晩の食事を済ませたら、座って『語録』の一区切りを学習するんだ」

　富堂老人はますます訳がわからなくなり、ただただうなずいて言う。「はい、はい」続けて楊先生は言う。「これはあんたもその眼でじかに見た事だから、あんたは何も言わない。あんたは他の連中がわたしの事をどう言っているか知っているかね？」富堂老人は問う。「どう言っているって？」楊先生は大声で言う。「どう言っているかって？　糞ったれ奴、人の噂では洪武《こうぶ》〔一九四・二一三頁などに既出。中途から医者になった男〕が季工作《きこうさく》組《そ》のところへ行って、わたしの事を耳に入れているんだって！」これを聴いた富堂老人は驚き慌てて問う。「奴は先生がどうだって？」楊先生は言う。「あいつがどんな事を言っているか、わかるか？　あいつはわたしが思想落後の悪徳医者で、村中駆け回り、あちこちでいんちきをやっていると言うんだ！　いいかい、あいつのふりまいた害毒はゲジゲジやムカデだって死んじゃうほどに猛烈だ！」これを聴いた富堂老人はまた言う。「奴はどうしてそんな事を？　自分の医術がだめで、患者が来ないものだから、畜生奴、それで腹を立てて先生に当たったのかね？」楊先生は言う。「何たる不心得だ！　当初、奴が初めて医を学ぼうと思い立った頃、母親が奴をわたしの家に連れて来て、ひとしきり愛想のいい話をして、息子を宜しく面倒見てくれとの事だった。わたしも確かに寛大に接し、たちまち奴に二、三の処方を伝授した。奴は当今恩を忘れて義に背き、わたしを告発した。まったくあいつときたら。あんたはどう思う？」富堂老人は感慨を覚えて言う。「楊先生、言うまでもない事だが、このごろのご時世、世の中にはどんな人でもいるんだ！　先生は奴に飯の種を恵んでやったのに、奴ときたら、後足で砂をかけたんだ！」楊先生は言う。「まったくけしからん。あいつはわたしの二種の処方で大きな利益を得ているんだ！　周りの人がこう言っているのがあいつには聞こえないのか。〝洪武のあの腕前は済元先生について学んだもので、済元先生の教示がなければ、あいつが診察すると言ったところで、奴のおっかさんの股ぐらくらいのものだ！〟ってな」富堂は言う。「その通りだ」楊先生は言う。「つまりこういう訳で、あのろくでなしは逆にわたしの事を悪徳医者だなんて言うんだ。まったく、あいつの良心はどこへ行ったんだ！　わたしがあいつの事を言わなくても、村の者に言わせれば本当の悪徳医者は誰なのか、みな知っているさ！　一昨昨年《さきおととし》の夏の収穫時、第四生産隊の王大来が麦刈りの際に鎌で膝を切ってしまい、脚がひと抱えほどの太さに腫れてしまった。洪武はあれこれ考えて治療を試みたが腫れはひかない。みなが怪しく思って騒ぎ出す。〝こんな大病じゃやはり急いで楊先生に診てもらわなくてはだめだ。あの能なしの洪武にはまかせておけない！〟結局わたしが出かけて行って薬を処方して飲ませたら洪武の手こずっていた腫れはひき、問題は解決、三日も経たないうちにほとんど歩けるようになった。王大来はわたしの手を握ってずっと泣いていたよ。あんた、どうしてかわかるかい？　あの洪武の奴、患者の大来にまるきり薬を使わず、注射器に入れて注射したのは白湯だったんだ！　ずいぶんあこぎじゃないかね？　まったくむちゃくちゃだ！」

富堂老人が言う。「先生の話で思い出したよ。去年の暮れ近く、家の嬶《かかあ》が病気になった時、あいつは診察もしないで風邪をひいたのだと言って俺に一包みの薬をよこし、結構な額を請求した。戻って飲ませたけれども、数日たっても効き目がない。先生、どうしてかわかるか？　寄越したのは何と薄荷《はっか》の錠剤だったんだ！　これじゃまるででたらめじゃないか？」楊先生は身振り手振りしながら言う。「そりゃまったくの大でたらめだ！　まだある。今年の始め、学校の鈴振りの張《ちょう》老人が病気になったので奴の所へ行かせたら、奴はろくに診察もしないで、もう手遅れだと言い、あの葉支書《ようししょ》に連絡して老人の仕事を取り上げ、棺桶を買わせたんだ。結局はわたしがまた行って、診察し、薬を飲ませたら老人の病気は治ったんだ。今朝方、わたしはまた老人が赤い腕章をし、鋤の柄を手にして校門の前で見張りに立ち、子供たちを指揮しているのを見たよ。あんた、あの洪武の奴はわたしが顔を出さなかったらほとんどあの老人を死なせてしまうところだったんだ！」

ここまで話したところで、楊先生の上の子金宝が急いでまたやって来て、後ろから大声で呼びかける。「父さん、どうしたんだよ。もうさっき呼んだじゃないか！」この一声で慌てた楊先生は富堂老人に向かって言う。「じゃ、そう言う事で。帰ったら頃合いを見て服用するんだ。そうしたら、今晩のあの事は保証するよ。ただし、やっぱり用心しなくてはいけない。年をとっているんだから、事を始めるには先ずはゆるゆるとな。もしもめまいなど感じるようなら即刻中止。絶対に感情にまかせて無理押ししてはならない。よし、わたしたち兄弟二人の今晩の話はいずれにしてもあんたの方からも季工作組に一通り説明しておいてくれ。わたしが洪武の言うようなそんな人間だと季工作組が思い込まないよう、話してくれるだろう？」富堂老人は言う。「楊先生安心してくれ、季工作組は他所の人ではなく、俺の〔嫤の母方の〕いとこだ。他の人たちの話は聴かなくてもすむが、俺の話は聴くほかないんだ。嘘だと思うなら家の嫤に聞いてくれ。少し前、毛主席の接見を受けて北京から戻って来たばかりの時も、家の門を入るやいなや俺の手を引っ張って俺の事をなつかしがり、今にも泣き出しそうだった」向こうの方で金宝がまた大声を上げる。怒った楊先生が振り返り、遠くに立っている金宝に向かって文句を言う。「どうしてこうしつこいんだ。わたしと富堂兄とが話しているのに、一言だって落ち着いて聴いちゃいられないぞ！　さっさと帰るんだ。いいか、わたしはもう少ししたらすぐ戻るから！」金宝は言う。「それならしゃべっていればいいさ。もう知らないぞ！」捨てゼリフを残して行ってしまう。老先生はそこでまた向き直り、甚だ謙虚丁重に言う。「わたしは初めて季工作組に会った際に、ごく自然に解放直後にこの村を訪れた張県長の事を思い出した。持ち前の体裁や気風は言うまでもないが、人民に対してもこの上なく穏やかで、みなの平素の暮らし向きを問うにもいちいち筋道が通っている。季工作組はあんたのいとこということだが、一見しただけで如何にも高官らしく、わたしたち並の庶民とははっきりと異なる。そうだろう？」富堂老人が言う。「勿論そうだ」楊先生が誉め讃えて言う。「大した技量、大した能力だ！」富堂老人が言う。「まったくそのとおりだ！」二人は交互にまたしばらく季工作組を誉め上げ、興趣も尽きてきたところでようやく止める。

楊済元老先生は富堂老人をいろいろぬかりなく教え諭した後、ようやく慌ただしく引き返す。中庭に入ると、奥の窑洞の灯りの下で金宝と柳泉河のなじみの情人とが双方熱心に話し込んでいるのが眼にはいる。急いで入って行き、弁解や了解の一通りの遣り取りの後、ようやく本題に入る。この本題と言うのは、楊済元老先生が聴かなければそれまでだが、聴くやいなや怒りで眼の前が真っ暗になる。しばらく気を静めてから罵り出す。しかし、龐二臭は今や龐衛忠であり、造反の英雄であり、普通の人間ではない。楊済元のような老いぼれにどんな手出しができよう！　経過は説明し終えた。寡婦は鄢崮村で一夜を過ごした。もうこれまで同様というわけにはゆかず、甚だ白けた一夜であった。柳泉河に戻った女はまた一時を過ごすが、猫児溝《びょうじこう》のあの年輩の女の事理に通じていた事や二犟《じきょう》の猛り狂った様などが連想され、何とも思いは尽きない。その上、ここ柳泉河の若い男女が彼女をまるで相手にしていない事は確実だ。こんな事を思っているうちに次第に決心がつき、そこでこっそりと人に頼んで話を伝える。ある日の夕暮れ時、猫児溝の崔後家《さいごけ》と数人の男たちが連れ立ってやって来て、段取りしてから帰って行った。年は少し上で、三十は過ぎたが四十にはなっておらず、相手の二犟本人の事も嫌ではなく、相性も悪くない。かくして、多年あい親しんだ済元老先生は放り出された。

# 46　郭大害が兄弟たちを諭す。龐二臭と栓娃のおっかさん

唖唖《ああ》はこの度戻って来て大害《だいがい》といっしょに居るのだが、もう以前のような平静快活さがない。一人で居ると何故かわからないが急に泣き出したりする。大害があれこれなだめても効果がなく、訳がわからないふりや聞こえないふりをして自分一人の殻に閉じこもってしまう。しかし、大害を最も悩ませたのは兄弟たちがこのごろ飲んだり騒いだりしながら賀根斗《がこんと》の造反隊に加わって造反しようとしている事で、大義《だいぎ》ら数人はすでに率先して行った。

この日の夕方、遊びに来た歪鶏《わいけい》は大害がオンドルの上に一人で横になっているのを眼にする。鞋《くつ》を脱いで上がり込み、さっそく問う。「大害兄貴、どうしたい。風邪でもひいたのか？」大害は何も言わず、両の眼を大きく見開いて窑洞《ヤオトン》の天井の窓を見つめている。歪鶏がまた言う。「今晩大隊本部で会議が開かれるんだ！」これを聞いた大害はぱっと跳ね起き、怒り狂って言う。「会議、そんならおまえ急いで行け！　おまえらこの悪党どもが。兄弟の契りだって、糞ったれ奴！」びっくりした歪鶏は大慌てで弁解して言う。「俺は行くって言ってないぜ。何でそんなに腹を立ててるんだ？」大害は枕を振り回し、大声で怒鳴って言う。「おまえもさっさと行け。どっちみちおまえら一味どいつもこいつもろくな者じゃねぇ！　口を開けば心の誠だの男気だのとこきやがるがみんな嘘っぱちだ。俺にはもうお見通しだ！」歪鶏はオンドルの縁に膝をついて大声で叫ぶ。「それは違う。俺は違う」大害は言う。「違おうと違うまいとどっちでもいい。みんな俺の前からとっとと失せろ！　おまえら全部だめだ！」こう叫んだがそれでも気は晴れず、裸足のまま窑洞の奥に駆け込み、壁の上の〝結義為仁〟の数個の大文字を引きはがす。歪鶏は慌ててこれを奪い取ろうとするがかなわない。為すすべのない歪鶏の眼の前で大害はこれをびりびりと引き裂く。歪鶏は大声を上げる。「兄貴、何をするんだよ！」見る見る涙が湧き出てくる。大害は言う。「何が忠義堂だ。何が聚義庁だ。みんなみんないんちきの嘘っぱちだ。言ってみれば、どいつもこいつもごろつき、与太者、土匪《どひ》だ！」言いながらさらに祭壇の上の線香立てに手を伸ばすから、歪鶏はその手をぴったりと押さえて動けないようにする。その刹那、黒蛋《こくたん》があたふたと駆け込んで来て、歪鶏といっしょになって大害

をオンドルの上に押し上げる。大害は相変わらず口汚く罵ってやまない。歪鶏は黒蛋に言う。「大急ぎで兄弟たちを呼んでこい。大害兄貴に重大事があるって言うんだ。今晩来なかった奴は兄弟の名簿から削除するぞ！」命令を受けた黒蛋はただちにオンドルを下りて駆け出す。

タバコ一服する間ぐらいに、兄弟たちがつぎつぎやって来る。床に散らばっている紙片の様子を見て、何だかまずいぞと知る。みな立ったままで口をきかない。歪鶏が促して言う。「さっさと鞋《くつ》を脱いで、上がって大害兄貴の話を聴くんだ」これを聴いたみんなは慌てて鞋を脱ぎ、オンドルの上に上がって車座になる。大害は壁の方を向いていて、みなをそのままにして相手にしない。歪鶏は頭を下げてしきりに呼びかける。「兄貴、間違っていたら謝るよ。斬るなと突くなと、あんたの好きにしてくれよ！」みなもまた言う。「兄貴、どうすればいいのか言ってくれ、教えてくれよ！」これらを聴かされた大害はごろんと横になってしまう。歪鶏がまた言う。「兄貴、俺たち一同心変わりはしない。何と言われたってしてはならん事は絶対にしない！　俺たちみんなで大喜びしたあの時の事、思い出すぜ、愉快極まりなかった。俺たちみんなで大声を上げて自由自在に暴れ回った事、思い出すぜ、猛烈な勢いだったなぁ！　これから先は各自それぞれ別な道を行くなんて、とても惨めだ！　とても悲しいよ！」話がまだ終わらないうちに、大害がオンドルの隅からつまずきよろめきながら寄って来て、数人の兄弟たちに抱きつき、鼻汁と涙滂沱《ぼうだ》として泣きじゃくる。みなは笑い出し、大害を抱きかかえる。座って落ち着いた大害は兄弟たちに言う。「俺はおまえらに造反させまいとしているんじゃない。そうじゃないんだ。造反はやっぱり必要だ。だけど、おまえらはあの博徒の賀根斗にくっついてどんな造反をしようというのだ？　結局はあいつが大事を成し遂げて栄誉富貴を享受し、おまえらは獄門にほったらかされるんじゃないのか？」これを聴いた兄弟たちははっと悟って口々に言う。「やっぱり大害兄貴の先見の明だ。俺たちときたらただ労働点数を稼いでうまいことやろうという程度の智恵で、そんな仕掛けがあるなんて思いもつかないよ！」

誉められた大害はいよいよ元気潑剌、委細構わず手を振り回して言い立てる。「現在皇帝はぼんくらで、奸臣どもが政権を握っている。俺たちは自ずとまた迫られて反抗するほかない。俺たちは人民公社に造反するだけでなく、県以上省以上いや中央にだって造反しなくちゃならん。違うか？」これを聞いた大義が笑って言う。「県以上、省以上どこだって造反する奴がいて、多分俺たちまでは順番が回ってこないよ」ちょっと頭をかしげた大害が突然言う。「変だぞ。門の外で誰かが俺を呼んでいる」みなはびっくりして言う。「聞こえないよ」大害が言う。「よく聴くんだ」みなはしばらく耳をすました後に言う。「大害兄貴、あんたの空耳だよ。誰も呼んでないよ！」大害は問う。「本当か？」みなは言う。「本当だよ」歪鶏は辺りを見回してから問う。「兄貴、あんたのここに何か食う物はないかな？　俺は早起きして丸一日何も食べてないんだ！」大害が問う。「どうしたんだ？」歪鶏が言う。「家中穀類の一粒もないんだ。親父が朝方叔父の家に借りに行ったんだが、暗くなってもまだ帰って来ないんだ」大害が言う。「そうか。俺も腹が空いているけれど。まー、こうしよう。裏にトウモロコシが半袋ほどあるから、おまえはそれを背負って行け」歪鶏が言う。「でたらめは止せ。俺が背負って行ってしまったら、あんたは何を食うんだ？」大害が言う。「俺一人ならどうにでもなる」歪鶏は頭を振って言う。「だめだ、だめだよ。それじゃ、炒ってポップコーンにしてみんなでいっしょに食ったらどうだ」これを聞いた大害は手を打って笑い、しきりに誉める。「そりゃいい、いい考えだ！　さっそく取りかかろう」言っているうちに、仲間の一人がオンドルを下り、竈に火をつけ、ピチピチパチパチと炒り始める。

ちょうどこの時、唖唖が駆け込んで来る。大害を見た唖唖はいかにも嬉しそうな様子で、オンドルの上に上がるとさらに飛んだり跳ねたり、いよいよ喜ぶ。兄弟たちはもう口出しせず、唖唖が世話をやくのにまかせる。大害が言う。「あれ、聞こえないか？　誰かがまた俺を呼んでないか？　今度は確かに聞こえたぞ。大義おまえ門を出て見て来てくれ！」大義は門を出てぐるっと一回りし、戻って来て言う。「影も形もないぜ！」大害が言う。「見つからないんじゃ仕方がない。オンドルに上がって座って、俺がみなに話すのを聴くんだ。今晩俺は筆を執ってちょっと書き物をしておこう。俺ら兄弟の造反の計画を書き出して、後日の証拠にしておくんだ」兄弟たちは唖唖がポップコーンを炒って捧げ持ってくるのを見ると、大害の事などそっちのけで、互いに先を争ってわっと鉢を取り囲む。

話は戻るが、あの猴子《こうし》の言はけっして嘘ではなかった。龐二臭《ほうじしゅう》は県の病院では一人部屋に入り、二人の若い美人の女性看護師が特別に面倒を見てくれる。正門の外には警備員が配置され、英雄の絶対的安全を確保している。解放以来随分経つが、県長でさえもこんな仰々しい処置はなかった。

ある日の午後、朧二臭は看護師に世話されながら昼食を済ませ、さて一休みしようかという際にドアがノックされ、「どうぞ」と返事をする。警備員が一人を連れて入って来る。人相風体を見ると、おどおどした田舎の農家の女で、頭巾で面体を厳重に覆っていて、ただ両の眼だけがおどおどとまばたいている。子細に観察するまでもなく、朧二臭にはそれが誰なのかすぐにわかったが、さしあたり嬉しそうな様子を見せず、諭すように言う。「何しに来たんだ？　やつれたようだな。山を登り峰を越え、こんな遠い所まで！」警備員と看護師を眼の前にして、女は答える。「あんたがどういう具合か、見舞いに来たのよ！」こう言って頭を下げるが、立ったままがいいのか、座ったほうがいいのか、身の置き所に窮する様子である。警備員と看護師は互いに目配せし、それから顔を見合わせて笑い、ドアを閉めて立ち去る。

二人が出て行き、女が頭巾を取る。見るまでもなく誰だってこの女が何者なのか見当がつく。朧二臭負傷の情報が鄢崮《えんこ》村に伝わっても、村民たちはみな作り話を聞いているような感じで、別に何とも思わない。四つ角で栓《せん》娃《あ》のおっかさんを見かけた鄭栓《ていせん》は彼女に一通りを講釈してから、二臭が頭に一発食らって病院に運び込まれ、未だに人事不省で云々と説明する。おっかさんは全部を聞き終えないうちにへなへなと脚が萎え、立っていられない。壁伝いに手探りしながら家に帰り着く。昔の二臭の様々な技能やいろいろな長所を思い出し、おのずと涙を催す。夜になり、勤務を終え戻って来た栓娃が慌てて問い合わせた結果、悪党の鄭栓がおっかさんを欺した事がようやくはっきりする。また二臭というあの悪党の現在の栄光もわかる。あれこれと楽しい思い出で一夜がふけ、まだ明るくならないうちに起き出し、家中のありったけの上等小麦粉を使い、白くて丸いマントウを一鍋蒸し上げ、これを携えて県城へと急ぐ。おっかさんは気は急《せ》くし、途中休む場所もないので、ちょうど太陽が真上にさしかかる頃には県城に入る。あちこち探し回ったり、人に尋ねたり。英雄の親類と聞いた気のいい人は熱心に協力してくれ、そのまま真っ直ぐに二臭のいる病院まで連れて行ってくれる。廊下まで来て、二臭の朗らかな笑い声を耳にしたおっかさんはあいつがまたどんな手管を弄して人を騙しているのだろうと思うばかり。病室に入るや涙を流す暇もあらばこそ、二臭にひとしきりなじられ、心中甚だ落胆する。栓娃のおっかさんはどういう訳でこのような冷酷な目に遭わなければならないのか？　この時、その仇敵は眼の前に座っている。おっかさんはぷんぷん怒って吐き捨てる。「あんたなんか、どうして一発でくたばらなかったんだい！」マントウを投げ出すとそのまま立ち去ろうとする。龐二臭が気にいっているのはこういう気の強い所なのだ。慌てて呼び戻し、言葉巧みにあれやこれやとなだめすかす。最後二臭ははっはっはと笑って言う。「参ったなぁ。おまえの肝っ玉のでかさにはよ！　県城のここがどんな所か知らないはずはなかろう。女一人の身で行くと決めたからって早速来るとはね？　おまえ、病院の門の外に紅衛兵が歩哨に立っているのが眼に入らなかったのか？　ましておまえの探しているのは俺なんだぜ。普通の人じゃない。何と俺の名声でもおまえは怖くなかったというわけだ！　俺がこんな事を言えば、聞きたくないかも知れない。だけどおまえも道理は弁えなくちゃなんねぇ。季《き》工作《こうさく》組《そ》が二日前に自分で見舞いに来てくれて、傷が癒えて退院した後の俺の職位をどうするかの話になったんだ。彼ははっきりとは言わなかったが、どうも俺の見るところではある公社の革命委員会主任を担当させるつもりみたいだ。おまえだってわかるだろう。これは小さな事じゃない。それで俺は今さっそく講話なんかの練習を始めたんだ。近いうちに革命委員会の主任になった時、壇上で立ち往生したりしたら大変だからな。以前、俺は村の目隠し塀の前でかんかん照りのお日様の下、村のみんなにむちゃくちゃ吹きまくったが、あれではただ吼えて喚いただけで、みんなに聴いてはもらえなかったんだよな。以前の俺は骨の髄まで怠け者で、お日様が天辺まで上ってもまだオンドルの上で寝ていた。これからもそうではまるでだめなんだよな。早起きしなくちゃならない時には早起きし、遅くまで仕事をしなくちゃならない時には遅くまで仕事をし、上級から託された仕事をぬかりなくやり遂げる。俺は二、三日したら、出かけて行って歯ブラシと練り歯みがきを買って正式に歯みがきを始めるつもりだ。おまえにもわかるだろうが、幹部になった以上は勤務員と話をしなくてはならん。その中には身分の高い人だの低い人だのいろいろいる。おまえがさっき入って来た時に会ったあの看護師な、見たろう、様子容貌身ごしらえ、すらすらてきぱき、何て格好いいんだ！　あの看護師さんと話をする時、口の中が汚いままでいいのか？　だめだ！　口を開いたとたんに臭い息が噴き出したら、相手は逃げ出しちゃうよ。それで革命工作が展開できるか？　できないよな！　大の大人にこんな道理を誰か面と向かって言ってくれる人がいるかね？　それからな、幹部になったらな、沢山の事が頭の上に降りかかって来るんだ。わからない事があるからと言って、あれこれ人に教えてもらおうなんて思っていたら、時間ばかりが無駄に過ぎて、却ってこっちが処罰されてしまうんだ！　だけどこうなった以上びくびくしていたって始まらない。どのみち打って出るほかない。季工作組はこんなにして俺に一目置いてくれている。それなのに頭を縮めてしまって、敢えて表に立って事を引き受けたりしないなんて、せっかくの人の好意に背くなんて、そんな事はできないよ。なーそうだろう？　俺は根斗とは違うんだ。奴は役人になるために頭を低く構えてひたすら潜り込み、まるで遠慮という事を知らない。俺は逆なんだ。季工作組は俺にどうしてそんなになりたくないのかと詰め寄ったんだ！　だけど、これも結局人間の運命だな。現在のこの大小の筋立ても二十年前にとっくに決まっていたんで、今になって決まったわけじゃないらしい。女のおまえに今ここで話すけどな。若い時、ゲリラ戦をやった。支隊長の牛三保が俺に言ったことがある。〝龐二臭って奴は悪玉のちんぴらだ。どこもかしこもろくでもないが頭だけはよく働く。どうしてなかなか見くびれない！　賢い者は所詮は賢い。いずれは何事かを成し遂げる。嘘だと思うなら、二十年後の奴の羽振りを見ろ！〟まったく彼はよくぞ言い当てたもんだ！　そうだろう。そのころの俺は鉄砲を背負って人の後ろについて闇雲に駆け回っているばかりで、何かでたらめを仕出かすと言うほどの事もなかったんだが。だから、俺のところのあの支隊長はすごかっただろう？　神様みたいな先見の明だ！　可哀想なのは俺の両親だ。福の神に見放され、今日まで生きていられなかった。息子にうまい物を食わせてもらい、かしずかれる大した幸せの境遇をしかと見開いた自分の眼で見る事ができなかった。俺たちの村ではただおまえだけだ。おまえだけが気を遣ってわざわざ俺を見舞いに来てくれる。俺はおまえの事を恨んじゃいないよ。それにまたこうやって来てくれたんだ。そのおまえを闇夜の中を帰せないだろう？　ちょっとの間、他の人たちには家の姉が兄弟を見舞いに来たと言うよ。ここに一晩泊まって、石鹸を持って銭湯に行くんだ。明日明るくなったら一人で大通りへ行って、ぶらぶらする所をぶらぶらしてゆっくり気晴らしし、満足したら戻って来るんだ。なー、それがいいだろう？」

女にとって、龐二臭の話の前の半分は面白くも何ともなかったが、後半に到っては心ひかれて胸中大いに喜び、勿論承諾する。この日の午後、龐二臭は女の食事、入浴の事をぬかりなく手配した。夜になっては同じ部屋に泊める。女は二臭の傷の事を思うからわがままはひかえる。逆に二臭の方は口を押さえて笑いながら女に耳打ちする。「絶対秘密だけどな、あっちの方には別にさしつかえないんだ」楽しんだ後、二臭は言う。「おい、変な話だけどな、以前は鄢崮村の山奥に潜り込んでうまい事やったもんだったな。あれをやらない日は何だかむずむず落ち着かなくてな。県城に来ると、眼の前にいい姉ちゃんがわんさとそろっているのに、あっちの方の事はあっさりしちゃう。えらい違いだと思わないか？　俺は考えたよ。まさかその気はあるのにやる肝っ玉がなくなっちゃったんじゃあるまいなと。だけど、そうじゃないんだ。都会の奴らはみんな面子《メンツ》が大事なんだ。それで、こんな事に関しては間に膜を挟んで嘘偽りで遣り取りし、まるで明け透けにはしない。だから、人が生きてゆくという事についての言うならば、俺たち鄢崮村の方がゆったり気楽で楽しいぜ！」こう言っているうちに、二臭はまたその気になってくる。女を引き転がしてのまた一番のしたい放題。以下は話の外。

## 47　哀れ！　富堂老人は冥土へ。栓娃は突如良妻を恵まれる

〝金槍不倒丸〞を懐にして家に戻った富堂《ふどう》老人は酒がなく、すぐにはどうしようもなくて何日か先延ばしししている。そんなある日、町で開かれる市に出かけると、一輪車を押して焼酎を量り売りしている山東人に出くわす。値段を問うと意外に安い。食堂でコックの助手をしている狗留《こうりゅう》を訪ねて空き瓶を一つもらい、歯をくいしばって思い切って半斤量ってもらう。家に戻ると遠慮会釈もなく、口をすぼめて幾口か酒をすすり、丸薬をかみくだいて飲み込んだ。この時太陽はまだ山の端に沈んではいない。日暮れを待って晩飯になり、季工作組《きこうさくそ》が向かい側に座っている。無駄話をしていると、下腹に暖かいものが込み上げ、うねるのを感じる。次いでズボンのまちの中が膨張し、あそこの根元が突っ張り、それに連れて痛みを覚えたが、一物は俄然隆々と勃起した。

富堂老人はため息をついたが、心の内は喜びにたえない。季工作組がどうしたと問う。老人は洪武《こうぶ》の事を云々した楊《よう》先生の一席話を適当に紹介するが、季工作組は何も言わない。食事が済むと、季工作組は向こうの窰洞《ヤオトン》に引き取り、引き続いてあの『毛沢東選集』を読む。嬶《かかあ》は食器を洗い終えてからも何かとばたばたしている。この間の時間をつぶすのに富堂老人は甚だ焦慮する。二、三時間を耐えに耐えた後、嬶の針針《しんしん》がようやくあたふたとオンドルの上に上がって来る。するすると衣服を脱ぎ、布団を被《かぶ》って横になると、暗闇の中で老人が潜り込んで来る。針針は言う。「あんた、どういう事？」老人は何も言わないでぴったり脚をくっつけてただただ焦って乗りかかろうとする。針針はさらに言う。「どうかしたの、今晩どこか筋でもひねったの？」富堂老人は秘かに笑って言う。「楊先生が処方したあそこが硬くなる丸薬を飲んだら、大した効き目だ。嘘だと思うなら試してみろよ」針針は手を伸ばしてぐいっと引っ張ってみてから腹を立てて罵る。「嘘つきが。ぜんぜんだめじゃないの。どこへ行っちゃったんだか、自分で触ってみたら！」びっくりした富堂老人は自分で探ってみるが、確かにぐったりだらんと伸びきっていささかの威勢もなく、たちまち心が冷える。心中罵って言う。「糞ったれの楊済元《さいげん》奴、よくもよくも、金槍不倒、かくかくの霊験、しかじかの高貴だのと。結局は一塊のロバの糞、何の山場もありゃ

しない！」罵った後、こそこそ引き下がって眠りにつく。

思いもよらない事に、もっとよくない事が次の日の早朝に起こる。まだ一箇所の畑も犂き終えないうちに、ズボンのまちの中が猛烈に痒くなってくる。夜はふにゃんふにゃん朝はぐにゃんのかの一物はこの時は強火であぶられたみたいに硬く膨れ上がる。ズボンのまちの中で傘が開いたような案配で、牛を追う老人はふらふらよろよろとしか進めない。何たる事だ、数十歳にもなってこんな目に遭い、口実の探しようもない。ただただ前にある犂にくっついて歩むほかない。午後になり、小便をする振りをして人に隠れて土手の下に行き、ズボンをほどいて見るやありゃりゃと悲鳴を上げる。どうなっていたと思う？ 何とかの一物はしばらく手荒く摩擦され続けたものだから、亀頭は赤紫に膨れ上がって今にも血が噴き出しそうだ。牛を飼育室に送り込むや慌てふためいて後をも見ずに急いで帰宅する。ドアを入って鞋《くつ》を脱ぎ、オンドルの上に上がる。竈の前で飯の支度をしている嬶の針針は休息する老人の様子を見るなり、さっそく叱りつけて言う。「真っ昼間だというのに、ちょっと仕事をさぼるどころか、家に帰ってきてオンドルにへばりつくなんて！」

横になった富堂老人は弁解はしないが思わず幾声か悲鳴を漏らす。聞き付けた嬶は変だと感じ、慌ててどうしたのかと問う。老人はわざとらしくおおげさに言う。「股ぐらがたまらんのだ！」嬶はオンドルの上に上がり、近寄って問う。「どうしたの？」老人は嬶の手をつかみ、ズボンのまちの所に置き、哀れな声で言う。「なでてみろ」嬶はちょっとなでるとその手を引っ込め、笑って言う。「これなら行けるって？」老人は頼み込んで言う。「ちょっと人の来ない間に早いとこ一丁」嬶は言う。「そんな。学校がひけるよ！ 子供たちが戻って来るよ！」老人が言う。「まだ間がある。俺のここのたまらない様子がわかるか！ 早く、早くドアに閂して来いよ！」嬶は言う。「馬鹿な事を。お日様がぴかぴかじゃないの。人様の笑い物だわ！」そう言うと、オンドルを下りて飯の支度にかかる。

老人はもう頼まない。オンドルの上で体をエビのように丸め、両の眼は茫然と壁を見つめつつひたすら耐えている。そのうちに、脚を引きずりながらドアを入って来た季工作組が針針に問うて言う。「飯はまだかい？」針針は言う。「まだよ。オンドルの上に座って少し待ってて」オンドルの上に眼をやった季工作組は問う。「兄貴はどうしたんだ？」針針は口をゆがめてちょっと笑って言う。「この人、変な病気になったのよ！」季工作組が言う。「どんな病気？　どうして洪武に診てもらわないんだ？」富堂老人は眼を合わせて言う。「いいんだ、いいんだよ。目まいがするがすぐによくなるよ！」少し話をしているうちに飯が出来上がり、子供たちも帰って来る。みなで車座になって飯を食う。富堂老人は眼をしばたき、のろのろと幾口かいい加減にかき込むとまた横になってしまう。食べ終えた季工作組はオンドルを下りる際に老人に言う。「大丈夫か？　悪いようなら俺から洪武に言って診に来させようか？」老人は言う。「大した事じゃない。しばらく横になっていればよくなるから」季工作組は言う。「それならいいが。あんたは休んでいろ。俺が海堂《かいどう》に言っておくから、今日の午後はあんたは犂きに出なくていい」言い終えると出て行く。しばらくして子供たちも出て行った。富堂老人は朦朧《もうろう》としながらもチャンスだなと思う。眼を開けて見回すが媳は見当たらない。そこで眼を閉じてまたしばらく横になっている。それでもやはり何の物音もない。ちょっと思う。糞ったれ、糞尼、また革命をやりに行きやがったな！　糞尼が、あのちんば野郎にくっついてあんなにべたべたしやがるのはどういう事だ？　そのうちに腿のつけ根がぐっとひきつって、まるで燃え上がった炎に焼かれるみたいに激痛が走り、情勢甚だ急を告げる。

怖くなった老人は慌てて起き上がり、大隊本部に向かって駆け出す。大隊本部の構内に入ると、針針が自分の肩を両腕で抱き、満面の笑みを浮かべ、温和《おとな》しげに上品ぶった声で呂《ろ》中隊長たち一団の人びとと話をし、何か写したり報告したりしているではないか。全部お役人言葉だ。いやーまったく。ニンジンに唐辛子を混ぜてみろ――食べてみればわかるけれど、見ただけではわからない。季工作組は地主の所の童養媳《トンヤンシー》〔息子の嫁にするために幼い時からもらったり買ったりして育てた女の子〕をわずか数箇月の間に一個の革命家に育て上げたわけだ！

自分の汚い格好を恥じた富堂老人は敢えて中には入らず、立ったまま遠くからしばらく見ている。またまたあそこの痛み故にやむなく身を翻して家に帰る。門を入らぬうちに、ズボンのまちの中がびっしょりぬれるのを感じる。急いで便所に駆け込み、まちを開いて見る。糞、どうなっちゃったんだ！　チンポコの鈴口から血が滴っている！　老人はそのまま慌ててしゃがみ込み、はーはー喘《あえ》ぎながら見つめるが、血はぼたぼた滴って止まる気配がない。こりゃどうした事だ？　いきなり立ち上がった老人はとたんに眼の前が真っ暗になり、ばたんとぶっ倒れ、糞壺の中に転げ込み、そのまま人事不省となる。

話は変わるが、戻って来てから後の鄧連山《とうれんざん》は村内を掃除し、橋や道路を補修し、ひたすら善人として美挙をなし、ただもうかの雷鋒《らいほう》の精励にも比べられるほどで、つぶさに村中の老若の称賛を得ている、との事。とりわけ、みなが目隠し塀の所で日向ぼっこしている時に、あん畜生だけが箒を手にして小止みなく目の前の空き地を隅から隅まできれいさっぱり掃き清めてしまう。その後で今度はスコップを持ち出して、人の足下の地面の窪みをいちいち埋めて平らにする。といった次第で、感佩《かんぱい》の至り。

さて、有柱《ゆうちゅう》の叔母が八方手を尽くした末に、ある日有柱のために一人の女を連れて来る事になる。あの闇夜の晩、有柱をめった打ちにした鄧連山は、その後家に帰ると、息子に大願を掛ける。「有柱、おまえは慌てちゃだめだ。これは大事だ。あの芙能《ふのう》がよもや逃げて行ってしまうとはな。俺の息子がみすみすやもめ暮らしになるとはな。だが、おまえは以後おとっつぁんの言う事を聴かなくちゃならん。田舎の嬶どもの話に乗ったりしちゃ絶対にだめだ。毛主席の三大規律八項注意の中でも婦女子に戯れてはならないと、わざわざ一項目を立ててある。あの呂中隊長はおまえの事を『毛主席語録』と結びつけていっしょにはしなかった。本当に結びつけていたら、おまえの罪はずっと重くて、おまえはどうなっていた事やら！　おとっつぁんは特別に事を大げさに言っているんじゃないし、またわざとおまえを脅かしているんじゃない。俺たちは部外者じゃないんだ。俺たちは改造される対象なんだ。だから何をするにしても細心の注意が必要だ。俺たちは何をするにつけても、毛主席の話を準則とし、何が何でも命じられたとおりにきちんと実行するんだ。そうやってはじめて社会から並の人間扱いされる。おまえも俺もこの一生なんてどうっていう事ないんだ。馬鹿みたいに言われたとおりにやっていればそれで済むんだ。一番大事なのは俺たちの雷娃《らいあ》だ。あれの頭の働きは抜群だ。村中あの年代で雷娃にかなう者は一人もいない。俺たち親子二人、頭をちょん切られ、首をはねられても、あの子の前途を開いておかなくてはならん。なー、そうだろう？　当面大事なのはおまえの嫁の事で、ここ数日内には来る事になっている。だが、おまえはやはり急いてはだめだ。しばらく時間をかけるんだ。その間におとっつぁんがあちこち聞き合わせ、どのぐらい働き者で世帯を切り回せるか、後妻としてそれなりの体格面相か、俺は精一杯おまえのために見極めてやる。おとっつぁんはここ数年蓮花寺の監獄に居たが、プロレタリア独裁のあの機関は正直に言ってそー悪くない。言い方が適切かどうかはともかく、月ごとに何元もの手当をくれる。俺は使う必要もないので、百元以上も貯まった。この金の中から少しはおまえのために使える。どうだい？」鄧連山の話は幾日も経たない内に何と実現した。

範家荘《はんかそう》の叔母が有柱のために女を連れて来た。何はともあれ未婚の生娘だ。有柱の艶福大なるかなと思うかね？　有柱は当初喜び一杯だったのだが、この日初めて会ってほとんど嘔吐しそうになる。その女は生まれついてのとんでもない代物で、ここにそれを証す詩がある。

胸は鳩胸、背中は猫背、赤っ鼻に爛れた金壺眼、
唾吐き散らしつつきく口は三つ口、不自由な足でバッタンバッタン、
頭はカササギの禿頭、両側に張り出た大きな耳して
歌う田舎歌！

女はオンドルの上で胡座《あぐら》をかいて座り、大口叩いてまくしたてる。どんな事を言ったと思う？　こう言ったんだ。「わたしが思うに、あんたら塬下《げんか》の人たちは大がかりなやり方をするけれども、やっぱり住まいその他元来はわたしら山中の人と同じだったんだ。物によってはわたしら山中の方が広くてゆったりしている。あんたらは豚を飼うのに豚小屋を建てる。わたしらの山の中ではそんな事はしない。豚を山の中に駆け回らせておく。あんたら塬下の牛ときたらどれもこれも痩せこけて背中なんか背骨一本の幅があるだけだ。わたしらの山の上の牛を見せてやりたいよ。背中はその上で羊やラクダの毛を叩いてフェルトを作れるほどの幅があるぞ。あんたらの所の娘っ子もどれもこれもその顔色ときたら黄色くしなびてまるで何代もの間食い足りてないみたいだ。ちょっと物を問いでもすれば、緊張して固まってしまい、ぶるぶるがたがた、いい加減問答してもさっぱり要領を得ない。今日わたしは野良から村外れまで一通り見たけれども、あんたらのこの村には何の良い所も見出せないわ！」有柱の叔母が慌てて遮って言う。「勤花《きんか》、わたしらは今は客なんだよ。客には客としての礼儀作法があるじゃない。なじみがないからっていって、よそ様に対してあれこれいい加減な事を言っちゃいけないよ」鄧連山の方はさばけた嬉しそうな顔をつくろって脇から言う。「いや、何

でもない。勤花に話させな。俺は勤花の率直さが好きだよ。毛主席は俺たちに教えてくれた。〝我々は人民のために服務するのだから、我々にもしも欠点がある場合には他人からそれを指摘され、批判される事を恐れてはならない。誰でも、どんな人でも指摘してかまわない。その人の指摘が正しいかぎり、我々はただちに改める。その人の言うやり方が人民にとって有利である以上、我々はその人のやり方のとおりにする〟毛主席の話にはさらに先があるが、我々はなお何を怖がるんだ。怖がることはない。言ってくれ！　さー言ってくれ！」女はその顔をオンドルの壁の方に向けて押し黙る。

　この様子を見た有柱は抜き足してずらかる。鄧連山はこれを村外れまで追いかけ、その耳を引っつかんで説教し始める。鄧連山は言う。「世間知らずの息子奴、おとっつぁんにこんなに心配をかけさせて！　おとっつぁんはやっとの事でおまえのために相手を見つけたんだぞ。おまえは自分を幹部だとか党員だとかでも思って、それでいい加減な態度でこのおとっつぁんの顔に泥を塗るのか！　いいか、誰の嫁さんを探しているんだ？　おまえの嫁さんをか、おとっつあんの嫁さんをか？　さー、言ってみろ！　おまえに嫁をあてがわなければ、おまえはふらふら出歩いて、騒ぎを起こす。人の女房をつかまえて押さえつけたあげく、めちゃくちゃに頭をぶん殴られて。それで、おまえのために嫁を探して来れば、こんないい相手をみすみす気に入らないだなんて。おまえはあの女のどこが不足だと言うんだ？　手かそれとも脚か？　眼かそれとも口か？　ランプを吹き消して抱っこしちゃえば、何が不足なものか！　おまけに、話を聴けば率直で、根性もすわっている。とても並の女じゃないや！　おまえはどんな女が欲しいって言うんだ？　まったく訳のわからん奴だ。おまえは俺にどうしろって言うんだ？」鄧連山のこの話は条理を尽くしたもので、有柱としても自ずと文句のつけようもない。それで、父親に随っておとなしく戻ることにする。父子二人連れだって家に帰る。部屋に入った鄧連山は作り話をでっち上げて言う。「どうもとんだところをお見せしてしまい。と言うのも、愚息が野良に出て仕事をしなくてはならんと頑張るもので。追いかけて行ってよく話してきかせ、ようやく連れ戻して来た次第です」オンドルの上の龔《きょう》勤花はそっぽを向いてふんと一声、それからかみつくように言う。「承知するなら承知する。しないならしない。あんたら親子二人ぐるになって何をしてるのよ！」泡を食らった鄧連山は作り笑顔で言う。「いやいや、滅相もない。有柱はとても働き者で、一日野良に出ないと気が落ち着かんのです」オンドルの上の女はすごいけんまくで言う。「野良稼ぎして穀を食い粉を食う。野良稼ぎしないで他にまた何をするんだ?」鄧連山はこれにはぐっとつまってしまい、何と答えたらいいのかわからない。

ちょうどこの時、中庭で人の叫ぶ声がする。鄧連山が慌ててドアを出て見ると、栓娃《せんあ》ら数人の民兵である。そこであたふたと腰をかがめて返事をしてから何の御用でと問う。栓娃は言う。「おまえの家に山から客が来ているそうだな。それで俺たちに行って調べて来いとの呂中隊長の命令だ。どういう人間かしっかり調べさせてもらうぞ」鄧連山はお追従笑いして言う。「はい、はい。どうぞ!」栓娃ら一行を窑洞の中へと導く。栓娃が一瞥したオンドルの上には果たして一人の女が端座している。その女に問う。「おまえはどこの者だ?」一行がドアの前にごちゃごちゃと詰めかけるのを見、また問いかけ方も怪しげで、好感を持てないものだから、オンドルの上の女は口から出任せに言う。「どこの者だって? 天上の人、地上の神よ!」

この言葉の発音を聞いた栓娃たち民兵は山から下って来た者だと察し、腰をぴんと伸ばして大声でどやしつけて言う。「来い、学習班へ行くんだ。おまえはまだかちかちの石頭だろう!」これを聴いた鄧連山は慌てて側《そば》に寄って遮り止めて言う。「分隊長殿、分隊長殿、絶対に止めてください! あんた方がそんな事をしたら、わたしは客人に何とも申し訳が立ちません!」民兵の一行が鄧連山の話など歯牙にもかけるはずがない。わっと押し寄せると女をオンドルから引きずり下ろし、取り囲んでめちゃくちゃに押したり引いたりしながら大隊本部に連れ込む。

ドアを入って来たのが何とうまい具合に女であるのを眼にした呂中隊長は自ずから精神高揚する。先ず民兵を一喝してから自分で直接に取り調べる事にして問う。「おまえの家はどこだ?」答「範家荘村」問「名前は何と言う?」答「龔勤花」問「どうして当地にやって来たんだ」答「媒酌人が連れて来た」問「相手は誰だ?」答「鄧有柱」問「鄧有柱がどんな社会階層区分か、おまえは知っているのか?」答「知らない」問「知らん? それも知らないでいい加減に嫁入りするなんて、まずいじゃないか? 今時の祝言で、階層区分も知らずに嫁入りするなんて、どこにそんな話がある!」答「自分で決めた」

　問答がここに到った呂中隊長は言うべき言葉を失い、襲勤花をじろじろ見つめ、心中秘かにこの山の中の女子の胆力に感服する。そこでまた穏やかな口調に改めて言う。「おまえの後ろにいる何人かの連中は思想は革命的で氏素性も真っ当だ。連中の誰だって鄧有柱なんかに比べたらよっぽど立派なものだ。おまえはどうしてこいつらから選ばないんだ？」襲勤花は果たして頭を巡らして見る。栓娃ら何人かはどれもこれも狼狽して足が地に着かず、体を揺すって逃げ腰の姿勢。ひたすらもう自分があの女に見初められるのを恐れるが如くである。ひと渡り見回した襲勤花は身を返して言う。「気に入らない」呂中隊長は言う。「おまえは誰が好きなんだ？　地主富農の倅《せがれ》の鄧有柱か？　あいつはこの村の中で破廉恥な事をしたんだ。人の家の息子の嫁の着物を引っぺがそうとしたんだ。知っているか？」襲勤花は頭を振って言う。「そんな事わたしに訊く事ないわ。知りたくもない。鄧有柱なんて、いいとは言わないけれどだめとも言わないわ。だけど、ここにいるみんなよりも体格はいいね！」

　呂中隊長は栓娃を指さして言う。「この人はどうだい？」襲勤花はまた頭を回し、銃を抱えている栓娃をしっかり見つめる。呂中隊長は補足して言う。「容貌はどうだ？　颯爽とした勇姿に五尺の銃！」栓娃は提灯みたいに顔を赤くふくらませ、もじもじしながら突っ立っている。襲勤花は言う。「この人はまずまずだ」呂中隊長は言う。「それじゃ決まりだ。で、こうしよう。栓娃、おまえはこの人を連れて戻れ。後の事は俺が始末する」

　気後れした栓娃がぐずぐずしていると、いらだった呂中隊長が罵って言う。「そんな臆病者でどうする。生涯独り者だぞ。おれがおまえのために見立ててやったのに、おまえときたら、まるでおびえて、亀の子みたいに頭を引っ込めてしまう。これ以上俺にどうしろと言うんだ？　さっさと連れて行くんだ。まだもたもたしてるなら別な人にやっちゃうぞ！」これを聴いた栓娃は慌てふためいて決心する。かの襲勤花には何の異存もない。ちょっと頭を下げるとさっそく栓娃の尻について出て行く。

　この間ほんのタバコ一服ほどの時間もかからない。ドアを出て行く二人を見送った呂中隊長本人の方がびっくりした。その後でわっはっはと大笑い。少し経ってから有柱がこそこそと入って来て、あの人を受け取りたいと言う。きっと眼を剥いた呂中隊長は誘拐だ、強姦だといった類の言葉を使ってひとしきり罵りちらす。その後でまた言う。「龔勤花の思想水準は甚だ高い。いまさらおまえのような地主の家の敷居をまたごうなんて思っていない。すでにちゃんと手配は済んで、人を遣って範家荘の村へ送り返す！」どうしようもない有柱は引き下がって父親の鄧連山に報告する。鄧連山は「おーっ」と怒りの一声を発したまま頭を抱えて座り込むが、後は無言。

# 48　唖唖の恋情。針針の悲嘆。賀根斗の辣腕

大害《だいがい》と大義《だいぎ》、歪鶏《わいけい》ら一味の兄弟たちはポップコーンを食べた後また大騒ぎして夜中過ぎになる。大変遅くなったのを知り、ようやくわいわいがやがやお開きとなる。残された大害が取り散らかされたオンドルの上を一人で片付け、綿入れズボンを脱ぎ、ランプを吹き消して寝ようとしたまさにその時、竈の脇に誰かが立っているのが眼に入る。改めて見るまでもなく、大害にはそれが誰かはわかる。急いで言う。「唖唖《ああ》、おまえどうしたんだ？もうこんなに遅いんだ。どうして帰って寝ないんだ？」灯りの陰の唖唖はただ茫然としてもの言わない。大害は言う。「早く、早く帰れ。おっかさんが心配しているぞ！」唖唖は片方の手指でもう片方の手指をかたく握り、足もとをふらつかせながら、のろのろとドアを出る。唖唖の可哀想な様子を見た大害は彼女のためにただただため息をつくばかり。唖唖がドアを閉ざすともう何の物音もない。しばらくの間耳をそばだてていた大害は唖唖が窰洞《ヤオトン》の門口から立ち去っていない事を知る。急いでズボンを穿《は》き、外へ出て彼女に忠告する。

唖唖は窰洞の門口の腰かけ石の上で体を丸めている。どうもそこに座って一夜を明かす算段らしい。傍《そば》に寄った大害は足で軽くつついてから小声で言う。「家に帰って寝ないのか？　どういうつもりだ？　早く帰るんだ。風邪をひいてしまうぞ！」唖唖は動かない。大害はしばらくつきあって立ったまま、満天の星あかりを見ている。優しく穏やかだがまたもの寂しい夜色である。大害は腰を屈めて穏やかに言う。「俺の話を聴くんだ。急いで帰るんだ。これ以上ぐずぐずしていると本当に怒るぞ！」これを聴いた唖唖は大害の膝の上にがばっと倒れ伏し、大害の両の腿を抱き、大害のズボンのまちにその顔を押し当てる。大害はじっとしていたものの、かの一物が膨張するのを覚える。大害はふーっとため息をつき、小声で言う。「唖唖、さっさと行って……」唖唖は却って手を伸ばしてズボンの上からかの一物をぐっとつかむ。ぶるっと身震いした大害は怒ってぐいと彼女を押し退けて言う。「さっさと行くんだ！」唖唖は動かずに面を上げて大害を見る。大害は星を見ている。その後すぐに大害は言う。「帰るんだ。もう随分遅い」立ち上がった唖唖は手で顔をおおってのろのろと歩み去る。

話は戻って、富堂《ふどう》老人の事。この日の午後、ちょっと

の油断から一人便所で昏倒《こんとう》してしまったのは甚だ哀れな事であった。どうしてこんな事になってしまったのかって？　神様が最後に彼にこんな仕打ちをするなんて、何ともひどい事だ！　富堂老人は生涯その人格に非難されるべきところがないのみならず、面を黄土に向け、背を天に向け、謹厳実直、苦労をいとわず人の陰口など意に介しなかった。

針針《しんしん》が戻って来た時にはすでに何時間か経過していた。窑洞のドアを入ったが老人はいない。心中また外出したのだろうと思う。しばらくして便所に行くと、何と老人が糞壺の中に倒れ伏しているではないか。これは大事だと知り、大慌てで大声を上げる。しばらく叫んでいたが誰も来てくれないので、取る物も取りあえず大隊本部へ走って行き、ドアの枠に両手でつかまって、中にいる人に向かって呼びかける。「季站長《きたんちょう》、季站長。あんたの兄さんが大変よ。早く来て見てちょうだい！」

季工作組《きこうさくそ》は言う。「何を喚くんだ。みなが文献の学習中なのが眼に入らないのか！」これを聞いて中に入った針針は焦ってほとんど泣きそうになりながら言う。「あんたの兄さんが便所の中で倒れて人事不省なのよ！」季工作組はちょっと眼を見張るが、眉も動かさないで冷ややかに言う。「どういう事だ。倒れたらあんたが助け起こせばそれでいいじゃないか。何を喚くんだ！　あんたは人民日報の社説が何て言っているか、見てないのか？今は中共二十三号文献を学習する事が一切に先行する最重要事だ！　あんたがそこで喚きまくっていてはまるで学習できないじゃないか！　人は死なないとは言わないさ。人間死ぬ事もあるさ。だからどうしたって言うんだ？　文献を学習するなって言うのか？　まったく何て事だ！」針針は彼の講釈がしばらく終わらないのを見て取り、老人の救護が手遅れになるのを恐れ、慌ててまた駆け戻る。まだ屋敷の門をくぐる前に栓娃《せんあ》が後ろから追いかけて来るのが眼に入る。栓娃が言う。「季工作組が俺に追いかけろと言ったんだ。伯父貴はどこだ？」針針が便所へ案内する。一目見た栓娃は糞も小便も構うことなく、老人を背中に担いで窑洞に運ぶ。針針は水をぶちまけながら栓娃に言う。「急いで洪武《こうぶ》を呼んで来て！」

ほい来たと応じた栓娃ははっはっと息せききって走り行く。針針はますます活発に手脚を動かして、ただただ老人の体を濡れ雑巾で拭いに拭う。腿のつけ根をふき取る時にかの一物を見ると、てらてらと光沢を帯びて紅潮し、すごい勢いでそそり立っている。すぐにおおよそ間違いのないところを推察する。心中後悔の念がわくが、とても事にうまく説明できない。

　さてさて、この富堂はたちまちの間に死んでしまった。洪武を呼びに行った栓娃はしばらく探し回ったがまるで見あたらない。大隊本部へ駆けつけてみると、大変な騒ぎで、そのために人捜しの方は忘れてしまった。彼がドアを入ると、県城からやって来た数人の学生が逆上し、顔を真っ赤にして季工作組に大声で、県の方の情勢はますます緊張していると話しているところである。〝紅聯〟は県南の部隊に頼って〝紅造〟の銃器や弾薬を没収し、今ではさらに県の機関に進攻した。両派は互いに凶暴に闘っている。ただし、目下の形勢は武器の欠乏している〝紅造〟がかなり不利である。オンドルの上に端座した季工作組は終始無言。しばらくして、季工作組は呂《ろ》中隊長を呼び出して言う。「いいか、あんたは俺のためにただちに鄢崮《えんこ》村の造反隊を率いて出動できるかね？」何をか言わん、呂中隊長はこの事を熱望してきた。ずっとこの事を渇望してきた。毎年毎年訓練を繰り返してきたのに、実戦の機会に出会わない。その上さらに目下県城にある龐二臭《ほうじしゅう》の様子を思えば、心中ずっと焦りを覚える。今この話を聞き、心は喜びに躍り上がる。どこに出動しない理由があろう。ここにおいてぱっと不動の姿勢をとり、きっぱりと言う。「できます！」季工作組は言う。「それは結構。俺たちは今夜出発する。民兵に秘密の保持に注意するよう通知せよ！」さらに顔の向きを転じて、「賀根斗《がこんと》同志、賀根斗同志はどこへ行った？」みなはあたりを見回して、「わかりません」と言う。腹を立てた季工作組は罵る。「何て事だ。あの賀根斗ときたら、盛り立てきれない天子だ。学習のために会を開いても、さー、あいつはナツメの実みたいに尻が据わらない。ちょっとこれをしてはちょっとあれをやる。何もかもあいつの気まぐれだ！」

　こう愚痴っているところへ賀根斗が駆け込んで来て、慌てふためきながら言う。「俺を呼んだのか？　何事で？」季工作組は全体の状況を簡単に説明し、最後に言う。「現在、鄢崮村の大権の一切をおまえにゆだねるから、必ずや警戒心を高め、階級の敵が俺たち後方の兵力が不十分なのに乗じ、俺たちの生まれたばかりの革命政権に反攻してくるのを絶対に防がなくてはならない」賀根斗は言う。「先ずは安心してくれ。俺根斗がいる限り、鄢崮村の革命政権は不滅だ。もしもの事が起きたら、あんたは戻って来て俺の首を取ってくれ！」季工作組はよくよく言い含める。「絶対に秘密を保持せよ！」賀根斗は言う。「大丈夫、安心してくれ。」

話が済むと、一団の人員は飯を炊く者は飯を炊き、武器を取りそろえる者は武器を取りそろえ、黙々且つ整然と行動を開始する。その為すところは農民とは見えず、確かにそっくり軍隊である。季工作組は一切を適切穏当に処置した後、足を引きずりながら帰宅する。中庭の門を入った途端、薬箱を背負って慌てて外に出ようとする洪武と鉢合わせしたから、「どうしたんだ」と問うと、洪武が言う。「とんだ事だ。老人が脳溢血でお陀仏だ！」季工作組は午前中に針針が慌てて駆け込んで来て、自分を呼んだ事をようやく思い出す。そこで、慌てて大股で中庭を突っ切り、窑洞のドアを押し開けて見ると、薄暗い灯火の中で二人の子供を傍らにした針針が喉も裂けんばかりにおんおん泣いている。言ってみればこう言う事だ。


夫よ、あんたはかくも残酷に妻子を捨てて逝ってしまった——

あんたは目の前のこの二女と一男を捨てた。この子らが後家に随ってただ飢寒にさいなまれるにまかせて。

あんたは目の前のこの黄土の高天を捨てた。犂や種まき器や馬鍬を畔に放り出して。

あんたは目の前のこの村内の屋敷を捨てた。風は樹を掃き、樹は風を掃き、凄凄惨惨。

あんたは目の前のこのランプを捨てた。日暮れて、わたしは誰と灯下に語るらん。

あんたは目の前のこの雑炊の碗を捨てた。食膳の辺りにその笑顔はない。

牛はモーモー、羊はメーメー、ロバもいななく。村の人びと、あんた思えば涙ぽろぽろ。

男児は父ちゃんを泣き、女児も父ちゃんを泣き、妻は亭主を泣く。冥土のあんたを如何にせん。

春日、わたしはあんたに随って用水路沿いに駆け回り、刺槐の葉っぱを採って漬け物を作る。

夏日、わたしはあんたに随って野良仕事に精を出し、お日様頭に頂いて、仕舞いは背中にお月様。

秋日、わたしはあんたに随って穀類取り入れ粉に磨り、ご馳走こしらえ満腹満足。

冬日、わたしはあんたに随って東の台地を犂起こし、腹の減るのも寒いのも、我慢するのは来年のため。

あんたはわたしに随って十六年、十六年間あんたはわたし故にひたすら恥を忍んで無事を期した。わたしとてあんたの心中の苦しみを察しないわけではなかったが。ごめんなさい、ごめんなさい。辛くて天に叫んでも、天は応じてくれなかったわね。天の神様、地の神様、どうして眼を開けて下さらなかったの。どうしてわたしの夫をこんな辛い目に遭わせたの。

あんた、あんた、とても慌ただしく逝ってしまった可哀想なわたしのあんたぁ――

この有様を見た季工作組はぞーっとして鳥肌が立つが、何とかこの場をしのがなければならないので、ともかくも大原則を持ち出して彼女をなだめる。季工作組の声を聴いた針針は激怒し、きっと面を上げ、眼に一杯涙をたたえて言う。「へっ、あんたの文献を学習して、あんたの革命をやればいい！　わたしはあんたらみたいな人たちを信用しないわ。一旦革命が成功したら、鶴は千年、亀は万年、石の裂け目に潜り込んで死守し、長生不老！自分で自分に聞いてみな。あんたがここ富堂の家に厄介になってからの数箇月、何かあんたに頼んだ事があったかしら？　同じ屋敷の住人になって、あんたったらわたしらに威張りちらし！　鼻の孔にネギ挿したみたいな格好して、勿体つけて革命だってさ。あんたのおっかさんの股ぐら革《あらた》めて、それであんたが生まれたのに親戚中にも知らさないって！　あんたの根性、今日こそわたしは見限った。あんた、暑い日も寒い日も、いつだってあんたの事を心に掛けたじゃない？　夜も昼もいろいろ気を遣って面倒みたのに、あんたったらまるで良心ってものがないの！　言いにくい話だけど、言うわ。あんたの奥さんが世話しきれないところをみんなわたしが世話したんじゃないの！　あんたったら何様なの？　恩知らず！　人の肉を食べて知らん振りしてる恩知らず！　へっ！」

季工作組はとても手に負えないと見るや、仕事もあることだし、多言は無用とばかりあたふたと退出、呂中隊長の家へ行って飯を食うことにする。道々心に思う。さっきは幸いにも周りに人がいなかったが、もしも人がいたら、針針の言ったあの話に基づくと、彼女には反革命の罪が言い渡されるかも知れない。

この日の夜、大隊本部では二台の荷車が連結される。季工作組が選り分けて二、三十人を選び出し、全員に刀か銃を持たせ、甚だ勇壮である。村中の男女もまたまるで大敵を目前にしたみたいに、ほとんど全員出動し、村外れに立って相送る。中に父の子を送るあり、妻の夫を送るあり、みな涙を拭いつつ、戦場における注意すべき要点の数々を逐一懇ろに繰り返す。このような見せ場を眼にしたこの時の季工作組は解放戦争の時代の映画の中に入り込んだような気持ちになり、情緒は高揚し、意気は天を衝く。と見る間に、ぴょんと一跳びして馬車の高い所に立ち、明るく輝く懐中電灯を空高くに向けて振り回す。呂中隊長の大声が鳴り響く。しばし急ピッチで、しばしスロウ・テンポで。車に乗るのかそれとも列を組むのか、民兵たちは去就に惑う。点呼を受けてようやく全員がそろう。そこで出発となる。急行軍である。それを村人は二、三里追いかけるが、馬車はだっだっだと遠ざかって行く。

　人びとが心中当惑したことに、突然また馬車が戻って来る音がする。いぶかしく思う村人の前で、季工作組が民兵によって馬車の上から下ろされる。足が地に着くと同時に季工作組は大声で賀根斗を呼び立てる。あいにく賀根斗はすでに戻ってしまった。そこでしかたなく在宅の民兵猪臉《ちょれん》を呼ぶ。猪臉はさっそく罷《まか》り越す。季工作組はポケットから五十元を取り出し、懐中電灯で確かめ、手でぽんと叩いて懇ろな言葉で意味深長に言う。「猪臉、戻ったらこの金を根斗に渡せ。そうして、あいつに針針を助けてきちんと老人を埋葬させるんだ。以前にも毛主席が言ったことがある。村方で人が死んだら、追悼会を開く。こういうやり方でわれわれの哀悼の気持ちを表し、全人民を団結させるんだ」話し終えると、ちょっと手を上げ、また馬車の上に引っぱり上げてもらう。こうしてようやく馬首を巡らせ、がんがんがらがら、後顧の憂いなく走り行く。

　猪臉は五十元の金を懐にして一晩これを暖める。葬式の支度でわいわいがやがやの翌日の富堂の屋敷、猪臉はずっと一言も発しない。しばらくしてやはり誰かが根斗に話をする。根斗はそこでようやく慌てて大義《だいぎ》に頼んで猪臉から金を受け取って来させる。大義は言う。「この野郎、あそこで喚きながら金を待っていたんだ。おまえときたら人の家の金をしまい込んで黙《だんま》りを決め込みやがって！」猪臉は責任を逃れようとして言う。「誰が黙りを決め込んだって？　届けるのが遅れただけだよ。他人の金をちょろまかすなんて！　糞ったれが、ちょっとの間預かっていたのがどうして悪いんだ？」言いながら手探りして金を取り出し、体を背けて涙眼をしばたたかせつつ受け取ってもらう。この世でこんなに沢山の札びらを見ることはもうあるまいと心に思いつつ。

総じて言うならば、富堂老人はまずまずであった。あれこれひっくるめると総額百十元、なすべき儀式はいちいち全部できた。ここ数年の葬式中でもそう多くはない立派なものであった。この様相を見た村内の老い先短い数人の老人はいずれも「富堂老人には福が有った」と賛嘆した。

話変わって、鄢崮村農民造反隊が成立し、権力を奪取するや、弁解の余地を与えずに葉金発《ようきんはつ》一派の人びとを更迭した。任に着いた賀根斗はお忍びの民情視察を欠かすことなく、貧乏人を訪れて苦しみを尋ねる。これを手始めに、お上の体裁作りの種々の作法をいちいち何でもやる。身に軍外套を纏い、足にはズック靴を履いて、肩に『毛沢東選集』を担ぎ、手には『毛主席語録』を持って、髪の毛や面をこざっぱりと整え、足取りも軽く、一団の人員を引き連れて、格好をつけて得意げに一軒一軒を訪問して回る。

賀根斗が鄭栓《ていせん》の家に行く。鄭栓が隊の役畜が老いさらばえて惨めたらしい事を言う。長い年月、彼はずっと隊のために気遣って何度も商洛《しょうらく》〔一〇九頁参照〕に出かけ、その度に売り買いして老弱の役畜を若くて力のあるのに入れ換えた。だが、葉金発一派の人たちは彼の好意をまるで問題にしない。この話を聴いた賀根斗は即刻うなずく。賀根斗は言う。「この事は俺が全力で支持する。ここ一、二年のうちに折を見てやらなければ絶対にまずい。だけど、今現在はだめだ。どうしてかは俺は言わないが、あんたもわかるだろう。過去、俺たちの、鄢崮村は誤った路線の影響下にあり、革命的生産のやり方も万事ぼろぼろだ。権力は今や俺たち造反派の手中に帰したが、すっかり回復するまでにはしばらく時間がかかる。先ずは俺たちが晩にやっている『毛沢東選集』の学習会の灯油も買いきれない現状だ。どこに商洛に出向いて役畜を買う金がある？　だけど、この件は俺たちが善処する。みなが心を一つにして造反派の工作を支持するならば、きっと大した日時はかからずに、あんたの意見を十分に考慮して、数百元を持ってあんたに出かけて行ってもらえるはずだ！」

賀根斗は劉黒爛《りゅうこくらん》の家に行く。さっさとオンドルの上に上がり、老人の障害の両脚を見舞ってから水花《すいか》と話し始める。「黒爛兄貴は俺たちの隊の功臣だ。一九五八年の水利工事の際に手柄を立てた功臣だ。現在、造反でもまた手柄がある。このような古くからの功臣に対して俺たち造反派は絶対に義理を欠いてはならない」これを聴いた水花は涙を流す。「根斗兄弟がこんな嬉しい事を言ってくれるなんて、まったく思いもよらなかったわ！　わたしは長年ずっと人びとにここ鄢崮村には人材が埋もれていると言ってきたけど、やっぱり一大人材が埋もれていたのよ。つまりあんたの事よ。ここ数日あんたはあちこち駆け回っているけれど、大衆の評判は大したものよ。みんなあんたの事を言っているわ。〝見てよ、あの根斗。あっという間にけりをつけるあの仕事振り。大隊のあれやこれやの厄介事もいちいち処置して万事筋が通っている。おまけに、大衆への話しぶりもいつでも気さくだ。あの葉支書の奴とはまるで違うよ〟わたしも思うわ。根斗っていう人は生まれつき公平正直、人としての行いも立派で、あの葉金発なんかとは比べ物にならないって！」これを聴いた賀根斗は喜色満面、しきりに手を振りながら言う。「いや、いや。俺も並の人間だ。だけども、今任に着いた以上は政策に従って事をなさねばならん。黒爛兄貴の今みたいな情況を葉金発みたいにあんなふうにほったらかしにしておくなんて事は俺としてはできっこない。数日したら、俺は先ずあんたの家の労働点数の補助の問題を解決する。優先米がまた上部から手配されるなら、あんたの家を最優先で考慮する。官たる者は先ず何よりも清廉潔白、貧しく苦しい人びとの事をよくよく考察しなければならない、あんたはそう言いたいんだろう？」

賀根斗は歪鶏《わいけい》の家に行く。家畜小屋や家の中を一通り見回してから思わずため息をつく。歪鶏の父親に向かって言う。「こりゃひどい、甚だひどい！　葉金発らあの類の党の幹部はこの家のこんな様子を眼にしたらどんな気持ちになる！　俺には見当がつかないよ。大衆の日々の暮らしはこんなにもひどいのに、彼らは今までに呼びかけて問題を提起することもなく、ただ良い、良い、良いとばかり言ってきた。大衆は多年彼らを擁護してきたのに、見ろ、奴らの良心はどこにあるんだ！　だが、今後は造反派が権力を手中にし、毛主席の革命路線を歩むから安心していい。積極的に革命に参加するほかに、なお生産に努力しなければならない。もう絶対に外を出歩いて乞食をしたりしちゃだめだ！　いいか、乞食をするってことは造反派の顔に泥を塗るってことなんだぞ！」

賀根斗がこう言うのを聴いた仇《きゅう》老人はへなへなと脚が

萎《な》え、ばたんと跪《ひざまず》くや哀願して言う。「賀支書、賀支書。俺の家の様子をわかってくれよ。俺が一日外へ出て乞食をしなかったら一日食う物がないんだよ。倅のあの歪鶏ときたら、家のやりくりのことなど考える奴じゃないんだ。帰って来たらただ口を開けて食い物の要求だ。あいつに外に出て乞食をしてもらおうとしても、面子がつぶれると言ってやらない。真面目な仕事に一日も努めないでただごろごろぶらぶら。苦労って苦労は万事この老人よ！　賀支書、しばらくこの俺を大目に見てくれ。そのうち倅の伯父が糧食を送ってくれるんで、そうしたらもう乞食には出ないから。絶対に誓うから、許してくれ！」

賀根斗は言う。「叔父貴、頼むからでたらめに呼ばないでくれ。俺は今はまだ支書じゃないよ。将来はきっとなるだろうけれども、今は違う。党は必ず入党させるし、支書にも必ずなるはずだが今はまだ違うんだからでたらめに呼ぶのは止してくれ。あんたの倅の歪鶏だが、俺が黙っていたって確かに大問題だ。歪鶏は一日中ごろつきの郭大害《かくだいがい》にくっついてでたらめをやっている。何でもまねしている！　郭大害とはどういう奴か？　あいつの父親は長年党につきしたがって来たが、今はだめになった。資本主義の道を歩んで免職された。大害本人も品行劣悪だ。一日中若者の一団を招いて自分の窰洞の中でろくでもないことを談じ、造反派に対抗する相談をしている。仕事をしないでぶらぶらしているこんな奴が元あった父親の地位を頼りにしてああだのこうだの横暴な振舞いをし、のさばりかえって民兵を打ったり罵ったりしている。彼の過去の問題に関しても大衆からいろいろ報告が上がっている。俺たちはすでに外部に人を派遣して彼の作風の問題点を調査する準備をしている。話によると、炭鉱では男女関係の乱れからもめ事を起こしたそうだ。こういう情況をあんたの所の歪鶏は知らない。組織が知っているだけだ。俺がこっそりあんたらに教えるんだ。要するにあいつにくっついたってろくな事はない！　勿論何につけあんた次第さ。だけどどうかな。これは倅のこれから先、前途に関わる大問題だ。造反派について革命をやるか、それとも郭大害にくっついて馬鹿騒ぎをやるのか、あんたが歪鶏をどういうふうに諭すか、それ次第だ！」

賀根斗は大義の家に行く。大義はちょうど家で飯を食っていて、賀根斗の一団が入って来ると慌てて飯碗を置く。賀根斗はオンドルの上に座り込んで言う。「今日のおまえはどういう事だ？　おまえに今日大隊本部に来てもらって、俺たちの側と帳簿の引き継ぎの事を相談する約束だったろう。幾ら待っててもおまえは来ない。おまえは造反派が賀振光《がしんこう》の持っていた帳簿をおまえに受けつがせると決め、それでおまえと話をするのはほんの体裁の格好だけだとでも思っているのか？　人の話では、おまえはまた郭大害の家に何度も通っているそうだが、これはどういう事だ？　自分が帳簿を受けつがなければ俺たちはもう適当な人を探せないなんておまえが思っているとしたら、とんでもないぞ！　俺たちの鄢崮村では四本脚のロバは少ないが、二本脚の人間は幾らでもいるぞ！　鄢崮村に人材がいないなんて思ったらとんでもない！　一昨日の晩は調子よく答えていたのにどういう訳だい？　何か困り事があるなら、この俺に言ってみてくれ。それにしてもここ数日、おまえにはとても重大な任務があるだろう。つまり、一軒一軒の社員を監督してみんなで請示台〔その前で村民が毛主席に向かって朝には指示を請い、夕べには一日の報告をする〕を建てなくてはならん。おまえが来なかったら俺たちは誰に頼んでやってもらうんだ？　地主分子の鄧連山の請示台はもう一箇月以上も前に出来上がり、子供を率いて毎朝毎晩その前で毛主席に向かって話をしている。俺たち貧農下層中農が建てられないなんて、そんな、何たる恥さらし。なーそうだろう？　話したら笑い物になるだけだ！　おまえはこういう事情をよくよく考えなくちゃ。できるかできないか、おまえ次第だ！　ぶっちゃけて言おう。おまえが明日早朝来ないなら、これまでの俺の話は一切無しだ。おまえはおまえの道を行くんだ。以後造反派はもうおまえを相手にしない。ただし、一つだけ、郭大害に関わる問題だけは別だ。これに関してはおまえに問い質さなければならない。おまえに大隊本部に来てもらわなくちゃならん！」

　大義は慌てて言う。「俺は行ったんだよ。だけど、今朝は手間取っちゃって、慌てて大隊本部に着いた時にはあんたはもうみんなを連れて出かけてしまっていた。季工作組に説明しようとも思ったんだけど、批判されるのが怖くて言えなかったんだ」

　賀根斗は言う。「たとえそうだとしても、来なくちゃだめだったんだ。今だって俺たちは誰も晩飯は勿論昼飯だって食ってないのに、ご苦労様って言う挨拶か！　おまえはいいさ。一人座ってのんびり飯を食い、しなくちゃいけない仕事はしない。俺はこれまで伊達《だて》に生きてきたわけじゃない。何だってお見通しだ！　革命には革命のやり方っちゅうもんがあるんで、何をのんびり飯を食ってやがる！　肝心なのはおまえの心の中から大害を叩き出す事だ。どうだ、俺の言うことは間違っているか？　おまえはあいつと義兄弟の契りを結んだ。義兄弟の契りとは何だ？　これは地主や大金持ちの腐りきったやり方だ！　聞くところじゃ、大害の窑洞の中には対聯がかけてあって〝結義為仁〟と大きな四文字が書いてあるそうじゃないか。〝仁〟っていうのはどんな意味か、おまえ知っているのか？　共産党はこんなものは問題にしない。造反派も同じだ。地主や大金持ちや資産階級がこれを重んずるんだ。それはどうしてなのか？　奴らが貧農下層中農を搾取し、貧苦の大衆を抑圧するためだ！　おまえが大害にくっついているかぎり、大害はおまえを地下の排水溝へ引きずり込むぞ。それなのにおまえはいまだにあいつが宴会にでも連れて行ってくれる気だ！」大義は言う。「わかった。わかったよ。もう言うな。明日の朝には行ってあんたの説明を聴くよ！」一笑した賀根斗は言う。「これでお開きとしよう。みんな先ず家に帰って飯を食ってくれ。夜はいつものように学習だ。おまえがもしも本当にその気があるなら、来て学習に参加してもいいぞ」大義はうなずく。

## 49　大義は敵陣に潜入。賀根斗らが備蓄穀物を横領

歪鶏《わいけい》らの連中は大義《だいぎ》が賀根斗《がこんと》にくっついて、そうして賀根斗の甥の賀振光《がしんこう》の帳簿を受け取るのをまのあたりに見ている。ここ数日、帳簿を抱えて人びとを尋ね歩いては清算しているが、大変な威張り方。これを見る兄弟たちは歯ぎしりして悔しがり、大義をこっそり刺してやりたいと思う。大害《だいがい》は歪鶏に言う。「人にはそれぞれの考え方があり、強制はできない。別に驚くような事じゃない。よく眼を見開いて見ているんだ。大義も後悔する時があるだろう！」大害がこういうふうに言うのを聴いた兄弟たちはそれは違うだろうと思うものの面と向かって反論するわけにもゆかず、ただ心中で大害の弱腰を怨むだけ。

ある夜、大害ら一団が遊びもちょうどたけなわのころ、何と帳簿を抱えた大義がドアを入って来る。これで、周囲の雰囲気はにわかに興ざめする。大害が問う。「公務をおっぽりだしてこんな所に現れるとはどういう事だ？」大義が言う。「十日、半月も兄弟たちの顔を見なかったから、ちょっとだけ遊んでそれからまた出かけるわ！」歪鶏が言う。「ここはおまえが来る場所じゃない。さっさとてめえの仕事に行け！」みなもこれに追随してつぎつぎに言う。「さっさと行けよ。俺たちの邪魔をするんじゃねぇ！」大義はうつむき、顔を紅くして言う。「大害兄いに一言話したら行くよ。一つ、呂《ろ》中隊長は村の仲間の連中を連れて県城へ行ったが、戦はしないで勝った。二つ、龐二臭《ほうじしゅう》は県の病院で女をからかい、人さまを県城近郊の監獄へ送り込んでいる。三つ、賀根斗は目下造反派の数人のボスどもと謀り、備蓄穀物をこっそり山分けしようとしている。この三件、兄弟たちが知っていてくれればそれでいい。絶対に外には漏らさないでくれ。それじゃ行くわ」話し終えた大義はぐっと歯をくいしばり、うつむいて出て行く。

いやはや、思いもよらなかった。何と大義が曹操の陣営に潜り込んだ一忠臣だったとは！　兄弟たちは互いに顔を見合わせ、熱い団子を喉に入れ、飲み込むもできず、吐き出すもできないみたいな様子で、内心ただただだかの大義に甚だ申し訳ないと思うばかり。しばらくして大害がようやく言う。「大義がここしばらく、俺ら兄弟から見くびられぱなしで、それでもずっと我慢して音を上げ

ず、満腔《まんこう》の悔しさをぐっと腹に収めていたのはまったく容易な事じゃなかったはずだ。この一事はとてもおまえらにまねの出来ることではないし、俺だってあいつのようには行かない！　俺たちみんなやっぱりあいつを罵り……」

歪鶏が言う。「だけど、あいつは良心の呵責《かしゃく》に耐えられなかったんだ。それでこういう事になったんだ！　俺にはやっぱり信じられないよ。あいつにそんなに大きい肝っ玉があるか？」これを聴いた大害は振り返ってどやしつける。「どうしてそんな言い方をする！　大義は俺たち兄弟とこんなに長い間いっしょにいて、金銭のことは気にかけず、正義を重んじ、人のためには己を捨て、かつて人がどうだの自分がこうだのと言って争論したこともない。あいつが何か良心に恥じるような行いをしたことがあったか？　やっぱり俺たち自身の心が狭くて、それで人のことを見下げてしまったんじゃないか？」歪鶏はどたんと音を立ててオンドルから跳び下り、大声で叫ぶ。「俺が悪かった！　俺の肝っ玉が小さかった！　みんなそれぞれ度量が大きくて、俺には兄弟になる資格がない。俺はだめだ。俺は出て行く！」この騒ぎを見た黒蛋《こくたん》が急いで引き止めてなだめる。「大害兄いが言ったのはそういう意味じゃない。おまえは勘違いしている」みなもまた引き止めにかかり、歪鶏をオンドルの上に押し上げる。歪鶏は涙を拭い、大害を指さして言う。「よく〝長い道を乗ってみれば馬の力がわかり、久しく交際すればその人の心がわかる〟と言う。俺たちにはしばらく時間がかかるが、あんたは何事かに出会ったら、あんたのために体を張ってくれるのは誰なのかをその日のうちに見破るんだ！」大害は歪鶏を見つめ、腹が立つ一方でいとしく思う。腹が立つのは彼が常識をわきまえない点であり、いとしく思うのはその心根が真っ正直なところである。黒蛋は無理に話題を探してこの話の中にみなを引っ張り込む。黒蛋は言う。「数日前、俺が出会った一件をおまえら知っているか？　へっ、まったくお笑い種《ぐさ》よ！　有柱《ゆうちゅう》の叔母が山の方から有柱のために嫁さんを探して連れて来たんだ。だけど、民兵の栓娃《せんあ》に見つけられ、栓娃はたちまち呂中隊長に報告した。これを受けた呂中隊長は言った。〝よーし。俺たち貧農下層中農の多くの青年たちが可哀想に独り身でいるのに、あいつら地主の子女の方がいい思いをするなんて。一度結婚して、今度またか？　だめだ。その女を連れて来い。ちょっと俺に見せろ〟栓娃はその女を大隊本部に護送した。女は

二、三度じたばたしたものの、結局栓娃に従ってその家に行った。それからどうだって？　栓娃のおっかさんは人に会えば愚痴を言う。〝ふーっ、人の家の娘にはそれなりの考えがある。母親のわたしに何か言いたい事があったところで、若い者二人がそれでいいならわたしもいいとするほかないよ！〟こんな事を言う人もいる。〝話ではあの女は最初有柱のところへ行くはずだったんだってな！〟おっかさんは言う。〝有柱みたいなあんな瘋癲《ふうてん》、誰が相手になるかよ！　相手にしたって言うなら、何で有柱のところへ行かないで家の倅のところへ来たんだよ！〟黙っている人もみな胸の内ではわかっている。栓娃が太い丸太ん棒でこじ開けて、他人の嬶《かかあ》を分捕ったんだ！　まー、それが妥当な解釈だろう？」

みなが問う。「それは本当か？」黒蛋が言う。「へっ、村中の老若男女に広まっている話なのに、おまえら知らないのか？」みなは笑って言う。「大害兄いは知らない」大害はちょっと笑って言う。「鄧連山《とうれんざん》老人が可哀想だな」黒蛋は言う。「人の話では、その晩のうちにその女と栓娃はいっしょに寝たってよ」大害は言う。「でたらめ言って！」黒蛋が言う。「まだ信じないのか？　村の者はみなそう言っている。栓娃のおっかさんだってその口で直接秘密を漏らしているぜ！」これを聴いた大害は不快に感じ、ごろりと横になって言う。「おまえらトランプをやれよ。俺のことはほっといてくれ！」みなはトランプを始め、歪鶏はまたはしゃぎだす。

これはどういう事か、わかるか？　栓娃が龔勤花《きょうきんか》を家に連れて帰ると、ちょうどおっかさんがオンドルの上で針仕事をしている。銃を肩にしたままで、女を引っ張って行っておっかさんに見せる。息子が目出度い贈り物を持って来たのを見たおっかさんは大喜びでオンドルを下り、鞋《くつ》をつっかける暇もあらばこそ、たちまち大慌てで勤花をオンドルの上に押し上げる。ふいごを吹いて竈《かまど》の火を起こし家中の物をさらえて大接待。その夜のうちにこの一対の鴛鴦を同じオンドルの上に追い立てて既成事実を作らせる。一夜の場景はただかくの如し。

一方はお毛毛掻き分け二百と五回、一方は鉄砲の量目を掌《たなごころ》で量る、
一方が春先の羊角筍《ようかくたけのこ》なら、一方は油がいっぱいの蓮の花型の鉢よ、
一方が喜び限りなく出したり入れたり、一方も感極まってぐぅっと支える、

一方は初めて出家の坊主の様子、一方はまんざら初手でもないみたい。

おっかさんは隣家の成彬《せいひん》の息子の嫁の桂香《けいこう》を呼んで来て、窓の下に立たせて盗み聴きさせる。桂香は盗み聴きしながら、あれまー、あれまーと思っているうちに思いがけなくも自らズボンのまちを濡らしている。それはともかく、栓娃が問題のある襲勤花を娶《めと》ることができたのは何ともまた大変な事だ。

余談はさておき、本題に戻る。季工作組《きこうさくそ》が多数の人員を引き連れて去るや、賀根斗の握った大権は何と疑問の余地のないものとなった。ここ数日、彼はまた貧故に鈍してきた。あれこれ思案のあげく、支援を要する生活困難戸のリストを作る事を思いつく。肝心なところは困難戸の数人は全部幹部なのだ。月のないある夜、これら数人は穀物倉庫を開き、一人宛五十斤ほどの小麦をこっそりと山分けし、誰にも知られずに済んだと思い込んでいる。豈《あに》図らんや、事は真っ先に大害一派の知るところとなる。知らせを受けた大害は兄弟たちに向かって言う。「奴《やつ》ら、でたらめやりやがって。備蓄穀物は鄢崮《えんこ》村全村民の血と汗の結晶じゃないか。あの賀根斗が俺が食うと言って取り出して食ってしまうなんて！　そんなのが民の膏血《こうけつ》を食らう貪官汚吏でなかったら何だと言うんだ？」彼は何を知るだろう。農村の基層幹部の徳性に関して、大衆はとっくに具体的なイメージを形作っている。つまりはこういうことだ。

隊長が隊長に会えば、お札をピラピラのピラ、
会計が会計に会えば、どっちの自転車が格好いいかの見せっこ、
保管係が保管係に会えば、どっちも食べ過ぎ真ん丸お顔、
労働点数の記帳員が労働点数の記帳員に会えば、婀《あ》娜《だ》な姐さん共枕。

幹部になった以上は汚職をしない道理はない。賀根斗の目下の所業もちょっとこの道理を証明しているだけではなかろうか？　事はこの後たちまち村中に知れ渡り、誰も彼もが眼を血走らせて立腹する。ひそかに八代前の祖宗にまでさかのぼって賀根斗を罵りつくしてもなお鬱憤は晴れず、そこでさらに三三五五連れだって大害の家に来て、あれこれ探求、主張する。糞ったれの賀根斗、

強盗野郎奴！　幹部でなければどこの馬の骨。一旦幹部になればたちまち眼の玉ひんむいて強盗に早変わり！

大害は数日来苦心惨憺の末、正々堂々の人名簿を書き連ねる。名目上は穀物を借り出すためだが、実際に考えているのは運送中の宰相蔡京《さいけい》への莫大な誕生祝生辰綱《せいしんこう》を晁《ちょう》蓋《がい》らが奪取するあの筋書き（『水滸伝』第十六回後半部）である。ある夜、村中の男女がみな大害の窑洞《ヤオトン》にやって来る。数人の兄弟たちは意気軒昂、闘志潑剌、村人たちと喧喧諤諤《けんけんがくがく》、会議じゃないもののまるで会議だ。そのまま日付の変わるころに至り、一群の人びとは大害に付き従って押し出し、真っ直ぐに生産隊の穀物倉庫へと殺到する。猴子《こうし》はこの時も特別に準備するでもなく、手に持った鞋《くつ》の底でぱんぱんと倉庫の大きな錠前を叩いては大害の期待どおりにこれを開けてしまう。その間、みなはまた大声で伝令するまでもなく順序よく行列している。穀物囲いの中に裸足で立った大害は貯蔵された三、四千斤の小麦を家ごとに分配する。この大事は正しく秘密の中に完了した。

数日が過ぎ、保管係の財升がようやく慌てふためいて賀根斗の家に駆けつけ、まるで賊を布団の中から引っ張り出して来たみたいにして言う。「何ちゅうことだ。今朝俺が穀物倉庫を見回りに行くと、門の前は足跡だらけで、錠前に触ってみると誰かが一度開けたような気配がある。それで急いで開けて中に入って見てみた。どうなっていたと思う？　呆れた始末。囲いの中の麦はまるまる全部影も形もない！　こん畜生奴、誰がこんな悪事をやらかした？　まるで見当がつかない。地面を見ると白い紙が一枚置いてある。拾い上げて開いて見ると、全部人の名前の表になっていて、誰それは三十の借り、誰それは五十の借りなどとびっしり書き並べてある。あんた、俺たちがいつこいつらに穀物を貸し付けたかね？」これを聴いた賀根斗は眼を見張ったまま言葉が出ず、手はぶるぶる震えてズボンを引っぱり上げられない。諺にも〝法では衆を懲らせない〟と言う。いわんや借用証文まで書いてあるが、誰を訪ねて文句をつければいい。怒りだしたみなに一発さかねじを食らったのだ。賀根斗に大口が八つもあったところでうまく弁明できない。これは困った！　彼賀根斗が権力の座に着き、得手勝手をやり始めてからまだ何日も経たないうちに何とこんな大難が降りかかるとは！　これから先を考えると、どうしたものだろう？　さんざん頭を絞って勝ち取り、まだしっかりと腰も据えないこのポストを早々と失わなければならぬのか！

ちょうどこの時、薪を集めて外から戻ってきた女房が賀根斗の冴えないびくびくした様子を見て、慌ててどうしたのかと問う。賀根斗は言う。「うーん、誰だか俺たちに災難を持ちかけやがって！」女房はまたまた急ぎ財升に問う。財升は一通り丁寧に説明するほかない。聴き終えた女房は男たちに比べて明確に判断する。「別に慌てることはないわ。俗に、兵隊が攻めて来たら将軍が防ぎ、洪水になったら土でせき止めると言うじゃない。こんな事になったってきっと何か対策はあるはずよ。おそらく、あんたらが穀物を借り出したのを嗅ぎつけた誰かが腹を立て、民兵が家に居ないのにつけ込んで、一味画策して事を起こしたのよ。あんた、急いでご飯を食べ、食べ終えたら県に行ってこの村の民兵に帰って来てもらうのよ。こんなに沢山の人が関わった事だもの、三日もかからずにはっきりするわ。マントウの餡は包めたって風は包めないじゃない？」女房がこう言うのを聞いた賀根斗は慌てふためいて目いっぱい盛ったトウモロコシの粥をかき込み、マントウを幾つか懐にねじ込むと首をすくめて村を出て県城に通ずる大通りに踏み出す。

## 50　季工作組が県の政治委員となる。龐二臭は鄢崮村に放逐される

さて、あの日の夜、一団の人員を率いた季工作組《きこうさくそ》はまだ県城に入る手前、郊外でばったり一隊に出会う。暗くて双方見分けがつかず、しばらく大声で喚きあうが、ようやく〝紅造司〟の兄弟たちが応援に来てくれたことがわかる。〝紅造司〟の側には銃がないことを見た呂《ろ》中隊長はたちまち気持ちが大きくなる。〝紅造司〟のリーダーは一団を郊外のある学校へと案内する。ここは彼らの臨時の指揮所である。部屋に入った季工作組は尻も落ち着かないうちに、呂中隊長に話しかける。〝紅造司〟のリーダーたちに聴かせようとの意図である。季工作組は言う。「おい、毛主席というお方は遠大なお見通しがおありだったね。幸いにも俺たちは農民武装の一隊を保有している！　もしもこの農民武装の一隊がなかったら、俺たちには到底反抗の余地などないわけだ！」呂中隊長もなかなか芝居上手で〝紅造司〟の人が手渡してくれた紙巻きタバコを受け取って言う。「まったくそのとおりですよ！　毛主席はとっくに〝農村をもって都市を包囲する〟と言われた」紙巻きタバコを手渡してくれた人は四角い頭に盤台面でとても太っている。季工作組ら二人の遣り取りを見、賛同して言う。「そうだ！　そのとおりだ！　だからこそ林副統帥も毛主席の話は一句一句が真理であり、一句が一万句に相当すると言ったんだ。三十年前、毛主席は農村をもって都市を包囲すると言われたが、三十年後の俺たちはやっぱり農村をもって都市を包囲しなくちゃならん」これを遮って季工作組が言う。「たとえ一万年後だって俺たちはやっぱり農村をもって都市を包囲しなくちゃならんよ！　これは俺たち共産党人の革命の指針だ！」その人はすぐさま同調する。「そ、そ、そーだ！　俺たち共産党の革命の指針だ！」季工作組が言う。「そういう訳だから、俺たちは勿論出来るだけ速やかに合併して改めて新しい指導機構を建設して徹底的に革命を推し進めなくてはならん！」かの四角い頭に盤台面の人は承諾して言う。「勿論、勿論そうだとも！　季さんが総指揮だ！　直ちに行動だ！」こういう話になって、季工作組はみなの思想が基本的には統一されたと感ずる。さらに話を進め、彼本人のこの度の行動中における指導者としての地位を承認させる。そうして本題に入り、さっそく県城を攻撃する計画を制定し始め

る。

うまい具合に〝紅造司〟の連中は完全な丸腰というわけではなく、意外にも弾丸を一箱携えている。呂中隊長は急いで担いで来るように命ずる。すぐに担いで来る。箱の蓋を開けさせ、呂中隊長がのぞいて見ると、何とすばらしい、全部実弾だ！　手で一つかみすると、有頂天になって言う。「へっへっへ、これさえあれば、俺様は先ずはアメリカを打倒できるし、ついでにイギリスだって解放しちゃうぞ！」言い終わると、民兵を集合させ、動員をかける。〝紅造司〟の何人かはこの間ひとしきりぶつぶつ話をしていたが、四角い頭に盤台面のあの人を推し出して話をさせる。あの人は季工作組を呼んで何やらちょっと説明する。うなずいた季工作組はさらに呂中隊長を呼んで言う。「呂さん、俺たちの側には全部で二十挺余りの銃があるが、奴らに数挺渡してやったらどうだ。今奴らは五十人ほどいて、革命の情熱は甚だ高いのに手元には何もないんだって！」呂中隊長は言う。「そりゃだめだ！　こいつら民兵は全部俺が一手に訓練してきたんだ。あんたが誰かの銃を渡そうたって誰も承知しないよ」そこで季工作組がまた奴ら何人かにひととおり説明する。みなはがっかりするが、今はこれ以上ぐずぐずしてはいられない、急ぎ行動を起こさなくてはということになる。

結局は農民はやはりすごいもので、この一晩中銃を乱射し、天空ために震動する。考えてもみてくれ。栓娃《せんあ》ら一組の民兵はここ何年か県城での武術競技会に出場する。その折、百貨店に入って紙巻きタバコを買おうとしても、店の女店員はまるで相手にしてくれない。県城の人たちは通りを歩く彼らを眼にしても敢えて正視しない。正視しないどころかただ彼らを眼にしただけで地上に向かってぺっと唾を吐く！　これはどういうことだ？　言ってみればこれこそが中国歴史の微妙なところなのだ。昔から今日まで、城内の人びとは農民を馬鹿にしている。農民はまたしょっちゅう城内に進攻して城内の人びとをやっつけたりはしない。だが、ちょっと扇《あお》いだらたちまち燃え上がる。こういう農民一人一人に銃を渡したらとんでもないことになる。何をか言わんや！　栓娃たちもまた城内のこいつら人でなしをやっつけるこんな一日が来るとは思ってもみなかった！　俺たちは野良を死ぬほど這いまわる。おまえらは商品化食糧食い、機械織り布の洋服着て栄耀栄華、おまえらばっかりいい思い！　ぶっ殺せ、親の敵だ、ぶっ殺せ！　今やまた彼らは農民の手指が黄土を引っ掻くためにだけあるのではないことを知った！　ましていわんや呂中隊長はみなを動員する際に鄢崮《えんこ》村人の威風を大いに発揚するようにと命令している。そういう訳で、これら銃を手にした農民は全行程中やたらと銃をぶっ放す。門を見、窓を見ればすぐにぶっ放したくなる。ある者は県政府の門前に到るまでに百八十発の弾丸を撃ち尽くした。県政府を守っている〝紅聯司〟のリーダーたちは四方に起こる銃声を耳にすると、その形勢に驚き、周章狼狽、取る物も取りあえず県政府の後門から雲を霞と逃走した。夜が明ける頃にはすでに大勢は定まった。

　賀根斗《がこんと》が県城の大通りに姿を現した時はもう正午であった。県政府の門前に到ると、武器を携え、ヘルメットを被《かぶ》った栓娃が眼に入る。もう一人見知らぬ奴といっしょに歩哨《ほしょう》に立っている。賀根斗が声をかけるが、全然相手にならない。眼光は氷のように冷たく、まるで別人のようだ。歩哨交代の時間になると、やっと大手を振って近づいてきてどうしたと問う。賀根斗は言う。「俺らの村はとんでもないことになっている。地主富農分子が反逆したんだ。俺は急いで季工作組に会わなくちゃならん。おまえちょっと取り次いでくれ！」栓娃は言う。「呂中隊長はこう言ったんだ。〝鄢崮村と俺たちはもう関係ない。俺たちは現在もう県の正規の部隊だ。主要な任務は県政府を守ることにある。今後何事であれ鄢崮村の事は一切関わってはならん！〟」腹が立った賀根斗は両眼に怒気を漲《みなぎ》らせ、罵って言う。「てめえ、この糞餓鬼が。俺様が空き腹抱えて何十里も駆けて来たのに、ろくな挨拶もせず、ここ何日もの苦労も知らないであっさり人を虚仮《こけ》にしやがって！」栓娃は一歩後退し、ガチャと銃の遊底を引いて言う。「もう一回言ってみろ。そしたら俺は即座におまえを射殺するぞ！」賀根斗はそれ以上もう喚かない。栓娃は命令して言う。「県政府の門の前からとっとと失せろ！」どうしようもない賀根斗はやむなく引き下がり、政府の庁舎に向かい合って蹲《うずくま》り、しばらくぼんやりしている。県政府の正門は目一杯開いていてあたりは静まり返っている。賀根斗はぐーぐー鳴る空き腹にひたすら耐えていたが、ようやく立ち上がり、身を返して食堂のある通りへと歩を運ぶ。あれこれ迷った末にここに入ろうと決心したところ、遠くにもうもうと土煙が立ち砂埃が降りそそぐのが見えると思ううちに、一輛のトラックがやって来て食堂の前にぴたっと停車する。賀根斗がいぶかしげに見ていると、荷台の上の人が彼に呼びかける。「おーい、法螺吹きおっさん、県に来ていたんだ！」賀根斗が顔を上げて見ると、有り難や！　一団の民兵が荷台にぎっしり。全員完全武装で銃を担ぎ、砲を備え、まことに威風堂々。賀根斗はまったく救いの神に出会ったみたいで、すっかり頬が緩み、大急ぎで駆け寄る。すると、思いがけないことに運転室から一人が跳び下りて来てぴんと立って彼を見つめる。彼は一目見て呂中隊長だとわかる。呂中隊長は彼よりも一号小さな軍服を着してその浅黒く大きな体をぎゅっと締め付けているものだから、年よりも十歳も若く見える。これを見た賀根斗はその喜ぶまいことか、ぼろぼろ涙を流し、手を伸ばして抱きつかんばかり。呂中隊長はポケットを探ってタバコを取り出すだけで彼と握手しない。

賀根斗は大急ぎでこれまでの艱難辛苦を述べたてる。呂中隊長は言う。「季工作組は現在は全県の〝紅造司〟を指揮する政治委員で、俺は〝紅造司〟の〝紅色敢死隊〟の隊長だ。以後見損なってもらっちゃ困る。今度会ったらこれまでの名前で呼んでくれちゃならん。村の事は季政治委員はもう昨晩にわかっている。おまえよりも先に駆けつけた人がいるんだ！　季政治委員は今日は全県の重大事を処置するのに忙しい。季政治委員からの指示で、夜になったら県委員会の招待所で俺たちの村の案件をどう処置するか、研究する予定だ。その時におまえも来て傍聴してもかまわん！」これを聴いた賀根斗はびっくりする。俺より先に駆けつけて報告するなんて、そいつは誰なんだ、思いつかない。

話は戻って鄢崮村。この日の夜、空は真っ暗で、今にも雨が降りだしそうな様子。夜中になると果たして土砂降りの春の雨となる。夜が明けるころになってようやく止む。ここ数日、村中の家々はみな幾らかの小麦の配分に与かり、竈《かまど》の火も燃えさかる。目隠し塀の根方の笑い声も以前よりは幾らか高まっているようだ。雨上がりの水気を避けた村人たちはみな立ったままで雑談している。突然「南の方から来るあいつは誰だ？」と言い出す者がいる。みな南の方を向いて見渡すと、何と、二臭《じしゅう》ではないか！　二臭は黄色い軍外套をはおり、のそのそ匍匐前進するニシキヘビみたいなかっこうで近づいて来る。この時、誰だかわからないが「龐衛忠《ほうえいちゆう》同志に学べ！」と一声喚く。このからかいにはみな大声で笑う。近づいて来た二臭は外套を揺すって言う。「何を笑う？　何のおかしな事がある！　出かける時、俺は言っただろう。俺は官になりたくもなければ、賞をもらいたくもないって。俺行く時もそうだったし、帰って来た今だって同じだ。おかしな事なんて何もない！」丟児《ちゅうじ》が言う。「だけど、あんたがどこかの公社の革命委員会主任になるとか誰かが言っているのを俺は何日か前に聞いたんだけど？」二臭は少し恥ずかしそうな表情をして言う。「みんな県の方のいいかげんな奴らの与太話だ。誰が信じるもんか！」丟児がまた言う。「あんたの傷口をみんなにちょっと見せろよ」二臭はあっさり言う。「傷だなんて。上っ面を擦《こす》っただけだよ。〝紅造司〟の奴らは俺が重傷でないとまずいんで、それで奴らのために口実になってやったわけさ。俺は思ったのさ。ベッドに寝て、うまい物食って、何も考えずに重傷のふりをしろって言うならふりをしてようってな！」鄭栓《ていせん》が質問する。「俺はあんたが監獄へ入れられたって誰かが言うのを聞いたんだけど？」二臭は外套を揺すり、ぐっと一歩踏み出し、顔を上げて笑って言う。「そんなのは大した事じゃない！　前に言ったこともあるが、俺はこれまでに国民党の監獄に入ったことがあるが、共産党の監獄はまだ入った事がなかった！今度入ってみたが、どうって事はないさ！」丟児は身近に寄り、傍の者には聞かれないように気遣うふりをし、にこやかに笑いながら問いかけて言う。「あんたは何をやらかしたんだい？」

二臭は声高に言う。「何って？　俺が今度戻って来て、鄢崮村のみんなに話をしたいのはその事なんだよ。どうしてかって？　俺が病院に入っていると、〝紅造司〟は二つの県から女子学生を手配して順番に俺の食事の世話などをさせた。〝紅造司〟リーダーの一人はみなから張団長と呼ばれていたが、毎日俺を見に来てくれて、とても熱心だった。俺も初めは大いに感激したよ。誰が知ろう、そいつがとんでもない邪心を秘めていたとは！　ある晩、仲間たちはみな映画を見に行き、麗紅という女の子一人がベッドの当番として残った。俺はその子に何事もないから、向こうへ行って寝ろ、何かあったら呼ぶからと言った。女の子は隣の部屋へ行って寝た。俺もまた寝た。うつらうつらしていると、壁を隔ててただならぬ物音が響いて来る。上着を引っかけて行って見ると、どうなっていたと思う？　張団長がその女の子を押さえつけて、無茶に及ばんとしている。女の子は必死に抵抗している。俺は委細かまわず踏み込んで、交互に脚を上げてそいつをベッドの上から蹴り落とした。俺はそいつに言ったよ。おまえは自分が何者かわからんのか、四十五十の人間が人の家の年端もゆかない女の子をいたぶって。もしもおまえが女の子でこんな目に遭ったとしたらどうなんだ！　形勢不利と見たそいつはズボンを引き上げてずらかった。その後、ある日の午後、俺は病室で看護師長と話をしていた。彼女は張県長の夫人だが、話をしているちょうどその時、覆いをかぶせた銃を抱えた一団が踏み込んで来て、俺を捕まえた。俺は何が何だか訳がわからない。何と奴らは俺が婦女をいたぶったとでたらめを言う！　みんな、おかしいだろう？　俺は言ったよ。〝おまえら、俺をやっつけようとするが、俺は人が苦しむのを見て、たまらず口を出したんだ。それが何の罪に当たるって！〟居合わせた看護師長も間違いだと言ってくれる。だが、奴らは見た奴がいると言い張る。糞ったれ奴《め》が。こういう次第で、俺は乗用車に押し込まれ、監獄送りとなった。みんな、俺たち鄢崮村の人間が家を出てから外でなお何かやらかせるかね？　出かける時に俺は結局は何もいい事はあるまいと思ったよ。見ろ、案の定、こんな様でまた戻って来た次第よ！」みなは笑う。笑い終えるとまた問う。「あんたはどうやって監獄から出て来たんだ？」二臭は言う。「俺は中でひっきりなしに無実を訴えたよ。〝紅造司〟の内実をぶちまけてやったよ。奴らは我慢しきれなくなった。最後とうとう季工作組が顔を出して俺を釈放したんだ。俺は季工作組に言ったよ。〝見ろ、俺がいやだいやだと言ったのに、あんたが無理に俺を引っ張り出したから結局酷《ひど》い目に遭ったじゃないか！〟季工作組は言ったよ。〝あんたが老革命家、老遊撃隊員で射撃もうまいのを知ったんだ。それであんたを頼んだのさ！〟俺は言ったよ。〝俺が今度帰ったら、村の奴らは俺を嘲るに決まっている！〟季工作組は言いやがった。〝あんたは走資派〔資本主義の道を歩む実権派〕の誰かの甘い誘惑に耐えきれなかったのさ〟」二臭は思う様ぺっと地面に唾を吐いて言う。「糞！　人に罪をなすりつけやがって！　俺が奴らに事実を教えてやったのに、奴らは信じないで、ただ俺にこう言いやがった。〝さっさと帰るんだ。帰ったら余計な事は言わないで、じっとおとなしくして仕事に精を出すんだ。あんたは走資派の色仕掛けに引っかかったんだ。他に言いようがないさ！〟俺はしばし考えたけれども、やっぱりここから出なくちゃならん。何と言ったってとにかく出ることだ！　季工作組はつまりは役人だ。役人っていうのは俺たちみたいな農民とは違う。奴らはみな一味同心、何かあったって一斉に揉み消してしまう。奴らがおまえは白だと言えば白、おまえは黒だと言えば黒になってしまう。どいつもこいつも口をそろえて寸分違わず、水も漏らさずだ。俺みたいな農民が道理を説く余地などどこにある！」

ここまで話したところで、誰かが二臭を遮り、小声で促して言う。「見ろよ、誰かがあんたを呼んでいるぞ。家に来て飯を食えって。お帰りを歓迎して宴を設けるって！」二臭は問う。「誰が？」その人は言う。「西の方を見ろ」二臭は体の向きを変えて西の方を見てから言う。「思い出したぜ。ちょうど飯を食う所がなかったんだ」そう言いながら、みなが注目するのも気にせず、迎えに応ずる。数歩歩きかけた二臭はまた振り返って言う。「後何日かしたら、俺たちのこの村でまた面白い見世物があるぞ。俺は県城で根斗にばったり出くわしたんだ。県政府の門の前で蹲《うずくま》っていたよ。あいつの言う事には、季工作組に犯人は誰だか供述するように迫られたんだそうだ。奴は供述できないもんだから、三日三晩泣いたってよ」これを聞いたみんなは心中大いに恐懼《きょうく》する。やらかした事の重大さを知り、誰も押し黙る。

## 51　民兵隊の急襲。大害が逮捕される

ある日の夕暮れ時、村人たちはまだ作業を終えていない。数人の話好きの老人たちは相変わらず目隠し塀の根方に座って話し込んでいる。突然一個の怪物がものすごい音を立てつつ村の南の方から驀進《ばくしん》して来る。その両の眼は百個ものガス灯を点したように明るく、とてもの事に直視できない。わかる者はその音を聞くやすぐに自動車だと理解する。わからん者は何と奇怪なと思う。自動車は目隠し塀の前に来ると、ぎぎーっと音を立てて止まる。それから、どすんばたんと車上から人が跳び下りる音が響く。跳び下り終わるとライトが消える。老人たちはこうなってようやく黒山のような一団の人員が眼の前に立っていることに気づく。彼らは全員完全武装で、気迫厳然、村の両側を抑え、低い声で呼びかける。「とっとと失《う》せろ！　みんな失せるんだ！　誰それと名前を呼ぶから呼ばれたそいつは出て来い。呼ばれない奴はうろちょろするな。鉄砲玉に眼はついてねぇぞ！」言いながら、一斉に銃床とゴム靴の片脚とをがっと持ち上げる。数人の老人と閑人たちは驚いて頭を抱えてこそこそと逃げ去り、残した鞋《くつ》を拾い上げる暇もない。しばらくの間、村中大騒ぎ。まるで映画の中の日本鬼子に襲われた村そっくりだ。

処刑場の幕が開くと感じた黒女《こくじょ》のおとっつぁんは大急ぎで家の中に駆け込むと、黒蛋《こくたん》を呼びつけて言う。「おまえはやっぱり草籠を背負え。人に訊かれたら家畜の草を刈りに行くと言うんだ。脱穀場に着いたら土塀を乗り越えて北岸のあの奥山にこっそり忍び込むんだ。迎えに行くまで戻って来ちゃならん！」黒蛋はどうしてと問う。老人は焦って怒鳴りちらす。「馬鹿野郎、この期に及んでまだどうしてなんて訊きやがる。ほんのもうちょっとしてみろ、おまえみたいな餓鬼のちっぽけな命なんぞはおしまいだ！」黒蛋も恐れおののき、草籠を背負い、塀の角をそーっと抜け出して村の外へと出て行く。槐《えんじゅ》の根方まで来ると、突然頭上で大きな声が炸裂する。ぶるっと身震いした黒蛋が頭を上げて見ると、ヘルメットを被《かぶ》った車上の二人が一挺の機関銃を構え、彼に向かって直ちに引き返せと命令する。それで仕方なくまた元へ戻る。遠く大害《だいがい》の家の門前で懐中電灯の光が乱舞するのが見える。一団の人びとが一つの黒い人影を取り囲んでわいわいどさどさ近づいて来るので、黒蛋は慌てて鄭栓《ていせん》の家の

豚小屋に身を隠し、塀の上部に取り付いて誰なのか見定める。人の群れの中に真っ先に唖唖《ああ》が見える。唖唖は天にも届かんばかりのものすごい勢いで喚きたて、取り囲んでいる連中を頭で突きまくり、そいつらの腕を取っては噛みついている。たまりかねた連中は唖唖を地べたに放り出す。放り出された唖唖は全身土まみれ。唖唖が電光の中を駆けて行くと、その背後に一筋の土煙が立ち上る。黒蛋は心に思う。唖唖というこの女は普段臆病に見えるけれど、いざとなると俺のような男よりももっと根性があるみたいだなぁ。

人の群れが通り過ぎた後、後ろ姿を透かして見ると何と大害ではないか。大害はがんじがらめに縛られて背中を押されながら進んで行く。黒蛋は思わずありゃぁとうめき、豚小屋の中に座り込む。これ以上このとんでもない惨状を眼を見開いて見てはいられない。その時、人の群れの中で呂《ろ》中隊長が「急くな、慌てるな。とりあえずちょっと待て。根斗《こんと》に朝奉《ちようほう》を呼んで来させろ。朝奉にこの噛みつきまくる悪党女唖唖を連れ帰させろ！」と喚く声だけが響く。根斗は慌てて駆け出し、朝奉の家の表門を叩く。少したって朝奉が駆けつけて来て、唖唖をつかまえ、ばんばんと何回かびんたをくれてから罵って言う。「糞尼、向こうは公務を執行しているんだ。何でおまえが邪魔してこんなふうに突っかかって行くんだ！」朝奉が打《ぶ》っても唖唖はまるで委細かまわず、とにかく振り切って大害を押さえている見知らぬ男の手に噛みつこうと必死になる。相手は唖唖に噛みつかれるのは別に怖くはないが、その全身から立ち上る土埃には辟易している様子。

怒った呂中隊長が大声を上げる。「朝奉、朝奉。おまえが自分の娘をこれ以上押さえられないなら武器を使用するぞ！」これを聴いた朝奉はますます焦り、唖唖を蹴り倒し、両脚をつかんで逆さにしたまま家の方へ引きずって行く。大害が大声で怒鳴る。「朝奉、この人でなし。自分の娘にそんな事をするなんて！」

ひるんだ朝奉は立ち止まって呂中隊長を見る。呂中隊長は命令する。「引きずって行け、止まるんじゃない！」朝奉はまたまた引っくり返っている唖唖を引きずって戻って行く。

両脚をぐっと踏んばった大害は体をぴんと伸ばし、声を張り上げて叫ぶ。「唖唖、恐れるな。俺は数日したら戻って来る。奴らが俺をどうかしようったってそれが何だ。今度の事は歪鶏《わいけい》たちに話してあるから奴らに数日我慢して待ってもらうんだ。間もなくすぐに会えるから！」唖唖は大害がこう言うのを聴くと号泣する。なおも打ってかかろうとはするものの、その気迫はいささか衰える。

奴らが何をしに来たのか、この頃にはもう村人たちにもわかった。塀の上部に取り付いたり、戸の隙間を透かしたりしてみなみな眼を凝らす。これまでよく村人を救済し、そうして飢餓困窮の時にお救いの糧食を与えてくれた恩人を武装人員たちが自動車に押し込むのを見つめる。ブルルン、一声発するや自動車は行ってしまった。

事が終わったのを知った老若男女がようやくつぎつぎに村外れにやって来て、ついさっきの事についての種々の感想をああだのこうだの身振りをまじえて講釈する。黒女のおとっつぁんが言う。「見ろ、前に俺がみんなに言ったのに誰も信じなかった。今晩、俺の言ったとおりになったじゃないか！」みなはなるほどと思って静まり返り、次に何を言うか、黒女のおとっつぁんの方に顔を向けて注視する。黒女のおとっつぁんは大きく一つ咳をし、ぺっと唾を吐き、胸前を拭ってから言う。「俺、俺は家畜に餌をやりに行かなくちゃなんねぇ」こう言うと、くるり身を翻して行ってしまう。これを見た丟児《ちゆうじ》は腹を立てて言う。「見たか、あの糞爺。あれで男一匹か？いざとなると肝心な事は何も言わねぇ」みなはまたここで我に返る。さっきの事との関連で大害の話題になる。だが、みなが問題にするのはこれまでの彼の善行ではなくて、万事彼の罪障ばかりだ。どんな具合に神経を病んでいたか、どういうふうにして仲間を自分の窑洞《ヤオトン》に集めて昼夜謀議したか、今天下の王法に触れたのも自ずと予想された事だ等々。あの大害がどんなに義を重んじたか、どんなに人民の苦しみを察したか、みなが飢餓線上にあるのを見て、幹部や民兵ら貪婪飽くなき奴らの食い物になっていたあの倉庫の糧食を奪い返して仇を討った事なぞまるで忘れている。

悪党根斗の話に戻る。あの日の午後に県城で呂中隊長に会った時、中隊長は彼に先だって報告に来た者がいたと言い、また夜になったら招待所に行って指示を待つようにと言った。ここでようやく安心した賀根斗は呂中隊長を見送った後、一人飯屋に入り、白湯《さゆ》を一杯所望し、懐から取り出した黒いマントウを白湯に浸して食った。飯屋を出、県城の大通りを何遍か往復して夜になるのを待ち、さて招待所に入ろうとする。思いがけない事に招待所の正門裏門いずれにも衛兵がいる。賀根斗はしばし様子を窺ってから、ぐっと腰を伸ばし、中の人間のようなふりをして歩み入る。何とたちまち衛兵に見破られてしまい、襟首をつかまれて殴られそうになる。どうも様子がおかしいと察した賀根斗は必死に喚きたてる。この時、二階の欄干に出て来た人が「誰だ」と階下に問いかける。これを聞いた賀根斗は呂中隊長の声と知り、慌てて大声で呼びかける。呂中隊長は言う。「あー、泥棒野郎か。下で待っていろ。そのうち用事が出来たら俺の方から呼ぶぞ！」階下の衛兵は賀根斗の身分を知らないが、呂中隊長の口振りからまともな奴じゃないらしいと思う。両脚を踏んばり、薄暗い片隅を指さし、そこで待たせる。

　こうなった根斗はそれまでの見栄や体裁を放擲《ほうてき》するほかなく、すっぽんみたいに首をすくめている。突然二階がわいわいがやがや、あっという間に大きく間口が開き、光と影の中に様々な人びとが頭を上げて仰向き、体をぴんと伸ばして続々と出て来て、文献だ会議だ等々の言葉を喚いている。その中のある者は階段を下りて来て中庭に出、ある者は二階の別な部屋に入って行く。賀根斗はすぐに思い出す。数箇月前、自分が毛主席の著作を活学活用する積極分子だった時にここに泊まった事を。あのころの気概は今の彼らと似たようなものだった。一度眼を転ずるに今や階段の隅に縮こまっている。彼を眼にした者はただ打とうとするばかりだ。この変わり様、急速なるや否や、奇っ怪なるや否や？　あーあ！

　この時、呂中隊長が彼を呼ぶ声がしたので慌てて立ち上がって返事をする。「はい！」呂中隊長が言う。「すぐに上がって来い」賀根斗は腰を丸め、四本の手脚を併用して大急ぎで二階に上がる。部屋のドアを探り開け、眉骨の所に手をかざして見渡すともうもうと煙が立ちこめ、数人の男たちがタバコをくわえ、正面を向いたり脇を向いたりしてベッドを塞いでいる。季工作組《きこうさくそ》がデスクの向こうに座っている。季工作組は「入れ」と言う。ドアの枠につかまり、びくびくしながら中に入る。季工作組は彼が説明するのを待ちもしないでいきなり罵り出す。「何だ、その様は！　まったくこのろくでなし奴。あの時は革命だ、造反だと喚いていたんで、俺は鄢崮《えんこ》村の紅色政権をおまえに任せたんだ。おまえときたら、一箇月も経たないうちに俺を虚仮《こけ》にしやがって！　まったく変色しやがった！　このろくでなしが何という事を！　貴様、俺に説明してみろ。誰が倉庫の穀物をかっぱらったんだ？」

　賀根斗はつっかえつっかえ言う。「頭数は全部そろっているんです。全部。簡単だけどこれが借用書です」言いながらあの白い紙を懐から取り出して季工作組に手渡す。受け取った季工作組はちらっと見るなりそのままびりびり引き裂き、賀根斗の顔に振りかけて言う。「こんないんちき紙、誰が騙される！」賀根斗は慌てて言う。「破かないでくれ。みんな麦はまた返さなくちゃなんねぇだから！」

季工作組が言う。「大間抜け！　おまえは先頭に立ったのが誰だかわかっているのか？」賀根斗は思案に窮して言う。「多分、俺たちの村の地主富農では。俺たちは奴らをずっと制圧して来たから。その他の者はまるで見当がつかない」呂中隊長が口を挿んで言う。「そんな事じゃおまえ、トランプや麻雀でも負けっぱなしだろう？」賀根斗が言う。「俺は……」季工作組が言う。「おまえはわからんのか？　おまえはこの村の造反派のリーダーだろうが。何とまー、おまえの警戒心は一人の老いぼれ地主にも及ばないとはなぁ！　そんな事じゃリーダーだなんて言えるかい？　本当の事を言うと、おまえが来る三日前に俺たちは事件のいきさつを全部つかんでいたんだ。この愚図が、こんなに時間が経つのに誰の仕業かまだわからんとは！　まったくおまえの馬鹿さ加減ときたら処置なしだ！」

賀根斗は焦って問う。「誰ですか？」季工作組は言う。「さあ、誰かなぁ？」賀根斗はすぐに一人を思いついて言う。「そう、そう、そうだ。思い出した。ここ数日、鄧連山《とうれんざん》の様子がおかしいような気がする。あいつはどうもまともじゃないし、絶対とは言えないけれどもあいつが仕出かしたんじゃないか。あいつはずっと二股膏薬で、陰険で、俺らの共産党に対して骨髄に徹した深い憎しみを抱いているんだ！」季工作組はふふんと冷笑して言う。「おまえは鄧連山が穀物倉庫を襲ったと言うのか？」この口振りを聞いた賀根斗はまた躊躇する。季工作組は言う。「出発する時、俺は鄢崮村に関していささか心配な事があったので、数十里進んだ後でまた戻り、おまえにちょっと注意しておこうと思ったんだ。だけどおまえはするりずらかって影もなく、戻って寝ちゃっている。今こんな大災難が降りかかっているのに、頬被りして誰の仕業か知りもしない！　何たる事だ。おまえがわからないなら改めてよくよく考えるんだ。それでわかったら俺に報告するんだ。言っておくが、俺もここ数日はとても手が空かないし、兵員の余裕もない。数日後、おまえの見通しがつくのを待ってそれからいっしょに村に入って犯人を捕まえよう。ただしおまえがわかったところで、俺たちが出動するまではおまえは県城を一歩も離れててはならん。また、鄢崮村の者に会っても防諜のためだから、口からでまかせにやたらな事をしゃべっちゃならん。いいな。それじゃ出て行け！」

　ほっぺたを大きくふくらませた賀根斗の様は、哀れとも何とも言いようがない。あっと言う間に、あの虎の威を借る呂中隊長に有無を言わさず押されて引かれて、門の外に放り出されてしまう。辺りに人の居ないのを見定めた呂中隊長は口調を緩めて言う。「季政治委員はここのところしょっちゅう何日もろくに寝る時間もないんだ。全県のどんな重要事も彼が配慮するんだ！　どの一件でも彼が処理するんだ！　眼なんか真っ赤でまったく寝るどころじゃないんだ。革命の事業に対処するって事は本当に刻苦精励、全力を挙げて国事に尽くして後死す。おまえみたいな奴は革命の始まった途端から眠りこけやがる。悪党が数千斤の穀物を強奪したのにおまえはまるでわからないなんて！」言い終わった呂中隊長は賀根斗が今晩どこに泊まるのかの心配もせず、体の向きを変えて戻ってしまう。

　その後の数日、賀根斗にとってはまったく災難。どこもかしこも無駄足ばかり、いずこの岸とて寄る辺ない。県城内、食べようったって何も食べる物がなく、飲もうったって何も飲む物がなく、数日さまよい歩く。もしも救いの神の民兵に時々出会って一回につき数個のマントウを恵んでもらっていなかったら、どこか蓋のない側溝にはまって死んでいたかも知れない。人間ひとたび飢えたら、話す事為す事万事は意気地なくなってしまう。賀根斗が県政府の門前で泣いていたという龐二臭《ほうじしゅう》の話も決して誇張ではない。

　あれから四、五日経って、季工作組はようやくあの一件を思い出す。県城とその近郊との幾箇所かから選抜されて呂中隊長に率いられた民兵の一隊が銃を携え、砲を備えてトラックに乗って大害の家の門口にやって来る。トラックが停止したその途端にはっと悟った賀根斗はぽんと額を打ち、罵って言う。「何と、賊はこいつだったのか。こいつは飲み食いに困る訳でなし、ただただでたらめの馬鹿騒ぎをしたかったんだ。でなけりゃあんな事をするはずがない。こいつがこんな手合いだったとは、思いもよらなかったなぁ！　何と、国家の穀物倉庫から盗むなんて！　自分からお縄にかかりたがっているようなものじゃないか！」

大害が捕まった後、王朝奉は必死になって唖唖を引きずり戻す。家の門前に到ると、唖唖は脚を突っ張り、はーはー喘《あえ》ぎながら何が何でも大害の家の中庭へ入ろうとする。怒った朝奉が大声を上げる。「戻らない？　何を考えているんだ？　糞尼が。大害がおまえに何をしてくれたって！　おまえが夜昼あいつの面倒を見たってこの様だ。あいつから何をもらったって！　何でまだ思い切らない？　おまえは面子《メンツ》なんかどうでもいいらしいが、おとっつぁんにもおっかさんにも面子がある！」言いながら手を伸ばし、娘の体を抓《つね》るやら引っ掻くやら。痛がる唖唖がぎゃーぎゃー喚く。最後はやはり父親には勝てず、おとなしくなり、付き従って家に入って行く。唖唖が夜中に大害の家の中庭に駆け込むと、部屋に灯りが点いている。びっくりし、大声を上げて跳び込んで行く。果たしてランプの下、オンドルの上に一人長々と横たわっている。唖唖は一も二もなく跳びついて行って抱きつき、眼からぼたぼたと涙の雨を降らす。その人はびっくりして起き上がって言う。「俺は歪鶏だ！」唖唖を押し退けた歪鶏は続けて言う。「今晩の事、俺は全部知っている。もう泣くな。泣いたって何になる！　だけど、今度の事では兄貴は酷い目に遭うかも！　見てろ、兄貴に万一の事が有ったら、いいか、俺は絶対に賀根斗の奴をぶっ殺してやる！　この仇を討たなかったら人間じゃねぇ！」こう言い終えた歪鶏は唖唖が南の県城の方を指しながらわーわー何か喚いているのを見る。母親に取り残された幼児みたいに手振りしながら涙を拭い、甚だ苦しそうで、実に見るに耐えない。歪鶏は思う。自分は男一匹だ。それなのに目下彼女をなだめる術もない。これまでの事を思い、これから先を思案すれば不覚にも涙がこみ上げる。

## 52　鄢崮村は大騒動。王朝奉の供述は？

この夜はどうしていたかって？　元来、大害《だいがい》の兄弟たちは村中のそれぞれの家から連日やって来ていっしょになり、大いに盛り上がり、時の経つのも忘れて楽しんだ。この夜もまた各自晩飯を済ますと大害の窑洞《ヤオトン》に集まってわいわいがやがややる。みながこのしばらくの馬鹿騒ぎをお開きにして辞去した後、思いがけない事に、呂《ろ》中隊長の一隊の悪党どもがどやどやと闖入《ちんにゅう》して来た。何事と問いただす間もなく、大害は数人の大男たちに地上に転がされ、がんじがらめに縛られてしまう。呂中隊長は勿論窑洞の隅から隅まで捜し回ったものの、銅銭も銀銭も見つからない。とうとう枕の下まで探ったが一冊のノートがあっただけ。自分では字が読めないから、根斗《こんと》に見せる。しばらく眺めていた根斗は言う。「糞ったれが。てんとう虫みたいな字で書いてある。俺にもわからねぇ。県に持って行って季工作組に見てもらってくれ」呂中隊長はそのまま放り投げ、今度は何か金目の物はないかと敷き布団の下を探る。探りながら悪態をつく。「ろくでなし野郎が。いつか見ていたらあの野郎、ここで十元、あそこで五元と随分派手に金を使っていた。ところが今ときたら。銭は一体どこへ行っちゃったんだ？」根斗は地上よりノートを拾い上げて言う。「中隊長、これを持って行ったら証拠になるかも！」長い脚を伸ばしてオンドルから下りた呂中隊長の懐にノートをねじ込む。ねじ込まれた呂中隊長は「証拠だと、糞！」と言ってから人を呼び、大害を押さえて中庭の門を出る。中庭に入って様子を見ていた唖唖《ああ》はにわかに気がふれたみたいになり、後ろから跳びついて行く。続いて黒蛋《こくたん》は豚小屋の塀に取り付いてこのどたばた劇の一幕を見る。と、まあかくなる次第であった。

この賀根斗は悪党であるや否や？　もしも呂中隊長がノートを投げ出したままにしておいたなら、あるいは郭大害は平安無事であったかも知れない。悪いのは賀根斗でノートを何が何でも呂中隊長の懐にねじ込んだのだ。車に同乗して県城に入った呂中隊長は大害を監獄に放り込んだ。枕頭に置いたノートは一枚一枚引きちぎって尻を拭くのに使えばよかったのだ。あに計らんや。とんでもない事になる。余計な世話をやく敵役の登場である。人の運命はただただ幾多の意外に満ちていると言うが、これまた人の思案は天の定めには勝てぬという事だろう！

　この人物、姓は李《り》、名前は一字で鋒《ほう》。二十歳前後。生まれつきの器量良し、なよなよした体つきで、その辺の女どもと比べてもいっそう十二分に艶めかしく、誠に人好きがする。こいつが〝紅造司〟と〝紅聯司〟の首脳の間をひたすら熱心にしょっちゅう行き来して、ちょっと人の知らないような機密を伝えたりする。そういう訳で県城の一本の大通りをうろつく彼の姿を眼にしない日はない。呂中隊長はいかつい顔の大男だが、李鋒をひどく気に入り、いたくご執心で、遊びに来てもらっている。

　さて、その李鋒はある日、季工作組《きこうさくそ》の部屋でしばらく暇つぶしをした後、ようやく外に出た。太陽はかっと照りつけ、風はなく、淀んだ空気がむっとする。別に当てもなくぶらぶらしていると、馬鹿面に愛想笑いを浮かべた呂中隊長に呼びかけられ、彼に従ってその部屋のドアを入る。呂中隊長は枕元から飴の包みを取り出して勧める。丸めた掛け布団に寄りかかった李鋒は飴をなめながら相手をして、時局についてのいささかの見解を披瀝する。こっちの首領の取り柄、あっちの首領の足りないところ、どれもこれも大っぴらにはできないやばい話。呂中隊長はただの無骨者で、話を合わせることもできず、とにかく賛意を表さなくてはとひたすらうなずくばかり。飴を幾つかしゃぶった李鋒は暫時休憩。枕元の一冊のノートを取り上げて眺める。眺めているうちに眼が点になり、びっくりして問う。「このノートはどこから持って来たんだ？」呂中隊長は言う。「二、三日前、糧食を盗んだ大泥棒を捕まえたんだが、そいつの窑洞にあったんだ。用はないから面白そうなら持って行けよ！」

　李鋒は叫ぶ。「何を寝ぼけた事を言っている。これは反革命集団の名簿じゃないか！」これには呂中隊長もびっくりするが、ちょっと思案の末にまた笑って言う。「何だって？　反革命？　鳥も飛ばねぇような何にもねぇ俺たちの鄢崮《えんこ》村にそんな奴が生まれるかよ？」李鋒は厳しい顔つきで言う。「まだ信じないのか。この一条一項みな書いてあるのは本当の事だ。どう進攻し、どう撤退するか。水軍の頭目は誰、陸軍は誰、空軍は誰、水陸空三軍いちいち全部段取りしてある。綱領、目標何一つ欠けていない。完璧な反革命計画だ！」これを聴いた呂中隊長は思わず叫ぶ。「こん畜生。とんでもねぇ悪党だ。何と太い奴だ。急いで季政治委員に報告しなくては！」言いながら李鋒を引っぱり起こし、季工作組の住居に駆けつける。

季工作組はちょうど居あわせて、洗い物をしている。李鋒とかの呂中隊長とが緊張した面持ちで慌ただしくドアを入って来るのを見、立ち上がって何事だと問う。呂中隊長が言う。「この李先生が文盲の俺に教えてくれたお陰でどうやら大事を間違えずに済みました！」季工作組は李鋒に問いかけて言う。「どういう事だ？　言ってみろ」

李鋒は言う。「わたしがあなたの住居の門口を出た途端、ばったり呂中隊長に会いました。呂中隊長が県城の周りの濠の背後の防御の段取りを知りたいと言うので、ちょっと話をしました。その時、わたしがたまたま彼の枕元を見ると、この日記帳が放ってあったので拾い上げて繰りました。何と、一目見ただけで大事《おおごと》。間違いっこない完全な反革命の綱領、計画じゃないですか。わたしが問いただすと、数日前、あなた方が捕まえたあいつの家から押収した物だとの事。いやまったく！」言いながらノートを事務机の上に置く。季工作組は手に取ってちょっと見るが、初めからもうよくわからない。文学的才能は到底李鋒にはかなわないとあきらめ、これの要点を解説させる。李鋒は眼を凝らし、声の調子を変え、一条一項手振りも交えつつ説明する。李工作組はまだ半分も聴かないうちによく了解する。李鋒をぐいと引き寄せ、抱いていいのか叩いていいのか、久しく別れていた実の息子に再会したみたいに興奮する。

あの大害はどうしてこんな凶事を引き起こす事になったのだ？　何の理由もなしに反革命集団を組織するとは？　元来これはここ数日の事ではない。大害は『水滸伝』を抱えて手放さず、読んで読んで病みつきになっている。その上、賀根斗一派が造反し、兄弟たちの中にも参加したがっている者がいて籠絡《ろうらく》される恐れがある。そこで追い込まれた心境になり、『水滸伝』の梁山泊の英雄たちのランク付けを手本にし、鄢崮村の有象無象の輩、百八人をいちいち並べたててみたのだ。並べてみた後、人選にかなり穏当を欠く事が自覚された。例えば王朝奉《おうちよう》、彼を小旋風に類《たぐ》えた。だが、小旋風柴進《さいしん》とは如何なる人物か？　拳法の腕前に関しては勿論、正義にのっとり財物を軽んじてしばしば仲間の危機を救うこの一事だけでも王朝奉とは天地雲壌の差だ。また例えば丟児《ちゆうじ》だが、生まれつき鶯哥《おうか》〔唐代七公子著の小説『華胥引』第二巻「十三月」篇中の美貌の女殺し屋〕程度の脳味噌しかないのに、でたらめもいいところ、彼を智多星《ちたせい》〔『水滸伝』中の人物。姓名は呉用。神算鬼謀の軍師。梁山泊中の序列第三位〕に当てているのは余りにも持ち上げすぎではないか？　あの大義《だいぎ》を封じて陸軍頭目としているが、これにもいささか申し分がある。彼がかつて張鉄腿《ちょうてつたい》についてちょっとばかり武芸を学んだことがあるというのがその理由だなんて。歪鶏《わいけい》が水軍頭目だというのも牽強《けんきょう》の嫌いを免れない。彼の水泳術がかくかくしかじか優れているとか言っているが、せいぜい村の南のあの半畝ほどの溜め池でバチャバチャやっただけで、将来本当に朝廷に背き、旗を掲げて造反して大江大河に出会ったとしたら、あっさりすっぽんの餌食になってしまうのではないか？　大害が書いた時、初めは意気軒昂、心情悲壮、心中翌日にも発表するつもりであった。翌日の朝起きて見直すと、我ながら笑ってしまう。枕の下に押し込んで、その後人に話した事もない。然るに思わざりき、現在このノートが季工作組一党の手中に落ち、とてもの事に笑い話では済まなくなっている。

数日が過ぎ、白昼県の公安局と〝紅造司〟大隊の人員がいっしょに出動し、銃に実弾を込めて鄢崮村を厳重に包囲し、大害が排列した名簿に照らしながら、名前の載っていた二、三十人を片っ端から引っ括り、大型トラックに乗せて連れ去った。鄢崮村のこいつらは今までの人生、自動車に乗った事のないワラジムシで、大害の思いついた新企画の尻にくっついてこれに乗れたのだ。以後この時の事が話題になるたびに大害の功績が想起される。これも滑稽な事だが、話は簡潔にしよう。県の方ではこの赤髪鬼《せきはつき》〔『水滸伝』中の人物。姓名は劉唐。職司は歩軍頭領。梁山泊中の序列第二十一位〕・青面獣《せいめんじゅう》〔『水滸伝』中の人物。姓名は楊志。職司は馬軍八驃騎兼先鋒使。梁山泊中の序列第十七位〕・立地太歳《りっちたいさい》〔『水滸伝』中の人物。姓名は阮小二。職司は水軍副都督兼楼船営指揮。梁山泊中の序列第二十七位〕らを県城に運び込んだ後、幾日か夜昼なく取り調べる。そのあげく、これらが案山子《かかし》の将軍に過ぎない事にようやく気づく。ある者は何はともあれぺたんと跪《ひざまず》くや、頭をどんどん地べたに打ちつけてただもう父ちゃん母ちゃんと喚くばかり。気概気骨を見せたのは骨と皮ばかりに痩せこけ、縄目に耐えそうもなく見えた歪鶏である。この餓鬼は腕を三回も脱臼させられながら、絶対に屈しない。前科持ちの猴子《こうし》は何が何でも牢屋を出たくない。何故なら、そこに居れば物乞いをしなくても一日三回の食事にありつけるものだから。それで、取り調べる側が彼にこれこれかと問えば、そのとおりこれこれだと答え、とにかく訊問する者の口吻に従うわけで、大害はすんなり武芸超絶、智足謀多の天下の大盗賊ということになってしまった。さらには大害からかつて台湾に遣わされ、そこから武器を運んだ等という話まで脚色するが、それもこれも取り調べ側が猴子を根拠なしとして釈放するか、あるいは軽微に判定する事を恐れたが故である。大害は猴子に急先鋒《きゅうせんぽう》なる綽名《あだな》を与えたが、これが大害に仇したかどうか、如何なものであろう？

　以上、まったくいい加減な話なのだ。結局県側はこの連中はどれもこれも餌を喰うだけの豚野郎で養いきれないと見極め、大害と明瞭に関係がある者のみを残して他は前後して逐次みな釈放する。かくして、村では今日はあいつが、明日はこいつがと各自話がある。各人帰村の際は、何はともあれ先ず一通り事の次第を話さなければならず、村は毎日お祭りみたいな騒ぎ。その中で王朝奉だけは何が何でも面子《メンツ》を守るの態で、村に帰るとそのまま家に引きこもり、一言もしゃべらない。三日後にようやく外に出て来たが、人が縄目を受けたかと問うても諾否を拒み、ただ言う。「糞！　たかが縄一本、何の怖い事がある！　県の公安〔警察〕が順繰りに縛ってきて、ちょうど俺を縛る番になったところで縄がなくなっちゃつたんだ！　それでも俺はごくおとなしく待ちながら、縛れよ、何でさっさと縛らないんだと言ってやったよ。県の公安はおまえだけ免除するわけじゃないと言う。俺はまた幾日も待ったよ。結局縛られる順番は回って来なかったんだ。そういう事なんだ！」これは笑い種だ。ただし、大害が死罪と確定したのは王朝奉のでたらめな供述と直接の関係がある、とずっと何年も後まで村の人びとは言い伝えた。

## 53　郭大害は銃殺され、唖唖は身を以て遺体を覆う

月日の経つのは速いもの。そうこうするうちに二箇月が過ぎる。唖唖《ああ》にとっては耐えがたい日々である。毎日毎日ざんばら髪で、豚の餌にする草を刈って入れる籠を持って村の南の外れの高い崖に立ち、動かずにぼーっといつまでもかなたを見つめている。誰かが彼女に言う。「唖唖、急いで家に戻って顔を洗って来いよ。大害《だいがい》兄いがじきに戻って来るぞ！」彼女は飛んで家に帰り、奇麗に髪を梳き、大害が彼女にくれたデニムの服に着替えると、また崖の上に戻り、両の眼をぱっちりと見開いて待っている。これを見る村人たちは面白がって誰でも笑う。あまりに何度も騙《だま》されたので唖唖はもう信じなくなる。それだけでなく、誰かが大害が戻って来ると言おうものなら、手脚をばたばたさせて鎌を振り回して相手に切りかかる。村の一部の少年たちは何が何でもこの活劇を見たがって、あれこれ挑発、嘲弄する。それで唖唖はむざむざ女瘋癲妖魔《ふうてんようま》として慰みの対象にされてしまう。

　麦は眼の当たり日々に黄色く熟れてくるのに、大害は帰って来ない。眠れない唖唖は夜ごとオンドルの上を細心周到に掃除し、夜具を敷き延べてからランプの下で何時間も彼を待つ。待って待って、結局いつもランプを消し忘れ、壁に寄りかかったまま寝てしまう。

　あの事以降、村中の多くの連中が唖唖に会うと「大害が帰って来るぞ」と言う。唖唖は怒った後は驚き、驚いた後は喜ぶ。そうして少しずつ信じるようになる。村外れで終日眼を凝らし、オンドルの上で身じろぎもせずに夜中過ぎまで待つ。ある夜、ぼーっとしている間に思いがけなくも中庭で人の足音がするのが聞こえる。次いでがちゃんと音がしてドアが開き、大害が帰って来た。全身に雪をまとい、かちかちに凍え、ドアを入るなり倒れかかる。オンドルから転がり下りた唖唖は大害に跳びついて彼を支えながら号泣する。大害は何も言わずにただ黙って彼女を見つめ、彼女の涙を拭ってやる。その上で言う。「泣くな。俺は帰って来たじゃないか。こんな大きな娘が泣いてどうする！　見ろ、俺は全身雪まみれだ……」唖唖ははっと気を取り直し、箒を手にしてしゃくり上げながら雪を払ってやる。ところが何と、その雪は彼の体にまるで凝結しており、払っても払っても落ちはしない。唖唖は焦り、またまた泣きそうになる。大

害は言う。「慌てるな。下を向いていろ。俺は服を脱ぐぞ！」唖唖は頭を下げるが、胸中には裸になった大害がオンドルに上がるのが見える。ランプの下で大害の背中は一面真っ白な雪なのだ。唖唖は呻き声を発しながら跳びついて行って払い除けようとする。大害は言う。「止せ。この雪は改めて立派なお日様が昇るまでは今生この世では消えはしない」こう言うと長いため息をつき、布団を被《かぶ》って寝てしまう。可哀想な大害を見つめる唖唖の眼からは自ずと涙が滴り落ちる。また心中に思う。大害はここまで歩いて来る途中食事はしたのだろうか、定めし腹が空いていることだろう。急ぎ食事の支度にかかる。鍋の蓋を取って水を加えようとすると、何と鍋の中には雪が重なっているではないか。びっくりして上を仰ぐと、窑洞《ヤオトン》の天辺の厚い黄土に一筋大きな裂け目が入り、ゆらゆら揺れて自分と大害に向かって今にも落ちかからんばかりである。彼女は思わず大害兄さんと大声を上げ、両脚を踏んばったところで目が覚める。目を見開くと窑洞の中は漆黒の闇だ。慌てて這い寄り、大害兄さんの枕の辺りを探る。もとより空しい一場の夢だった。

鄢崮《えんこ》村がこんな大きな騒動になってしまった以上、自ずと賀根斗《がこんと》の威光は帳消しだ。村中誰もが面と向かっては何も言わないものの、秘かに彼を末代までも呪っている。村の革命的生産の大事な数項目は目に見えて効率が落ちている。この事は県の方にも伝わっている。季工作組としてはとんでもない様になってしまった自分の大事な根拠地を建て直さなくてはならない！　それで、公社に対して書き付けを一枚渡し、党の名義を以てまた葉支《ようし》書《しょ》を支援する事とし、彼を造反隊の政治委員にする。葉支書は賀根斗には恩を売ってあるから賀根斗には勿論何の申し分もない。却ってあの大義《だいぎ》が捕まってしまったから会計の一山の帳簿は全部賀根斗の家に収まってある。最後はやはり葉支書が表に立って話をつける。ある夜、賀振光《がしんこう》とその母親がいっしょに隣の屋敷に赴き、賀根斗の家のドアを入る。賀振光はやたらに叔父様叔父様と呼び立て、ほとんど跪《ひざまず》かんばかり。母親は賀根斗の兄嫁であり、賀根斗とはかつて枕上の罪障がある。多くを語らずとも以心伝心。親しいも何も一門同士、意地を張って争う事もなく、恨みは解消。こうなると、両方の家は以前に比べてずっと親しくする。今日はこっちがうどんを一碗送れば明日はあっちが野菜を一籠寄こすといった次第で、かつての恩讐《おんしゅう》はまるで消え去る。会計簿は生産隊の総会の承認も経ないのに、賀振光が脇の下に挟み、そのままた彼の物になってしまう。村の者たちは言う。「見ろ。あの叔父と甥。えらい仲良しで何て間がいいんだ。こんな事になるとわかっていたなら初めからやるんじゃなかった。あの革命の一騒ぎに村の者が巻き込まれた末に罪を受けたんだ！」

葉支書はこの度また権力の座に着き、以前にもましていよいよ円転自在。あちこち出向いて客となり、人に会っては談笑する。歴史上これを譲歩政策と言う。この数日以内に大麦を刈り取らねばならない。葉支書は賀根斗と相談し、最初の刈り入れ分は粉にひいて、何はともあれ飢饉へのいささかの備えとして一人当たり何斤かを分配する事に決める。これを聴いた社員たちはみな喝采し、葉支書の聡明を称賛する。こうと決まれば話は速い。早速手配にかかる。村中老いも若きも鎌を研ぐ者は鎌を研ぎ、牛を繋ぐ者は牛を繋ぐが、それもこれも長年のちゃんとした決まりがあるからあれこれ指図されるまでもなく、それぞれが行動を開始する。

話はその日の午後の事。みなが大いにやる気を出して盛り上がっていたちょうどそのころ、公社から突然の通知。県の方で明日公開民衆大会を開催するから、老人子供をひっくるめて、村内の歩ける者は全員参加せよとの事。他に、家族の者を来させて大害の遺体を持ち帰るようにせよとの事。もしも家族がいないなら、葉支書が手配して組織の方で面倒を見るようにとの事。葉支書は急ぎ賀根斗と相談する。葉支書が言う。「こうしよう。大害の遺体を引き取る者はいない。朝奉《ちょうほう》にちょっと話をして、あいつにやらせるのがいいだろう。もしもあいつが引き受けないなら、あの大害の家はそっくりそのまま公の物になる。誰か引き受ける者がいれば、家はそいつに支給する。おまえの考えはどうだ？」これを聴いた賀根斗はそれも道理だと思い、すぐさま同意する。その後、葉支書は賀根斗に行ってもらって表立って朝奉に話してもらおうと思いつく。賀根斗はしばらくもごもご言っていたが、仕方がない。思い切って朝奉のところへ行く。麦刈りの事はこれで一日延びる。

翌朝、まだ暗いうちに朝奉は唖唖を大害の窑洞の後ろの草の山から引きずり出して、うんと穏やかな口調で、表情を緩めながら言う。「あのなあ、おとっつぁんの話をよく聴くんだ。おまえは今日荷車を引いて県城へ大害兄いを迎えに行くんだ。村の人も沢山行くから、おまえはそれについて行けばいい。みんなの大会が終わったら、おまえは急いで大害兄いを荷車に乗せ、まっすぐ家に戻るんだ。途中道草食うんじゃない。荷車は門の外にある。俺が今朝早くおまえのために借りておいた。そのまま引いて行けばいい。すぐ出かけろ。社員はみんな村外れに集合している」

唖唖は何も事情を知らない。ただ父親が言う事だけを承知し、ともかくげらげら笑って喜んでいる。朝奉は実の娘のまるで痴呆の有様を見、流れる涙を止め得ない。急いで娘の懐にマントウを二つねじ込み、くるりと背中を向け、自分で災難を被るのは避けようとの魂胆。唖唖が空の荷車を引いて村外れに着くと、果たして槐《えんじゅ》の周りは黒山の人だかり。人びとは押し黙り、まるで声の出なくなる薬でも飲んだみたい。人混みの中の賀根斗は荷車を引いて来る唖唖を認め、これは拙い事になったと思い、大声で怒鳴りつける。「こん畜生奴、悪党の朝奉はどこへ行きやがった？　誰が娘っ子なんぞを寄こしやがったんだ！」人混みの中で誰かが言う。「奴はあの人の事をほったらかす気か。おまえ、おとっつぁんに行ってもらうんだ。おとっつぁんが本気でおまえを行かせるなんて、まったく何という事だ！」唖唖の方は賀根斗の袖を引っ張り、興奮してあーあーわーわー喚く。つまり、わたしが行くという意思表示だ。この様子を見た根斗は心中へえと思ったがもう何も言わず、向き直るや社員たちを指揮して直ちに出発する。村を出る時に丟児《ちゅうじ》の男の子の麦囤《ばくとん》が猿みたいな格好で荷車にはい上がる。これを眼にした丟児は近寄るや横っ面を張り飛ばして車台から放り出し、叱りつけて言う。「こいつめ、おまえには眼の玉がついていないのか？　こんな時にじゃれまわるなんて！」麦囤は泣く。以上は一挿話。みなはもう黙りこくり、荷車を取り囲み、唖唖にくっついて黙々と県城へ急ぐ。

鄠邑村で反革命集団を摘発した季工作組《きこうさくそ》は以来大した評判となり、秦川〔陝西省秦嶺以北の関中平原地帯を指す〕一帯知らない人はいないという有様。この日の話に戻る。甚だご満悦の様相で全県人民の前に姿を現した季工作組は、みなに向かって毛主席を首領とする党中央が正式にこの県を彼の統治下に委ねた事を宣布しようと待ち構える。あの銀柄《ぎんへい》法師は何たる神通力！　何十年も前、彼がまだほんの子供だったころに今日の彼を見通したのだ。天をもすっぱ抜く道理を有していたと言うほかないではないか！　季工作組の言い方では「一群の連中を殺せば社会は五年、十年と安定し、昔から今に到るまでこれこそ道理！」

さて、こちら大害は監獄の暗い房に一人座し、万事茫漠として何もわからない。夜に夢を見る。大義や歪鶏《わいけい》ら同志の兄弟たちが梁山泊の造反の好漢を引き連れて監獄を襲い、彼を救い出してくれる。夢覚めて一人呵々大笑し、笑い終えてはまた落涙する。母親が、臨終に際して何度も何度も彼に父親の郭良斌《かくりょうひん》を訪ねて行くように言いつけた事を思い出す。しかし、思いもよらなかったが、父親は冷徹非情の人であった。何につけ話をするのは政策の事だけ、あげくの果ては彼を家から追い出してしまう。この時の怒り、生涯忘れられない。これより様々な方法を探りつつ専ら世間や上の方と敵対し、とうとう現在の境涯に立ち至ったわけで、まことにもって悲惨の極み！　加えて、彼はまた生来細心の人ではなく、ごくおおまかな性格で、我意を張りとおし、有力の者をからかったりした。今更に後悔先に立たず！

鄢崮村の老若男女が県城内に到着した時はもう正午であった。葉支書が道を知っているので、直接に村人を率いて城東の練兵場に到る。見渡すと、場内人人人の山で立錐の余地もない。会場の世話役は鄢崮村の者が来たと聞くと、さっさと一条の道を空けてくれる。唖唖の引く荷車を先頭にしてずんずん進んで会場の正面に到って座を占める。葉支書が手配した二人の民兵が何かを仕出かさないようにと唖唖を両脇から支えている。唖唖は辺りをはばかる事もなく、懐から櫛を取り出し、黒いビー玉みたいな両の眼であっちこっち眺めまわしながら髪を梳く。太陽が青春に輝く彼女の顔を照らしている。

県城はやっぱり大きな所だ。大会開催のためにわざわざ材木を用いて舞台がしつらえられる。舞台の周囲の旗竿すべてに紅旗が掲げられ、それらが風にはためいている。舞台の上方に高音を発するスピーカーがセットされ、誰だかわからない人がいちいち尻を突き立てながら演説する。聴き慣れない者には声が大きすぎてよく聴き取れない。彼はそんなに長話をせずに引き下がり、次に鄢崮村の老若男女誰もが知り且つ大いに敬愛する季工作組が登壇して演説する。彼を眼にした唖唖は大いに感動し、後ろを振り返り、大喜びで村の者たちに向かって季工作組を指さしながら、うーうーと述べたてる。つまり自分が彼を知っていると言うのである。

季工作組は落ち着き払って貫禄十分。まったく大官らしい。話し振りは鄢崮村でのそれとはまるで違う。ゆっくりと且つ長く引き伸ばす調子。まるで彼の喉口に餄餎《ホーラ》床子《チュアンズ》〔一八五頁参照〕が装着されているみたい。一句しゃべるごとにポーズを置き、遠方高い所をじっと見つめる。村の連中は演説の始めのころは甚だ奇異に思い、しきりに後ろを振り向いて彼が何を見つめているのか確かめようとする。結局やっとわかった。これは季工作組の今時の演説に際しての習慣なのだ。しかし、鄢崮村にいる時にはかつて見られぬ習慣である。二時間余り、ついに演説は終了した。

始めに演説した人がまた登壇して数句しゃべったのは何事かを宣言したらしい。次いで人びとがざわめきだす。この時、人びとは銃を手にした一部隊が西北隅から入って来るのを見たのだ。引き続いて、民兵が十人ほどを押送して来る。目ざとい者はすぐに呂《ろ》中隊長だとわかったが、引き立てられて来たのは大害らである。その大害は二人の兵士に両脇から押さえられ、後ろにいるもう一人は片方の手で彼の頭を押さえて腰が伸ばせないようにし、もう一方の手で喉首を締めつける縄を引いて彼が喚き出すのに備えている。さらにその後ろにぴったりくっついて来るのは大義・歪鶏ら一味の兄弟たちである。村の身内の者たちはこれを一目見るや堪《こら》えきれずにわんわん泣き出す。

一団の人びとが舞台の下手に整列させられ、退出すべき者は退出する。この時、大害は三人に押さえられていたけれども、屈せずに頭をもたげる。その結果、何と数人の兵士の手を振りきり、まっすぐに立つ。歪鶏の奴も死に物狂いになって続いて頭を上げる。

人群れの中で、葉支書ら数人はあの唖唖一人を押さえきれない。唖唖は暴れ狂って何とか身を脱しようとする。大害は唖唖の頭を眼にするやいなや、大きく眼を見開いてそっちへ突進しようとする。舞台の上ではもうとっくに終了が宣言された。一部隊が取り囲んでそれぞれを引きずり下ろす。ただ大害だけが踏みとどまって下りない。歪鶏が引きずり下ろされながら何か一言喚きかけるが、民兵に押し止められ、連れ去られてしまう。その時、人混みの中で鈍そうな老人が泣きながら言う。「ただじゃ済むものか。畜生奴ら、いつかきっと！」

その声の中、人の群れは沸き上がる水流みたいで、誰が誰やら見分けもつかず、ただもう一団となって歩みを止めようもなく、東の山の麓の方へ向かって移動して行く。かの唖唖は何とかして束縛を脱しようともがいているうちに、却って人の群れの先頭に出てしまい、自分のシャツをしっかり握っている葉支書を引きずりながら走っている。騒然とする間、ああ、刑の執行班の連中は大害を高い崖の底へ護送し、人の群れがまだ着いて来ないうちにズドンと一発。事は終わった。大害は黄土の脊梁の方を向いて、彼を生み、彼を養育した鄢崮村の方を向いて、ゆっくりとくずおれる。刑を執行した連中はその後ただちに傍らの自動車にしがみついて引きあげる。

唖唖は銃声が響いたその刹那、煙塵を透かして、空の奥からの無形の一本の手をつかんだ大害が前方にぐっと一踏ん張りした後に深々とくずおれるのを見た。こうなっては強情不屈、頑固な唖唖もようやく悟る。彼女の脳裏を最初によぎったのは村の人びとが微に入り細を穿《うが》って語った何十何百の人殺しの事例である。彼女は驚き恐れた。憤怒した。大声で叫んだ。いや、そうではない。彼女は我を忘れ、また他の人びとの事も忘れた。無意識のうちにぐっと振り向いてがぶりと葉支書の手に噛みつく。彼がその手を緩めた瞬間に両手を挙げて疾風のように打ちかかる。自分の後ろにいる何千何万は轟いた銃声でぼーっとしてしまっている。唖唖一人が打ちかかったのだ。

彼女は心底愛する大害兄が一面の血の海に浮かび、顔も血だらけなのを見る。急いでその上に伏せって、この愛しい人の頭をしっかりと抱きかかえ、若々しい己の胸で大害の顔を覆い隠す。この時、人びとが喚きながらどたばたと駆け寄って来る音を背後に聞く。彼女は血まみれの大害の様子を人びとに見られたくない。人びとは彼女の体の上から、体の両側から何人も束になって代わる代わる大声で呼びかける。彼女は頭を抱え、ぎゅっと眼を閉じ、何も聴かない、何も言わない。ただただ大好きな兄さん、決して手放せない兄さんを思っている。彼女の心の中で兄さんはなお生きている、生きている、生きている！

唖唖の意識がよみがえった時はもう暗くなっていた。誰か知らない人が彼女を助けて大害の亡骸《なきがら》を荷車に載せてくれ、その上に草蓆をかけてくれる。この時、風が吹いて小雨が降りだす。唖唖は泣かない。荷車を引いて険しい山道をたどる。腰を弓のように屈め、頭をぐっと下げ、ゆっくりゆっくりと戻って行く。

## 54　唖唖は神人より人生の本義を聴く。鄧連山は自ら死す

村内で人びとは何日も唖唖《ああ》を見かけない。唖唖は大害《だいがい》を鄢崮《えんこ》村外の神仙洞中に移し、人に知られずに幸せに暮らす。唖唖は世人に忘れ去られて年久しいこの山洞を谷間で草刈りをしている時に見つけた。その折も唖唖はここに隠れて数日間行方をくらました。

　ある夜、洞窟中に奇跡が出現する。その壁面一杯に姿が現れる。白い口ひげと顎ひげの神人が上の方から下りて来て、唖唖に向かって生命の本義を諭し、生命の真意を開示する。唖唖は唖者ではあるが、心は通っている。神人の話の隅々まで理解したとは言えないまでも十中八九は了解した。神人は直ちに長い袖を一振りして大害を呼び寄せる。唖唖は全く望まない事だが、如何とも為し難い。しかし、事ここに至れば却って安心も覚える。

　唖唖は翌年十月けりをつけて楡泉河《ゆせんが》に嫁入りする。門出の時はとても嬉しそうだった。その日、身に着けた美しい衣装に白く若々しい顔が浮き立つのを見た人びとはしばし驚異の眼を見張る。これは何者だ？　これが唖唖か？　こんな事がありうるのか？　鄢崮村の人びとはこの日ようやく自分たちが朝夕顔を合わせる馬鹿娘の唖唖が生まれてこの方初めてお目にかかる天下第一の美女佳人なる事に気づく。嫁入り籠に乗った唖唖は山洞中での神人の話を思い出すと、こうして鄢崮村を離れる事が何とも忍び難く、籠のすだれを引き開けて涙の溢れる眼で愛しげに鄢崮のみなみなを眺めやる。ただし、甚だ粗忽な村の男女が彼女の意を解するはずもない。思えば人の世は放縦雑駁、真《まこと》にこれを知る者は語らず、言う者は知るなしとか。

　歪鶏《わいけい》は五年の刑に処せられた。猴子《こうし》は三年。大義《だいぎ》らの人はまたみな一年。

　密告したのは間違いなく鄧連山《とうれんざん》。この事は後になってみなの知る所となる。鄧連山は立派な人になろうとしたがだめだった。一九六九年の冬のある日、村の東の高い崖の上の柿の木で首を吊って自ら死んだ。最初に見つけたのは早起きして登校する児童だった。真っ赤な太陽が高い崖の上の柿の木とぶら下がっている死骸を甚だ美しく引き立てる。まるで精緻な一枚の窓に貼る切り紙細工のよう……

　ここまで書いて来て、夜深く人は寝静まり、興趣索然

たるを覚える。一旦ここでおしまいとしよう。この後の事実については読者各位、暫時本書の姉妹篇『嫽人《りょうじん》』〔書海出版社版巻末の「『騒士』档案」に、「一九九七年春、『騒士』下巻は『嫽人』の題名で作家出版社から出版された」と言う。書海出版社版では「上巻」が『騒士』、下巻が『嫽人』に相当する。書海出版社版以外の『騒士』版本には『嫽人』は収められていない〕中より読み取ってほしい。目下、手籠の中より取り出したぼろぼろの古書一巻、先ずはそこから一首を抜いて己の憂さを晴らし、愁いを遣るとしよう。その詩に曰く。

青草蒼蒼として虫切切、村南村北行人絶ゆ。
独り前門に出でて野田を望むに、月明るくして蕎麦の花は雪の如し。
〔白居易「村夜」。「青草」は原典では「霜草」だが引用のままとする〕

# 何が良い中国小説か？——『騒土』の著述経験を例として

周明全

二〇一二年の春と記憶しているが、北京郊外の作家老村先生の書斎で、先生と中国の小説について話をした。先生によると、中国文学は百年前に人類の叙事技術の最高頂に登りつめており、それがすなわち我々の『紅楼夢』である。これについて、西方の人士は今日に至るもいまだよく認識していない。しかし、早晩彼らは認識するはずだ。老村は言う。このような認識は彼が最初ではなく、先輩文人中の一部優秀な大作家・大学者はみな認識していた。例えば、陳寅恪《ちんいんかく》・銭鍾書《せんしょうしょ》等は片言隻語しただけではあるけれども、その意味は明白である。老村は言う。近百年の中国文学の著作を見るに、沢山の作家の中で中国小説とは何かを承知ないしは了解している者は百分の十にも足りず、中国小説の優れて独特な叙述技法を掌握ないしは駆使して著作した者は万分の一もいない。これがここ百年以来の我々の文学の現状である。このような状況下において、我々には水準だとか成就だとかそんなことを喋々《ちょうちょう》する暇はない。これらの作家の承知しない・掌握しない原因はこの種の叙述の技術面での落後にあるのではなく、時代の要求に追いついて行けないからなのだ。そうして、先ず最も基礎的な方面からは——最も純粋な中国小説としては、作者自身の超俗の度量と深厚な見聞以外になおある程度しっかりした全体的教養、例えば、中国人自身に関する明晰《めいせき》な歴史観・文学史の知識・文字と文化に関する教養並びに民俗文化に対する体験や理解等々が必要である。

老村先生に啓発され、わたしは初めてこれら幾つかの問題を考えた。その一、老村先生の言う〝中国小説〟なるものは究極存在するのかどうか？　これは一個の真実の概念なのか、それとも一個の方法上の仮設なのか？　その二、有るとするならば、何が中国小説なのか？ それは文学史に対応する判断なのか、それとも現実の作品に基づいた配慮なのか？

このような問題を解くために、わたしは幾度も老村先生の『騒土』を読んだ（九〇年代中期に初めて『騒土』刪節本を読み、二〇〇五年になって『騒土』全本を細読し、さらに二〇一一年になって〝ある確定的版本〟の『騒土』を精読した。数十年来、わたしは何十回となく『騒土』を精読したわけで、このようなことはわたしの読書生活において極めて稀である）。『騒土』を深く読み込んで行くにつれて、自分なりに次第にかなり明晰な認識と判断が出来上がってきた。

世界の東方において、中国人は自己の文字と文化を創造した。普通の中国人一人一人は生まれて以来これらの文字と文化を通して自己と周囲の世界とを認識する。我々は我々固有の思考様式と表現方法を有する。さらに、文学とりわけ小説の著述に際しては特別の風格と気質が有り、その審美の様相に関しては他民族と全く異なる。例えば、眼前のこの『騒土』一本は本当の意味での中国小説である。

何に対して良い小説なのかに関して論述した文章あるいは説明した著作は汗牛充棟と言える。著名な文学評論家陳思和（一九五四年、上海生まれ。復旦大学教授）は「〝何を良い小説と言うか〟についての幾つかの指標」なる一文中において、三つの指標を提出している。「指標の一：作品中、世紀末に向かって歩む目下の人びとの精神の傾向に対して新たな要素を提供しているか否か。指標の二：小説芸術が現代人の精神世界を構築することに関して作家が新たな探求をしているかどうか。指標の三：日ましに俗化し劣化し、且つ想像力の欠乏する現実環境中において、新たな批判的力量を頑張って具体的に発揮しているか否か」これら三つの指標は一定の普遍的な適用性を備えているけれども、陳思和自身もまた承認しているように、実際には、指標は三つに止まるものではない。例えば、小説の文体に関する探求やら、短編小説の形式に関する追求等々。

陳歆耕《ちんきんこう》は在米中国系作家哈金の「〝偉大なる中国小説〟の出現を期待する」という一文中の、米国学者の〝偉大なるアメリカ小説〟に対する定義を手本として「〝偉大なる中国小説〟に対する定義を提出した。すなわち、『一部の中国人の経験に関わる長編小説のその中の人物と生活とに対する描写はこのように深刻・豊富・的確にして且つ同情心に富み、情愛あり・教養ある個々の中国人をしてそのストーリーによく共感を抱かしめるべきこと』」このような論述は老村先生の中国小説に関わる考えに接近して来ているように思われる。ただし、遺憾ながら本当にこれを中国歴史、とりわけ中国文学史という特殊具体的な環境の中に置いて考察することはいまだよくなされていない。

わたしの見るところ、良い中国小説とは必ずや三つの基本的品性あるいは様相を具備していなくてはならない。一は中国精神・中国的気概。二は中国の物語・中国的情趣。三は中国的風格・中国の言語。簡単に言うならば、一部の良い中国小説は必ずや中国文化の基本的元素をもって構築されるべきであり、中国文学の標準と体系とによって評定されるべきである。

## 一　中国小説：問題の起源

曹文軒《そうぶんけん》〔一九五四年、江蘇省塩城生まれ。児童文学者。北京大学教授〕はかつてとりわけて小説の文体の中国性を認識した。『小説門』〔曹文軒著　人民文学出版社　二〇〇三年一月刊〕の劈頭《へきとう》において率直に述べている。「小説というこの一種の人類の精神形式に対して、我々は西方の小説の影響と作用を誇張し過ぎている。我々は心底納得しているみたいに一つのグローバルな結論を受容している。すなわち、小説の近代的形式特に現代的形式は西方の小説創作に起源するかないしはそれの援助を被っている――各国の小説が近代の状態や現代の形態に進み得たのは西方の小説の啓発を受けた、甚だしきに至っては西方の小説を模倣した結果である。日本や中国ないしラテンアメリカの作家たち自身もこのように認識しているようだ。彼らが己の創作を論議する際にはどうしてもそれぞれの西方の始祖を探さなくてはならない――デュフォー・フィールディング・セルヴァンテス・フローベル……」曹文軒は実は「各民族ごとに実際はそれぞれに自分たちの小説史がある」と認めている。

一八四〇年以後、中国の歴史は〝三千年間かつて無かった大変動〟に直面し、これより初めて半封建半植民地へと淪落《りんらく》する。かつての無比の天朝大国は貧窮羸弱《るいじゃく》化し、西方列強に分割されるままとなる。殴打されるに甘んじない中国の知識人と志士仁人は西方の大艦巨砲の下に猛然と目覚めた。彼らは中国は落後し殴打されている、つまり自分たちは〝万事人より劣っている〟（胡適《こせき》の語）と認識した。このような時代を大きな背景として、中国の志士仁人は初めて眼を見開いて世界を見つめ、西方に学び、広く西洋の学問を取り入れ、次第に〝西学東漸〟の風潮を形成した。とりわけ、一八九五年の中日甲午戦争〔日清戦争〕惨敗の後、取り入れられた西学は自然科学から漸次種々の領域へと拡散した。西方の小説の大量の翻訳紹介は最後五四運動時期の──つまり所謂新文化運動による〝小説界の革命〟を引き起こした。新小説の出現は詩歌をもって中心としていた中国の伝統文学の構造を改変し、さらに勢いに乗じて西方の小説の様式をもって自己の著作の型枠とした。

一九〇二年、梁啓超は「小説と各種社会問題への対策との関係を論ず」という一文を発表したが、その中で小説を〝理想派〟と〝写実派〟とに分類した上で「小説は文学の最上々」と認め、「故に今日各種社会問題への対策を改良しようとするなら必ずや小説界から革命が起こるだろう。一国の民を新しくしようとするなら、先ず一国の小説を新しくすべきである」と主張している。これ以降、「一国の小説を新しくする」というやり方が小説を民智を開発する道具と見なすことになる。「万事人より劣っている」は理の当然として「文学も人より劣っている」わけで、人に就いて学ぶに如かないのだから、中国の現代小説はその当初より西方の小説を模倣し、学んだ基礎の上に構築された。正しく曹文軒が次のように批評する通りである。「西方中心主義が確立すると、この国の経済・軍事・政治及びこれら一切と関連する社会文明のレベルは落後したものと規定された。西方があらゆる問題を論述する際の前提となり、西方があらゆる価値を衡量する系統的な尺度となり、西方が我々が行うあらゆる言語活動の中軸となり、これらに関する国内各分野の研究者たちは自己の歴史に背を向けて遠方を眺望する姿勢をとるようになった。このような形勢の下、若干の現に我が国にも存在するもの――甚だしきに至ってはとっくの昔から存在したものでさえも無いものと見なされ――眼に入るのはただ西方のものばかり。それらも我が国に存するものと比べてけっして優れているわけでもないもの」実際には、我々が中国の伝統小説を少し辛抱して整理するならば、それが決してがらくたなんかではないのか、それともそれの精華でさえもやはり到底西方の現代小説とは比べ物にならないのか、見極めるのは難しくない。

〝小説〟という言葉が中国で最初に見えるのは『荘子』「外物篇」においてである。「小説を飾りて以て県令に干《もと》むるは、其の大達に於けるや亦遠い矣《かな》」ここに言う〝小説〟はあれこれの些末な言談、経綸治国に関わりの無い屁理屈を指す。後来の所謂小説とは甚だ隔たるが、〝小説〟という言葉自体は人びとに踏襲されて今に至っている。中国の最も早い小説は上古時代の神話伝説に起源する。その始祖は神話集『山海経』である。現代の〝小説〟の様子に比較的に合致するものとしては唐宋以降出現して来る文言ないし白話で著述された伝記や話本が上げられる。六朝の志怪小説の基礎の上に、〝伝奇〟体の短編小説が盛行する。盛唐の伝奇小説は〝鬼事〟より〝人事〟に転入し、作者は初めて同時代の社会に注目する。宋元時代には市民階層の閲読の需要に適応するために話本小説が生み出される。話本小説は唐の伝奇小説の伝統を継承し、社会の低層及び無慮の衆生に足場を置き、市民階層の生活を反映することに重きを置く。宋元の話本は小説発展史に大きな影響を与えた。一つは、話本が平易な民間の言語を用いて白話文学の先駆となったこと。二つは、話本の体裁・形式が直接に長篇章回体の白話小説を生み出したこと。白話小説は宋元の話本を基礎として発展し、小説の主流となり、白話小説の創作盛行の局面が出現した。『金瓶梅』より『紅楼夢』に至って、中国の小説はついに市井より殿堂への移行を完了し、ここに中国文学の経典が成立した。

だが、遺憾なことに中国近現代以降の小説は中国古典小説の伝統を継承せず、一貫してずっと西方文学の後背に付き、西方文学に追随するばかりである。「二十世紀の初年、民族の振興・国家の富強を求めるに急なる文化エリートや政治エリートたちは中国文化に対してもう我慢ができず、中国の昔からの小説の伝統の中に文学の生命力を探る忍耐力を完全に失った。彼らは自分が理解した西方の小説の様式に則《のっと》りながら、国民を助け、無知蒙昧を除去し、世に善を施して国を救うことのできる似たような文体を大声疾呼し、古くからの中国の重病を一掃しようとした。梁啓超・陳独秀・魯迅・周作人・胡適等の人びとはたんに知識の鼓吹者・提唱者であったのみならず、なお且つ自ら力行した実践者であった。周兄弟は早くに日本に留学していた時期にすでに真剣に西方の小説を研究・翻訳し、小説によって世事を風諭し、国民の覚醒と自救を激発しようとした」

老村先生はその散文集『閑人野集』〔人民日報出版社　二〇〇八年四月〕中においてまた同様に次のような考えを示している。反伝統の最初の意図は伝統の超越であり、何のための伝統の超越かと言えばより高級より本来の伝統を探し当てることを目指すからである。ただし、反伝統者の能力が低いと、その本来の目的を低俗な社会学的泥沼に引きずり下ろしてしまう。〝外国のものを中国に役立てる〟という逆巻く怒濤のどよめきの中で、民族の沢山の優れた文化の伝統や蓄積は〝四旧〟〔文化大革命で打倒の対象とした旧思想・旧文化・旧風俗・旧習慣〕ないしは落後したものと見なされ、除去され、遺棄された。中でも、中国小説の叙述方式と言語的特徴は当然より徹底的により詳細に民間化・個人化されるべきものであったのに、特殊な時代的原因と新たな文化思潮の奔流とのせいで、このコースはその後の中国小説の叙述者――とりわけ長編小説の叙述者には堅持されなかった。また、現代文学の情況に直面した李敬沢〔一九六四年生まれ。祖籍山西省。著名な文学評論家・作家〕が感慨に耐えずに表明したように、正しく「二十世紀は中国現代小説の世紀であり、我々は全世界を背景とする思想・体験・叙述を習得し、千年も反響して止むことのなかった音声を沈黙させた」

一世紀前の〝小説界革命〟は中国の小説を受け身で物真似のどうしようもない窮地に追い込んだ。今日に至っても人のまねをして振る舞うこのような情況は止まないようである。今日我々が厳粛に提出する〝中国小説〟というこの概念は、文学上の要求であるばかりでなく同時にまた民族文化の上からの要求でもあり、さらには中華民族が世界と向き合う来たるべき時代の一種の精神の持ち様でもあるのだ。

## 二　何が良い中国小説か？

わたしの見るところ、ずっと体制の外に処して来た老村の『騒土』は最も中国性を具備した良い小説である。これは平静な情況下で著述された一部の小説である。老村自身は遥《はる》かかなたの青海省は西寧の小都市において、輻輳《ふくそう》する文学上の出来事や潮流を遠く離れ、この小説の著述に全神経と精力とを傾けた。あるいは、一年一年がまるまる寒冬みたいな孤独と寂寞、ほとんど虜囚に等しい閉塞情況のせいで、彼は混乱する時代の妨げを受けることなく、関連する古典への彼のイマジネーションを、特別には彼の思想を民族化に向かって深く掘り下げることができた。

我々は『騒土』の中から〝中国小説〟の共同のＤＮＡ、つまりそれらに現れる共通性、あるいはそれらが提示する法則的な特徴を研究・検討することができる。わたしの見るところ、良い〝中国小説〟には少なくとも以下のような三方面の特徴がある。

先ず第一は〝中国精神、中国的気概〟である。中国精神とは中華文明の伝統より発し、現代の中華民族復興の道程中に含有された、とりわけここ数年の中国の迅速な崛起《くっき》後に成立してきた強烈な国家と民族の集中、動員と感化反応の表白を随伴する精神と並びにその精神の有り様のことであり、これこそは中国文化のソフトパワーの重要な顕示である。文学はとりわけよく一個の民族の、一個の国家の精神的風貌と品質を代表するが、また最もよく一個の民族の精神を明示する。所謂中国的気概とはそこに潜在する深奥な精神的内包である。文学上の現れとしては作家の作品の精神のレベルにおける総合的な特徴であり、中国人の内心に起源するある種の文化的雰囲気、ないしは精神的外表である。所謂中国的気概の文学作品はこのような基礎の上に構築される。中国の作家は中国の文化と精神生活の土壌に根ざしてこそ初めて中国的気概の作品を創出しうる。

一種の真正なる芸術が己の生活の地を離脱しないかぎり、一個の民族の文化はそれが依って立つ精神の高みを失うことはない。率直に言って、過去一世紀の作家たちも考えなかったわけではない。老作家馬識途〔一九一五年、重慶忠県生まれ。四川作家協会名誉主席〕は「文学の回想と思考」の中で、ある時期彼も中国的作風・中国的気概の著述を追求しようと試みたと言っている。彼はまたかつて民間の無名作家を良師益友とし、古典小説と伝奇物語を学習の主な手本としようと考えてもみた。彼は自分の考えを具体的に以下のように帰納している。「あっさりした描写、よどみなく流暢な言語、もの柔らかで雅趣に富み、人を引き込むストーリー、くっきりと鮮明で紙上に躍動するイメージ、明るく開放的で清新進取な性格、曲折するけど暗くなく、不思議だけれども奇怪じゃない、ユーモアがあるけど低俗じゃない、風刺はするけど漫罵《まんば》はしない、わかりやすいが卑俗にならぬ」同時代の老作家欧陽山〔一九〇八年、湖北省荊州生まれ。中国作家協会副主席〕は「文学生活五十五年」の中でまた次のように懺悔《ざんげ》している。「わたし自身の文学の特徴はやはりまた自身の好みに従い、あの欧化した言語・欧化した構成・欧化した描写手法を保持している。民族的な特徴や大衆の言語から吸収したものは甚だ少なく、わたしの文学作品は長い間広大な人民大衆から遊離していた」経験を異にする二人の作家の感想はそれぞれがかつて中国小説作法のどのような正道を歩もうとしたのかという文学的夢想を表明している。ただし、時代的原因により、文学とりわけ小説の著述は不可逆的に個性を喪失した粗野化の迷い道へと踏み込んだ。この種の誤った傾向はずっと二十世紀八〇年代の初期まで継続したが、改革開放によってようやく収束し矯正された。

前世紀の八〇年代から創作を始めた老村は、その一つ前の時代の騒動からの妨害をうまい具合に回避した。事実上、このような模倣は名利においても所謂業績においても当時の文学の寵児たちに一時期沢山の利益をもたらした。率直に言って、老村もまた当時不可避的にそれなりの影響を受けた。例えば彼の初期の小説「父親」「狼の子」等の作品にはこの種の影響の痕跡が認められる。しかし彼はいち早く方向転換し、伝統に回帰した。彼の場合この過程はごく短い。老村は自伝体の随筆「生命の影」の中で白状している。彼が大変早くに方向転換出来た訳は彼の文学観念の純粋さの外に、多分より多くは彼の体制との距離、はっきり言えば名利の外にいたせいだろう。摩羅〔一九六一年、江西省都昌県生まれ。作家・研究員）はかつてこう言っている。老村の作品をみるに、特に「狼の子」の書き方には霊気がある。ただこの一篇だけで中国の一流作家の列に入り得る。だが実際には彼が入れないのは体制が彼を縁辺に押しやるからである。このような老村の幸いに我々は感激しなくてはならない。今だからこそ言うが、わたしは彼のかつての流行に乗った幼稚な気分のせいで、彼が今日見るような比較的正確な基盤の上に立ち戻るとはあまり信じなかった。人間はやはり人間だ。つまり人間であるからには彼にも天性の弱点と制限がある。正しくこのような立ち戻った基盤の上に、彼は練達の文体の小説「夜窺」（すなわち「キセルを探す」）を書いた。この中篇は今日見てもなお十分に先駆的な作品であり、また彼の現代中国小説執筆のためのトレーニングが基本的には仕上がっていることを示している。老村自身、自分がついに「個人的感覚の垣根を抜け出してさらに広闊《こうかつ》な黄土の大地に歩み入り、現代人の苦しい人生の内なる実質に迫る」と言い、言語表現もまた自ずと成熟し、四周に応対する境地に至っている。

老村は言う。「わたしは世界の文学の方向に注意し、あわせてその最先進のものを摂取するように努力している。しかしながら、これは技術レベルの表面上の問題だ。思うに、それらはあなたの作品を精美にし、透過力を豊かにするだろうが、それはあなたの根ではない。あなたの根は黄色い大地にあるのだ」「土地こそがわたしにどう書くかを教え込んでくれる。私がどのように愛し、どのように恨むかを教え込んでくれる。わたしがどのように所有し且つどのように超越して行くかを教え込んでくれる。もう長い年月、我々の文学意識の上では土地の意識と生活の信念がどんどん薄れてきている。多くの作家は良い言語を、別な言い方をすれば優秀な文学がどこから生まれるかということをすでに忘れてしまっている。大多数の作家たちは空っぽないささかの現代理論を支えにするのであり、しっかりと踏みしめた生活する大地から自己の文学的資源を探り出しているわけではない。わたしの見るところでは、どんな時代になろうとも、苦難苦闘の生命と血涙にまみれた生活があってこそようやく文学の最初の源が発生するのだ。何故なら、文学の最終目的は人びとにどのようにして尊厳を探し当てるかと如何に愛するかとを教えることなのだから。伝統は老農の身上の綿入れの上衣ではなくて、社会に群れている人びとを繋ぐ畦であり大通りだ。伝統がなければ秩序がない。秩序がなければ人類のあらゆる社会的判断は基準を失う。……」

老村の『騒土』は正しくこのような伝統を踏まえ、伝統の中から養分を吸収し、明清の筆記とりわけ『金瓶梅』『紅楼夢』の叙述テクニックを参考に著作して成功した中国小説である。その最も顕著な特徴は一見ルースな叙述構成を用い、中国画の多点透視に似せ、つまりどの一人もみな主役であって焦点が当たるけれども、距離を置いて全体を見渡すと雄大茫漠、天意満ち満ちて燦爛《さんらん》と光り輝く。

『騒土』を書いた老村は続編『嫽人』の自序中ではさらに自信を披瀝する如くである。次のように言う。「世紀の初め、列強の銃砲の下我々はかつて茫然とした。世紀の末、銃砲を得た我々はもはや茫然とはしない。我々は依然として西方の芸術や科学の精華を吸収しなければならないけれども、自身の厳正にして且つ飄逸《ひょういつ》な風格を忘れずに堅持しなければならない。我々の文明を飯を食う際に用いる箸に喩えた人がいるが、これは人類の脳と手との簡潔にして微妙な結合なのだ」厳正にして飄逸、簡潔にして微妙、なんと見事な総括ではないか！　これこそ中国精神、これこそ中国的気概！　一人の作家が仮に長期にわたってこのような伝統の下で感化を受けるとすれば、光輝あり且つ中国風味を備えた文学が創出されないなどという心配があるだろうか？　どのような側面からにしろ、伝統への回帰は依然として当世の文学にとって、もっと言えばその他の芸術にとっても必ず直面しなければならない大問題である。老村とその小説が当世に在っていまだに長い間真面目に注目されたことがないのは、やはり彼があまりに先行しているせいであろう。他の作家が西方の某々の流派を自称したり、あるいは自分を西方の某々の影になぞらえたりして得意がっている時に、老村は我独り往くの態で、伝統を堅持しつつ中国小説の創作の海をゆったりと遊泳している。それ故に、当代文学の一個の別類型、我々を甚だ喜ばせる一個奇跡の文学となっている。

次は〝中国の物語、中国的意境〟である。勿論、中国の小説とりわけ幾つかの古典的名著はその中の一つ一つの物語が甚だ精彩に富む。生き生きとした人物と素敵なストーリーは中国小説のほとんど最重要の特徴である。例えば『紅楼夢』『水滸伝』『西遊記』『聊斎志異』等、その中の物語と人物は我々の芝居・語り物・民族の通俗文化を育てたばかりでなく、我々個々人の気質や精神生活にも知らず知らずのうちに影響を及ぼしている。改革開放以後、先を争って潮流を追った中国の作家たちはしばらくの間西方を学び、西方を模倣し、西方文学の技法をほとんどすべて一通り練習した。ストーリーなし、主人公なしとやらからさらにはテーマなしとやらの作品までもが一時の流行となった。同じような意味だが、香港の作家金庸の言う事はいっそう明白だろう。彼は簡明直截に言う。「中国近代新文学の小説は実際は中国の文学的伝統からかなり逸脱していて、中国の小説とは言い難い。巴金だろうと茅盾だろうとあるいは魯迅だろうと、実際はどれもこれも中文で書いた外国小説で……、伝統的な意味での中国小説とはどのようなものか？　思うに、先ず何よりも良いストーリーで、微に入り細を穿《うが》ち、人をはらはらさせて引きつけ、一回一回がしっくり連環していること。作者は落ち着いてしっかりとストーリーを語り、感情の描写や議論を急いではならず、ましてや〝文学の引力〟だとか〝概念による衝撃〟だとかそんな類を想定してはならない。それは字句をもって意を損なうというものだ」

〝意境〟とはわが国の伝統美学と芸術理論上の概念だが、主に詩論や画論の中で用いられる。中国文学史上、最初に〝意境〟の説を提出したのは盛唐の詩人王昌齢である。彼は詩には三境があると考えた。一つは山水田園詩中に表現される〝物境〟であり、二は抒情詩中に表現される〝情境〟であり、三は〝物境〟と〝情境〟とが融けて一体となった〝意境〟である。明代になると、〝境界〟と〝意境〟とは基本的には同一内容の術語〔『漢語大詞典』の〝意境〟の項は「文芸作品あるいは自然景観中に表現し出されている情緒や境地」と言う〕となり、その意味はまあ現代のそれとおおよそ一致する。近代の学者王国維は西方の文芸理論を参考にしながら伝統的な観念を究明して沢山の独創的な見解を提出し、〝意境〟理論の集大成者と認められるに至った。彼は『人間詞話』の前置きのところで、「詞は境界を以て上と為す。境界有れば自ずと高格あり、自ずと名句有り」と提言している。彼は〝境界〟すなわち〝意境〟を創作の審美的最高標準としている。彼は言う。「何を以て之を意境有りと謂うや？　曰く、情を写せば則ち人の心脾に沁み、景を写せば則ち人の耳目に在り、事を述べては則ち其の口より出るが如き是なり」意境が当然備えているはずの鮮明な躍動性と芸術的感化力とを指摘している。彼はまた創作の原則・情感の色彩等の方面から意境の分類等の問題に論及してかなり整った体系を構築した。作家曹文軒は総括して次のように言う。「文学の一種としての小説はつまりはこのような一種特殊な精神の形式であり、その特色は隠蔽《いんぺい》というやり方で現実を現すことにある。その魅力はまさにその隠蔽──隠蔽の手法を用いるからこそそこに〝小説〟と呼ばれる一種の精神の形式が生み出される。……〝小説〟と呼ばれる一種の精神の形式である以上はこの一手法──それが必ず備えている手法──を絶対に使用する。それは甚だしきに至っては一種の手法に止まらず、小説自体でさえある」

『騒土』の中にはこの種の意境があまねく行き渡っている。わたしの読書経歴に照らすに、老村は恐らく当代作家中で最初に意境の構成と創作を経歴し、文革と言うあの混沌の時代を、個人崇拝の極みを、全社会の病態を生き生きと且つ深刻に描き出した作家である。白燁《はくよう》〔一九五二年生まれ、陝西省黄陵県の人。著名な文学評論家〕先生はかつて話が農村の文革に及んだ際に、『騒土』一部は他に替わる物のない作品だろうと言われた。例えば、作品の末尾、主人公大害の死。「大害は黄土の脊梁《せきりょう》の方を向いて、彼を生み、彼を養育した鄢崮《えんこ》村の方を向いて、ゆっくりとくずおれる」一発の鋭い銃声が締め括ったのは郭大害の生命だけではなく、荒唐無稽の一時代であった。老村自らが言うように「郭大害は我々の古い中国農業社会が留めて来た、我々が追慕するに値する男一匹である」のだが、「一発の鋭い銃声」がその生命に止めをさしたその時、あるいはまた古い農業文明──それ自体の使命も引導を渡されたのかも知れない。

もう一つは〝中国的風格、中国の言語〟である。どの作家もそれぞれに己の風格を有する。余華の暴力に対する執着は余華の小説にだけ貼ることのできる標識であり、莫言の魔幻現実主義は彼が一貫して展開する作風であり、王朔の風格とは現実に対する・権威に対する嘲笑と容赦ない嘲弄であり、……というわけで、風格はまた言語と密接不可分である。一人の作家の風格の最終模型は言語の使用と表白に最も直接的な関係を有する。言語は文学の建築材料である。建築材料の優劣は建築物の質と美感に直接に関係する。作家の言語の品質は彼の作品の重みと本人の文学的成果とに直接に関係する。

優美な風格の『騒土』の特徴の一つとして、用いられる言語が徹底して中国に固有の古拙なものであり、なお且つあくまでも自然で原始的な生活の雅趣を帯びている。これは老村が中国文学の伝統中の詩詞曲賦・地方戯曲・民間俗曲・民謡・語り物・風刺物・予言物・俗語等可能な限りの〝建築材料〟を練達巧妙に使用しているからである。『騒土』全本一冊は民族の様々な叙述技術がそれぞれにその技を繰り広げた大舞台のようなものであり、中国文学のあらゆる暗号が凄惨酷薄・深遠荒涼の芸術的相貌を構成している。老村の著述した『騒土』は黄土の大地を踏まえた最本然の最初の作品である。現代の作家群中、路遥・賈平凹・陳忠実等は西部郷土小説の代表作家であり、彼らの作品は程度の差はあれいずれも方言・土語を使用している。ただし、老村が「目下はなおどの作家もわたしのように徹底的にはやっていない」と言うとおりである。『騒土』を見れば、この言が偽りでないことがわかる。小説叙述の言語に関し、それが典雅であれ通俗であれ、老村は一層の工夫を凝らしており、方言・土語の巧妙な運用はなお『騒土』の一大特徴であり、成果である。

小説に詩詞曲賦を混ぜ込むのはわが国の古典小説の伝統的叙述スタイルの一つである。例えば『紅楼夢』中の詩詞曲賦は全書中の重要な構成部分である。それは曹雪芹《そうせつきん》の原書中の構成規律であるだけでなく、また彼の哲学と美学観念の有機的な様相でもある。だが、それらは現代の小説中においては基本的には跡を絶っている。老村は彼のしっかりした古文の基礎を以てこの種の古臭く見える文学形式を再度現代小説中によみがえらせようとした。老村の言うように、彼はそれらをごく自然に『騒土』の各必要な箇所にはめ込んだ。「自然さは人の面上に鎮座する鼻みたい」「そのどの一句も小説の中に落ち着いている。これらは長い間胸中に暖められ、磨きに磨かれ、とうとう最後に汁液で一杯になった果物みたいだ。こんなにも生き生きと人を誘うようにそこに掲げられてある」以下に『騒土』中の一段の秦腔《しんこう》〔中国西北地区、陝西省・甘粛省一帯の地方劇〕の唱いを例に引く。

夫よ、あんたはかくも残酷に妻子を捨てて逝ってしまった――

あんたは目の前のこの二女と一男を捨てた。この子らが後家に随ってただ飢寒にさいなまれるにまかせて。

あんたは目の前のこの黄土の高天を捨てた。犂や種まき器や馬鍬を畔に放り出して。

あんたは目の前のこの村内の屋敷を捨てた。風は樹を掃き、樹は風を掃き、凄凄惨惨。

あんたは目の前のこのランプを捨てた。日暮れて、わたしは誰と灯下に語るらん。

あんたは目の前のこの雑炊の碗を捨てた。食膳の辺りにその笑顔はない。

牛はモーモー、羊はメーメー、ロバもいななく。村の人びと、あんた思えば涙ぽろぽろ。

男児は父ちゃんを泣き、女児も父ちゃんを泣き、妻は亭主を泣く。冥土のあんたを如何にせん。

春日、わたしはあんたに随って用水路沿いに駆け回り、刺槐の葉っぱを採って漬け物を作る。

夏日、わたしはあんたに随って野良仕事に精を出し、お日様頭に頂いて、仕舞いは背中にお月様。

秋日、わたしはあんたに随って穀類取り入れ粉に磨り、ご馳走こしらえ満腹満足。

冬日、わたしはあんたに随って東の台地を犂起こし、腹の減るのも寒いのも、我慢するのは来年のため。

あんたはわたしに随って十六年、十六年間あんたはわたし故にひたすら恥を忍んで無事を期した。

わたしとてあんたの心中の苦しみを察しないわけではなかったが。ごめんなさい、ごめんなさい。辛くて天に叫んでも、天は応じてくれなかったわね。

天の神様、地の神様、どうして眼を開けて下さらなかったの。どうしてわたしの夫をこんな辛い目に遭わせたの。

あんた、あんた、とても慌ただしく逝ってしまった可哀想なわたしのあんたぁ――

〔三七四・三七五頁参照〕

これは十分立派に構成の整った秦腔の唱いの一段である。終日劇場にとぐろを巻いているベテランの芝居好きでもこれには手を打って称賛するだろう。富堂老人は死んだ。その年若い妻針針は児女を引きずり、彼の亡骸の前で哭泣する。一段の秦腔、一言一句血の涙。針針の心中、つまり悔恨や悲傷の複雑な感情が甚だはっきりと表出されている。

わが国古代の書物のほとんどは文語文で書かれている。それらの中の沢山の不朽の名作はかねてより簡約と精練を以て著名である。在米女流作家厳歌苓（一九五八年上海生まれ。魯迅文芸学院、コロンビア芸術学院卒業）はかつて言った。「中国伝統の文語文では、実際は沢山の文字が生き生きとした用法を有している。名詞を動詞にも使え、動詞を形容詞にも使える。このような事によって言語は大変新鮮に且つ生き生きと活動できているように思われる。残念な事に、我々後来の口語文はこのような活動能力を失い、現代の口語文学は以前の文語文の機能的な用法を失い、文字の活力もまた失われた」とは言え、言語の探索において、老村は極めて自覚的な努力を示した。彼は俗的方言・土語と雅的詩詞曲賦とを融かして一体と為し、意識して積極的に文体の追求に努め、独自の風格を備えた修辞的効果を収めた。老村は自分の実際の行動で日々に衰退する方言・土語を救助し、ほぼ一世紀の間行方をくらましていた文語文の叙述をうまく現代の小説の中に取り込んだ。

## 三　最後の結論

ここで是非とも強調したいのは、わたしが決してその他の様式の著述の探求や実践を排斥しているのではないということである。わたしは評論家李建軍（『時代及其文学的敵人』中国工人出版社　二〇〇四年八月、『文学的態度』作家出版社　二〇一一年一〇月の著者か?）の批評の立場を一貫して高く評価する者であるが、彼は苛酷に過ぎる事はないものの、現代の文学に対して終始さらに高い、さらに立派な評価の指標を堅持している。中国小説に対する研究と批評に関して、現在については特にこのような高い標準・厳正な条件が必要である。わたしが目下理解するところでは、真正の〝中国小説〟を創造したいなら、西方の経験に受動的に依存する態度を必ずや次第に抜け出して中国の経験の〝原郷〟に回帰しなければならない。故郷のない文学は必然的に流浪の文学である。中国の作家が〝中国精神、中国的気概〟、〝中国の物語、中国的意境〟、〝中国的風格、中国の言語〟これら三方面に十分に力を注ぐことによって中国の小説は初めて真に自己の秤量の基準と精神の座標とを探し当てる事ができ、はじめて自らの旗幟を樹立し、最終的には世界の小説の林の中で独立する事ができる。良い中国小説は我々中国人自身の生活に由来するが、それは我々の精神生活の有機的な構成要素であり、それ故にまた我々自身の精神と現実生活との一種極めて高級な著述規範となる。一個の勇気有り、抱負有る中国作家なら当然このようなより高くよりよい著述標準を自己の作品に求めるはずである。

（周明全　青年評論家）

# 訳者あとがき

香港の百家出版社刊の月刊誌『争鳴』のNo.469・二〇一六年一一月号所載の茉莉（スウェーデン在住）「郷村の文革を映し出す一枚の魔鏡――老村の『騒土』を読む――」なる中文三千八百字ほどの一文で初めてこの小説を知った。一文の末尾に「『騒土』一部は文革において難に遭った郷村のために老村が吟唱した何とも悲しい一曲の挽歌である。その中には中国と中共の政治の秘密を解く鍵が秘められている。それ故に中共の文学当局は三度この書の口を封じた。思想の中味は厳重深刻であるものの、からかったりふざけたり、茶々を入れたりすることにたけた講釈の才能に富む老村は自分の小説を重苦しく面白くないようなものには絶対にしない。彼は通俗的な喜劇の方式で悲劇を描く。その言葉は生き生きと躍動しており、教養の有無にかかわらず、万人が楽しめる。この奇異な小説は深遠且つ長い時間に耐える魅力を有する。まさに老村自身が期待するように〝つぶさに辛酸を嘗めた大衆に娯楽を供すると同時に、彼らに歴史を真っ向から正視させる〟ものである」（その後、創刊以来四十年継続した『争鳴』はNo.480・二〇一七年一〇月号〔『動向』No.381・二〇一七年一〇月号との合併号〕をもって廃刊した）

目睹の限りでは、邦文で本書に言及しているのは、楊暁文「今日の中国文学における「性」――『廃都』『白鹿原』『騒土』をめぐって――」（『現代中国』第七一号　一九九七年七月）であった。楊氏は論文の劈頭「一九九三年の中国に、陝西省出身の作家・賈平凹の『廃都』、陳忠実の『白鹿原』、老村の『騒土』による〝陝軍東征〟が起こり、〝長篇小説熱〟を惹起させた」と言い、さらに「『廃都』と『白鹿原』の主題が性にないこと」は「はっきりして」いるの「とは対蹠的に、『騒土』はあくまでも、性を主眼としている」と言う。訳者は『廃都』と『白鹿原』とを読んでいないので対比はできないが、『騒土』の主眼が性にあるとの論旨にはしばし首をかしげる。そうではあるが、エロティシズムに関心がないわけはないから、これはこれでまた興味深い。

さっそくテキストを入手して読み始め、翻訳文をＰＣに打ち込んでゆく。大変興趣を覚え、作業に熱中したが、文中方言・土語・俗言・卑語・猥語・音通が頻出し、伝統の詩詞曲賦・地方劇・民謡・俗曲等が適宜巧妙に配置されている。熊貞主編『陝西方言大詞典』（陝西人民出版社　二〇一五年七月）の世話になったが、勿論万事が解決するわけではない。心配した知友小林一美氏は任明編『北方土語辞典（初編）』（上海　春明出版社　一九五二年一一月四版）の復刻版（龍渓書舎　一九七一年七月）を送ってくれた。ただし、この辞典は『騒土』に出て来る土語・方言よりはもう少し高尚な（？）それを拾うらしかった。

二〇一八年十一月に至り、劉燕子女士と中国書店のお陰を蒙り、著者老村先生と電子メールで遣り取りできるようになった。読解不能の箇所、自信の持てない箇所、数十箇所について著者に数回メールを発して教示を乞うた。著者はその度ごとに直ちに懇切な教示・解説を賜わり、不敏な訳者を激励してくれた。誠に有り難い事であった。こうして今春に至り、二年余の歳月を費やして貴重・有意義な大作を日本語に翻訳し終えた。

この上は、〝中国小説〟の傑作がこの訳書によって江湖に普及するのを願うばかりである。

二〇一九年六月二〇日　多田狷介

**老 村**（ろう・そん）
原名蔡通海。陝西省澄城県人。世襲の貧しい大工の家に生まれる。黄土大地の農民の巨大な苦難を語る必要があると感じ、文学に夢を寄せるに至る。父業を継いで農民となる事を願わず、製粉場の助手を手始めに、水利製図員、工事報告書の編集や現場の会計担当等をする。その後、青海省で従軍、戦闘員からタイピストになり、1978 年の大学・高専統一入試の復活後に大学を受験、入学。卒業後は部隊に戻り、参謀幹事から中隊勤務までいろいろこなす。性奔放なるにより俗間に転業、7 年間テレビ局のディレクターを勤める。1992 年、妻に従って北京に居住。給料と職位を捨てて文学創作に専心。長篇小説『騒土』『鷲王』『一個作家的徳行』『我歌我吻』『人外人』、中篇小説集『畸人』、随筆集『生命的影子』等を刊行。

**多田 狷介**（ただ・けんすけ）
1938 年茨城県に生まれる。1968 年東京教育大学文学研究科博士課程（東洋史学専攻）単位取得退学。公益財団法人東洋文庫研究員、日本女子大学名誉教授。著訳書に『中国彷徨──大陸・台湾・香港──』（1995 年　近代文藝社）、『漢魏晋史の研究』（1999 年　汲古書院）、『わたしの中国──旅・人・書冊──』（2006 年　汲古書院）、『中国逍遥──《中論》・《人物志》訳註他──』（2014 年　汲古書院）、『雲南のタイ族──シプソンパンナー民族誌──』（姚荷生原著　2004 年　刀水書房）、『滄桑──中国共産党外伝──』（暁剣原著　2010 年　中国書店）等。

---

**騒 土──文革初期、黄色い大地の農民群像──**

2019 年 9 月 30 日　初版発行

| | |
|---|---|
| 著　者 | 老 村 |
| 訳　者 | 多田狷介 |
| 発行者 | 川端幸夫 |
| 発　行 | 中国書店 |
| | 福岡県福岡市博多区中呉服町 5–23 |
| | 電話：092–271–3767　FAX：092–272–2946 |
| | http://www.cbshop.net/ |
| 装　丁 | design POOL |
| 印刷・製本 | モリモト印刷株式会社 |

定価はカバーに提示してあります。

ISBN 978-4-903316-62-8　C0097